U0722805

中国文联晚霞文库

CHINA FEDERATION OF LITERARY AND ART CIRCLES EVENING GLOW LIBRARY

（上）

罗扬 著

中国文联出版社

图书在版编目（C I P）数据

回忆与思念 : 上、下 / 罗扬著 . -- 北京 : 中国文联出版社 , 2022.5

ISBN 978-7-5190-4873-0

Ⅰ . ①回… Ⅱ . ①罗… Ⅲ . ①回忆录－中国－当代 Ⅳ . ① I251

中国版本图书馆 CIP 数据核字 (2022) 第 085251 号

著　　者　罗扬
责任编辑　刘丰
责任校对　鹿丹
封面设计　王堃　杰瑞设计

出版发行　中国文联出版社有限公司
社　　址　北京市朝阳区农展馆南里 10 号　　邮编　100125
电　　话　010-85923025（发行部）　010-85923091（总编室）
经　　销　全国新华书店等
印　　刷　北京虎彩文化传播有限公司

开　　本　710 毫米 × 1000 毫米　1/16
印　　张　69.75
字　　数　662 千字
版　　次　2022 年 5 月第 1 版第 1 次印刷
定　　价　118.00 元（全二册）

目录

|序|

“回忆”的价值与“思念”的意义

吴文科

罗扬同志是当今我国德高望重的老一辈曲艺大家。他在许多方面对曲艺事业的当代发展做出过重大贡献，对新中国成立以来全国曲艺界尤其是中国曲艺家协会的发展壮大最为熟悉也最有发言权，堪称当代曲艺界的“活字典”。这是由于，他不仅长期主持《曲艺》杂志及原中国曲艺出版社的编辑工作，是一位资深的曲艺编辑家；而且以主编身份主持了“国家社科基金资助重大项目”暨“国家艺术科学规划重点项目”《中国曲艺志》大型系列丛书（二十九卷，约三千万字）的编纂指导和学术审定工作，从而成为带领全国同行在事实上创立了“曲艺方志学”的曲艺方志学家；同时，他还以辛勤而又热情的姿态，长期坚持曲艺的评论工作，撰写发表或出版了许多有关曲艺的评论文章和专著，是众所周知的曲艺评论家；尤其难得的是，自抗日战争末期参加革命工作以来，除最初几年从事教育工作、一九五二年前后在北京市文联担任《说说唱唱》杂志的编辑并参与北京市人民政府文艺处的艺术管理工作、“文化大革命”刚结束后在文化部艺术局戏剧处及中国京剧院做过一段领导工作外，其余时间都在中国曲艺家协会及其前身中国曲艺改进协会、中国曲艺工作者协会和中国文联任职，是一位名副其实的曲艺活动家。换句话说，从一九五一年开始担任中国曲艺改进协会筹备委员会的专职秘书并在协会常委会领导下处理日常工作，到参与和主持中国曲艺研究会、中国曲艺工作者协会和中国曲艺家协会，到持续担任全国政协委员而在二〇〇三年七十四岁时才正式离休，他的工作岗位，基本上没有离开过曲艺工作。正是这种一以贯之的工作履历，使他对新中国成立以来七十年间我国曲艺事业的历史发展包括人、事、物、艺，都有较之他人更为全面、系统、深入而又细致入微的独特了解及切身体会；也使他的个人生命与新中国的曲艺事业紧紧联系在一起。某种意义上说，他既是新中国曲艺工作曲折演进的亲身经历者，也是新中国曲艺创演蓬勃发展的重要见证人，更是当今切实了解新中国曲艺事业冷热“体温”与鲜活“表情”的不二之人。

为此，在庆祝中华人民共和国成立七十周年、庆祝中国曲艺家协会成立七十周年的特殊时节，当我们读到罗扬同志这部富含个人真情实感又极具历史文献价值的文集《回忆与思念》时，受到的感动和教益，便格外深刻；其所蕴含的价值与意义，也非同寻常。

顾名思义，《回忆与思念》所收录的文章，都是"回忆"与"思念"性的内容。除个别篇章属于对亲人和师友的怀恋与感念，对自身业余爱好的记忆；绝大部分的篇章，是对新中国成立以来曲艺事业各方面发展分层级、全方位、多角度、专题化的回顾与追述。全部九十七篇文章大体分为八辑，既有对毛泽东、周恩来、邓小平、陈云等老一辈党和国家领导人引领关怀曲艺事业的梳理回顾与体会感言，又有对周扬、老舍、阳翰笙、林默涵、刘芝明、周巍峙、吕骥、傅锺、荣高棠等思想宣传及文化艺术领域的大家名宿关心指导曲艺工作及与作者交往的追忆和思念，也有对曲艺事业做出重大贡献的著名作家赵树理、诗人王亚平、西河大鼓艺术家王尊三、陕北说书艺术家韩起祥、曲艺活动家陶钝、北京评书艺术家连阔如、相声艺术家常宝堃、曲艺弦师程树棠、山东快书艺术家高元钧、扬州评话艺术家王少堂、相声艺术家侯宝林、京韵大鼓艺术家骆玉笙、相声艺术家夏雨田、偕剧艺术家王永梭、山东快书艺术家刘洪滨、曲艺教育家王济、编辑家和曲艺方志学家王波云、出版家和曲艺活动家许邦、著名新闻记者张世英、北方评书艺术家刘兰芳、快板艺术家朱光斗、曲艺作家王鸿、四川清音艺术家程永玲、曲艺作家沈祖安、扬州弹词和扬州清曲艺术家李仁珍、天津时调艺术家王毓宝、二人转专家王兆一、苏州评话和苏州弹词专家周良、河南坠子艺术家曹元珠、京韵大鼓艺术家孙书筠等人的回忆与思念、艺术评介与印象写真，还有对新中国成立以来许多重大曲艺活动的发起组织、宗旨追求、举办经过、精彩内容与重要影响及重要曲艺机构包括中国曲艺家协会和中国说唱文艺学会等的成立缘起、组织变迁、人事构成、主要职能、发展历程和经验教训等的分别回顾与总结记述；当然，更有作者从幼年生活、学习，到工作经历的系统追溯与绵密回忆。

仔细阅览这些篇章，不难发现，所收文章尽管内容多样且写法不一，却有着共同的特点和相同的品格，那就是：内容翔实，表达严谨，忆述细致，饱含深情。凡涉机构与活动，大都完整准确，时间、地点、人物、事件，缘起、过程、结果、影响，娓娓道来，如数家珍，行文晓畅，条理分明；凡是忆旧和怀人，力求客观公允，写人、记事、品物、论艺，崇敬、感念、褒扬、赞叹，均有事实理据，绝不虚美夸饰；既情真意切，又恰如其分。总之，不以事远而含混，不因情近而过分。这是作者人品境界的映射，也是作者学人本色的体现。正因如此，本书便在看似“回忆”与“思念”的感性表达中，彰显着“历史”与“文献”的理性精神。不仅鲜活生动、真挚温情，而且理据充分、令人服膺。

历史是人创造并由事件组成的。对人与事的“回忆”和“思念”，就是对过往历史的“复原”和“再现”。而人是有感情的。围绕对人的忆述，势必赋予已经远去的历史以形象鲜活的“姿彩”和丰富生动的“表情”。而以亲历者和见证人身份进行的相关叙述，会使这种“姿彩”和“表情”更加灵动也更为吸引人。比如，书中的《陈云同志和我们一起过春节》是对一九八四年春节期间中央领导人陈云邀请包括作者在内的曲艺界部分知名人士到他在中南海的家中过年一事所作的亲历追述。后来在天津建立中国北方曲艺学校和在中国艺术研究院成立曲艺研究所这两个对于曲艺发展具有重大历史意义的决策，就是在这次会见中，经在场曲艺家们的当面请求，由陈云同志当场表态促成的。本文因这段可贵的记录而为当代中国曲艺史的写作增添了一抹亮色，也留下了一段佳话；再如，《初到中国曲艺改进协会筹备委员会工作》回忆王尊三初见作者时就向他仔细介绍协会情况并提出相互配合工作要求所表现的“热情、诚恳、朴实、谦虚”之个人品行的细致描述，由于建立在具体入微的回忆之上，读来如临其境、真切可信；又如，《在北京市文联和北京市政府文艺处》忆到一九五二年参加“三反”和“五反”运动时，亲身见证一位被错误对待的老同志蒙冤受屈的情况，所受到深刻的教育和启发：“在政治运动中一定要严格按照党的政策办事，注重调查研究，对人的处理问题必须采取慎重的态度。”让我们理解并找到了作者长期担任中国曲艺家协会和中国文学艺术界联合会的领导职务，也曾负责清理过一些十分棘手的重大问题，但在对人的处理上，从未出现过偏差与失误的可贵思想渊源；还如，《不尽的思念——回忆我的母亲》深情追忆了母亲的一生，也深切表达了无尽的思念，忆事真切，情感深挚，文笔细致，读之令人动容。由于全书的此类“回忆”和“思念”纵贯整个曲艺事业，尤其是曲协组织自新中国成立以来的各个时段并横跨整个曲艺行业由人到事的各个方面，从而构成了一部形态独特的“当代中国曲艺史”，也交织成一幅栩栩如生的“当代曲艺百家图”。而蕴含其间的历史细节与思想情感，则是作者对世俗人生包括职业、行业、事业及生存、生活、生命的特殊感悟，也是作者于自身的“回忆”和“思念”之外，奉献给读者与社会的特殊人生经验与情感体验。同时表明，之所以会有如此这般的“回忆”与“思念”，乃是由于，作者是一个有理想、有情怀、有担当、热爱生活、注重感情、认真负责而用心用情工作和生活的人。如果没有这种对于生活和事业的无限热爱与忘我投入，就不会有对人对事刻骨铭心的记忆珍藏及念兹在兹的追述回想，更不会写出并留下这些带着体温的鲜活历史，也不会产生并铭记这些满怀感戴的深挚感情。反过来也可以说，正是这种积极的人生态度和专精的工作精神，成就了作者的丰富人生，也留下了这些有关当代中国曲艺历史与人物的珍贵记忆。因此，当我们品读这些富含历史价值又具人生况味的精彩篇章时，无法不对作者的这种可贵品性，发出由衷的赞叹，怀着真诚的礼敬。同样，只有明白了上述的所有这些，才算了解了“回忆”的真正价值，也才算理解了“思念”的全部意义。

笔者自一九八七年从事曲艺研究工作以来，有幸在罗扬同志的主持下，从事《中国曲艺志》的编纂工作长达二十五年之久，直至二〇一一年底这部大书全部编竣出齐。这个过程，是我开始学习和研究曲艺的过程，也是我持续接受罗扬同志关心与教导的过程。罗扬同志因此而与《中国曲艺志》的副主编王波云同志和周良同志一道，既是我从事曲艺工作的直接领导，也是我开展曲艺研究的指导老师，更是我成长路上的推助者，当然也成了我志同道合的忘年交。因此，当罗扬同志在他的这部书稿编成，嘱我作序的时候，我虽然不免诚惶诚恐，但却只能接受和答应。我理解，这不是一般的嘱托与信任，更是一种期望和深情。尽管收入本书的文稿，我过去基本上都读过，但为完成这个特殊“作业”而又通读一遍并写下这篇肤浅的文字，其实是我又一次借着罗扬同志的导引，重温并学习这段生动而又鲜活的“当代中国曲艺史”的进修过程。进而也促使我又一次了解和理解了我一直作为老师敬重的罗扬同志的文品与人品。这是一番知识的积累与品格的养成，更是一种精神的洗礼及情感的传承。我想，凡是熟悉罗扬同志的同行，一定会从本书的忆述中，发现他像对我一样的这种对于所有曲艺工作者的希望与用心；凡对中国曲艺怀有热爱的读者朋友，也会在对本书的仔细阅读中，体会出和我一样的情愫与感动。

2019年2月16日夜

于北京 中国艺术研究院

牢记毛主席教导　改革创新曲艺艺术

——纪念毛泽东同志诞辰一百周年

我们怀着深切思念和极为崇敬的心情纪念毛泽东同志诞辰一百周年。

毛泽东同志是伟大的马克思主义者，是中国共产党和中国人民的伟大领袖。在以毛泽东同志为代表的党中央领导下，中国人民取得了人民革命的伟大胜利，建立了人民当家作主的共和国，并走上社会主义革命和建设的光辉道路。毛泽东同志的业绩，光照千秋；毛泽东同志的崇高形象，永远活在人民心中。

毛泽东同志也是文化艺术界的良师益友，是他创造性地运用马克思主义于中国革命文艺的实际，解决了一系列重大理论问题和实际问题，把我国的文学艺术引向划时代的崭新阶段。曲艺界的同志更不会忘记他对曲艺工作的重视和关怀。还在革命战争年代，毛泽东同志就注意说书话本的创作和改造说书等民间艺术的工作，鼓励人们多编多演新书。新中国成立后，他继续关心曲艺的发展，有些曲艺工作者受到他的亲切接见，聆听过他的谆谆教诲。毛泽东同志指出的为人民大众首先为工农兵服务的方向和百花齐放、百家争鸣、推陈出新、古为今用、洋为中用的方针，深得人心。正是在毛泽东同志和党中央的关怀、领导下，广大曲艺工作者才彻底摆脱了在旧社会被贱视、被欺压的地位，加入了革命的、进步的文艺工作者的行列，表现出极大的积极性和创造性，通过自己的创作和演唱，真实而生动地反映了中国发生的翻天覆地的变化，热情地歌颂了中国人民在共产党领导下取得的人民革命和社会主义建设的伟大胜利，塑造了许多英雄人物、先进人物的光辉形象，为人民群众提供了大量健康有益的精神食粮，促使我国的曲艺事业同整个文学艺术事业一样获得空前的发展。

粉碎“四人帮”以后，特别是党的十一届三中全会以来，我国进入了新的历史时期。邓小平同志代表党中央和国务院在中国文学艺术工作者第四次代表大会上所致的祝词，以及此后对文艺问题所作的一系列论述，坚持和发展了毛泽东文艺思想，深刻总结了党领导文艺工作的成绩和经验，严肃地批评了“左”的错误和资产阶级自由化思潮，明确地指出了建设有中国特色的社会主义文艺的方针、任务和要求，把我国的文学艺术事业引向健康发展的新阶段。全国各民族、各地区都涌现出许多优秀曲艺人才，他们创作和演出的大量优秀曲艺作品，或给人们以教育和鼓舞，或使人们深思和警醒，或让人们得到欢乐和美的享受，都受到群众的热烈欢迎。十多年来先后举行的全国曲艺调演、全国曲艺比赛、中国曲艺节、全国少数民族曲艺展演和中国相声节等重大活动中演出的节目，就是其中一部分优秀成果。如果没有邓小平同志和党中央的正确领导，我国的曲艺要取得这样显著的成绩是不可能的。

在新的历史时期，文艺工作者肩负着光荣的历史使命。我们曲艺工作者要在以江泽民同志为核心的党中央领导下，努力用马克思主义、毛泽东思想和邓小平同志关于建设有中国特色的社会主义理论武装自己的头脑，坚持文艺为人民服务、为社会主义服务的方向和百花齐放、百家争鸣的方针，坚持走与新时代的群众相结合的道路，开拓新思路，迈开新步伐，开创新局面，把更多的精美的艺术品奉献给人民群众。

精神文明，重在建设。曲艺的中心环节是大力发展曲艺创作。创作的关键又在于提高质量。有了思想艺术质量高的作品，演员们才有用武之地，才能充分发挥自己的聪明才智，创造出思想内容与艺术形式完美结合的艺术品，适应广大听众的要求；如果缺乏质量高的作品，演员们精湛的演唱艺术虽然能够弥补作品的某些缺陷，但是，要从根本上改变演出的面貌，赢得广大听众特别是青年听众的欢迎是很困难的。因为今天的听众，特别是青年听众，他们对曲艺演出，从思想内容到艺术形式都有了更高更全面的要求；如果演唱的作品质量不高，即使演唱艺术是好的，他们也会感到缺憾。还值得注意的是，在新的形势下，各种艺术的竞争日趋激烈，文化市场日趋繁荣，人们选择文化生活的余地越来越宽广了，要赢得听众，就必须在提高质量上下功夫。在正常的情况下，文化市场的竞争，说到底是质量的竞争。

为了发展曲艺创作，我们必须有坚定、正确的指导思想。毛泽东同志早就号召文艺工作者要表现“新的人物，新的世界”；要通过文艺作品，“使人民群众警醒起来，感奋起来，推动人民群众走向团结和斗争，实行改造自己的环境”。邓小平同志明确指出，“同心同德地实现四个现代化，是今后一个相当长的时期内全国人民压倒一切的中心任务。”“我们的社会主义文艺，要通过有血有肉、生动感人的艺术形象，真实地反映丰富的社会生活，反映人们在各种关系中的本质，表现时代前进的要求和历史发展的趋势，并且努力用社会主义思想教育人民，给他们以积极进取、奋发图强的精神。”他还强调指出：“我们的文艺，应当在描写和培养社会主义新人方面付出更大的努力，取得更丰硕的成果。”江泽民同志在多次重要讲话中都要求我们创作更多的健康向上的特别是讴歌现代化建设和改革开放的有艺术魅力的优秀作品；要使爱国主义、集体主义和社会主义成为我们社会的主旋律。陈云同志一向关心曲艺工作，就如何编演好新书问题提出过许多重要的指导性意见，“出人、出书、走正路”，成为曲艺工作者的座右铭。实践证明，毛泽东、邓小平、陈云同志等老一辈无产阶级革命家和以江泽民同志为核心的党中央对文艺问题的论述，有长久的生命力，对于我们的曲艺创作和曲艺工作有着极其重要的指导意义。我们的曲艺创作能够取得显著的成绩，正是广大曲艺工作者在毛泽东思想指导下积极努力的结果。现在的问题是，有些从事曲艺创作的同志在思想上还不是很明确，甚至存在着一些错误观念，因而未能取得应有的成绩。

百花齐放，是毛泽东同志提出的繁荣文化艺术的方针。邓小平同志说得好："雄伟和细腻，严肃和诙谐，抒情和哲理，只要能够使人们得到教育和启发，得到娱乐和美的享受，都应当在我们的文艺园地里占有自己的位置。英雄人物的业绩和普通人们的劳动、斗争和悲欢离合，现代人的生活和古代人的生活，都应当在文艺中得到反映。"实践证明，这是非常正确和必要的。只有这样，我们的文艺才能适应不同民族、不同职业、不同年龄、不同经历和不同教育程度的人们的要求，充分发挥文艺的多种功能，收到我们预期的社会效果。我国的曲艺，能写人叙事，也能状物抒情，能歌颂英雄人物和美好的事物，也能讽刺、鞭挞邪恶势力和丑恶现象，形式可长可短，可说可唱，轻便灵活，丰富多彩，历来为群众所喜闻乐见，在民族民间文艺中占有自己独特的优势。我们的曲艺把主旋律和多样化结合起来，就能发挥更大的作用，产生更加广泛的影响。现在，我们在促进曲艺创作多样化方面还做得不够。从鼓曲、相声、评书评话等方面的创作情况来看，题材、样式、风格都还不够多样，因此演员们也未能把多方面的艺术才能充分发挥出来。这也是有些听众不满意的一个重要原因。

要创作更多的富有时代精神和群众喜闻乐见的优秀曲艺作品，根本的问题在于提高曲艺作家的思想艺术素养，与新时代的群众相结合。毛泽东同志提出的文艺工作者要学习马克思主义，学习社会，仍然是我们必须遵循的最重要最正确的途径。

毛泽东思想是马克思主义与中国革命和建设的实际相结合的产物，是活的马克思主义。邓小平同志提出的建设有中国特色的社会主义理论，是毛泽东思想的重大发展，是我们进行改革开放和社会主义现代化建设的指南；党中央在新时期发布的一系列重要文件，如党的十四大文件和十四届三中全会通过的《关于建立社会主义市场经济体制若干问题的决定》等，都是在建设有中国特色的社会主义理论指导下全党集体智慧的结晶。认真学习、领会毛泽东思想和邓小平同志建设有中国特色的社会主义理论，会提高我们认识世界和改造世界的能力，提高我们的民族自尊心和自信心，提高我们的精神境界，提高我们为人民服务、为社会主义服务的自觉性。毛泽东、邓小平等同志关于文艺问题的论述，我们文艺工作者更应当深入学习和研究，以便正确地认识文学艺术在革命和建设中的地位与作用，解决好文艺与人民、文艺与生活、文艺与时代、世界观与创作、内容与形式、歌颂与讽刺、文艺的继承与创新、文艺的普及与提高等一系列重要的理论问题和实际问题，弄清楚什么是有中国特色的社会主义文艺和怎样建设有中国特色的社会主义文艺，写出富有时代精神、能够团结和鼓舞人们推动历史前进的优秀作品。《邓小平文选》第三卷和第一卷、第二卷一样，闪耀着真理的光芒。我们要认真阅读原著，深刻领会其精神实质，紧紧把握解放思想、实事求是的精髓，用以指导自己的思想和工作。

人民生活是文学艺术取之不尽、用之不竭的唯一的源泉。我们要创作优秀的文艺作品，必须深入到人民群众的生活中去。毛泽东同志曾经这样勉励我们："中国的革命的文学家艺术家，有出息的文学家艺术家，必须到群众中去，必须长期地无条件地全心全意地到工农兵群众中去，到火热的斗争中去，到唯一的最广大最丰富的源泉中去，观察、体验、研究、分析一切人，一切阶级，一切群众，一切生动的生活形式和斗争形式，一切文学和艺术的原始材料，然后才有可能进入创作过程。"邓小平同志进一步指出："人民是文艺工作者的母亲。一切进步文艺工作者的艺术生命，就在于他们同人民之间的血肉联系。忘记、忽略或是割断这种联系，艺术生命就会枯竭。人民需要艺术，艺术更需要人民。自觉地在人民的生活中汲取题材、主题、情节、语言、诗情和画意，用人民创造历史的奋发精神来哺育自己，这就是我们社会主义文艺事业兴旺发达的根本道路。”实践证明，这是一条千真万确的真理。几十年来，我们曲艺工作者能够创作出许多优秀作品，根本原因就在于坚持了这条正确道路。同时，我们也清楚地看到，有些曾经写过一些好作品的作者近几年里却没有继续写出高质量的作品，其根本原因，也恰恰在于他们忘记、忽略或割断了与人民群众的联系，脱离了人民群众的生活和斗争，没有坚持走与人民群众相结合的道路。

努力提高自己的文化艺术素养，是提高曲艺创作的思想艺术质量的基本条件。我们不但应当刻苦钻研曲艺艺术，还要善于从古今中外的文化艺术中学习和借鉴一切于我们有用的东西。鲁迅说:“新的艺术，没有一种是无根无蒂的，突然发生的，总承受着前人的遗产。”毛泽东同志一向重视继承民族文化传统和借鉴外国的文化艺术的问题，他说:“我们决不可拒绝继承和借鉴古人和外国人，哪怕是封建阶级和资产阶级的东西。”他同时指出，“继承和借鉴决不可以变成替代自己的创造，这是决不能替代的。文学艺术中对于古人和外国人的毫无批判的硬搬和模仿，乃是最没有出息的最害人的文学教条主义和艺术教条主义。”邓小平、江泽民等同志也对继承、借鉴和创新问题作过多次重要论述，我们要深刻领会。在改革开放的今天，我们更要注意解决好继承与借鉴的问题，努力做到既不封闭保守，又能抵制民族虚无主义和“全盘西化”等错误思潮的影响。创新是艺术的生命。我们继承和借鉴的目的，正是为了创新，建设有中国特色的社会主义文艺。江泽民同志号召我们，“要进一步学习和发扬鲁迅博采众长、勇于创新的精神”。这的确非常重要。许多曲艺作家艺术家已经在继承、借鉴和创新方面做出好的成绩，积累了许多宝贵的经验。今后，我们要做出更大的努力。

切实改善和加强党的领导是发展曲艺创作的迫切要求。应当肯定，许多文化领导部门在文艺工作方面是取得很大成绩的，但是，存在的问题也是严重的。邓小平同志在一九八三年十月针对当时思想战线上的问题就这样尖锐地指出：“首先要认识目前问题的严重性，认识改变思想战线的领导软弱涣散状况的迫切必要性。”我看，近几年思想文化战线上的问题比起那个时候更为严重，改变领导软弱涣散状况的迫切必要性也更为突出了。曲艺方面的情况同样如此。许多文化领导部门对曲艺工作不闻不问，任其自流，至于曲艺创作的思想艺术质量如何提高，曲艺创作队伍建设如何加强，更少有人关心。正因为如此，曲艺创作队伍日趋缩小，曲艺创作质量提高不快，曲艺作品的发表、出版和推广以及作家权益等方面的问题都未能得到解决。许多关心曲艺事业的人为此深感焦虑和不安。令人欣喜的是，以江泽民同志为核心的党中央正在采取措施，逐步改变“一手硬、一手软”的状况，精神文明建设正在加强。曲艺创作和曲艺工作形势也正随着整个思想文化战线形势的好转而好转。但是，要从根本上解决问题，仍然需要做出长期的艰苦的努力。我们热切希望有关文化领导部门切实改善和加强对曲艺创作队伍的思想政治工作，在学习、工作和生活上给予更多的关心，积极帮助他们解决发表和出版作品的困难，并表彰、奖励在创作和说唱新的优秀作品方面取得突出成绩的作家艺术家，把他们的积极性和创造性充分调动起来；同时注意发现和培养更多的年轻优秀的创作人才、表演人才，以促进曲艺事业的发展和繁荣。

毛泽东思想和邓小平同志关于建设有中国特色的社会主义理论，是指引和鼓舞我们前进的巨大精神力量。让我们加强学习，努力创作更多的优秀曲艺作品，为社会主义精神文明建设和现代化建设做出更大的贡献。这是我们应尽的责任，也是我们对毛泽东同志最好的纪念。

（原载《文艺报》1993 年 12 月 8 日）

周恩来同志与曲艺①

今年三月五日，是深受全国人民崇敬和爱戴的周恩来同志诞辰一百周年。千言万语难以表达我们的崇敬和思念之情。曲艺工作者永远不会忘记周恩来同志为党和人民建立的不可磨灭的丰功伟绩，不会忘记周恩来同志对曲艺工作的重视和亲切关怀！

还在新中国成立前夕，周恩来同志代表党中央在中华全国文学艺术工作者第一次代表大会上所作的政治报告中，就深刻阐明了新形势下文艺工作的指导方针和任务，并对包括戏曲、曲艺在内的传统文艺的改革作了部署。他谆谆告诫我们，对传统文艺要有正确的看法，如果认为一切都好，什么都保留，那样就会走到复古的路上去了；如果认为什么都不好，什么都否定，或置之不管，那样就是对于民族传统和群众感情采取错误的态度，就是违背了我们的普及第一的主张，同时也不合于我们的历史观点。周恩来同志还提

---

① 本文系作者在曲艺界纪念周恩来同志百年诞辰座谈会上的发言。

出，文艺界不仅要成立中华全国文学艺术界联合会，而且要分部门成立自己的协会，以便于进行工作。周恩来同志的报告充分体现了党中央对文艺工作的重视和关怀。正是在周恩来同志的报告的指引和鼓舞下，曲艺改革同其他传统文艺的改革一样，受到大家的重视，并成立了曲艺界自己的全国性团体——中国曲艺改进协会筹备委员会。在旧社会备受屈辱的曲艺艺人，今天受到如此的尊重和爱护，新旧对比，真是两个天地，怎能不由衷地感谢共产党和毛主席，不感谢周恩来同志呢！

新中国成立后，周恩来同志担任中央人民政府总理，日理万机，不分昼夜不知疲倦地为国事操劳，仍以极大的热情关注和指导着曲艺的改革和发展。一九五一年五月五日，周恩来同志以中央人民政府政务院总理的名义颁布了《关于戏曲改革工作的指示》，进一步明确了戏曲、曲艺改革的指导思想、指导方针、任务和方法步骤，并指出："中国曲艺形式，如大鼓、说书等，简单而又富于表现力，极便于迅速反映现实，应当予以重视。除应大量创作曲艺新词外，对许多为人民所熟悉的历史故事与优美的民间传说的唱本，亦应加以改造采用。"从此，我国的曲艺改革跟戏曲改革一起，有组织有领导有步骤地全面开展起来，使戏曲、曲艺焕发出青春的活力，呈现出崭新的面貌。实践证明，《关于戏曲改革工作的指示》坚持和丰富了毛泽东文艺思想，针对性和指导性很强，是党和人民政府指导戏曲、曲艺改革的重要文献，有重要的现实意义和深远的历史意义。

周恩来同志是党和国家的卓越领导人，也是文艺界、曲艺界的良师益友。他关心曲艺工作者的学习、工作和生活，多次参加曲艺界的重要活动，观看曲艺演出，接见曲艺工作者，鼓励大家创作演出更多的好节目。他同意陈云同志关于曲艺工作的意见，无论南方曲艺还是北方曲艺，“各有千秋”，要百花齐放，推陈出新，要让人们从曲艺演出中得到休息、娱乐和教育。他满腔热情地鼓励曲艺工作者要努力创作演出现代题材的新书和历史题材的新书，也要认真整理好传统书。他还一再强调新文艺工作者参加曲艺改革的重要性。在一次京津曲艺界纪念曹雪芹的鼓曲晚会上，他不但仔细观赏了《红楼梦》鼓曲节目，还在演出后把在场的齐燕铭、阳翰笙、阿英、陶钝等十几位同志留下进行座谈讨论，要求文艺界的同志积极参加曲艺改革工作，帮助演员把曲艺创作和传统曲艺整理工作搞好。他对革命的新生事物，对曲艺改革的成绩和进步，即便是微小的成绩和进步，总是那么爱护，那么热情，那么积极地帮助其成长和发展；讲到曲艺工作的缺点和不足的时候，他又总是那么耐心，那么入情入理，使人们不但心悦诚服，受到教育，而且增强前进的信心。

我到北京工作之后，多次聆听过周恩来同志的讲话和报告，深受教育和鼓舞。他的热情、诚恳和平易近人，也给我留下极深的印象。

周恩来同志离开我们二十多年了，但他的音容宛在。他的光辉形象、伟大品格和崇高精神永远激励着我们前进！

（原载《曲艺》1998 年 3 期）

深入学习
邓小平同志关于文艺问题的论述

《邓小平文选》这部闪耀着马克思主义、毛泽东思想光辉的科学著作，内容极为丰富和深刻，有着不可磨灭的历史意义和重大的现实意义，是我国人民向着社会主义现代化的伟大目标胜利前进的指针。其中有些著述直接论述了思想文化艺术工作方面的问题，提出了极为重要的指导思想、原则和意见，是我们建设社会主义新文艺的指针。我们曲艺工作者要和各条战线的同志们一起，认真学好这部重要著作，用以指导自己的思想和工作实践，将社会主义新曲艺推向前进。

邓小平同志十分重视建设社会主义精神文明的问题。他代表党中央、国务院所作的《在中国文学艺术工作者第四次代表大会上的祝词》（以下简称《祝词》）中指出："同心同德地实现四个现代化，是今后一个相当长的时期内全国人民压倒一切的中心任务，是决定祖国命运的千秋大业。""我们要在建设高度物质文明的同时，提高全民族的科学文化水平，发展高尚的丰富多彩的文化生活，建设高度的社会主义精神文明。"

他在以后的讲话中又多次阐明了建设精神文明的极端重要性，明确提出，建设社会主义精神文明，是我们坚持社会主义道路，集中力量进行现代化建设的最重要的保证，是整个社会主义现代化建设过程中必须始终抓紧的四件主要工作之一。没有这种精神文明，没有共产主义思想，没有共产主义道德，就不能建设社会主义。党中央和邓小平同志把建设高度的社会主义精神文明同建设高度的社会主义物质文明并提，是对科学社会主义的新发展。我们曲艺工作者同思想文化战线上的其他同志们一起肩负着建设社会主义精神文明的光荣而崇高的任务。因此，认真学习和深入领会邓小平同志关于建设精神文明的论述，对于我们提高认识，加强革命责任感，自觉地为建设精神文明做出应有的贡献，是非常重要和必要的。我们如果对建设社会主义精神文明的重大意义和自己所应担负的重大责任缺乏认识，就会迷失方向，甚至走到邪路上去。

在建设高度的社会主义精神文明的过程中，文艺发展的天地十分广阔。不论是对于满足人民精神生活多方面的需要，对于培养社会主义新人，对于提高整个社会的思想、文化、道德水平，文艺工作都负有其他部门所不能代替的责任。邓小平同志明确指出，文艺创作必须充分表现我国人民的优秀品质，赞美人民在革命和建设中，在同各种敌人和各种困难的斗争中取得的伟大胜利。这的确是很重要的，因为有了更多的这样的好作品，才能更好地鼓舞、教育和激励人民群众发扬过去年代的革命和拼命的精神，大公无私和先人后己的精神，压倒一切敌人、压倒一切困难的精神，坚持革命乐观主义、排除万难去争取胜利的精神，才能更好地把这些精神推广到全体人民、全体青少年中去，使之成为中华人民共和国的支柱，为世界上一切要求革命、要求进步的人们所向往，也为世界上许多精神空虚、思想苦闷的人们所羡慕。

邓小平同志还特别指出："我们的文艺，应当在描写和培养社会主义新人方面付出更大的努力，取得更丰硕的成果。要塑造四个现代化建设的创业者，表现他们那种有革命理想和科学态度、有高尚情操和创造能力、有宽阔眼界和求实精神的崭新面貌。"邓小平同志一九八二年七月四日在军委座谈会上的讲话中进一步指出："搞社会主义精神文明，主要是使我们的各族人民都成为有理想、讲道德、有文化、守纪律的人民。""有理想、讲道德、有文化、守纪律"，精辟地概括了对社会主义新人的要求。培养这样的劳动者，是建设社会主义精神文明的主要任务，也是文艺工作者最光荣的任务。曲艺形式简便灵活，便于迅速反映现代生活，又有着革命的好传统，尤其应当在描写和培养社会主义新人方面做出出色的贡献。当然，我们的文艺要百花齐放，各种题材、样式、风格和流派的作品，只要能够使人们得到教育和启发，得到娱乐和美的享受，都应当在文艺园地里占有自己的位置。但是，生动地、深刻地表现我国人民所进行的革命斗争的伟大实践，表现我国人民现代化建设的伟大实践，塑造更多的社会主义新人的光辉形象，用爱国主义、共产主义思想鼓舞和教育人民，无疑是社会主义新文艺的最基本的任务。这几年来曲艺工作能够在建设社会主义精神文明、满足人民文化生活需要方面产生一些积极的影响，受到党和人民的赞扬，就在于广大曲艺工作者积极响应党的号召，创作和演出了一些这样的好作品。这是应当肯定的。现在的问题是，我们已经取得的成绩同时代和人民对曲艺的要求相比，还有很大的差距，新曲艺在演出中所占的比重还很小，许多有意义的题材还没有在曲艺中得到表现，特别是通过有血有肉、生动感人的艺术形象，真实地深刻地表现我们伟大的新时代和光辉革命历史的优秀作品还是显得少了。要改变这种不相适应的情况，开创社会主义曲艺的新局面，我们必须做出更大的努力。

我们曲艺工作者应当十分珍重自己所担负的重大责任，十分珍重人民对自己的殷切期望。邓小平同志在《祝词》中指出："对人民负责的文艺工作者，要始终不渝地面向广大群众，在艺术上精益求精，力戒粗制滥造，认真严肃地考虑自己作品的社会效果，力求把最好的精神食粮贡献给人民。""我们希望，文艺工作者中间有越来越多的同志成为名副其实的人类灵魂工程师。"这些话讲得是何等恳切，又对文艺工作者寄予了何等热烈的希望啊！几年来，广大曲艺工作者和其他文艺战线的同志们一样，是在努力这样做的。许多曲艺工作者自觉地以革命文艺工作者的标准要求自己，不断加强学习和锻炼，满腔热情地进行创作和演出，不辞劳苦，不怕困难，不计报酬，以全心全意为人民服务为荣，以密切联系群众、艰苦奋斗为荣，把好的精神食粮送到农村、牧场，送到矿山、工厂，送到连队、学校，送到最需要文化生活的地方。有些曲艺工作者和曲艺团体获得了劳动模范、模范文艺工作者、先进工作者和先进集体的光荣称号。同时，我们也要看到，在曲艺队伍中还存在着某些思想不纯、作风不纯和组织不纯的现象。有些人向往着资产阶级自由化，争名夺利，无组织无纪律，不讲职业道德，不顾人格、“团”格、国格，“一切向钱看”，不惜以低劣庸俗的作品和表演，去污染人民群众的精神世界，表现了对人民不负责任不顾社会效果的错误倾向，在社会上和曲艺界造成了极为恶劣的影响。这些现象虽然属于支流，但必须认真对待，并采取有效措施加以克服。

要提高我们的革命责任心和自觉性，最重要的是要加强学习和锻炼。邓小平同志说：“文艺工作者要努力学习马列主义、毛泽东思想，提高自己认识生活、分析生活、透过现象抓住事物本质的能力。”他特别强调了文艺工作者与人民的关系，指出：“要教育人民，必须自己先受教育。要给人民以营养，必须自己先吸收营养。由谁来教育文艺工作者，给他们以营养呢？马克思主义的回答只能是：人民。人民是文艺工作者的母亲。一切进步文艺工作者的艺术生命，就在于他们同人民之间的血肉联系。”他还指出了文艺工作者不断丰富和提高自己的艺术表现能力的重要性，要求文艺工作者认真钻研、吸收、融化和发展古今中外艺术技巧中一切好的东西，创作出具有民族风格和时代特色的完美的艺术形式，努力攀登艺术的高峰。

所有这些都是非常重要的。社会主义文艺发展的历史，包括新曲艺发展的历史，都有力地证明，我们只有坚持以马克思主义、毛泽东思想为指导，深入人民群众的生活和斗争，虚心向群众学习，和人民群众的思想感情真正打成一片，并不断提高自己的艺术修养，才能创造出为人民群众所喜闻乐见的、能够帮助他们推动历史前进的优秀作品。现在有些作品写得不够深刻，缺乏动人心弦的力量，显得平庸和一般化，也正是由于作者在思想、生活、艺术三个方面的问题没有解决或者没有很好解决。

邓小平同志希望我们的文艺队伍更加团结壮大。不论是专业的或业余的文艺工作者，一切社会主义的和爱国的文艺工作者，一切维护祖国统一的文艺工作者都要更好地互相帮助、互相学习，把全部的精力集中于文艺创作、研究或评论。在文艺队伍内部，各种类、各流派的文艺工作者之间，在从事创作与从事文艺批评的同志之间，在文艺家与广大读者之间，都要提倡同志式的、友好的讨论，提倡摆事实、讲道理。允许批评，允许反批评；要坚持真理，修正错误。这对于增强文艺界的团结具有极其重要的指导意义。我们曲艺队伍基本上是团结的，但是也有一些妨碍团结的现象，需要很好地注意和克服。比如，在一部分同志之间还存在着文人相轻、艺人相轻的现象，在不同流派之间还存在着门户之见，妨碍着我们的团结和进步。在虚心听取批评意见，开展批评与自我批评方面，有些同志还很不习惯，往往喜欢听赞扬的话、吹捧的话，而不愿听批评的话。有的同志不是“闻过则喜”，而是一听到批评意见就冒火，至于自我批评就更难了。这些同志不了解，批评和自我批评是党的三大作风之一，是马克思主义的武器，我们必须很好地开展批评与自我批评，才能够去掉不良作风，保持优良作风。没有批评和自我批评，我们就不能团结前进。第六届全国人民代表大会第一次会议的政府工作报告在充分肯定文艺工作的同时，也对文艺工作中存在的一些重要缺点和问题提出了中肯的批评，要求我们，“必须在继续克服‘左’的错误的同时，对于已经有明显表现和恶劣影响的某些精神产品不顾社会效果的完全商品化的倾向，给以足够的警惕和注意，并采取有效措施予以切实纠正”。报告还指出:“思想文化领域的资产阶级自由化倾向，对作品的社会效果不负责的倾向，是同为人民服务、为社会主义服务的方针不相容的，必须继续批评这种倾向。”在六届全国人大一次会议和全国政协六届一次会议上，在社会上和文艺界，也有许多同志对文艺工作发表了很好的意见，这都体现了我们的党、我们的政府和人民对文艺工作的重视和关怀。

曲艺工作者应当虚心听取这些批评意见，发扬优点，克服缺点，认真改进今后的工作，这样才称得起是对人民负责的革命文艺工作者。

为了发展我们的文学艺术事业，必须改善和加强党对文艺工作的领导。邓小平同志指出："各级党委都要领导好文艺工作。""根据文学艺术的特征和发展规律，帮助文艺工作者获得条件来不断繁荣文学艺术事业，提高文学艺术水平，创作出无愧于我们伟大人民、伟大时代的优秀的文学艺术作品和表演艺术成果。"他还就如何改进和加强党对文艺的领导问题，对党的领导部门、党员领导干部和党员作家提出了明确要求。邓小平同志在一九八一年七月十七日《关于思想战线上的问题的谈话》中讲到党对思想战线和文艺战线的领导有显著的成绩的同时指出，在领导工作中也存在着某些简单化和粗暴的倾向，更值得注意的是存在着涣散软弱的状态。他一再强调加强党的领导的重要性。经过这几年的努力，应当说党对文艺工作的领导是逐步加强了。曲艺方面的情况也是如此。但是，有些地区和有关文化部门对曲艺工作的领导还存在着不少问题，涣散软弱的状态还没有根本好转，许多地方，尤其是农村，曲艺工作还缺乏必要的组织领导；上演书（曲）目还相当混乱，不顾社会效果的、"一切向钱看"的完全商品化的倾向还相当严重；曲艺创作队伍和研究、评论队伍还没有很好地组织起来；培养新生力量的工作还是一个薄弱环节；曲艺演出场所也有许多困难。所有这些，都迫切需要有关部门认真研究解决。我们衷心地希望有关文化部门都能按照邓小平同志提出的要求，切实改善和加强对曲艺工作的领导，把曲艺工作认真地抓起来，更好地发挥广大曲艺工作者的革命积极性和创造性，把社会主义曲艺事业引向新的更大的繁荣。

（原载《曲艺》1983 年 3 期）

陈云同志一生关爱曲艺[①]

陈云同志是伟大的无产阶级革命家，党和国家的卓越领导人，也是曲艺界最敬重的良师和益友。

很早以前，陈云同志就对流行于江苏、浙江、上海一带的苏州评话、弹词（以下简称评弹）有所爱好和研究，认为评弹艺术丰富多彩，有广泛的群众基础，是教育群众、娱乐群众的一种好形式，应当予以重视、改革和发展。新中国成立以后，他利用公余和休养时间，听了大量的评弹书目，接触了许多评弹艺人、创作人员和领导干部，以他一贯认真细致、实事求是的作风，对评弹艺术进行了深入的调查研究，发表了许多有重要指导意义的意见。

为了全面推动评弹工作，陈云同志于一九五九年十一月下旬同上海市文化局、上海市人民评弹团负责同志作了一次重要谈话，对评弹工作中几个重要问题

---

① 本文系作者2000年3月为纪念陈云同志诞辰九十五周年、逝世五周年而作。

进行了深入细致的分析，并提出了切实有效的解决问题的方法。首先是关于新书和老书的问题。他把评弹演出的书目大体分为三类，指出：一类书，即传统书，也称老书。这是长期流传，经过历代艺人加工，逐步提高的。在这类书目里，精华和糟粕并存，有的毒素较多，有的少些。另一方面，评弹的说表艺术比较丰富。二类书，这是新中国成立初期部分艺人发起“斩尾巴”（注：即停演传统书）以后产生的。这类书目，大抵是根据古典小说和当代流行的传统戏曲改编的，一般讲，反动、迷信、黄色的毒素较少。但是，评弹的传统说表艺术也运用得较少。三类书，指现代题材的新书。这是新中国成立后新编的。这类书目，思想性一般比较强，但艺术上比较粗糙。对待这三类书，陈云同志提出了三种不同的做法，即：第一，对二类书可慢一步去整理。第二，对待现代题材的新书，要采取积极支持的态度。新事物开始时，往往不像样子，但有强大的生命力。对老书，有七分好才鼓掌；对新书，有三分好就要鼓掌。他强调指出，要重视创新工作，专业作家不够，可以用带徒弟的方式培养。也要发动评弹艺人深入生活，创作新书目。要扩大新书演出阵地。第三，传统书目毒素多，但精华也不少。如果不整理，精华部分也就不会被广大听众特别是新一代接受。传统书目很多，要就力之所及，采取积极的态度，逐步地搞，过急了不好。这是一个牵涉到许多人吃饭的问题，必须慎重。对于整旧创新的步骤、方法，陈云同志都提出了具体意见和办法。对于长篇和中、短篇的问题，专业队伍和业余队伍的问题，自弹自唱和演唱分工的问题，苏州话和非苏州话的问题，陈云同志也都发表了重要意见。最后一个问题是组织领导和管理工作问题，他强调指出，我们一定要从党和国家的立场上来看问题。评弹艺人及其事业都是属于人民的。要从全局出发。上海和江苏、浙江等地要协作，要分工，也要互相支援。要把艺人组织起来，要解决后继无人的问题，等等。此外，陈云同志还在多次通信和谈话中着重就整旧创新问题发表了重要的意见和建议。这些谈话和通信，生动地体现了党和国家对评弹艺术的重视和关怀，体现了党的百花齐放、推陈出新的文艺方针，体现了联系实际、实事求是的作风，受到大家的热烈拥护，对于评弹艺术的继承、改革、创新和发展，起到有力的指导和推动作用。

六十年代，陈云同志继续与评弹界保持着密切联系，通过多次与有关同志谈话和通信，引导和鼓励评弹界的同志努力创作反映新时代的作品，同时认真整理好传统书。他再次强调，新生事物有生命力，有三分好就鼓掌。希望新书要作生动的描写，还要有抒情，不仅是形容，而且要夸张。说新书，要熟悉时代的背景和环境。比如说《林海雪原》，应该知道故事发生在什么地方，地形如何，敌我形势如何，座山雕是什么样的人，才能说得清楚。把小说改编成评弹必须做三件事：减头绪，加穿插，变人物（张冠李戴）。《林海雪原》中杨子荣的原型死了，但小说里没有写他死，这样写好。把实际上死的，说成不死的，是合乎历史规律的，因为个人死了，阶级胜利了。对根据小说改编为评弹的《野火春风斗古城》《苦菜花》《青春之歌》等，也提出许多具体意见，要求创作、改编、演出的新书由少到多，由短到长，先求精练，然后延伸，努力把新书提高到传统书的艺术水平，使作者和演员很受启发。陈云同志还把自己阅读过的《简明中国通史》《中国分省地图》和《辞源》送给评弹界的朋友，以引起他们学习历史、地理等文化知识的兴趣。许多说新书的演员都受到他的亲切接见和循循诱导。他还在一九六二年十二月写信给周扬同志，建议组织一些新文艺工作者参加这方面的工作。正是在陈云同志的关怀和指导下，创作、改编、演出新书目的工作取得显著成绩。在传统书的整理方面，陈云同志明确提出，整旧是项细致复杂的工作，必须慎重。传统书目的整理，不能离开时代条件。要用历史唯物主义观点来看问题，不能以对现代人的要求要求古人。要去其有害部分，保留其精华部分和无害部分；同时可以作部分的必要的改编。他希望通过整理传统书目达到以下目的：思想上，精华突出，主题明确；结构上，能长能短，前后连贯；艺术上，既要严肃，又要活泼。当一九六一年开放书目忽视质量的时候，陈云同志又及时指出，衡量一个节目的好坏，要看对人民是否有利，要注意分析。群众喜欢的书不一定就是好书。这要看它是多数群众喜欢，还是少数群众喜欢；是合乎群众的长远利益，还是不合乎群众的长远利益。说书是教育人的，艺人要有责任心。这对于提醒大家保持清醒头脑，注意提高传统书的质量，起到重要的作用。

陈云同志对培养下一代的工作，对评弹艺术的理论研究工作，也非常重视。在他的关心和支持下，评弹界建立了第一所正规的中等曲艺学校——苏州评弹学校。有的表演艺术团体也建立了研究机构，加强了评弹艺术的理论研究工作。

陈云同志同样关心整个曲艺事业的发展。他听过王少堂演出的扬州评话《水浒》的录音，对王少堂的说书艺术极为赞赏。一九六〇年十一月，他在南京专门听了江苏省曲艺团演出的扬州弹词，查阅了有关资料，并同有关同志进行了一个多小时的谈话。他认为扬州弹词在解放前后渐趋衰落的原因，与鸦片战争以后扬州一带的经济衰落有关，但不是唯一的原因；另一个原因是它的保守。不向别的曲种、剧种学习，人才少，书目少，曲调不丰富，没有苏州弹词那样起角色，没有竞争，就要衰落。他鼓励大家说好传统书目，说好新书，多培养人才，把扬州弹词重新发展起来。此后，扬州弹词就按照陈云同志的谈话精神，进行改革和创新，获得新的发展和进步。

陈云同志长期工作、生活在北京，对北方曲艺非常关心，陆续听了许多北方曲艺节目的录音，调查了整个曲艺工作的情况和问题。一九六〇年十二月二十四日，他在同中国曲艺工作者协会陶钝同志的谈话中，具体分析了新书比传统书的艺术水平低、吸引听众的力量还差的原因：一是新书的艺术加工不够。二是噱头太少。在目前的曲艺创作和演出中强调了政治内容的一面，忽视了文化娱乐的一面，这是偏向。三是演员的生活不够，又不大胆，怕犯错误。实践证明，陈云同志提出的这几点意见针对性很强，对于纠正当时片面强调文艺为政治服务和“写中心、说中心、唱中心”等口号所产生的偏差，产生了很好的影响。一九六〇年底到一九六一年初，陈云同志除在北京看了两场曲艺演出，还先后四次约见中央人民广播电台文艺部陈开同志和中央广播说唱团白凤鸣、王力叶等同志，仔细询问了京韵大鼓、单弦、梅花大鼓、西河大鼓、河南坠子、乐亭大鼓、时调等曲艺品种的源流、特点、流派、演员和上座等情况，还听了许多曲艺节目的录音，看了一些文字资料。只京韵大鼓节目就听了近五十段，有的段子听了十遍，甚至二三十遍。然后，他对北方鼓曲艺术的整旧创新问题发表了重要意见。他举京韵大鼓为例，指出：要注意保持演唱艺术的“字正腔圆”，还要保持“词意轻松”“唱腔优美”“节奏变化”等特点，鼓励大家无论是传统节目，还是新创作、改编的节目，不但要注意思想内容，还要有好的演唱艺术去表现。陈云同志还嘱咐有关同志“凡能搜集到的全部录音都制成唱片，记下唱词，供内部研究、学习”。此后，中国唱片社有计划地录制了许多曲艺唱片，为曲艺艺术积累了极其宝贵的资料，促进了曲艺的普及和发展。

一九六一年一月，陈云同志到天津调查市场情况时，又利用晚上时间调查研究京韵大鼓艺术，先后听了六场约三十多段京韵大鼓和一台综合性曲艺节目，接见了天津市委宣传部和天津市文化局的负责同志，详细询问了天津市曲艺界的情况。接着，陈云同志又在北京观看了京韵大鼓专场演出，对每个节目都看得十分认真，对各方面的情况和问题都询问得非常仔细，并对京韵大鼓和整个曲艺艺术的继承、改革、创新和发展提出重要的意见和建议，鼓励大家重视传统节目，同时在继承优秀传统的基础上把新曲艺创作发展起来，使大家受到很大的启发和鼓舞。为了曲艺事业的健康发展，陈云同志于一九六一年二月十四日与中共中央宣传部文艺处负责同志的谈话中又对目前评弹和曲艺工作中的几个重要问题发表了意见。他提出，曲艺创作和演出人员要懂得听众的心理，群众来听曲艺，首先是为了文化娱乐的需要，不是来上政治课。目前有些节目噱头穿插太少，过分严肃。相声、滑稽等艺术形式也要注意趣味性的特点。整旧要去芜存菁。他提出，京韵大鼓有四个特点：字正腔圆、词意轻松、曲调优美、节奏有变化，不要丢掉，表演也要生动。他再次希望有些新文艺工作者参加曲艺工作，有适当的曲艺艺人参加作协、音协、剧协的活动，以利于学习、交流。陈云同志这些意见经过传达和宣传之后，收到很好的效果。此后，他还多次与有关人士谈话和通信，关注着评弹和整个曲艺事业的发展。

“文化大革命”给全国人民及曲艺界造成了一场大灾难，陈云同志与曲艺界的联系也由此中断。他在关心党和国家的命运的同时，仍然十分关心评弹和整个曲艺事业。粉碎“四人帮”后，他很快就与评弹界恢复了联系。

一九七七年六月，由陈云同志提议并征得文化部同意，在杭州召开了评弹座谈会。参加会议的同志们见到敬爱的陈云同志激动万分。陈云同志也分外高兴。他仔细倾听大家诉说在“文化大革命”中的不幸遭遇和林彪、“四人帮”的罪行，同大家一起交换了今后工作的意见，并亲自起草了《对当前评弹工作的几点意见》。会议结束时，陈云同志还作了一次重要讲话。他号召评弹工作者要团结起来，深入揭批“四人帮”，在社会主义事业中做出贡献。他主张评弹应该不断改革、发展，但评弹仍然应该是评弹。评弹艺术的特点不能丢掉。他继续提倡说新书，强调文艺是意识形态的东西，要为经济基础服务，为人民服务，为社会主义服务，鼓励大家说好现代题材的新书，以适应时代的需要，革命的需要。要积累各种题材、多种样式的书目，要增强农村和城镇演出的比重，并着重指出，中国人民大多数是农村人口，农业是国民经济的基础，四个现代化，农业排在第一位，要逐步增加到农村演出的比重。面向农村，到农村说书，对艺人来说是个适应的过程，也是学习、改造、提高的过程。座谈会结束后，陈云同志还同部分与会人员作过两次谈话，一次是就扶植新书问题、评弹艺术的理论研究和宣传问题、传统书目的收集、记录和整理问题，以及书目在演出中不断丰富加工等问题，讲了许多中肯的意见。另一次则着重讲了评弹工作者的学习、提高问题。他希望大家关心国家大事和世界形势，了解大局。要学习毛主席的《在延安文艺座谈会上的讲话》，还要学一点马克思的著作，使大家受到一次生动的思想教育。正是在陈云同志的引导和鼓励下，广大评弹工作者增强了前进的信心和勇气，把备受“四人帮”摧残的评弹艺术初步恢复起来。

但是，在“两个凡是”思想的束缚和“文化大革命”的影响尚未肃清的情况下，传统剧目、传统书目尚未明令开放，许多评弹工作者对上演传统书目心存余悸。陈云同志看到一九七八年六月五日新华社南京分社《内部参考消息》报道的评弹方面存在的书目太少、书场不足、过去下放农村的演员尚未归队的情况，接着又得知中共中央宣传部已批准文化部上演四十一个传统京剧剧目，便于七月八日、二十二日两次写信给吴宗锡同志，就说好新书和恢复上演传统评弹书目问题发表了重要意见，并请他考虑于必要时与周良、施振眉同志商量，做好恢复上演传统书目的工作。江、浙、沪一带的传统评弹书目恢复较快，并收到较好的社会效果，也是与陈云同志的鼓励和提倡分不开的。

党的十一届三中全会以后，在解放思想、实事求是的思想路线指引下，评弹和整个曲艺界冲破了“左”的精神枷锁，坚持为人民服务、为社会主义服务的方向和百花齐放、百家争鸣的方针，曲艺创作日趋繁荣，传统曲艺重放光彩，城乡曲艺演出阵地逐步有所恢复，出现了百花争妍的可喜局面。但同时也有一些曲艺工作者受到“一切向钱看”等错误思潮的影响，不顾社会效果，演出了一些思想倾向错误和低级庸俗的节目，在社会上产生了不好的影响。陈云同志觉察到这种情况，于一九八一年四月五日与吴宗锡同志谈话时明确提出：出人、出书、走正路，保存和发展评弹艺术，这是第一位的，钱的问题是第二位的。走正路，才能保存和发展评弹艺术。要以正派的艺术，打掉艺术上的歪风邪气。陈云同志在这次谈话中还就创作、改编新书问题、评弹要适合青年和提高青年等问题发表了意见。这次谈话对于鼓励大家坚持正确的文艺方向，抵制和克服不良倾向，起到很大的启发和鼓舞作用。这次谈话也引起文艺界的极大重视，大家认为，“出人、出书、走正路”这七个字，言简意赅，是对党的文艺方针、任务的高度概括，有普遍的指导意义。许多地方结合各个文艺门类的情况，提出“出人才、出作品、走正路”或“出人、出戏、走正路”，作为发展社会主义文艺的行动口号，得到广大文艺工作者的认同和拥护。为了更好地推动评弹工作，陈云同志又于一九八二年五月一日给中国曲艺家协会浙江、江苏、上海等地分会写信，请他们注意培养青年演员并加强管理和评论工作。一九八三年八月一日又给中央书记处负责同志写信，请将他了解的评弹方面的情况和意见及所附的两份材料转发上海市委和浙江、江苏省委，以加强对评弹书目和演出的管理。

陈云同志始终支持新书的创作和演出。一九八二年，他对邱肖鹏、郁小庭、傅菊蓉创作的长篇弹词《九龙口》给予了亲切指导和鼓励。他发现徐檬丹创作的《真情假意》是一个好的中篇，是适合青年、提高青年的作品，非常高兴。很快就将他的意见告知邓力群同志，并请考虑可否改编为话剧等演出。九月又两次给中央人民广播电台文艺部写信和谈话，就《真情假意》的改编问题提出意见和建议。人们由此更深切地感到，陈云同志对有切合现实的时代气息、对广大青年有教育意义的好作品是多么重视！

一九八四年春节是曲艺界难忘的日子。这天上午，曲艺界人士陶钝、侯宝林、高元钧、骆玉笙、罗扬和袁阔成、刘兰芳、赵玉明、马增蕙等应邀来到中南海陈云同志住处。能与陈云同志一起欢度春节，大家倍感荣幸。陈云同志与大家亲切交谈，询问了曲艺界的情况，听取了大家对曲艺工作的意见和要求；然后，陈云同志发表了极为重要的谈话。他明确指出，曲艺是我国特有的传统艺术形式，在城乡有着很广泛的群众基础。我们要繁荣社会主义的文艺，就要繁荣社会主义的曲艺。他勉励大家坚持“出人、出书、走正路”。他指出:“出人，就是要热心积极培养年轻优秀的创作人员和演员，使他们尽快跟上甚至超越老的。出书，就是要一手整理传统的书目，一手编写反映新时代、新社会、新事物的书目，特别是要多写多编新书。走正路，就是要在书目和表演上，既讲娱乐性，又讲思想性，不搞低级趣味和歪门邪道。”陈云同志谈到这几年文艺界的情况时指出，“粉碎‘四人帮’以后，文艺界包括曲艺界，成绩是主要的，但也的确出现一部分坏作品、坏节目，或有严重缺点的作品、节目，对社会、对青年起了不好的作用。解决这方面的问题，需要有关部门制定和完善一些必要的规章制度，搞出一些条条来；同时，更需要在文艺界内部开展认真的批评和自我批评。”他强调说:“批评也罢，自我批评也罢，都是我们党解决思想性质问题的行之有效的老方法。我们在文艺界也要提倡这个方法，使之形成风气，逐渐为人们所习惯。我们相信，只要是充分说理，实事求是的批评和自我批评，不仅不会妨碍文艺的繁荣，而且是文艺繁荣所不可缺少的重要条件。”在谈话中，陈云同志还两次谈到学习问题，“建议大家尤其是年轻的同志，平日除了看业务书之外，也要抽空读点马列主义的书籍，特别是要学点马克思主义的哲学”。他接着强调说:“唯物辩证法和历史唯物论是最正确最科学的世界观和思想方法，一个人，无论从事什么工作，有还是没有这个世界观和思想方法，工作起来就会大不一样。”听了陈云同志的谈话，大家深受启发、教育和鼓舞。陈云同志对大家提出的关于建立曲艺学校、成立曲艺研究机构等要求，表示理解和支持，并请在座的邓力群同志转告文化部负责同志。陈云同志在春节接见曲艺界人士的消息和他的春节谈话由新华社播发和各大报纸发表以后，广大曲艺工作者受到极大的鼓舞和教育，在文艺界和有关各界也产生了很大影响。此后不久，文化部就决定创办中国北方曲艺学校和在中国艺术研究院设立曲艺研究所，并按照陈云同志的建议，成立了江浙沪评弹工作领导小组。

广大曲艺工作者又一次难忘的时刻是，一九八五年四月十八日中国曲艺家协会第三次代表大会开幕那天宣读陈云同志的贺信。这封贺信热情赞扬了广大曲艺工作者近几年来取得的显著成绩，指出曲艺工作者同我国所有文艺工作者一样，肩负着教育群众，特别是教育青年的责任，勉励大家坚持为人民服务、为社会主义服务的方向和百花齐放、百家争鸣的方针，坚持“出人、出书、走正路”，创作演出更多的具有时代精神、为广大人民群众喜闻乐见的曲艺作品、节目，为丰富人们的文化生活，促进社会主义精神文明建设做出更大的贡献。来自全国各地曲艺家代表听到陈云同志的贺信深受感动，莫不欢欣鼓舞，更加增强了社会责任感和历史使命感，增强了前进的勇气和信心。

此后，陈云同志不顾年老体弱，继续关注着曲艺工作。一九八六年九月，他为全国曲艺优秀新曲（书）目比赛题词，鼓励大家继续坚持“出人、出书、走正路”；一九九〇年，他为首届中国曲艺节题写节名；一九九一年，他为骆玉笙同志艺术生活六十五周年赠送了“为人民服务是文艺工作者的光荣”的题词，如此等等，都使广大曲艺工作者深受感动。直到逝世之前，他还惦念着评弹艺术和整个曲艺事业的改革和发展，保持着与评弹界人士的密切联系。

回顾陈云同志在曲艺、文艺方面的言论和实践，我们深深感到，他始终把包括评弹在内的曲艺工作、文艺工作当作革命事业的一个组成部分，总是站在党和国家的立场上观察文艺问题，坚持以马列主义、毛泽东思想为指导，实事求是地研究和解决曲艺、文艺工作的理论问题和实践问题，不但很好地贯彻了党的文艺路线、方针和政策，而且丰富和发展了毛泽东文艺思想，对今后的工作有着重要的指导意义。他在与评弹和曲艺工作者的接触中，总是使人感觉那么平易近人，那么可敬可亲。人们反映的情况、问题和提出的要求、意见，他总是那么认真仔细地听取。他发表意见时，又总是采取商量的态度，使人感到真诚、谦虚，从不强加于人。他把评弹、曲艺工作者当作自己的同志和朋友，看到优点和进步，就热情鼓励，看到缺点和不足，就循循诱导，耐心帮助。他不但关心同志们在政治上、艺术上的提高和进步，而且关心同志们的生活。他还主动把亲自书写的一些条幅送给同志们作为纪念。陈云同志密切联系群众，深入调查研究和艰苦朴素、认真细致的作风，给大家留下极其深刻的印象。陈云同志的确是曲艺界最敬爱的导师、同志和朋友，是大家学习的榜样。广大曲艺工作者将永远牢记陈云同志的教导，向着他指引的目标前进！

（原载《曲艺》2000 年 4 期）

亲切教诲　崇高风范[①]

——纪念陈云同志诞辰一百周年

在陈云同志诞辰一百周年之际，回想陈云同志对评弹（苏州评话、苏州弹词的合称）艺术和曲艺事业的亲切关怀与指导，广大曲艺工作者无不怀有深切怀念和由衷感激之情；重温陈云关于评弹和曲艺问题的论述，仍感到十分亲切，深受教益。

一

远在革命战争年代，陈云就重视文艺工作。他在一九四三年三月延安党的文艺工作者会议上发表的《关于党的文艺工作者的两个倾向问题》的讲话，对贯彻毛主席《在延安文艺座谈会上的讲话》精神，推动

① 本文系作者2005年6月在中共中央宣传部、中共中央文献研究室、中共中央党史研究室、中共中央党校、中国人民解放军总政治部、中国社会科学院、教育部共同举办的“全国陈云生平和思想研讨会”上的发言。

文艺工作者与新时代的群众相结合，起到重要作用，至今仍为人们所记忆。他很早就喜欢评弹并有所研究。新中国成立后，他担负党和国家繁重的工作任务，仍然利用工余和休养时间，听了大量的评弹书目和其他曲艺节目，接触了许多演员、创作人员和领导干部，对评弹和曲艺艺术进行了深入细致的调查研究，发表了许多有重要指导意义的意见。我们现在看到的陈云关于评弹等曲艺艺术的通信和谈话记录就有三百多件，先后由中国曲艺出版社出版、中央文献出版社增订再版的《陈云同志关于评弹的谈话和通信》，是其中的一部分。陈云在关于评弹及其他曲艺和文艺问题的论述中，坚持以马克思主义、毛泽东思想为指导，对文艺的方向、方针、任务和文艺与人民、文艺与生活、文艺与政治、继承与创新、思想性与娱乐性、社会效益与经济效益、队伍建设以及体制改革等重要问题，都从理论与实践的结合上作了精辟的论述，丰富和发展了毛泽东文艺思想，对评弹等曲艺艺术的改革和发展起到重要的指导和推动作用，并在文艺界产生了积极的影响。

二

陈云十分重视评弹等曲艺艺术在人民精神文化生活中的重要作用和改革发展曲艺艺术的重要性与必要性。

评弹也好，其他曲艺也好，都是广大人民群众喜闻乐见的说唱艺术，是我国民族民间文艺的重要组成部分；在长期的发展过程中，各民族和地区都涌现出许多卓有成就的民间艺人，创造和积累了难以数计的说唱作品，形成了众多的艺术流派，在人民精神文化生活中产生了广泛而深远的影响，并促进了我国小说、诗歌、戏曲、音乐等文学艺术的发展。然而，在漫长的封建社会和半殖民地半封建的旧中国，曲艺艺术却一直不被统治者所重视，曲艺艺人社会地位低下，生活艰难，甚至受到统治者的百般侮辱。只有在中国共产党领导的革命根据地和新中国，曲艺艺术和曲艺艺人才受到党和人民政府的重视和关怀。在党的文艺方针指引下，广大曲艺工作者提高了思想觉悟和艺术素质，成为自觉地为人民服务的文艺工作者；艺术从内容到形式发生了划时代的变化，为丰富人民群众的精神文化生活，促进我国革命和社会主义事业做出积极的贡献。改革和发展曲艺艺术的重要性，被越来越多的人们所认识。但是，旧社会遗留下来的轻视曲艺的旧观念，并未能在所有人的头脑中清除掉，甚至在有些文化工作领导部门和领导干部的头脑中还存在着轻视曲艺的思想，以致影响了曲艺事业的顺利发展。

正是针对这种情况，陈云多次强调指出，“评弹应该不断改革、发展。”“曲艺是我国特有的传统艺术形式，在城乡有着广泛的群众基础，应该好好发展。我们要繁荣社会主义的文艺，就要繁荣社会主义的曲艺。”他郑重地告诫人们，“一定要从党和国家的立场看问题。评弹艺人及其事业都是属于人民的。要从全局出发。”陈云就是这样站在党和国家的立场上，从全局出发，把评弹和整个曲艺事业作为人民的事业和社会主义文艺事业来看待的。不仅如此，他还多次建议有关领导部门认真采取措施，逐步解决曲艺发展中的一些重要问题。苏州评弹学校、中国北方曲艺学校、中国艺术研究院曲艺研究所、江浙沪评弹工作领导小组等机构，都是在他的直接关心和支持下先后成立起来的。陈云对曲艺事业的重视和支持，使广大曲艺工作者深受教育和鼓舞，极大地提高了对曲艺事业的认识和责任心，增强了前进的信心和勇气。这对一些轻视曲艺工作的文化领导部门和领导干部来说，更是重要的警示和有力的鞭策。所有对曲艺工作负有组织领导责任的文化领导部门和干部，的确应该像陈云那样把曲艺工作重视起来，认真抓好，这才算是尽到自己应尽的职责；一切轻视曲艺的想法和做法，都应该尽快纠正。

三

曲艺的发展方向、道路问题，一直是陈云所关心的重大问题。他经常勉励广大曲艺工作者坚持为人民服务、为社会主义服务的方向和百花齐放、推陈出新的方针，坚持“出人、出书、走正路”，并及时提醒大家注意防止和克服与之相背离的不良倾向，以保证曲艺事业的健康发展。

新中国成立以来，评弹也好，整个曲艺事业也好，在党的领导下，经过广大曲艺工作者的艰苦努力，的确取得显著的成绩，主流是好的。但是，由于种种错误思潮的侵蚀和影响，以及文艺工作指导上的一些失误和曲艺界存在的一些弱点，曲艺发展过程中也出现过一些偏差和不良倾向。我们感到幸运的是，每逢评弹和曲艺工作中出现一些不好的苗头和不良现象的时候，陈云总是及时地提醒大家，要坚持走正路，注意抵制和反对各种错误思潮的侵蚀和影响，及时纠正各种偏差。比如，在二十世纪五十年代后期，陈云同志发现评弹创作演出中出现片面强调文艺的政治性而忽视文艺的娱乐性的情况，就明确提出，“曲艺是群众性的文化娱乐，劳动之余，要听一些轻松的东西，这不是听报告和受政治教育所能代替的。”“思想教育的目的要通过艺术手段来达到。”以后，陈云了解到评弹界有些人全盘肯定传统书目和乱放噱头，又及时提醒人们，“要有噱头，但要防止噱头的乱放。要研究演出的效果，以便取舍”。“严肃与活泼应很好地结合起来。”又比如，“文化大革命”开始后，“四人帮”推行极左路线，把许多评弹书目诬为“毒草”，把评弹搞成“评歌”“评戏”。陈云对此极为反感，于一九七七年六月，亲自主持了评弹座谈会，根据当前评弹面临的新形势，发表了重要谈话，号召大家“团结起来，揭批‘四人帮’”，鼓励和支持评弹界“文化大革命”前创作、改编的新书目和经过整理的传统书目，并强调指出，“评弹应当是评弹。评弹的特点不能丢。”同时提出，“文艺是意识形态的东西，要为经济基础服务，要为人民服务，为社会主义服务。”他还就编演新书和面向农村等许多重要问题发表了重要意见。这次会议对曲艺界拨乱反正，恢复和发展我国的曲艺事业，起到非常重要的指导和推动作用。又比如，二十世纪八十年代初，当评弹界受到“一切向钱看”等错误思潮的影响而出现上演节目混乱、质量下降的情况时，陈云又郑重提出，“要出人、出书、走正路，保存和发展评弹艺术。这是第一位的，钱是第二位的。”“走正路，才能保存和发展评弹艺术。要以正派的艺术，打掉艺术上的歪风邪气。”这就为大家坚持正确的道路，保存和发展评弹艺术，解决好社会效益与经济效益的关系，以及如何与歪风邪气作斗争，指明了方向。一九八四年春节，陈云在接见曲艺界人士时，又结合曲艺界、文艺界近几年来的情况，发表重要谈话，全面阐述了“出人、出书、走正路”的内容和要求，在肯定曲艺界、文艺界的成绩的同时，指出了出现的问题并提出解决问题的方法，获得大家的一致赞同和热烈拥护，在全国文艺界、曲艺界产生了很大的影响。一九八五年四月，陈云在致中国曲艺家协会第三次会员代表大会的贺信中又强调指出，“广大曲艺工作者同我国所有文艺工作者一样，肩负着教育群众，特别是教育青年的责任。希望大家创作和演出更多的为人民群众喜闻乐见的好作品，培养更多的年轻优秀的曲艺人才，为繁荣曲艺，为社会主义精神文明建设做出新的贡献。”这就使广大曲艺工作者进一步认清了文艺界、曲艺界面临的形势和任务，更加自觉地肩负起党和人民赋予自己的光荣使命。

实践证明，陈云在曲艺的方向和道路问题上所发表的许多意见，是非常正确和及时的。曲艺艺术同其他艺术一样，要顺利地向前发展，广大曲艺工作者必须始终不渝地坚持正确的方向和道路，努力提高自己的思想艺术素质，并保持清醒的头脑，时刻注意防止和克服各种错误思潮的侵蚀和影响，及时解决发展中的重要问题；不然的话，就会走弯路，出偏差，造成不应有的损失。几十年来，广大曲艺工作者能够坚持正确的政治方向和文艺方向，比较快地克服一些不良倾向和不好的苗头，不断取得显著的成绩，与陈云的指导是分不开的。

四

评弹也好，其他曲艺也好，要坚持为人民服务、为社会主义服务，最重要的是要为人民奉献更多更好的艺术成果。这也就是陈云所说的，要“出书”：“一手整理传统的节目，一手编演反映新时代、新社会、新事物的节目，特别是要多编演新书。”

如何看待传统书？如何整理好传统书？陈云多次

要求大家，要采取马克思主义的分析态度，并给予亲切指导。他说："传统书，也称老书。这是长期流传，经过历代艺人加工，逐步提高的。""传统书的毒素多，但精华也不少，如果不整理，精华部分也就不会被广大听众特别是新的一代接受。精华部分如果失传了，很可惜。"他进一步指出，"传统书目中，有精华，有糟粕，还有中间的即无害的部分"，"应留其精华，去其糟粕，保留无害部分，去掉繁琐的地方"。"衡量书目的好坏，要从能否教育人民，对大多数人民是否有好处来考虑。""要防止反历史主义的倾向，以免损害了精华部分。优秀的传统艺术，千万不能丢掉。""传统书的整理工作，不能离开时代条件。要用历史观点看问题，不能以现代人的要求来要求古人。""什么是'封建'，要好好分析，不能过激。如果过激了，狭隘地运用阶级观点，就会脱离群众。我们的工作要照顾群众，不脱离群众，才能发挥作用。各方面的意见都要听，但要分析。我们的一举一动，都要符合党的政策。"他希望经过整理的书目都能达到"思想上，精华突出，主题明确；结构上，能长能短，前后连贯；艺术上，既要严肃，又要活泼"。他还对一些传统书目的整理工作发表过许多具体意见。

从上述意见中我们可以看到，陈云对传统书的调查研究是多么深入，对传统书整理工作的考虑是多么细致周到。他不但把马克思主义关于正确对待文化遗产的原则和党的百花齐放、推陈出新的文艺方针，创造性地运用于传统曲艺的整理工作当中，而且提出了应当采取的态度、方法和要求以及应当注意的问题。在陈云的指导下，许多地方特别是江、浙、沪地区的传统曲艺整理工作，防止和纠正了粗暴与保守的偏差，取得好的成绩。

如何正确对待新书？如何编演好新书？陈云像对待革命的新生事物一样，采取了积极倡导、热情支持和耐心帮助的态度。“新书有三分好就鼓掌”，就生动地表示出他对新书的殷切期待和热情支持的心情。为什么新书有三分好就鼓掌？陈云说，这是因为“新事物开始时，往往不像样子，但有强盛的生命力”。“要扶持新书”，“像鲁迅说的那样，对新进作家要扶持”。他鼓励大家“要反映现实斗争，说好现代题材的新书。这是时代的需要，革命的需要”。“说新书要大胆。”“不要怕初期的缺点和上座率低，只要坚持改进，必能把新长篇的演出提高到传统书的艺术水平。”同时，陈云还对新书创作、改编和演出的一些重要问题发表了许多精辟的见解。比如改编问题。他结合根据同名小说改编的长篇评弹《林海雪原》《青春之歌》《野火春风斗古城》《苦菜花》等书目的具体情况指出，“把小说改编成评弹，对原著要有所增删。唱本和看本有所不同，唱本要有更生动的描写和必要的补充，情节可删去一些，该突出的要突出，一个是去掉，一个是增加，一个是搬家。”“做生动的描写，还要有抒情；不仅是形容，而且要夸张。”“新长篇要像传统长篇一样，不是平铺直叙地演述，要抓住需要突出的部分（所谓‘关子’），加以深刻的描写和必要的夸张。”“这种描写和夸张愈是成功的，书回才能由少到多，成为精彩的长篇。”“没有夸张，就不成其为艺术。”“说表是评弹的重要手段。”“在以说表为主的前提下，也要注意唱。”“当然，有的书以唱为主，有的书以说为主。”陈云的这些意见，紧紧抓住了评弹艺术的特点，并提出改编的方法和要求，讲得多么好啊！大家听了都深受启发，从而提高了编演新书的质量，促进了新书的发展与繁荣。又比如关于思想性与娱乐性的问题，这对曲艺这门群众性很强的说唱艺术来说，的确是一个需要认真研究解决的大问题。陈云明确指出，“走正路，就是要在书目和表演上，既讲娱乐性，又讲思想性，不搞低趣味和歪门邪道。”这是完全正确的，既弘扬了我国民族艺术“寓教于乐”的优良传统，又符合曲艺艺术的发展规律和群众欣赏曲艺艺术的要求；既能防止和克服片面强调思想教育的功能而忽视娱乐性的倾向，又能防止和克服一味迎合时尚、搞低级趣味而放弃教育功能和不顾社会效果的倾向，从而促进曲艺的健康发展。又比如，关于改革创新与保持曲艺特色的问题。陈云曾多次提出，“评弹应该不断改革，但评弹仍然应该是评弹。评弹艺术的特点不能丢掉。”他提醒大家，“说给人听的和写给人看的不同，评弹不但和小说、戏剧、电影不同，评弹的长篇和短篇也不同，各种形式的文艺，都各有质的规定性。”“戏剧、小说、评弹三不同的艺术形式，有不同的艺术规律，戏剧是现身中说法，评弹是说法中现身。”“‘一人多角’的提法还不全面。不仅多角，而且艺人还可以代问代答。”他还就评弹及其他曲艺的改编、创作和表演等方面如何改革创新和保持艺术特色的问题提出许多重要意见。实践证明，评弹也好，其他曲艺也好，要保存、继承和发展，必须改革创新；不创新，曲艺就难以保存、继承和发展；而要改革、创新和发展，就要注意尊重艺术规律，保持自己的特色。有特色的艺术才能独具风采，自立于民族艺术之林，受到人们的欢迎，具有长久不衰的艺术生命力。如果丢掉了自己的特色，就会失去自身存在的价值。又比如，关于适应青年和提高青年问题。陈云认为，“曲艺工作者同我国所有文艺工作者一样，肩负着教育群众，特别是教育青年的责任。”又指出，“不要让青年就评弹，而要让评弹就青年。就青年，不停顿于迁就，要逐步提高他们。在就青年中去锻炼，出人才，出艺术。”陈云这些意见正确地回答了文艺与青年的关系和适应青年与提高青年的关系等问题，既提醒人们要重视评弹及其他曲艺负有提高青年的思想境界的责任，又要在如何使说唱的内容和艺术让青年乐于接受上下功夫；既要注意适应青年，又不是一味地迎合、迁就某些人的低级趣味，放弃或降低自己应该肩负的责任。如何解决好适应青年和提高青年的问题，的确关系到曲艺的兴衰存亡，应该引起大家的高度重视，做出切实的努力。再比如，对歌颂与讽刺、表演和音乐唱腔改革创新与曲艺理论研究等问题，陈云也都有重要的论述。

总之，陈云发表的许多意见，充满辩证法，有很强的针对性和说服力，对编演新书发挥了重要的鼓舞和指导作用，今后仍然值得我们深入学习和研究。

五

如何提高广大曲艺工作者的思想艺术素质，并不断地培养年轻优秀的曲艺工作者，是曲艺发展的关键所在，也是陈云长期以来一直关注的大问题。

陈云认为，“说书是教育人的，艺人要有责任心。”从事曲艺工作的人，应当是革命的文艺工作者，在社会主义革命和建设中贡献力量。他多次鼓励大家要努力学习毛主席《在延安文艺座谈会上的讲话》，学习党的方针、政策，关心国家大事。他还结合自己的体会，语重心长地建议曲艺工作者要学习马克思主义，特别是马克思主义的哲学。他强调指出，“唯物辩证法和历史唯物论，是最正确最科学的世界观和思想方法，一个人无论从事什么工作，有没有这个世界观和思想方法，工作起来都会大不一样。”他希望大家要深入群众，深入生活，把深入群众的过程当作锻炼自己、教育自己和提高自己的过程。他鼓励大家学习文化知识，钻研业务，注意掌握艺术规律。为了引导、鼓励大家读书学习，陈云多次结合分析评弹书目，给大家讲解历史、地理等方面的知识，并把自己在革命战争年代一直带在身边的《辞源》等书赠给上海人民评弹团。他还把一些诗句和名言写成条幅赠送给评弹、曲艺界的同志，以资鼓励。

陈云以极大的热情关注着新人的成长。为了解决后继有人的问题，他鼓励老艺人把自己的知识、经验加以总结，传授给年轻人，更希望年轻人虚心向老一代学习，要立志超过老一代。一方面，他赞成通过老师带徒弟和曲艺表演团体办学习班等途径与方式培养人才，一方面主张建立正规的曲艺学校，培养全面发展的曲艺人才。他说："要把培养人才看作是党的事业。其他艺术界有专门的学校，评弹界也应该有自己的学校。""政治、文化、艺术都要学。"苏州评弹学校就是在陈云的关怀、支持下建立起来的。中国北方曲艺学校也是在陈云的关怀下建立起来的，他还把《陈云同志关于评弹的谈话和通信》一书的稿费捐赠给学校，并题写校名，以表示支持。他还考虑在办好中等曲艺学校的基础上建立大专曲艺院校，以培养受过高等教育的曲艺人才。他对年轻人寄予很大的希望，认为"后来必须居上，才能发展；后来不居上，就是倒退。这是发展规律"。他还说："青年富有朝气，对青年要多鼓励，但表扬要恰如其分，不要捧。特别是对共产党员和共青团员的表扬，要适当，否则，他们会孤立，因为人家不服，他们自己也可能会骄傲，这样影响会很坏。不能靠共产党员、共青团员的称号吃饭。"

由此可见，陈云对培养青年一代的工作是多么重视，对青年的希望是多么殷切，而要求又是多么严格。如果我们都能对培养青年的工作采取这样的态度，高素质的曲艺人才一定会一批一批地培养出来。

六

重新学习陈云关于评弹、曲艺和文艺问题的论述，回忆他与评弹和曲艺工作者交往的情况，我们都会深深感到，陈云在思想、理论和实际工作上的确有力地指导和推动了曲艺事业的发展。他的精神、品格和作风以及工作方法，也是我们学习的典范，给我们留下难忘的印象。

实事求是是陈云一贯坚持的原则和作风。对于文艺问题如同对待其他工作一样，他始终坚持理论联系实际，一切从实际情况出发，把马克思主义、毛泽东思想创造性地运用于评弹和曲艺工作的实际。他发表的许多意见都是在深入调查研究的基础上，经过认真思考之后提出来的，完全符合曲艺工作的实际情况，观点鲜明，分析透彻，多有创见，许多长期从事文艺工作的同志都深为钦佩。“不唯书，不唯上，只唯实，交换、比较、反复”是陈云的名言，也可以说是他的理论和实践的高度概括，这在他关于文艺问题的论述中同样生动地体现出来。

陈云密切联系群众。在与演员、作者、干部的接触和交往中，陈云总是那么平易近人，使人感到十分亲切。评弹方面的同志都尊敬地称他为“老首长”，他却从来不以党和国家领导人自居，从来不摆首长架子，而谦称自己为“老听客”，像对待同志和朋友一样和大家亲切交谈，了解情况，交换意见。因此，大家有什么话都愿意跟他讲，没有什么拘束；陈云也从中了解到许多重要的情况、意见、建议和他们的经验、教训。他认真听了许多评弹书目和扬州评话、弹词及北方大鼓、相声等曲艺节目，有些节目还听了多遍，认真进行了分析研究，并善于把深刻的道理用朴素、简洁、晓畅的语言表达出来，使人易懂、易记，便于操作。这也反映出陈云的坚强的群众观点和优良作风。

陈云在是非问题上态度鲜明。从他与评弹和曲艺界人士的通信和交往中，我们就可以看到，无论是对人，还是对事，他都是好处说好，坏处说坏，表扬和批评都务求恰当。他指出曲艺工作中存在的问题，也提出积极的解决问题的途径和办法。比如，陈云在一九八四年春节接见曲艺界人士时发表的重要讲话，谈到文艺界的情况，他明确指出，“粉碎‘四人帮’以后，文艺界包括曲艺界，成绩是主要的，但也的确出现一部分坏作品、坏节目，对社会、对青年起了不好的作用。解决这方面的问题，需要有关部门制定和完善一些必要的规章制度，搞出一些条条来，同时更需要在文艺界内部开展认真的批评和自我批评”。他强调说，“批评也罢，自我批评也罢，都是我们党解决思想性质问题的行之有效的老方法。我们在文艺界也要提倡这个方法，使它形成风气，逐渐为人们所习惯，只要是充分说理的、实事求是的批评和自我批评，不仅不会妨碍文艺的繁荣，而且是文艺繁荣不可缺少的重要条件。”事实证明，陈云的论断是完全正确的，我们对于文艺工作包括曲艺工作的成绩和存在的问题，的确应当采取分析的态度，做出正确的估计；如何正确开展批评和自我批评，尤其应当引起我们的重视。批评和自我批评是党的优良传统。我们必须努力发扬这个好传统，才能扶正祛邪，促进曲艺事业的繁荣。

如上所述，是我重温陈云关于包括评弹在内的曲艺问题的论述的一些粗浅认识和体会。陈云的教诲和崇高风范，将永远激励着我们前进。我们深信，在以胡锦涛同志为总书记的党中央领导下，只要以马克思主义、毛泽东思想、邓小平理论和“三个代表”重要思想为指导，遵循先进文化的前进方向，坚持“出人、出书、走正路”，我国社会主义曲艺事业一定能够日益繁荣，为祖国和人民做出新的更大的贡献。

（原载《陈云百周年纪念·全国陈云生平和思想研讨会论文集》，中央文献出版社 2006 年 4 月出版）

陈云同志和我们一起过春节

今年春节，天气格外晴朗，也比节前暖和。初一上午九点钟，陶钝、高元钧、骆玉笙、袁阔成、刘兰芳、赵玉明、马增蕙同志和我一起，应邀来到中南海陈云同志的住处。少顷，邓力群同志也从人民大会堂赶到这里，大家互致问候，等待着陈云同志的接见。

陈云同志是我们党和国家的卓越领导人，又是我们最感亲近的一位长者和同志。他为党和人民的事业奋斗了半个多世纪；如今虽已八十高龄，依然肩负着党和国家的重任，日夜操劳，在全国人民心目中享有崇高的威望。陈云同志对曲艺工作发表过许多重要的意见，他把马克思主义、毛泽东思想的原理与曲艺工作的实际很好地结合起来，讲得非常透彻，非常深刻。他每次发表意见，总是采取同志式的平等商量的态度，耐心诱导，从不强加于人。无论鼓励，还是批评，都令人心服口服。现在，陈云同志又邀请曲艺界的同志一起欢度新春佳节，怎能不使我们感到格外的喜悦和激动呢！

十点钟，陈云同志缓步进入客厅。他身着银灰色中山装，面色红润，神采奕奕，笑声朗朗，向大家拱手拜年。大家一边热烈鼓掌，一边迎上前去与陈云同志紧紧握手，祝他春节好。看到陈云同志身体这样健康，精神这样好，我们都非常高兴。当陈云同志亲切地与我握手的时候，我一时竟激动得一句话也说不出来了。

陈云同志招呼大家落座后，再次祝大家春节好。他亲切地说："邀请同志们来，见见面，我非常高兴。曲艺是我国特有的传统艺术形式。在城乡有着很广泛的群众基础。我们要繁荣社会主义的文艺，就要繁荣社会主义的曲艺。你们过去为繁荣曲艺做出了不少成绩。希望大家继续努力，做出更多更大的贡献。大家随便谈谈吧！"

短短几句话，既有热情的鼓励，又有殷切的期望，使我们倍感温暖和亲切。于是，大家的心里话有如开闸之水，无拘无束地涌流出来。

刘兰芳同志汇报了她在上海演出的情况，说北方评书在南方也很受群众欢迎。陈云同志说："我想，北方评书，南方也会接受的。"马增蕙、赵玉明同志谈到自己学习评弹很有收获；陈云同志点点头说："南方的曲艺可以移到北方来，南北曲艺可以交流。"鼓励大家继续在这方面做出努力。

高元钧、袁阔成、刘兰芳同志表示今后要多说新书，现在正准备说唱"老帅"的故事，陈云同志连连点头，称赞说："好啊！好啊！"

陈云同志询问了曲艺方面的一些情况。侯宝林同志谈到新中国成立后相声艺术有了很大发展，是有不少成绩的，但现在相声队伍还是显得太小了，创作也跟不上。还需要下力量培养人才，加强研究，发展创作。陈云同志说:“我听了你的相声段子的录音。”侯宝林同志说:“相声能使人笑，希望陈云同志多听，笑一笑，少一少，健康长寿。”陈云同志笑了，大家也笑了。

陶钝等同志汇报说，现在全国有曲种四百左右，有些曲种，如相声、评书、快书等在全国流行；曲艺队伍约十万人，是一支不可忽视的力量，影响很大。要使曲艺跟上时代的要求，还需要做很多工作。接着，大家对文化部门提出意见和建议。陈云同志对大家的发言一直听得那么仔细，那么耐心，中间有询问，有交谈，对大家提出的困难和要求，表示极为关心和重视。

陶钝、骆玉笙、侯宝林等同志都谈到办曲艺学校和设立曲艺研究所的必要性，请求陈云同志予以支持。陈云同志听后笑着说:“好啊！给文化部讲讲嘛！”接着问邓力群同志:“老邓，办曲艺学校，成立曲艺研究所，你赞成不赞成？”邓力群同志回答:“我赞成！我给文化部讲。”听到这里，大家都高兴地笑起来，从心底里感谢陈云同志对曲艺工作的重视和支持。粉碎“四人帮”以后，党中央对曲艺工作是重视的，广大人民群众对曲艺是欢迎的。但是，在某些文化部门中，在文艺界和社会上，还有一些人未能摆脱旧社会对曲艺和其他一些传统艺术的偏见，看不起曲艺，鄙薄曲艺工作；有些文化部门甚至放弃对曲艺工作的领导，对曲艺界的呼吁和要求漠然置之。这种状况常常使人感愤不已。聆听着陈云同志的鼓励和教诲，大家激动的心情难以平静。年逾七旬的骆玉笙同志再也抑制不住自己的感情，说出了大家的心里话："陈云同志，您的书（指《陈云同志关于评弹的谈话和通信》），给我们指明了方向，给了我们力量。今天，您又接见我们，给了我们很大的支持，我们感谢您，感谢党。像我这样的人，在旧社会哪会想到有今天！我能有今天，只能是在共产党领导下的新中国。我今年七十一岁了，只要还能唱，我就要好好为人民演唱；我还要努力培养年轻人，让他们超过我们这一代！"

在交谈中，陈云同志勉励大家坚持"出人、出书、走正路"。他说："大前年，我对评弹提出了'出人、出书、走正路'的要求。对其他曲艺我不很熟悉，估计也都面临类似的任务。"他还说："我还有些谈话、通信，谈到其他曲艺，比如扬州的弦词，因为不很熟悉，所以，这本书里没有收进来。"我向陈云同志汇报了《陈云同志关于评弹的谈话和通信》一书出版后的反映，说这部书影响很大，大家都在认真学习。您提出的"出人、出书、走正路"，深入人心。曲艺界把这七个字当成座右铭和奋斗目标。戏曲界把"书"字改成"戏"字，提出"出人、出戏、走正路"。文艺界也受到很大的启发。陈云同志听了，笑着点点头。

“出人，就是要热心积极培养年轻优秀的创作人员和演员，使他们尽快跟上甚至超过老的。出书，就是要一手整理传统的节目，一手编写反映新时代、新社会、新事物的书目，特别是要多写多编新书。走正路，就是要在书目和表演上，既讲娱乐性，又讲思想性，不搞低级趣味和歪门邪道。”陈云同志在谈话中再一次对“出人、出书、走正路”作了解释。他说：“只要做到这几条，曲艺就一定能够适应时代的需要、群众的需要，不断发展，日趋繁荣。”

陈云同志谈到这几年文艺界的情况时指出，“粉碎‘四人帮’以后，文艺界包括曲艺界，成绩是主要的，但也确实出现一部分坏作品、坏节目，或有严重缺点的作品、节目，对社会、对青年起了不好的作用。解决这方面的问题，需要有关部门制定和完善一些必要的规章制度，搞出一些条条来；同时，更需要在文艺界内部开展认真的批评和自我批评。”他强调说，批评也罢，自我批评也罢，都是我们党解决思想性质问题的行之有效的老方法。我们在文艺界也要提倡这个方法，使它形成风气，逐渐为人们所习惯。应当相信，只要是充分说理、实事求是地批评和自我批评，不仅不会妨碍文艺的繁荣，而且是文艺繁荣所不可缺少的重要条件。我感到，陈云同志这些意见的确抓住了文艺界包括曲艺界的要害。这几年文艺战线有些问题得不到很好的解决，重要原因之一就是没有认真地开展批评和自我批评。我们的确应当按照陈云同志的话去做，勇敢地拿起批评和自我批评的武器，同资产阶级和其他剥削阶级的腐朽没落思想做斗争，同一切错误倾向和不正之风做斗争，使我们的社会主义文艺更好地沿着正确的方向向前发展。

在谈话中，陈云同志两次提到了学习问题，他建议大家，尤其是年轻的同志，平日除了看业务书之外，也要抽空读点马克思的理论书籍，特别是要学点马克思主义的哲学。他强调指出，“唯物辩证法和历史唯物论是最正确最科学的世界观和思想方法，一个人，无论从事什么工作，有还是没有这个世界观和思想方法，工作起来都会大不一样。”他以商量的口气说：“同志们如果同意，不妨订个学习计划，每天读几页，能有几个人常在一起讨论讨论更好。这样学上数年，肯定会对自己全面理解和正确执行党的路线、方针、政策，做好本职工作，有很大的帮助。”陈云同志这些话讲得多么重要，多么亲切！我们曲艺界的绝大多数同志都是想把工作做好的，可是，又为什么往往出现这样那样的问题呢？从根本上说，就在于理论学习不够，马克思主义的根基不深。认真看书学习，弄通马克思主义，的确是我们的当务之急啊！

在欢快的气氛中，陈云同志与我们促膝谈心，如叙家常，不知不觉已到了十一点钟，大家都觉得还有许多话要说。这时朱秘书问陈云同志，是否现在照个相？陈云同志高兴地说：“好啊！”随即站起来，与大家一一握手，合影留念。临别时，陈云同志说：“我们再握一次！”又兴致勃勃地与大家一一握手。同志们围拢来，衷心地祝愿陈云同志保重身体，健康长寿！

车子驶出了中南海，陈云同志的音容笑貌还历历在目。这是一次幸福的会见，难忘的会见。它将鼓舞和激励曲艺界的同志们加倍努力地学习和工作，争取社会主义曲艺的更大繁荣，用以回答党中央和陈云同志的亲切关怀与期望。

（原载《曲艺》1984年4期）

周扬同志与曲艺

周扬同志在文艺评论和文艺组织领导工作中一直对曲艺予以关注，发表过许多重要的见解，并对曲艺团体的创建和发展给予积极支持和亲切指导。

一

远在二十世纪三十年代“左联”时期开展的“文艺大众化”的讨论中，周扬就明确表示，要利用旧式文学的体裁，如小调、唱本、说书等，来创造革命的大众文学，来迅速地组织和鼓动大众，引导大众到新的文艺生活，使劳苦大众一步一步地接近真正的、伟大的艺术。同时他与瞿秋白、鲁迅和冯雪峰等一道驳斥了苏汶、胡秋原攻击“左翼文坛”和大众文学以及他们散布的“说书、唱本中产生不出托尔斯泰、弗罗贝尔”等谬论。其后，他还著文热情赞扬了瞿秋白创作的小调和包天笑、赵景深、张天翼、艾芜、沙汀等创作的鼓词、说书等形式的作品。尽管当时由于客观历史条件和主观思想认识的限制，文艺大众化的问题没有可能得到真正的解决，说书唱本等曲艺创作也仅限于文字方面而未能与曲艺艺人的说唱活动结合起来，因而未能在大众的文艺生活中产生预想的效果，但是，“左联”对“文艺大众化”的讨论和提出的文艺为大众、写大众、大众写的口号及向全体盟员发出的“到工厂，到农村，到战场上，到被压迫群众中去”的号召，在现代文学史上可以说是一个新的创举；而对说书唱本等创作的提倡，则在引起社会重视人民大众所熟悉和亲近的民族民间文艺形式并在利用、改造的基础上创造革命的大众文艺，无疑地有着积极的意义。

二

周扬到延安以后，特别是一九四二年延安文艺座谈会以后，在毛泽东文艺思想指导下，积极参加了边区的文艺运动，对包括戏曲、曲艺等在内的民族民间文艺有了更多的了解和进一步的认识，在陆续发表的讲话和文章中热情赞扬了群众喜闻乐见的民间艺术，鼓励文艺工作者与工农兵结合，工农兵与文艺结合，新文艺与民间文艺结合；要有计划地收集和研究民间艺术；要求各文艺团体与民间艺人和民间艺术团体取得密切的联系，互相学习，交换经验。同时，他热情赞扬了赵树理创造性地运用故事、快板等形式创作的反映农村斗争的作品，和边区群众文艺运动中涌现出来的优秀民间艺人创作演唱的快板、说书等形式的作品。一九四九年七月，他在中国文学艺术工作者第一次代表大会上所作的关于解放区文艺运动的报告中，全面系统地论述了解放区文艺运动的成就和经验，并提出今后工作的意见；在讲到改造民间艺术和民间艺人的工作时，他举出陕甘宁的韩起祥、华北的王尊三，称赞他们都是说书的能手；要求各地继续组织与改进说书，同时组织与发动创作，为他们提供可用的作品。

抗日战争时期和解放战争时期根据地及解放区的曲艺改革都取得显著的成绩，发挥了团结人民、教育人民、打击敌人、消灭敌人的战斗作用。这是在党的领导下广大曲艺工作者积极努力的结果，也是与周扬的积极倡导分不开的。

三

新中国成立后，周扬长期担任中共中央宣传部、文化部和中国文联的领导工作，对包括曲艺在内的民族民间文艺的继承和发展问题作了更全面更深刻的论述；他在曲艺界的会议上所作的讲话更对曲艺工作有着直接的指导意义。

周扬一直重视改革和发展曲艺。他在曲艺界、文艺界的会议上曾多次强调指出，曲艺是广大人民喜闻乐见和需要的艺术，有深厚的群众基础，曲艺事业大有可为；并指出曲艺有着其他艺术不能代替的优点和长处。他说，曲艺有一部分已经发展为戏曲，但它原来的形式还是保留着，并不因为它发展为戏曲，原来的形式就不要了。正如并不因为有了电影，话剧就可以不要，有了歌剧，唱歌就可以不要一样。各种艺术都有它自己的特点，都有它存在的条件，有它的优点。演戏，要好多人演，总比较麻烦；曲艺只要一两个人就行，灵活简便，能迅速反映新事物。在这方面，曲艺发挥的长处比戏曲更大些。他还多次称赞曲艺是文艺尖兵。他说:“在文艺队伍里，大家叫曲艺是文艺尖兵。什么是尖兵呢？就是因为它站在斗争的前线，短小精悍，能够跑到战场上去，跑到生产现场上去，在火线上也可以说唱，所以说它是尖兵。曲艺是文艺尖兵，这是曲艺的光荣称号，今后应有更大的发展。”

如何改革和发展曲艺？周扬认为，曲艺和戏曲一样，必须坚持为人民服务、为社会主义服务的方向和百花齐放、推陈出新的方针。他在曲艺界的一次会议上强调指出，我们今天的文艺路线，是为人民服务、为社会主义服务。这是我们文艺工作的总口号、总方针。文艺工作者是灵魂工程师，文艺又是最大的服务行业。要了解对象的需要，要为这个对象所接受、所欢迎。凡是他们所不能接受、不欢迎的，或者不很欢迎的，就要研究原因出在什么地方，就要虚心听取他们的意见。他多次讲，曲艺要“百花齐放、推陈出新”。他说:“根据毛泽东同志的指示与中央人民政府《关于戏曲改革工作的指示》，戏曲（包括各种地方戏、民间小戏和曲艺）改革工作的重要方针，就是鼓励各种戏曲的自由竞赛，以达到‘百花齐放、推陈出新’。”根据曲艺的特点和曲艺改革工作的要求，周扬在主持起草的中央人民政府政务院《关于戏曲改革工作的指示》中还特别指出：“中国曲艺形式，如大鼓、说书等，简单而富于表现力，极便于迅速反映现实，应当予以重视。除大量创作曲艺新词外，对许多为人民所熟悉的历史故事与优美的民间传说的唱本，也应加以改造采用。”《关于戏曲改革工作的指示》于一九五一年五月五日由周恩来总理签署作为中央人民政府政务院文件向全国颁布，有力地推动和指导了各地的戏曲、曲艺改革工作。

周扬多次强调发展新曲艺的重要性和必要性。一九五八年八月，他在中国曲艺工作者第一次代表大会上又郑重指出：我们今天的主要任务是发展新曲艺，社会主义的新曲艺。因为我们所处的是社会主义时代。过去的节目很多是好的，但究竟是旧时代的产物，是反映旧时代的人民生活的。我们处在新时代，就应当把反映新时代的任务担当起来。他还针对当时曲艺创作题材比较狭窄的情况，鼓励和提醒大家要拿出革命热忱来，歌颂这个时代的新人新事，也要有反映历史的，多写些革命历史题材的作品，不要把题材限制得太窄了。

一九五七年反右以后，有些曲艺工作者对曲艺作品能否批评、讽刺的问题心存疑虑。周扬得知后明确表示：不要以为艺术只能歌颂不能批评。艺术任何时候都是有歌颂，又有批评。曲艺中的相声等就要发挥它的批评作用，不要抹杀相声的这个作用。对个人主义、官僚主义、保守主义为什么不能讽刺？不要废除讽刺。我们不怕讽刺。我们需要健康的讽刺，我们需要很有热情的、坦白直率的批评。七十年代末和八十年代初，他又反复地回答了人们提出的关于批评、讽刺的问题。他说，现在，社会上有一些矛盾现象，落后现象，可笑现象，需要讽刺。但要注意分寸，不要伤了人民，伤了朋友。毛主席讲过，有两种讽刺：对敌人的和对自己的。对社会主义一定要保护，要坚持。对错误的、消极的现象，要不要批评甚至讽刺？要的。不然，曲艺就失去一半作用。不批判不行，对帝国主义、国民党反动派，我们就是要批判。要多用脑筋，要多给人民鼓气。要喜人民之所喜，忧人民之所忧。相声的特点和长处是逗人发笑。但是我们人民的相声不是为笑而笑，是有褒贬地笑，有爱憎地笑。对敌对的事物，相声应像一把锋利的匕首，直刺它的胸膛。对人民的缺点，则应满腔热忱，苦口婆心，与人为善，使人笑过后出一身冷汗，如同服一服猛药一样。他还说，任何文学都是语言艺术。相声尤其要靠语言的魅力。一个好的优美的相声，它的每一句话都要语出惊人，出奇制胜，给人以意想不到的惊奇效果和美感享受，它能丰富人们的精神境界，又能移风易俗，端正社会的风气。

关于政治内容和文化娱乐的问题，周扬表示很赞成陈云同志的意见：我们的文艺既要注意政治内容，又要使观众得到文化娱乐。他说，我们有时候只强调受教育。但还是要取得娱乐的，要有休息，要有快感，要有噱头嘛！没有这些，何必去听书？中国古代人也懂得这个道理，“寓教于乐”，乐中有教嘛！当然，庸俗化的娱乐，我们要反对，要抵制。但正当的文化娱乐，正当的休息，不但不能反对，而且应当欢迎。中国人民智慧很多，还是个幽默的民族，会讲笑话的民族。低级的噱头不能要，但健康的噱头却是不可缺少的。在艺术里边，从某种意义上可以说，没有幽默，就没有艺术。相声更是离不开噱头。没有噱头，光彩、特色全没有了。

正确地对待新曲艺，对于曲艺的继承、创新和发展至关重要。周扬非常赞成陈云同志对待新书的态度。他说，陈云同志早就大声疾呼，要支持新书，大力创作表现现代生活的新曲目；对新书，只要有三分好，他就鼓掌。这是马克思主义的态度。曲艺也好，戏曲也好，如果不能随着时代的前进而前进，那么它的传统不管多么深厚，终究要走向停滞，甚至走向死亡。搞现代曲目有一定的困难。传统曲目经过几代人千锤百炼，艺术上比较精致。现代曲目有时候粗糙一些，可以让它慢慢磨得精练一些嘛！所以要大力支持、大力扶植现代曲目。他主张曲艺既要普及，也要提高。他说，衡量事物的发展，一个是看它的量，一个要看它的质。搞新东西的人一定要有一种决心，要创作高质量的作品。文学、音乐、戏曲、曲艺都可以写出水平很高的作品。形式不起决定的作用。

如何正确对待曲艺遗产，是周扬关注的另一个大问题。北京解放不久，他就在调查研究的基础上进一步提出，新文艺工作者与曲艺艺人要共同努力，去其糟粕、取其精华，提高其民主性、革命性和艺术性；对旧曲艺中好的东西，不仅要继承，而且更要积极地去发展它。对各种戏曲、曲艺应当普遍地加以发掘、研究和改造，使之在新的基础上得到发展。在五十年代后期，有的文化领导部门和曲艺界一些同志曾出现不重视传统曲艺的情况，他及时提醒大家，除了大力创作新作品外，还要不断整理旧曲艺。不要把传统的好东西丢掉。传统节目如《杨家将》《武松》都很好，没有理由抛弃它们，只要把其中的糟粕部分去掉，用新的观点说唱它，就成为新的了。粉碎“四人帮”之后，为了引起大家对传统曲艺的重视，并在继承优秀传统的基础上改革创新，他又强调指出：曲艺是世世代代人民的创造。传统节目中有人民的智慧，有许多好的东西，我们没有理由随随便便抛弃它。我们要继承它，保护它，加以发展。曲艺的形式要继承，也要改革，一定要创新，既要保持传统特点，又要大胆革新。他还明确提出：对于传统的东西，要采取历史唯物主义的态度。所谓历史唯物主义，不是要求古人讲历史唯物主义，我们是不能向他们这样要求的。譬如戏曲、曲艺所表现的历史，有许多是加上人民想象幻想的历史。尽管这不完全是历史，不是纯粹的历史，或许是假想的历史，或许是美化了的历史，但难道能够简单地指摘这些传统书目的作者是歪曲历史吗？这些想象往往包含人民的愿望。包公、穆桂英、樊梨花，这些人物长期在群众中传颂，为他们喜爱和敬仰。你能因为这些人物是艺术想象的产物，就把这些人物从舞台上抹掉吗？所以，对这些曲目怎么整理加工确实要很慎重。不是以现代人的观点去要求古人，而是从现代最科学的唯物主义的观点去说明古人的言行，这就是历史唯物主义的观点。曲艺遗产有千余年的历史，长期积累，不是哪一个人独家经营的，是无数说书艺人集体创造的。这些遗产里有不少糟粕，但也有精华。这些精华无论如何要爱护。舞台艺术的语言，除戏剧外，曲艺是个重要的方面，有很多精华，是世界上所没有的，少有的。我们要很好地加以保护。当然其中也有不好的。精美的语言是珠宝，但这些珠宝又是同那些不好的语言混在一起的。怎么把它们清理一下，把不好的语言剔除、去掉，保住它的精华，把精华突出？希望有组织有计划地研究和清理。

曲艺是一门综合性的艺术。周扬认为，要搞新曲艺，必须革新表演艺术。继承传统、学习传统，要与大胆创造、大胆革新相结合。改进曲艺的说唱和伴奏，需要音乐工作者的合作。不能把什么传统都保存，要打破一些不好的或不适合现在的东西。不有所突破就不能前进。现在有些曲种，如四川清音、河南坠子，女演唱者创造一种比较自然优美的姿势，这就很好。京韵大鼓、京戏，都有那么个格式，怎么都不容易打破，倒是地方上的有些戏曲、曲艺形式，比较自由，容易突破。是不是我们北京的一些曲艺形式也稍微自由些，解放一些思想束缚。有些曲种的音乐是否可以丰富些。有些大鼓，特别是北方的大鼓，女同志演唱的时候声音很优美，但是表演的时候是男人的动作，是不是可以找一种在舞台上更适合女同志表演的优美的动作？曲艺是语言艺术，所以要提高说唱的水平，要一个字一个字咬得很清，非常有感情，人家一听你这个声音就被你迷住了。在语言艺术方面没有这个本领，就不要想做一个出色的曲艺演员。要会说，会唱，会叙事。说唱的艺术性是很重要的。说唱的艺术要有自己的风格。形成流派，得有拿手的戏嘛！代表流派的作品是很多人听过、看过，而且经常想听、想看的多年积累的优秀节目。这是宝贵的财富。

周扬多次指出，随着时代的发展，曲艺要争取各种听众，要找工人、农民、士兵、学生、干部，以他们的爱好为爱好，根据他们的意见来改变风格，同时也要使他们能够接受原来好的风格，提高他们对自己民族的东西的爱好。要在基本听众中摸索提高的道路。

周扬对广大曲艺队伍抱有很高的热情。他在讲话中不止一次地指出，曲艺艺人是一支很大的队伍，在曲艺改革上尽了很大的努力。他们在新社会所受到的国家和人民的重视，他们在和工农兵观众的接触中所受到的深刻的感动和启示，以及他们在参加各种社会政治活动中所受到的思想锻炼和教育，使他们大大地提高了爱国的政治热情和创造的积极性。他热情赞扬了在抗美援朝前线光荣牺牲的常宝堃等革命烈士和韩起祥、叶英美等大家公认的模范人物。他多次告诫有关文化领导部门要重视这支队伍，不要采取轻视、排斥的态度。同时，他非常关心曲艺工作者的学习、提高问题，希望曲艺工作者在政治、思想、文化、艺术上努力提高自己。要多读书，多看文学作品，能够掌握文学作品中所描写的人物性格，充分地掌握，充分地体会，艺术家在这方面的知识要求更丰富。可以演《武松打虎》，也可以演《铁道游击队》，甚至可以考虑演外国的，为什么不可以？中国的艺术家、曲艺家能够掌握更多的人物性格，古代的世界，现代的世界，都懂得，这样他的修养就比较高了。还要下乡、下厂锻炼自己。新文艺工作者应当参加到曲艺队伍中来，首先要向曲艺界学习，然后帮助他们，彼此很好合作。他听说有些人轻视曲艺作者、演员，不无感慨地说，写曲艺本子的都是作家，完全有资格加入作家协会；演唱曲艺的人同样有资格加入音乐家协会。又参加曲艺家协会，又参加作家协会、音乐家协会。曲艺作者为什么就不是文学家呢？他鼓励大家多培养曲艺人才，并说曲艺人才的培养是非常重要的，也是很难的。北方的大鼓，南方的评弹，可以分别开办学校或训练班，培养曲艺事业接班人。他还在一九七九年十一月中国曲艺工作者第二次代表大会上鼓励曲艺界进行体制改革。他说，文艺团体要按艺术规律办事，也要按经济规律办事。

周扬在讲话和文章中多次提出，党和政府文化领导部门应当加强对曲艺工作的领导。他说，曲艺工作是文化工作的一部分，曲艺工作者是文教宣传战线上的一支军队，要把这支军队组织好，练好，同搞戏曲的、写小说的、写诗的、画画的一起，团结起来，共同前进。

总之，周扬在新中国成立以来发表的关于曲艺工作的一些重要论述，涉及曲艺的诸多方面。这些论述把毛泽东文艺思想和曲艺界的实际密切结合起来，符合广大曲艺工作者的要求，因而受到大家的欢迎和拥护，对我国社会主义曲艺事业的发展起到重要的指导和推动作用，并在文艺界和关心曲艺的各界人士中产生了积极的影响。

四

回忆周扬对我国曲艺团体的创建和发展所给予的支持和指导的情况，也令人感到非常亲切，难以忘记。

我国第一个全国性曲艺团体——中国曲艺改进协会筹备委员会就是在周扬的支持和指导下于一九四九年七月中国文学艺术工作者第一次代表大会期间成立的。他不但主张把曲艺作为文学艺术的一个部门，在思想上、业务上给予指导，而且担任了这个团体的发起人和筹备委员会委员。一九五三年第二次全国文代会筹备工作领导小组讨论是否正式成立全国性曲艺团体的问题时，曾一度发生意见分歧，一种意见是，曲艺是一个重要部门，有很大的队伍，应当成立全国性的曲艺团体，如中国曲艺工作者协会或曲艺创作研究团体，以团结和推动曲艺界在党的领导下改革和发展曲艺；另一种意见是，把曲艺合并在戏剧团体里就可以了，不必单独成立全国性的曲艺团体。时任中国曲艺改进协会筹备委员会正、副主任委员的王尊三、赵树理同志力主成立全国性曲艺团体，除在会议上申述自己的意见外，还致信周扬并请他转交刘少奇同志，说明成立全国性曲艺团体的重要性和必要性，并对某些同志不重视曲艺的问题提出批评意见；没过几天，周扬就约王尊三面谈，说经过研究，决定在第二次全国文代会期间成立全国性的曲艺团体，先成立中国曲艺研究会，以后再在此基础上成立中国曲艺工作者协会；并对中国曲艺研究会的性质、任务等提出指导性意见。随后，我们起草了中国曲艺研究会章程草案，一种是详细的，类似当时各文艺工作者协会的章程草案，一种是简章，都送给胡乔木、周扬和林默涵同志，请他们审定。令人难忘的是，他们都很认真地审阅了这两种章程草案，胡乔木、林默涵倾向于采用前者，并将各自修改过的章程草案退回；周扬倾向于采用简章，也很快将改过的草案退回，并说已经与乔木、默涵研究，同意采用简章。中国曲艺研究会理事会理事和正、副主席建议人选，也是由周扬主持开会研究确定的，其中有两位理事建议人选还是根据他的建议增加的。九月三十日，中国曲艺研究会成立大会在中国文联会议室举行。他应邀提前到会，表示热烈祝贺并作了重要讲话。他赞扬了曲艺界四年来做出的成绩，特别是在赴朝慰问和配合各项政治任务的宣传上所发挥的积极作用；勉励大家努力学习，加强团结，有计划地搜集、整理曲艺遗产，组织新曲艺创作，研究全国曲艺创作、整理工作的经验和问题，并有计划地推广优秀曲艺作品，以改革和发展中国曲艺。中国曲艺研究会成立后，就按照上述要求积极地开展了各项工作。

一九五八年八月召开的中国曲艺工作者第一次代表大会并以中国曲艺研究会为基础建立的中国曲艺工作者协会，同样得到周扬的支持和指导。此前他召开会议，听取了代表大会筹备工作情况的汇报与协会理事会和主席团成员建议人选（草案）等情况的汇报。会上通过了工作报告和章程草案以及关于章程草案的说明等文件和会议日程安排（草案）。关于协会主席建议人选，周扬、阳翰笙（时任中国文联副主席、党组书记）、刘芝明同志（时任文化部副部长、党组副书记）等都赞成赵树理作为协会主席建议人选，赵树理却一再推让，建议由王尊三（时任中国曲艺研究会主席）作为协会主席建议人选，周扬认真考虑了赵树理的意见后表示：王尊三是一位很好的老同志，作为协会主席建议人选本来是适当的，但他身体不好，现在已经退休，不好再担任协会主席了，今后要尊重这位老同志，工作上多征求他的意见，生活上多关心、照顾，最后还是说服了赵树理，由他作为协会主席建议人选，今后不会影响他下乡、写作。代表大会开幕那天，周扬提前到会祝贺，并向大会作了热情洋溢的讲话，阐明了他对曲艺的看法和要求，希望大家努力发展新曲艺，为社会主义服务，受到全体代表的热烈欢迎。此后协会举办的一些重要活动，如曲艺创作、演唱活动和理论研究活动等，他都应邀出席并讲话。

粉碎“四人帮”后，他重新恢复工作，继续关心曲艺界的事情和协会工作。曲艺界许多重要活动，如中国曲艺家协会会员代表大会、理事会会议和创作座谈会、相声座谈会以及曲艺界的春节联欢会等，他都应邀出席并讲话，对曲艺界寄予厚望。一九八四年初，他在健康状况不好的情况下还出席了中国曲协在北京举行的理事会扩大会议，并作重要讲话，号召曲艺界认真学习《陈云同志关于评弹的谈话和通信》，努力开创曲艺工作的新局面。他在多次讲话中，对如何改进和加强协会工作，也发表了许多重要意见，希望协会在党的领导下，积极主动地开展工作，使之真正成为广大曲艺工作者（包括创作、表演、评论、研究、编辑、教学和组织）自愿结合、积极主动地进行学习和艺术实践，促进艺术创作、理论批评和国际文化交流的专业团体。周扬对协会工作的关心、支持和指导，极大地提高了协会工作人员的责任心和积极性，对于不断改进和加强协会工作起到重要的作用。

周扬同志在半个多世纪的革命生涯中，作为革命家和文艺理论家，作为革命文艺运动和党的文艺工作领导人之一，在宣传马克思主义、毛泽东思想，贯彻党的文艺方针政策和理论建设等方面，做出卓越的贡献，其中就包括他在发展社会主义曲艺方面做出的贡献。研究周扬文艺思想同样不应忽略他在曲艺方面的论述。我认为，曲艺界重温这些论述仍有积极的现实意义，现就自己查找到的一些资料和所记忆的一些情况写成此文，谈讲点粗浅的认识和体会，供大家参考。今年是周扬同志诞辰九十五周年，也以此作为对他的纪念吧。

（原载《曲艺》2003 年 5 期）

老舍一生爱曲艺[①]

老舍先生是杰出的文学家、人民艺术家。他把自己的一生无私地奉献给中华民族的解放事业和文艺事业，为人民创作了大量的优秀文艺作品。不但在小说、戏剧方面取得了举世瞩目的辉煌成就，而且在曲艺方面做出重大贡献，是广大曲艺工作者敬爱的良师和益友。

老舍先生的命运同祖国和人民的命运是紧紧连在一起的。他同曲艺工作者的命运也是紧紧连在一起的。他热爱劳动人民，也热爱劳动人民喜闻乐见的曲艺。在半封建半殖民地的旧中国，曲艺和戏曲等民间文艺一样，是被统治者轻视的，社会上和文艺界也有些人受传统观念和社会偏见的影响，瞧不起曲艺和曲艺艺人。老舍先生却始终重视曲艺，同情和尊重曲艺艺人，并注意从曲艺中吸取营养，促进文艺创作的民族化和大众化。在三十年代，老舍先生在文学创作上已经成就卓著，享誉中外，仍然保持着与曲艺界的密切联系，关注着曲艺的改革和发展。抗日战争爆发后，老舍先

① 本文系作者为纪念老舍百年诞辰而作。

生竟一度停下自己所擅长的小说创作，写起曲艺作品，并请曲艺艺人演唱，以鼓舞人们的爱国热情和胜利信心。这不是偶然的。老舍先生说得好："在战争中，大炮有用，刺刀也有用，同样的，在抗战中，写小说戏剧有用，写鼓词小曲也有用。我的笔须是炮，也须是刺刀。我不管什么是大手笔，什么是小手笔；只要是有实际的功用和效果的，我就肯去学习，去试作……我不会放枪，好，让我用笔代替枪吧。既愿以笔代枪，那就写什么都好，我不因写了鼓词与小曲而觉得失身份。"我每想起老舍先生这段话都深为感动。如果没有高度的爱国主义精神，如果没有对曲艺的真知灼见和对曲艺艺人的深刻了解，如果没有从实际出发的求实精神，如果没有抛弃一切虚荣心的坦荡胸怀，要这样做和这样说是不可能的。仅仅从这里我们就可以看出，老舍先生具有多么崇高的思想品格！

新中国成立后，老舍先生回到北京，积极投入到新中国的建设事业。他在人民政府和文艺团体中担任着许多重要职务，工作很忙，但他依然把改革和发展曲艺当作一件大事，付出了大量的心血和辛勤劳动。

他满腔热情地倡导新曲艺，并带头创作曲艺作品。新中国成立以后，他陆续创作了五十多篇曲艺作品，包括鼓词、唱词、太平歌词、洋片词、快板、山东快书、相声、二人台等多种形式。由于这些作品富有时代精神，爱憎分明，语言风趣活泼，适合演唱，很受艺人欢迎，一经演出，就收到强烈的艺术效果。在曲艺创作和表演上，许多作者和演员都得到过老舍先生的帮助和指点。在老舍先生的指导下，北京相声改进小组在创作演出新相声、整理传统相声和改进舞台作风等方面取得的成绩尤为显著。在北京举行的创作座谈会和新曲艺演出活动，老舍先生都光临指导，给大家鼓劲。他同李伯钊、赵树理、王亚平同志共同主编的《说说唱唱》月刊发表了大量的曲艺作品。在每月审定《说说唱唱》月刊稿件或开编辑工作会议的时候，他总是对新人新作充满热情，要求编辑部一定要注意发现新作，帮助新人成长。一九五六年，全国青年文学创作者会议在北京召开，老舍先生不但应邀在大会作报告，还在分组讨论时到曲艺组与大家亲切交谈，鼓励大家加强学习，深入生活，创作更多的优秀曲艺作品。老舍先生关心新人新作的情况至今记忆犹新。他还发表了许多倡导新曲艺的文章。北京以至全国的新曲艺能够较快地发展起来，是与老舍先生的积极倡导分不开的。

他十分重视传统曲艺的收集整理工作。在多次会议上的发言、报告和在报刊上发表的文章以及平时的谈话中，他都反复强调：曲艺的形式很多，传统悠久，丰富多彩，有十分鲜明生动的民族化群众化的特色，对城乡劳动人民有特殊的吸引力；传统曲艺中有许多珍品，要广泛收集，慎重整理，注意更好地保存原著的精华，不要马马虎虎地动笔就改；不但要收集整理好曲艺作品，还要收集整理好音乐和表演方面的东西，特别要注意记录艺人口头上的东西，因为艺人口头上的东西往往比书本上的东西丰富得多，生动得多。在他的指导下，北京曲艺界收集整理了许多传统曲艺节目，取得很好的成绩。一九五八年，他听了说书大家王少堂演出的扬州评话《武松》，不久又看到江苏文艺出版社出版的“王派”扬州评话《武松》口述本，非常高兴。当我陪王少堂先生到老舍先生家中拜访时，老舍先生热情赞扬了王少堂讲说的《武松》的思想艺术价值及其说书艺术，并著文称赞扬州评话《武松》是一部既有英雄又有凡人的史诗，通俗的史诗。他还由此谈到评书评话的整理工作，以及小说和评书评话如何互相取长补短等问题，发表了很好的意见和建议。

他长期致力于曲艺研究和评论工作。从抗战时期开始，老舍先生就陆续发表了许多论述曲艺的文章和言论，阐明曲艺的发展历史和特点及其在人民文化生活中的地位和作用，以期引起文艺界和各界有关人士的注意。新中国成立后，他广泛接触曲艺艺人、作者和曲艺工作干部，观看曲艺演出，阅读曲艺作品和文章，在深入调查研究的基础上，发表了更多的曲艺评论文章，现在收集到的就有五十多篇。至于论述曲艺问题的谈话、发言和报告就难以计数。这些文章和言论涉及的范围很广，从艺术与时代、艺术与人民、艺术与生活、继承与创新、普及与提高等一系列关系问题，到曲艺的规律、特点、表现手法和艺术技巧，以及对曲艺作品和曲艺家的评论，内容非常丰富。他还多次介绍自己进行曲艺创作的经验体会。这些文章和言论有一个共同特点，就是理论联系实际，深入浅出，风趣活泼，以理服人，又以情动人，不但在当时产生了很好的影响，对今后的工作也仍然有着借鉴和指导意义。

他热心培养曲艺人才。他认为，要发展曲艺，必须不断壮大曲艺创作队伍和演员队伍，并逐步提高这支队伍的思想水平和艺术水平。他看到哪位同志创作出好作品或演出了好节目，就及时给予鼓励，看到哪些作品、节目有缺点和不足，就提出意见，耐心帮助。他不但重视专业曲艺队伍的提高和进步，而且重视业余曲艺队伍的提高和进步，从中发现年轻优秀的曲艺创作人才和演唱人才。五十年代初创办的北京市业余艺术学校，先后有数千名业余文艺爱好者在那里学习，其中有相当一部分是曲艺爱好者。老舍先生多次到学校讲课，向学员传播知识和经验，鼓励他们同专业曲艺工作者互相学习，密切合作，把北京市的曲艺活动更好地开展起来。老舍先生还经常参加业余曲艺创作活动和演出活动，从中发现新的人才。北京市盲艺人训练班也曾得到老舍先生的关怀和帮助。

他积极支持曲艺团体的工作。中国曲艺改进协会筹备委员会和中国曲艺研究会、中国曲艺工作者协会等曲艺团体的工作，先后得到许多作家、艺术家、评论家和文艺活动家的支持和帮助。老舍先生就是其中之一。上述团体举办的一些重要的创作活动、演出活动和学术活动，老舍先生几乎每次都应邀出席并发表意见。这些团体的一些重要工作，他也总是积极给予支持和帮助。比如，一九五七年初《曲艺》杂志创刊，他不但深表赞同，并寄予殷切的希望。又如，一九五八年中国曲艺工作者协会筹备成立时，曾就协会主席团成员的人选问题征求老舍先生的意见，老舍先生经过郑重考虑后，很快坦诚地提出自己的意见和建议。这些曲艺团体取得的成绩和进步，同样渗透着老舍先生的心血。

回忆老舍先生与曲艺界的亲密关系及其对我国曲艺事业的突出贡献，广大曲艺工作者倍加思念他，感激他。我们为有老舍先生这样的良师益友而感到光荣。老舍先生离开我们已经三十多年了，但他的光辉形象永远活在人们心中。我们将继续以老舍先生为榜样，更加勤奋地学习和工作，为发展我国社会主义曲艺事业做出应有的贡献。

（原载《曲艺》1999 年 3 期）

回忆阳翰笙同志

阳翰笙同志是一位德高望重的革命前辈。在他的领导下工作，我深受教益。他辞世多年，却依然像生活在我们中间。回忆往事，倍感亲切，不胜思念。

一

我早就熟悉翰笙同志的名字，读过他的作品和文章，但相互认识是在一九五三年第二次全国文代会之后。那时，他担任中国文联党组书记、副主席兼秘书长，我在中国曲艺研究会工作，同在一个办公楼办公，同在一个党支部过组织生活。他热情、诚恳、谦虚，平易近人，没有架子，初次交谈就使我感到十分亲切，留下很好的印象。

我和曲艺界许多同志都不会忘记翰笙同志对曲艺事业的重视和关怀。他到中国文联工作的时候，中国曲艺研究会刚刚在中国曲艺改进协会筹备委员会的基础上建立起来，只有两个工作人员，两间办公用房，经费极少，工作中困难很多；中国文联也有类似的困难。令人感动的是，翰笙同志把中国曲艺研究会等研究会、学会的困难视为自己的困难，把帮助这些单位克服困难、开展工作当作中国文联的责任，不但在实际工作上给予帮助，逐步解决了许多困难，而且在思想上业务上给予关心和指导。一天，他主动向我询问了中国曲艺研究会的情况和曲艺界的情况，谈了他对曲艺的看法。他说，曲艺历史悠久，丰富多彩，和戏曲一样深受群众的欢迎，是民族民间文艺的重要组成部分，要建设人民的新文艺，就要重视曲艺，就要在毛主席《在延安文艺座谈会上的讲话》精神和百花齐放、推陈出新方针指导下，按照周恩来总理签署的中央人民政府政务院《关于戏曲改革工作的指示》的要求，有计划有步骤地进行改革。这几年曲艺改革已经取得显著成绩；坚持下去，曲艺这门艺术一定会更好地发展起来，在人民文化生活中发挥越来越大的作用。他还讲述了他以前在四川、上海等地听一些曲艺名家演唱的情况，高兴地说，有许多曲艺艺人，艺术造诣很深，很了不起，一个人演唱就能吸引住那么多的听众，连我们这些搞新文艺的人都被吸引住了，证明这是一门很有特色、很有魅力、很有欣赏价值的艺术，应当受到重视；有些人看不起曲艺，是旧的偏见，是很不对的。他勉励我要把曲艺事业看作是党和人民的事业，把中国曲艺研究会看作是党和国家联系曲艺界的桥梁，是推动曲艺改革的重要团体，需要大家努力克服困难，做好工作。这次谈话对我影响很大。我在此后的几十年里能够坚持在曲艺团体工作，为改革和发展曲艺竭尽微薄之力，与翰笙同志的启迪和鼓励是分不开的。

一九五八年初，经中共中央宣传部批准，开始筹备中国曲艺工作者第一次代表大会，并决定以中国曲艺研究会为基础成立中国曲艺工作者协会。翰笙同志亲自主持了各项筹备工作。在协会主席、副主席建议人选的问题上，他考虑得非常周到、细致，除在会议上认真研究，还让我个别征求老舍等熟悉曲艺界情况的同志的意见，力求人选得当，符合协会性质、任务的要求。我建议采取中国曲艺改进协会筹备委员会的做法，邀请文学、戏曲、音乐、民间文艺研究等方面关心并致力于曲艺创作、研究等工作的同志参加代表大会并推举部分文艺界人士担任协会理事会理事，以取得各方面的支持与合作。他当即表示赞同，并强调指出，我国的曲艺，蕴藏丰富，形式多样，轻便灵活，表现力很强，值得文艺工作者学习；他还以赵树理等同志为例，说明作家艺术家注意向曲艺学习的好处。他同时指出，曲艺的发展也需要曲艺工作者向其他文艺工作者学习，争取他们的支持与合作。要互相学习，互相帮助。因此，大会代表和理事会中都推举了一部分文艺界人士，翰笙同志在代表大会上所致的开幕词中也强调了互相学习的问题。许多曲艺界代表和赵树理、老舍、郑振铎等作家、学者欢聚一堂，热烈发言，形成了互相学习、亲密合作的良好气氛。翰笙同志还在大会之后发表了题为《向曲艺学习》的文章，在曲艺界和文艺界产生了很好的影响。在此后的协会工作中，一直体现了曲艺工作者和其他文艺工作者互相学习、互相帮助的精神，取得很好的效果，并逐步形成协会工作的一个好传统。

一九五九年，郑振铎同志在出访中不幸遇难，需要补一位文艺界人士作为全国人民代表大会代表。翰笙同志在所主持的中国文联和各协会负责人协商会议上郑重推举时任中国曲艺工作者协会副主席的著名扬州评话艺术家王少堂同志作为人大代表的建议人选，并陈述了理由。他说，在文学、戏剧、音乐、电影、美术、舞蹈等方面都有人担任全国人大代表，曲艺界作为文艺界的一个方面，也应当推出一位同志担任人大代表行使权力，表达曲艺界的愿望和要求。经过讨论，大家一致同意推荐王少堂同志作为全国人大代表建议人选上报有关领导部门。这件事不仅表明翰笙同志对曲艺界的重视，也反映出他考虑问题的周到、细致和办事的公道。

翰笙同志对曲艺事业的重视和关怀是一贯的。曲艺界的许多活动都得到他的支持和指导。粉碎“四人帮”之后，他才结束了被监禁的生活，被安排在安定门外一处简陋的两间屋的楼房里。一天上午我去看望他，由于长达九年的囚禁和折磨，只见他苍老消瘦了许多，形容憔悴，身体虚弱，而且还未被彻底平反和恢复工作，我不知该怎样来安慰他。出乎意料的是他的精神很好，说起话来还是那么热情、爽朗、亲切。他关心党和国家的命运和前途，关心文艺界的事情，频频询问文艺界、曲艺界的情况，当得知一些同志在“文化大革命”中被迫害致死，他深表痛惜之情和对林彪、江青等一伙的强烈愤慨。一九七九年，组织上为他彻底平反并恢复工作，翰笙同志立即积极投入中国文联与各文艺家协会的恢复工作和第四次全国文代会的筹备工作。同年五月，中国曲协在北京召开理事会扩大会议，我向他汇报了曲艺工作的情况，请他出席指导，他立即慨然应允，不但抱病出席了会议的开幕式，而且作了经过认真思考、准备的讲话，阐明了当前曲艺界面临的形势和任务，对大家提出殷切的希望和要求，使大家深受教育，深受感动。一九八五年四月，中国曲艺家协会第三次代表大会召开时，他因病不能出席，仍然对大会表示关心，并向大会表示热烈的祝贺。

二

翰笙同志非常重视曲艺创作。在研究中国曲艺研究会及其后成立的中国曲协的工作时，他一直很注意曲艺创作方面的工作，认为曲艺作为一门综合性的艺术，如同剧本是戏剧之本一样，曲本话本是曲艺之本；有了很好的曲艺文学作品，会促进曲艺表演和曲艺音乐的革新，演员才能充分发挥自己的艺术才能；只有把先进的思想内容和优美的艺术形式结合起来，才能满足人民群众文化生活的需要。他要求我们认真贯彻百花齐放、推陈出新的方针，要重视传统曲艺的推陈出新，更要大力提倡反映新时代、新人物的曲艺创作，努力为曲艺创作者提供学习、提高和深入生活的条件。

为了引起各地区有关领导部门对曲艺工作的重视，促进曲艺创作的繁荣，在他的提议和支持下，中国文联和中国曲协于一九六四年二月在北京联合召开了曲艺创作座谈会。应邀参加座谈会的代表有各地在曲艺创作和表演上有显著成就的作家、艺术家和专家学者，也有文艺界有关人士，共一百多人，历时七天，大家一起交流创作经验，研究创作问题，进一步明确了前进的方向和奋斗的目标。会议开得很好，收到了预期的效果。翰笙同志还提议并商请人民日报社、新华社、中央人民广播电台等新闻单位扩大宣传，并要我代拟了一篇社论稿，请林默涵同志审定后，以《积极地发展社会主义的新曲艺》为题作为《人民日报》社论发表。由于这次座谈会开得成功，又比较充分地发挥了舆论宣传的作用，引起曲艺界和有关文化领导部门的重视，有力地推动了全国各地创作演唱新曲艺的活动。

翰笙同志在中国曲协一九七九年的理事会扩大会议上所作的讲话中，也着重讲了曲艺创作问题。他满腔热情地肯定了曲艺创作的成绩，特别是在揭批“四人帮”方面所发挥的战斗作用；希望广大曲艺工作者再接再厉，充分发挥曲艺轻便灵活、便于反映现实的特长，首先要下大力量创作反映社会主义革命和建设的作品，也要努力创作反映新民主主义革命和旧民主主义革命的作品，还要努力创作反映我国悠久历史的作品，要提高质量，争取光辉灿烂的文艺黄金时代的到来。

实践证明，发展曲艺创作的确是曲艺创新繁荣的关键所在。凡是曲艺繁荣的时期，都是由于各地涌现出一批又一批富有时代精神和艺术魅力，为广大人民群众喜闻乐见的优秀曲艺作品。如果创作上不去，曲艺舞台也必然冷落下来。

三

翰笙同志也很重视文艺批评。一九五六年，毛主席提出百花齐放、百家争鸣的方针以后，翰笙同志表示热烈拥护，除组织、动员大家认真学习、贯彻外，他在一次谈话中还结合自己的经历和体会阐述了文艺批评的重要性和对文艺批评应持的态度。他认为积极开展实事求是的文艺批评，对活跃人们的思想，统一人们的认识，促进文艺繁荣，大有好处，必不可少。他还以“左联”时期文艺界对他创作的小说《地泉》的评论为例，说明瞿秋白、茅盾等同志的批评对他的启发和帮助。他说，当时也感觉到自己在创作上有缺点，但认识不足，看到、听到秋白、茅盾等同志的批评意见之后，经过认真思考，才比较深刻地认识到《地泉》的缺点和问题，这不仅是一部作品的缺点和问题，而且反映了“普罗文学”创作相当普遍存在的缺点和问题，认真从中吸取教训，不但对自己有好处，对促进无产阶级革命文艺的发展也大有好处，大有必要；所以在《地泉》重版时把秋白、茅盾等同志的评论文章作为序言，供大家阅读和研究。他还讲到对秋白、茅盾等同志的评论文章并不是全部同意，自己认为是缺点、不足之处，也坦率地提出不同意见，以供大家研究讨论；大家的目的是一致的，这就是为了促使无产阶级革命文艺逐步走向成熟，更好地向前发展。翰笙同志如此正确地对待批评与自我批评，给我们树立了很好的榜样。如果缺乏很强的责任心和对自己的严格要求，如果缺乏宽阔的胸怀和实事求是的精神，要做到这一步是不可能的。

翰笙同志曾多次谈到曲艺评论，他同意一些同志的看法：曲艺评论还是一个非常薄弱的环节，需要大力加强。对协会举办的一些评论和研究活动，他都积极给予支持和帮助。例如，一九六二年十二月，中国曲协为纪念曹雪芹逝世二百周年在中国文联礼堂举办《红楼梦》曲艺专场演出时，除邀请文艺界、曲艺界人士观看演出外，翰笙同志还亲自邀请周总理等中央领导同志观看演出，并请周总理在演出结束后与文艺界、曲艺界有关同志一起座谈。周总理不但对这场演出给予鼓励，而且对传统曲艺的整理、改编以及曲艺工作者与其他文艺工作者如何互相学习、加强合作等问题发表了有重要指导意义的意见，给大家以深刻的启示和很大的鼓舞。

在研究曲艺评论问题时，翰笙同志不止一次地提出，要向陈云同志学习。一九七九年五月，他在中国曲协召开的一次重要会议上郑重地说，陈云同志是党和国家的领导人，是我党领导经济的权威，工作是很忙的，可是，他对评弹研究得那么深入，许多问题讲得那么具体、深刻，那么切合实际；最近发表的《陈云同志对当前评弹工作的几点意见》讲得很好，有重大指导意义，我反复研究了好几遍，我们长期搞文艺工作与他比还差得远。我们要老老实实地向陈云同志学习，把他的意见落实到工作中去。如果我们能像陈云同志那样进行曲艺的研究和评论，曲艺一定会更好地繁荣起来。他的讲话饱含对陈云同志的敬佩之情，也表达了对大家的希望和对曲艺研究、曲艺评论的热切期待。

四

翰笙同志严于律己，宽以待人，作风民主，虚怀若谷。我参加过他召集的多次会议，也有许多个别接触。在我的记忆中，凡属重要的事情，他都首先听取大家的意见，然后经过认真考虑，反复比较，才发表自己的意见，如有不同意见，就进行讨论，即使别人讲得不对，甚至态度不够冷静，他也耐心地说服解释，最后按照民主集中制的原则做出决定。在他面前，你不会感到有什么顾虑，讲错了也不要紧。有一次，我正在翰笙同志家里商量事情，一位同志误认为翰笙同志在对待文联两位负责同志互相之间发生严重分歧的问题上偏袒一方，突然破门而入，怒气冲冲地指责翰笙同志官僚主义，处事不公。在这种情况下，翰笙同志不生气，不发火，仍然像平时一样很亲切地请这位同志坐下，有话慢慢说，向她作耐心解释。这需要多么好的涵养和多么宽大的胸怀啊！

翰笙同志又是坚持党性原则的，对于粗暴的错误的批评，特别是“扣帽子”“打棍子”式的所谓批评，他能够顶得住。记得一九六四年影片《北国江南》放映之后，文艺界和观众的反映是比较好的，没想到康生却进行突然袭击，扣上种种莫须有的罪名，接着在全国范围内进行批判。“文化大革命”开始后，他更受尽侮辱和折磨。但是，他却始终没有屈服于来自各方面的巨大压力，表现出一个真正共产党人的原则立场和坚强性格，这是多么难能可贵啊！

翰笙同志在被人误解受到委屈的时候，也能想得开、放得下。有几件事给我的印象很深。一件发生在一九五五年的肃反运动中。当时有人检举文联副秘书长阿英同志有重大历史问题，领导中国文联肃反工作的文化部五人小组主要负责人也认为阿英同志的问题性质严重，主张抓紧进行处理。时任中国文联五人小组组长的阳翰笙同志则认为，此事关系到一个人的政治生命，要重证据，重调查研究，我们不能放过一个坏人，也不能冤枉一个好人；并表示，根据他当年在上海对阿英同志的了解和文联五人小组对现有检举材料的分析、研究，要弄清阿英同志的问题，做出正确的结论，还需要做深入的调查研究，不宜急于做出组织处理。于是，彼此发生严重分歧，翰笙同志所持的慎重态度不但没有被肯定，反而受到严厉批评，被当众指责思想有问题。这在当时的情况下，压力之大可想而知。然而，翰笙同志并没因此退让，也没有流露出委屈情绪，而是继续组织力量做出深入细致的调查研究，终于弄清案情，证明翰笙同志的意见是对的。当时我负责文联五人小组办公室的工作，一天下午，为写好这份审查报告，他要我到他那里一起研究、修改。他句酌字斟，反复推敲，务求准确恰当，不知不觉，一篇不长的报告竟用了近六个钟头的时间。他这种对党负责、对同志负责的精神和过细的工作作风，实在令人敬佩。

再一件是，一九六四年文联整风开始以后，翰笙同志受到不公正的对待，被列举的错误之一是思想右倾，在文联访问文艺界人士的工作中，不应当对历史上或新中国成立后被认为有问题的人那么关心，并帮助他们解决一些实际困难。实际上，这是翰笙同志按照周总理的指示精神所做的一项重要的又往往容易被忽略的工作，目的是要化消极因素为积极因素，团结一切可以团结的力量，为新中国的文化建设做出贡献。周扬同志看到文联关于访问文艺界人士情况的报告后，也曾以“化腐朽为神奇”来肯定文联在这方面所做的工作。可是，在当时的环境、气氛下，对别人的质问、批评只能听着，偶尔皱皱眉头，苦笑一下，许多事情是说不清的，有委屈只能压在心里。当时我参加文联整风检查组工作，组织上要我到翰笙同志那里征求他对一些批评意见的想法，他只是客观地讲一些情况，从不诉说自己的委屈，也不多解释什么，至多叹一口气，这是多么无可奈何，又是多么困惑和苦闷啊！

还有一次交谈至今难忘。一九八六年夏天，翰笙同志在烟台疗养，正好我在烟台参与主持文联和各协会高级专业技术职称评审委员会会议，一天上午，我去看望他。这天天气晴朗，海风微拂，我们在凉台的阴凉处亲切交谈，他十分关心文艺界的情况，询问了社会上和文艺界发生的许多事情，也谈了他对当前文艺工作的一些看法和意见。其中一项重要内容就是批评与自我批评问题。他认为，近几年来文艺评论虽然有所加强，但总起来看，实事求是的有说服力的评论文章还是太少，百家争鸣的空气还很不够。他不无忧虑地说，现在有些同志只喜欢听赞扬的话，不喜欢听批评的话，也有些同志喜欢捧场，不是像鲁迅所说的那样，“好处说好，坏处说坏”，这对文艺的发展是很不利的，对自己也有害处。他特别谈到正确对待批评与自我批评的问题。他说，一个人思想上工作上难免有缺点、有失误，别人批评对了就要愉快接受，批评不对也不必勉强接受，如果有原则分歧还可以争论和进行反批评。只要大家坚持实事求是，充分说理，认识会逐渐统一起来。当然，要正确对待批评与自我批评也不那么容易，在党的生活中也难免有受委屈的时候，一定要想得开，如果想不开，对工作不利，对身心健康也很不利。无论如何，要正确对待批评，批评对的就接受；不对的可以提出不同意见，不要闷在心里；别人也要注意劝解，不要当面说些加重委屈的话，这才是爱护。这次谈话使我很受感动，我们从这里可以深切地感受到一位老同志对批评与自我批评所持的郑重态度。

以上所述，只是我记忆中的若干片段。翰笙同志是我国著名的革命文艺家，是我们党在文化战线上成就卓著和深受人们爱戴的一位领导同志，是文艺工作者的良师和益友。他的崇高思想品格和在事业上的成就值得我们很好地学习和研究。个人的回忆，难以记述其万一。谨以此表示对他的深切怀念和崇敬之情。

（原载《曲艺》2002 年 11 期，《文学风》2006 年 4 期转载）

回忆林默涵同志

林默涵同志在党的思想文艺战线上奋斗了一辈子，在文艺理论批评和组织领导工作中做出不可磨灭的贡献。他在曲艺方面也发表过许多重要见解，并在实际工作中不断地给予指导和支持。

我早就读过他写的文艺评论和杂文，听过他的报告，但直接向他请教，是从一九五三年夏天开始的。那时，我参与中国曲艺研究会的筹备工作，曾将起草的《中国曲艺研究会章程（草案）》（简称《章程（草案）》）分别送请胡乔木、周扬和林默涵同志审阅并指示。没过几天，默涵同志就将修改后的《章程（草案）》退还，他改得很仔细，连一个标点也不放过，并附有一张便笺，说他对曲艺方面的情况不够熟悉，改动的地方不一定恰当，仅供参考，以乔木同志、周扬同志的意见为准。他的认真细致的工作作风和谦逊的态度，给我留下很好的印象。

中国曲艺研究会成立后，王尊三、赵树理、王亚平等同志都想尽快创办《曲艺》杂志，作为贯彻党的文艺方针，改革和发展曲艺的舆论阵地。但申请报告送交出版领导部门后，一直未见批复。一九五六年九月一天上午，赵树理同志要我和他一起到默涵同志那里，讲了创办《曲艺》杂志的一些设想，希望给予支持和指导。默涵同志当即表示赞同和支持。他说，曲艺是一门最具群众性的艺术。改革和发展曲艺是时代的要求，人民的要求，我们应当加以重视。前几年还有个《说说唱唱》月刊，主要发表曲艺作品，对曲艺的发展起到积极的作用；现在《说说唱唱》并入《北京文艺》，各地也缺少曲艺刊物，这对曲艺的发展是很不利的。中国曲艺研究会的确需要办一个全国性的专业曲艺杂志，作为曲艺界贯彻党的文艺方针，繁荣曲艺创作和加强评论的舆论阵地，以推动曲艺工作的健康发展。他强调说，要办好一个刊物，需要做出多方面的努力，最重要的是，要坚定不移地贯彻毛泽东文艺思想，要紧紧抓住繁荣创作和加强评论这两方面的工作，要提高编辑人员的思想艺术修养和业务能力，甘心情愿地为别人做嫁衣。他还结合自己从事编辑工作的情况，谈了当编辑的甘苦，鼓励我们努力克服困难把刊物办好。我感到非常亲切。很快，中共中央宣传部就批准《曲艺》杂志于一九五七年初创刊，由人民文学出版社出版，向国内外发行。不言而喻，这与默涵同志的支持是分不开的。曲艺界和文艺界有关人士得知《曲艺》杂志创刊的消息不胜欣喜，纷纷以不同方式表示祝贺和支持。之后，《曲艺》杂志继续得到默涵同志的关心和指导。譬如，一九五七年春天大鸣大放期间，何迟同志寄来一篇名为《统一病》的相声作品，讽刺的锋芒很尖锐，涉及的方面很广。这篇作品是否在《曲艺》杂志上发表，赵树理、陶钝同志和我阅读之后都拿不定主意，便把这篇作品送给默涵同志，希望听到他的意见。没过几天，默涵同志就约树理同志和我到他那里，谈了对这篇作品的看法。他说，讽刺是相声的特长。我们的现实生活中确实存在着许多不好的东西，是应当讽刺和批评的。何迟同志发挥相声的这种特长，写过很不错的作品，如《买猴儿》，经马三立同志演出后，很受群众欢迎，对“马大哈”式的人物，起到很好的讽刺和警示作用。这篇《统一病》对那些脱离群众、脱离实际、一切事情都强求划一的做法和命令主义作风进行讽刺和批评，意图是好的，写法也有可取之处；但是，要注意避免以偏代全，如果认为一切事情都不要统一就不对了。我们要爱护、帮助作者，是否建议何迟同志考虑一下，做些修改之后发表，以免产生不良效果，引起人们对作者的误解和批评。我们都赞成默涵同志的意见，随即以编辑部的名义将意见告知作者。没想到反右派斗争开始后，何迟同志被错划为“右派”，而这篇《统一病》竟被列为重要罪证之一。后来，我到天津看望何迟同志时，谈到默涵同志对作者的善意和对作品采取的积极而慎重的态度，他听后感叹不已。

为了贯彻中央关于文艺工作的指示精神，中国文联和中国曲艺家协会在文艺整风之后，于一九六四年初在北京联合召开了全国曲艺创作座谈会，周扬、阳翰笙、刘芝明、老舍、赵树理、袁水拍、陶钝等同志和各地在曲艺创作演出及组织工作等方面做出显著成绩的一百多位代表出席会议。大家一起学习文件，交流曲艺创作的情况和经验，探讨曲艺创作的重要问题，会议取得预期的成功。阳翰笙、刘芝明同志与《人民日报》负责同志商定，由《人民日报》发表一篇社论，以扩大这次会议的影响，进一步推动新曲艺创作和整个曲艺工作。社论稿由我起草，经阳翰笙、刘芝明同志审阅后，送给默涵同志审定。默涵同志时任中央宣传部副部长兼文化部副部长，工作很忙，但他还是安排时间同刘芝明、袁水拍、陈笑雨等同志一起对社论稿进行了讨论，最后由他定稿，社论以《积极地发展社会主义的新曲艺》为题，于二月二十四日在《人民日报》发表。他对工作极端负责的态度和认真细致的工作作风，于此可见一斑。

“文化大革命”开始后，默涵同志被江青点名批判，污蔑他是反革命修正主义文艺黑线的头目之一，横遭批斗和折磨，一九七八年，才恢复了文化部的领导职务。那时我也在文化部工作，彼此见面的机会就多了。一天，他约我到他的办公室，说陈云同志致信文化部，拟于近期召开一次评弹座谈会，征求意见。他要我起草一份关于会议安排的初步计划，供陈云同志参考。他非常敬佩陈云同志，说陈云同志不但在我国经济建设和党的建设等方面有重大贡献，对文艺工作也很有研究，他在延安时就聆听过陈云同志的教诲。新中国成立后，陈云同志在工作之余和养病期间，对评弹进行了深入的调查研究，发表过许多有指导意义的意见。一九六一年六月，中央宣传部召开全国文艺工作会议时，就曾把陈云同志关于评弹的谈话和通信，作为会议文件发给大家，反映很好。他问我，是否参加了陈云同志一九七七年七月在苏州召开的那次评弹座谈会，听到陈云同志的讲话？我说，去年召开那次评弹座谈会时，文化部负责人华山同志本想要我去参加的，遗憾的是，那时我正受文化部的指派，临时主持中国京剧院的工作，由于揭批“四人帮”和平反冤假错案等方面的工作正处在紧张阶段，实在脱不开身，以致失去当面聆听陈云同志教诲的机会。好在周良同志很快就把陈云同志的讲话和会议纪要等给我寄来。随后，我便把陈云同志的讲话和会议纪要送给默涵同志。第二天，他见到我非常高兴，说陈云同志的讲话非常好，有不少新见解，丰富了毛主席的文艺思想，不但对评弹等曲艺方面的工作有重要的指导作用，对整个文艺工作也有重要的指导作用。他建议，最好征得陈云同志同意，在即将复刊的《曲艺》杂志发表。后经陈云同志同意，《曲艺》杂志便将陈云同志的讲话和座谈会纪要在复刊第一期发表，同时印发各地曲协学习，并邀请曲艺界和文艺界人士举行了座谈会。大家一致表示拥护，认为陈云同志的讲话高屋建瓴，实事求是，对曲艺事业的恢复和发展有极为重要的指导意义。

默涵同志多次出席中国曲艺家协会的重要活动。一九七九年五月，中国曲协常务理事会扩大会议在北京举行。这是粉碎“四人帮”后中国曲协举行的有各地曲艺界代表参加的一次重要会议。我请他出席讲话，他欣然允诺，并仔细询问了曲艺界的情况，为讲话做了认真的准备。他早早就来到会场，对大家深情地说：我今天来看望大家。我十多年没见到曲艺界的同志了，在“四人帮”横行期间，曲艺界受的摧残是很厉害的，许多老曲艺家被迫害死了，再也见不到了；还有好些同志受到这样那样的打击和折磨，在这方面我们的遭遇是一样的。我今天来首先是向曲艺界的同志们表示慰问。第二是来做一个检讨。为什么检讨呢？因为在新中国成立初期，我刚到宣传、文化部门工作，一度对曲艺有一个错误的看法，我想，旧社会的时候这么多人听曲艺，可能是因为不识字的人多，随着人民文化水平的提高，许多人自己能看书了，加上电影、戏剧等的日益普及，可能听曲艺的人越来越少。但事实证明不是这样，在新社会，曲艺的听众不是减少而是增多。我过去的看法是错误的。今天借这个机会，谈谈我后来改变了的对曲艺的认识。他的亲切而坦诚的一段话，说得大家心里热乎乎的，彼此的心紧紧地贴在一起。他讲的第一个问题是，曲艺是一种什么样的艺术？他说：曲艺是一种独立的艺术，不是其他艺术所能代替的。过去我曾经说过，曲艺是文学、音乐、表演综合而成的艺术（有些曲种如相声、评书等不同，有文学、表演，可以不要音乐）。它用文学语言来塑造人物形象，传达思想感情，加上音乐的烘托、渲染，再加上演员的模拟、表演，就有一种特别的感染力，使听众如见其人，如临其境。许多人读过《水浒》，但为什么还爱听王少堂的扬州评话《水浒》，高元钧的山东快书《武松打虎》呢？就是因为许多文学作品按照曲艺特点经过再创造，比起原来的文学作品的人物更突出了，矛盾更集中更强烈了，描写更细致了，语言更丰富更生动了（当然，有一些曲艺演出时细节描写过多，产生了烦琐拖沓的倾向，也应当克服和避免）。接着，他把曲艺和其他文学艺术做了比较，说曲艺与小说、诗歌、戏剧等有共同性，譬如说各种艺术都是反映生活的。但是，各种艺术又具有自身的特点。如果没有特点，就失去了存在的意义，就不能独立存在了。曲艺所以能存在，正因为它有自身的特点。特点是什么？特点就是一种特长，是别的艺术所没有的一种特长。所有的特长都同时是局限。我们必须弄清楚自己这门艺术的特点，才能发挥其所长，回避其所短。譬如相声，是比较擅长于讽刺和幽默的曲艺形式。用相声来歌颂，当然也可以，但不是它的特长。采取一种说笑话的方式来歌颂，听起来总觉得有点别扭。过去我讲过相声的特长是讽刺，要发挥相声的讽刺作用，当然不是要相声去讽刺革命的东西，讽刺进步的东西，这是我们坚决反对的；但是要讽刺那些反动落后的东西，讽刺社会主义的敌人，讽刺那些不利于社会主义的旧思想、旧作风、旧习气。这样的讽刺，正是为了保卫和发展社会主义，有什么不好呢？为什么不要呢？除了讽刺敌人，对妨碍社会主义前进、妨碍人民前进的东西，比如目前社会上还有许多不好的东西，如封建迷信、官僚主义、贪污受贿、好逸恶劳等许多可恶可笑的东西，不是相声讽刺和批评的对象吗！这与正面教育相配合，产生的效果还可能更大些。总之，曲艺是文学、音乐、表演的综合艺术，是一种独立的艺术。我们要掌握它的特点，尽其所长，避其所短，更好地发挥它的作用。因为曲艺与其他文学艺术比，有不同的特色，所以我们要重视它、发展它。我们的文艺史也应当把曲艺当作一个独特的门类来论述和研究。他讲的第二个问题是，曲艺的群众性问题。他说：曲艺是最有群众性的，短小精悍，简便易行，号称轻骑兵。曲艺演出有的需要伴奏，有的自弹自唱，一个人就是一台戏，一会儿是老太婆，一会儿是小姑娘，可以演很多角色，是一种最轻便、最容易深入群众、最受群众欢迎的艺术形式，历来跟最基层的群众关系密切，大量是农民、赤脚汉（当然也有衣冠楚楚的听众），这是我们最需要为之服务的群众，因为他们的工作最辛苦，又最缺乏文化生活。现在，农村的形势很好，农民对文化生活的要求进一步高涨，电影、戏剧、音乐、舞蹈，特别是曲艺，要动员起来，到农村去，为活跃农村文化生活而努力。无论是农村，还是城镇，文化阵地我们不去占领，封建迷信、色情荒诞的东西就会泛滥起来。我们曲艺演员，一定要担负起占领文化阵地的任务。他讲的第三个问题是曲艺创作问题。他说：要使曲艺更好地为群众服务，最重要的是要有好作品。我赞成广开文路的意见，一个三十年，一个一百零九年，一个几千年，都可以写。三十年就是伟大的社会主义革命和建设；一百零九年就是旧民主主义革命和新民主主义革命，这也是翻天覆地的大革命；几千年就是我们悠久的历史，中国人民不断地反抗压迫争取解放的历史。这样，我们可写的东西就多了。许多革命领袖，许多伟大的政治家、军事家、思想家、科学家、文艺家，都可以塑造成艺术典型。创作的路子宽得很，确实是天地广阔，大可作为。三段历史都可以写、值得写、应当写，写好了都能提高人们的精神境界，鼓舞人民的斗志，推动人民为建设伟大的社会主义祖国而奋斗。他同时指出，我们没有必要规定一个创作比例，各写多少，这样规定不一定做到，即使做到了，如果质量很差也没有什么意义；但是，因为这三十年的现实斗争写起来比较困难，我们就应该投入比较大的力量。我很拥护陈云同志的意见：曲艺还是要多说新书，多创作现实题材的作品，反映新时代，表现新人物，这是时代的需要，革命的需要，是我们这一代不能推卸的责任。他还强调说，文艺作品要塑造当代的英雄模范人物，以教育广大青年，会收到很好的效果。千千万万的青少年通过看书、听戏、听曲艺，学习刘胡兰、黄继光等英雄人物的崇高品质，成为一代新人。我们必须把学习英雄的好风气重新建立起来。这是我们的文艺包括曲艺的一项重大任务。此外，他对文艺与政治的关系问题和抓紧平反冤假错案、抓紧记录整理老曲艺家演出的曲艺节目、抓紧培养曲艺接班人等问题，也发表了意见和建议。大家听后反应强烈，认为他的讲话很重要，很切合实际，对今后的曲艺工作有重要的指导作用。

默涵同志在中国曲艺家协会于一九九〇年十二月下旬召开的协会工作会议上的讲话，也使出席会议的同志深受启发。他在讲话中着重讲了文艺工作者要为人民服务的问题。他说，共产党的最高目的就是为人民服务。文联和十几个文艺家协会这些年来所做的工作就是一句话：为人民服务。曲艺是直接为人民服务的，因为它和人民有密切的关系，能够反映人民的喜怒哀乐，通过表演影响人民，团结人民，做对人民有利的事情。毛主席讲为人民服务，并不是非做什么了不起的大事。带兵打仗，取得政权，这当然是为人民服务，但是，大政治家、大军事家也好，大文艺家、大科学家也好，无论他们成绩多大，多有意义，都离不开普普通通的人民。我们从事艺术同样离不开人民；没有人民就没有艺术。艺术的内容就是反映人民的生活、思想、感情，给人民看，没有群众还有什么艺术呢？艺术家没有观众也不能存在。曲艺是面对面、最直接地跟观众交流，与群众的联系最紧密。骆玉笙同志就是长期跟群众结合，非常了解群众的心理和感情，以人民的爱憎为爱憎，以人民的是非为是非，为人民服务。骆玉笙同志能达到这么高的成就，这是很重要的原因。他认为，文联十几个文艺团体的第一个任务，就是要把文艺工作者组织起来，更好地为人民服务。第二个任务就是为会员服务。人们为什么要加入这些团体呢？目的就是在这里能得到帮助，主要是在思想上、业务上给他们以帮助，通过各种方式提高大家的思想和业务水平，帮助会员到群众中去，到生活中去，写出好作品，演出好作品，更好地为人民服务。这是我们所有文艺团体的目的。考察文艺团体的路子走得对不对，主要看它是不是始终掌握服务这个根本。我们办协会、办出版社、办刊物，怎样看办得好不好呢？就是看它对人民有利还是没有利，是不是使人向上。如果对读者、听众有害，就是错误的，就违反了我们的根本目的。他最后强调说：我们是做文艺工作的，是从事社会主义精神文明建设的，很重要的一条，就是要学习马克思主义。要读毛主席的著作，还要读一点马克思的著作。马克思不仅学识渊博，发现了社会发展的规律，创立了革命的学说，他的精神也很值得我们学习。他的著作和精神不仅会使我们正确地认识世界、认识历史、认识社会，明白应该怎样做人才有意义、有价值，而且会给我们以感染，提高我们的精神境界，使我们生活得比较高尚。我们当然达不到他那样崇高的境界，但是至少可以向他学习，使我们减少一点卑下的感情，变得高尚一点，对那些没有什么意思的事情，就不会放在心里去计较。现在，有些同志做了不好的事情，出了不好的书，演了不好的节目，为什么？从根本上说，就是因为他们没有一个高尚的目的，没有为人民服务的精神。大家工作忙，常常东跑西跑，还是要注意读书、学习，在为人民服务中增长才干，开拓事业，不断进步。同志们听了默涵同志的讲话，都觉得讲到根本上，语重心长，非常重要，对曲艺工作和协会工作以及个人的进步，都很有帮助。

中国曲艺家协会与江苏省人民政府、天津市人民政府联合举办的首届中国曲艺节于一九九〇年十月、一九九一年八月先后在南京、天津举行。此前，我向默涵同志汇报了曲艺节的筹备情况和邓小平、陈云、薄一波、宋任穷等党和国家领导人为曲艺节题写节名或题词的情况，他听后非常高兴，说这样的活动，对展示曲艺改革创新的新成果，促进艺术交流，推动曲艺事业的发展，很有好处。邓小平、陈云等同志为之题写节名或题词，体现了党和国家对曲艺的重视，会进一步调动曲艺工作者的积极性和创造性。他认为，艺术活动成功与否，重要的是看质量如何。他希望各地区、各民族都推出高质量的节目；希望大家尽最大的努力把曲艺节办好。他表示，由于身体的原因不能前去观摩，如有录音、录像，会好好听听看看。中国曲艺家协会与河南省平顶山市人民政府联合举办的第二届中国曲艺节于一九八五年十月在平顶山举行，继续得到各方面的大力支持。江泽民、李鹏等党和国家领导人分别为曲艺节题词。曲艺节前几天，默涵同志得知曲艺节筹备工作顺利，连声说好，欣然出席在北京举行的第二届中国曲艺节新闻宣传座谈会，并书赠“寓教于乐，雅俗共赏”的题词。他说，“寓教于乐，雅俗共赏”，对于各种艺术都是很高的要求，希望曲艺节演出的节目都能达到这样的要求，并继续创作演出更多的能达到这样要求的好节目。这样，曲艺会更繁荣，会更受广大人民的欢迎。

默涵同志对卓有成就的曲艺家抱有很大的热情，对年轻一代寄予厚望。一九九一年五月十九日，天津市人民政府和中国曲艺家协会在天津为骆玉笙同志艺术生活六十周年举行了隆重的祝贺大会。默涵同志因为身体欠佳未能出席，除委托我代为致意，还题词一幅，上书“曲高和众”四个大字，“革命热情与艺术造诣高度结合”两行小字，用以评价骆玉笙同志的成就和表示对她的祝贺。他非常尊重骆玉笙同志，每次见面都亲切地称她“大姐”。他不止一次地说，骆玉笙同志觉悟高，人品好，艺术上也很了不起，和王少堂、侯宝林、高元钧等同志一样，称得起是大艺术家，值得人们好好学习。有一次谈起韩起祥同志，他赞叹地说，在延安时就听过他演唱的陕北说书。作为一个盲艺人，竟能创作那么好的新书，演唱得那么感动人，不但人民大众爱听，文化界人士也爱听，毛主席还请他到延安说书，这是为什么呢？从根本上说，就是他有革命热情，熟悉人民大众的生活、语言和思想感情，学习上又很刻苦，并能和文艺工作者密切合作。谈到新中国成立以来特别是改革开放以来涌现出来的后起之秀，默涵同志表示由衷的高兴，称赞他们思想解放，能继承前人的好东西，又勇于创新。他也表示过忧虑，认为有些同志太浮躁，不注意学习，经不住名利的诱惑，不能刻苦钻研艺术，这样，思想上艺术上就很难进步。他希望这样的同志能够尽快改变这种情况，曲艺团体和有关文化领导部门也要多帮助、多指导，同时加强培养人才的工作。只有造就出更多的出类拔萃的人才，曲艺才会有大的发展。

默涵同志于一九八九年十二月担任中国文联党组书记。他说，在中央正式任命之前曾一再恳辞，并不是怕负责任，而是考虑到自己已经七十多岁了，年老体弱，脑子也不好使了，生怕贻误工作。他最后还是服从组织决定，重新挑起重担。在工作中，他认真贯彻中央的指示精神，严格按照民主集中制的原则办事。我有事到他家里，他都热情接待，亲切交谈。他不但谈工作，谈对文艺问题和社会问题的看法，还谈过他最崇敬的毛泽东、鲁迅，谈过他感念难忘的几位同志和朋友，以及他在工作中的体会和教训。他还一再讲文艺评论的重要性，说推动和指导文艺创作，不能采取行政方式，主要靠文艺评论。协会工作、刊物工作都要抓评论。当然，抓好评论并不容易，曲艺界在这方面的困难会更多。他鼓励我无论工作多忙，也要在评论方面下功夫。总之，我从与默涵同志的交往中深受教益，也更加深了对他的了解，更加敬佩他的为人。我最后见他一面，是在北京医院，这时他静静地卧在病床上，已处于昏迷状态；他逝世时，我在外地，亦未能送别，深感痛惜和遗憾。然而，回想几十年的往事，他的音容依然清晰地浮现在我的脑际，好像他还生活在我们中间。

（原载《曲艺》2008 年 5 期，《文艺理论与批评》2014 年 2 期转载）

回忆刘芝明同志

我和刘芝明同志相识是在一九五三年。那时，他从东北调到北京，担任中央人民政府文化部副部长、党组副书记，住在东四头条五号文化部东院六号楼一层东部；我在中国曲艺改进协会筹备委员会工作，和中国文联、中国剧协、中国音协、中国舞协筹备委员会的同志，都在六号楼办公，经常和芝明同志碰面，芝明同志总是面带微笑，有时还和同志们交谈，他平易近人，没有架子，使人感到十分亲切。

芝明同志给我的突出印象，是他十分重视我国的曲艺。他多次谈道，曲艺也好，戏曲也好，历来为广大人民群众喜闻乐见，在人民群众的精神文化生活中有不可忽视的影响，是我国民族民间文学艺术的重要组成部分，应当在党的“百花齐放、推陈出新”方针指引下，很好地继承和发展。一九五三年夏天，第二次全国文代会筹备工作领导小组开会讨论文联和各协会的设置问题时，有的同志主张正式成立中国曲艺工作者协会；有的同志认为曲艺和戏曲关系密切，由中国戏剧工作者协会把曲艺方面的工作担负起来就可以了，不必单独成立曲艺团体。两种意见一时难以取得一致。芝明同志明确表示，曲艺是一门独具特色的艺术，丰富多彩，不用说从业人员在五万人以上，是一支很大的队伍，即使是五千人，也应当单独成立协会，以便团结广大曲艺工作者和关心曲艺的文艺界人士，改革和发展曲艺。一九五三年十月，中国曲艺研究会成立后，遇到一些实际困难和问题，如调配干部、办公用房等问题，也在文化部的支持和帮助下逐步得到解决。一九五八年初，中国曲艺研究会主办的《曲艺》杂志由双月刊改为月刊，我请芝明同志写一篇文章，他欣然允诺，很快就写出题为《祝曲艺推陈出新，繁荣昌盛》一文，全面论述了曲艺与劳动人民的密切关系和曲艺的艺术特点及其在文学艺术发展过程中的重要作用，并强调指出，曲艺是最好的易于普及的文艺形式之一，在普及的基础上提高和在提高指导下普及，是文艺方针路线问题，应加以重视。同时，他还论述了继承与创新的关系，热情鼓励广大曲艺工作者深入群众，创作演出更多的反映现代生活和社会主义建设的曲艺作品，发掘整理优秀的传统曲艺节目，加强曲艺队伍建设，为曲艺的推陈出新、繁荣昌盛做出努力。一九五八年八月，芝明同志主持了文化部举办的第一届全国曲艺会演，在开幕式上作了热情洋溢的讲话，并在闭幕式上作了总结，在曲艺界产生了积极的影响。

芝明同志在二十世纪六十年代文联整风中采取的实事求是的态度，特别是在“文化大革命”中表现出来的共产党人的原则立场和临危不惧、宁死不屈的坚强品格，更给我留下难忘的印象。

芝明同志是一九六二年从文化部调到文联工作的，担任文联党组副书记、副主席兼秘书长，因党组书记阳翰笙同志请创作假写电影剧本《北国江南》，由芝明同志代理书记，主持全面工作。当时的文联党组由文联、曲协、舞协、民间文艺研究会的主要负责人组成。党的八届十中全会以后，文艺界的批判斗争重新升温。一九六三年十二月十二日，毛主席在中央宣传部编印的一份关于上海举行故事会活动的材料上作了《关于文学艺术工作的第一个批示》:“各种艺术形式——戏剧、曲艺、音乐、美术、舞蹈、电影、诗和文学等等，问题不少，人数很多，社会主义改造在许多部门中，至今收效甚微。许多部门至今还是‘死人’统治着。不能低估电影、新诗、民歌、美术、小说的成绩，但其中的问题也不少。至于戏剧等部门，问题就更大了。社会经济基础已经改变了，为这个基础服务的上层建筑之一的艺术部门，至今还是大问题。这需要从调查研究着手，认真地抓起来。许多共产党人热心提倡封建主义和资本主义的艺术，却不热心提倡社会主义的艺术，岂非咄咄怪事。”批示下达之后，为了贯彻毛主席的批示精神，文联各协会和文化部即开始整风和检查工作。芝明同志主持了多次党组扩大会议，他同大家一样一致表示拥护毛主席的批示，认为是给文艺界敲了警钟，同时认为文联党组领导的几个单位虽然问题不那么严重，也要认真检查思想上、工作上的差距和失误，总结教训，改进工作。大家认真进行了自我批评和批评，并提出改进计划。整风、检查的气氛还好，着重点放在今后如何贯彻毛主席的批示精神，把创作搞上去。一九六四年一月二十二日至二月四日，中国文联和中国曲协联合召开了曲艺创作座谈会。舞协、民间文艺研究会、摄影学会也相继采取了一些措施。随后，文联党组将整风、检查情况报告中央宣传部。万万没有想到，毛主席于一九六四年六月二十七日在《中央宣传部关于全国文联和所属各协会整风情况的报告》的草稿上又作了《关于文学艺术工作的第二个批示》:“这些协会和他们掌握的刊物的大多数（据说有少数几个好的），十五年来，基本上（不是一切人）不执行党的政策，做官当老爷，不去接近工农兵，不去反映社会主义的革命和建设。最近几年，竟然跌到了修正主义的边缘，如不认真改造，势必在将来的某一天，要变成匈牙利裴多菲俱乐部那样的团体。”批示下达后，文艺界骤然紧张起来。这时，芝明同志和几个协会、研究会、学会的负责人一致表示，毛主席的批示是又一次敲起警钟，是对文艺界的深刻教育，对提高认识、改进工作有重大指导意义；文联和上述几个单位都深入进行了检查；同时认为上述单位还是属于《批示》中所指的少数较好的一类，对毛主席批示中指出的问题的严重性，还有待深入理解。随着《北国江南》及其他一些电影、戏剧、小说等文艺作品遭到公开批判，风声越来越紧，中央宣传部认为文联党组领导不力，派赵进同志（中央宣传部干部处处长）、沙洪同志（卫生体育处处长）到文联，宣布中央宣传部决定成立文联整风检查工作领导小组，由刘芝明同志任组长，赵进、沙洪同志任副组长，吴群、罗扬、贾芝、盛婕同志任小组成员。由这个小组代替文联党组领导整风和检查工作。芝明同志名为领导小组组长，实际上不起主导作用，传达中央宣传部的指示、意见和向中央宣传部汇报文联的情况，均由赵进同志负责。中央宣传部定的调子很高，先说文联有反党小集团问题，要求继续发动大家揭发，文联党组书记阳翰笙同志和多数党组成员均被列为审查对象，由于定调过高，牵连了不少人，气氛搞得很紧张。调查结果证明，文联不存在反党小集团的问题。于是，中央宣传部又改口说，文联党组这几个人不是反党小集团，也是反党一伙。经过再调查，反党一伙也缺乏证据。最后，中央宣传部不得不表示，各有各的错误，分别调查处理。整风一直持续到一九六五年秋天，开过多次揭发批判会，文联和上述协会、研究会、学会都没查出反党性质的问题，党组成员和一些干部受到不同程度的伤害。不了解内情的人大都以为是芝明同志主张这么做的，实情并非如此。他曾一再表示，据他了解，文联党组工作中问题是有的，但没有这么严重。芝明同志对一些同志的批评，并未无限上纲。这也许与芝明同志接受过去的教训有关。

“文化大革命”开始后，芝明同志被诬为执行反革命修正主义路线的代表人物，走资本主义道路的当权派，是文联搞“假整风”的罪魁祸首，还追查他在一九三三年被国民党逮捕入狱的问题，污蔑他是大叛徒，因而遭到造反派的关押、批斗、毒打和长时间的残酷折磨。在批斗会上，芝明同志依然昂首而立，从容应对，不屈服造反派的压力，表现出一位久经考验的共产党人应有的尊严和宁死不屈的革命品格。一九六八年三月六日，芝明同志终于被折磨致死！想到这些，一切正直的人们，怎能不为失去这位老同志而深感痛惜！怎能不更加激起对林彪、“四人帮”及其爪牙的无比愤恨！

（原载《江潮集·刘芝明百年诞辰纪念》，辽宁人民出版社 2007 年 9 月出版）

回忆周巍峙同志

我是在一九五一年与周巍峙同志相识的。那时我在中国曲协筹备委员会工作，为了做好筹备工作，我到文化部艺术局周巍峙同志那里征求意见。第一次见面，他就热情、坦率地谈了他在陕甘宁边区、晋察冀边区工作时和新中国成立后所了解的曲艺方面的情况，认为曲艺简便灵活，易于深入农村、部队、学校等基层，深受群众欢迎，应该给予重视。他强调说，党和国家对曲艺工作是重视的。一九五〇年，文化部召开了全国戏曲工作会议，认真听取了戏曲界、曲艺界人士的意见，对戏曲、曲艺改革工作进行了深入讨论；一九五一年中央人民政府政务院就发布了《关于戏曲改革工作的指示》，其中还按照曲艺艺术的特点提出要求。有些文化部门和领导干部还囿于旧的偏见，不重视曲艺，是不应该的。他还说，广大曲艺工作者在党的领导下已经做出许多成绩，今后在全国范围内有领导有步骤地加以改革和发展，曲艺艺术一定会发挥更大更好的作用。他希望中国曲协尽快正式成立起来，积极主动地开展工作，并提出一些具体意见和建议。他讲得入情入理，没有一点官气，给我留下很好的印象。

一九五八年八月，中国曲艺工作者第一次代表大会在北京召开，周巍峙同志当选为中国曲协副主席，他表示今后一定积极支持协会工作，做些力所能及的事情。不久他当选为中国舞协主席，便在中国曲协理事会会议上提出辞去中国曲协副主席职务，他说，艺术局的工作已经很忙了，实在不宜兼职太多，所以辞去中国曲协副主席职务；但今后还会关心曲协工作，艺术局曲艺杂技处处长冯光泗同志也是曲协常务理事，会与曲协联系转告我的意见和建议；我力所能及的事情一定尽心尽力。“文化大革命”中，他受到极不公正的对待，中国文联和各文艺家协会被解散，彼此之间的联系也随之中断。

粉碎“四人帮”后，中国文联和各文艺家协会恢复工作，周巍峙同志担任文化部副部长，尽管工作繁忙，还是挤时间应邀出席中国曲协举办的一些重要活动，如曲协理事会扩大会议、曲艺创作座谈会、相声座谈会和中国曲协与艺术局联合举办的曲艺创作学习班、曲艺创作研究班、曲艺创作研讨会等，或与大家亲切交谈，了解曲艺工作情况，或发表讲话，都从实际出发，理论联系实际，从来不讲大话、空话，像是和同志们谈心一样，很受欢迎。由文化部主办、中国曲协协办的庆祝新中国成立三十周年文艺调演（曲艺部分），全国曲艺展演，文化部、中国曲协联合举办的全国优秀新曲（书）目比赛，都有力地促进了曲艺的创新和繁荣，扩大了曲艺的影响，鼓舞了广大曲艺工作者前进的信心。所有这些活动的成功，是在党和政府的领导下方方面面共同努力的结果，巍峙同志也功不可没。

八十年代初，文化部成立全国艺术科学规划领导小组，周巍峙同志兼任领导小组组长，成员由中央宣传部、文化部、各文艺家协会等有关方面负责同志组成，我作为小组成员多次参加小组会议，巍峙同志工作认真，作风民主，凡属重要事项，都请大家充分发表意见，从不轻率地做出决定，效果很好。在决定启动《中国民族民间文艺集成志书》编纂工作会议上，他强调说，这是国家重大科研项目，是带开创性的文化建设浩大工程，事关民族民间文化兴衰存亡，做好这项工作，有重要的现实意义和深远的历史意义，我们务必尽心尽力圆满完成任务。集成志书原确定七部，即《中国戏曲音乐集成》《中国曲艺音乐集成》《中国民间歌曲集成》《中国民族民间器乐曲集成》《中国民族民间舞蹈集成》《中国戏曲志》《中国曲艺志》；后增加《中国歌谣集成》《中国民间故事集成》《中国谚语集成》，共计十部。各部都要按照规定的指导思想、编纂方针、原则、体例和要求进行。各部集成志书分别设编辑委员会（视具体情况也可不设）、主编、副主编和总编辑部，负责与各地方卷联系、协调和审稿等事宜。地方卷按现行区划由各省、自治区、直辖市文化厅（局）和有关方面分别组成编辑委员会，设主编、副主编和编辑部，负责编纂工作，地方卷集成志书书稿分别送集成志书总编辑部研究审阅，最后经主编审定并签署意见后送全国艺术科学规划领导小组审核出版。不言而喻，这是一件非常繁重而艰苦的工作，巍峙同志始终认真对待。《中国曲艺志》起步较晚，一九八六年在湖南长沙召开《中国曲艺志》第一次全国编纂工作会议，巍峙同志就亲临指导，为大家鼓劲。其他集成志书也都得到巍峙同志的指导和帮助。有些地方，特别是边远地区遇到的困难更多，巍峙同志不辞劳苦，到处奔走，呼吁有关部门重视这方面的工作，不知耗费了多少心血！二十五年来，在党和政府等有关部门的指导和支持下，经过全国参加集成志书编纂工作的同志们的不懈努力，集成志书终于全部问世，这才了却了巍峙同志的一桩心愿。

以上所述，在巍峙同志一生所做的贡献中不过是一个组成部分。但从这里，我们也会深深感到他的事业心和责任心是何等坚强！他在离世之前还惦记着我国文化艺术建设事业，真正做到“鞠躬尽瘁，死而后已”，称得起是一位优秀的共产党员领导干部，为大家树立了学习的榜样！他的名字及其光辉业绩，将镌刻在中国现代文化艺术的史册上，永远为人们所记忆！

我因病不能出席座谈会，深感遗憾，匆匆草此短文，聊以表达对巍峙同志的思念和崇敬之意。

（2014年11月于北京协和医院）

回忆吕骥同志

我与吕骥同志相识，是在一九五一年秋天。那时，中国曲艺改进协会筹备委员会与中国音乐工作者协会同在北京朝阳门内大街吉兆胡同三十一号一处大院里办公，曲协在北房，音协在西房一个简陋的套间，工作人员在外间，里间放着一张三屉桌、一把椅子、一张床，作为吕骥同志办公和休息的地方。吕骥时任中央音乐学院常务副院长、党委书记，兼任中国音协主席，住在天津，有时到北京开会、办事，也到这里安排音协的工作，天晚了就住在这里，来去匆匆，很是忙碌。我早就知道他是一位著名的音乐家、左翼音乐运动的先驱者、中国音协主席，也听过他创作的歌曲，读过他写的文章。初次接触，我有点拘谨，他却主动问起曲协筹备情况，同我交谈。他认为曲艺是一门群众性很强的艺术，曲艺工作和协会工作大有可为，鼓励我积极投入曲艺工作。他和许多革命前辈一样，热情质朴、平易近人，我感到很亲切，更加深了对他的了解和敬意。一九五六年秋天，中国文联和各协会在王府大街的办公大楼建成后，中国曲协与中国音协同在一层办公；不久吕骥同志调离中央音乐学院，转任中国音协主席、党组书记，彼此见面的机会就更多了。有些事情，至今记忆犹新。

一九五七年《曲艺》杂志创刊后，我请他给予指导和支持，为《曲艺》杂志撰写文章，出席曲艺界的活动，特别是曲艺音乐改革和研究活动，他欣然允诺，并提出很好的意见和建议。他说："曲艺的发展，离不开音乐唱腔的继承、革新。曲艺音乐也是我国音乐文化的重要组成部分。曲艺界和音乐界要互相学习，互相帮助，共同努力促进曲艺和音乐事业的发展与繁荣。"此后，曲艺界和音乐界长期合作，与吕骥同志的倡导是分不开的。

一九五八年八月，吕骥同志愉快地应邀出席中国曲艺工作者第一次代表大会，当选为中国曲协常务理事。同时观看了全国第一届曲艺会演的节目，与大家亲切交谈，还在座谈会上作了热情洋溢和极富见地的发言。他认为，这次会演是新中国成立以来在"百花齐放、推陈出新"方针指引下曲艺改革和发展成就的一次全面的大检阅，大家应为曲艺的发展和繁荣而欢呼。他结合自己的感受，对一些曲艺节目进行了分析评论，盛赞曲艺演员们的智慧和创造，更为高元钧同志的演唱艺术所叹服。他激动地说："每次听高元钧同志的山东快书，都感觉得到一次很丰满的艺术享受，好像对于生活和艺术都增加了一些新的认识；他的形象，不，应该说他塑造的人物形象，经过他做出艺术加工的语言常常浮现在眼前。这次听他说《侦察兵》，又给了我们一些新的东西，我们不能不感动，我觉得只有称他为语言大师、表演大师，当然最准确说是山东快书大师！”（见《曲艺在繁荣、发展》，《曲艺》杂志1958年8期）他的发言，使大家深受鼓舞，频频引起热烈的掌声。

一九六〇年春天，吕骥同志看了文化部主办的全国曲艺优秀节目汇报演出之后，在座谈会上作了长篇发言，全面深入地谈了他的观感，特别是对曲艺音乐改革和发展中若干问题的意见。第一部分是谈新节目和传统节目的安排问题。他肯定了近两年来曲艺改革和发展的成绩，同时指出，这次汇报演出的绝大部分是反映现实生活包括反映革命历史的作品，传统节目安排少了。他婉转地说：“不要强调了现代节目的重要性而忽略了传统节目，以免偏废。编演新节目和如何整理传统节目，同样有些有意义的问题需要大家共同研究。传统节目的发掘整理工作，还需要各方面下大力量有计划地进行，使优秀的传统节目有更深刻的意义和更高的艺术性。”第二部分是评论反映现实生活的新节目，主要是围绕相声《昨天》，对笑的问题作了深刻的评论和分析。他说：“《昨天》引起听众特别强烈的反应，是因为作者不是首先从如何引起听众发笑而去从生活中寻找笑料，更不是生硬地制造笑料，强迫听众发笑，而是作者以新的观点从新旧生活的变化和对比中，看到根本性的令人欢欣鼓舞的社会变化，巧妙地把新旧生活不同的逻辑结合在一个事件上，本质地揭露了旧社会制度所制造的罪恶和劳动人民的痛苦，又生动地深刻地反映出劳动人民新的社会关系和新的精神面貌，使我们真正看到吃人的旧社会一去不复返了，而新社会，劳动人民都有工作，不再受到生活的威胁，而且互相之间是那样地友爱关切。这样，怎能不使人欣然而笑呢？听众笑，是因为看到了由悲剧而转的喜剧，从喜剧的事件中又想起旧社会的无数悲剧。这样的笑，是有教育意义的。当然，这不是说生活中只有这种笑的存在，还有由于机智引起的笑，还有由于诙谐的语言和行动引起的笑，还有对敌斗争胜利而产生的笑，还有由于强烈地嘲讽了自己的弱点而发生的笑。我们要笑，而且需要许多有意义的笑。《昨天》的作者，的确为相声找到一种历史上从来没有听见过的、具有新的美学意义的笑，不仅能够使劳动人民笑，而且达到以富有社会主义思想内容的笑来教育人的要求，为相声开辟了一条新的道路。沿着这条道路，就可以创造许多新的节目，来代替那些毫无意义甚至低级的相声节目了。”第三部分是谈曲艺伴奏、演唱形式和唱腔改革问题。他认为，苏州弹词、天津时调、潞安大鼓、河南三弦铰子书等节目，都根据具体情况，经过研究和挑选，增加了一件或几件乐器，总的看起来，都比原来的伴奏更丰满、更富有色彩、更富于表现力。他同时指出，从目前的情况看，有趋于一种类型的倾向，引起听众的忧虑：这样会不会削弱了曲艺音乐的独特性？会不会大大改变曲艺原来的简单、轻便的特点？这两个问题都是值得各地曲艺音乐工作者注意的。他说：“各种曲艺在伴奏上增加一件或几件乐器，又保有自己的特点，是可能的，因为我们的乐器种类丰富，可以任意挑选。乐器的增加不可太多，至少要做到能增能减。有的地方的演员把自己拿的乐器（有的是节奏器、鼓板之类）交给伴奏者，这样做也未必是适宜的。”他同意白凤岩、良小楼等同志的意见，“由于演员自己掌握乐器，对节奏的处理就很主动，而在掌握节目内容的特定感情方面，也更便于自由发挥，使曲艺音乐更富有感染力，同时也简化了演出形式”。关于音乐唱腔问题，他说：“曲艺音乐的发展，更重要的是唱腔的改革。许多演员演唱新的节目，都和伴奏者一同研究，根据内容的需要，改革了唱腔，也都吸收了其他曲艺音乐，甚至歌剧音乐，以丰富自己的唱腔，加强了唱腔的表现能力，并且对不适应内容要求的华丽的过门也改得使它符合情节的发展。四川清音、苏州弹词特别注意改革自己的唱腔，努力使它能够表现新人物的坚强的革命意志。这些在曲艺音乐改革历史上都是十分重要的。这样就使传统的唱腔伴奏和新的内容更加统一，加强了曲艺的感染力，更好地发挥了音乐在曲艺中的积极作用。”他还称赞了良小楼、孙书筠、郭文秋等的演唱及其乐队在唱腔改革等方面取得的优异成绩。关于演唱形式，座谈会上有同志主张齐唱，有同志主张独唱，发生意见分歧。吕骥同志认为：“是否用齐唱，要根据内容和具体节目情况，有的节目用齐唱显得比独唱更有气势，更能表现我国人民的雄心壮志，当然，这只有在社会主义时代有了规模较大的演出团体才有发展可能。这次演出又一次破除了许多人认为曲艺不可能齐唱的迷信，为许多人从事音乐创作在音乐体裁上打开一条新路，也在我们的合唱艺术中增加了一个新的品种。但独唱还是曲艺的主要表演形式。有的同志认为新的斗争生活单独靠一两个人说唱，形象不易突出，那大概是以合唱的尺度来衡量曲艺吧。形象突出，是依赖于创作和表演所达到的思想水平和艺术水平，不能说某种音乐形式可以刻画斗争生活的形象，另一种音乐不能刻画斗争生活的形象；曲艺采取一两个人说唱的形式，无论是在旧社会还是在新社会都有其优越性，在旧社会便于经营，在新社会便于深入田间、工地、矿井、车间，而且无论在叙事、刻画人物形象上，已经在长期的实践中形成了自己独特的、有效的手法；在表现新的斗争生活的过程中还会有新的发展，特别是吸收其他音乐艺术的优点以后，会达到更高的水平。”他还语重心长地说：“我们要把经过千锤百炼的优美的曲调继承下来，不宜轻易抛弃；但我们也要有创造的勇气，不要害怕失败。只要我们不断地根据新的生活内容，去审查我们的唱腔和音乐，不断地根据人民的喜好去丰富、发展我们的唱腔和音乐，曲艺音乐一定会得到更好的发展和提高，获得更高的表现力，成为一种更为完美的独特的音乐体裁。”第四部分是谈说和鼓的运用问题。他说："有些听众觉得在这次汇报演出中许多曲艺节目都减少了说，至于鼓的应用就更少了。这是一个值得注意的问题。'说唱'作为一门独特的艺术形式，它既有唱，又有说，叙述一个故事的情节，常是说，有时也唱；描写情景用说，也用唱；简单的对话有时说，也有时唱。总之，唱和说，就整段书的需要和听众的习惯而安排。适当的安排，就可以使听众不至于疲劳，始终能够聚精会神地听。至于鼓和其他打击乐器，在说唱中有多方面的作用，有时用作情绪的转换；有时用来加强情绪的强度；有时也可以用作敲门击桌、秋风吹落叶以至于发炮的音乐效果，使表演者得到适当的休息；有时又可以唤醒听众的注意；有时还可以加强气氛；有时又用以加强音乐的节奏；既可表现胜利的声势，也可表现败退的狼狈情况。总之，在表演者手中鼓和其他打击乐器有许多用途，运用得法，是一个极有用的工具。可惜近几年许多表演者忽视了鼓和其他打击乐器的运用，因而减弱了曲艺形式的表现力量。我们在发展、加强曲艺音乐的同时，必须注意运用鼓；在发展曲艺伴奏的同时，注意发挥鼓和其他打击乐器的作用。可以说，发展曲艺音乐也应贯彻'两条腿走路的'的方针。"第五部分是谈培育人才问题。他说："这次汇报演出中涌现出许多有才华的青年演员，使我们看到老一辈曲艺艺术家做出许多令人感动的工作。他们忘我地、无私地培养教育年轻一代的成长，已经取得令人欢喜的成就，这是值得我们欢呼的。听说有的地方的曲艺团体计划把培训班改成曲艺学校，这是令人兴奋的消息。相信不久的将来，在党的领导下，年轻的、有高度思想政治水平和有高度艺术修养的曲艺家会从这些教学机构中成长起来，为发展社会主义艺术而贡献他们的青春。”最后谈到曲艺和音乐的关系问题。他说:“许多音乐工作者经过新中国成立后十年来不断地接近、学习曲艺，对丰富的、独特的曲艺艺术有了较深的了解，批判了各种对曲艺艺术的不正确的看法，有许多独唱家由于学习曲艺，进一步掌握了演唱艺术的民族风格，提高了自己的演唱水平；有许多作曲家由于学习曲艺，发展了自己的音乐创作。但也还有许多作曲家、演唱家和音乐理论家对曲艺艺术存在一些错误认识，只承认它是一种朗诵艺术，不承认它是音乐艺术中的一种独特的体裁，因此没有予以重视。不可否认，曲艺中有些形式是不应列入音乐艺术范畴的，如相声、山东快书、快板，特别是前者。山东快书、快板即使不是音乐形式，也仍然有一定程度的音乐性，值得我们学习；山东快书、快板的表演艺术对于声乐演唱者更有许多可以学习的东西，是不容我们忽视的。”他认为:“我国音乐院校的设置不要完全抄袭外国音乐院校的陈规，要从我国音乐实际出发，曲艺是可以作为一个专业列入声乐系的，作曲系也可以将曲艺音乐创作列入教学，民族器乐系也可以将曲艺音乐列入教学。从发展曲艺艺术的需要来看，作曲系有计划地为曲艺培养一定数量的干部，将来对曲艺音乐的改革和发展是有重大意义的。希望一切有志于发展社会主义的、民族的新音乐文化的音乐教育家认真考虑这些要求，迅速地采取具体措施，为发展我国具有悠久历史、有着丰富的遗产和独具风格的曲艺音乐而尽一臂之力！早日向曲艺音乐打开大门，让曲艺音乐和其他音乐形式一样获得发展、成长的条件！希望某些音乐表演团体也欢迎‘曲艺’回去，成为那个大家庭的一员，一方面演唱者便于向曲艺演员学习，一方面也可丰富我们的表演形式，进一步扩大我们表演团体和广大人民群众的联系。”（见《论曲艺音乐的发展》，《曲艺》杂志1960年2期）吕骥同志的这篇发言既饱含热情，又有具体分析，既肯定成绩，又指出不足，并提出殷切的希望，针对性和说服力很强，使大家深受启发和鼓舞。我同许多同志的感觉一样，这是他长期进行调查研究和深思熟虑的结果，是他发展民族文化的坚强责任心和使命感的生动体现，不但在当时产生了积极的影响，在今天也仍然值得我们学习和思考，有助于改进我们的工作。

极为不幸的是，吕骥同志在“文化大革命”中被强加上许多罪名，横遭批斗，备受屈辱，直到粉碎“四人帮”后，才得以恢复名誉和工作，也才恢复了与曲艺界的联系。

长期以来，由于有些同志带有偏见，曲协、舞协和民研会等单位被称为“小协会”，因而在恢复工作过程中遇到更多的困难。吕骥同志为人公正，性格耿直，看到这种情况，深感不平。在一次文联、各协会和有关方面负责同志参加的会议上，他直率地说，各协会只是分工不同，应该一视同仁，不应该分“大协会”“小协会”，也许有的“小协会”的队伍比有的“大协会”还大，联系的群众比有的“大协会”还多呢！协会更不应该有等级之分，难道还有儿子协会、孙子协会吗！他的意见很尖锐，也很有道理，引起有关领导同志的注意，以后就不再称“大协会”“小协会”了。

吕骥同志一如既往地关心和支持曲艺界和曲协的工作，多次应邀出席曲艺界的活动。有的重要活动他因故不能出席，都通过不同方式表示祝贺。如在《曲艺》杂志创刊三十年的时候，他特意送来题词，祝愿《曲艺》杂志“继续发扬新旧曲艺美学精髓，推动曲艺不断攀登新高峰”。又如中国曲协主办的全国曲艺（鼓曲唱曲）大赛的时候，他也题词祝贺，鼓励大家“继承鼓书优良传统，不断创新，反映时代，服务人民”。

吕骥同志非常重视曲艺音乐理论研究和曲艺编辑工作。他在一九七九年五月中国曲协常务理事会扩大会议上提出两点建议：一是编辑曲艺丛书。他说：“三十年代在上海，就喜欢听刘宝全、刘春山、乔清秀说唱的段子；在延安，喜欢听韩起祥说书；解放以后，也喜欢高元钧、侯宝林等同志演出的节目。我很想找到他们说唱的本子，但很难找到，这不能不使我感到遗憾。我国曲艺有悠久的历史，曲目非常丰富，要百花齐放，多多收集。希望曲协能够做一件大有益于曲艺事业发展的工作，组织人力，编辑曲艺丛书，供大家学习、研究、表演。过去的一切优秀遗产，都要继承下来。”他还说：“音协搞了一个收集民间音乐的规划，其中一项就是跟曲协合作，编一部《中国曲艺音乐集成》。我们一定要跟曲艺界的同志合作把它办成。”我说，中国曲协正计划创办中国曲艺出版社，编辑出版曲艺书刊。他听了非常高兴，表示积极支持。吕骥同志提出的另一条建议是，加强研究工作。他说：“加强研究，才能分辨精华与糟粕，很好地继承其中的优秀部分。我们的文学艺术研究院，如果现在能设一个研究曲艺的机构（所、室、组都可以），对曲艺研究工作和曲艺事业的发展，就会起到很大的推动作用。我们国家的文学艺术研究院没有曲艺研究机构，是说不过去的，是不完备的，前年不完备，可以原谅，去年不完备，也可以原谅，今年不完备，还可以原谅，明年不完备，就不可以原谅了！”

八十年代开始，文化部、国家民委和有关文艺家协会共同主持的十部《中国民族民间文艺集成志书》编纂工作陆续启动。其中曲艺方面有两部，一部是由孙慎担任主编的《中国曲艺音乐集成》，一部是由罗扬担任主编的《中国曲艺志》。吕骥同志除主编《中国民间歌曲集成》外，对《中国曲艺音乐集成》和《中国曲艺志》的编纂工作也给予支持和指导。一九八四年五月在武汉举行《中国曲艺音乐集成》编纂工作会议期间，他跟我说：“《中国曲艺音乐集成》和《中国曲艺志》是姊妹篇，都属于文艺建设的巨大工程，意义重大，任务光荣，也很艰苦，需要曲艺界和音乐界密切合作，我们两个协会肩负着重要的责任，一定要尽心协力。”他在会议上的讲话中，反复强调了编纂工作的重要性、必要性、紧迫性和工作中可能遇到的困难，特别是搜集资料的困难，并举例说：“曲艺音乐就是所有音乐中最难记录的一部分，因为它有音乐化的朗诵和朗诵化的音乐，应该如何记录，希望大家多想办法，务求能真实保留其原始的风貌。”在《中国曲艺志》编纂工作会议上，我转达了吕骥同志的看法，大家都表示认同，除在收集记录曲艺音乐时注意外，各卷书审稿时也对曲艺音乐部类进行了深入细致的讨论，尽可能保持其原貌。

一九八六年十月，中国曲协、中国音协和四川省文化厅等单位联合召开为期一周的曲艺音乐研讨会，他得知全国各地一百多位从事曲艺改革创新实践的音乐设计者、演奏者、演唱者和从事曲艺音乐教学、理论研究的教授、专家参加，非常高兴地说：“这是新中国成立以来第一次全国性的曲艺音乐研讨会，只要大家坚持解放思想，实事求是，发扬艺术民主，贯彻‘百花齐放、百家争鸣’的方针，这次会议一定会开好，对今后曲艺音乐改革创新和理论研究产生积极的推动作用。”他希望以后多举办这样的研究活动。

吕骥同志晚年致力于中国古代音乐史研究。《〈乐记〉理论探新》出版后，我看望他时谈到中国古代曲艺史论研究，想请他写些这方面的文章，他愉快地答应了，后因年老多病，未能如愿。

吕骥同志非常关注曲艺教育。他在一九八一年十一月全国政协文化组和中国音协联合召开的座谈会上发言，又一次提出曲艺音乐教育问题，郑重呼吁："希望全国政协登高一呼，促进社会各界重视民族音乐。音乐学院应设立戏曲、曲艺专业班。"后来，他问我曲艺学校的情况如何，我说，非常困难！曲艺界很早就呼吁有关文化教育部门创建中高级曲艺院校，但长期得不到解决。经过多次努力，最后还是在陈云同志的直接关怀支持下，才建立了中等曲艺学校。关于建立中国曲艺学院或在大学中文系设曲艺专业的问题，全国政协委员多次以提案等形式进行呼吁，一直得不到解决。九十年代，骆玉笙和我又与高等艺术院校负责人徐晓钟、靳尚谊、刘国典及文学界邓友梅等委员联名提案呼吁，但有关部门对提案所作的答复还是表面客气而实际敷衍或互相推诿，实在令人遗憾！吕骥同志亦有同感，激动地说："归根到底，这是对民族民间艺术不重视的问题！我们还要继续呼吁！"

吕骥同志热情鼓励和帮助新人新作。在一九八二年听了上海评弹团演出的中篇弹词新作《真情假意》之后，非常高兴，很快就写出评论文章在《北京日报》发表。他说："我是怀着激动的心情听完这场演出的。这篇取材于现实生活的作品，把两种道德观念的矛盾冲突安排在一对孪生姊妹身上，引出了许多动人的故事和感情上的波澜，人物形象鲜活，爱憎分明，对于今天的青年既有吸引力，又有教育意义，能深深打动听众的心，特别引起听众感情的共鸣，是一篇好作品。”同时也指出在演唱上还有不足之处。他说：“评弹艺术的长处在于通过表、说、弹、唱，准确入微地表达人物内心深处的思想感情活动。这篇作品有些情节，思想感情真实而富于变化。不过，反复听了之后，觉得表说优于弹唱，弹唱还可以继续加工，弹的部分有时可以很紧密，有时也可以疏淡一些，而一味紧密就显得和某些情节不那么一致。唱腔部分似乎也未能充分宣泄人物内心激动的情怀。这两方面，也许都是受了某些传统的束缚和流派的局限。如果是这样，我以为对某些传统可以根据生活内容适当地突破；为了真实地反映生活，也可以对流派的唱腔加以丰富和发展。”我们从这篇文章中就可以看出，他对优秀的曲艺新作是多么热情又是多么用心地加以评论和指导，帮助他们更好地提高演唱水平，实在令人感佩。

回想吕骥同志与曲艺界长期交往的情况，我深深感到，他把深受广大人民欢迎的曲艺艺术视为我国文学艺术的重要组成部分，为改革和发展曲艺艺术付出许多心血，真正是曲艺界难得的一位知音，也是我敬重的一位革命前辈。他虽然已经离开我们，但他对曲艺事业的关心、支持、指导和做出的重要贡献，会永远载入新中国曲艺的史册，鼓舞和激励我们继续前进。

（原载《曲艺》2010年6期）

傅锺同志重视曲艺

傅锺同志是深受人们尊敬的老一辈无产阶级革命家，中国人民解放军政治工作的卓越领导人，为祖国和人民立下不朽功勋。他对曲艺工作的重视、关怀和指导，也令人感念难忘。在庆祝中国共产党成立六十周年的日子里，我们对这位早在一九二一年就加入中国共产党的老同志、老前辈，怎能不倍加思念！

一

我阅读的傅锺同志关于文艺问题的著作，是他代表军委总政治部在一九四九年七月中国文学艺术工作者第一次代表大会上所作的《关于部队的文艺工作》的报告。在这篇报告中，他详细论述了我军建军以来文艺工作的发展历程、特点和所发挥的重要作用以及取得的主要经验，并列举战士们创作、演唱的快板、枪杆诗等作品，赞扬了战士们的革命热情和文艺创作才能，使我增加了对部队文艺工作的了解，提高了对文艺普及工作的重要性的认识，留下很好的印象。

一九五一年，我到中国曲艺改进协会筹备委员会工作，由于工作需要，与部队曲艺工作者有了更多接触的机会，曾多次与山东快书表演艺术家高元钧同志交谈。有一次，高元钧同志谈到他参军后的心情，高兴地说："我参军这条路真是走对了！广大指战员都非常喜欢山东快书，无论是在军营演出，还是到朝鲜战场，都受到热烈欢迎，对演员像对待亲人一样，部队真是自己的家，我活了多半辈子，从来没有感到现在这么温暖，这么幸福！部队又真像一座大学校，教我学政治、学时事、学文化，帮助我进步，这在旧社会哪有可能啊！特别令人感动的是，现在部队还是发扬红军的好传统，官爱兵，兵爱官，官兵平等，关系好极了！就连傅锺同志这样的高级领导人，对人也非常热情，没有一点架子，我参军后一见面，他就紧紧握住我的手，对我表示欢迎，我心想，傅锺同志是一九二一年就参加中国共产党的老党员，又是经过长征的老将军，听说他早年还到法国、苏联留过学，是个大知识分子，竟这样热情地对待我，心里很激动，一时不知说什么好。傅锺同志可能感觉到我有些拘束，很快就把话题引到'武老二'（山东快书原来的名称）上，亲切地同我交谈，很随便，也很风趣，我也不再感到拘谨了。他勉励我继续努力，为部队文艺工作者做出榜样！你想，这是多大的鼓励啊！傅锺同志很喜欢山东快书，以后还多次要我到他家里坐坐，有时还为他和全家演出《一车高粱米》《长空激战》等节目，他鼓励我多演反映部队生活的新书，并提出修改、加工的意见。每逢想起傅锺同志对我的关怀，心里总是热乎乎的。”高元钧同志这番话，也深深地感染了我，对傅锺同志的崇敬之情，也油然而生。

二

一九五二年至一九六四年，我有幸观看了一、二、三、四届全军文艺会演。每届会演都有各军种、各军区专业的和业余的文艺工作者参加，涌现出许多新人才、新节目，生动地展现出部队文艺队伍朝气蓬勃、斗志昂扬的强大阵容和丰富多彩、极具部队文艺特色的创新成果。在每届会演中，曲艺都占有相当的比重，获得军内外的好评。据参加会演的同志介绍，全军众多的文工团都有专业曲艺创作演出人员，业余曲艺创作演出人员更是难以计数，参加会演的只是其中部分代表性人员和最优秀的节目。傅锺同志在总结报告中高度评价了部队文艺在鼓舞我军的革命热情和战斗精神以及活跃部队文化生活等方面所发挥不可替代的重要作用。他指出，曲艺等艺术形式简便灵活，又多种多样，极易于反映现实生活，具有广泛的群众性和强烈的战斗性，应当很好地发展。他还把高元钧、王桂山、刘学智创作， 高元钧演唱的山东快书《一车高粱米》与魏巍同志的战地通讯《谁是最可爱的人》并列加以赞扬。大家听了他的报告，无不受到莫大鼓舞，更增强了前进的信心和勇气。

在中国曲协召开的座谈会上，军内外从事曲艺工作的同志交流了曲艺工作的情况和经验，热烈赞扬解放军曲艺等文艺工作的成就，一致认为，解放军的曲艺工作能够取得这么好的成绩，是部队各级领导重视和曲艺工作者积极努力的结果，与傅锺同志大力倡导更是分不开的。大家都称傅锺同志是曲艺的“知音”，是难得的“好领导”。军外的同志都表示要学习解放军。我也深有同感，先后写了几篇曲艺评论和学习部队曲艺工作经验的文章，在《人民日报》《文艺报》《曲艺》等报刊上发表。

三

傅锺同志给我最深的印象是，尊重艺术、尊重艺术家，对于有突出贡献的艺术家，更是关爱备至、敬重有加。

他曾不止一次地称赞高元钧同志，说他是曲艺界一位很好的带头人，把传统的山东快书与新时代人民的要求结合起来，使山东快书有了新的活力，更为广大群众所喜闻乐见。更难得的是，他放弃高收入自愿参军，不为名不为利，全心全意为战士们服务、为人民服务，还热心培养了不少优秀人才。

一九八〇年四月，中国曲艺家协会与总政文化部、北京军区文化部、中央人民广播电台在北京西山北京军区驻地联合举办高元钧舞台生活五十周年庆祝活动时，傅锺同志正在住院疗养，得知消息后，硬是从医院赶来表示祝贺，发表了热情洋溢的讲话，高度评价了高元钧同志的人品和艺术成就，最后用高昂的语调说:“高元钧同志走的道路，是革命的道路，光荣的道路；高元钧同志是部队文艺工作者学习的榜样；有高元钧同志这样的好同志，是人民解放军的光荣！”他还即席题赠“桃李满天下”五个大字，以表扬高元钧同志在培养人才方面的突出贡献。他的讲话和题词，引起大家的强烈共鸣，博得一阵阵掌声。高元钧同志听后更是神情激动，热泪盈眶，备受鼓舞。

傅锺同志对年轻一代同样满怀热情，积极扶持，寄予厚望。比如高元钧、王桂山、刘洪滨、刘学智、陈增智、常宝华、朱光斗等许多同志和他们创作演出的《一车高粱米》《侦察英雄韩起发》《青年英雄潘天炎》《战士之家》《长空激战》《师长帮厨》《人民首都万年青》《青海好》《学雷锋》《巧遇好八连》《昨天》《张大妈走娘家》《李三宝比武》等作品，都曾受到傅锺同志的表扬和鼓励。又如，中国曲艺家协会和总政文化部联合举办的曲艺创作研讨会，傅锺同志也亲临指导，同大家亲切交谈，鼓励大家认真学习毛泽东思想和邓小平同志、陈云同志关于文艺、曲艺问题的论述，深入群众，深入生活，努力创作更多的优秀曲艺作品，并与大家合影留念。又如，陈增智同志在写出反映陈毅元帅战斗业绩的中篇山东快书《武功山》之后，一九八五年又写出一部中篇山东快书《李三宝传》，傅锺同志读后非常高兴，立即写长信致贺，赞扬他坚持党的文艺方向，发扬部队文艺的战斗传统和孜孜以求、攀登不止的精神，并指出在新的历史时期，随着社会主义经济社会的大发展，人民物质生活和文化生活要求的日益提高，军队现代化建设的飞跃推进，对文艺的变革和创新自然提出更高的要求，勉励他再接再厉，百尺竿头更进一步。陈增智同志要求将这封信改名为《以简代序》，作为《李三宝传》的序言，傅锺同志也欣然同意。该书出版后，在读者中产生了很好的影响。

四

傅锺同志一直认为，曲艺的发展离不开曲艺创作的繁荣。

中国曲艺家协会于一九八〇年、一九八二年先后召开相声创作座谈会和曲艺创作研讨会，傅锺同志都光临指导并讲话。他一再强调指出，我们的曲艺作家、艺术家，包括相声作家、表演艺术家，是人类灵魂的工程师，担负着反映社会、改造社会的崇高职责。为人民服务，为社会主义服务，是我们必须坚持的文艺方向；百花齐放、百家争鸣，是我们必须坚持的文艺方针。我们要好好团结，努力奋斗，把创作繁荣起来，在社会主义精神文明建设中充分发挥自己的作用。他说，曲艺有一个很突出的特点，也是一个很大的优点，就是反映现实快，可用的题材很多，现实意义也很强，有些事情发生不久就可以创作出节目进行演出。曲艺这个长处，今天仍然要继续提倡，好好发扬。他说，我们打了几十年仗，在世界上没有哪个国家能像中国有这么长的时间进行革命战争，光国内革命战争就进行了三次，还有抗日战争、抗美援朝战争，以及对越自卫反击战。这当中可以用相声反映的题材是很多很多的，而且现实意义也很强。过去创作的《英雄小八路》《牵牛记》等作品，都很受部队的欢迎。希望作家、表演艺术家多写多演一些反映革命战争和部队生活的作品。

关于歌颂与讽刺问题，傅锺同志认为，曲艺要歌颂先进的、美好的事物，要塑造社会主义新人，为人民树立榜样；要揭露、讽刺、打击敌人；对人民内部落后的、阴暗的东西进行批评讽刺，也是必要的，当然这不是目的，不能辱骂，不能无限上纲，也不能搞得低级庸俗，人民厌恶庸俗的不健康的节目，大家希望看到、听到的是振奋人心，鼓舞和引导人们克服落后、继续前进的好节目。无论是歌颂，还是批评讽刺，还是毛泽东同志说过的，我们要站在人民的立场上说话。中国革命经过长期斗争，经过无数艰难险阻和流血牺牲，才取得新民主主义和社会主义革命的伟大胜利。今天，先进人物不断出现，美好的事物更迅猛地成长，我们的事业正在生机勃勃地向着我们理想的目标前进。应该写的东西实在是太多了。

讲到相声的特点和功能等问题，傅锺同志提出自己的看法，愿与大家商榷。他说，相声是笑的艺术。人们常说“笑一笑，十年少”。它能使人精神焕发，使人年轻。幽默也好，滑稽也好，都是用笑来鼓舞、教育人民，讽刺、打击敌人，为发展先进的事物、消灭腐朽的事物开辟道路。恩格斯说：“幽默是表明工人对自己的事业具有信心。我们的敌人，永远不能夺走我们的幽默。”“四人帮”作乱的十年，也是相声被禁锢的十年。粉碎“四人帮”以后，相声艺术大解放，一马当先，站在斗争的前列，创作演出了许多好作品，为肃清林彪反革命集团、“四人帮”的流毒和影响，做出有益的贡献。相声要发挥讽刺的特长，也可以歌颂新的生活，新的人物，在新的历史时期，一定会有远大的前途。

傅锺同志说，相声有广泛的群众基础和战斗的传统，广大指战员都很喜欢相声，相声作家艺术家们在部队里有许多学生、门徒。著名相声演员常宝堃同志深入前线部队慰问演出，在朝鲜战场上牺牲了。紧接着，他的弟弟常宝华参了军，他的儿子常贵田也参了军，他们在相声创作上起了骨干作用，搞出不少好作品，也带动部队相声创作产生了许多好作品。相声也好，其他曲艺也好，都可以鼓舞士气，活跃部队文化生活，反映部队生气勃勃的精神面貌。我们要多编多演好相声，鼓舞人民为实现四化、保卫四化出力，积极宣传爱国主义和革命英雄主义精神，热情赞扬国防战线上建立功勋的先进人物，深刻揭露霸权主义的阴谋和罪行，教育人民提高警惕，做好反侵略战争的准备。总之，创作的题材领域是广泛的，作家、艺术家可以充分发挥自己的聪明才智，大显身手，大有作为。

在肯定曲艺创作的成绩的同时，傅锺同志认为，曲艺还赶不上人民的需要，新的好节目、新的人才、新的队伍还是显得太少了。解决的办法还是以下几条，希望大家做出努力：一条是学习。就是学习马克思主义、毛泽东思想、《邓小平文选》和党的十一届三中全会以来一系列重要文件，还要学习毛泽东、邓小平关于文艺方面的论述。这样才能明确前进的方向，跟上时代前进的步伐，抵制歪风邪气的影响，打开曲艺创作的广阔道路。一条是深入生活。曲艺要发扬迅速反映现实的长处，就必须深入生活，熟悉新事物，要去工厂、农村，还要去部队，那里的新事物多得很，可以反映的东西多得很。一条是组织队伍，培养人才。办专门院校也好，办讲习班也好，在职培训也好，总之要用多种形式解决曲艺创作表演人才的培养问题。这样，才能创作演出更多的好作品、好节目，把我们的曲艺事业搞好，更好地满足人民群众不断提高的精神文化生活的需要，为曲艺的大发展大繁荣，为社会主义精神文明建设，做出新的贡献。

五

傅锺同志多次强调，有关宣传文化领导部门应该充分认识曲艺工作的重要性，切实加强领导。

他说，曲艺是广大群众喜闻乐见的艺术，历史悠久，曲种很多，特色鲜明，形式简便灵活，是我们中华民族文化宝库中一颗灿烂的明珠。新中国成立以来，曲艺有很大的发展；粉碎“四人帮”以后，又取得显著的成绩，被称为在思想、文化战线上的“轻骑兵”。我们把曲艺工作搞好，就能更好地为人民服务，为社会主义服务。我就很喜欢曲艺，经常收听、收看曲艺节目，受到不少启发和教育。他说，毛主席也很喜欢曲艺，很重视曲艺，毛主席在延安听过韩起祥的陕北说书。我记得新中国成立初期，有一次开完晚会，时间很晚了，毛主席还想到处走走、看看，他说很喜欢相声，我就陪他到侯宝林说相声的地方，听了侯宝林的相声节目。以后，毛主席还请侯宝林说相声给他听。我们的陈毅同志、陈云同志也都非常喜欢曲艺。既然大家都喜欢曲艺，我们就没有理由不重视曲艺。所以，我们一定要加强和改进曲艺工作的领导。听说有些地区、有些文艺领导部门和有关领导同志不重视曲艺，是很不应当的。

一九八五年四月，中国曲艺工作者第三次代表大会在北京召开，傅锺同志时任中共中央顾问委员会常委，因事不能应邀出席，特致信祝贺，再次肯定了新中国曲艺发展的成绩及其在社会主义精神文明建设中的积极作用。他说，尤其令人高兴的是，不仅我们汉族的曲艺有很大的发展，兄弟民族的曲艺也很活跃，有很大的发展；同时还扩大了曲艺在国外的影响，引起了亚洲和其他一些国家的朋友及爱好者的极大兴趣。这些成绩表明，只要我们扎扎实实地贯彻执行党中央的路线、方针和政策，大家团结一致，和衷共济，我们的事业就会蒸蒸日上，有无限美好的前途。他衷心希望曲艺战线的同志们继续努力奋斗，坚持“出人、出书、走正路”，继往开来，奋发前进！共产党员要自觉地增强党性，团结、带动全体同志认真做到有理想、有道德、有文化、守纪律，胸怀实现四化、振兴中华的雄心壮志，为曲艺工作大发展、社会主义文艺大繁荣，做出新的贡献。

六

我最后见到傅锺同志，聆听他的教诲，是在一九八九年夏天，他正在解放军总医院疗养，身体极其瘦弱。我代表协会的同志们衷心祝愿他早日恢复健康，感谢他多年来对曲艺事业和协会工作的指导和支持，并要他少说话，多保重。他还像往常那样热情，那样关心国家大事，关心曲艺界、文艺界的事情，并要我转告同志们，如果以后健康情况允许，一定继续参加曲艺界的活动，为曲艺事业尽一点力量。他还语重心长地说，无论在什么情况下，我们都要保持清醒的头脑，坚持党的领导和社会主义道路，坚持正确的文艺方向不动摇，团结一致，努力把工作做得更好。没想到，他的病情很快加重，与世长辞，实在令人痛惜！《曲艺》杂志随即发表了傅锺同志关于曲艺工作的部分论述及高元钧等同志的悼念文章，以表达曲艺界对他的深切怀念和崇敬之情。他逝世至今已经过去二十多年，但他的音容还不时清晰地浮现在我的记忆里。他的崇高理想和革命精神，将永远鼓舞和激励我们努力前进！

（原载《中国艺术报》2011 年 6 月 15 日）

荣高棠同志的曲艺情缘

荣高棠同志长期从事党的工作，是新中国体育事业的开拓者和领导人，也是革命文艺活动的积极参与者，与曲艺等广大人民群众喜闻乐见的艺术早就结下不解之缘。

高棠同志在抗日战争全面爆发前后，就曾运用大鼓、小调、歌咏、活报剧、秧歌剧等文艺形式，鼓舞人民群众的抗日救国热情，显示出多方面的文艺才能；他的名字也与曲艺有关。一九七九年，在第四次全国文代会之后的一次茶话会上我和他相识，这时他刚刚恢复国家体委的领导工作。由于“文化大革命”开始后他遭到非法关押和种种迫害，离开工作岗位达十三年之久，对文艺界的情况已不大了解，但还是十分关心文艺方面的事情。他的热情、诚恳、直爽和谦逊，给我留下极好的印象，颇有一见如故之感。此后我们一直保持着联系，除在一些集会上见面、交谈，有时还到他家里请教、谈心，或为曲艺界的事情请他支持和帮助。有一次，我顺便问起他改名字的事，他笑起来，说他的名字确实与文艺特别是与曲艺有关。他原名荣千祥，家在河北农村，小时候就喜欢西河大鼓、河北梆子及其他一些曲艺、戏曲；到北京上中学时，又对京韵大鼓、京剧发生兴趣。一九三六年在清华大学外文系学习时，就多次演唱大鼓、小调、歌曲等文艺节目，宣传抗日救国。一九三七年七七事变后，遵照中共北平市委黄敬同志的安排，他和崔嵬、陈荒煤、杨易辰、张瑞芳姐妹等二十多人组织起“北平学生移动剧团”，沿津浦路南下，辗转到山东、江苏、河南、湖北抗战前线，向抗日军民进行慰问演出。他担任剧团党支部书记，公开任务是负责联络、行政工作，同时唱大鼓，演活报剧，指挥唱歌，编写文艺节目。因为他的大鼓演唱得好，特别是他编演的《血战卢沟桥》，演唱得威武雄壮，有血有泪，轰动了南京，被称为“国防大鼓”“抗战大鼓”，有些同志给他送了个绰号叫“荣大鼓”。他编演的以反对国民党卖国投降派为内容的《花子拾炸弹》，反响也很强烈，被称为“国难大戏”。一九三八年到延安进马列学院学习，继续参加文艺活动。西北战地服务团的吕班同志听说他的演唱受欢迎，便和他一起编演了一段在江、浙、沪流行的连说带唱的“梨膏糖”，他虽是配角，但会表演，又唱得有滋味，一亮相就受到热烈欢迎，都戏称他“梨膏糖”，陈云同志也这样叫，他的真名反而叫得少了。他想，既然这样，干脆用其谐音，把名字改为“高唐”，后在发表文章时又改为“高棠”，不再叫“荣千祥”了。一九四八年，毛主席、周恩来同志到西柏坡后的一次文艺晚会上，他演唱了京韵大鼓《大西厢》，同样受到大家的称赞。直到一九四九年他担任团中央书记处书记时才恢复了自己的姓，开始叫“荣高棠”。这就是荣高棠名字的由来。如果和他不熟悉，怎能想到他与曲艺有这样不寻常的缘分呢！他还顺便给我讲过编演文艺节目的体会，说这些节目受到大家的欢迎，并不是水平有多高，而是自己的抗日救国热情与人民群众的抗日救国热情融为一体，通过这些节目表达了民族的意志和人民的心声。他认为，曲艺、戏曲等群众喜闻乐见的演唱艺术，都应当受到重视，使其很好地改革和发展，为人民服务，为社会主义服务。

新中国成立后，高棠同志依然保持着对文学艺术的爱好，只是由于在团中央和国家体委工作期间异常繁忙，难以抽出多少时间参加文艺方面的活动。一九七九年初重返工作岗位，先后在国家体委、中共中央顾问委员会工作，特别是退居二线之后，就不像以前那样繁忙了，可以抽出一些时间参加曲艺界、戏曲界和文艺界的活动了。中国文联办公楼附近有个俱乐部，经常邀请戏曲界、曲艺界人士聚会，进行艺术交流。高棠同志也常到那里欣赏戏曲、曲艺节目，并同大家交谈。他始终保持着密切联系群众的优良作风，平易近人，没有一点官架子，无论是演员还是干部，也无论是男女老少，他都视为同志和朋友，使人感到十分亲切，都尊称他为“荣老”，愿意同他交谈，请他指教。大家称赞他和蔼可亲，没一点架子，他总是笑着说：“共产党的干部是人民的勤务员，本来就不应当有架子。摆架子是一种低级趣味。”他对京韵大鼓、京戏及其他不同的艺术流派都有很深的了解，他发表的许多见解都说到“点子”上，大家都很钦佩。九十年代，在中国曲艺家协会举办的一次春节联欢会上，他特别高兴，还应大家的要求演唱了一段“白派”京韵大鼓，赢得满堂彩，京韵大鼓名家孙书筠和深谙鼓曲艺术的杜澎同志都伸出大拇指，说他“唱得有滋味”，“是地道的白派！”这时他已年近八旬，还是那么精神，那么活跃！正因为他能和大家打成一片，大家都把他当成自己的师长和朋友，有什么话都愿意跟他讲。他也从中了解到曲艺界、文艺界许多真实的情况。

高棠同志虽然不在文艺领导岗位上，却一直关心我国文艺事业的发展，特别是文艺界、曲艺界的一些大事。他对邓小平同志在第四次全国文代会上的祝词评价极高，认为这是毛主席《在延安文艺座谈会上的讲话》之后，指导新的历史时期文艺工作的纲领性文件。陈云同志在一九八四年春节接见曲艺界人士的消息发表之后，他通过我向曲艺界表示祝贺，并向我询问了接见时的情况。他说，陈云同志非常重视苏州评弹和曲艺工作。陈云同志的春节谈话，是经过深入调查研究和认真思考之后才发表的，实事求是，言简意赅，深入浅出，易学易记。“出人、出书、走正路”七个字，就概括了对曲艺工作乃至整个文艺工作的基本要求。照着谈话精神去做，曲艺工作一定会走向繁荣。

我向他谈了协会组织曲艺界学习、贯彻谈话精神的一些想法，他表示赞同和支持，并出席了协会召开的座谈会，发表了重要意见。每当谈到文艺界、曲艺界思想解放、创作繁荣、人才辈出的情况，他都由衷地喜悦；每当了解到文艺界、曲艺界出现一些不良现象的时候，他都表示焦虑，认为某些人不顾人格，不顾社会效果，“一切向钱看”，用一些低级庸俗的有害的东西去迎合某些听众和读者，不只违背了人民群众的正当要求，糟蹋了艺术，也损害了文艺工作者的声誉。他说，这不是不讲经济效益，不要钱，但要取之有道，要适当，不能一心钻进钱眼里，不顾一切！他长期从事青年工作，深知青年是祖国的希望和未来。他多次谈道，曲艺要繁荣发展，必须十分重视培养青年，奖掖新进人才。他每次参加中国曲艺家协会举办的艺术活动，见到素质好的年轻人活跃在曲艺舞台上，都热情地给予鼓励，并希望他们严格要求自己，勤学苦练，把自己造就成为人品和艺术都好的、受群众欢迎和尊重的优秀人才。中国北方曲艺学校首届毕业生来京演出时，他十分高兴，希望各地都把培养人才的工作做好，这样，曲艺就大有希望。他尊重和爱护老艺术家。他说，尊老敬贤是中华民族的优良传统，像他认识的晋察冀边区的王尊三，陕甘宁边区的韩起祥，北京的连阔如、侯宝林，天津的骆玉笙、马三立，部队的高元钧，等等，都是当之无愧的曲艺大家，是曲艺界学习的榜样。他与骆玉笙接触较多，每次见面总是亲切地叫她“骆大姐”。其实骆玉笙比他还小一岁，一再表示不敢当，但他还是不改称呼。他不但赞扬骆玉笙的艺术和人品，而且关心她的工作和生活。一九九一年，中国曲艺家协会、天津市人民政府联合举办骆玉笙同志从事曲艺艺术六十周年纪念活动，陈云同志书赠“为人民服务是文艺工作者的光荣”的题词，李瑞环同志致信祝贺，称她为“德艺双馨的艺术大师”，并观看了纪念演出，高棠同志专程到天津参加纪念大会并作了热情洋溢的讲话。其他如协会举办的鼓王刘宝全诞辰一百三十周年纪念演出和座谈会，以及孙书筠京韵大鼓艺术研讨会等活动，他也都应邀出席，表示祝贺，并就鼓曲艺术的继承和创新问题发表了很好的意见。

高棠同志对中国曲艺家协会和广大曲艺工作者寄予厚望，并给予积极的支持。他同我多次谈到文艺团体的工作，认为曲艺家协会是曲艺工作者自己的组织，要团结老、中、青和方方面面的曲艺工作者，坚持文艺为人民服务、为社会主义服务的方向和百花齐放、百家争鸣的方针，坚持“出人、出书、走正路”，还要争取文化界和社会各界的支持，做好联络、协调和服务工作，发挥好在党和政府同曲艺界之间的桥梁和纽带作用，使大家感到协会真正是曲艺工作者之家，很不容易。他勉励大家要加强团结，发扬民主，遇事多商量，多倾听各方面的意见，齐心协力，不断地总结经验，改进工作。他关心曲艺工作者的学习、提高问题，无论是个别交谈还是在会议上，他一方面肯定曲艺界在学习、工作上做出的努力和取得的进步，一方面也坦率地提出，曲艺界有些同志不注意学习，不努力提高自己的思想文化素养，不刻苦地钻研艺术，心态浮躁，急功近利，这也是曲艺创作演出质量上不去的根本原因之一，希望能引起注意。他积极参加和支持曲艺界的一些重大活动。一九八五年四月，他应邀出席中国曲艺家协会第二次代表大会开幕式表示祝贺，并在讲话中热情赞扬了新中国成立以来特别是改革开放以来曲艺工作的成就，明确指出，“人民培育了曲艺，曲艺又造福人民。曲艺离不开人民，人民也少不了曲艺”。“曲艺必须立足于人民，面向人民，反映时代的风貌，唱出人民的心声。”“曲艺的格调要高，品味要正，寓意要深，不仅要给人民以娱乐，更重要的是要寓教于乐，让人民在充分的艺术享受中受到启发，获得教益。”他衷心希望曲艺家们“个个高风亮节，为曲艺事业的繁荣兴旺乐于献身，坚持‘出人、出书、走正路’，造福社会，造福人民”。中国曲艺家协会与文化部于一九八六年联合举办的全国曲艺新曲（书）目比赛，中国曲艺家协会与山西省长治市人民政府于一九八九年联合举办的“长治杯”全国曲艺（鼓曲、唱曲）大赛等活动，也都得到他的积极支持。他得知中国曲艺家协会与江苏省人民政府、天津市人民政府将于一九九〇年秋天和一九九一年春天分别在南京、天津联合举办首届中国曲艺节，非常高兴，将协会恳请中央领导同志题写节名或题词的报告转交邓小平、陈云等同志。邓小平、陈云等中央领导同志的题字、题词为曲艺节增添了无比的光彩。高棠同志还专程到南京、天津出席开幕式，表示热烈祝贺并讲话。至于协会举办的创作座谈会、研讨会、艺术交流会和演唱会，只要能抽出时间，他是每请必到，而且发表经过认真思考的意见。他很重视编辑出版工作，在国家体委工作时还兼任过出版社社长和《当代中国体育》主编，深知编辑出版工作的重要性和其中的甘苦。《曲艺》杂志每期送给他后，他都仔细阅读。我们也一起交换过意见，他赞成《曲艺》杂志的办刊宗旨：坚定不移地宣传贯彻党的文艺方针和党中央有关指示精神，大力发展曲艺创作，活跃曲艺评论，促进曲艺艺术的改革创新，并及时反映各地曲艺的信息。他说，协会和全国只有这样一本薄薄的刊物，还要照顾到方方面面，众口难调；在西方文化的冲击和文化市场的激烈竞争中，遇到许多困难和问题，也是很自然的。要想办法克服困难，不断解决新问题，适应新情况，但在方向和原则的问题上要坚持正确的东西，像陈云同志说的那样，坚持走正路，不搞邪门歪道。

中国说唱文艺学会的工作也得到他的关心、支持和指导。中国说唱文艺学会，是在一九八八年第五次全国文代会期间，由热心并致力于说唱文艺的文学、曲艺、戏曲、音乐和理论研究等方面的作家、艺术家、理论家和有关专家、学者发起成立的，旨在以发展我国的说唱文艺为重点，密切说唱文艺与相关文学艺术门类之间的联系，进行比较研究，以利于相互交流、学习和借鉴，促进说唱文艺的创新和发展，促进社会主义文艺的民族化、大众化。同志们认为，高棠同志长期热心文艺特别是说唱文艺，德高望重，希望他能担任学会名誉会长。我把大家的提议转告给他，他对成立这样的学会表示赞成，认为现在文艺界分门类成立专业性协会是很必要的；但加强各个文学艺术门类之间的联系，相互交流、学习和借鉴，也很必要；他同时表示，自己只是一个文艺“票友”，热心是有的，但缺乏研究，只能做点力所能及的事。之后，学会有什么事情都征求他的意见，向他请教。他是个脚踏实地的人，对学会工作也认真对待，不断提出建议和意见；学会的活动，他能参加的尽量参加；因故不能参加时，他也说出自己的一些想法和意见。如在成都举行的说唱文艺座谈会，他不能参加，便把他的一些想法告诉我；他听说著名作家马识途、李致和高缨等同志都出席座谈会，很高兴，并要我代为致意。又如学会在河南举行的农村说唱文艺座谈会，他没能出席，也讲了自己对农村和农民问题的看法。他是在农村长大的，了解农村，对农民有深厚的感情。他说，说唱文艺大都产生于农村，深受群众欢迎。现在许多农村缺乏文化生活，我们应当大力宣传文艺面向农村的重要性。深入农村，把最好的精神食粮送给广大农民，是文艺工作者的光荣职责，也是学习、锻炼的好机会；如果不关心农民，不为他们服务，所谓为人民服务，就大半成了空话。又如在学会召开的一次有十多位县委书记出席的座谈会上，他又讲了自己对农村和农民问题的看法，诚恳地希望大家重视农民的文化生活，把说唱文艺发展起来。

二〇〇六年夏天，他还像往常一样，满面红光，谈笑风生，根本不像一位九十四岁高龄的老人。提到黄山，他高兴地说，今年登上黄山一看，那里的风光实在美极了。他还在黄山北海宾馆题词:“黄山论剑，黄山论寿。不到黄山，枉此一生！”说起二〇〇八年将在北京举行的奥运会，他更是兴致勃勃，满怀希望和信心，想继续为奥运会做点力所能及的事情，到时候为中华体育健儿加油、祝贺呢！万万没有料到，高棠同志于十月十五日不幸病逝！我实在找不到什么语言才能表达对他的痛惜和怀念之情！他未能实现躬亲奥运会的愿望，也实在是一大憾事！然而，他的高风亮节和音容笑貌，将永远刻印在我的记忆里。我想，凡是了解他的同志和朋友，都不会忘记他。

（原载《曲艺》2007 年 2 期,《中国艺术报》2007 年 8 月 28 日转载）

曲艺界的良师益友

——回忆赵树理同志

赵树理同志是一位深受人民大众欢迎的杰出作家，也是曲艺界的良师益友。我和他相识多年，回想往事，常常引起不尽的思念。

一

我认识赵树理同志是在一九五一年秋天。他时任中国曲艺改进会筹备委员会副主任委员，我也在这个团体里工作。我早就读过他创作的《小二黑结婚》《李有才板话》《李家庄的变迁》。他的作品真实而生动地表现了在党的领导下农村生活的新面貌，塑造了各种各样的人物形象；在艺术上，他又是那样了解和尊重群众的心理、爱好和艺术欣赏习惯，成功地把新文学和我国民族民间文艺的优良传统结合起来，创造出自己独特的大众化风格。他的作品的确如人们赞扬的那样，表现了“新的人物，新的世界”，是毛泽东文艺思想在创作实践上的一个胜利。我曾这样想象过赵树理同志：他一定是一位对农民怀有深厚而炽热的感情并具有农民所特有的朴实气质和幽默感的人，一定是一位能说会唱、多才多艺的人。初次见面交谈，他的态度非常诚恳谦虚，没有一点架子，我便率直地讲了这些想法。他听后“嘿嘿”地笑了：“我对农村是有感情，也真想写点合乎老百姓口味、对他们又有帮助的东西，可是，这不容易啊！我做得还很不够，我的才能还不高。”说起农村说书唱戏的情况，他好像又回到山西农村，时而用双手敲打着桌子，时而手舞足蹈，唱起上党鼓书和上党梆子来。在座的王尊三同志和我都乐得前仰后合。

同年冬天，北京文艺界整风开始后，他每周都来协会一两次，交谈的机会也多起来。以后，我在北京市文联、中国曲艺研究会、中国曲艺工作者协会工作，他也是这些单位的领导人，彼此接触和了解就更多了。他对党和人民的忠诚，严肃的创作态度，勤奋刻苦的学习和工作精神以及朴实谦逊、平易近人的作风，都给我留下难以磨灭的印象。

二

赵树理同志谈创作的时候，曾这样说：“鲁迅先生所谓‘俯首甘为孺子牛’的意思，就是甘心为人民拉磨。我们虽比不上鲁迅先生，但作为一个为人民拉磨者，性质是相同的，过去没有偷过懒，今后仍不会偷懒。”他认为：“人们把作家誉为人类灵魂工程师，这可是个了不起的事情。我们首先可得掂掂这个称号的分量，从各方面加强自己的学习和修养，努力为人民创作更多的好作品。不然，我们就不配当一个作家。”他还一再强调：“我们的文艺是为人民大众服务的，要服务得好，一定要拿起笔来就想到这是为谁写的，让人喜欢读，喜欢听，对人民大众有好处。写小说和说书唱戏一样，都是劝人的，要劝对，而且要使人愿意听你劝。比如说书，不能先和听众订合同，听众没有非听下去不可的义务，全看说的书能不能把听众抓住。创作也好，演出也好，一定要把作品的思想艺术质量放在第一位，考虑作品的社会效果。”我觉得他就是严格按照上述要求进行创作的。比如他写的小说《登记》，通过小飞蛾的经历，深刻揭露了封建包办婚姻的野蛮性和旧习惯势力的顽固性，热情歌颂了以艾艾、小晚为代表的一代新人的斗争的胜利。作品的故事情节并不复杂，但构思巧妙，跌宕有致，引人入胜，既切合时代要求，又显示出作者过硬的艺术功力，受到读者的一致好评，很快被评书演员讲说出去，并先后被改编为鼓词、评弹及戏曲节目上演。又如他写的短篇唱词《王家坡》，以诗的语言，浪漫主义的手法，写出新中国成立前后两代人截然不同的遭遇，既是对旧社会的控诉，也是对新社会的歌颂，谁读（听）了这篇作品，都不能不为之动容，也很快被许多鼓曲演员所采用。

赵树理同志在创作上精益求精，每写一件作品都经过深思熟虑，仔细推敲，一点也不马虎；即使有些作品受到好评，他总觉得自己做到的和想做到的之间还有不少差距，永不自满。一九五五年，小说《三里湾》在《人民文学》连载，受到好评。一天，他和我谈起这部小说，说他这部小说是想写给农村中识字的人读，并且想通过他们读给不识字的人听，使人们了解农村的新变化， 为建设新农村加把劲；“在写法上，我想多吸收一些说书、话本的优点。可是，我准备得还不够，还有不少缺点。比方说，有些人物没写出来，写旧人旧事得心应手，写新人新事就不是那么生动；中国评书里边一些好的艺术技巧还没有都学到手，以后还得好好学习”。

鉴于评书是很重要的艺术品种，在群众中影响很大，而新长篇又非常少，赵树理一直想写一部像样的评书。一九五八年，他把《灵泉洞》上部交给我征求意见，并嘱咐说，如在《曲艺》上发表，请标明是评书。这部作品写的是太行山区人民对敌斗争的故事，着力塑造了田金虎这样一个从“傻大哥”变为精明强干的群众领袖式的人物。写战争场面的篇幅较少，主要是写人民的日常生活，却写得波澜起伏，娓娓动人。我和编辑部的同志一致认为是一部好话本、好小说，准备在《曲艺》发表。没想到他很快把书稿要回去，说这倒不是因为内容上有问题，而是考虑到结构上还需要调整，开头开得不理想，估计说出去不能很快把听众抓住。他修改后又交给我说，现在改得好些了，但还是不够理想，可以先发表，以后再修改。北京著名评书艺人陈荫荣同志看到后，就把这部书说出去，受到听众的欢迎。陈荫荣还著文称赞赵树理同志“对评书的艺术技巧掌握得十分熟练，又没有受旧套套的限制，做了很多革新”。《灵泉洞》下部准备写田金虎在新中国成立后继续发扬艰苦朴素的优良作风，埋头苦干，建设新农村的故事，也将揭露和批判某些人在和平环境中思想蜕化，追求生活享受，损公肥私、损人利己的错误思想和行为。可以想见，这部作品将会具有更强烈的时代精神和鼓舞、激励、批判的力量。很可惜，由于种种原因，《灵泉洞》下部没能写完。

三

赵树理同志不但重视曲艺创作，而且重视改编工作。他认为，将好的和比较好的文学、戏剧、电影等改编为曲艺作品，是解决曲艺创作跟不上的困难、丰富曲艺演出书（曲）目的一个有效办法；好的改编也是一种创作。一九五〇年，他带头将诗人田间的长篇叙事诗《赶车传》改编为鼓词《石不烂赶车》，在《说说唱唱》上发表。值得注意的是，他不是简单地以原作为骨架，将诗改为韵散相间的鼓词，而是在认真分析原作和尽量保持原作精华的前提下，运用自己的生活体验和艺术技巧以及鼓词这种艺术形式所要求的特殊表现手法，加以调整、增删和创造，使故事情节的发展更加合情合理，生活气息更加浓厚，矛盾冲突更加尖锐，人物形象更加鲜明，主题思想更加深化；韵文部分写得形象生动、精练上口，是能唱的诗；散文部分也写得简练、风趣、活泼，有抒情意味和节奏感，像散文诗。《石不烂赶车》发表后，很快就被北京著名琴书演员关学曾演唱并在北京人民广播电台播出，北京等地相继出版了单行本，听众和读者都反映很好，文艺界人士也交口称赞。诗人肖三说：“《石不烂赶车》对新诗可以说是一个很大的‘讽刺’，也可以说是一个启发。”（《谈谈新诗》）语言学家罗常培说：“《石不烂赶车》比原作顺口，好听。”（《在北京诗歌朗诵会上的发言》）赵树理后来谈起此事时说：“我倒无意与哪位同志比个高低，更没想讽刺谁，我考虑的是好的鼓词也是好诗，人们不应当不问好歹，就认为诗是高级的艺术，鼓词是低级的艺术。那样不是实事求是，不公道。”《石不烂赶车》的确为改编工作提供了一个好的范例，也有说服力地批评了某些人对曲艺的不恰当看法。

赵树理同志对别人的创作和改编工作，也热情地给予帮助和支持。王尊三同志是曲艺创作、改编的能手，先后创作了许多曲艺作品，并将《新儿女英雄传》《活人塘》等小说改编为鼓词，赵树理都认真阅读书稿，提出修改意见。山西业余作者秦怀玉创作的鼓词《考神婆》，是经赵树理改写的，生动活泼，饶有风趣，又富于教育意义，演出后很受群众欢迎，是一个保留节目。在发表和出版时，赵树理提出，只写原作者的名字就可以了；如果一定要写他的名字，只可标上“赵树理修改”。他说，帮助业余作者修改作品是我们应当做的事，要尊重原作者的劳动。像《考神婆》这样的故事，如果原作者不给提供好的骨架，我是改写不出来的。这话讲得多么实在、诚恳、谦虚！这种助人为乐的精神，又多么值得人们学习！

四

赵树理同志对我国民族民间文艺，尤其是对农村中长期流传、为广大人民群众喜闻乐见的曲艺和戏曲艺术有着深厚的感情，并进行过深入的研究，发表过许多重要见解。他认为，我国的曲艺和戏曲都有丰富的遗产，优良的传统。曲艺中的唱词是接受了中国诗的传统的，评书、评话是接受了中国小说的传统的。曲艺是普及的艺术，也是高级的艺术，拿到世界上也不丢人！他还常以“三国”“水浒”等古典小说和同名的说书、大鼓作比较，说明两者的密切关系和曲艺艺术的成就，希望我们的新文艺很好地与我国民族民间文艺的优良传统衔接起来；不然的话，我们就难以创造出有民族特色的文学艺术，为人民大众所喜闻乐见。我们一定要把曲艺遗产中的优秀部分整理出来；搞创作的同志要好好学习、借鉴其中好的东西。他谈自己的体会时说:“我写过一些东西，但每听一次好的说书，总感觉自己赶不上它。”“中国的评书艺术，有许多完整的东西，深刻的东西，我还要全面地学习。”他的作品能够具有中国作风、中国气派，为人民群众所喜闻乐见，我以为，重要原因之一就是他在学习、研究和运用我国的传统艺术技巧方面下过很大的功夫。有人说，赵树理同志对中国的传统文艺有偏爱，缺乏分析。这是不符合实际情况的。他在谈话和文章中多次谈到应对传统艺术采取分析态度，指出我国的传统艺术有精华的一面，也有糟粕的一面，我们要继承和发扬精华的一面，去掉糟粕的一面，使它日臻完美，不断提高。他对传统曲艺的要求很严格，即使是名家演出的传统节目，他也常常发表意见，鼓励他们继续整理加工。还有人说，赵树理是个土作家，不懂外国的艺术。这也是误解。他对外国的文艺作品，不但读了不少，而且对照中国小说的写法做了比较研究。他多次举例说，某某人物，某某场面，照西洋小说的写法是如何写，照中国小说的写法是如何写，讲得很有道理，并将外国小说中一些艺术技巧巧妙地运用到自己的创作当中。他认为，我们对外国的东西也要学习、借鉴，从中吸收有益的东西，但不能抄袭，模仿要化为己有，要“中国化”。

五

赵树理同志到北京以后，被推选为全国政协委员、全国人民代表大会代表、中国共产党第八次全国代表大会代表，并担任许多文艺团体的重要职务；他的作品相继出版，在国内外享有很高的声誉；社会地位和生活条件也随之发生很大变化，他依然保持着共产党员文艺工作者的本色，发扬密切联系群众、艰苦奋斗的优良作风，坚持深入农村，与群众同甘共苦。他热爱农村的群众、干部，关心农村的建设，真心实意地为建设社会主义新农村加砖添瓦，写些合乎群众需要的作品。农村的干部、群众都把他当作最亲近、最知心的人，愿意同他交心。他对农村生活的熟悉，对农民的思想、感情、语言和艺术欣赏习惯的了解，简直到了惊人的地步。我想，这正是他能够不断创作出受到广大人民群众欢迎的优秀作品的根本原因。

赵树理同志自奉甚俭，家中除了一些图书和少量碑帖及简单的生活用品，别无长物。他从不讲究排场，从不讲究吃穿。有时开会在外边吃饭，他总是到附近的小饭馆随便吃点什么，说比起农村来，这就很不错了。然而，对于公益事业的捐助，他却是很慷慨的。五十年代，据有关单位统计，在同代的作家中，他的作品发行量最大，稿酬是最多的，但除了家庭生活等必需的费用，绝大部分都支援了农村建设和交纳党费。为了减少农民读者的负担，他把《三里湾》交给面向农村、定价较低的农村读物出版社出版。他还主动提出靠稿酬生活，不要国家再发工资。他就是这样处处为国家和人民着想，默默奉献！

六

赵树理同志从来淡泊名利，不愿意接受“挂名”的职务，更不想担任领导职务。他认为，一个人只能发挥自己的所长，认真做点适合自己的工作。作为作家，就要专心致志地为人民大众写些好作品，不能徒务虚名。一九四九年以来，他先后被推选为中国文联常务委员、中国作家协会常务理事兼创作部长、中国曲艺改进会筹备委员会副主任委员、北京大众文艺创作研究会主席、北京市文联副主席、中国曲艺研究会副主席、中国曲艺工作者协会（后改名中国曲艺家协会）主席，以及《说说唱唱》主编、《曲艺》杂志主编等职务，实在难以推辞，他也挤时间做了不少工作。

为了改革和发展曲艺艺术，他广泛接触曲艺艺人，深入到天桥和前门箭楼等曲艺活动比较集中的地方，调查曲艺创作和演出的情况、经验和问题，听取广大群众的反映和意见。《中国曲艺改进会筹备委员会成立缘起》是他起草的；协会主办的重要活动，特别是创作、研究和观摩演出活动，他都出席讲话或发表意见。当协会工作遇到困难时，他感同身受。一九五三年春天，第二次全国文代会筹备工作会议讨论协会设置问题时，一位文化部门负责人提出将曲协并入剧协的意见。赵树理和王尊三、王亚平等同志一致认为不妥。赵树理激动地说:“曲艺是一门独具特色的说唱艺术，曲艺品种几百个，曲艺艺人好几万，到处有众多的曲艺听众，为什么不能成立全国性曲艺团体！曲艺方面的事不好办，我看就是因为有些负责文化工作的同志不了解实际、不了解群众，如果放下架子，多到农村走走，多到城镇的书场、茶馆走走，多做些调查研究，就不会小看曲艺了！”随即由我根据大家的意见起草了一封致中央领导同志的信，说明成立全国性曲艺团体对于改革和发展曲艺艺术的重要性、必要性，请中共中央宣传部领导同志阅转。很快，文代会筹备工作领导小组决定，中国曲艺改进会筹备委员会改建为中国曲艺研究会，以推动新曲艺创作、传统曲艺搜集整理工作和曲艺理论研究等方面的工作，为正式成立中国曲艺工作者协会做准备。《说说唱唱》《曲艺》杂志的方针、任务以至稿约等，也是他和大家一起商定的。他关心爱护青年，热情鼓励和帮助业余作者。他尊重老同志、老艺术家。王尊三同志比他大几岁，他一直视为兄长，说王尊三同志对革命、对曲艺事业有突出贡献，是真内行。凡属曲艺方面的事情，他都虚心听取王尊三等同志的意见。

七

赵树理同志一生对党和人民忠心耿耿，全心全意地为人民大众而创作，真正做到“鞠躬尽瘁，死而后已”。“文化大革命”中，林彪、“四人帮”横行，赵树理同志惨遭迫害，不幸逝世，实在令人倍感痛惜！我深信，赵树理同志的名字及其光辉业绩，历史不会忘记！人民不会忘记！

（原载《曲艺》2018 年 4 期）

新曲艺的先驱者

——回忆王尊三同志

王尊三同志离开我们五十年了。他在逝世前几年健康状况就很不好，又遇到林彪、“四人帮”横行，深感忧虑和痛苦，致使病情日趋恶化，终至不治，于一九六八年秋逝世，使我党失去了一位好同志，曲艺界失去了一位先驱者和中国曲协的创建人。我协助他工作十多年，同他朝夕相处，耳濡目染，深受教益，往事历历，难以忘怀。

王尊三同志原是一位著名的西河大鼓演员，一八九二年生于河北省唐县一户农民家庭，读过几年私塾，从小喜欢大鼓、说书。他心灵手巧，有一副好嗓子，弹一手好三弦，从师后又能勤学苦练，注意发挥自己的特长，很快成为一位说唱西河大鼓的好手，名闻四乡；从青年时代起，就背起大鼓、三弦，远离家乡，说唱卖艺，走遍了黄河南北和长城内外的城镇、乡村。在黑暗的旧中国，虎狼当道，民不聊生，他作为一个流浪艺人，饱尝了风霜饥寒之苦，受尽了反动政府、恶霸地主以及地痞流氓的压迫、剥削与欺侮。他看到人民的疾苦，民族的灾难，恨透了旧社会，恨透了帝国主义，深深同情千千万万的劳苦大众。无论走到哪里，他都特别卖力地说唱那些农民英雄故事和杨家将故事。他觉得，这样的书自己说着“解气”，群众听了也觉得“对劲”，实际上，他已经自发地把说书当作一种战斗的武器来使用了。

一九三七年抗日战争全面爆发的时候，他正在外地说书。一天，忽然遇到一位老乡告诉他：毛主席、朱总司令领导的八路军到了冀中，家乡解放了！他早先就听人们传说毛主席、朱总司令领导的共产党和红军能够救中国，救穷人，盼望能早日见到他们。现在这一天终于来到了，他激动得流下眼泪，立即打起铺盖卷，背着三弦、大鼓，跑回久别的家乡，积极参加了抗日救亡工作。他先后被推选为村抗日自卫会主任，县文救会副主任，在党的领导下，他和八路军和抗日工作人员一起，冒着敌人的炮火，动员群众，组织群众，开展抗日救亡活动，表现出很高的政治思想觉悟和爱国热情，工作很出色。不久，他就光荣地参加了中国共产党，自觉地走上革命道路。

王尊三同志是我国新曲艺的先驱者。他在江湖卖艺多年，深知广大人民群众是多么地喜爱曲艺，而好的曲艺又具有多么大的吸引人、感动人的力量。参加革命后，他学习了革命的道理，看到在抗日根据地流行的革命歌曲、戏剧等文艺节目对于广大抗日军民的鼓舞和教育作用，心想，像说书、大鼓这样简便灵活、这样为广大群众喜闻乐见的艺术形式，为什么不能编演些新书词为抗日战争服务呢？于是，他努力编演新书词，用以歌颂共产党和八路军，歌颂抗日根据地的新人新事，揭露、打击日本侵略者和汉奸卖国贼，鼓舞抗日军民同心同德地和敌人作斗争。无论实际工作多忙，他总是挤时间把所见所闻的英雄人物和战斗故事编写出来，演唱出去。由于他政治热情高，熟悉根据地的斗争生活和群众语言，有真情实感，又能熟练地掌握和运用曲艺的表现形式和技巧，所以他编演的新书词都能起到很好的鼓舞、战斗作用。许多地方和部队请他去演唱，无不受到广大抗日军民的热烈欢迎。一九三八年，他编演了一篇新鼓词《保卫大武汉》，演得威武雄壮，有声有色，简直唱轰动了，大家见了他，都亲切地叫他“大武汉”，这就是“大武汉”这个绰号的由来。由此可见他的演唱感人之深。以后，晋察冀边委会发现王尊三同志是编演新曲艺的能手，调他专业编演新曲艺，以充分发挥他的艺术专长，并委托他带头做好团结民间艺人和改进曲艺艺术的工作。这时候，他学习了毛主席的《在延安文艺座谈会上的讲话》，明确了文艺工作在整个革命事业中的地位和作用，明确了文艺为人民大众首先为工农兵服务的方向，也更加激发了他的创作热情和积极性。他深入群众，深入敌后，继续创作和演出了大量新鼓词，如《晋察冀小姑娘》《亲骨肉》《英雄儿女王桂香》《皖南事变》

等。这些作品真实而生动地反映了抗日军民的生活和斗争，反映了人民的思想感情和战斗意志，是对党和人民的赞歌，也是对日本侵略者和国民党反动派的无情揭露和血泪控诉。为了把党和毛主席的声音传送给敌后的人民，鼓舞他们的斗争勇气和信心，王尊三同志常常冒着生命危险，黑夜到敌人炮楼附近的村庄、山沟去给群众说唱新书。鼓点敲响了不行，就用毛巾蒙起鼓面使声音小些。有一次惊动了敌人，炮楼上响起枪声，他料定敌人不敢贸然下来，仍然心不跳，音不颤，照样把书说完，周围的听众都深深为他这种坚定、沉着、勇敢的精神所感动。他就是这样无私无畏地把自己的生命和艺术贡献给人民。

王尊三同志十分重视团结、改造民间艺人和改造说书艺术的工作。他走到哪里，就把哪里的曲艺艺人组织起来，帮助他们提高思想觉悟，鼓励他们按照毛主席指引的文艺方向，努力编写新曲艺，为争取抗日战争、解放战争的胜利贡献自己的力量。当时王尊三同志工作过的一些地区的新曲艺活动能够很快地活跃起来，是与他的辛勤工作分不开的。

一九四九年以来，王尊三同志先后担任中国曲艺改进会筹备委员会主任委员、中国曲艺研究会主席、中国曲艺工作者协会常务理事、中国文学艺术界联合会全国委员会委员、中国人民政治协商会议全国委员会委员等职务。尽管战争年代艰苦生活的折磨和在长期工作中过分劳累损害了他的健康，但他还是保持着革命战争时期那样一种热情，那样一股干劲，那样一种拼命精神。

王尊三同志的革命责任心很强，他把自己的全部精力都放在发展党的曲艺事业上。他常说，全国曲艺艺人成千上万，如果能把他们都好好组织起来，帮助他们走毛主席指引的道路，为人民服务，为社会主义服务，这该是多么重要；人民喜欢曲艺，党重视曲艺，毛主席、周总理关心曲艺，我们一定要努力把曲艺工作搞好。他认为，某些文化主管部门的同志对曲艺采取轻视态度，是缺乏群众观点的表现，是很不对的。一九五三年全国第二次文代会前夕，有一位文化部门的负责人竟提出取消全国性的曲艺团体，王尊三同志听后非常生气，他说，重视还是轻视曲艺工作，这是关系到党的文艺事业的大事，是关系到群众文化生活的大事，对这样的事情，我们不能不据理力争；这决不是因为自己干这一行就说这一行重要。他和赵树理、王亚平等同志商议后，立即致信党中央领导同志，提出意见和要求，使问题得到解决。为了建立全国性的曲艺团体，把党的曲艺事业推向前进，他总是不辞劳苦、不知疲倦地工作。在中国曲艺改进会筹备委员会工作阶段和中国曲艺研究会成立初期，要干部缺少干部，要办公缺少办公的地方，困难得很。他四处奔走呼吁，真不知耗费了多少心血！我同他朝夕相处，没听到他说过一个累字，叫过一个苦字。同志们劝他注意休息，但非到病情实在不允许他再工作的时候，他总是不肯离开工作岗位。他常说:“许多好同志都为革命牺牲了，我们活着的就要多做工作；不这样，就对不起他们。”他永远把革命工作放在第一位，关心党的文艺事业胜于关心自己。新中国成立后，他所处的地位变了，生活条件变了，但他还和战争年代那样，不居功自傲，不摆架子，不搞特殊化，始终保持着一个革命者应有的艰苦朴素的作风。他关心同志，虚心倾听群众的呼声、意见和要求，直到生命垂危的时刻，他还在关心地询问着一些同志的工作和生活。从他身上，我们看到了一个共产党人的崇高品质和优良作风。

王尊三同志对新曲艺创作抱有极大的热情。他认为创作更多的反映现代题材的优秀作品，是发展社会主义新曲艺的关键。除了带病坚持工作，他挤时间创作了近百篇新曲艺作品，如鼓词《志愿军英雄马玉祥》《解放平壤》《两情愿》《大生产》《新拴娃娃》等，都广泛地被传唱，很受群众欢迎。尊三同志也很重视改编工作，他认为，将一些优秀的文学作品改编为曲艺，是迅速改变曲艺演出面貌，扩大新曲艺阵地的一个重要的有效的方法。他先后改编了《白毛女》《王贵与李香香》《小二黑结婚》《新儿女英雄传》《活人塘》等近十部中长篇作品，以适应演唱新曲艺的需要。他改编的作品大都经过比较严格的选择。他说，改编那些思想内容好、故事性强、人物性格鲜明、已经在群众中有影响的作品，群众欢迎，收效大；如果原著的思想性和艺术性比较低，改编起来就很困难。在着手改编之前，他对原著的主题、人物、情节、结构等，都认真进行分析研究，然后再根据演唱的要求，重新加以调整，努力做到既忠于原著，把原著的精华都保留下来，又有所删除，有所增益，有所创造，使之具有说唱艺术的特色。他还很注意处理好说和唱的关系，什么地方该说，什么地方该唱，都力求安排得合理恰当，使说白部分尽量做到交代清楚，有表现力，唱词尽量写得精练生动，有感情，有韵味，好唱好听，能感染听众。

尊三同志对传统曲艺的收集、整理工作也很重视。他根据毛主席关于正确对待文化遗产的指示，亲自整理出不少传统唱词，如《穆桂英指路》《美猴王》《认亲戚》《游西湖》等，都是有代表性的优秀作品。他认为，传统曲艺大都是劳动人民的创造，我们没有理由轻视它，抛弃它；但一定要分清哪些是民主性的精华，哪些是封建性的糟粕，好好地加以清理；即使是基础很好的传统曲艺作品，也要认真整理、加工、提高，使之呈现新的面貌，以满足群众文化生活的需要，并作为创造新曲艺的借鉴。

无论是搞创作，还是改编、整理工作，尊三同志都认真对待，尽心尽力去做。他戴着老花眼镜，手执小羊毫笔，总是不停息地伏案写作，常常废寝忘餐。每当写出一篇或一部作品之后，他又总是像小学生那样虚心倾听周围一些同志或群众的反映，反复修改。他这种不知疲倦的工作精神和谦虚态度，给人们留下深刻印象。

王尊三同志全心全意、勤勤恳恳地为党和人民的革命事业奋斗了一辈子，他的革命精神，他对党的曲艺工作的贡献，是不会磨灭的。我们要永远记住他，学习他，要更加勤奋地工作，为实现祖国的社会主义现代化，为实现共产主义的伟大理想，做出自己应有的贡献。我觉得，这也是对于死者的最好的纪念。

（原载《曲艺》1979 年 7 期）

曲艺家王尊三同志的革命生涯

王尊三同志是我国著名的曲艺家，在长期的革命生涯中，他把自己的全部心血贡献给中华民族争取自由解放的斗争和社会主义事业；他为改革和发展我国曲艺艺术所做的努力和取得的成就，素为人们所称道。一九五一年至一九六八年，我协助尊三同志工作，朝夕相处，耳濡目染，他的忠于党、忠于人民的革命精神，坚强的事业心，高尚的思想情操，艰苦朴素的工作作风，都使我深受教益，留下难忘的印象。尊三同志在“文化大革命”初期，受到林彪、“四人帮”的迫害，于一九六八年四月六日不幸病逝，至今已经二十年了；然而，人们对他的思念和尊敬之情，却未因岁月的消逝而稍减，他的音容宛在，仿佛依然生活在我们中间。

尊三同志原名九如，艺名金才，一八九二年生于河北省唐县东岳口村一户农民家庭。他从小喜欢听书看戏，上过几年私塾，还是位高才生，因家境贫寒，不能外出求学深造，便按照自己的爱好，于一九一〇拜房英魁为师学说西河大鼓，不久又参加了本村的细乐汇，吹大管、弹三弦、拉胡琴，学习民间音乐。他心灵手巧，有一副好嗓子，很快就学会说唱和弹奏的技艺，并且能够单独说唱《杨家将》《说唐全传》和《西厢记》等中长篇大鼓书，因而深受人们的赞许，被誉为“后起之秀”。

可是，在旧社会说书卖艺很不容易。由于统治阶级贱视乃至侮辱民间艺术和民间艺人，由于旧的传统观念的影响，许多人都把说书卖艺看作不光彩的事情，把说书艺人列入“下九流”，社会地位低下，生活也极其艰难。尊三同志说书，曾经遭到母亲和亲友们的多次劝阻和反对，但是，尊三同志没有动摇，他认为，说好书，唱好戏，也是做好事，老百姓喜欢，没有什么不光彩。他先是农忙时务农，农闲时说书；一九一九年，他毅然出走，到“口外”（即长城以北的地方）卖艺。他一个人背着三弦，挎着大鼓，走到哪里，演到哪里，由于他说的书对老百姓的胃口，到处都受欢迎，收入也很不错；同时，他结识了一些江湖朋友，互相切磋技艺，交流经验，使自己的艺术本领大有长进。浪迹江湖，苦头吃过不少，地痞、恶霸的欺侮，流浪生活的折磨，都曾使他产生过回老家边务农边说书的念头。一九二〇年，他回家省亲，母亲和亲友们都劝他留在家乡务农。可是，当个农民又何尝容易？当时农村经济凋敝，农民负担甚重，加之瘟疫流行，许多人都挣扎在饥饿死亡线上。他觉得种地不行，就把土地变卖了，改做小买卖，没想到直奉战争起来后，这仅有的一点资财也毁于战火。这时，母亲已经去世，全家生活没有着落，他只好忍痛安排妻子儿女自谋生路，自己又一次远离家乡，重新开始了江湖卖艺的生涯。

从一九二七年到一九三七年的十年间，他从黄河两岸到长城内外，走过不知多少城镇和乡村，从思想到艺术都受到极大的磨炼，获得飞跃的进步。为了丰富和提高自己的说唱艺术，他又拜了几位老师，学会了《隋唐演义》《说岳》等书，深入钻研西河大鼓各个流派的说唱艺术，同时注意学习京韵大鼓、梨花大鼓、河南坠子以及一些民间小调的曲调和演唱技巧。他还讲过评书，说过相声。他广为交游，结识了不少艺术界的朋友，如“画眉张”、乔清秀等，注意学习同行们的优点和长处。正因为他虚怀若谷，能够博采众长，所以他的说唱艺术也不断有所丰富，有所突破，有所创新，开始形成了独特的艺术风格。当年听过他演唱的人都夸他的书路正，台风好，声情并茂，不同凡响。他能够与乔清秀等名家对台演出，立于不败之地，就足以证明他在艺术上的深湛造诣和征服听众的高超本领。

尊三同志生活在社会底层，早已深感国家动乱、民族危难给人民带来的苦难。在漫长的卖艺生涯中，他亲眼看到处处虎狼当道，民不聊生，更激起自己对黑暗势力的愤恨和对劳苦大众的同情。他没有别的办法，但知道老百姓心里想些什么，无论走到哪里，他都特别卖力地说唱一些农民英雄故事和爱国英雄故事，他觉得这样的书自己说着“解气”，听众也觉得“对劲”，实际上他已经自发地把说书当作一种斗争的武器来使用了。这对一位鼓书艺人来说，真是难能可贵！

中国人民的革命斗争和抗日救国运动，震撼着祖国大地，唤醒了亿万民众，也唤醒了成千上万的曲艺艺人。尊三同志说，他有两件事永远不能忘记：一件是在济南郊区的一个庙会上，一位青年学生借他的书场作讲演，他明白了许多抗日救国的道理；那位青年冒着被捕乃至杀头的危险，慷慨陈词，表现出高度的爱国热情和牺牲精神，更使他深受感动，深受鼓舞。另一件是一九三七年在大同说书的时候，有位河北老乡告诉他，毛泽东、朱德领导的八路军开到冀中，家乡解放了！他早就听人们传说毛泽东、朱德领导的共产党和红军能够救中国，救穷人，盼望能早日见到他们。现在这一天终于到来了。他激动得流下热泪，立即打起铺盖卷，背着三弦、大鼓，徒步五百多里，回到自己的家乡，积极参加了抗日救亡工作。他先后被推选为村抗日救国自卫会副主任、副村长，在党的领导下，积极动员群众，组织群众，开展抗日救亡活动，工作得很出色，表现出很高的爱国热情和革命精神。同时，他努力学习时事政治，学习党的知识，不断提高自己的思想觉悟。一九三九年七月，经韩劲草同志介绍，尊三同志光荣地加入了中国共产党，终于走上无产阶级革命的道路。

尊三同志在江湖卖艺多年，深知广大人民群众是多么地热爱曲艺，而好的曲艺又具有多大的吸引人、感动人的力量。参加革命后，他明白了很多革命道理，看到根据地流行的革命歌曲、戏剧等文艺演出对广大抗日军民的鼓舞和教育，他想，像说书、大鼓这样简便灵活、为广大人民群众喜闻乐见的艺术形式，为什么不能够演些新书词为抗日战争服务呢？因此，他在担任抗日救亡的实际工作期间，就挤时间编演新书词，用以歌颂共产党、毛主席和八路军，歌颂抗日根据地的新人新事，揭露日本侵略者和汉奸卖国贼，鼓舞抗日军民同心同德地和敌人作斗争。由于他政治热情高，熟悉根据地的斗争生活和群众语言，又能熟练地掌握运用曲艺的表现形式和技巧，所编演的新书词莫不受到群众的热烈欢迎，起到很好的战斗作用。一九三八年八月，他接到晋察冀边区政府要他去编写鼓词的通知，心情激动，思绪万千。他想到党和人民政府这样重视说唱艺术和民间艺人，想到广大抗日军民欢迎他说唱新书词的情形，更加自觉地把编演新书词当作一项战斗任务，更加坚定了前进的信心。平型关大战刚刚结束，他就编演了名为《大战平型关》的鼓词，以生动的语言，磅礴的气势，活生生的事实，歌颂了我八路军挺进敌后所取得的第一个大胜利，我军的英勇、机智、顽强，日本侵略者的凶狠、野蛮、狼狈，双方激战的背景、气氛，他都写得活灵活现，演出之后，备受领导同志和广大听众的赞扬。他又编写了《保卫大武汉》和《持久战》两篇鼓词。《持久战》是他学习毛主席著作《论持久战》受到启发之后而创作的，人物、故事都来自实际生活，语言通俗活泼，生动地宣传了毛主席的战略思想，鼓舞了广大人民群众的胜利信心。鼓词曾在边区石印出版，发到基层，反映很好。《保卫大武汉》写得气势悲壮，爱憎分明，有声有色，演出后大为轰动。大家喜欢听这篇鼓词，便不约而同地给他起了个绰号叫“大武汉”，可见他的演唱感人至深。一九四二年，他学习了毛主席《在延安文艺座谈会上的讲话》以后，进一步明确了文艺工作在革命事业中的地位和作用，明确了文艺为人民大众首先为工农兵服务的方向，深入群众，深入敌后，继续创作和演出了《晋察冀的小姑娘》《亲骨肉》《大战神仙山》《英雄儿女王桂香》《皖南事变》《王若飞》《清风店歼灭战》《反内战》等新鼓词，真实而生动地反映了革命根据地人民的生活和斗争，表达了人民的思想感情和战斗意志，是对党和人民的赞歌，也是对日本侵略者、汉奸卖国贼以及国民党反动派的血泪控诉。当时，斗争形势不断发生变化，生活艰苦，处境险恶，但他从无畏惧。为了把党的声音传送给敌后广大人民，鼓舞他们的斗志和信心，他还常常冒着生命危险，黑夜到敌人炮楼附近的村庄、山沟去说唱新书。鼓点敲响了不行，就用毛巾蒙起鼓面，使声音小些。有一次惊动了敌人，炮楼上响起枪声，尊三同志料定敌人不敢贸然下来，仍然心不跳，音不颤，照样把书说完，周围的听众都深深为他这种镇定、沉着、勇敢的精神所感动。尊三同志就是这样无私无畏地把自己的生命和艺术贡献给党和人民。他不愧是民间艺人的一面旗帜，不愧是一位优秀的共产党员文艺工作者。边区政府曾经多次奖励他，并为他记功，以表彰他在革命文艺工作中的突出贡献。周扬同志在中华全国文学艺术工作者第一次代表大会上所作的关于解放区文艺运动的报告中则把尊三同志作为华北民间艺人的代表，称赞他同陕甘宁的韩起祥一样，是说书的能手。

一九四九年七月，尊三同志出席中华全国文学艺术工作者第一次代表大会，被选为中国文学艺术界联合会全国委员会委员，以后又先后担任中国曲艺改进会筹备委员会主任委员、中国曲艺研究会主席、中国曲艺工作者协会常务理事等职，并被推选为中国人民政治协商会议第三届委员会委员。他的社会活动很多，工作很忙，但他还是挤时间继续致力于曲艺创作、改编和整理工作。他认为，认真坚持社会主义文艺方向和百花齐放、推陈出新的方针，创作、改编和整理更多的优秀曲艺作品，是曲艺工作者应尽的责任；必须创作、改编和整理更多的优秀曲艺作品，才能改变曲艺演出面貌，使之适应新时代和广大人民群众的要求。在一九四九年至一九六八年将近二十年的时间里，他陆续创作、改编和整理了二百多万字的曲艺作品，其中许多作品都经过艺人演唱，对于活跃群众文化生活，对于发展社会主义曲艺，都产生了很好的影响。

尊三同志在新中国成立后的创作给人们留下的突出

印象，首先是他继续发扬了新曲艺的战斗传统，把自己同国家的命运、人民的命运紧紧结合在一起，他通过自己的作品，热情地歌颂了新社会的新人新事，歌颂了抗美援朝等伟大斗争和英雄人物，歌颂了中国人民的革命历史和他们勤劳勇敢、智慧善良的品格，同时也揭露和批判了阻碍历史前进的旧势力旧思想旧习惯。他创作、改编的一部分作品，如《两情愿》《李三元做饭》《一对明星》《孟姜女》（与王亚平合作），以及整理的传统作品《阎家滩》等，都从不同的角度揭露了封建婚姻制度以及旧观念给人们特别是给妇女带来的危害和痛苦，歌颂了人们纯洁忠贞的爱情和争取自由幸福的斗争。他整理的传统作品如《美猴王》等，也很好地突出了孙悟空的反抗精神。因而，他的许多作品都能给人以启迪和鼓舞，引起人们感情上的共鸣。其次是他熟悉群众，特别是农村群众的生活、语言和思想感情，作品中充满着生活气息，使人感到生动活泼，真实可信。即使是宣传品，经过他的手笔也使人感到亲切生动。再次是他熟悉说唱艺术的规律和特点，并勇于创新。他写每篇作品都十分注意构思故事，刻画人物。写人物也不只是写他们做些什么，说些什么，而且写他们想些什么，把人物的心理活动和故事情节以及性格化的语言很好地结合起来。所以，他的许多作品都有着引人入胜的故事，生动鲜明的人物，风趣活泼并富有节奏感和动作性的语言，既便于艺人演唱，也能够打动听众的心灵。他善于调动传统曲艺中许多好的艺术手法与技巧，也十分注意从表现新的生活、新的人物、新的思想感情出发，从实际生活中，从姊妹艺术中学习、提炼和借鉴，吸收一些好的语言、手法、技巧，以丰富和提高自己的艺术表现能力。

鼓词《一对明星》就是一个很好的例证。为了很好地表现一对藏族男女青年的爱情悲剧，他把藏族民歌巧妙地吸收、融化到鼓词当中，从而大大增强了作品的艺术感染力。

尊三同志十分重视改编工作。他认为，把小说、戏剧等文艺作品改编为曲艺作品，也是一项艰苦的创造性劳动，对于较快地丰富曲艺上演书目，扩大社会主义曲艺阵地，有重要的意义；在目前曲艺创作力量薄弱的情况下，尤其不可忽视。几十年来，他先后将歌剧《白毛女》、诗歌《王贵与李香香》、小说《小二黑结婚》《新儿女英雄传》《活人塘》等改编为曲艺作品，以适应发展新曲艺的需要。他改编的作品大都经过比较严格的选择。他说，改编那些思想内容好、故事性强、人物性格鲜明、已经在群众中有影响的作品，群众欢迎，收效大；如果原著的思想性和艺术性比较低，改编起来就很困难。要改编之前，他对原著的主题、人物、情节、结构等，都进行了分析研究，然后再根据演唱的要求重新加以调整，努力做到既忠实于原著，把原著的精华都保存下来，又要有所删除，有所增益，有所创造，使之具有说唱艺术的特色。他还很注意说和唱的关系，什么地方该说，什么地方该唱，都力求安排得合理恰当，使说白尽量做到交代清楚，层次分明，详略得体，疾徐有致；使唱词尽量写得精练生动，抒情气氛浓，有韵味，能感染听众。

根据毛泽东同志关于正确对待文化遗产的指示精神，他认真整理了不少传统曲艺作品。《穆桂英指路》《美猴王》《游西湖》《认亲戚》等，经过他的整理加工，都赋予新意，给人以新的感觉。他认为，传统曲艺大都是劳动人民的创造，我们没有理由轻视它，抛弃它；但是一定要分清哪些是民主性的精华，哪些是封建性的糟粕，好好地加以清理；即使是基础比较好的传统曲艺作品，也要认真整理、加工、提高，做到推陈出新，这样才能满足当今听众艺术欣赏的要求，成为社会主义曲艺的一个组成部分。我认为，尊三同志在创作、改编和整理加工上所取得的成绩与经验，至今仍然值得我们学习研究和借鉴。

尊三同志不但是一位新曲艺的先驱者，卓有成就的曲艺艺术家，还是一位曲艺活动家。抗日战争、解放战争时期，他在晋察冀边区就参加了改造民间艺术和团结、教育民间艺人的工作。在唐县、张家口、定县等地，他积极组织民间艺人学习政治、学习文化、学习新书词，鼓励他们按照党指引的文艺方向，为争取抗日战争、人民解放战争的胜利贡献自己的力量。这些地方的新曲艺活动能够很快地活跃起来，是与他的辛勤工作分不开的。新中国成立以后，他长期担任全国性曲艺团体的组织领导工作，由于战争年代艰苦生活的折磨和在长期工作中过分劳累，他的健康情况已远不如从前，但他还是保持着革命战争时期那样一种热情，那样一股干劲，那样一种拼命精神。

为了把广大曲艺工作者组织起来，共同努力发展社会主义曲艺事业，尊三同志始终表现出极强的革命责任心，做了大量的艰苦的工作。他常说，中国曲艺艺人成千上万，如果能够把大家组织起来，一起走党所指引的道路，为人民服务，这该是多么重要、多么好啊！他认为，曲艺是人民大众的艺术，人民喜欢曲艺，毛主席、周总理关心曲艺，我们一定要努力把曲艺工作做好。某些文化主管部门的同志对曲艺采取轻视态度，是缺乏群众观点的表现，是很不好的。一九五三年第二次全国文代会前夕，一位文化主管部门的负责人主张取消全国性的曲艺团体，尊三同志听后非常生气，立即写信向中央领导同志反映情况，提出自己的意见和要求。他说，重视还是轻视曲艺工作，这是关系到党的文艺事业的大事，是关系到群众文化生活的大事，对这样的大事，我们不能不据理力争；这绝不是因为自己干这一行就说这一行重要。他的意见终于得到领导的支持，于一九五三年成立了中国曲艺研究会。从一九四九年七月中国曲艺改进会筹备委员会成立到中国曲艺研究会成立初期，要干部缺乏干部，要开展工作缺少办公的地方，困难很多，他到处奔走呼吁，真不知费了多少唇舌，花了多少心血！但他从没有叫过一个苦字，叫过一个累字。同志们劝他注意休息，但非到病情实在不允许再工作的时候，他总是不肯离开工作岗位。他不止一次地这样说：“许多好同志都为革命牺牲了，我们活着的就要多做工作；不这样就对不起他们。”他关心党的文艺事业胜于关心自己。一九五七年整风时，为了争取文化领导部门加强对曲艺工作的领导，他在《曲艺》杂志上发表了题为《四点要求》的文章，对文化领导部门提出了一些批评意见，内容是正确的，态度是诚恳的，但在当时却受到不应有的责难和批评，并且要他一再做检查。对此他是想不通的。一九五八年又在他不情愿离开工作岗位的情况下给他办理了退休手续。这对一个热爱工作的同志来说，不是一件轻松的事情。联系到一九五七年的事情，他感到非常苦闷。有一次，赵树理同志和我一起去看望他，想给他一些安慰，谈起一九五七年后发生的事情，他不由得激动起来：“没有共产党，就没有我王尊三！我是爱我们党的啊！我是想为党工作啊！”说着说着流下眼泪。他此时的心境如何，可想而知。但是，他依然关心国家大事，关心曲艺事业的发展，继续以极大的热情从事曲艺创作和传统曲艺整理工作。尊三同志到北京以后，所处的地位变了，生活条件变了，但他还同战争年代一样，始终保持着密切联系群众和艰苦朴素的好作风。他关心同志，虚心倾听群众的呼声和要求，直到生命垂危的时刻，他还关心一些同志的情况。从尊三同志身上，我们看到一个共产党员的崇高品质和优良作风。

尊三同志一生所经历的道路是曲折的。他一生追求真理，追求进步，由一个普通的曲艺艺人锻炼成为党的文艺战士，并做出宝贵的贡献。回顾他走过的战斗历程和取得的成就，总结他的艺术实践经验，是一件有着重要意义的事情。在他生前，我曾建议他写一部自传，他接受了我的建议，曾经写过十几万字，但由于种种原因没有写完，更不幸的是，大部分自传稿也在“文化大革命”中散失了。我还曾想协助他写一本总结艺术经验的书，后因忙于日常工作，也未能如愿。由于他在战争年代创作的许多深受群众欢迎、轰动一时的优秀作品，如《大战平型关》《保卫大武汉》等的手稿和石印本没能保存下来，现在编辑出版的这本《王尊三曲艺选》，只能收入尊三同志长期以来所进行的创造性劳动的部分成果，而且仅仅限于短篇作品，一些中长篇说唱作品还有待以后整理出版。但是，在尊三同志逝世二十年的时候出版这本选集，还是很有意义的。这是对先驱者的纪念，也是对后人的激励和鞭策。我们要学习王尊三同志的好思想好作风，再接再厉，为改革和发展曲艺艺术，建设有中国特色的社会主义文艺做出更大的努力！

（原载《王尊三曲艺选》，中国曲艺出版社1988年8月出版）

革命说书家韩起祥

说起韩起祥来，曲艺界文艺界的同志和广大曲艺听众都熟悉他的名字，喜欢欣赏他的陕北说书；有些到中国访问的外国朋友，还特地到延安的乡下去访问他。韩起祥的确是一位杰出的盲艺人，一位革命的曲艺家。然而，韩起祥是怎样从旧社会走向新社会的呢？又是怎样从一个普通的盲艺人变为革命的说书家的呢？这却是许多人不大了解而又希望了解的。

苦难的经历

韩起祥和成千上万的曲艺艺人一样，有一段辛酸的经历。一九一四年，他生在陕北横山县一户贫农家里，祖祖辈辈都靠揽工过活。他三岁上生天花，因为请不起医生治疗，瞎了眼睛。不久父亲也病死了。从八岁上他就给地主推磨、放驴，一年到头吃不到嘴里，穿不到身上，还要挨打挨骂，受尽了折磨。母亲看不下去，又把他叫回来，母子推磨卖豆腐度日。十三岁上他拜师学习说书，不久，就一个人背起三弦奔走四乡，靠说书来混口饭吃。

可是，这样的苦日子也没能维持多久。十四岁那年（一九二八年）陕北闹灾荒，韩起祥全家都失散了，只他一个人孤零零被丢在家里。荒年谁还有心听书？他唯一的生路也断绝了。他被逼得走投无路，便上吊寻死，幸被一位街坊哥哥苏相成解救。在苏相成的帮助下，他们一道过黄河到山西岚县逃荒，他这才恢复了说书的生涯。

第二年，陕北年景好了，他又回到家乡。但是年景好改变不了穷百姓和说书人苦难的命运。他“风天跑，雪地奔”，“说书把舌头磨成锤尖尖，指头磨成光片片，每天累得喉咙疼”，到头来“还是半饥半饱度营生”。不是不赚钱，赚的钱都被国民党官府勒索尽了。有一个月没交上捐税，就被扣上“暗通红军”的罪名关进监牢，直打得他死去活来。多亏穷乡亲们帮忙交了罚款，才走出牢门。

横山和延安相隔十架山，但是革命的声音、革命的光亮却是阻隔不住的。他的师兄高维旺因参加革命惨遭白军杀害的情景使他深受刺激，经久难忘。他的哥哥早年已经逃到边区，他也曾到延安的丰富川一带说过书，虽然他不大清楚什么是革命，眼睛看不见边区的新气象，但他从耳朵里听到的，亲身感受到的，都证明共产党和红军是爱穷百姓的，“红区”一切都比“白区”好。一九三九年，他带着老婆孩子全家都搬到边区，在离延安二十多里的张家窑子居住下来。从此，他就结束了多苦多难的命运，开始了新的生活。

新的天地，新的道路

边区是一个新的天地，新的世界。在这里劳动人民当家作主，军民一家，劳动生产，再不愁吃穿，再没有人压迫人的现象。韩起祥全家也都受到了很好的照顾。

韩起祥心很灵，记性特别好，能说几十种书。但其中有不少是宣传封建迷信的。由于旧社会的影响，他初到边区的时候，还不能认清这些书的害处，放弃这些不好的书。不用说，这是与边区人民对文化娱乐生活的进步要求相矛盾的。听众向他提出了意见，政府也帮助他做了分析。他的认识提高了，就开始编说新书。正是这个时候，在毛主席提出的文艺为人民服务的方向指引和鼓舞下，延安的新秧歌运动活跃起来了。他听了新秧歌，听到群众热烈欢迎新秧歌的情况，自己也觉得新的比旧的好。由此，他就下定决心编写新书。他熟悉农村生活，对新社会有感情，又有口头创作的能力，最初编的几篇新书就受到群众的欢迎。政府还奖励了他。他在这个时期的作品，主要内容是反对封建迷信，对配合当时的反巫神斗争起了很好的作用。

一九四五年，陕甘宁边区文协成立了说书组，进行改造说书的工作。说书组把韩起祥作为培养对象，经常和他联系，并派专人跟他一起下乡，给他读通俗书报，说革命故事，讲革命道理，帮助他提高思想认识，鼓励他编说新书，并记录、整理和出版他的作品。韩起祥逐步地明白了文艺应该为人民服务和怎样为人民服务。他的心亮了，编说新书的信心更大了。于是，他的艺术创造才能就像一股被阻塞的山泉，突然喷涌而出，不到一年工夫，就创作了《刘巧团圆》《张玉兰参加选举会》《时事传》《王丕勤走南路》等二十几篇作品，热烈地歌颂了根据地的新人新事，批判了旧社会、旧思想和旧习惯。这一年，韩起祥背着三弦在延安的街头出现了。他的演唱受到了群众的热烈赞赏，引起了文艺界的注意。他由一个普通的说书人变成人民的艺术家了。

韩起祥编说新书的活动影响很大。有关部门及时地表扬了他，并推广了他的经验，不到两年时间，新说书运动就遍及全边区，成为人民文艺的一个支流，给人民的文化生活增加了新的内容和新的光彩。

最大的鼓舞

在边区生活的几年中，有一件事使韩起祥最受感动，最难忘记，这就是给毛主席说书。

那是在一九四六年的秋天，大约是阴历七月。一天上午，他正在家里（张家窑子），忽然听说毛主席派人牵着马请他到杨家岭说书。他最初还不大敢相信，可是又有什么理由不相信呢？他激动得流出热泪。吃过午饭他们就动身了。别人让他骑马，他不骑，他说，毛主席工作重要，让马省点劲，给毛主席和同志们骑吧。他一直徒步走到杨家岭。吃罢毛主席为他预备的晚饭，就在中央大礼堂旁边的一个会议室里演出了他的《时事传》和《张玉兰参加选举会》。演出结束，毛主席和他紧紧握手，直感动得韩起祥“满眼流泪吭不出声。恨不能当时睁开眼，看一看救命的大恩人”。毛主席问了他的生活、工作和学习的情况，鼓励他继续和文艺工作者合作，编说新书，把说新书的工作好好推广，有困难就找政府。毛主席还说，全国解放了，你要多走些地方，多带些徒弟。最后，毛主席还问他是党员不是，鼓励他努力进步，争取入党。韩起祥感激万分，立刻表示了决心：“我一定努力做到！”他情不自禁地高呼：“毛主席万岁！”别的话再也说不出来了。

这次会见是对韩起祥的最大鼓舞。每次说起这件事，韩起祥总是无限激动，感念不已。他说：“毛主席这次谈话给了我无穷的力量，想起毛主席的话，我的劲头就大了，什么困难也不怕了，什么不应有的想法也都被赶跑了！”

“三弦就是机关枪”

一九四七年，胡宗南匪军要进攻延安，他就带着全家转移到离延安几十里路的牡丹川和丰富川一带，继续用说书作武器，向群众宣传，向伤病员宣传，鼓舞军民的斗志，揭露敌人。他说，我不能上前线用枪打敌人了，三弦就是我的机关枪。

后来，部队北撤了，敌人占领了丰富川一带，他明着活动不方便了，就改名“沈光明”埋伏下来。白天不能说书，他在群众的掩护下，晚上说书宣传（因为晚上敌人不大敢出来活动）。有一天被敌人碰着了，敌人问他：“你认识韩起祥吗？他是不是跟八路军走了？”他很镇定地答道：“我不知道，可能随八路军走了。”敌人说：“这回便宜了他！他编了《西北时事传》骂得我们好苦，抓住他不扒掉他的皮！”敌人接着问他八路军好还是中央军好？韩起祥也从容地做了回答：“谁不坑害老百姓，谁为老百姓办好事，谁就好！”敌人听了很生气，狠狠地打了他一个嘴巴，说：“你也是八路的脑筋！”这些愚蠢的家伙哪里知道他们要抓的韩起祥就站在他们眼前！

他听孩子们说，街上、路上，胡匪军丢了不少零碎弹药。他想，游击队正缺子弹，就发动孩子们拣子弹。孩子们拣，韩起祥就往山里送，好让游击队打击敌人。

陕北的自卫战争由防御转入进攻以后，他更加活跃起来，常常到离延安三四十里路的边沿区给游击队和群众说书。延安解放的第二天，他就进了延安。据说进延安最早的文艺工作者就是韩起祥了。接着，他又背起三弦，随延安各界慰问团到前线慰问军队，同时向农民演出，有力地鼓舞了前线军民的斗志和胜利信心。

新中国成立以后，韩起祥以极其兴奋的心情，到陕北的广大农村宣传中国人民的伟大胜利。很快即奉调到延安办盲艺人训练班。这时候，伟大的抗美援朝运动轰轰烈烈展开了。韩起祥率领着训练班的三十几位盲艺人，怀着同仇敌忾的决心投入了抗美援朝的行列。他们一致表示，我们的眼瞎了，我们心活着！我们不能到前线打美国鬼子，我们要用三弦抗美援朝；我们买不起飞机大炮，我们要买个螺丝钉，要发动群众捐献飞机大炮。他们首先把自己仅有的几个零用钱都捐献出来，接着，两次出发到最偏僻的山区进行宣传活动。一路上，他们高呼口号，唱着自己编的《抗美援朝小调》，走到哪里，就唱到哪里。为了多跑一些地方，做到家喻户晓，他们不顾狂风暴雨，不怕坡陡路滑，常常用手攀着山坡上的枝条，一个拉一个地往上爬，高喊着“上呀！冲呀！上去活捉美国兵呀！”就爬上去了。不知爬了多少山，跑了多少路，走了多少个大小村庄。他们不辞劳苦的精神和动人的演唱使群众深受感动，纷纷送来慰问品、慰问信和捐献的钱，请他们转交给最可爱的人。

后来，韩起祥听说美国搞细菌战，他怀着极大的愤怒，又率领训练班十二位盲艺人到山区进行反对细菌战、开展爱国卫生运动的宣传工作。

保持革命者的本色

在和平的日子里，是贪图个人的安逸享受，半路上停下来呢，还是保持革命者的本色，将革命进行到底？同许多革命者一样，韩起祥也经受了这场严峻的考验。

先是几位亲友劝韩起祥单干。他们说，一个普通的说书演员，每天都能挣二十斤小米，凭你韩起祥的艺术，在陕北要数第一了，每天至少也能挣三四十斤小米。你如今说书靠公家的供给，只能穿粗布衣，吃小米饭，津贴费还不够吃烟用的，更谈不上顾家了，这有什么干头？人生就是为了吃喝，你为什么放着猪肉不吃啃酸梨？也有人说，现在孩子大了，地也有了，凭你的本事，再挣些钱，买些地，雇个工，不比你现在强？你穿“二尺半”（指公家发的衣服）有什么体面？都嫌他太没出息。

韩起祥听了这些话怎样想呢？他感到非常痛心！立刻就回答了他们：“你们的话，我不能听！要革命就要革到底！现在革命胜利了，才只是万里长征的第一步，怎么能半路上停下来？我们都是穷苦人出身，怎么刚好了疮疤就忘了疼？又怎么能再走地主老财的路？”提起“二尺半”，他更激动了：“‘二尺半’是共产党发的衣服，是毛主席发的衣服，就是体面，就是光荣！怎么能脱掉？不但不能脱，还要永远穿下去，辈辈穿下去！”当时就和劝他单干的亲友闹翻了。

一九五〇年，韩起祥被选为西北曲协主任，到城市工作以后，先进和落后的思想斗争更加尖锐起来。

有两位和他一起工作的干部，资产阶级思想相当严重，他们总嫌韩起祥太土气，看着他拄的那根木棍也不顺眼。他们说，胜利了，当上主任了，就要学会吃好的，穿好的，用好的。其中的一位还自作主张替韩起祥买了副眼镜（用了三十多元），硬让韩起祥戴，说这才像个“主任”的样子，这是给共产党增光！另一位还劝韩起祥和妻子离婚，另找一位知识分子老婆。

韩起祥没有被这阵“香风”吹倒。保持无产阶级革命者的本色！时刻警惕资产阶级思想的侵蚀！党和毛主席的教导，经常在他的心头回响。他越想这两个人的话越不是味道，就把这些情况汇报给组织，而自己则依然拄着那根木棍棍，过着普通劳动者的生活。

到农村落户，与农民同甘共苦

韩起祥生长在农村，是农民的儿子，对农村有着极深的感情；就是在城市工作的日子里，也没有一天忘记过农村。他认为，城市的文化工作要加强，农村的文化工作也不能放松。每当想起往日自己在农村说书的情景，他的心就飞到农村去了。在编写新书的过程中，他感觉到，要反映农村非深入农村不可。一九五三年，他来北京参加中国文学艺术工作者第二次代表大会，听了党和国家领导人的报告，思想上受到了很大的启发，对农村的新形势和毛主席所说的“严重的问题是教育农民”这句话的重要意义理解得更深刻了。会后，他就请求领导部门批准他离开城市，到延安的杨老庄落户，一方面体验生活，锻炼自己，一方面进行创作，说唱新书。

当时的杨老庄是个什么样子呢？是个又穷又落后的村子。全村十五户人家，加入互助组的只有几户。多数人家都比较困难，房屋破破烂烂，卫生情况坏得要命；经常闹病的很多，娃娃很难养活，当时村里才有两个娃娃，还是从外村带去的。群众中流行着这样的顺口溜：“立了春，要小心，过了清明真吃惊，三月四月怕死人，五月六月活要命……”用以形容杨老庄在春夏季节人们发病和死亡的严重情况。政府卫生部门虽曾做过不少努力，但因地方偏僻，群众还缺少卫生习惯，这种情况一直没能得到根本改变。有的人听说韩起祥要到这个村子落户，感到奇怪，甚至有人直截了当地劝他，千万另选个好地方。这对有的只顾个人安危的人来说，的确是一个很大的压力。但韩起祥却是另外一种看法。在他看来，要革命就不能怕困难。一个革命的文艺工作者真正有决心锻炼和改造自己，更有必要把自己放在最艰苦的地方。他没有听取别人的“劝告”。没过多久，帮助他工作的一位工作人员因嫌杨老庄破破烂烂，生活艰苦，坚决要求另调工作。韩起祥也没有迁就他，再三挽留无效，就让他走了，自己一个人住在那里。后来有些人问他：“你长期住下来不怕艰苦？不怕得病？”韩起祥总是很风趣地回答他们：“我有法（宝），什么我都不怕！”是什么法（宝）呢？没有别的，就是他相信党，相信群众，有同群众一起改造环境的决心！

韩起祥对自己的要求非常严格。这从他刚到杨老庄时发生的一些事情上就可以看得出来。他因为急着下乡，身上穿的还是在城市穿的卡其布衣服（当时陕北农村很少人穿卡其布衣服）。群众都把他当成客人，给找最干净的房子住，给另做好饭吃，以前的熟人和自己说话也显得不随便了。韩起祥很快觉察到这中间一定有问题，就立即去找老朋友樊老汉请教，樊老汉很直率地告诉他：“老韩，你过去穿的是粗布衣，现在穿上卡其服了，你以前是个普通的说书人，现在是‘韩主任’了！”韩起祥一想，对！就是这身卡其服把自己“卡”住了，就是这个主任把自己“主”（阻）住了！从此，他就时刻警惕自己，毫不特殊。农民穿土布衣，他就穿土布衣；农民吃什么，他就吃什么；别人给另做好的，他就婉言谢绝。无论到什么地方演出，吃一顿饭，付一顿的粮票和一顿的饭钱；群众不收，他也想法子放下。他说：“我有国家发的一份口粮，一份生活费，决不能再白吃大家的。”他盖的还是解放战争时期那床蓝布被子。在住房上也尽量少给群众添麻烦，常常主动提出和单身汉做伴。平时与群众说话也很注意。到什么地方，就说什么地方的话，和群众拉起话来有来有往，非常亲切。大家都亲热地称呼他

“老韩”，再不叫他“韩主任”了。

韩起祥因为从小坏了眼睛，虽然对农活不大熟练，做起来也不方便，但在说书之余，还是尽量参加体力劳动。社员耕地，他就掏地头子。社员割麦子，他就给社员送饭，不能担稀饭，他就背干粮。社员在地里吃饭，他也在地里吃饭；社员在地里歇晌，他也在地里歇晌。发现有的人家缺水吃，有时他还摸着给人挑水。他的吃苦耐劳精神不但在文艺工作者中是少见的，在农民中也数得着。

韩起祥在生活上没条件过得更好一些吗？不是。为了支援国家建设，他把节余的钱都存到银行里去了。有一个时候，因为闹天灾，群众生活发生暂时困难，个别地方一度出现了黑市，他就向全家提出：不买一寸黑（指黑市）布，不买一粒黑粮，也决不接受“走后门”的东西。他说，要革命，就不能特殊化，就要与农民同甘共苦。一个共产党员，一个革命家庭，应该正大光明，在困难中做出榜样。领导部门经常询问他的生活情况，他总是说，生活得很好，没有任何困难。

特别令人感动的是，韩起祥有一颗火红的心，走到哪个地方，就爱上哪个地方，就把自己的心血全部贡献给哪个地方。

韩起祥到杨老庄以后，就参加了杨老庄建社的工作，并且在第一批加入了合作社。他是职业演员，靠公家发的津贴费生活，不分社里的东西，却尽量参加社里的劳动，并且尽量省一些钱支援合作社的建设。

一九五五年，杨老庄由初级社转为高级社，他支援了一百多元。有人给他开玩笑，说:“老韩，你花钱只为买个社员当啊！”韩起祥很严肃地给他们说:“支援合作社的建设是应当的。只有把农村建设好，大家才有真正的幸福。能‘买’个社员，和大家一起建设社会主义，就是光荣！”

前面已经提到，杨老庄存不住娃娃是个严重问题。有些迷信鬼神的人，都说是“狗殃”和“血腥鬼”闹的，说得活龙活现，弄得很多人心神不安，不仅影响了生产，也影响了建社工作。韩起祥为寻求存不住娃娃的真正原因，用事实说服群众，直愁得几夜睡不着觉。后来他发现井没有盖，下雨时脏东西往井里流，估计井水有毒，就赶快盛了井水送到延安，经过化验，井水果然有毒。他立刻返回杨老庄和干部商量，召开村民会，讲明情况，动员大家把井台加高，盖上井棚，修筑茅房，把牲口圈住。有些思想落后的人是不赞成的，甚至有人这样讽刺他说:“你说的比唱的还好！我见老母猪不讲卫生，一窝子十几个猪娃；狗不刷牙，咬得骨头嘣嘣响。你能让存住娃娃，我就鼻孔吸二斤辣椒面，头朝地走三年！”但韩起祥还是配合卫生部门照直地宣传，照直地帮助大家背石头，和泥，加高井台，修筑茅房。经过大家的共同努力，杨老庄的环境卫生情况很快就改变了。

冬天，杨老庄生了两个娃娃。韩起祥简直把这两个娃娃当成宝贝。没到满月，他就不断地去探问。他学过几天医，也懂得一点针路，听说谁家的娃娃不舒服，他就送点药，扎扎针；若是大病，他就跑四十里路到延安请医生来，医生不走他不走，病不减轻他不离开。

社员们得了病，他照样尽心。有个叫孙占旺的社员得了急病，眼看就要断气，已经不能抬到城里治了。韩起祥知道了，立刻摸黑跌跌撞撞地跑到延安何县长家，推门就喊："何县长！有人病了，快派医生去救！"何县长以为是韩起祥家里有谁病了，问他是娃娃病了，还是老婆病了？韩起祥上气不接下气地说："比我娃娃还要紧！"他这种关心群众、舍己为人的精神，使很多人都深受感动。

韩起祥还帮助杨老庄成立了俱乐部、秧歌队，把业余文艺活动开展起来，既活跃了群众的文娱生活，也推动了生产，受到县、专区和省里的表扬。

常言说得好，以心换心。韩起祥首先把心交给了群众，群众也都把心交给了他。他们再不拿韩起祥当客人，而把他当作自己最好的同志和亲人。有几家给小孩起名字，都带上一个"韩"字；大人说，这是因为这些娃娃与韩起祥有关系，起名留个纪念，让孩子大了别忘了他"韩干大"！韩起祥离开杨老庄不多天，大家就盼着他回去；他一回村，老乡们就围上去向他问长问短，争着往家里拉。那些经他的手摸着长大的娃娃更高兴得要命，一见面就抱住韩起祥的腿，生怕他再走了。韩起祥离开杨老庄久了，心里也想念得很，他惦念着社里的工作，惦念着社员们和娃娃们的健康……他虽然大部分时间都要在陕北各县说书，不能常住杨老庄，一年中也总要抽空回去几趟，前前后后住上三五个月。

韩起祥在群众生活中锻炼着自己的思想感情，找到了最丰富的艺术创作的源泉。在下乡的第三年——一九五五年，由于他在长期的革命斗争和工作中，表现了全心全意为人民服务的精神和为共产主义事业奋斗的决心，具备了一个共产党员的条件，他的入党愿望实现了。从此，他感到自己的责任更重了，对自己的要求更严格了。在工作中，他更高地举起毛泽东文艺思想的旗帜，发扬新曲艺的战斗传统，坚持上山下乡，说唱新书，在向广大群众进行社会主义教育，活跃农民的文化生活等方面，取得了更加显著的成绩。

坚持编唱新书，坚持上山下乡

韩起祥到农村落户以后，满腔热情地歌颂社会主义的新人新事，鼓舞群众建设新农村的斗争。他编演的许多篇新书都用生动的事实反映了社会主义的优越性，并把今昔做了鲜明的对比，大家听了都很受感动。有一位贫农社员紧紧拉住韩起祥的手说：“你的书把我的眼睛说亮了，我以后一定好好进步，好好劳动。”后来，韩起祥听说有些地方的妇女还缺乏下地生产的习惯，就编写了《高莲英的故事》《张莲子》等，表扬妇女中的劳动模范，对妇女鼓舞很大。连那些看不惯妇女下地的人，也不敢再说妇女的怪话。

韩起祥从心里热爱新社会，当他听说有人颠倒黑白，散布“今不如昔”的谬论，直气得心头冒火，立即编演新书进行驳斥，真是字字见血泪，句句动真情，有力地控诉了旧社会，热情地歌颂了新社会。群众听了他的演唱，很少有人不落泪的。韩起祥背着三弦奔走四乡，到处演唱，大大提高了群众的思想觉悟，也提醒了不少头脑糊涂的人们。

陕北人民响应党的号召，改造山区，韩起祥就跟成千上万的劳动大军到山区演出。修梯田休息时，他就坐在梯田的台上说书；开荒休息时，他就把镢头扣在地上坐在上面说书；打坝休息时，他就坐在石头上说书。大休息，就大说；小休息，就小说。大家听了他的书，高兴地编了顺口溜：“有了共产党，天上地下变了样；劳动不误听说书，山山洼洼三弦响；过去说书在炕上，如今说书上山冈。”人们都称赞韩起祥为人民服务的热情，韩起祥却总是很谦虚地说：我眼睛看不见，不能像你们那样劳动了，说说书是应该的。他还说：胡宗南进攻延安时，我把三弦当成机关枪，现在我们建设社会主义了，三弦就是我的镢头。

一九五九年，陕北闹天灾，群众生活发生暂时困难，韩起祥就编说新书，鼓舞群众艰苦奋斗，克服困难。一九六〇年旧历除夕，他发现家里和邻居中有人嫌供应的年货少，心情不大愉快，他就弹起三弦，唱起《翻身记》。人们听了都议论起来，说:“现在闹灾荒，还能吃得饱，都因为是在新社会；若在民国十七年，早饿得妻离子散了。我们不能身在福中不知福啊！”这年春节大家都过得高高兴兴，很有劲头。

韩起祥的足迹几乎遍布陕北的广大农村。他把说书完全当成了一项革命工作，一项光荣的义务。他不向农民要任何报酬，不讲任何条件，不管风里雨里，冰天雪地，只要能把说书送上门去，他就感到是最大的愉快。即使在他的健康情况不太好的时候，除了住医院，也都很少停止对农民的演出。提起韩起祥的说书和他忘我的工作精神，陕北的广大农民和干部没有不夸好的。他走到哪里，哪里的群众就不愿意让他离开。

韩起祥不但自己坚持说唱新书，还经常帮助别人说唱新书。不少演员在他的帮助和鼓励下都说起新书来。但也有些人嫌学新书费事，影响经济收入，表现消极。甚至个别说旧书的演员提出要同韩起祥赛书。有一年春天，韩起祥就在延安的大集上同他们赛了一场。

那些要和韩起祥赛书的人，满以为旧书能够压倒新书，就可以显显自己的威风了。结果怎样呢？说《封神》《征东》等书的场子，先是一百多人，等韩起祥新书一开场，旧书场子的人就陆续跑出来，不大会儿就由一百多剩下几十个（都是老年人）；而韩起祥的新书场，则增加到三四百人，挤得风雨不透。听新书的多是青年男女社员和工作干部，也有些老年人。

他们听了书，不住地议论。姑娘们说，看人家刘巧儿多好，又聪明又勇敢，谁要再干涉咱们的婚姻大事，咱就同他们斗争。有对中年夫妇听了《张玉兰参加选举会》，女的就给丈夫提意见，批评他不应该阻挡自己参加开会。男的当场作了检讨，表示以后妻子开会、进步，绝不再拉后腿。总之，大家都反映新书有听头，好处大。说群众不欢迎新书，只不过是一种借口。通过这场比赛，新书打开了场面，坚持说旧书的人也不得不认输了。韩起祥说，说唱新书也是一场思想斗争，一场争夺阵地的斗争。要不要歌颂新人新事，是个大问题。我们要敢于进行这种斗争。说新书也可能暂时有困难，但前途是远大光明的，经过努力一定能遍地开花。

当然，韩起祥并不是一概反对说唱传统书。他认为，传统书中有些还是不错的，对群众是有益的；但绝不可否认，传统书中有一些是不好的，是要不得的。就是较好的书，也必须进行整理修改，把书中的糟粕部分去掉。

有人问道，韩起祥的新书为什么这样受群众欢迎呢？这当然是因为他的作品反映了群众的实际生活和思想感情，提出了群众最关心的问题，并且给出了正确的答案。同时，也因为在艺术上符合群众的欣赏习惯，能把思想性与艺术性很好地结合起来。他编写的作品一般都能做到人物形象鲜明，故事情节引人入胜，语言通俗活泼。他善于说白，也注意唱腔和音乐的丰富变化，几句说唱，几个表情，就能把一个场面、一个人物的性格生动地表现出来，给人以亲临其境、亲闻其声的感觉。他创作和演唱的不少节目已经达到很高的水平，并且形成了独特的艺术风格，成为常年演唱的保留节目。有了好的作品，好的说唱艺术，再有好的服务精神，这就是他的说书能够受到群众热烈欢迎并产生深刻影响的根本原因，也是最值得人们向他学习的地方。

韩起祥的创作热情很高，编书的速度很快。这些年他除编写了许多优秀的短篇，还创作了长篇说书《翻身记》。他在医院里听了雷锋同志的事迹，感动得很，就用说书形式编写起雷锋的故事。他激动地说："雷锋同志的精神太感动人了！我要向雷锋同志学习，我要歌唱雷锋！"

韩起祥还十分关心把艺人组织起来的问题。他认为，艺人只有组织起来，才能更好地学习和工作，提高政治和业务水平。延安曲艺组就是在他的倡导下组织起来的。他经常关心这个集体的进步，帮助曲艺组改进工作。

老当益壮，奋斗不息

林彪、"四人帮"一伙为了篡党夺权，残酷迫害打击革命干部和一切积极为党工作的同志，就连韩起祥这个祖祖辈辈给地主当长工、从小受苦受难、双目失明的盲艺人也不放过。在他们横行的日子里，韩起祥被扣上“反党、反人民、反社会主义”的帽子，还被说成是文艺“黑线”的爪牙，受尽折磨。但是，韩起祥没有屈服，没有灰心。一九六七年他被关进牛棚之后，仍然借写“检查”的机会，用盲文编写新书词，他想，你们关住我的身子，关不住我的心；摧残了我的身体，摧残不了我的思想；别看你们耀武扬威，妖魔作乱不能长久。一九六九年他被放出之后，就到延安王窑工地深入生活，编演了《女将杨巧玲》《水库参观记》等书词，对群众鼓舞很大。

一九七六年十月，韩起祥听到“四人帮”被粉碎的消息，激动万分，连夜编写了《特大喜讯传下来》，到街头、田间、地头、社员家中说唱，同广大群众和干部一起欢庆粉碎“四人帮”的胜利。他接着编演了许多揭批“四人帮”、歌颂老一辈无产阶级革命家的新书词，大家都说“老韩的书词好，真正说出了我们心里要说的话！”

韩起祥的身体虽然不大好，但革命的热情不减当年。他一方面办延安曲艺馆，抓紧培养人才；一方面带领学生们下农村，说新书。这几年陕北农村也出现了艺人大都说老书、不说新书的情况，有些地方还流行着一些宣扬封建迷信和低级下流的坏书；徒弟们在这种风气的影响下，也想请韩起祥教他们说老书。韩起祥却毫不动摇，对他们进行了耐心的说服工作。他说：“说书，是教育人的；说新书，才能更好地帮助人们提高思想觉悟。我从参加革命那一天开始就一直说新书，抗日战争、解放战争、新中国成立，从来没有变。这是我们革命的好传统，不能丢掉。有些传统书，如果是好书，也可以拿出来说，但我们还是要坚持多说新书。没经过整理的传统书，我们不说；坏书，更不能说。我们要时刻记住我们是革命的文艺工作者，记住我们应负的责任。”开始有些徒弟接受不了，怕新书不如老书受欢迎。韩起祥就做示范演出。他满腔热情地演唱了自己新编写的《喜临门》，由于这篇新书反映的是农村发展的新形势和新人新事，是群众最关心的事情，立刻就受到热烈欢迎。有一次在街头上有六七个说书的，都说的是旧书，如《大八义》《小八义》等。韩起祥这边说新书，先说《宜川大胜利》，就开始把听众吸引过来；接着说《喜临门》，一下子人们都围拢过来了，有上千人，把道路都堵塞了，汽车也过不去了，只好由公安人员维持秩序。这样就改变了徒弟们的看法，愿意跟韩起祥说新书了。

活到老，学到老

韩起祥能够这样坚定地沿着正确的道路前进，把工作越做越好，是和党的培养、教育和革命集体的帮助分不开的，也是与他本人的刻苦努力分不开的。特别重要的是，他能够忠诚于党的事业，认真学习毛主席的著作。从延安的时候开始，他就认定《在延安文艺座谈会上的讲话》是自己前进的指路明灯。无论是考虑一个问题，还是做一件事情，编一篇作品，都要想一想是否符合党和人民的要求，合，就坚决去做；不合，就坚决不做，或者坚决改正。新中国成立以后，环境和条件好了，他学习毛主席著作的要求更高了。以前光是请别人读，总觉得不够，想重新温习也不方便，便到北京学习盲文。他把毛主席的盲文版著作都尽可能地搜集到手，有的（如《在延安文艺座谈会上的讲话》）还买了两份。为什么买两份？因为盲文是用手摸着读的，他想摸平一本，还有一本。他反复地摸，反复地读。其他一些著作，如《湖南农民运动考察报告》《〈农村调查〉的序言和跋》《改造我们的学习》《整顿党的作风》《反对党八股》《实践论》《矛盾论》《论人民民主专政》《关于正确处理人民内部矛盾的问题》等，也都读过好几遍了。他说："读了毛主席的书，我这个瞎眼人也变成明眼人了；有什么问题，遇到什么困难，只要多想想毛主席的话，事情就好办了，勇气就大了。我能做出一点成绩，都多亏党和毛主席的领导。没有共产党、毛主席，就没有我韩起祥；不学毛主席的著作，我韩起祥也没有今天。"刘少奇同志的《论共产党员的修养》的初版本和修改本，他都反复学习过。最近几年，他又认真学习了周恩来、朱德、邓小平、陈云等中央领导同志的著作。他经常关心时事政治。为了及时了解国内外形势，他在外演出时常常带一个收音机。他说，政治和时事学习是不可缺少的；

学好了，才能不断提高认识，跟上形势，把工作做好。

他甘当群众的小学生，每到一个地方都注意向群众学习，特别注意向先进人物学习。同时他经常注意了解各种人物，留心各种事情，学习各种知识。像犁地那样的活他不能做，也要拿个镢把，跟在犁地人的后头来回地走。他说，这样可以尝尝犁地的滋味，写到犁地就好写了。他对于群众的语言很感兴趣，认为群众的语言最丰富，最生动，最能表现群众的生活和思想感情。他把群众口头上流行的最好的语言都默默地记在心里。

他刻苦学习文化。自从学会盲文，掌握了这个文化工具之后，学习的热情更高了。这些年来他读了许多书，增长了不少文化知识。文学作品，如《把一切献给党》《谁是最可爱的人》《林海雪原》《红岩》和革命回忆录《王若飞同志在狱中》《胸中自有雄兵百万》等，他都读过了。他说，这些方面的学习，对于扩大自己的眼界、提高思想水平和创作能力，都很有益处。他总觉得自己要学的东西还很多，一定要活到老，学到老。

至于对各种曲艺的学习，他从来不肯放松。每次和各地曲艺界接触，他总是虚心地听取别人经验，向别人请教。征求人们对自己的演唱的意见。对别人的演出，他也尽可能多听，注意从兄弟曲种中吸取营养，丰富和提高自己的演唱艺术。

几十年来，韩起祥为人民做了许多工作，但他从不自满，坚持以革命文艺工作者的标准要求自己。革命的前进道路是无止境的，他为社会主义、共产主义事业奋斗的雄心壮志也是不可限量的。在今后的工作中，他将会创造出更多的优秀作品，为党和人民做出更大的贡献。

（本文重要章节曾在《曲艺》1963年3期发表，后经补充修改，收入《新曲艺文稿》，中国曲艺出版社1985年出版）

“我要为人民说唱一辈子”

——悼念韩起祥同志

忽然传来韩起祥同志逝世的噩耗，真使人感到无限哀痛！

韩起祥同志是一九四二年延安文艺座谈会后涌现出来的一位卓有成就的说书艺术家。在中国文学艺术工作者第一次代表大会上，韩起祥同志与王尊三同志一起作为解放区民间艺人的优秀代表和说书能手，受到人们的赞扬。我读过韩起祥同志的一些作品，还读过林山等同志撰写的关于改造陕北说书和介绍韩起祥的文章，韩起祥的名字早就给我留下难忘的印象。一九五三年秋天，在中国文学艺术工作者第二次代表大会期间，我有幸与韩起祥同志相识，并从此成为很好的朋友。他给我详细讲过自己经历的许多事情，他有什么心事也愿意同我交谈。从长期的交往中，我逐步加深了对他的为人和艺术成就的了解，也深深为他的事迹所感动。我觉得，韩起祥同志的确是新曲艺发展史上一位杰出代表，不愧是民间艺人的一面旗帜。

关于介绍韩起祥同志的经历和事迹的文章，许多同志都写过，我也写过，不再重复，我只想概括地讲讲韩起祥同志给我的最深刻的印象，也是我认为最值得人们学习的地方。

“我要为人民说唱一辈子。”这是韩起祥同志的誓言，也是他的艺术实践的最好写照。几十年来，无论是革命战争年代，还是社会主义革命和建设时期，他始终遵循党和毛泽东同志指引的文艺方向，为人民而创作，为人民而演唱。特别值得称道的是，他心里时刻想着广大农村，把为农民说唱当作自己的光荣职责。可以想见，一个盲艺人长年累月深入山区农村说唱，困难是很多的。比如说，山路的崎岖艰险就是一个很大的困难。生活也很艰苦，饥一顿饱一顿是常有的事。然而这些困难从来没有难倒过韩起祥同志。他几十年如一日，爬山越岭，走乡串户，不知付出多少辛苦、多少心血。韩起祥同志年逾古稀，由于健康情况不好，不可能再长年说唱了，但他的心依然和千千万万人民群众的心贴在一起，总是争取多到农村走走，为群众说唱一些新书、好书。这是什么精神？我看，这就是全心全意为人民服务的精神！有了这种精神，才能真正做到为人民创作，为人民演唱；才能艰苦奋斗，以苦为乐。我认为，这也是文艺工作者最宝贵的思想品质。

韩起祥同志是编演新书的闯将。陕甘宁边区改造陕北说书的工作能够开展起来，并且取得显著成绩，一个很重要的原因，就是韩起祥同志起了先锋和表率作用。几十年来，他始终不渝地坚持党的文艺方向，努力表现新的人物、新的世界，通过自己的创作和演唱去鼓舞、激励人们前进的意志，活跃人们的文化生活。他经过新旧两个时代，始终生活在人民中间，熟悉和了解人民。他热烈地爱着所爱，强烈地恨着所恨。因此，他创作和演出的许多作品都有着深厚的乡土气息、强烈的时代感和革命的激情，给人们以鼓舞、启发和积极向上的力量。他在艺术上也勇于改革创新。陕北说书同其他传统说唱艺术一样，有精华也有糟粕，的确需要不断改革创新。要表现新时代、新人物，适应听众不断增长的艺术欣赏要求，尤其需要改革创新的勇气，并付诸实践。韩起祥同志正是坚持这样做的。他不但在语言上努力学习、提炼、运用活在群众中的生动活泼、有艺术表现力的语言，尽可能剔除陈词滥调；在人物描写、故事结构和音乐唱腔以及乐器的配置、使用等方面，也进行了许多可贵的创造性的劳动。所以，他的演唱使人感到刚健清新，具有动人心魄、催人奋进的力量。

韩起祥同志勤奋刻苦的学习精神和工作精神令人敬佩。从一个普通盲艺人锻炼成长为一位优秀的说唱艺术家，同一位不是盲人的艺术家相比，不知要克服多少倍的困难，付出多少倍的心血和劳动！如果没有坚强的革命责任感和事业心，如果没有极大的毅力和韧性，要取得辉煌的成就是不可能的。他学会盲文以后，学习、工作的劲头更大了。他用手一个字一个字地摸着盲文版书刊读了许多东西，有些重要著作还反复地读，而且读得很认真。他的有些作品也是按照盲文写作的要求一个字一个字地在纸版上扎出来的，有些作品还要用这种办法一遍一遍地修改，从不嫌麻烦。他还经常利用收音机收听新闻、文艺节目和知识讲座等，以增加对国内外情况的了解，丰富各方面的知识。正是由于这样勤奋刻苦地学习和工作，他才在相当大的程度上克服了盲人的局限性，不断提高了自己的思想理论素养和文化艺术素养，把自己的聪明才智发挥出来。

韩起祥同志始终保持和发扬了谦虚谨慎、艰苦朴素的好作风。在革命战争年代是这样，在和平时期也是这样。他有惊人的创作才能，新书说得很好，曾多次受到毛泽东、朱德、周恩来等中央领导同志的称赞和人民政府的表彰；他还先后担任中国曲艺研究会副主席、中国曲艺工作者协会副主席、中国曲艺家协会副主席、中国人民政治协商会议全国委员会委员、中国文学艺术界联合会全国委员会委员和陕西省文联副主席等职务，是国内外知名的艺术家，而他始终牢牢记住自己是一个革命的文艺工作者，是一个普通共产党员，时时处处严格要求自己，深入群众，与群众同甘共苦，虚心向群众学习，向同行学习，从不居功自傲，从不摆架子，讲排场；他和群众的感情很深，无论走到哪里，除了热心为群众说唱外，还关心群众的疾苦，尽可能为群众多做好事。所以，他走到哪里，就很快地与那里的群众打成一片，成为大家的贴心人。这也是他能够受到人们的尊重并不断获得艺术创造源泉的根本原因。

总之，韩起祥同志在党的领导下所走的道路，是一条革命的道路，光荣的道路。他所取得的成就是卓越的，他忠诚于党的文艺事业，全心全意为人民服务的思想品质尤其值得人们学习。我深信，曲艺界出现的韩起祥式的人物越多，我国的社会主义曲艺事业就越能飞跃地向前发展，取得更加光辉的成就！

（原载《人民日报》1989 年 10 月 11 日）

回忆王亚平同志

王亚平同志是我国著名诗人、作家，毕生献身革命文学事业，成就卓著；他还长期致力于曲艺创作和曲艺改革工作，并为中国曲协的创建和发展，做出坚持不懈的努力。他离开我们已经二十五年了。想起他许多往事，我常常百感交集，思绪万千，心情难以平静。

一

亚平同志于一九〇五年生在河北省威县黄神庙村一户农民家里，离我家只有几里地。我记事的时候他已远离家乡，但乡亲们还是常常提起他。我的小学老师高珉庵先生是他的同学和挚友，曾不止一次地称赞他天资聪敏，勤奋好学，思想很进步，新诗写得好。我参加工作后，高珉庵老师还给我讲过亚平同志的坎坷经历和新诗创作：在河北省立邢台师范读书时，受五四新文化运动的影响，积极参加学校和社会的进步活动，闹过学潮，险些被学校开除。毕业后曾回威县教小学，又因反对国民党右派县党部而遭到县政府威胁，逃往塘沽，在一所铁路小学教书。他酷爱新诗，创作了不少诗歌作品，并在北平、天津一带与袁勃等组织左翼文艺团体，担任中国诗歌会河北分会负责人，主编诗刊。后到青岛，与老舍、洪深、王统照、臧克家、孟超等一起编辑报纸副刊《避暑录话》，因筹备纪念鲁迅逝世周年活动和发表对现实不满的文章，又遭到反动当局通缉，被迫东渡日本，在东京早稻田大学攻读文学，继续从事新诗创作和爱国进步活动。一九三七年七七事变，他即与郭沫若先生同船回国，积极投入抗日救亡的斗争，创办了诗刊《高射炮》，创作、发表了许多揭露日寇侵略罪行和鼓舞抗日军民浴血奋战的诗篇；随后又报名参加钱亦石同志为队长的战地服务队，与何家槐、林默涵、孙慎、麦新等一起，转战江苏、浙江、湖南、湖北等省，进行抗日救亡宣传。“把身心寄托给火线，用生命换取血写的诗篇！”后到重庆，继续从事新诗创作和爱国进步活动。高老师对我说，你不是喜欢文艺吗？要读亚平的诗。我读了亚平同志的诗集《都市的冬》《海燕的歌》《十二月的风》和他主编的《诗歌季刊》《诗歌新辑》。《都市的冬》是他在一九三五年出版的第一本诗集，郭沫若题写书名，蒲风作序，新波等作木刻插图，选收了近三年来创作的四十多篇作品，主题鲜明，感情热烈，语言清新明快，真实地反映了城乡劳苦大众特别是农民的苦难及其呐喊与抗争；《海燕的歌》和《十二月的风》，则在揭露旧社会黑暗的同时，预示了希望和光明，给人以前进的力量。我很喜欢他的诗。他在诗刊发表的关于新诗要走革命现实主义和大众化道路的主张，我也极为赞同。在我的心目中，王亚平是一位抱有热烈的革命情怀和爱国精神，意志坚强、勇于开拓进取并带有传奇色彩的诗人，对他的敬慕之情油然而生，也为家乡出现这样一位诗人而感到欣幸和光荣。

二

一九四六年七月，正当国民党反动派大举进攻解放区的时候，新华社发表消息说，诗人王亚平因不满国民党反动统治，冲破种种封锁，毅然从重庆来到晋冀鲁豫边区，主持冀鲁豫文联工作。我从报纸上看到这个消息分外高兴，就给他写了一封信，表示祝贺和敬佩，并附上一篇诗稿请他指教。很快他就回信说："来信收到，不胜欣喜！以后不必称我先生，称同志或大哥均可。"并鼓励我"学习毛主席《在延安文艺座谈会上的讲话》，加强同群众的联系，走文艺大众化的道路"。我感到十分亲切。从此，我们一直保持着书信联系。

我和亚平同志见面是在一九四八年秋天，他从西柏坡开完华北文艺座谈会回家乡探亲的时候，一见面他就紧紧握着我的手，好像久别的朋友见面一样，非常高兴。他一路风尘仆仆，面带倦容，显得有些黝黑而清瘦，但精神很好，像年轻人那样富有朝气和热情。他长我二十多岁，像老大哥一样和我亲切交谈，给我很多鼓励，也给我讲了他远离家乡后在中共地下党领导下从事进步活动的一些情况，特别是一九四六年在南京梅园新村由钱瑛同志和戈茅同志介绍、经中共中央南方局批准入党和周恩来同志接见他的情况。他激动地说，是党指引自己走向革命的道路，给自己新的生命。我很早就向往革命根据地，来到晋冀鲁豫边区后，中共冀鲁豫区党委要我主持冀鲁豫文联工作，创办并主编《平原文艺》和《新地》月刊，开展群众性的文艺活动。这里有一马平川的原野，有奔流不息的黄河，有勤劳勇敢的人民，也是革命的根据地。在这里，我参加了轰轰烈烈的土地改革、支援前线、打倒蒋介石、解放全中国的伟大斗争，获得了取之不尽、用之不竭的创作源泉，创作了一些诗歌和曲艺作品；同时在冀鲁豫文联成立了民间艺术部，把全区民间艺人组织起来，对曲艺等群众喜闻乐见的艺术进行改革，自己也从中学习到许多宝贵的东西。其实，我们只是做了一些应当做的工作，中共中央华北局还给予表扬和鼓励。在党领导的解放区，我才更深切地感受到党对知识分子和文艺工作的重视和关怀，从而获得充分发挥自己的聪明才智的机会。他对党对解放区人民的热爱和感激之情，溢于言表，使我深受感动。他还说，无论是写诗，还是写小说，都需要向民间文艺学习，赵树理等同志就做得很好。他对我从事文艺工作的愿望表示很理解，同时鼓励我做好本职工作，说搞文艺创作，不一定在文艺单位工作；当然，到文艺单位工作，在接触文艺界的同志和研究文艺问题等方面会有更多的机会，但最重要的是，深入人民生活，努力提高自己的思想文化修养，加强艺术实践。他最后鼓励我努力学习和工作，争取早日加入中国共产党的队伍。这次见面，给我留下毕生难忘的印象。

三

一九四九年春天，亚平同志调到北京工作，先后担任《人民日报》文艺版主编，《新民报》总编辑，中共北京市文委委员、市文艺处处长、市文联党组书记及秘书长，《说说唱唱》副主编，兼任中国曲艺改进协会筹备委员会常务委员，中国作家协会理事及通俗文学组负责人，大众文艺创作研究会副会长等社会职务。我们除通信联系外，一九五〇年秋天，我到北京看望华北军区一位患病的朋友，也看望了亚平同志。他很重乡情、友情，白天很忙，晚上留我住在北京市文联，一直谈到深夜。他非常怀念在冀鲁豫解放区工作的那段时光，觉得解放区真正是人民翻身解放当家作主的好地方，到了那里，心胸开朗，精神振奋，使自己获得新的生命与活力，工作最有意义。谈到来北京后的情况，他深情地说，北京是新中国的首都，是全国政治文化中心，党派自己参与北京市的文化艺术工作，感觉很荣幸，也深感责任重大，困难很多；虽然自己尽心尽力地工作，还是时感水平有限，力难从心。他还表示，如有机会希望我到北京工作。一九五一年秋天，我调北京工作，就是亚平同志推荐的。

从一九五一年秋天至一九五五年夏天，我一直在亚平同志领导下工作。最初在中国曲艺改进协会筹备委员会工作，亚平同志受协会主任委员王尊三同志和副主任委员赵树理同志的委托，实际负责筹备委员会的工作，我协助他们处理日常工作。北京文艺整风后，调我到北京市文联，同样在他的领导下工作。他也是我的入党介绍人之一。一九五三年，我协助王尊三、赵树理和亚平同志筹建中国曲艺研究会，亚平同志当选为副主席兼秘书长，我任秘书主任兼创作编辑室主任。他的主要工作和党的组织关系、行政编制虽然在北京市，但仍是研究会主要负责人之一。我们经常一起研究工作，也不断谈心，更加深了彼此的了解。他的勤奋、刻苦，勇于开拓进取和不知疲倦的工作精神，坦诚、豪放的性格和广交朋友、乐于助人以及热心提携青年的作风，深得人们的赞许。在他和老舍、赵树理、李伯钊等同志的共同主持下，北京市文联、文艺处的工作很活跃，凝聚力很强。许多著名作家艺术家，如丁玲、林默涵、萧三、艾青、田间、臧克家、梅兰芳、徐悲鸿、王尊三、连阔如、罗常培、马烽等，都积极参加北京市文联、文艺处举办的创作研究活动；许多文艺青年和爱好者也常来这里投稿、请教，听每周一次的文艺讲座。北京市文联、文艺处所在地霞公府十五号，真正成为以文会友、谈文论艺的地方，名副其实的“文艺工作者之家”。

在那几年，亚平同志一天到晚忙于党务、行政、编辑等工作，出席各种会议和社会活动；但仍然挤时间进行诗歌创作，热情歌颂解放区和新中国的新人新事新面貌，出版了《黄河英雄歌》《李秀真传歌》《穆林女献枪》《春云离婚》《第一支颂歌》《青春的中国》和《王亚平诗选》等诗集，其中有些诗作被翻译到国外。他和赵树理同志一样，重视曲艺和戏曲改革，努力贯彻“百花齐放、推陈出新”的方针，创作和改编了唱词《张羽煮海》，戏曲剧本《女教师》和《张羽煮海》，改写了唱词《打黄狼》《蓝桥恨》《百鸟朝凤》《黑姑娘》，整理了山东快书《武松打虎》以及根据普希金的叙事诗改编的唱词《老婆子和小金鱼》等，发表和上演后，受到读者、听众的欢迎和文艺界的好评。他赞赏赵树理的观点，认为好唱词就是能唱的好诗；好评书好话本就是能说的好小说。写出好的曲艺作品并不容易，不但要有较高的文学修养，还要懂得演唱的规律和特点。曲艺创作和文学创作，应当同样受到重视，而不应当抱有旧的偏见，重视文学而轻视曲艺。他把自己创作和改编的唱词结集出版时定名为《中国说唱诗》，就是出于这种考虑。他还把近几年来发表的关于曲艺、戏曲改革的讲话和文章结集出版，定名为《从旧艺术到新艺术》。

人无完人，金无足赤。亚平同志在工作中也有缺点和错误，但一经组织和同志们指出，他就认真考虑，进行自我批评。如一九五〇年他创作的《愤怒的火箭》一诗受到批评后，很快就做了检讨。又如一九五二年北京文艺整风时，他作为北京市文艺工作的主要负责人，认真检查了《说说唱唱》编辑工作及其他工作中对一些作品要求不高、把关不严的问题，并以《为彻底改正通俗文艺工作中的错误而奋斗》为题在报刊上发表了个人署名文章，做了公开检讨。

四

天有不测风云，人有旦夕祸福。万万没有想到，一九五五年夏天“胡风反革命集团”错案发生不久，亚平同志就受到牵连，被关在草岚子监狱隔离审查。很快，《人民日报》又刊登了北京市文联主办的《北京文艺》即将出版的要目广告，要目第一篇标题为《剥下反革命分子王亚平的伪装》，署名王正平。我和许多了解他的同志和朋友看到这张报纸都极为震惊，百思不得其解。这时，我临时负责中国文联肃反五人领导小组办公室的工作，中国文联党组书记、副主席、肃反五人领导小组组长阳翰笙同志和我谈及此事，也双眉紧皱，连说亚平在重庆不顾个人安危，积极参加党所领导的进步活动，并积极要求入党的情况，我是了解的；他到解放区和到北京以后的情况，我也是了解的；他的诗我也读过一些。他是拥护党的，怎么会是反革命呢！他还说，在政治运动中受牵连、受委屈的事情是时有发生的，事情总会弄个清楚。没过几天，有一个人看到《北京文艺》的广告后，就写信检举揭发王亚平的“罪行”，并诬告我和反革命分子关系密切，应进行审查。对此，阳翰笙同志也未予理睬。距离《人民日报》刊登《北京文艺》要目广告的时间一周左右，北京市文联又在《人民日报》声明以前所刊载的广告作废，但未对亚平同志正名，消除广告造成的恶劣影响。因此，许多人对王亚平是何等样人还是半信半疑，以至亚平同志被解除隔离审查之后，还对他存有疑虑，不敢或不愿意和他接近。亚平同志的夫人刘克顿同志在抗日战争初期就参加革命，是一位忠实积极的共产党员，时任北京市西城区妇联主任，也因受亚平同志的牵连，调离领导工作岗位。

一九五七年一月，亚平同志虽被解除“隔离审查”，但未做平反结论，未恢复工作和党组织生活。他原在霞公府十五号的办公室兼宿舍也另作他用。他和刘克顿同志及孩子住在王府大街报房胡同北京市妇联职工宿舍一间简陋而狭小的房子里。我前去看他，他紧紧和我握手，一时说不出话来。一年多的折磨，他消瘦了许多，精神也显得有些呆滞。我劝他想开些，事情总会一天一天好起来。他恳切地说，这些年我虽然努力工作，但还是有缺点有错误的，我愿意接受党的教育乃至处分，只是希望留在党内，继续在党的领导下好好工作。看来他的心事十分沉重。中午，他亲手和面擀面条，炒了一盘素菜，我们边吃边谈，他的心情才逐渐好转。他一直祈盼着党组织能对他的问题做出结论，让他恢复组织生活和工作，半年过去了，仍无下文，他很苦闷。我想，他这时还是中国曲艺研究会副主席，何不让他临时到研究会参加一些学习和艺术活动？在征得王尊三、赵树理和陶钝等同志的同意之后，就给亚平同志腾出一间办公室，请他随时到这里参加学习和艺术活动。他被解除隔离审查后一直谨言慎行，在一九五七年的反右派斗争及其他政治运动中，都“过关”了，但北京市还是把他挂在那里。研究会向中共北京市委宣传部询问：亚平同志的问题是什么性质？如是内部矛盾问题，可否调到中国曲艺研究会工作？他们的答复是：亚平同志的问题是党内问题；同意调到中国曲艺研究会工作。经研究会研究决定，并报中国文联党组转中共中央宣传部批准，亚平同志于一九五八年九月调到中国曲艺研究会工作。北京市文联表示，亚平同志的组织关系以后转来。没有想到，一个月之后转来的却是《王亚平问题的处理决定》，将亚平同志工作上、作风上的一些缺点错误加以夸大，无限上纲，决定开除其党籍，给予行政降三级处分，并在中共北京市委党刊《北京工作》上发表。这对亚平同志来说无疑是空前沉重的打击。我和不少同志都为他感到冤屈和不平，又十分无奈。这时，中国曲艺研究会已改建为中国曲艺工作者协会，亚平同志虽然被安排为常务理事和研究室主任，但很难担任实际的领导工作。好在亚平同志是位历经磨难、意志坚强，又有着坚定的理想和信念的人，他忍着痛苦，怀着希望，继续沿着党所指引的道路奋力前行，一如既往地关心和致力于曲艺事业和协会工作。他深入黄河两岸体验生活，调查农村曲艺的情况和问题，认真撰写曲艺评论文章，创作了许多诗歌作品，出版了《写在母亲像前》《灿烂的星辰》等诗集；与王尊三同志一起，根据孟姜女的故事创作了长篇唱词《孟姜女》等曲艺作品，出版了《百鸟朝凤》曲艺集。他如往常一样，每逢朋友来，尽管手头很紧，还是备点酒菜，对坐小酌，谈心论文；每当文艺青年和读者来访，他都热情接待，他说年轻人有朝气，能让他的生活增添生气和希望。然而，人情世态是复杂的。他尽管性格坚强，心胸开朗，但想到自己背上的沉重包袱和某些人的另眼相待，也时感孤独、惆怅和伤痛。他最大的心事就是何年何月才能回到党的队伍。他写的短诗《期待》就表达了那时的心情，是那么真诚，那么执着，那么满怀着希望，又那么苦涩！每次见面，他总是问我这么一句话：不知什么时候能回到党的队伍？每次听到这话都引起我的同情和感慨；但是，我只能这样回答：这一天总会到来的！然而，这一天何年何月才能到来呢？在当时的情况下，实在很难回答。只有一些真正了解他关心他的同志和朋友，才能理解他的这种心情；也只有好友相聚的时候，才能使他从苦苦的追求和期待中获得暂时的慰藉。

五

更出乎意料的是，一九六六年夏天，“文化大革命”开始，一场浩劫席卷大地。亚平同志虽然没有被当作走资本主义道路的当权派关进牛棚，但也被强加上种种罪名，横遭批斗和凌辱。家被抄了，一九五八年用自己的稿费买的房子大部分被霸占了，一家人被挤到南面的三间小屋里，生活也更加艰难。文联和各协会被“砸烂”，除病残者外，工作人员统统被赶进“五七”干校劳动，接受教育和改造。亚平同志因为患有肺哮喘病，被放在留守处做些事务性工作。一年到头，他不避寒暑，不辞辛苦，骑着自行车走门串户，及时把信件、工资送到职工家属手里。这十年真是最难熬的十年。他感到极大的压抑和痛苦，但他的理想和信念还同往日一样坚定，相信这样的日子总有结束的一天。他每天坐在不足八平方米的小屋里认真读书学习，深入研究毛主席诗词和鲁迅著作，写下二十多万字的学习笔记，还撰写了一些回忆文章，为现代文艺史留下宝贵的资料。“文化大革命”后期，情况稍有缓和，他先后看望了素所崇敬的郭沫若、茅盾等前辈，并时与戈茅、臧克家、艾青、田间、姚雪垠、端木蕻良、柳倩、方殷等好友重聚谈心，互相劝勉鼓励，他的心情也随之开朗一些。孰料政治局势又迅速逆转，“四人帮”继续横行，他对党和国家的前途深感忧虑。周总理、朱总司令、毛主席等老一辈无产阶级革命家相继去世，他更感到极大的悲伤。

六

一九七六年十月，党中央一举粉碎“四人帮”，全党全国人民欢欣鼓舞。亚平同志像重新获得解放一样，心情振奋，诗兴大发，情不自禁地拿起笔来，歌颂人民的胜利，歌颂党的十一届三中全会以来祖国发生的新变化新面貌。看到许多冤假错案正在得到纠正和平反，他回到党的队伍的愿望也更加迫切。按照中央有关规定，亚平同志错案的复查工作由当年所在单位北京市文联负责，事情却又是那么曲折和艰难，时间过去了一年多还未能平反。他很着急，我也很着急，曾多次询问北京市文联。负责复查亚平同志错案的李克同志是我很要好的一位同志和朋友，他告诉我，参加复查工作的同志态度是积极的，工作也不断有所进展，徐光霄、段君毅、徐运北、张磐石、周扬、胡乔木等许多老同志都写了证明材料，证明亚平同志的政治表现是好的，工作是很有成绩的；已将平反报告送中共北京市委审批。亚平同志像盼星星、盼月亮一样终于盼来了这一天。一九八一年一月，北京市委决定为王亚平同志彻底平反：恢复党籍，恢复原级别待遇。当我和同志们向他表示祝贺的时候，只见他热泪盈眶，激动不已。茅盾、萧三、臧克家、艾青、田间、李季、姚雪垠、端木蕻良等文艺界许多老同志老朋友也纷纷以不同方式，祝贺他重新回到党的行列。这时他已是年近八旬的老人，又患严重的肺哮喘病，身体十分衰弱，但重新焕发出来的革命激情和青春活力却不减当年，正如他在《火光》等抒情诗中所说:“我心里有一点火光，这火光点燃着希望”,“我的心和手将在党的事业中贡献力量！”不幸的是，他正在争分夺秒、不知疲倦地写诗撰文,“为四化加砖添瓦”的时候，哮喘病复发，抢救无效，抱着极大的遗憾，于一九八三年四月六日与世长辞，享年七十八岁。

这时，我正在郑州主持中国曲艺家协会召开的全国农村曲艺座谈会。亚平同志逝世的噩耗传来，我几乎不敢相信自己的耳朵。往事历历，如在眼前。没想到他这样过早地故去，我深感悲伤和遗憾！与会人员大都是亚平同志的朋友和相熟的同志，也莫不感到痛惜。会议结束后，我就立即赶回北京，筹备亚平同志的治丧事宜。

亚平同志追悼会于四月十五日在北京八宝山革命公墓举行。习仲勋、胡乔木、周扬、傅锺、贺敬之、阳翰笙、谢冰心、林默涵、陈荒煤、张光年、乔明甫、张磐石等同志和中国文联、中国作协、中国曲协、中国剧协、北京市文联、中共威县县委等单位送了花圈，周扬、段君毅、徐运北、林默涵、徐光霄、艾青等各界知名人士，亚平同志生前友好三百多人参加了追悼会。追悼会由文化部副部长周巍峙同志主持，中国文联副主席、中国曲协主席陶钝同志致悼词，回顾了亚平同志在革命的大道上勇往直前、艰苦奋斗的人生历程，赞扬了他对我国革命文艺、社会主义文艺所作的重要贡献。在低回的哀乐声中，大家怀着沉痛的心情送别亚平同志。

亚平同志一生，始终与祖国和人民共同着命运，是战斗的一生，革命的一生。我认为，他走过的道路和留下的许多宝贵的东西，很值得我们学习和研究。当回顾和撰写中国现代文艺史的时候，人们不会也不应当忘记王亚平这个响亮的名字。

（原载《曲艺》2008 年 11 期）

回忆陶钝同志[①]

今天，我们怀着深切思念和崇敬的心情纪念陶钝同志诞辰一百周年。

陶钝同志是我们党的老同志，是一位著名的文艺家和曲艺界的良师益友。陶钝同志的一生，是追求真理、追求进步的一生，是革命的、为人民服务的一生。在学生时代，他就受到五四运动进步思想的影响，学习马克思主义，并在中国共产党的创始人李大钊和国民党左派路友于的指导下，积极参加了反帝反封建的革命斗争。一九三一年光荣地参加了中国共产党，从此更加自觉地投入我国人民争取民族解放和建设社会主义新中国的洪流，为发展革命的、社会主义的文学艺术事业做出宝贵的贡献。

陶钝同志热爱民族文化和人民大众喜闻乐见的曲艺、戏曲艺术。在山东工作期间，他就十分重视弘扬民族文化，为改革和发展曲艺戏曲艺术做了大量艰苦

---

① 本文系作者2002年4月在纪念陶钝同志百年诞辰座谈会上的发言。

的工作，并创作了《杨桂香鼓词》等曲艺作品。吕剧的形成和发展也得到过他的帮助和指导。一九五五年，陶钝同志在担任山东省文联副主席时奉调来京，先后担任了中国曲艺研究会副秘书长、秘书长，中国曲艺工作者协会副主席。我在和陶钝同志长达四十多年的接触中深深感到，他对曲艺工作怀有着强烈的责任心和事业心。他一直认为，要建设有中国气派、中国作风的新文艺，必须继承、发扬中华民族的优秀文化传统和革命文艺传统；要使文艺为人民服务，就绝不应当轻视曲艺和戏曲艺术。在工作中，他坚持以毛泽东同志《在延安文艺座谈会上的讲话》为指导，认真贯彻党的文艺方针，在传统曲艺收集整理工作、新曲艺创作、曲艺理论研究、曲艺编辑出版和曲艺队伍建设等方面，都取得了显著成绩。“文化大革命”开始后，他遭到“四人帮”的严重迫害，在环境极其艰难的情况下，仍然心系曲艺。粉碎“四人帮”之后，他虽然年迈体弱，精神却不减当年。他先后当选为中国文联副主席、中国曲艺家协会主席，并作为特邀人士担任全国政协第五届委员，继续为繁荣曲艺、建设中国特色社会主义文艺尽心尽力；中国北方曲艺学校和中国艺术研究院曲艺研究所的成立以及中国曲艺出版社的创办，也都是与他的积极努力分不开的。他病重期间，仍然惦念着曲艺工作，直到生命的最后一刻。

陶钝同志坚持深入实际，调查研究。无论是在山东省工作期间，还是到北京工作以后，他经常到书场、茶社等曲艺演出场所观看曲艺演出，听取演员和听众的反映和意见。每年还要到外地考察曲艺工作，了解“整旧创新”的情况、经验和问题。他热心帮助曲艺作者和演员，鼓励和指导他们提高创作演出的思想艺术质量。许多作品，如扬州评话《挺进苏北》等的创作、传统评书《岳飞》等的整理和演出等，都得到过他的悉心指导。他的确是曲艺工作者的良师与益友。他对自己生活战斗过的农村和广大农民更抱有深厚的感情，每年都要到山东农村深入生活，了解农村的变化和农民的需求。他常说，农民在全国人民中占大多数，尤其是战争年代的革命根据地，农民的贡献很大，永远不应当忘记他们。只有熟悉农村和农民，才能写出反映农村面貌和农民的生活与思想感情、为广大农民所欢迎的作品。他的短篇小说集《上升》、长篇小说《为了革命的后代》和《小鬼的故事》、散文集《故乡十记》等，都是在深入生活的基础上创作出来的。

陶钝同志始终保持着艰苦奋斗的作风。在学习、工作和生活上，他对自己的要求十分严格，从不搞特殊化。他的工作报告、讲话、发言和文章，都是自己动手，从不让别人代劳。他写的东西都是根据实际情况和工作的需要有感而发，有的放矢，不讲空话、套话。他还挤时间进行文学创作，每天早上班一两个小时进行创作，从不因创作影响工作。他的小说和散文等都是这样挤时间写出来的。他的文风朴素、简洁、流畅，别具风格。他长期主持协会工作，一直强调精兵简政，勤俭办事，反对衙门化，反对铺张浪费。他从不追求个人享受。一九五五年到一九八二年，他一直住在相当简陋的职工宿舍三间平房里，同老伴一起过着普通劳动者的生活，不但从不叫苦，而且甘之如饴。他常说，一个人事业上要向上比，生活上要向下比；甘于清苦，甘于奉献，才会保持良好的精神状态。这是多么高的精神境界！

陶钝同志离开我们已经六年了，他的音容宛在，风范永存，给我们留下许多宝贵的东西。我们要学习他的革命精神和优良作风，在以江泽民同志为核心的党中央领导下，团结奋斗，开拓创新，把社会主义文艺事业继续推向前进。

（原载《曲艺》2002年5期）

评书大家连阔如[①]

今天，我们怀着深切思念的心情纪念我国著名评书艺术家连阔如同志诞辰一百周年。

我是在一九五一年秋天与连阔如同志相识的，此后在中国曲艺改进协会筹备委员会和中国曲艺研究会工作期间，经常见面交谈；中间有一段时间，我到北京市文联和北京市政府文化事业管理处工作，也与连阔如同志时有接触。他的人品和艺术都给我留下难忘的印象。

我早就听说，连阔如同志在二十世纪三四十年代就以讲说《东汉》《水浒》《隋唐》《明英烈》等长篇评书著称。大家称赞他嗓音宽厚洪亮，表演精彩传神，书路正、水平高，而且善于讲评，是一位艺术造诣很深的评书艺术家。一九四九年北平解放后，他积极响应党的号召，遵循“推陈出新”的方针，对传统评书进行整理、加工，努力提高演出的思想艺术质量，同

① 本文系作者2003年9月在纪念连阔如同志百年诞辰座谈会上的讲话。

时认真改编、演出新评书，其中以反映红军长征为内容的《飞夺泸定桥》《强渡大渡河》和《智取娄山关》等节目，热情歌颂了中国共产党领导人民进行的艰苦卓绝的革命斗争，真挚地表达了人们对工农红军的崇敬和热爱之情，获得广大听众和文艺界的一致好评，并对曲艺改革产生了很好的影响。我多次在文艺团体举办的内部观摩演出中观赏过他表演的《东汉》中的《三请姚期》等片段和新评书节目，每次都为他的精湛表演所吸引；我同大家的感觉一样，连阔如同志的评书艺术的确不同凡响，别具风采，名不虚传。他演出评书的情景，至今还清晰地浮现在我的记忆中。

连阔如同志是曲艺界的优秀代表。他积极拥护中国共产党和人民政府，关心国家大事，为促进曲艺界的团结和进步，推动曲艺改革，做了大量的工作。一九四九年七月，他作为曲艺界的代表出席中国文学艺术工作者第一次代表大会，并当选为中国文学艺术界联合会全国委员会候补委员；他还是我国第一个全国性曲艺团体——中国曲艺改进协会的发起人之一，并被推选为该会筹备委员会副主任委员。同年十月，中华人民共和国成立后，他先后被推举为文化部戏曲改进委员会委员、北京市大众文艺创作研究会副主席、北京市文联常务理事，以及北京大众游艺社社长等职务，致力于曲艺改革和文艺普及工作。一九五一年三月，他积极参加中国人民赴朝慰问团曲艺服务大队，被任命为大队长，同京津两地曲艺演员、弦师等七十多人一起奔赴朝鲜战场，为中国人民志愿军慰问演出。在历时两个月的战火纷飞的战场上，他们不辞劳苦，不避艰险，胜利完成了任务，充分表现出曲艺工作者的爱国主义精神和战斗作风。常宝堃、程树棠二烈士就是在这次慰问活动中光荣牺牲的。连阔如同志和全队同志都为抗美援朝做出宝贵贡献，功不可没。一九五三年十月，连阔如同志出席中国文学艺术工作者第二次代表大会，当选为中国文学艺术界联合会全国委员会委员；同年，出席中国曲艺研究会成立大会，当选为中国曲艺研究会副主席。在此后的工作中，他都认真地履行了自己的职责。一九五四年，他作为曲艺界的代表被推选为中国人民政治协商会议第二届全国委员会委员，积极行使权力，反映社情民意，做了许多有益的工作。事实证明，连阔如同志是一位热爱中国共产党、热爱社会主义新中国、热爱劳动人民的卓有成就的曲艺家和社会活动家。一九五七年五月，北京市要他参加整风学习和座谈会；万万没有料到，他在反右运动中竟被错误地划为“右派分子”，受到极不公正的待遇。六十年代初，我在前门大街与他相遇，他显得很瘦弱，与过去相比判若两人，内心苦闷可想而知。粉碎“四人帮”后，得知他已于一九七一年病逝。这是曲艺界、文艺界的不幸和不可挽回的损失！

连阔如同志谦虚好学，勤奋敬业，也给我印象很深。在彼此交谈中，我得知他从少年时代起就勤奋好学，从多方面丰富自己的文化知识；成名后仍然刻苦自励，努力提高自己的文化艺术素养，深入钻研评书艺术，同时注意观察、了解社会并勤于思考。我想，这正是他讲说的评书具有一定的思想深度和较高的文化品格的根本原因。我们还可以从他在三十年代编著、出版的《江湖丛谈》中，看到他对诸多社会现象特别是江湖艺人行艺情况、北方大中城市游艺场所情况以及危害社会的江湖行当的黑幕和手段等的了解是多么深入，社会知识是多么丰富。限于当时的客观历史条件和主观认识水平，有些记述和分析难免有不尽准确、恰当之处，但是，正如中国曲艺出版社编辑部于一九八七年校订重版时对该书所写的前言所说，该书至今仍具有一定的认识价值和资料价值。北京解放后，连阔如同志在学习方面继续做出努力。一九五七年夏天之前，他经常到中国曲艺改进协会筹备委员会和中国曲艺研究会参加学习活动，交流学习心得和体会。有一段时间，他还着重阅读了宋代的一些史料和学术著作，打算运用新的历史观点改编一部新评书《岳飞传》，并试写了几回，后因自己不满意而暂时停笔。他尊重同行，注意向同行学习。讲到同行的艺术，他总是多讲别人的优点、长处；讲缺点不足也出于善意，从不轻视和贬低别人。他多次谈道，“艺人相轻”是旧社会遗留下来的不良习气，不利于团结、进步，在新社会就要彻底抛弃这种不良习气。一九五五年，我同他一起到天津参加评书艺术家陈士和先生的追悼会。路上交谈时，他对陈士和先生的评书艺术特别是讲说评书《聊斋》的成就，一再表示钦佩，认为陈士和先生的评书《聊斋》很值得学习和研究。听到人们对他赞扬的话，他总是表示自己还有许多不足，希望多加指教，而绝不自吹自擂。他有很强的事业心和自尊心。在长达数年的接触中，我感到他把精力都集注在评书艺术和曲艺事业上，从未见他为个人的名利地位而到处奔走，吹吹拍拍，拉拉扯扯。连阔如同志这种谦虚好学、勤奋敬业的精神和尊重自己又尊重别人的思想作风，的确难能可贵，值得后人学习、发扬。

连阔如同志离开我们已经三十多年了，但他的精神和艺术依然和我们同在。我们对他的最好的纪念，就是要坚持以马克思主义、毛泽东思想、邓小平理论和“三个代表”重要思想为指导，在以胡锦涛同志为总书记的党中央领导下，弘扬中华民族的优秀文化传统，遵循先进文化的前进方向，团结奋斗、开拓创新，为人民奉献更多的高质量的好评书，把社会主义曲艺事业推向繁荣发展的新阶段。我深信，只要大家共同努力，我们追求的光辉目标一定能够实现！

（原载《曲艺》2003 年 10 期）

曲艺界的光荣

——纪念常宝堃、程树棠二位烈士牺牲三十周年

最近，天津市隆重举行了纪念常宝堃、程树棠光荣牺牲三十周年的活动，这是很有意义的。常宝堃、程树棠同志是我国著名的曲艺家，是在炮火连天的朝鲜战场上光荣牺牲的。

常宝堃，艺名小蘑菇，他以擅长表演相声而驰誉京津，深受广大听众的欢迎和喜爱。在旧中国，他憎恨帝国主义和国民党反动派。在日寇占领天津时期，他曾多次通过自己创作和演出的相声节目，巧妙而深刻地揭露和讽刺日本侵略者和汉奸卖国贼，表达了人民的心声。为此，日伪特务机关不止一次地对他进行传讯、拘押，但他从不向敌人屈服。在国民党反动派威胁他和曲艺界的朋友进行反共宣传的时候，他也表现得很好，不仅自己拒绝演出，而且为同行们出谋划策，使敌人的鬼蜮伎俩未能得逞。他的爱憎的感情十分强烈而分明。他不愧是一位正直的爱国的艺术家。

程树棠，是一位著名的曲艺弦师。他有较高的文

化修养，对曲艺音乐很有研究，又有写作能力。他在音乐伴奏方面的成就尤负盛名。他所演奏的节目，从内容到形式都有严格的要求。从不“迎合时尚”去迁就某些人的低级庸俗趣味。他为人正直、诚恳、谦虚，乐于助人。在乌烟瘴气的旧社会，他一直过着清苦的生活，保持着一个艺术家的节操，素为人们所敬重。

天津解放了，常宝堃、程树棠感到由衷的喜悦，表现出很高的革命热情，很快创作和演出了不少表现新时代、讽刺旧事物的曲艺节目。当美帝国主义发动了罪恶的侵朝战争，并把战火烧到我国边境的消息传来之后，他们立即响应党的号召，积极投入到抗美援朝的伟大斗争中去。当时，如果他们继续应邀到电台、书场演出，常宝堃每月可收入上千元，程树棠每月可收入七八百元，生活会是很优裕的，但他们不“向钱看”，不贪图安逸享受，而是把祖国的安危看得高于一切，毅然决然地报名参加了中国人民赴朝慰问团曲艺服务大队，到朝鲜前线慰问演出。他们时时处处以中国人民志愿军为榜样，不顾敌人炮火的猛烈轰击和敌机的狂轰滥炸，不怕道路的崎岖险阻，不论是白天还是黑夜都坚持演出。他们走到哪里，就把祖国人民对最可爱的人的深情厚谊带到哪里，把祖国建设的动人情景传到哪里，把歌颂抗美援朝伟大斗争的好节目演到哪里。他们通过演出给战士们送来了温暖和鼓舞；志愿军的英雄事迹和艰苦的战争环境也教育和感动了他们，更激发了他们的斗志豪情。在硝烟弥漫的行军途中，他们还在酝酿创作反映抗美援朝的伟大斗争的曲艺节目。不幸，他们在三八线附近的沙里院遭到敌机的扫射而英勇牺牲，当时，常宝堃才二十九岁，程树棠也只有四十一岁。党和人民政府为他们举行了隆重的追悼活动，并分别授予他们革命烈士的光荣称号，以表彰他们崇高的爱国主义和国际主义精神。这是他们的光荣，也是曲艺界的光荣，人民的光荣。

无产阶级的爱国主义过去曾是我们取得民主革命胜利的精神力量，在今天，也是建设社会主义的巨大精神力量。我们纪念常宝堃、程树棠同志，就要很好地向他们学习，发扬爱国主义精神，促进社会主义新曲艺的繁荣和发展，为实现祖国的社会主义现代化，培养社会主义新人而努力奋斗。

（原载《人民日报》1981 年 5 月 16 日）

高元钧及其艺术流派的辉煌

一九八〇年，是高元钧同志从艺五十周年。中国曲艺家协会和中国人民解放军总政治部文化部、中央人民广播电台于同年二月在北京联合举办了“高派”山东快书专场演出，揭开了“高派”艺术活动的序幕。中国曲艺家协会和中国人民解放军总政治部文化部、北京军区政治部文化部于七月下旬至八月上旬联合举办了祝贺高元钧从艺五十周年茶话会和“高派”山东快书演唱会、座谈会，集中展示了高元钧的杰出成就和“高派”艺术的辉煌，我和总政文化部副部长张仲彬、北京军区政治部文化部副部长张非等同志发起并组织了上述活动，感受颇深。

茶话会于七月二十五日在北京西山北京军区政治部驻地举行。总政治部副主任傅锺、中国曲艺家协会主席陶钝等有关方面负责人和文艺界有关人士以及高元钧的学生一百多人出席。大家在发言中回顾了高元钧五十年来走过的艰辛而曲折的道路，赞扬了他的人品和卓越的艺术成就；他的学生们讲述了高元钧对他们的亲切教导和无微不至的关怀，表达了对他的感激和敬重之情。傅锺同志在讲话中对高元钧倍加赞扬，最后用高昂的语调说，高元钧同志走的道路，是革命的道路，光荣的道路；高元钧同志是部队文艺工作者学习的榜样；有高元钧这样的好同志，是人民解放军的光荣。他的讲话引起大家的强烈共鸣，博得一阵阵热烈的掌声。傅锺还即席书写了“桃李满天下”五个大字，赠给高元钧同志，以表扬他在培养人才方面的突出成绩。高元钧在茶话会上倾听着领导同志的讲话和大家的发言，神情激动，眼含泪花，在会议将结束时，一再向同志们敬礼致谢。他深情地说：“我从一个山东快书艺人走上自觉地为人民服务的道路，成为一名革命文艺战士，全靠党和人民军队的培养教育，没有共产党和新中国就没有我的今天！我得到领导和同志们这么多的鼓励，我很感动。我还做得不够，今后一定继续努力，为指战员服务一辈子，为人民服务一辈子！”他从来不习惯在会议上发言，然而这短短的几句话，却道出了一位真诚的艺术家的心声。会后，高元钧和他的学生们还演出了精彩的节目，更增加了这次活动的喜庆气氛。

我对高元钧同志的了解是逐步加深的。一九五〇年，我就在报刊上读过关于高元钧及其演唱的《武松传》的评介文章，以及《人民文学》《说说唱唱》选载的《武松打虎》等作品。一九五一年秋天，我到中国曲艺改进协会筹备委员会工作后，王尊三、王亚平同志也向我介绍过关于高元钧的一些情况，都夸他演唱的山东快书不同凡响，人品也好，是一位很难得的艺术家，现在朝鲜前线慰问中国人民志愿军，最近回到北京后会到协会来。没过几天，果然有一位军人来到协会，站在门口高喊：“报告！高元钧前来报到！”此前，我曾在报刊上看到过高元钧的照片，隔窗一看，真是高元钧，我喜出望外，连忙开门请他进来，王尊三等同志也连忙前来，互相紧紧握手致意。这时的高元钧一身戎装，面色黝黑，表情严肃，活像一位领兵作战的将军，落座后交谈起来，他又显得那么亲切、憨厚、幽默，还有点天真。他谈到去朝鲜慰问中国人民志愿军的情况，给我留下难忘的印象。一九五二年，我到北京市文联工作，他多次到北京市文联与王亚平同志商量《武松传》的整理工作，也顺便到《说说唱唱》编辑部和我聊聊，说他将在全军文艺会演时演出几个节目，希望我看后多提意见。当年八月中国人民解放军第一届全军文艺会演在北京举行，他和他的学生们分别演出了《一车高粱米》《抓俘虏》《侦察英雄韩起发》《三只鸡》等歌颂中国人民志愿军英雄人物和战斗故事的节目，生动感人，充分显示出山东快书简便快捷、风趣活泼，而又刚健清新，擅长表现传奇故事和英雄人物的艺术特点。高元钧充满革命激情和艺术魅力的表演，更频频引起全场听众的热烈掌声。一九五三年我回到协会工作，高元钧先后当选为中国曲艺研究会理事、中国曲艺家协会副主席，由于工作关系，我和他的交往越来越多，相知益深。第一届全军文艺会演之后，高元钧和他的学生们继续创作演出了《侦察兵》《师长帮厨》《李三宝》《老将军让车》《长空激战》《张大发走娘家》《爱八方》《两样心肠》等优秀节目，以及许多生动活泼的小段。传统山东快书《武松传》也重新加工整理。在一九五八年文化部举办的第一届全国曲艺会演和一九六四年总政文化部举办的全军文艺会演中，高元钧和他的学生们都大显身手。他们经常深入部队演出，深受广大指战员的欢迎。部队各级文化领导部门把山东快书作为开展部队文艺工作的一种重要的文艺形式，陆续举办了多期训练班，由高元钧主讲，并做示范演出，培养了许多作者和演员。高元钧和他的学生们的艺术成就不但为曲艺界、文艺界所公认，而且形成一个风格独特、阵容强大的艺术流派，为曲艺界的继承、创新和发展提供了很好的经验。

高元钧的先进事迹也令人感动。二十世纪四十年代，他就接受进步思想的影响，自动抛弃“荤口”，改革山东快书艺术，并通过演出表达对国民党反动统治的不满和愤恨。新中国成立后，他决心做革命的文艺工作者，毅然放弃演出的高收入，参加到中国人民解放军的行列，不久又光荣地加入中国共产党，更加自觉地以共产党员的标准要求自己。从朝鲜战场到福建前线，从北大荒到海南岛，从高原到林海，从三线工地到地震灾区，哪里需要他就演唱到哪里，不辞劳苦，不计名利，表现出一个革命文艺工作者热爱人民、热爱人民军队、热爱社会主义祖国的崇高精神境界和全心全意为人民服务与艰苦奋斗的优良作风。他出身贫寒，不能上学读书，深感缺乏文化之苦，参加革命后，就努力学习文化，学习时事政治，刻苦钻研艺术，在继承优良传统的基础上不断创新，精益求精。郭沫若称赞他是“民间文艺的一面旗帜”；茅盾和王朝闻等也赋诗著文赞扬他的人品和艺术，但他始终保持着谦虚谨慎的作风，把大家的赞扬当作是对自己的鼓励和鞭策，从不骄傲自满，从不摆架子，走到哪里就和哪里的群众打成一片。他尊敬老师，曾多次谈到老师戚永立对他的教诲和关心，至今感念不忘。他尊重同行，谈到杨立德，他都以兄弟相称，要学习杨立德及其艺术流派的优点和长处。与其他著名曲艺家也都相处得很好，同台演出，从不计较出场先后。他认为，互相尊重，互相学习，才能共同提高，有利团结；“艺人相轻”是江湖上的坏习气，害人害己，应当彻底丢掉。他热心培养新人，凡是向他求教的，他不但把自己的知识、经验和艺术无私地传授给别人，而且教导他们如何做人。有的年轻人从外地来京求教，食宿有困难的，他还管吃住。他和学生们建立了新型的师生关系，相处得亲密无间，既当先生，又当学生，每有新节目演出，总是先征求学生们的意见。他多次表示，他演出的新节目，有不少都是学生创作的或与他们合作的，夸这些年轻人热情高，思想敏锐，有文化，能创作，值得自己学习。“文化大革命”开始后，他被诬为

“文艺黑线”的代表人物，遭到批斗，依然心系山东快书艺术。粉碎“四人帮”后，他怀着无比振奋的心情，重返文艺舞台，和他的学生们继续创作演出了许多优秀节目，在社会主义的文艺大道上再创辉煌。

在长期的交往中，我越来越深刻地认识到高元钧的确是一位杰出的人民艺术家；高派艺术也的确是一个风格独特、雅俗共赏的重要艺术流派。我同许多同志就此交换过意见，大家都有同感，并一致认为，通过适当方式宣传高元钧及其艺术流派，对于促进曲艺的继承、改革和发展，提高曲艺队伍的思想艺术素质，有重要的意义。举办高元钧艺术流派演唱会、座谈会，就是基于以上的考虑。

“高派”艺术演唱会和座谈会在青岛举行。数以百计的“高派”学生从四面八方赶来，个个欢欣鼓舞，都准备一试身手，接受各方面的检阅。高元钧被学生们前呼后拥，尊崇备至，更是满面堆笑，喜不自禁。此前，高元钧曾多次分别与学生们同台演出过，但举办如此隆重的演唱会，大家集中在一起演出，互相观摩学习尚属首次。演唱会在体育馆举行，场场座无虚席。高元钧每次出现在舞台上，全场都爆发出暴风雨般的掌声，他虽年近七旬，还像当年那样精神抖擞，激情满怀，连续演出五场，分别演出了《武松打虎》《鲁达除霸》《一车高粱米》《金妈妈看家》《抓俘虏》等十多个节目，全场观众为能直接欣赏到高元钧的演出而感到十分欣幸；高元钧看到广大观众如此欢迎山东快书也深受鼓舞。刘洪滨、刘学智、陈增智、李洪基、李延平、范延东、孙镇业、牛德增等数十位“高派”传人都演唱了他们的拿手节目，表现出他们为人民服务的热情和出众的才华，展示了“高派”艺术的风采。高元钧还和他的学生们深入当地驻军和工厂、农村进行慰问演出，并通过广播把山东快书的精品佳作送到千家万户，受到广大军民的普遍欢迎和好评。他们十分珍惜这次互相观摩、学习的机会，个个朝气蓬勃、奋发图强，又虚怀若谷，不骄不躁，随时交流经验，切磋艺术，互学互帮。他们的精彩演出和优良作风，受到部队和地方前来观摩的同志们的一致好评，说“高派”师生真是一个思想政治过硬、艺术过硬、作风过硬的群体，不愧是一支独具风采而又锐意创新、充满生机与活力的艺术流派，而高元钧更是一位德艺双馨和有很强的凝聚力、亲和力的艺术大师。有高元钧这样的人物，有“高派”这样的群体和艺术流派，是曲艺界的光荣和骄傲。

座谈会也开得很好，高元钧率先讲了他几十年来从艺的艰苦历程，特别是新中国成立后如何在党的关怀和领导下走向自觉地为人民服务、为社会主义服务的道路和在艺术上如何继承与创新的体会。他再一次感谢党和人民，感谢大家的帮助、指教和鼓励，激动地说，组织上在他从艺五十年的时候举办如此隆重的活动，是对自己和从事山东快书艺术的同志们的最大鼓励和鞭策；表示继续以一个共产党员文艺工作者的标准严格要求自己，活到老，学到老，改造到老，奋斗到老，不辜负党和人民的期望。情真意切，朴素感人。“高派”传人们则深情讲述了高元钧如何教他们从艺做人和奖掖年轻一代的动人事例，再次表达了他们对老师的感激和敬重之情；同时，结合这次观摩演出，大家交流了经验，并就如何把山东快书艺术推向更高的阶段进行了深入的探讨。大家一致认为，各种艺术流派都是艺术发展过程中适应社会和人民需要的历史产物，是艺术繁荣的标志。“高派”山东快书是新中国成立后逐步形成和发展起来的一个重要艺术流派。高元钧和“高派”艺术能够取得如此光辉的成就，最根本的原因在于新中国重视群众喜闻乐见的民族民间艺术，党和国家为艺术的发展指出了正确的方向，提供了良好的环境和条件；在于高元钧同志忠诚于党和人民的文艺事业，并和他的学生们一起，把继承和创新结合起来，使山东快书艺术适应了时代和人民的不断增长的精神文化的需求。“高派”的经验，不仅对山东快书的发展有重要的意义，对其他艺术的发展也有重要意义。大家同时指出，艺无止境。“高派”艺术的发展也没有尽头，必须随着时代的发展不断创新，才能永葆青春，立于不败之地。高元钧真诚地表示，希望他的学生们不要一味地模仿他，要超过他。他说，我愿和同志们一起，紧跟时代的脚步，大胆探索，大胆创新，做更有出息的文艺工作者，并希望出现新的艺术流派，让山东快书艺术更加绚丽多彩。研讨会自始至终充满热烈、和谐和奋发向上的气氛。

这次活动，得到部队和青岛有关部门的大力支持。《人民日报》《解放军报》等报刊和广播电台等媒体及时进行了宣传报道和评论。我代表主办单位撰写了《老当益壮，永葆青春》一文在《人民日报》发表，赞扬了高元钧为改革和发展山东快书艺术做出的杰出贡献，并表达了对他的良好祝愿。协会还组织了多篇论述“高派”山东快书的文章，在《曲艺》等报刊上发表，以进一步扩大其影响。

许多同志都畅谈了自己的看法和体会，一致认为这次活动很成功，大家在思想上、艺术上都有不少收获。同时认为，这次活动安排在青岛举行，也是很好的选择，这里气候凉爽，环境优美，大家生活得很愉快。在演唱会、研讨会的空隙，驻青岛部队还为参加演出和研讨会的同志的参观游览活动做了精心安排，派专人陪我们参观了市容和沿海风光，还陪我们乘坐快艇到海上游览，那天上午，天朗气清，风平浪静，我们乘快艇在无边无际的大海里奔驰，仿佛进入另一个世界，我顿时觉得心胸开阔起来，激动不已。人，在大海漂流，显得多么渺小！然而，人却能造出舰艇在大海上信意游弋，又多么了不起啊！天蓝蓝的，海蓝蓝的，分不清哪里是天，哪里是海，波光粼粼，空中飘着朵朵白云，成群的海鸥自由地飞来飞去，海上的景色实在是太美了。记得六十年代初我从温州乘船到上海，也曾观赏过大海的景色，却远不如今天看到的这么美，这么动人！部队同志还安排我们游览了崂山的人文景观和自然风光。我早就听说许多文化名人，如康有为、蔡元培、闻一多、老舍等都在青岛工作和生活过，自然想去参观他们的故居。可是当地同志说，这些故居正在修缮或征集展品，均未开放，只好留待来日参观了。

深切怀念高元钧同志

今年春节前，我到医院看望高元钧同志，他正在卧床治疗，听说我来了，非常高兴；他还和往常一样，对协会同志和曲艺界的事情非常关心。我祝愿他早日恢复健康，也对他恢复健康抱有很大的希望；没想到他的病情急剧恶化，过早地离开了我们。元钧同志的逝世，使我们党失去了一位忠诚的文艺战士，使我国人民失去了一位杰出的曲艺家，使曲艺界失去了一位山东快书艺术大师，真是难以弥补的损失，我们怎能不感到深切的哀痛和思念！

我和元钧同志是在一九五一年冬天相识的。那时候，元钧同志已经从抗美援朝前线慰问回来，参加到人民解放军的行列。一天上午，他到中国曲艺改进会筹备委员会看望王尊三同志，只见他身着戎装，精神抖擞，活像一位将军。因为他的事迹我早有所闻，一经尊三同志介绍，彼此就一见如故。元钧同志向我们畅谈了他在朝鲜战场上慰问演出的情况和志愿军的英雄事迹，以及自己所受的锻炼和教育。此后交往渐多，友情益深。他的高度的爱国热情和献身精神，他的坚强的事业心和在艺术上的改革创新精神，他的密切联系群众和艰苦奋斗的作风，以及他的朴实而又机智、风趣的性格，给我留下极为深刻的印象，

元钧同志不愧是党的忠诚的文艺战士和卓越的人民艺术家。在抗日战争和解放战争时期，他受到革命思想的影响，就参加了党所领导的进步活动。解放以后，特别是他加入共产党的行列之后，更以革命文艺工作者的标准严格要求自己，深入群众，深入基层，不断提高自己的思想艺术素养，努力发挥山东快书的特长，为人民服务，为社会主义服务，为提高部队的战斗力服务。他自觉地把优秀的艺术品送到硝烟弥漫的抗美援朝战场，送到分散的哨所和连队，送到沸腾的工厂、矿山和建设工地，送到渴求文化生活的农村、草原、山区和林场。他把祖国的利益、人民的利益看得高于一切。他把为人民服务，为部队指战员服务，看作是最大的光荣。他从来不辞辛苦，不计报酬，不追逐个人名利，自觉地把自己的聪明才智奉献给党和人民的壮丽事业。因此，他所到之处无不受到广大人民群众的由衷的尊敬和热烈的欢迎。最近，看到中央电视台播放了他深入部队、工厂、农村演出和与战士们一起生活、一起训练、一起战斗的情景，我又一次受到深刻的教育，更激起对他的尊敬和怀念之情。

元钧同志不愧是山东快书艺术改革创新的闯将和一代宗师。在新中国成立前，元钧同志就对改革和发展山东快书（当时叫“武老二”）艺术做出重要贡献，

并以说唱《武松传》而驰誉曲坛。但在过去的时代里，山东快书和其他传统艺术一样，不可避免地要受到历史的局限，沾染上一些消极落后的东西。我看到马立元先生记录的高元钧同志说唱的《武松传》底本，其中就夹杂有不大健康的东西，元钧同志也给我坦率地讲过这方面的情况。可贵的是，元钧同志经过学习毛泽东同志《在延安文艺座谈会上的讲话》和百花齐放、推陈出新的方针，提高了认识，毫不犹豫地删除掉传统快书中不健康的东西，充实了新内容，并在艺术上有所改革和创新，赋予传统快书新的生命。

特别值得赞扬的是，元钧同志为使山东快书表现新时代、新人物做出极大的努力，并获得卓越的成绩。他表演的《一车高粱米》《三只鸡》《抓俘虏》《侦察兵》《师长帮厨》《长空激战》《金妈妈看家》等，都是反映部队生活的好作品，有的表现了志愿军的英雄人物和英雄故事，有的表现了新的官兵关系和军民之间的鱼水之情，经过他的威武雄壮而又风趣幽默的表演，使听众如临其境，如见其人，受到极大的鼓舞、启发和教育，起到鼓舞士气、振奋人心、提高人民的精神境界、活跃人们的文化生活的积极作用，很好地发扬了曲艺寓教于乐、雅俗共赏的优良传统。正是在元钧同志的带动和影响下，山东快书编演新书蔚成风气，对部队和地方的曲艺工作都起到不可低估的推动作用。在表演艺术上，他把继承和创新很好地结合起来，逐步形成了独特的艺术风格和艺术流派，成为山东快书的一代宗师。

元钧同志不愧是一位率先垂范、热心培养人才的艺术教育家。在祝贺元钧同志从艺五十年的时候，总政治部副主任傅锺同志曾在庆祝会上亲笔题写“桃李满天下”五个大字，赠给元钧同志，以表彰他在培养人才方面做出的突出贡献。我觉得，元钧同志是当之无愧的。元钧同志的确十分重视培养人才的工作。他认为，要想曲艺后继有人，繁荣昌盛，必须注意发现和培养新人。他把希望寄托于后人，殷切希望后人超过前人。在没有曲艺学校的情况下，他采取多种方式培养人才。只要有人向他请教，他总是满腔热情地毫无保留地把自己的知识、经验和艺术传授给别人。部队办学习班，他更是尽心尽力。有的学生来京求教，如有困难，他还管吃管住，只要认真学习，他就感到莫大的快慰。几十年来，他培养了二百多个学生，其中有不少人已经成为曲艺界的骨干力量。元钧同志病重之后，许多学生从四面八方赶来看望他；他的去世，更使学生们感到极大的悲痛，纷纷前来向这位恩师送别，可见他们之间的感情之深。我们曲艺界多么需要这样的好园丁啊！

元钧同志还是一位著名的曲艺活动家。新中国成立后，他先后被推选为中国曲艺工作者协会副主席、中国曲艺家协会副主席和中国文学艺术界联合会第二、三、四届全国委员会委员。他把协会工作当作自己的事情，经常向协会反映曲艺界的情况和要求，并提出积极的建议；协会有些什么事情需要他去做，他总是愉快地承担起来，全力以赴地去完成，从来不辞劳苦，不计报酬。他严于律己，宽以待人，顾全大局，维护团结。尤其可贵的是，他自觉地与党中央保持政治上思想上和行动上的一致，在重大的原则问题上从来态度鲜明，毫不含糊。从元钧同志身上，我们看到一个共产党员艺术家的高尚品质和优良作风。

元钧同志给我们留下了极为珍贵的精神遗产。他的传统书代表作《武松传》和《高元钧山东快书选》，是他多年来艺术创造的结晶，值得我们认真学习和研究。元钧同志还与人合作撰写了《山东快书艺术浅论》等著作，发表了许多文章，记述了他的艺术道路、艺术经验和艺术见解，对于我们研究山东快书艺术乃至整个曲艺艺术，都有重要的价值。他经历了两个时代，走过了半个多世纪的人生道路和艺术道路，全面地系统地研究他的一生，将有助于我们理解很多事情，激励后人更好地沿着正确的道路前进。我曾建议他写一本回忆录，他也愉快地答应了。可惜他过早地离开了我们，这件事情只有他的同事、亲友和学生们来承担了。如果我们能把这件事情做好，则不但泽被后人，也是对他的最大的安慰。

元钧同志，您安息吧！您的光辉形象和美妙的艺术将永远留在人们心中！

（原载《曲艺》1993 年 5 期）

纪念王少堂　学习王少堂[①]

今天，我们怀着崇敬的心情，纪念我国说书艺术大师王少堂同志诞辰一百周年。

我国说书艺术历史悠久，丰富多彩，深受群众喜爱，是中华民族文化艺术的一个组成部分。扬州评话在说书艺苑中独具风姿，闪耀着璀璨夺目的光彩。据文字记载，扬州评话已有三百多年的发展历史，先后出现过许多卓有成就的说书艺术家，拥有众多的书目，吸引着广大听众。明代末年出现的大说书家柳敬亭就是当时扬州评话界的一位杰出代表。其后出现的著名说书艺术家张樵、陈思、居辅臣、浦琳、叶英、邹必显、徐文如、吴天绪、王德山、曹天衡、顾进章、陈四、王景山、薛家洪、金国灿、龚午亭、邓光斗、宋承章、李国辉、蓝玉春、王玉堂、王金堂、张捷三、康国华、戴善章等，各有专擅，独步一时，为发展扬州评话艺术做出宝贵的贡献。

① 本文系作者1989年11月12日在纪念说书艺术大师王少堂诞辰一百周年大会上的讲话。

王少堂出身说书世家，是二十世纪出现的扬州评话艺术的集大成者。他继承了扬州评话和我国说书艺术的优良传统，从内容到形式都进行了改革和创新，大大丰富和发展了“王派”说书艺术，并逐步形成了自己独特的艺术风格，把扬州评话艺术推向新的高峰。新中国成立以后，王少堂为人民革命的胜利所鼓舞，努力提高自己，在思想上艺术上都获得新的飞跃，终于光荣地参加中国共产党，成为一位自觉为实现共产主义的伟大理想而奋斗的艺术家。他还被推选为第二、三届全国人民代表大会代表、中国文联全国委员会委员、中国曲艺工作者协会副主席。今天，我们纪念王少堂同志，认真研究、总结他走过的艺术道路和艺术成就，学习他的优秀思想品质，对于弘扬民族文化，提高民族自尊心和自信心，促进社会主义精神文明建设都将产生积极的影响。

我们要学习王少堂的坚强事业心和为人民无私奉献的精神。王少堂的大半生是在黑暗的旧社会度过的。他受父辈熏陶，从小爱上说书艺术，十二岁登台演出。由于他刻苦自励，在继承家学的基础上博采众长，独运匠心，很快就显示出非凡的艺术才能。但在旧社会，说书艺人地位低下，饱经磨难和痛苦。民族、国家和人民的深重灾难更使他认识到旧社会的罪恶，激起对旧社会旧势力的憎恨和对劳苦大众的同情，并把自己的所爱、所恨倾注在说书艺术当中。他通过《水浒》这部书，生动地描绘出封建社会人吃人的悲惨情景，歌颂了农民起义的英勇斗争，揭露了种种旧势力的罪恶，塑造出武松、宋江、卢俊义、石秀等众多英雄形象，表达了人民的感情、愿望和要求，因而他的演出受到热烈欢迎，赢得“《水浒》王”的符号；“看戏要看梅兰芳，听书要听王少堂”的赞赏之声传遍大江南北，被尊为一代名家。新中国成立后，他以革命文艺工作者的标准严格要求自己，一方面认真整理传统书，一方面编演新书，力求把最好的艺术品奉献给群众。每有演出，他都预先做好准备，严肃认真，精益求精，表现出一位人民艺术家全心全意为人民服务、对人民负责的崇高精神。我觉得这是王少堂之所以受人们尊敬的根本原因，也是文艺工作者最可宝贵的品格。

我们要学习王少堂在继承传统的基础上改革创新的成就和经验。王少堂从小跟父亲学艺，同时受伯父的指教，接受了他们和先辈邓光斗、宋承章两大流派的说书艺术。他还虚心向其他名家学习，注意吸收各个流派的长处。他在青年时代就打下了深厚扎实的功底，但从不以此为满足，而是在继承先辈的艺术成果和经验的基础上，结合自己的条件锐意进取，大胆创新，这突出地表现在《水浒》这部书上。凡是听过他说这部书的听众或读过他这部书的演出本的读者都会深切地感到，王少堂的确有惊人的创造天才，经过他的创造性劳动，“王派《水浒》”在深化主题、创造人物、编织情节和说表艺术等方面都有很高的成就，并逐步形成了具有王少堂独特风格的“王派”艺术。从他的艺术成就和实践经验中，我们可以清楚地看到，一位杰出的艺术家必须继承传统艺术中一切好的东西，又必须改革创新。不继承，创新就没有基础；不创新，也难以继承，难以发展。只有把继承和创新很好地统一起来，才能促进艺术的健康发展，取得预想的成功。

我们要学习王少堂精湛美妙的说表艺术。扬州评话和其他说书艺术一样，是一种综合艺术。有了好的话本，还必须有好的说表艺术，才能构成完整而精美的艺术品，吸引住千百万听众。王少堂能够成为一代艺术大师把自己的书说活，使之具有很强的吸引人、感动人的力量，除了演出的书目有较高的思想性艺术性之外，就在于他练就一套非凡的说表艺术。他的说表是那样细腻、准确、自然、生动，那样铿锵有力，节奏鲜明。他只用口讲指画，就能把书中的人物、情景说得活龙活现，使人如见其人，如闻其声，如临其境。他的眼神运用得那么好，通过他眼神的瞬息变换，人们就可以感觉到故事情节的波澜和人物思想感情的起伏，起到强化表演的作用。他曾多次来京演出，文艺界人士叹为观止。老舍先生曾这样形容他的表演："他的一抬手，一扬眉，都能紧密地配合他口中所说的，不多不少，使人听到他的叙述，马上就能看到形象。"他的说表艺术的确达到炉火纯青、出神入化的地步，值得我们认真学习，认真研究。

我们要学习王少堂对自己"学而不厌"、对别人"诲人不倦"的热情。勤奋出人才。王少堂能够成为一位大艺术家，是与他的勤奋好学分不开的。他无门户之见，凡是有用的东西，他都用心学习，多方求教。他向家传的艺术学习，也向其他名家或其他流派学习；他向劳苦大众学习，也向文人、学者学习。他喜爱书法、绘画，注意从中悟出说书之道；他欣赏拳术，以便演好武打情节，并得到养身之法。连坐牢，他也当作了解社会的机会。新中国成立后，他更加自觉地与工人农民结合，在群众生活和斗争中锻炼自己。他虚怀若谷，永不满足已经取得的成就。所以，他的思想能够跟随时代的前进而前进，他的艺术也不断有所提高，有所创新，有所发展。同时，他热心培养人才，奖掖后进。他把自己的艺术一方面传授给筱堂、丽堂，一方面热情培养愿向他求教的青年演员。现在成才的不少评话演员都得到过他的指点和教导。他在培养新人方面所做的努力和“诲人不倦”的精神，实在令人们敬佩。

王少堂同志不愧为一位承前启后的大艺术家。不幸的是，林彪、江青反革命集团制造的政治动乱夺去了他宝贵的生命。然而，王少堂同志的光辉业绩是不可磨灭的，他的光辉形象将永远活在人们的记忆中。

（原载《人民日报》1990年2月28日）

中国说书史上的丰碑

——扬州评话《水浒》四个十回后记

经过各方面的辛勤努力和长时间的周折，扬州评话王派《水浒》武（松）十回、宋（江）十回、石（秀）十回、卢（俊义）十回的整理本，终将问世。这是一件告慰前人、泽被后世的大好事，值得庆幸！

扬州评话王派《水浒》武（松）、宋（江）、石（秀）、卢（俊义）四个十回的内容，大体取材于古典小说《水浒传》。但同小说比较，王派《水浒》四个十回却新增了许多人物和事件，并且把原小说的情节作了补充和改写，使全书的情节更加丰富，描写更加细致，语言更加幽默、风趣和富有生活色彩。从结构上看，每个十回都是一部完整的作品，而各个十回的内容又互相关联，自然地构成系列长篇的整体，其容量之大，描写人物之多，生活场景之广，在扬州评话史上是空前的，是我国说书史上的一座丰碑。

扬州评话王派《水浒》比小说《水浒传》有了很大的扩充和发展，从篇幅的对比上看也很明显。武十回在小说中由第二十三回《横海郡柴进留宾，景阳冈武松打虎》到第三十二回《武行者醉打孔亮，锦毛虎义释宋江》，共约八万五千多字，而王派《水浒》武十回记录稿却有一百一十多万字，超过原著十三倍。宋十回在小说中由第三十三回《宋江夜看小鳌山，花荣大闹清风寨》到第四十二回《还道村受三卷天书，宋公明遇九天玄女》，共约八万四千多字，而王派《水浒》宋十回记录稿却有一百五十万字，相当于小说的十七倍。还有石十回和卢十回，小说中分别为十一万多字和八万多字，其记录稿也比小说增加了七到十倍。这些比原著扩展的篇幅，当然不是章章节节都是精华、都恰到好处。由于前辈艺人生活在旧社会，为历史环境和历史条件所限，以及谋生的需要，在书中自然会夹杂着一些封建性的糟粕和迎合小市民低级趣味的东西。批判地继承这份民族文化遗产，做好去粗取精、推陈出新的工作，就成为我们的一项重要任务。

早在五十年代中期，江苏省和扬州市有关部门就着手记录了著名扬州评话表演艺术家王少堂口述的四个十回的全部书词。武十回经整理后，于一九五九年以《武松》书名出版;《宋江》虽经整理，由于“左”的思想的影响，以后又遇到“文化大革命”，直拖延到口述者王少堂和整理者孙龙父、陈达祚相继辞世，于一九八五年才得以出版问世。应该说，上述两部书的整理工作是有成绩的，有不少经验也值得借鉴。但也正如郭铁松、王鸿同志在本书“前言”中所讲的那样：

“由于当时受到‘左’的错误思想的影响，口述记录稿里有些内容，为避免传播封建迷信和低级趣味之嫌，整理时予以删节和裁并了。”以《宋江》为例，王少堂口述记录稿跟小说《水浒传》一样，都有宋江梦见九天玄女和得三卷“天书”的情节，但整理时都删节了。从全书的结构来考虑，这就出现了两个问题：一是删掉了宋江梦见九天玄女和得“天书”这个过渡性的情节，原记录稿中宋江第三次上梁山的具体描写，就被改用几句叙表一带而过，仓促收场，给人以“头重脚轻”之感。二是在后面《石秀》《卢俊义》两部书中，宋江因两次开看“天书”而派人去寻找入云龙公孙胜和访玉麒麟卢俊义，也因删去的“天书”而变得无根无据，听书者如果当场要说书人“交代清楚”，势必重新补叙。写在前面是情节发展之中，写在后面则是一般性的交代，其效果是极不一样的。再进一步讲，宋江梦见九天玄女也只是做了一个梦，谈不上是宣扬什么封建迷信；得“天书”虽属荒诞，但它却从另一面反映了小说作者和说书艺人的创作意图：宋江上梁山是“替天行道”，也就是除暴安良，不仅是因官府所逼，也是神的旨意。这和《水浒传》总的构想是相符的。而且，类似这种荒诞性或具有神话色彩的描写，在《水浒传》中并不少见，如武大郎魂魄托梦给武松，多次出现的神行太保戴宗的“神行法”，罗真人被李逵用板斧劈而不死和他用手帕把李逵等人送上天空，还有高谦的“巨兽铜牌”，以及公孙胜跟他斗法，等等。

如果都把这些删掉了，《水浒传》必将变得支离破碎，源于小说的王派《水浒》四部书也必将不能自圆其说。

王少堂口述的四个十回记录稿在“文化大革命”中已经散失。为了把王派《水浒》四部系列长篇完整地保存下来，一九八七年春末夏初，经中国曲艺家协会和江苏省文化厅商定，由王少堂的孙女——王派《水浒》第四代传人王丽堂口述四个十回的全部书词并记录、整理，在纪念王少堂诞辰一百周年之际，由中国曲艺出版社按系列长篇的次序陆续出版。这四部书除《武松》于一九八九年出版外，其余三部书均因中国曲艺出版社停办而搁浅。经过两年多的周折，在中共江苏省委、江苏省人民政府和中国曲艺家协会、江苏省文化厅、扬州市人民政府等单位的重视、关怀下，并得到出版部门的支持，现在改由江苏文艺出版社出版，真是“好事多磨”！

难能可贵的是，王丽堂的口述记录稿不但保持了王派《水浒》精深细透的艺术，而且通过说书人的“评”，使书的内容增添了时代色彩。在书词里，凡是能和现实联系的地方，她都见缝插针地用对比的方法，从“古代如何”说到“现代如何”，让听众在听书过程中很自然地感受到新社会的优越，以及由于时代发展而带来的现代文明和科学文化的进步，同时也以幽默风趣的“评”，讽刺和嘲笑了当代社会种种不良现象。“评”，本来就是扬州评话固有的表现方法，“借古喻今”早就见于书台，所以并无生硬之感，听众也乐于接受这种“古为今用”。

这四部书的整理工作也很好。整理《武松》的金江同志，整理《宋江》《石秀》《卢俊义》的汪福昌、费力和吴润生（参加整理《石秀》）同志，都是熟悉扬州评话的行家，且从事文学创作多年，有较高的思想艺术素养和很强的责任心。他们在整理工作中始终注意把可演性和可读性结合起来。就可演性来说，因为是根据王丽堂的演出本进行整理，只要保持原书的情节发展节奏，不随意更动“关子”，不改变通俗化、口语化的语言风格，即可实现其可演性，这并不很难。难的是可读性，尤其是把可读性与可演性结合起来。为了解决好这个问题，整理者在着手整理之前，就对原书的人物、情节、事件乃至细节和语言进行了多方位、多层次、多侧面的分析研究，大体确定如何删、改、增、补，做到心中有数。经过删、改、增、补的情况难以一一列举，从篇幅的紧缩上也可以略见整理者付出的艰辛劳动。如:《武松》由原记录稿一百一十万字，整理为九十一万多字（比原出版本超出六万多字);《宋江》由原记录稿一百五十万字，整理为一百一十八万多字（比原出版本超出十八万字);《石秀》由原记录稿七十五万字，整理为六十万多字;《卢俊义》由原记录稿八十二万五千字，整理为七十万字。四部书共删节了七十八万多字。此外，为便于各地读者阅读，还将一些易产生歧义的方言词做了更换，如将“怕的”改为“恐怕”或“大概”，将“照常”改为“说不定”，将有些“把”改为“给”，等等。这些改用的同义词也是扬州评话常用的词，故仍保持了原书的语言风格。

关于对王派《水浒》四部书的评价，中国曲艺出版社一九九〇年出版的《扬州评话王派〈水浒〉评论集》中对《武松》《宋江》两部书有多篇文章论述，其中有不少精辟之见，我不想再多加评论，只想借用老舍先生《论〈武松〉》一文中的一段话：“字数虽多，读起来却不吃力，处处引人入胜，不忍释手；这真是一部大著作！无以名之，我姑且管它叫做通俗史诗吧！”他进一步说：“按照世界文学传统来说，史诗是歌颂英雄人物的，武松正是我们民间传说中的一位英雄。因此，尽管这部书不是用诗的语言写的，可是性质确乎近于史诗。”我认为，老舍先生对《武松》做出的评价，同样适用于洋洋万言的《宋江》。在这部书中，评话艺人虽然也写宋江上梁山是被官府所逼，却没有照搬古典小说《水浒传》中宋江常常流露的怕上梁山和纯属被动上梁山的描写，而是把宋江改为常常想梁山、心中爱梁山和自愿上梁山。这就使宋江这个人物更具有积极意义，最后成为梁山当之无愧的领袖。同时沿着宋江上梁山这条情节主线，塑造了一批梁山英雄形象，从四面八方描写了封建社会的三教九流、诸色人等，反映出五光十色的社会生活，并善于在严肃的氛围中穿插科诨，使复杂的情节跌宕多姿，具有浓厚的喜剧色彩。《宋江》的艺术价值和美学价值均不在《武松》之下。

《石秀》《卢俊义》这两部书也很有特色。《石秀》的艺术成就和《武松》《宋江》有不少共同之处，但也有不尽相同的地方：一是它采用了《水浒传》第四十四回《锦豹子小径逢戴宗，病关索长街遇石秀》到第五十八回《三山聚义打青州，众虎同心归水泊》共十五回书的内容，而《武松》《宋江》均只用了原小说的十回书。按说，《石秀》多用原作二分之一回目的内容，篇幅应该最长了，实际上它是四部书中篇幅最短的一部书。短，并不意味着不好，用说书人的话说，叫“有话则长，无话则短”。这也反映了前辈艺人编书的实事求是的态度，不能长绝不故意拉长。第二个不同处是，《武松》《宋江》以及《卢俊义》主要人物都贯穿全书，而《石秀》中的主要人物石秀，在第七回《三打祝家庄》之后就很少出现了。对此，整理者曾有过舍弃后三回书的想法，但经过反复研究，确定还是保留。因为四部书的情节是相勾连的，如舍弃后三回书，就缺少了小梁王柴进被逼上梁山的重要情节，呼延灼由征剿梁山到归顺梁山也无从表现，在下一部书《卢俊义》中写他“月夜赚关胜”，就成了无本之木。同时在《宋江》一书中宋江允秦明代其全家报仇的诺言，也将因删去《三山聚义打青州》而有始无终；晁盖为使物归原主让马给呼延灼，各山寨争献宝马给晁盖，由此延伸到下一部书《卢俊义》的情况也就中断。考虑到这种种难题，为了不损伤四部书结构的完整性，整理者还是将能起承上启下作用的后三回书保留了。

我想，过去之所以产生名为“石十回”而实际上写石秀只有七回书名实不符的现象，一是如整理者考虑的后三回书能承上启下，不得不写；二是受原小说情节发展顺序的制约，编不出新的情节来代替，而要在四部书中把梁山的一百零八将分批地写上梁山，《石秀》就必须写到“众虎同心归水泊”作为结局。对于主要人物石秀没有贯穿全书的问题，从王丽堂口述记录稿可以推测，原先编说此书的艺人是意识到的，为了弥补不足，就特地在第十回《三山聚义打青州》中增写了一段小说中没有的《石秀遇武松》，浓墨重彩地写了石秀武艺高强，跟颇有英名的武松是棋逢对手。用英雄武松衬托石秀，用杨雄的性格粗鲁对比石秀的精细，终于塑造出拼命三郎石秀爱打抱不平、精细过人和重义气、重感情的艺术形象。当然，对后三回书究竟怎么看，还有待同行专家进行深入的分析和研究。

《卢俊义》取材于《水浒传》第六十回《公孙胜芒砀山降魔，晁天王曾头市中箭》到第七十一回《忠义堂石碣受天文，梁山泊英雄排座次》。《卢俊义》和前面三部书一样，既源于《水浒传》，又与原著有很多不同。比如开头，就不是“公孙胜降魔”，而是《段景柱盗马》，并以盗马、失马作为楔子，引出全书的一条主线：晁盖为夺马而中箭身亡，为了替晁盖报仇，梁山人用计赚请玉麒麟卢俊义上山，几经波折，终于由卢俊义活捉史文恭，代晁盖报了一箭之仇。书的结尾，也略去了“受天文”和“排座次”，以《梁山拜寨主》

中的一个小回目《班师回梁山》结束全书。中间还增写了《水浒传》中没有的《时迁闹妖》等新段子。这部书的部分情节结构和少数回目安排上，跟《宋江》有某些近似之处，如前书有宋江遭难被绑赴法场，此书就有卢俊义遭难被绑赴法场；前书有李逵跳楼救宋江，此书就有石秀跳楼救卢俊义；前书有“混城”，此书也有“混城”；等等。可贵的是，情节虽近似，内容和表现手法却不同。如宋江和卢俊义遭难的经历就大有区别，上梁山的态度也各不相同，一个是被官府所逼自愿上梁山，一个是中梁山人计陷入困境被动上梁山。又如李逵和石秀两人在法场跳楼：李逵跳楼时梁山人都到了法场，他喊的是“李爷爷独劫法场！”石秀跳楼时法场上没有其他梁山人，他喊的是“梁山合山人来劫法场！”李逵把多说少，是为了显示自己的本领；石秀把少说多，是为了叫官兵吃惊。一勇一智，一粗一细，泾渭分明。还有“混城”的描写，在《宋江》一书中是一个大回目，写了梁山人化装为江湖上的各行各业人等混入城中，《石秀》一书中的“混城”却简单得很，只写了一小段，而且还包括“劫狱”。由此可见，前辈艺人是注意“同中求异”的，这说起来容易，做起来又是何等艰难！当然，也有个别地方，如官府在斩犯人之前请“龙廷剑”的描写，其过程并无多大差异，当时的实际情况也可能就是这样，难以翻新。

据整理者介绍，过去艺人讲述卢十回时，有两种“开书”：一种是从第一回的《段景柱盗马》开始说；另一种是考虑到晁盖中箭身亡的经过比较“冷”，也惨，只把第一回的内容做梗概性的表述，而从第二回《计赚卢俊义》开始说。还有末尾第十回《梁山拜寨主》——卢俊义和宋江谦让正寨主座位，二路分兵，收服没羽箭张清和双枪将董平的故事，因为比较长，艺人往往不说，说到《活捉张文恭》为晁盖报了仇就告一段落。因为王丽堂口述记录稿是从头至尾说，故仍保持其原貌。

《武松》《宋江》《石秀》《卢俊义》四部系列长篇大书，从王丽堂口述记录到整理者整理竣稿，前后共花费了五年多的时间。在此期间，他们几经寒暑，不知度过了多少不眠之夜，才完成了这项巨大工程。郭铁松、王鸿同志为这四部书的整理出版付出了不少心血。郭铁松同志年逾古稀，不辞辛劳，尤其令人感动。事实将会证明，这四部书的问世是有重要意义的，这不仅会丰富我国民族文艺的宝库，为全面研究和发展扬州评话艺术提供极为有利的条件，而且会随着这四部书的广泛流传，对弘扬民族文化、建设有中国特色的社会主义文艺，产生积极的影响。

（原载《扬州评话王派水浒》，江苏文艺出版社1995年1月出版）

向侯宝林同志学习①

侯宝林同志不幸逝世，是我国曲艺界、文艺界的巨大损失。我代表中国曲艺家协会表示深切的哀悼！

宝林是一位经历了新旧两个时代的老一辈艺术家。他自幼酷爱相声艺术，勤学苦练，锐意创新，在青年时代就表现出异乎寻常的创造进取精神和出众的艺术才华，受到广大听众的欢迎。在旧社会，他的命运同曲艺界同行的命运一样，处于社会的最底层，饱尝酸辛，历经艰难；在新中国成立后，他才得到应有的尊重和爱护，获得充分发挥自己的聪明才智的机会。

宝林同志是跟我们的新时代一同前进的。在中国共产党的领导和关怀下，他努力学习马克思主义、毛泽东思想，不断提高艺术素养，坚持为人民服务、为社会主义服务的方向，坚持与人民群众相结合，始终注意作品的社会效果，力求把精美的艺术品奉献给广大人民，祖国大地的农村、工厂、部队、学校，以及抗美援朝的战

① 本文系作者1993年2月6日在悼念侯宝林同志逝世座谈会上的发言。

场，都留有他的足迹、心血和汗水。他在艺术上坚持推陈出新，精益求精，一方面认真整理、加工传统相声节目，赋予传统相声以新的意义、新的生命；一方面积极创作、改编和演出表现现代生活的新相声；在表演艺术上，则独辟蹊径、大胆创新，形成独特的艺术风格和艺术流派；经过长期的、艰苦不懈的努力，把相声艺术推向新的高峰，真正做到寓教于乐，寓庄于谐，艺高和众，雅俗共赏，在国内外产生了巨大的影响。他不但注重艺术实践，而且重视相声艺术的理论研究，不断总结经验，并取得许多弥足珍贵的艺术研究成果。他注意发现新人，奖掖后进，帮助和培养了许多艺术人才，“桃李满天下”。他长期担任全国人民代表大会代表，担任中国曲艺家协会等文艺团体的领导工作，为促进我国曲艺和文艺事业的繁荣，做出很大的努力，宝林同志在曲艺事业上所取得的卓越成就，受到党和人民的热情赞扬与高度评价。他不愧是一位有重大贡献的相声艺术大师，不愧是一位热爱党、热爱社会主义、忠诚于祖国和人民的人民艺术家。

我们要向宝林同志学习，认真研究他的艺术道路、艺术成就和艺术经验。我们相信，这对于相声艺术乃至整个曲艺事业的发展和繁荣，一定会产生积极的影响。

（原载《曲艺》1993年3期）

纪念骆玉笙同志①

骆玉笙同志离开我们一年多了。我和大家的心情一样，时常想念她，为她的不幸逝世感到十分痛惜。

我在二十世纪五十年代初就与骆玉笙同志相识。几十年来，我欣赏过她多次演出，每次都使人"感心动耳，荡气回肠"，久久难以忘怀。党的十一届三中全会以后，她先后担任中国曲艺家协会副主席、主席、名誉主席，我和她经常一起研究协会工作，促膝谈心，彼此相知益深，成为很亲近的同志和朋友。她的人品和艺术都给我留下极好的印象。

玉笙同志热爱中国共产党和社会主义新中国，忠诚于党和人民的文艺事业。她不止一次地给我讲她的经历，总是动情地说："新社会和旧社会简直是两重天，没有共产党就没有新中国，更没有我骆玉笙。"事实的确如此。正是在新中国，广大人民群众喜闻乐见的曲艺艺术才受到应有的重视和划时代的发展；正是在新

① 本文系作者2003年10月16日在骆玉笙艺术成就座谈会上的讲话。

中国，她和广大曲艺工作者才改变了在旧社会被轻视乃至被侮辱的处境，在党的关怀和教育下，成为受人尊重的为人民服务的文艺工作者，并得以充分发挥自己的聪明才智，不断取得新的成就。因此，她对中国共产党和新中国充满感激和热爱之情。几十年来，她努力提高自己的思想觉悟和艺术修养，坚持改革创新，自觉地把最好的艺术成果奉献给广大人民。她在晚年加入中国共产党之后，对自己的要求更加严格，精神更加昂扬，艺术更加精进。她长期担任全国政协委员和中国曲艺家协会的领导职务，一直关心国家大事和社情民意。在一些重大的是非问题上，她自觉地与党中央保持一致，赞成什么，反对什么，都旗帜鲜明地表明自己的态度。她关心文艺事业，对曲艺事业更是情有独钟。为了曲艺事业的发展，她殚精竭虑，通过在各种会议上的发言、走访和政协提案等方式，对曲艺发展中的一些重要问题，特别是对党和政府有关文化领导部门如何加强对曲艺工作的领导和如何抓紧培养曲艺事业接班人以及解决曲艺演出场所等问题，多次提出建议和意见。在培养年轻优秀的曲艺人才方面，她言传身教，付出了许多心血。

玉笙同志努力与新时代的群众相结合，真诚地为人民服务。天津解放后，她一旦认识到曲艺工作者应当与群众相结合，并通过自己的演唱艺术表现新的人物、新的时代，就下决心深入群众，向群众学习。一九五三年，她在中国曲艺研究会召开的欢迎曲艺界人士赴朝慰问归来的座谈会上，就结合自己的思想和艺术实践，讲述了她在朝鲜战场上向志愿军指战员学习的体会和思想转变过程，郑重表示，要做新时代的文艺工作者，要演好英雄人物，就必须向英雄人物学习，熟悉他们，了解他们，使自己的思想感情来个大变化；对他们不熟不懂，缺乏真情实感，要演好新节目是不可能的。此后，她就坚持向群众学习，向英雄模范人物学习。这正是她所演唱的新节目能够感染和鼓舞听众的根本原因之一。更令人敬佩的是，她把为人民服务看作是文艺工作者的职责，不辞劳苦，不摆架子，不计较报酬，更不走歪门邪道；每次演出都尽力演好，让群众满意，从不马虎敷衍。因此，她深受广大听众与党和国家领导人的赞扬与尊重。陈云同志在骆玉笙艺术生涯六十年时亲笔题赠了“为人民服务是文艺工作者的光荣”的题词，以表彰她在为人民服务的崇高任务中做出的突出贡献。

玉笙同志在艺术上坚持推陈出新，精益求精。她天资聪敏，勤奋好学，又有一副好嗓子，新中国成立前就已享誉南北，是一位著名的京韵大鼓演员了。但她并不满足于已经取得的成就，新中国成立后时代变了，她的思想也随之起了革命性的变化。在“百花齐放、推陈出新”的方针指导下，她同从事曲艺创作、研究和音乐唱腔伴奏工作的同志密切合作，对自己演唱的许多传统曲艺节目认真进行了整理和加工，从而提高了演出的思想艺术质量，成为长期保留的优秀节目。同时，她满腔热情地演唱了许多表现新人物、新时代的新节目，把作品的思想内容和表演艺术、音乐唱腔尽可能完美地统一起来，有些节目成为新的艺术精品。她敢于创新，也善于创新。在实践过程中，她认真继承鼓曲艺术的优良传统，又不限于模仿前人；她虚心学习，借鉴京剧、弹词以及粤曲等姊妹艺术的优长，又注意将其融化在自己的艺术当中，“化他为我”，而绝不“化我为他”，以借鉴来代替自己的创造。同时，她有自知之明，时刻注意发挥自己所长，不断探索和创造自己独特的艺术风格。在同她的接触中，我深深感到，她把京韵大鼓艺术视同自己的生命，刻苦自励，不懈追求，尽心竭力地攀登艺术的高峰，终于在刘（宝全）派、白（云鹏）派之后，逐步创造出新的艺术流派，即骆（玉笙）派京韵大鼓，获得公众的承认和赞赏，极大地扩大了京韵大鼓在海内外的影响，为新时代的京韵大鼓艺术增添了新的光彩，并为我国曲艺的继承、改革、创新和发展提供了宝贵的经验。

回顾骆玉笙的一生，的确是不平凡的一生、光辉的一生。早在一九九一年骆玉笙同志艺术生活六十年的时候，时任中共中央政治局常委、书记处书记的李瑞环同志曾致信骆玉笙同志表示热烈的祝贺和崇高的敬意，并高度评价了她的艺德和艺术。贺信说：“您在长期的舞台艺术生涯中，与祖国和人民同呼吸，共命运，历经风雨，矢志不移，艺德高尚，世人景仰。您坚持继承与发展、借鉴与创新相结合，经过长期的艺术实践，形成了独特的艺术风格，把京韵大鼓艺术推向了一个新的高峰。在我国改革开放的历史潮流中，您老当益壮，致力于曲艺改革，多有建树。您关心后辈，循循善诱，悃愊无华，培养了一批深受群众喜爱的京韵大鼓艺术家和后继者。您为弘扬民族优秀文化，繁荣社会主义文艺事业做出不懈的努力和卓越贡献，不愧为当代德艺双馨的曲艺艺术大师。您的艺术是属于天津的，也是属于全中国人民的。”我认为，李瑞环同志对骆玉笙同志的评价是非常正确的。我们曲艺界、文艺界的同志们都会因为有骆玉笙同志这样的人民艺术家而感到光荣。斯人已去，风范永存。我们纪念骆玉笙同志，最重要的是向她学习，做好今后的工作。我们要始终不渝地坚持先进文化的前进方向，弘扬民族优秀文化，奋发图强，开拓创新，把我国的曲艺艺术和文艺事业更好更快地繁荣和发展起来。这是党和人民赋予我们的历史使命，也是骆玉笙生前的殷切希望。

向骆玉笙同志学习

今年是骆玉笙同志从事曲艺艺术六十周年。在这漫长的艺术道路上，玉笙同志以极其坚强的事业心和非凡的进取精神，学习、探索、创造、拼搏，取得了辉煌的成就；至今年近八旬，满头银丝，依然精神矍铄，壮心不已，继续把自己美好动人的艺术奉献给人民。我们每一位熟悉玉笙同志及其艺术的同志和听众，都会因为我国有这样一位老艺术家而感到由衷的喜悦，并向她深致敬意。

我和玉笙同志相识多年。近十年来由于工作关系，彼此有了更深的了解。她的高尚的人品和精湛的艺术，都使我深为敬佩。在玉笙同志从事曲艺艺术六十周年之际，陈云同志赠送了“为人民服务是文艺工作者的光荣”的重要题词，李瑞环同志发来热情洋溢的贺信，高度赞扬了玉笙同志的人品和艺术。许多同志通过各种方式表达对玉笙同志的祝贺和景仰之情。玉笙同志的确是一位名副其实的人民艺术家，一位优秀的共产党员文艺工作者。我们庆贺玉笙同志从事曲艺艺术六十周年，最重要的是向玉笙同志学习。

玉笙同志给我最深刻的印象是她热爱党、热爱社会主义祖国，热爱工农兵和广大人民，忠诚于党的文艺事业，全心全意地为人民服务。玉笙同志经历了新旧两个时代，翻身感特别强，对共产党领导的新中国有深厚的感情，对人民事业有坚强的责任心。党和人民需要自己做些什么，她就自觉地做些什么。无论平时在城市演出，还是深入到农村、矿山、油田和前线等艰苦的地方进行慰问演出，她都表现出极大的热情和无私奉献精神。一九七九年她加入中国共产党之后，更是时时处处以共产党员的标准严格要求自己，把党的利益、人民的利益看得高于一切。她先后担任中国曲艺家协会副主席、主席，中国文学艺术界联合会全国委员会委员，中国人民政治协商会议全国委员会委员，时刻关心国家大事，关心曲艺界、文艺界的事情和协会工作，为促进社会主义曲艺、文艺事业的繁荣而殚精竭虑，呼吁奔走。在资产阶级自由化及“一切向钱看”等错误思潮泛滥的时候，她能够保持清醒的头脑，旗帜鲜明地进行抵制、批评和斗争，表现出坚定的社会主义、共产主义信念和无产阶级立场。这正是一个党员艺术家最可宝贵的品格。

玉笙同志又是艺术的闯将和能手。她四岁的时候学唱京剧，十七岁后演唱京韵大鼓。她天生一副好嗓子，又勤奋好学，刻意求精，很快就驰誉京津等地，被人们称为“金嗓歌王”。新中国成立后，在“百花齐放、推陈出新”的文艺方针指导下，她同大家一起积极投入了京韵大鼓艺术的改革工作，保存和发展了其中的精华部分，剔除了糟粕部分，经过认真整理加工，把京韵大鼓提高到新的水平。同时，她在继承优秀文化艺术传统的基础上，大胆探索和创新，努力运用京韵大鼓这种为群众喜闻乐见的艺术形式表现新时代、新人物，把革命的思想内容和完美的艺术形式结合起来，获得了巨大的成功。几十年来，她积累了许多长期传唱不衰、深受群众欢迎的优秀节目。比如，她演唱的传统曲目《剑阁闻铃》《红梅阁》《击鼓骂曹》《丑末寅初》，现代曲目《英雄黄继光》《光荣的航行》，新编历史曲目《卧薪尝胆》《和氏璧》，电视连续剧《四世同堂》主题歌，还有她谱曲和演唱的毛泽东同志的诗词《七律·长征》《七律·人民解放军占领南京》等，都是她长期进行的创造性劳动的结晶，每次演唱无不使人感心动耳，荡气回肠。她在唱腔和表演方面有突出的创造，一方面在“刘（宝全）派”的基础上，融“白（云鹏）派”、“少白（凤鸣）派”之长，并注意从姊妹艺术中吸取营养；一方面根据新时代新听众的要求和自身的条件潜心钻研，不断探索和创新，终于形成独特的艺术风格，被人们尊为“骆派”，受到广大听众的热烈欢迎，为我国艺苑增添了璀璨夺目的光彩。她把京韵大鼓看作是属于人民的艺术，看作是自己的生命，对于自己演唱的每一段唱词，每一段曲子，每一个表演动作，都一丝不苟地仔细琢磨，反复推敲，真正做到匠心独妙，优美感人。她对待艺术的严肃认真态度和卓越的艺术创造才能，的确值得人们学习和赞扬。

玉笙同志虽然已经取得很高的成就，但她始终保持着勤奋刻苦和谦虚谨慎的优良作风，时刻注意提高自己的思想艺术修养。她如今年近八旬，依然坚持读书看报，虚心向群众学习，向同行们学习，向各方面的专家和同志们学习。至于毛泽东同志《在延安文艺座谈会上的讲话》的基本精神和党中央关于文艺工作的指示精神，她更是牢记在心，作为自己行动的指南。她把周恩来同志所说的“要活到老，学到老，改造到老”这几句话作为座右铭，经常用以提醒自己，勉励自己。她是说到做到的，所以不断地有所前进，不断地取得新的成绩。玉笙同志为培养人才也花费了不少心血。她把培养人才看作是关系社会主义曲艺事业的前途和命运的大事，看作是老一代艺术家义不容辞的责任，看作是自己应尽的义务。无论谁来求教，她都毫无保留地把自己的知识、经验和艺术传授给别人。她在天津市曲艺团和其他一些地方培养了不少人才。中国北方曲艺学校成立后，她担任顾问，经常到学校讲课，并从各方面关心和支持学校的工作。她对年轻一代满腔热情，要求也极为严格，既注意教给他们艺术，更注意教导他们如何做人。她希望年轻一代要好好学习前人，又要立志超越前人。许多同志用“学而不厌，诲人不倦”这八个字来称赞玉笙同志，我想她是当之无愧的。

总之，玉笙同志是我们学习的好榜样，是曲艺界的光荣和骄傲，是文艺界的光荣和骄傲。玉笙同志的品德和艺术将永远为人们所称颂。我衷心祝愿玉笙同志健康长寿，永葆思想和艺术的青春！光荣属于全心全意为人民服务的文艺工作者！

（原载《曲艺》1991年8期）

鼓曲绝唱　大家风范[①]

——纪念骆玉笙同志百年诞辰

骆玉笙同志是我国著名京韵大鼓演唱艺术家和“骆派京韵大鼓”创始人，也是我非常敬重的一位老同志和知心朋友。她离开我们已经十二年了，但她的音容笑貌还清晰地在我的脑际浮现，她那动人心弦的演唱还不时在我的耳边回响。在纪念中国人民抗日战争爆发七十七周年的日子里，我听到中央电视台重新播放的骆玉笙演唱的充满爱国激情、震撼亿万人心的《重整河山待后生》，更引起我对她的深深思念。

骆玉笙同志留给我们曲艺界、文艺界的精神遗产，实在太丰富、太宝贵了。“爱国、为民、崇德、尚艺”，不是我国广大文艺工作者一致通过的行为准则吗？骆玉笙同志在她半个多世纪的奋斗中都认真地做到了，而且做得非常之好，不愧是文艺工作者的典范。

---

① 本文系作者2014年8月6日在中国文联、中国曲协、天津文联联合召开的纪念骆玉笙同志百年诞辰座谈会上的发言。

我以为，对骆玉笙同志的最好纪念，就是认真地向她学习。

首先，要学习她热爱党、热爱祖国和人民，全心全意为人民服务的精神。

骆玉笙同志是一位经历过新旧两个时代的人。她牢记在旧社会经历的苦难：由于家境极其穷困，出生不到一岁就被卖给一位民间杂耍艺人做养女，一生都不知道亲生父母的姓名和出生地点。开始学习演唱京剧，后演唱京韵大鼓，虽然很快成为一位名演员，但在旧社会，名气再大依然被视为“下九流”，难以改变被欺压、被凌辱的命运。她更念念不忘的是，中国各族人民在中国共产党领导下，才获得民族解放、人民解放事业的伟大胜利，建立了人民当家作主的新中国，民间艺人也才得以翻身解放，成为自觉地为人民服务、受人们尊重的文艺工作者。因此，她的翻身感特别强，对党和人民怀有无比深厚的热爱和感激之情。凡是党的号召，她都积极响应。只要是祖国和人民需要，无论是到炮火连天的朝鲜战场和硝烟弥漫的福建前线慰问演出，还是到工厂、农村、军营、学校等基层演出，也无论严寒酷暑，演出条件和生活条件如何艰苦，她始终不避艰险，不辞劳苦，力求把最好的艺术奉献给广大军民和各界听众，绝不让大家失望。她觉得，只有这样才对得起党和人民，才无愧于文艺工作者的称号，才算是一个共产党员。同时，她虚心向群众学习，向英雄模范人物学习，听取观众的反映和意见。正因为如此，她无论走到哪里，无不受到人们的热烈欢迎。她年近九旬时，还引用“春蚕到死丝方尽”的诗句作为自己的誓言，多么令人感动啊！这种“鞠躬尽瘁，死而后已”的精神，不正是我们应当好好学习和大力弘扬的吗！

第二，要学习她在艺术道路上艰苦跋涉、自强不息、勇攀高峰的精神和取得的卓越成就与成功经验。

我们从她的自述和有关资料中可以清楚地看到，她一生都把艺术视同自己的生命，立志要有所作为。新中国成立之后，经过学习和社会实践的锻炼，更使她明确了艺术发展的方向和道路，获得艺术创作的源泉，逐步弄清楚如何继承民族民间艺术的优良传统，如何学习、借鉴、吸收姊妹艺术中有益的东西并化为己有，又如何结合自身的审美要求和具体条件进行改革创新。经过长期艰苦的努力，她终于把继承与改革创新完美地结合起来，把思想性、艺术性、观赏性完美地结合起来，并逐步形成独特的艺术风格和新的艺术流派。她演唱的反映现实生活与革命历史等题材的新曲目和传统曲目，都受到人们的热烈欢迎，有些成为经典性曲目。她被大家推崇为“鼓曲泰斗，艺术大师”和“骆派京韵大鼓创始人”，为曲艺界增添了耀人的光彩。

她还长期致力于曲艺教育，培养了不少曲艺接班人，有些已经成为鼓曲队伍的骨干和著名艺术家；她应邀到一些艺术团体和艺术院校讲课，都毫无保留地把自己的演唱艺术以及声韵方面的知识、方法、技巧和经验传授给大家；她应邀到日本进行艺术交流，同样受到热烈欢迎和高度评价；中国北方曲艺学校的创建与她多方奔走、呼吁也是分不开的。直到她病情危重接受记者采访时，还念念不忘培养接班人，用颤抖的手写下“希望后继有人”六个大字，此情此景，实在令人感动！希望有关领导部门更加重视曲艺教育，在中国北方曲艺学校的基础上建立中国曲艺学院，并建议为骆玉笙同志塑像，供大家瞻仰。

骆玉笙同志一生为曲艺事业所做的杰出贡献是多方面的。在她的自述和许多报刊发表的大量有关记述和评论文章以及陆续出版的有关著作中均有记载，这里就不多说了。

第三，要学习她坚持以共产党员文艺工作者的高标准要求自己的高尚品德和优良作风。

在漫长而坎坷的人生道路上，她始终严格要求自己，做一个正直的为人民所需要的曲艺艺人。加入中国共产党后，更以共产党员标准严格要求自己，认真学习时事政治，学习毛主席、周恩来、邓小平、陈云等党和国家领导人关于文艺问题的论述和中央关于文艺工作的指示精神，努力提高自己的思想政治觉悟和文化艺术修养，树立正确的世界观、人生观和文艺观，并认真注意克服自己的不足。她关心党和国家大事，注意了解社情民意和曲艺界、文艺界的事情。在担任全国政协委员和中国曲艺家协会副主席、主席等职务期间，她都认真履行自己的职责，以不同方式反映情况，提出意见和建议。几十年来，由于她忠诚地为人民服务，对曲艺事业做出杰出贡献，受到广大群众的热烈赞扬，获得党和政府及人民团体颁发的多种奖励和荣誉称号。我还清楚地记得一九九八年她在北京人民大会堂举行的元宵节文艺晚会上演出的情景：她的节目安排在最后，这位身材瘦小、满头白发的八十四岁老人刚露面，全场就响起热烈的掌声。她演唱时，没有大乐队伴奏，没有伴唱、伴舞，只有三位弦师伴奏，依然赢得满堂彩。党和国家主要领导人上台接见全体演员时和她亲切握手，祝贺演出成功，并将她安排在最中间合影留念，可见人们对她是多么敬重。尤其难能可贵的是，她在成绩和荣誉面前，从不居功自傲，从不夸大个人的作用。她多次真诚地表示，能为党和人民做点事情，是自己应尽的义务，成绩和荣誉应当属于党和人民。如果没有党的关爱、教育和这么好的社会环境与条件，如果没有广大群众的支持和鼓励，以及文学、音乐、伴奏等方面同志的通力合作，就不会有自己的今天。

她意志坚强，经得起艰难困苦的磨炼。且不说她在旧社会遭受的苦难，就是在新社会也并非一帆风顺，“文化大革命”给她造成的伤害尤其令人痛心。粉碎“四人帮”之后，有一段时间她的生活还相当困难，但她从不因此而影响对艺术的执着追求和为人民服务的热情。记得一九七八年，我和许光远同志到天津看望几位老同志、老艺术家时，她和老伴赵魁英同志还住在一座老楼地下室一间十几平方米的房子里，阴暗狭窄，生活很不方便，她显得有些苍老，但精神很好，所谈的除了粉碎“四人帮”又一次获得解放的激动心情，就是今后如何更好地为人民演唱，希望把曲艺事业尽快恢复和发展起来。她体谅国家的困难，根本不谈个人生活上有什么困难和要求。不久，她的住房条件逐步得到改善，先搬到一处两居室的房子，去世前几年又搬到新楼三室一厅的新房里，她深深感激党和政府的关心和照顾。

她不贪图金钱享受。一些地方请她做广告，都被婉言谢绝。她不止一次地对我说，党和政府给了我很好的待遇，生活已经够好的了，我要好好学习，好好为人民服务，好好培养接班人，一天到晚还觉得时间不够，哪能再有别的心思呢？她还跟我说过，人老了，不能倚老卖老，要照着周总理教导的那样，“活到老，学到老，改造到老”。她真正做到了。这是多么高尚的精神境界啊！

总之，骆玉笙同志的一生，是光辉的一生，是曲艺界、文艺界的光荣和骄傲。她和骆派京韵大鼓艺术，将镌刻在中国现代曲艺、文艺的史册上，她那令人“感心动耳、荡气回肠”的艺术将永远流传，给人以美感和力量，鼓舞人们走向更加美好的未来，为实现中华民族伟大复兴的“中国梦”，做出应有的贡献！

难忘夏雨田

夏雨田同志是一位优秀的共产党员和德艺双馨的曲艺家，也是我交往多年的好朋友。他离开我们已经两年了，但他的音容宛在，风范永存，好像还生活在我们中间。

回忆雨田同志的一生，最使我难忘的是，他始终以共产党员文艺工作者的标准严格要求自己，真正做到与时代同步，与人民同心，把自己宝贵的生命，无私地奉献给党的文艺事业。

雨田同志思想解放，感觉敏锐，对新的时代、新的人物抱有极大的热情。特别是党的十一届三中全会以来，他连续创作了大量的生动感人的作品，热情歌颂了改革开放后我国城乡的新面貌和涌现出来的新人物，并对一些落后的、丑恶的现象进行了讽刺和批判。如果思想不解放，缺乏对新的现实生活的热情和了解，要写出这样多的好作品是不可能的。同时，雨田同志始终保持着清醒的头脑，勇于抵制和反对错误思潮和不正之风。比如在八十年代初期，当“一切向钱看”、把艺术商品化、不考虑作品的社会效果、对人民不负责任的歪风袭来的时候，雨田同志立即理直气壮地进行了抵制、批评和斗争。他强调指出，文艺工作者要对人民负责，把提高作品的思想艺术质量放在首位，要严肃考虑人民的需求和作品的社会效果。如果缺乏坚定的党性原则和斗争的勇气，要旗帜鲜明地提出这样的意见，也是不可能的。

雨田同志一直按照艺术规律进行创作。他坚持认为，社会生活是文艺创作的唯一源泉，始终保持着与人民群众的血肉联系，注意从人民生活中汲取主题、题材、情节、语言、诗情和画意、灵感和力量。在创作上，他力求把思想性、趣味性和艺术性结合起来，从不拿低俗的东西迎合某些人的低级趣味。他有丰富的想象力，每有所作，力求做到构思巧妙，匠心独运，不落俗套，而又入情入理，从不想入非非，一味追求离奇，胡编乱造。在作品写出和演出之后，他虚心倾听各方面的意见，反复修改、加工、锤炼，精益求精。对一些重要的文艺问题，比如，关于正确反映人民内部矛盾的问题，关于歌颂和讽刺的问题，关于继承和创新的问题，等等，他都做出积极的探索和努力，为我们留下许多宝贵的成果和经验。

雨田同志不但在曲艺创作和表演方面成绩卓著，在武汉市说唱团、武汉市文联、湖北省曲协、湖北省文联、中共武汉市委宣传部和中国曲艺家协会等单位的组织领导工作中，也付出了许多心血，为大家所称道。令人钦佩的是，雨田同志始终把成绩归功于党和人民，归功于集体，认为自己只是做了一些应该做的事情，从不突出个人，居功自傲，自我吹嘘。他曾获得特等劳动模范、优秀共产党员等光荣称号，还先后被推举为中国文联委员、中国曲艺家协会副主席、中国共产党第十三次全国代表大会代表，他把这些都看作是党和人民对自己的信任和厚爱，并真诚地表示，自己还做得不够，只有加倍努力地学习和工作，才无负于党和人民的嘱托。一九八五年，我曾向中共中央宣传部推荐雨田同志来中国曲艺家协会主持工作，宣传部也认为雨田同志是适当人选；当我征求雨田同志的意见时，他却一再恳辞，表示自己难以胜任；经我多次动员，他才表示同意。不幸的是，他很快就身患重病，未能来京工作。这件事给我的印象很深，由此可以看出，雨田同志认真考虑的是自己能否把工作做好，而不是个人的名誉和地位。有一幅格言式的联语写得好："个人名利淡如水，党的事业重如山。"雨田同志就是这样看、这样做的，的确难能可贵，值得人们尊敬。

我更加感动的是，雨田同志爱党的事业和曲艺艺术，胜于爱自己的生命。当他身患重病后，我一再劝他静心疗养，暂时把工作放下，还把陈云同志多次告诫人们的"多做了就是少做了，少做了就是多做了"的名言转告给他，但他还是放不下工作，硬是忍着常人难以忍受的疼痛，在与病魔作斗争的同时，继续考虑工作，进行创作，表现出一个共产党员坚韧不拔、拼搏不止、为党和人民的事业“鞠躬尽瘁，死而后已”的崇高精神。每念及此，我总是感到无限痛惜和敬佩，心情难以平静。

夏雨田同志的先进事迹和崇高精神，是说不完写不完的。他的一生，是战斗的一生，奉献的一生，光荣的一生。他无愧于共产党员的光荣称号，是我们学习的好榜样！

（原载《中国艺术报》2006年8月8日）

王永梭与谐剧艺术

王永梭同志是我国谐剧的创始人和著名艺术家。一九八〇年，他应中国曲艺家协会的邀请来北京演出，进行学术交流，我曾与他多次交谈，并观赏了他的谐剧演出，参加了谐剧艺术座谈会，他的人品和艺术给我留下难忘的印象。此后，他每次来京我们都促膝长谈，愈感亲切。前年春天听四川的同志说，永梭同志身体、精神都好，正在撰写回忆录，我非常高兴。没有想到，永梭同志于一九九八年五月二十二日突然病逝，实在令人痛惜！在谐剧创始六十年之际，我们更加深切地怀念他。

谐剧，是永梭同志在一九三九年经过精心探索、试验而开创的一个新的艺术品种。他一个人一台戏，每个节目只有他一个演员出场，通过演员所扮演的人物，与实际不存在的人物进行“对话”和交流，就能非常生动逼真地把作品的主题、人物、故事和环境气氛表现出来。当时正处于民族危亡的关头，永梭同志创作表演的节目，大都以宣传抗日救国为内容，有的揭露日本侵略者的暴行，鼓舞人民的抗日热情，有的针砭时弊，讽刺消极腐败的社会现象，故事情节生动，人物性格鲜明，语言风趣辛辣，手法新颖，风格独特，在抗日救亡活动中发挥了团结群众、鼓舞群众、揭露敌人、打击敌人的战斗作用，同时显示出永梭同志具有高度的爱国热忱和不同寻常的艺术才华。永梭同志的演出不但受到广大群众的热烈欢迎，也受到洪深、曹禺等进步文化人士的重视、支持和鼓励。“谐剧”在萌芽期，永梭同志曾谦称为“拉杂戏”；一九四三年，永梭同志从国立戏剧专科学校毕业后，和两位同班同学到富阳县演出时，鉴于这种艺术形式具有寓庄于谐、寓教于谐的特点，经反复推敲定名为谐剧，从而促使谐剧艺术更自觉更有规律地向前发展。永梭同志能够把话剧、戏曲和曲艺的一些优点与长处化为己有，创立一个新的艺术品种，被人们誉为一朵“奇花”，真是了不起的创造！

永梭同志不但有出众的表演艺术才能，而且有深厚的文化素养和很强的写作能力，几十年来他陆续创作演出了大量的谐剧作品和方言诗。新中国成立前，他的作品大都把矛头指向日本侵略者和旧社会反动统治者以及腐朽的社会现象，表现人民的苦难和呼声。新中国成立后，他随着时代的前进而前进，以极大的热情创作演出了许多歌颂新社会、新风尚、新人物的谐剧作品和方言诗。为使谐剧和方言诗在更大的范围内普及，他还创作了不少适合女演员和少年儿童演出的谐剧作品和方言诗。他在创作表演中努力把思想性、艺术性和趣味性紧紧地结合在一起，寓庄于谐，寓教于乐，使之达到适应听众又提高听众的艺术境界，因而受到群众特别是中青年听众的热烈欢迎。《募寒衣》《全民总动员》《化缘》《卖膏药》《黄巡官》《扒手》《赶汽车》《喝酒》《在火车上》《鲜花与信》《结婚》《春姑娘》《三上成都》《媳妇》《钥匙》《自来水龙头》和《竹简》《生日大寿》等，就是其中一部分代表性作品。

艺术家的成就如何，取决于艺术家的思想道德素质和文化艺术素质。永梭同志能够在创作表演上获得辉煌的成绩，正是由于他具有一个人民艺术家所应当具有的思想品格和艺术修养。从青年时代起，他就立志运用艺术形式报效祖国和人民。参加部队文工团后，他自觉地以革命文艺工作者的标准要求自己，把精美的精神食粮送给抗美援朝的中国人民志愿军，送给西藏高原和广大城镇、乡村的人民。几十年来他始终保持着与人民大众的密切联系，与人民大众同甘苦，共命运，所以他创作表演的谐剧作品和方言诗才能如此生动感人，引起人们的强烈共鸣。他淡泊名利，辛勤耕耘，把艺术当作自己的生命，从不计较个人得失。他常说："在艺术上我只问耕耘，在名利上我不计收获。"在他八十多岁的时候，人们劝他注意身体，他却答以"老牛明知夕阳短，不用扬鞭自奋蹄"的诗句，付之一笑，继续不辞劳苦地为谐剧艺术的发展操心费力，并精心撰写《谐剧回忆录》，力求详细地把自己的知识和经验留给后人。他对待艺术的态度严肃认真，精益求精。每创作一篇作品，他都先将腹稿讲给别人，多方征求意见后才写出来，每一个字、每一句话都细心斟酌；演出后再广泛征求意见，反复推敲，仔细修改加工，努力做到千锤百炼，精益求精，给观众留下想象、思索和回味的余地。他带给观众的笑与作品的思想内容紧紧结合在一起，令人思索、咀嚼和感动，从不为逗乐而逗乐，用庸俗低级的东西来换取廉价的笑声。他谦虚好学，自强不息，即使在身处逆境、蒙受很大屈辱的情况下，也抓紧时间学习各种知识，笔耕不辍。党的十一届三中全会以后，他获得政治上、思想上和艺术上的彻底解放，重新焕发出艺术青春，在创作表演和培养新人等方面都取得很大的成绩，受到各方面的赞扬，但他一如既往，总是那么清醒和谦虚，从不居功自傲。他热心培养新人，奖掖后进。为了谐剧和方言诗的普及和发展，他始终把培养年轻优秀的谐剧及方言诗的创作人员和演员作为自己不可推辞的职责。凡向他求教者，他都满腔热情地把自己的知识和经验传授给他们，同时注意发现、培养年轻有为的谐剧和方言诗人才，帮助他们尽快成为谐剧和方言诗的接班人。现在，他培养出来的谐剧人才和方言诗人才已经形成专业和业余两支相当可观的队伍，活跃在四川、重庆等地的城镇、农村、部队和学校，为丰富人民群众的文化生活，促进社会主义精神文明建设发挥着积极的作用。有好几位谐剧演员还多次参加全国性的曲艺比赛和中国曲艺节等活动，大显身手，受到全国曲艺界、文艺界和社会各界的欢迎和赞赏。

永梭同志的一生，是不断探索、创造的一生，是无私奉献的一生，不愧是一位德艺双馨的艺术家。他用毕生心血浇灌和辛勤培育出来的谐剧艺术和方言诗，在大家的精心爱护和大力扶植下，一定能够日趋繁荣！

（原载《王永梭文集》，四川文艺出版社 2000 年 4 月出版;《曲艺》2000 年 9 期转载）

刘洪滨与山东快书[1]

今天，我们欢聚一堂，祝贺刘洪滨同志艺术生活五十年，是一件很有意义的事情。作为洪滨同志的老朋友，我谨向他表示热烈的祝贺！

洪滨同志是在解放战争时期参军的老同志，一直在部队工作。我同洪滨同志相识，是他在一九五一年随高元钧同志从朝鲜战场慰问志愿军回到北京。他身着戎装，精神抖擞，显得格外年轻英俊，给我留下深刻印象。此后，彼此接触渐多，陆续阅读和欣赏了他创作演出的许多作品，我为“高派艺术”有这样优秀的传人而感到由衷的高兴。“文化大革命”中断了他的艺术生涯，但他的革命理想和对曲艺事业的执着追求并没有消退。粉碎“四人帮”之后，他回到曲艺工作岗位上，重新焕发出艺术的青春，在新的历史时期里，陆续创作演出了许多富有时代精神和艺术魅力的优秀作品，并在曲艺理论研究和辅导工作等方面做了大量

① 本文系作者2000年10月在刘洪滨同志艺术生活五十年座谈会上的讲话。

富有成效的工作，为繁荣曲艺艺术，丰富部队文化生活，提高部队战斗力，促进社会主义精神文明建设和现代化建设做出重要贡献。五十年的实践证明，洪滨同志的确不愧是我国卓有成就的曲艺家。正因为如此，他受到部队党委的多次表扬，先后当选为中国曲艺家协会理事，被中国曲艺家协会授予“从事曲艺工作五十年有突出贡献的曲艺家”的荣誉称号。尤其可贵的是，他还获得了国务院颁发的为我国文化艺术事业做出突出贡献的专家证书。这是洪滨同志的光荣，也是曲艺界的光荣。

洪滨同志的成就是多方面的。首先是在曲艺创作上取得丰硕的成果。五十年来，他始终自觉地以毛泽东思想为指导，坚持文艺为人民服务、为社会主义服务的方向和百花齐放、推陈出新的方针，深入生活，深入群众，满腔热情地表现部队的火热生活和斗争，特别是在塑造英雄、模范人物方面做出突出的成绩。他和刘学智等同志合作的短篇山东快书《师长帮厨》《长空激战》《两代神炮手》和数来宝《青海好》《人民首都万年青》《从军记》，他改编的中、长篇山东快书《赵勇刚》《马本斋传奇》等，就是一部分代表性作品。这些作品的共同特点是，生活气息浓厚，时代感强，人物性格鲜明，故事曲折生动，气势雄浑，语言清新，富有部队文艺的特色，既巧妙地运用了传统曲艺的表现手法和技巧，又借鉴吸收了姊妹艺术中一些好的东西，在艺术上有所创新。这些作品宣扬了爱国主义、集体主义、社会主义精神和我军光荣的革命传统，丰富了部队的文化生活，提高了人们的思想境界，因而受到广大军民的热烈欢迎。

洪滨同志的表演艺术功底深厚，独具风采。他长期追随高元钧同志，勤学苦练，把高派作品和表演艺术都学到手，练就一套扎实的基本功。但他并不以此为满足，而是以他的老师为榜样，在继承优良传统的基础上，根据新时代和人民群众不断提高的审美要求以及自身的条件，不断改革创新。他演过歌剧、话剧，唱过歌，跳过舞，还唱过山东琴书，演过数来宝和双簧（前脸），不仅有多方面的艺术才能，而且能够把姊妹艺术中可资借鉴吸收的东西经过自己的思考、选择和咀嚼、消化，“化”为己有，以丰富和提高自己的表演艺术。正是由于从认识到实践的结合上注意解决好创新和继承、借鉴的关系，并做出切实的努力，所以，他在演唱的方法、节奏、韵律和表演动作等方面都有所突破和创新，并逐步形成独特的演唱风格。

洪滨同志热心培育曲艺人才，成绩卓著。五十年代初他就积极参加全军培训曲艺人才的工作，与高元钧等同志一起认真执教，培训出大批山东快书专业演员和曲艺工作干部，把山东快书推向全军和许多地方。此后，他又在部队工作之余应北京市劳动人民文化宫的邀请，在职工业余培训班执教达十年之久，为基层培训出数十名文艺骨干，其中有的学员还被吸收到专业文工团工作。他先后为部队和地方培训的山东快书演员有二百多人，当今许多山东快书表演艺术家都受过他的教诲。他在离休之后，继续致力于培养曲艺人才的工作，先后在山东淄博市、临清市和中国北方曲艺学校主持过多次山东快书训练班，在解放军艺术学院和北京大学中文系留学生班讲授山东快书课，传播民族说唱艺术，并被聘为中国北方曲艺学校高级讲师、解放军艺术学院客座教授。他平时个别收徒传艺同样尽心尽力。在培养人才的工作中，他从严要求自己，学而不厌，诲人不倦，因材施教，教学相长，坚持德艺并重，全面发展，不但做出很好的成绩，而且积累了许多宝贵的经验。

洪滨同志在曲艺理论研究方面也颇多建树。他参加工作以后，从学习和艺术实践中越来越深切地感觉到理论研究的重要性，从而努力提高自己的理论素养和研究能力。为了填补山东快书理论研究的空白，他在五十年代就从总结经验开始，参与编写《表演山东快书的经验》一书，以后又参与编写《山东快书艺术浅论》一书，比较全面地论述了山东快书的发展历史、艺术特点和创作、表演方法等，初步提供了山东快书理论的框架和基础，对普及山东快书艺术，促进山东快书的理论研究起到积极的作用。他最近编著的《山东快书表演概论》，则进一步总结了他和同行们的舞台实践经验，提出了许多重要见解。现在曲艺表演艺术的研究还是一个相当薄弱的环节，这部著作的出版将会引起人们的注意和研究兴趣。

洪滨同志还是长期担任基层领导工作的优秀干部。他所领导的曲艺队是一支乌兰牧骑式的文艺轻骑队，是一支方向明、素质高、作风硬、业务精和特别能战斗的队伍。他们不辞劳苦，不计名利，不畏艰难，哪里需要就奔向哪里，全心全意为广大指战员服务，为社会主义祖国和人民服务。从前线到后方，从边疆到海岛，到处都留下他们的身影，洒下他们的汗水。这支队伍劳苦功高，享誉全军，被北京军区评为全军区十面红旗之一的标兵单位。而能够做到这一步，与洪滨同志所做的努力是分不开的。

回顾洪滨同志走过的革命历程和艺术成就，我深感敬佩。我们要学习他坚强的革命事业心和历史使命感，学习他全心全意为人民服务、为社会主义服务的好思想和开拓创新精神，学习他密切联系群众和艰苦奋斗的优良作风，为创造社会主义曲艺事业的新辉煌而共同努力！同时，我衷心祝愿洪滨同志老而弥坚，继续奋进！

我所认识的王济同志

王济同志是一位在创作、评论、教育和组织领导工作等诸多方面都卓有成绩的曲艺家，也是我相识多年的一位老同志、老朋友。二〇〇五年春天，我和吴文科同志一起去看望他，这时他在家里疗养，因患绝症，动过大手术，久已不能正常进食，显得格外清瘦、虚弱，但精神很好。我要他少说话，但他还和往常一样，关心国家大事，关心曲艺事业的发展，并说因为身体不好，做不了多少事情，除了每天读书、看报、听广播、看电视，只能写点文章或回忆录，把自己一生的甘苦和经验教训告诉年轻人，供他们参考；他还对《中国曲艺志·天津卷》编纂工作提出一些建议和意见。我要他静心疗养，多多保重，一切都可放心。当我们告别的时候，他站起来，眼含泪花，紧紧握住我们的手，彼此依依惜别的情景至今难忘。没想到，这次见面竟成永诀！最近，我看到王济同志夫人钟秀玲同志搜集的王济同志生前发表的和未发表的全部作品、文章以及一些同志撰写的有关王济同志的评论文章和回忆录，使我更加深了对王济同志的了解，引起对他的不尽思念。

一

毛泽东同志《在延安文艺座谈会上的讲话》中郑重提出，“鲁迅的两句诗，‘横眉冷对千夫指，俯首甘为孺子牛’，应该成为我们的座右铭。”我看，王济同志就是按照这样的要求做的。

王济同志的童年是在烽火连天的抗日战争年代度过的，在抗日救亡运动的哺育下，中学没有读完，他就抱定誓死不做亡国奴、共赴国难的决心，报名参加抗日远征军，准备与日本法西斯战斗到底。一九四五年八月，部队正准备开赴缅甸前线时，日本宣布无条件投降，他被部队保送到南开大学外语系学习。他聪明好学，中文好，外文也好，第一篇读书报告《法西斯的丧钟——〈虹〉（苏联小说）》，就表现出他对苏联人民反对法西斯战争的热烈拥护和对德国法西斯的强烈仇恨，而且文笔生动，立即受到李广田教授的好评，被发表在学生会主办的《普罗米修士》墙报上。在中共地下组织的鼓励和帮助下，他参加了党的外围组织“民青”，进一步提高了对中国共产党和中国革命的认识，积极投入党所领导的爱国学生运动。他负责学生团体“文艺社”的工作，又和同学一起组织了“新诗社”，编辑出版《诗刊》墙报，举办诗歌朗诵会，带头朗诵艾青的长诗《火把》，领唱《义勇军进行曲》

和《国际歌》，鼓舞大家的斗争热情。一九四七年五月十八日，在白色恐怖的天津，王济同志与南开大学的同学一起起草了响应北京大学、清华大学的同学们罢课并于五月二十日举行“反内战、反饥饿”大游行的通电宣言《告同胞书》，冒着被国民党特务、警察、宪兵的冲击、抓捕、打杀的危险，参加了轰动全国的五二〇运动。他还创作发表了讽刺国民党反动派头目和揭露国民党反动派发动内战的罪行的诗歌，撰写、发表了评论苏联戏剧和评论赵树理的小说《李家庄的变迁》及鼓吹大众文学的文章，翻译、发表了高尔基的短篇小说《米莎》。

一九四八年，斗争形势更加严峻，国民党天津当局把许多学生上了黑名单，进行镇压、迫害，王济同志在党的地下组织帮助下投奔解放区，到中共中央华北局报道，投入打倒蒋介石、解放全中国的伟大斗争。一九四九年一月，他随同人民解放军进入天津，参加接收国民党广播电台的工作，历任编辑、文艺组长、科长、文艺部主任等职务，为宣传党的方针政策，歌颂人民革命的胜利，鼓舞人民建设新中国的热情，并有计划地播放革命文艺节目和优秀传统曲艺、戏曲节目，发展新的人民的文学艺术，丰富人民的文化生活，做出不懈的努力和显著成绩。

一九五三年，王济同志参与组建和主持广播曲艺团的工作。如前所述，王济同志爱好文学，长于写作，外文也好，到广播电台后，虽然对曲艺、戏曲等群众喜闻乐见的艺术极为重视，却没有从事曲艺工作的思想准备。但他组织观念很强，一切服从工作需要，立即愉快地走上新的工作岗位，从此与曲艺结下不解之缘。他历任广播曲艺团团长，天津曲艺团副团长、团长，中国北方曲艺学校校长，还先后被推选为中国曲艺家协会理事，天津曲艺家协会副主席、顾问，为改革和发展我国的曲艺艺术，培养年轻优秀的曲艺人才，开拓进取，艰苦奋斗，无私地奉献出自己的全部心血。

二

我和王济同志交往多年，他给我的突出印象是，始终不渝地坚持文艺为人民服务、为社会主义服务的方向和百家齐放、推陈出新的方针，坚持“出人、出书、走正路”。

在曲艺团工作期间，他经常和大家一起，深入群众，深入基层，把优秀的艺术成果奉献给广大群众。他认为，我们的文艺是人民的文艺，就要为人民服务，对人民负责。这是曲艺工作者应尽的责任，也是向群众学习和与群众结合的必由之路，决不能动摇。当“一切向钱看”，把艺术完全商品化，对人民不负责任的歪风刮来的时候，他明确指出，这是一股歪风。我们曲艺团是党所领导的曲艺演出团体，不是不要增加经济收入，但来路要正，在任何情况下，都要把社会效益放在首位，不能搞低级趣味，不能走歪门邪道。

由此可见，他的态度是何等鲜明！他重视艺术，爱护人才，对各个曲艺品种和不同艺术风格、流派的演员、艺术家都一视同仁，并尽可能给予发展的机会和条件。他注重弘扬主旋律，又提倡多样化，凡是有利于人民的节目，都给予鼓励和支持，从不厚此薄彼，更不以感情代替党的政策。他始终注意解决继承与创新的关系问题，要求大家既要很好地继承曲艺的优秀传统，反对虚无主义和简单粗暴，又要求大家在继承优秀传统的基础上，借鉴、汲取古今中外优秀的文化成果和经验，大力创新。总之，他和大家一起，始终把方向问题、原则问题放在首要地位。这对做好曲艺团的工作，无疑具有极为重要的意义。

王济同志给我的另一深刻印象是，注重队伍建设和曲（书）目建设。

天津曲艺团人才济济，既有才艺超绝、德高望重的老艺术家，也有年富力强的中年演员和初露头角的青年演员、伴奏人员。王济同志对这支队伍倍加爱护，不但关心他们的生活，更关心他们在思想上艺术上的进步，鼓励、帮助他们提高思想艺术修养，充分发挥积极性和创造性，更好地为人民服务。他同样重视创作队伍建设，不但在团内设有创作组，为曲艺文学创作人员、研究人员和音乐设计人员提供学习、深入生活和进行创作研究的条件，自己也积极参加创作组的活动，创作曲艺作品；同时，还多方争取团外的创作、研究力量，为曲艺团创作、整理曲艺作品。在工作中，他经常鼓励创作人员与演出人员要互学互帮，密切合作，促使这两支队伍心往一处想，劲往一处使，结为一个团结战斗的集体。事实证明，这两支队伍缺一不可，只有把这两支队伍都建设好，通力合作，才能充分发挥创作人员和演出人员的创造才能，不断地丰富上演节目，提高创作演出质量，从而增强曲艺团的实力，提高曲艺团的声誉，促进曲艺的发展和繁荣。

曲（书）目建设，同样重要。曲艺团同其他艺术表演团体一样，必须不断地创作、演出新节目，并不断积累有保留价值的艺术精品，才会具有永久的生命力，才能满足听众不断增长的精神文化需求，在文化市场的激烈竞争中立于不败之地。为达此目的，他热情鼓励和帮助作者、演员亲密合作，创作、改编现代题材及其他题材的具有时代精神和艺术魅力的曲艺节目，整理、加工优秀的传统节目，同时鼓励和支持大家在表演和音乐唱腔等方面积极改革创新，陆续取得许多弥足珍贵的艺术成果。他曾经先后应中国曲艺研究会和中国曲艺工作者协会（后名中国曲艺家协会）的邀请，率团进京演出，或参加文化部主办的全国曲艺会演、全国曲艺调演，文化部和中国曲协联合举办的全国新曲艺优秀曲（书）目比赛，中国曲协举办的中国曲艺节以及艺术交流等活动，多半是不同曲艺品种、不同题材和不同艺术风格、流派的老中青演员、艺术家同台演出，各展风采。演出的节目内容丰富，形式多样，声情并茂，雅俗共赏，使人感心动耳，荡气回肠，深受群众的欢迎和曲艺界、文艺界人士的好评。想起有些艺术精品，至今仍然余音绕梁，难以忘怀。由此可见，不断创作、演出和积累优秀曲（书）目是多么重要。

由于天津曲艺团坚持“出人、出书、走正路”，取得优异的成绩，文化部于一九八三年曾致信祝贺，并授予特别奖金，使大家深受鼓舞。这是在党的领导下，全团同志积极努力的结果，与王济同志领导有方和苦心经营也是分不开的。骆玉笙、曹元珠等许多同志都给我讲过曲艺团的情况，称赞他是一位难得的好团长、好领导。我看，这决非溢美之词。

三

一九八四年春天，在陈云同志的关怀和支持下，文化部决定创办中国北方曲艺学校，委托天津市负责筹建，由王济同志担任校长。我和许多同志一样，感到非常高兴。王济同志党性强，作风正，受过高等教育，有深厚的文化素养，又通晓曲艺艺术，具有很强的组织领导能力，由他担任校长的确是最适当的人选。我当即致信祝贺，他诚恳而又谦虚地表示，自己水平有限，缺乏办曲艺学校的经验，困难很多，但一定和大家一起，尽最大的努力。

事实正是这样。创办中国北方曲艺学校的确是一件开拓性的工作。过去培养学生的方法，大都是师父带徒弟，口传心授；新中国成立后，有些地方采取团带班和办训练班的方法培养曲艺人才，都是有成绩的，也积累了一些好经验，但都有一定的局限性，只能适当吸收。那时，全国只有一所中等曲艺学校——苏州评弹学校，是在陈云同志的关怀和支持下于二十世纪五十年代创办的，取得显著的成绩，但教育的对象限于苏州评话和苏州评弹，不是多学科曲艺学校，有些经验可以借鉴、吸收，但如何办一所培养北方若干曲种的和多方面的曲艺人才的学校，还缺乏现成的模式和经验；其他艺术门类的中等专科学校的做法和经验也只能参考，不能照搬。如何组织起一支素质好的教师队伍？如何编写出质量较高的教材？如何尽快把这所学校办成一所现代化的曲艺学校？一切都要从头做起，真是创业维艰，任重道远；而曲艺界对学校又期望甚殷。王济同志就是在这样的情况下，把自己的全部心血献给曲艺教育事业。在他的主持下，不但把学校办起来，而且越办越好，充分显示出他的不同寻常的胆识和领导才能。

在办学过程中，王济同志始终坚持正确的指导思想和办学方针，把党的教育方针与曲艺学校的实际结合起来，把教艺术和教做人结合起来，把教学与研究及艺术实践结合起来，紧紧围绕培养有理想、有道德、有文化、有纪律又有艺术专长的年轻优秀的曲艺人才的大目标，主持制订教学大纲和教学计划，在各方面都做了大量的卓有成效的工作。

办好学校的关键，是建设一批优秀的教师队伍。为此，他四处奔走呼吁，访贤求助，陆续聘请到一些曲艺名家到学校任教，或聘请他们担任兼职教师、顾问；同时，邀请高等院校文史方面的教授到学校授课。他尊重知识，爱护人才，对教师们的工作、学习和生活都非常关心和照顾，大家也感到非常温暖和愉快，愿意把自己的知识和经验奉献出来。他带头给学生讲课，和学生一起听老师讲课，并和老师交换意见以改进教学。由于这支教师队伍逐步巩固、扩大，并不断提高教学水平，从而保证了教学质量，收到很好的效果。

为编写好教材，王济同志同样倾注了大量心血。由于没有现成的教材，而曲艺史、论的研究工作又一直是曲艺工作的薄弱环节，如何编写适合学校采用的教材，就成为一项非常紧迫而又艰巨的任务。在这种情况下，王济同志采取了边教学、边研究、边编写和逐步充实、完善的做法，并亲自主持了教材编写工作。经过大家的努力，终于编写出一套有较高质量的《中国曲艺史》《中国曲艺概论》等教材，其中《中国曲艺史》还公开出版发行，并在中国文联、中国曲协举办的曲艺牡丹奖的评选中被评为曲艺理论专著二等奖。

学校还经常组织学生和老师一起进行内部实验演出和观摩活动，并进行评比，从而加强了学生的基本功训练，提高了他们创作演出的实践能力，激发了他们的积极性和创造性；及时发现了一些年轻优秀的曲艺人才；老师们也从中受到启发，做到教学相长。

我们高兴地看到，经过王济同志和全体师生员工的共同努力，中国北方曲艺学校陆续培养出许多年轻优秀的创作人员和演出人员，为曲艺团体输送了新鲜血液，有些学生成为京津等地的骨干力量，他们创作、演出的优秀节目，深受群众欢迎，有的还在省、市和全国曲艺调演和比赛中获奖。老师和同学们谈到王济同志，都怀有感激和崇敬之情，尊称他为好校长、好老师；王济同志看到学生们的健康成长，也深感欣慰。

四

王济同志又是一位优秀的作家、评论家。在做好组织领导工作的前提下，一直坚持创作。这一方面是由于他喜爱文学，长于写作，一方面也由于他深知曲艺创作的重要性，如同剧本是戏剧之本一样，说书唱本是曲艺之本，曲艺要发展和繁荣，必须重视创作。所以，无论工作多忙，他也挤时间进行创作。

他始终认为，社会生活是文艺创作的源泉，争取一切机会深入群众，深入生活，从中汲取题材、主题、语言、诗情与画意。由于他熟悉群众生活和他们的思想感情及艺术欣赏的要求，又有较高的文学修养，通晓曲艺的艺术规律和特点，并注意与演员合作，陆续创作了许多曲艺作品，经过演员的再创造，有不少成为有保留价值的艺术精品。如天津时调《红岩颂》《红莲出水》，梅花大鼓《悲壮的婚礼》，京韵大鼓《椰林红旗》《抗洪曲》，岔曲《赞雷锋》，山东琴书《选路》，唱词《我爱什么家》等，都久演不衰，受到广大听众的热烈欢迎，有的还获得全国优秀曲艺作品奖和天津鲁迅文艺优秀作品奖。

我读过、听过王济同志的许多作品，总的印象是，创作态度严肃认真，大都有浓郁的生活气息和鲜明的时代特色，既突出了主旋律，又注意演唱的需要和演唱者的风格、流派的多样化；既注意思想性，又注意艺术性和观赏性，并使之尽可能完美地统一起来。他曾说过，曲艺作品要努力做到“读听俱佳”，也就是说，好的唱词，读起来是让人爱读的优秀文学作品；唱起来又是符合演唱要求让人爱听的优秀节目，把可读性和可演性结合起来。这是很高的要求，作者必须具有深厚的文学修养和很强的写作能力，又熟悉曲艺演唱的基本规律和曲艺表演、曲艺音乐，乃至不同艺术形式和不同艺术风格、流派的特点，才能达到这样的要求。他能在曲艺创作上取得这样优异的成绩，是非常难能可贵的。他的诗词是真情流露，也颇有文采。

王济同志在曲艺理论研究和评论方面，也给我们留下许多弥足珍贵的东西。他的文章同他的为人一样，求真务实，是非鲜明。无论是论人论事，还是对某些问题提出看法和意见，都经过深入调查研究，坚持实事求是，好处说好，坏处说坏。即便是对成绩卓著的同志和知心好友，在充分肯定成绩的同时，也不客气地指出缺点和不足。他撰写的一些曲艺名篇的分析评论文章，特别是关于论述骆玉笙、李润杰、王毓宝、曹元珠等曲艺大家及其艺术流派的研究和评论文章，论述深刻，见解独到，富有感染力。如果对论述对象缺乏深入的调查研究和真挚的感情，是写不出来的。他撰写的回忆录，也有助于人们对一些事情的了解和研究。

王济同志于一九九一年离休，时年六十五岁，本可以在家颐养天年了，但他离而不休，即使在不久之后身患重病，动了大手术，身体极为虚弱的情况下，依然关心国家大事，关心他所热爱和长期为之奋斗的曲艺事业，忍着病痛，坚持读书、看报、伏案写作，尽可能参加一些重要活动，还经常同前来看望他的同志和学生探讨曲艺发展中的一些问题，把自己经历的一些事情和经验教训讲出来，供大家参考。当大家真诚地感谢他对党和人民、对曲艺事业做出的突出贡献时，他总是极其郑重地表示，他是在党和人民的培养教育下成长起来的，如果说还做了一些有益的事情，都是在党的领导下跟大家一起做的，自己不过尽了一点应尽的责任，何况自己还有许多缺点和许多想做还没做到的事情呢！他就是这样一位忠诚于党和人民的事业、淡泊名利、埋头苦干、甘于清苦、甘于奉献，又非常谦逊质朴的人，不愧是无产阶级和人民大众的

“牛”，真正做到鞠躬尽瘁，死而后已。

这就是我所认识的王济同志。他将永远活在我们的记忆里，活在我们共同的事业中。

（原载《曲艺》2007年9期，并收入《王济曲艺文集（增订本）》作为代序，天津人民出版社2008年5月出版）

回忆王波云同志

近些年，王波云同志一直住在北京郊区的孩子家里，每天读书、研练书法，我们常通电话互致问候，有时候会去家中看望。最后一次聚会是在二〇一六年初，见他精神很好，还是那么健谈，虽患有老年病，但无大碍，又有儿女照顾，我们就放心了。没想到春节刚过，他就一病不起，噩耗传来，我们深感突然、悲伤！回想往事，总觉得他还生活在我们中间。

我和王波云同志相识，是他在一九五四年从中共中央华北局宣传部文艺处调到中国文联办公室之后。那时候，中国文联和中国曲艺研究会、中国舞蹈研究会、中国民间文艺研究会、中国摄影学会等文艺团体工作人员很少，党员更少，合编在一个党支部过组织生活。“文化大革命”开始后，他靠边，我受审查批判，下放到“五七”干校劳动。重新分配工作时，又都回到北京。由于彼此经历和爱好相同，相互了解，常在一起谈心，可以说是最要好的同志和知心朋友。

王波云同志，原名王培芸，一九二八年九月生于鲁西南一户农民家庭，从小爱好文艺，十七岁参加革命，先后在冀鲁豫文艺工作团、平原省文联《平原文艺》编辑部、中共中央华北局宣传部文艺处工作，参加过赴朝慰问团赴朝鲜前线慰问，担任过演员、编剧、编辑，各种工作都做得很好；还写过歌剧、诗歌和评论文章，在中国文联的十多年里继续在业余时间致力于诗歌创作。我在报刊上读过他的一些短诗，大都取材于农村生活，主题鲜明，语言朴实清新，具有鲜明的时代色彩和浓厚的乡土气息。我曾建议他收集起来编选一本诗集出版，也想等看到他更多的诗作后写篇评论文章。王波云同志一生为人谦逊，淡泊名利，总是没把这件事放在心上，直到他遽然去世，也未能看到诗集问世，实在是一件憾事。

王波云同志的事业心特别强。在粉碎“四人帮”之后的十年里，他一直在中国艺术研究院主办的《文艺研究》编辑部工作，历任编委、编审、副主编、主编，为办好这个在国内外有重要影响的理论研究刊物，从制定刊物的方针、计划到组稿、编稿、审定稿件，他殚思竭虑，全力以赴，认真贯彻文艺为人民服务、为社会主义服务的方向和百家齐放、百家争鸣的方针。他认为《文艺研究》的主要任务是实事求是地总结历史经验，及时研究新时期的文艺现状，寻找社会主义文艺的艺术规律，立足中国，面向世界，为发展中国特色社会主义文艺学做出贡献。他和编辑部的同志一起，在刊物上组织、讨论了社会主义文艺审美理想、人道主义和人性论问题、中国特色文艺学的设想、作家与社会、文艺与现实、文艺的本质、形象思维、社会主义文艺的创作方法等重要理论问题；加强和开拓了艺术门类的美学研究，如电影美学、戏曲美学、书法和篆刻美学、雕塑美学、建筑美学和园林美学等方面的研究；探讨了新的学科方向，如比较文学、系统论和控制论在文艺中的运用、工艺美学、环境美学；介绍了西方文艺思潮和流派，如接受美学、结构主义、新批评派、前现代主义与后现代主义、印象派、阐释学等；他紧密联系实际，组织了新时期以来的文学新潮、音乐新潮、美学新潮等方面的讨论。他和我多次谈到曲艺，认为曲艺是中国民族民间文艺的重要组成部分，历来为广大人民群众所喜闻乐见，应当受到足够的重视和发展；现在有些人还怀有偏见，瞧不起曲艺，是很不对的。《文艺研究》也要组织曲艺方面的文章。他约我写的就有两篇，一篇是《坚持出人、出书、走正路》，一篇是《中国评话艺术的丰碑》。第一篇是他读了《陈云同志关于评弹的谈话和通信》之后约我写的。陈云同志是他崇敬的一位党和国家领导人，他认为陈云同志这本书不但对曲艺工作有重要的指导意义，对整个文学艺术工作也有重要的指导意义，应该认真学习、宣传，并加以贯彻。他特别赞赏陈云同志提出的要“出人、出书、走正路”，认为这七个字言简意赅，易懂、易记，可作为文艺工作者的座右铭。第二篇文章是他读了江苏文艺出版社出版的扬州评话《水浒》以及我受主持这部书整理工作的王鸿、郭铁松同志的嘱托所写的《后记》，打算在《文艺研究》上转载这篇《后记》。于是我就用《中国评话史上的丰碑》作为正题，把《后记》改作副题。从《文艺研究》发表和转载这两篇文章，就可以看出他对曲艺艺术的重视。他还根据不同时间的需要和实际情况撰写和主持撰写发表了一些本刊评论员文章，如《坚持毛泽东文艺思想的旗帜》《双百方针是发展社会主义文艺的必由之路》《努力提高电影艺术质量》《开展艺术批评，注意批评方法》《让戏曲现代戏大放异彩》《写在〈讲话〉发表四十年之际》《批评也要自由》《文艺创作中要塑造知识分子形象》等。在编辑工作之余，他还撰写了《论〈水浒〉》《阿Q的典型性格》等重要的学术论文。

王波云同志在《文艺研究》工作了近十年，充分展现了他的思想理论与文化艺术修养和写作、编辑才能，做出显著成绩。可以说这是他一生中很重要的一个阶段，很辛苦也很愉快。

更使我难忘的，是他担任《中国曲艺志》副主编与我共事的岁岁月月。《中国曲艺志》于一九八五年和其他九部文艺集成志书一起被列为国家重大科研项目，分别由文化部、国家民族事务委员会和各有关文艺家协会联合主办。我受命担任《中国曲艺志》主编后，提出由王波云同志、周良同志担任副主编，很快获得批准，总编辑部也由此筹建。编纂《中国曲艺志》是一件开创性的工作，无先例可循，曲艺资料和编辑人员十分缺乏，工作上的困难可想而知，好在他和周良同志虽然年届七旬，依然怀有壮心，一致表示愿和大家一起为曲艺事业贡献力量。

全国文艺集成志书编纂工作会议和《中国曲艺志》第一次全国编纂工作会议召开之后，《中国曲艺志》编纂工作也逐步开展起来。《中国曲艺志》省、自治区、直辖市分别立卷，每卷百万字左右，实行三审制，召开审稿会议近百次，每次为期七天左右，会前认真审阅书稿，准备意见，开会时主编、副主编共同主持会议，和大家一起讨论书稿，王波云同志无一次缺席，从不叫苦嫌累；他发现有些同志在编纂工作中的问题，便根据中国曲艺志编纂工作体例要求，概括提出八句话，即“资料共享，观点共识，体例共守，责任共负，详其史实，明其源流，精其论断，严其体例”，供大家做参考，立即获得同志们的赞同，认为这八句话言简意赅，很全面，也很容易记住，是对从事编纂工作的同志的必要提醒。

王波云同志作风民主，遇有重要问题和意见分歧，主张各抒己见，充分讨论，从不轻易下结论，更不强加于人。历时二十五年努力奋斗，《中国曲艺志》终于全部问世。他看到印制精美的二十九卷志书时，深感欣慰，这也成为我们日后聚会时的重要话题。他多次说，通过志书编纂工作学到许多宝贵的东西，结识了许多志同道合的朋友，观赏到许多曲艺名家的精彩演出，在会议休息期间还了解到各地的民族民间风情，游览了一些名山大川，见证了新中国成立以来祖国大地发生的巨大变革和光辉成就，自己在离休之后还能发挥余热，获得如此难得的机会，死也无憾了。

这就是我的知心好友王波云同志。他的人品、文品和为人民所作的宝贵贡献，人们不会忘记。在他九十诞辰之际谨以此文表达对他的敬意和深切怀念。

（2018 年 12 月）

回忆张世英同志

张世英同志逝世快二十年了，她的音容笑貌还不断映入我的脑际，清晰而亲切，回想往事，百感交集，不尽思念！

我与张世英相识，是在一九七四年国务院文化组主办的华北文艺调演期间。我那时在文艺调演办公室任宣传组副组长，负责接待媒体记者，向他们介绍演出安排等情况，并回答他们的提问，人民日报记者张世英同志与光明日报记者赵镜明、北京日报记者冯德珍常常结伴来访。

调演期间，山西省选送的现代晋剧《三上桃峰》演出后，反映很好。万万没想到“四人帮”在文化组的代理人于会泳一伙却强加罪名，说该剧是为刘少奇翻案，责令调演办公室召开千人大会进行批判，并由其写作班子“初澜”写批判文章在报刊发表。一时间，惊恐紧张的气氛弥漫在北京文艺界。调演办公室也受到指责。对此，媒体记者多表示诧异和不满，张世英同志心直口快，愤愤不平地说：“这个戏演的是好人好事，怎么能说是为刘少奇翻案呢？这样随便扣帽子，文艺还怎么繁荣？”

接着又发生了所谓黑线人物夺权的“陶钝事件”，更是无中生有。情况很简单，陶钝同志原在山东工作时与山东曲艺界的同志很熟，山东曲艺演出代表队到北京后给陶钝打电话，说想去看望他，他觉得演出队驻地西苑大旅社离他的住处朝阳门外东大桥很远，交通不方便，便乘公交车到西苑大旅社看望他们，见面后只说了几句问候的话，看了一两个演出节目，预祝演出成功。于会泳一伙却疑神猜鬼，捏造罪名，无限上纲，将其隔离审查。因我在“文化大革命”前与陶钝同志一起在中国曲协工作，被视为“内鬼”，是怀疑对象，于是，要我揭发交代问题，批判我的大字报也在楼道里张贴出来，我又一次陷入被审查的境地。

一天，张世英同志遇见我，她可能已从办公室负责人胡可同志那里听到有关我的情况，一点也不避嫌，还是那样热情，并嘱咐我：“一定要想开。”还说：“善有善报，恶有恶报，不是不报，时候不到！好人总会有出头的时候。”在当时的情况下，能听到这样的话，我很感动。她的正直、真诚、善恶分明和富有同情心，给我留下很深的印象。

一九七八年，中共中央决定中国文联和各文艺家协会恢复工作，我被调回中国曲艺工作者协会（后改称中国曲艺家协会）主持筹备有关恢复事宜和中国文联第四次全国代表大会有关曲艺方面的工作。我和张世英同志的接触也慢慢多起来。一天上午，张世英同志来访，听我说工作虽有困难，但进展顺利，她很高兴，说今后她要和一些文艺家协会打交道，曲艺界有什么重要活动，可以随时通知，她会尽量参加，希望给予帮助。她还讲道，自己对曲艺工作的重要性的认识也是逐步提高的，人民日报文艺部打算今后多发表些曲艺方面的文稿，希望我在这方面多多给予支持。我当即表示，凡是能够做到的一定尽力。

以后的一些年，如张世英同志所言，她参加了许多曲艺界的重大活动，并尽其所能地进行了宣传。张世英同志工作积极热情认真细致，每一件曲协重要活动的新闻稿在发稿前都会主动征求我的意见，生怕有不准确或不妥当之处，她说：“我虽参加新闻工作多年，还是深感要做到毛主席教导的那样，每件东西都写得‘准确、鲜明、生动’很不容易，所以少不了麻烦你，请多提意见。”有时我在个别地方提点修改意见，她都能虚心接受。那时还没有电脑，有些重要活动的报道张世英同志往往当即会用电话传给人民日报总编室，说明该次曲艺活动的重要性，请他们尽快安排版面予以发表。她打算专访的曲艺界、文艺界代表性人物，也多次向我了解情况，征求意见。她写的专访，大都能抓住受访者最重要的东西和闪光点，不但内容符合实际，文字也简洁晓畅，朴素清新，不虚夸，没有陈词滥调。我有时夸奖她写得不错，鼓励她多写一些，她总会有点不好意思，说比起有些同志，自己还差得远，今后还需要继续努力。

随着时间的推移，我们的接触越来越多，彼此间的了解和友谊也不断增进。

在改革开放的新时期，文艺工作也空前活跃起来。张世英同志深受鼓舞，工作热情更加高涨，常常不分早晚地参加并及时报道文艺界的重要活动。多年来，她大量采访文艺界及社会各界人士和先进单位，从不同角度记述了作家光未然、丁玲、贺敬之、刘白羽、端木蕻良、草明、胡可、骆宾基、贾芝、丁毅、管桦、李健彤、朱子奇，音乐家吕骥、贺绿汀、周巍峙、孙慎、赵沨、时乐濛、塞克、何士清、卢肃、李焕之、李凌、李伟、孟波、瞿维、黄河、罗浪、李德伦、王莘、章枚、刘炽、张非、晨耕、李波、王昆、孟于、周小燕、郭兰英、张权、王洛滨、彭丽媛、郑小瑛、张映哲，曲艺家韩起祥、高元钧、骆玉笙、侯宝林、马三立、陶钝、吴宗锡、周良、何迟、夏雨田、王丽堂、刘兰芳、袁阔成、单田芳、田连元、良小楼、关学曾、魏喜奎、孙书筠、赵铮、李润杰、陈增智、常宝华、徐檬丹、朱学颖、何祚欢、程永玲、李仁珍、夏耘、刘宝瑞、苏文茂、杨子春、姜昆、李文华、冯巩、李金斗、徐玉兰、赵玉明、崔凯、周喜俊，舞蹈家白淑湘、贾作光、赵青、崔美善，美术家尹瘦石、赖少其、罗工柳、古元、丁聪、张守义，戏剧电影艺术家欧阳山尊、李和曾、胡朋、高玉倩、齐啸云、陈强、葛存壮、谢添、于敏、颜一烟、童超，以及著名人士萧华、莫文骅、孙大光、陈雷、熊复、李伟、庄炎林、贺晋年、荣高棠、沙洪、杨宪益、丁雪松、冯亦代、王松声、周汝昌、李淑一，国际友人冈本文弥、石清照、伊久磨、方初善、林晶晶等近三百人，她的文章生动记述了他们的感人事迹及趣闻佳话，在报刊发表后，受到读者的欢迎与好评。直到二〇〇〇年六月因病住院前，张世英同志还坚持参加文艺界的活动，不间断地采访和写作。

关于张世英同志的经历、思想品格、工作表现和对党的新闻工作的贡献，人民日报社在讣告中做了全面、准确和满含深情的叙述与评价，我抄录在这里，以便大家了解：

张世英同志一九三〇年三月生于黑龙江省哈尔滨市，一九四七年十七岁时即投身革命，一九四八年加入中国共产党，先后在哈尔滨日报社、沈阳工人日报社、武汉长江日报社、东北劳动日报社、人民日报东北记者站、人民日报工业组和工商部、人民日报总编室、文艺部工作，历任记者、编辑、总编室秘书、文艺部编辑、记者、主任编辑等。她热爱祖国热爱党，忠诚于党的新闻事业，坚持以党的新闻工作者的高标准要求自己，在工作岗位上勤勤恳恳、兢兢业业，曾多次被评为报社先进工作者。她认真学习马克思主义、毛泽东思想，刻苦钻研业务，深入群众，以极大热情参加文艺界的重要活动，采访过许多卓有成就的文学艺术家和年轻有为的青年文艺工作者，撰写了数以千计的新闻报道，发表过不少有很好反响的专访和评论文章，受到读者的欢迎和文艺界的好评。许多文学艺术家和文艺工作者都把她当做知心朋友，彼此建立了深厚的友谊。

张世英同志热心宣传曲艺事业和优秀曲艺家的先进事迹，特别受到广大曲艺工作者的赞誉，在中国曲艺家协会第三次会员代表大会上，被推选为中国曲艺家协会理事。她还积极推动中国说唱文艺学会筹建工作，一九八八年被推选为中国说唱文艺学会理事和秘书长，为学会多次举办说唱文艺研讨活动以及学会日常会务工作，付出许多辛劳。

张世英同志始终保持着一个共产党员新闻工作者应有的思想品德和优良作风。她为人坦诚，生活简朴，光明磊落，爱憎分明，谦虚谨慎，能够自觉地坚持党的原则，抵制各种不正之风。一九八六年办理了离休手续，依然笔耕不辍，继续从事新闻和文艺宣传工作，活跃在新闻战线上，撰写出许多新闻报道和文章，直至住院治疗前还坚持采访写作。她积极投身老年事业，被聘为《老年天地》编委，为办好老年刊物付出许多心血，多次获得老年报刊奖；连续六年被《音乐周报》评为优秀记者；她的作品还被评为中国曲艺节好新闻奖。

张世英同志生前曾说过，“只要自己心中还燃烧着热情，为人民、为社会努力工作，你就会青春常在！”她是这样说的，也是这样做的。“白首雄心在，晚春心更红！”这句话是张世英同志晚年的誓言，也是她精神境界的写照。

我要说的，讣告中都说到了。这就是我所了解的张世英同志。

非常遗憾的是，在张世英同志二〇〇〇年六月去石家庄医院就医前，曾征求我的意见，我不了解她的老朋友介绍的新疗法是否十分安全，曾劝她留在协和医院诊治，但她求医心切，决意要去，儿女们也觉得既是老朋友介绍，又有治愈的患者的证明材料，也都同意她去，我没有坚决劝阻。没想到，很快传来坏消息，出了医疗意外，张世英同志不幸于同年十月十四日逝世，享年七十岁。我和她的亲人、同志和朋友得知这个消息，莫不感到突然和悲伤！

大家不会忘记她。

值得欣慰的是，张世英同志的女儿小枫已将她的绝大部分遗作收集起来，准备编选后出版。这既有益于后人，也是对她的最好纪念。

愿张世英同志好好安息！

（2019 年 1 月）

回忆许邦同志

二〇〇一年十月十九日，我正在浙江省绍兴市开会，突然接到北京打来的电话，说许邦同志不幸逝世，我顿感震惊和悲伤！因会议正在进行，未能参加追悼会与许邦同志告别，很是遗憾！

我与许邦同志相识是一九六二年他调到中国文联之后。我当时在中国曲协工作，同在一处办公，不断一起开会，有时他和王波云同志还一起到我家里坐坐，聊天谈心，由于彼此的经历、思想、性格及爱好基本相同，很快就成为知心朋友。

一九六二年党的八届十中全会以后，文艺界的批判斗争空气逐渐升温。一九六三年十二月毛主席关于文学艺术工作的批示下达之后，文联和曲协、舞协、民间文艺研究会、中国摄影学会的同志们非常震惊，很快进行整风。大家认真学习文件，联系实际，开展批评与自我批评，检查和改进工作，并以不同方式作了公开检讨，整风才告一段落。大家没想到，毛主席在一九六四年六月又作了关于文学艺术工作的批示，文艺界更加紧张起来，文联和各协会首当其冲，成为

"众矢之的"，处境更加艰难。

文联党组书记阳翰笙同志因被康生横加罪名，受到公开批判，实际成为审查对象，其他党组成员基本靠边。中央宣传部决定成立检查组，任命时任中国文联党组副书记的刘芝明同志担任检查组组长，中宣部派来两位同志担任副组长实际主持检查组工作，曲协、民协、舞协、摄影学会各有一位负责同志担任检查组成员，一起负责检查文联工作，要重点检查文联反党性质的问题。许邦同志时任中国文联办公室副主任兼检查组秘书，负责起草检查工作简报和重要情况报告。他为人谦虚谨慎，起草的简报和重要情况报告送审前都与我商量，尽可能写得既符合文联实际情况，又避免伤害同志。至一九六五年秋天，大小揭发批判会开了多次，也没有发现文联有反党性质的问题，文联整风暂告结束，各单位的工作重新开展起来。

但没过多久，"文化大革命"就开始了，文联大楼一片混乱，一天到晚乱抓、乱批、乱斗。我被批判审查，许邦被作为"黑帮"知情人和"文艺假整风"的知情人被逼揭发交代。一九六九年我被下放到河北省静海文化部"五七"干校劳动，许邦同志下放到湖北省咸宁文化部"五七"干校劳动，从而中断了联系。虽然一九七二年他分配到新闻通讯社工作后回到北京，一九七四年我也离开干校分配到国务院文化组，然而不久，因受无辜牵连，我再次成为审查对象，被撤销职务，直到粉碎"四人帮"后回到中国曲协，我和许邦同志才得以重新相聚。说起过去十余年所过的日子，如同一场恶梦，百感交集。尽管工作很忙，我们还是挤时间相聚谈心，互相鼓励和支持。

党的十一届三中全会开创了改革开放新时期，全国人民在党的领导下，高举中国特色社会主义伟大旗帜，解放思想，实事求是，改革创新，团结奋斗，经济建设和社会各方面的工作迅速稳健地向前推进，不断取得举世瞩目的光辉成就，我和许邦同志深受鼓舞。一九八二年，许邦同志受命创建新华出版社，先后担任新华出版社副社长、社长、党委书记兼总编辑，就以全部心血投入新闻出版事业。他忠诚于党的新闻出版事业，坚定贯彻党的路线、方针、政策，团结全社同志，解放思想，求真务实，发挥新华社新闻、时政与资源优势，精心组织出版了大批社会影响广泛的优秀出版物，赢得社会效益和经济效益双丰收的突出业绩，树立了新华出版社的品牌形象，奠定了新华出版社在业界的地位。

许邦同志乐于助人。当别的出版单位遇到难以解决的困难时，他感同身受，总是设法予以帮助。比如中国曲艺家协会主办的中国曲艺出版社在发行工作遇到困难时，他立即伸出援手，主动表示发挥新华出版社的发行优势，愿与中国曲艺出版社联合发行，如有盈余两家分，如有亏损由新华出版社负担，并帮助中国曲艺出版社临时解决组稿开支的困难。双方达成协议后，举行了两家编辑出版人员座谈会，大家一起畅叙友情，交换今后工作意见，展望未来，满怀信心。一九九一年，中国曲艺出版社与中国文联主管的文艺出版单位合并，有些曲艺作品和曲艺著作，如《说唱西游记》《骆玉笙评传》《刘兰芳评传》等，仍由新华出版社出版。这样的友好合作在曲艺界传为佳话，受到各方赞誉。此情此景，至今难忘。

许邦同志爱好文艺，对曲艺情有独钟。他积极参加曲艺界的活动，并有曲艺作品问世。由于他熟悉实际生活和群众的思想、感情、语言及艺术欣赏习惯，所写作品都很生动感人，如《陈毅的故事》一经发表就受到读者和讲述者的欢迎。一九八九年被推举为中国曲艺家协会理事、书记处书记；他还参与中国说唱文艺学会的筹建工作，被推选为副会长，为推动协会、学会工作做出宝贵贡献。

许邦同志于一九九四年离休之后，继续关心新华出版社的发展，关注和从事出版工作，长期担任中国出版协会理事、中国出版协会国际合作工作委员会副主任等职，也是全国图书交易委员会的创始人和国家“八五”重点出版工程《续修四库全书》工作委员会负责人之一。

许邦同志一九三一年十一月十八日生于河南省永城县，一九四六年一月在豫皖苏八分区参加革命，一九四七年六月参加中国共产党，一九四八年任新华社社长办公室秘书，一九五二年任新闻出版总署署长办公室秘书兼通俗读物出版社编委，一九五八年任二机部部长办公室秘书、报刊编辑部主编，一九六二年任中国文联办公室副主任兼政治部宣传处处长，一九六九年下放到湖北咸宁文化部“五七”干校劳动，任干校指导员、教导员、支部书记、党委副书记，一九七二年任新华社摄影部编辑室主任，一九七九年任新华出版社副社长、社长、党委书记兼总编辑，是我国首批享受国家新闻出版津贴的专家。二〇〇一年十月十八日不幸逝世，享年八十岁。

许邦同志一生自觉地以共产党员的标准严格要求自己，讲政治，顾大局，克己奉公，不贪图个人名利，工作勤勉，作风朴实，为人谦和，开朗乐观，待人公道正派，团结同志，特别关心人才成长。对身边工作人员和家属子女也严格要求。他博览群书，崇尚知识，具有高尚的人格魅力和高尚的思想境界。晚年患有眼疾，依然手持放大镜，坚持每天读书看报，终身学习不辍，在干部职工中树立了良好的形象。

这是新华社及新华出版社对许邦同志一生所作的评价。这就是我的知心好友许邦同志。

（2019年1月）

刘兰芳印象[①]

刘兰芳同志从事曲艺艺术已经五十年了。最近，她的自传《我的艺术生活》即将问世，要我作序。中国曲艺家协会主编的关于刘兰芳同志艺术活动的画册，要我写篇前言。我想，兰芳同志学艺、从艺的历程和有关情况，自传和画册中均有详细记述；她的艺术成就，广大听众倍加赞扬，专家们也多有评论，这里不必重复，只谈谈她多年来给我的一些印象，并藉以表示祝贺之意。

兰芳同志给我的深刻印象是，勤奋敬业。她出身说书世家，从小喜欢东北大鼓和评书艺术，十多岁拜师学艺，十四岁登台初显才华，三十多岁就以演出《岳飞传》而蜚声艺坛，享誉四方，成为一位深受广大听众欢迎的评书艺术家。其成名之早，影响之大，令人惊奇；殊不知她每前进一步，都经受了多少艰难困苦，付出多少心血和汗水。熟悉曲艺界情况的同志知道，

① 本文系作者2008年在祝贺刘兰芳艺术生活五十年座谈会上的讲话。

过去学说书的人大都家境贫寒，上不起正规学校，为了谋生才学习说书；学起来也十分困难，因为评书大都是口头流传，没有底本，更没有教材，几十万、上百万字的评书，内容丰厚，头绪纷繁，情节曲折，人物众多，全靠老师口传心授；有的老师只给学生讲个“梁子”，即故事梗概，要靠学生苦苦思索，自学各种知识，多方求教，逐步充实和发挥。要把老师的本领全学到手，并能博采众长，形成自己独特的艺术风格，更是难上加难。我们平时观看兰芳同志的演出，她总是神采飞扬，声音洪亮，台风洒脱大方，并善于与观众交流，显得那么轻松自如；然而，她在演出前后却极少有休闲的时候，也极少有个人的娱乐生活，几乎把全部精力都集注在她热爱的评书艺术上。许多同志都夸她天赋好，比如说她聪明，有一副好嗓子，记性好，等等，这的确是说评书不可缺少的重要条件；但更重要的是，她有极强的勤奋敬业精神。天赋好比深藏的璞玉，只有被人们用力开掘出来，精心琢磨，才能成为精美的艺术品。一个人天赋再好，如果不勤奋，也难以把聪明才智充分发挥出来，成为著名的艺术家。

兰芳同志坚持说好书，说新书，同样给我留下极深的印象。从学艺之日起，她就记住老师的教导：说书不光要让听众听着有趣，还要起到移风易俗的作用。她入党之后，更以共产党员文艺工作者的标准要求自己，诚心诚意地为人民服务，为社会主义服务。几十年来，她说过好几部长篇传统书，也说过许多中短篇新书，始终坚持质量第一，把社会效益作为最高标准。她说的传统书，都按照百花齐放、推陈出新的方针，认真进行了整理和加工，不但继承了说书艺术的优良传统，在思想内容和艺术表现形式上也有所改革创新。无论是演出《岳飞传》，还是演出《杨家将》，她都满腔热情地颂扬了岳家军、杨家将和广大抗战军民的爱国主义和英雄主义精神，塑造出岳飞、穆桂英等众多的英雄人物形象；同时，有力地讽刺和鞭挞了卖国求荣的民族败类，令人感动，发人深思。她演出的新书，无论是表现革命战争年代的英雄人物和他们的革命业绩，还是表现新中国成立以来特别是改革开放以来涌现出来的先进人物和他们的动人故事，都满怀激情，做出极大的努力。为了演好新书，她抓紧学习政治、文史等方面的知识，深入生活，四处访问求教，务求内容充实，主题明确，故事曲折动人，人物性格鲜明突出，语言生动活泼；在艺术上，一方面注意运用传统评书的表现手法，一方面根据表现新时代、新生活、新人物的需要，借鉴、吸收姊妹艺术中一些好的东西，不断探索和创造新的艺术手法。因此，她演的不少新书都很抓人，使听众如临其境，如见其人，无不引起人们的强烈共鸣，给人以奋发向上的力量。她演出的新编历史书，同样受到人们的欢迎。她在讲述中有时穿插一些趣味性的情节或小插曲，总是以健康的趣味来满足人们的欣赏要求，决不用一些低级庸俗的东西去迎合某些听众。她在重要的关节上所作的评点，也是画龙点睛，适可而止。总之，她的演出切实做到“寓教于乐”，“雅俗共赏”，弘扬了曲艺的优秀传统。几十年来，她勇于接受各方面交给的编演新书的任务，本是好事，演出的书目之多，在曲艺界也是不多见的；但人的精力、时间以及知识等毕竟是有限的，编演的书目过多，有些书目内容虽好，在艺术上却难以精雕细刻，臻于完美。她现已深深感到，还是要坚持“好”字当头，才能积累更多的保留书目，久演不衰。

兰芳同志始终把为人民服务，向人民奉献优秀的艺术成果，看作是自己应尽的职责，是文艺工作者的光荣。这也是她最受人们欢迎和尊重的地方。我曾经说过，刘兰芳的性格像一团火，对人民有火热的感情。无论是严寒还是酷暑，她都坚持演出，从来不辞劳苦，不避艰险，不计报酬，不摆名演员的架子，哪里需要，她就到哪里，从城镇到乡村，从工厂到建筑工地，从学校到医院，从边远的山区到草原和林海，从军营和驻守在天涯海角的哨所到充满战火硝烟的前沿阵地，都留有她的足迹和汗水。她把人民当作文艺工作者的母亲，努力用自己的艺术回报人民；她走到哪里，就同哪里的人民打成一片，虚心向他们学习、请教，人民也视她为自己的亲人，见到她都感到十分亲近，赞不绝口。有同志说得好：“这奖那奖，不如人民的夸奖”，“这杯那杯，不如人民的口碑”。人民对她的夸奖，就是对她的最高奖赏和最好慰藉，也是她的最大光荣。

兰芳同志在艺术的道路上，艰苦跋涉，孜孜追求，成就卓著。许多同志夸她功成名就，也不为过分；她却一直表示，自己能够有今天，都是党和人民的培养教育和大家帮助的结果，自己只是做了一些应该做的事情；况且自己还有许多缺点和不足，必须戒骄戒躁，继续努力。她现已年逾六旬，依然壮心不已，表现出一个共产党员文艺工作者应有的清醒头脑和生命不息、奋斗不止的精神，这是非常难能可贵的。我相信，在今后的岁月里，她一定会继续沿着党指引的方向，奋力前行，再创辉煌，为推进曲艺大发展大繁荣，建设社会主义和谐社会，做出更多的贡献！

（原载《刘兰芳艺术生活五十年》，中国文学艺术界联合会、中国曲艺家协会2008年编印）

朱光斗和他的快板

很早以前，我就听说朱光斗同志是一位编演快板的能手。六十年代初期，终于有机会听到他编演的一些节目，感到果然是名不虚传。二十多年来，朱光斗同志勤奋创作，热情演出，取得了不少成绩，深受大家的好评。

朱光斗同志的作品给我最深刻的印象，是对新人新事反映快，生活气息浓厚，战斗性强。他的作品大都是反映部队生活的。从战士到将军，从城市到海岛，从连队训练到抗震救灾，从全国掀起学雷锋热潮到向四化进军，许多有典型意义的人物和故事，都写得真实、形象、生动，引人入胜，感人至深。有些节目不但在当时起了很好的鼓舞和教育作用，而且成为保留节目，至今仍然在部队中流传。我听过他的《学雷锋》《赞王杰》，简直是把雷锋、王杰写活了，演活了，仿佛雷锋、王杰这样的闪烁着共产主义思想光辉的新人就在自己跟前，使人对他们产生崇敬和热爱之情。我听过他的《巧遇好八连》，自己又好像和这支

“拒腐蚀，永不沾”的英雄连队生活在一起，深受感染，并为有这样的人民子弟兵而感到光荣和骄傲。我还听过他的《我爱我的家》，作品中表现出来的我军指战员那种革命英雄主义和革命乐观主义精神，也使人心情激动，增强前进的信心和勇气。最近几年，光斗同志又创作了《说长征》《好将军》《海城会亲人》等作品，有的热情地歌颂了红军长征二万五千里的伟大壮举，有的深情地描绘了身经百战、德高望重、发扬艰苦奋斗好传统的老将军的光辉形象，有的真实地表现了军爱民、民拥军、军民亲如一家人的动人情景。可以这样说，光斗同志的一些代表性作品，是部队生活的真实写照，是激励人们前进的战斗诗篇，是作者热爱党、热爱人民、热爱革命军队的炽热感情的结晶。因此，他的作品也就必然地受到广大指战员和人民群众的欢迎，引起听众感情上的强烈共鸣。战士们说：“朱光斗的快板听着鼓劲儿，品着有味儿，我们当兵的就喜欢这样的东西。”我以为这评价是很恰当的。

同一切革命的文艺工作者一样，光斗同志的创作态度是认真的。他把文艺创作看作是一种严肃的革命工作，无论编演什么作品，都反复考虑这些作品的社会效果，尽可能把作品写得好些，演得好些，而且在演出之后，认真听取听众的反映和意见，发现缺点和不足就尽快改正。他的作品中的人物和故事，都是从实际生活出发，经过提炼、概括而创造出来的，其中有丰富的想象，但从不生编硬造。也有些作品写的是真人真事，但又尽可能不受真人真事的限制，在主题的开掘、人物的刻画以及故事情节的安排上精心构思，力求比实际生活更高，更强烈，更集中，更具有典型意义。他很注意学习传统曲艺以及其他姊妹艺术的表现手法和艺术技巧，但决不是简单地套用和模仿，而是在适应表现新内容的需要和保持本曲种艺术特色的前提下，加以吸收、融化，并且努力有所创新。他的不少作品构思巧妙而自然。比如《学雷锋》，就避免了一般化的叙述方法，通过雷锋的两位战友争夸雷锋，同雷锋的关系一步步接近的手法，一层比一层深刻地揭示出雷锋崇高的思想境界；在艺术上也发挥了对口快板风趣活泼的特色。又如《巧遇好八连》，则在“巧”字上下功夫，用“巧”字发出的笑声，自然而然地进入作品的艺术境界，受到感染和教育。快板是一种韵诵体的节奏相当快的说唱艺术，演员演唱时只有一副竹板，无其他音乐伴奏，不能像有些音乐性强的曲种那样，借助于音乐、唱腔的力量来抒发感情，烘托气氛，也不能像说书那样作细腻的表演。它叙事，抒情，写人，写景，以至讲古论今，主要是依靠语言。如果不在语言艺术上下功夫，要创作出好的快板是不可能的。光斗同志很注重学习、提炼和运用生动活泼的群众语言。他的许多作品的语言都写得通俗易懂，刚健明快，风趣活泼，朗朗上口，动作性和节奏感很强。这也是他的作品能够吸引人并形成自己艺术风格的重要因素。

文艺创作是一种艰苦的创造性的劳动。要真正为人民提供好的精神食粮，作者必须坚持与新的时代、新的群众相结合，不断提高自己的思想修养和艺术修养，进行坚持不懈的努力。光斗同志正是这样做的。抗日战争胜利后不久，他刚十四岁，就参加了中国人民解放军，接受党的教育，经受革命战争的锻炼。他努力学政治，学文化，进步很快。在延安部队机关工作时，他受到革命文艺的熏陶，对文艺发生兴趣并演过秧歌剧。新中国成立后，他被调到部队的宣传队工作，演过京剧，也演过单弦、山东快书和相声。一九五二年开始从事曲艺创作。他特别喜欢毕革飞同志的快板，崇敬毕革飞同志的为人，自觉地把快板当作革命的文艺武器。三十年来，他坚持学习马克思主义、毛泽东思想，深入连队，熟悉战士们的生活、语言和思想感情。他的那些思想性和艺术性较高的作品，都是写的他在连队生活中感受最深的东西。他的创作实践又一次证明，生活是文学艺术取之不尽、用之不竭的唯一源泉，文艺工作者必须深入到人民群众的生活和斗争中去，同人民群众打成一片，才能创作出生动感人的作品。

光斗同志所写的东西，自然也不都是很成熟、很成功的。从收入这本选集的作品看，就有高低之分，粗细之分。其中许多是精彩之作，但也有一部分作品还显得浅露一些，缺乏艺术的感染力。这并不奇怪。

因为文艺作品是一种复杂的精神产品，不可能保证每篇作品都达到一定的规格，也不可能保证后来的就一定比以前的写得好。当然，听众和读者有理由要求作者越写越好，作者也有必要认真总结经验，以发扬成绩，克服缺点，进一步提高创作水平。比如说，光斗同志近几年来为什么没有能够突破六十年代创作的一些优秀作品的水平，这就需要很好地加以研究。据光斗同志说，近几年他担任了一些行政工作，没有能够像以前那样经常深入连队生活；同时，由于创作任务紧，有的作品构思不够成熟，艺术上缺乏锤炼加工，因而影响了作品质量。我觉得，这些都是有些作品思想和艺术质量不够高的重要原因，需要引起作者注意。尤其重要的是，要深入到人民群众的生活中去，一时一刻也不要脱离群众，脱离实际。

部队生活是一个广阔的天地。半个多世纪以来，我们的军队在党的领导下，为中国人民的解放事业，为社会主义革命和建设事业，建立了不朽的功勋，有许多英雄人物，值得我们大书特书。创作和演出更多地表现我军的光荣历史和英雄业绩的作品，对于鼓舞、教育部队和人民，特别是对于教育青年一代，提高爱国主义、国际主义和共产主义觉悟，发扬革命英雄主义和革命乐观主义精神，具有重要意义。这是文艺工作者的重要职责，也是我们曲艺工作者的重要职责。光斗同志正当中年，是大有可为的时候。我们相信他一定会和广大文艺工作者一起，坚持文艺为人民服务、为社会主义服务的方向，加强学习，深入生活，努力实践，为部队和人民创作更多的无愧于我们时代的曲艺作品！

（原载《朱光斗快板相声选》，春风文艺出版社1982年12月出版）

王鸿的唱词创作

王鸿同志从五十年代中期开始就致力于唱词创作。三十年来，他在新闻工作、文化工作之余，勤奋不辍，陆续创作和发表了六十多篇曲艺作品，其中有些作品曾经为曲艺演员所传唱，并在中央人民广播电台和北京、上海、江苏等地的广播电台演播过，赢得人们的好评。《王鸿唱词选》所选收的二十篇作品，就是王鸿同志的创作历程和艺术成就，对于向曲艺界提供一些可供演唱的曲艺作品，对于促进唱词创作的繁荣，都是很有意义的，因而，这本书的出版是一件令人高兴的事情。

王鸿同志的作品反映的大都是农村生活，有着浓郁的生活气息、鲜明的乡土特色和强烈的时代精神。从这里，我们可以看到新中国成立后，特别是近十年来运河两岸农村所发生的重大变化，可以看到广大农民所走过的曲折道路和他们的理想、情操、希望、追求，以及他们艰苦奋斗的真实情景。读（听）过他的作品，熟悉农村的人，会感到倍加亲切，信心增强；不熟悉农村的人也会大开眼界，爱上农村。文艺作品不是要感染人、鼓舞人、教育人吗？我以为，王鸿同志的作品就具有这样的力量。

王鸿同志的创作很注意写人物，也很注意故事的完整性和曲折性，尽可能写得巧妙、自然，引人入胜；但他从未故弄玄虚，过分追求离奇的故事情节，而是从写好人物出发，把故事和人物密切结合起来。他的许多作品都是通过各种人物的思想、性格的矛盾和冲突，展现出农村生活的生动图画。更为可喜的是，王鸿同志对塑造社会主义新人的形象，抱有极大的热情，并在创作实践中获得好的成绩。例如《月夜荡泥船》《双号锁》《张飞拜师》《一个孩儿五个娘》《书记赶驴》《倪英子办学》等作品中所描写的新人物，都写得活灵活现，性格鲜明，为群众提供了学习的榜样。

王鸿同志很注意作品的语言。通俗、流畅、明快、风趣，适合演唱，是其创作的又一个重要特色。他是从写作民歌体的诗歌开始创作的，十分注意向民间文艺和民间艺人学习，这对于他以后写好唱词关系很大。王鸿同志曾经这样讲过：“曲艺唱词本身就是诗，一篇好的唱词，就是一首好的抒情诗或叙事诗。”他就是按照写诗那样对语言的严格要求来进行唱词创作的。他在唱词创作中，运用了许多比、兴、联想、渲染、夸张等民间诗歌和曲艺所常用的表现手法，力求具有诗的意境和语言美，从而大大增强了作品的文学性和艺术感染力。

王鸿同志在创作上有不少好的经验，我以为有两点是特别值得称道的：一是熟悉农村，热爱农村。王鸿同志从小生活在农村，参加革命工作后，从事新闻工作，经常深入农村采访，和农民交朋友，因而了解和熟悉农村，了解和熟悉农民的语言、生活、心理，能够同他们的思想感情打成一片。最近若干年来，他担负文化行政领导工作，依然时刻想着农村，与农民保持着密切的联系。所以，他才能不断创作出反映农村生活的好作品。一是责任心强，并不断提高自己的思想艺术素养。他在创作中总是认真考虑作品的真实性和社会效果，从不粗制滥造。特别是在党的十一届三中全会以后，随着全党全国人民解放思想、拨乱反正，王鸿同志的思想和创作也跨进一个新的阶段，开始了新的追求。我相信，在今后的岁月中，王鸿同志会为人民创作出更多的能够打动人心的、传之久远的优秀唱词作品！

（原载《王鸿唱词选》，中国曲艺家协会安徽分会1986年9月编印）

程永玲与四川清音

程永玲同志从事四川清音演唱艺术已经五十个春秋。在漫长的道路上，她奋力前行，锐意创新，为人民奉献出许多精美的艺术成果，并在曲艺表演团体建设和培养人才等方面，做出重要的贡献，不愧是一位德艺双馨的艺术家。

一

据我所知，程永玲少年时代就表现出出众的艺术才华和勤奋好学、尊师敬业的优秀品质。

程永玲于一九四七年出生在重庆市一个知识分子家庭，受父母的熏陶，从小喜欢唱歌。她聪明伶俐，有一副好嗓子，刚上小学，老师就抱着她站在桌子上指挥全校大合唱，更激发了她对歌唱艺术的兴趣。一九五七年因家庭遭遇不幸，生活艰难，她十一岁时考入免收一切生活费用的成都市戏曲学校学习。老师都夸她天资聪敏，嗓子好，有悟性，勤奋好学，进步快，又长得眉清目秀，是一个好苗子。一九五九年初春，成都市青少年晋京汇报演出，她被选中，在中南海演出，受到大家的欢迎。中央领导接见演员时，周总理十分亲切地夸她演得好。周总理到成都视察工作时，听了她演唱的四川清音现代曲目《花儿朵朵红》，又摸着她的头说："小姑娘，唱得好！今后要多唱现代曲目。"周总理的鼓励和教导，使她感到莫大的荣耀，给她无穷的力量，在幼小的心灵里留下终生难忘的印象。

一九五九年秋天，李月秋同志在莫斯科举行的世界青年联欢节上演出的四川清音获得金质奖章载誉归来，一时轰动蓉城，备受各方关注。四川清音产生于清代乾隆年间，是江南民间小曲与四川语音、巴蜀民歌、戏曲声腔等长期融合、长期碰撞、逐渐"巴蜀化"的产物，形式轻便灵活，清新优美，表现力很强。经过历代艺人的努力，创造和积累了许多宝贵的东西，历来为广大人民群众喜闻乐见。中共成都市委宣传部部长李亚群同志建议李月秋从戏曲学校直接选收徒弟，进行重点培养；李月秋当即选中程永玲，教她专攻四川清音。李月秋不但艺术精湛，而且人品好，事业心强，她为收程永玲这样的好学生而感到十分欣慰。她把希望寄托在程永玲身上，毫无保留地将自己的艺术、知识和经验传授给程永玲。程永玲早就仰慕李月秋精湛的艺术，崇敬李月秋的艺德，能拜李月秋这样的好老师，感到无比幸福；从此与四川清音结下不解之缘，在学习上更加勤奋努力。正如她自己所说的那样，"一心扑在清音上，如饥似渴，如醉如痴，勤学苦练”。在李月秋老师的指导下，她深入钻研四川清音艺术，很快就学会了清音的唱腔和演唱方法，比较熟练地掌握了清音艺术的特点和规律，为创新打下良好基础。功夫不负有心人。六十年代初，小小年纪的程永玲就成为轰动蓉城的名演员，每场演出都座无虚席，备受赞扬。此时此刻，她没有因少年得志而骄傲，也没有自恃聪明而放松努力，而是更加刻苦地钻研清音艺术，同时认真学习毛主席《在延安文艺座谈会上的讲话》，学习时事政治和文化知识，从各方面提高自己的思想艺术修养，决心像李月秋老师那样，做一个为清音和曲艺争光、为祖国和人民争光的好演员。她每次和我谈起李月秋都满怀深情，感念不已。她说，自己能够克服种种困难和障碍，即使在“文化大革命”中身处逆境的情况下，还心系清音不动摇，坚持学习和锻炼，都是与老师的言传身教分不开的。尊师爱生、勤奋敬业，是中华民族的好传统；在李月秋和程永玲师生身上，就很好地体现了这样的好传统。

粉碎“四人帮”后，特别是党的十一届三中全会以来，随着我国发生的巨大变革，程永玲的思想也大大解放，被压抑十年之久的革命热情和创造热情迅速迸发出来。邓小平同志在第四次全国文代会上的祝词使她深受教育和鼓舞，进一步明确了前进的方向和目标。她加入中国共产党之后，更加自觉地以共产党员文艺工作者的标准严格要求自己，从思想到艺术都走向新的阶段。

二

创新，是艺术的生命和向前发展的不竭动力，也是程永玲的不懈追求和获得成功的关键所在。

她一直记着周总理关于“要多演现代曲目”的教导，想在创新上下功夫。在学习和演唱实践中，她愈来愈深刻地认识到，四川清音毕竟是过去时代的产物，传统清音的音乐唱腔表现过去时代的人物和他们的生活与心灵世界，内容与形式的结合是和谐和统一的；但是，时代在前进，广大人民群众的精神文化需求在不断提高，要使传统清音形式与表现新时代、新人物、新生活的内容尽可能完美和谐地统一起来，更好地适应广大人民群众特别是青年听众的艺术欣赏要求，就必须在继承四川清音优秀传统的基础上，根据表现新内容的需要和自身的条件，不断改革创新。

长期以来，她始终与人民群众保持着密切的联系，虚心向群众学习，向生活学习，努力与人民群众的思想感情打成一片，从中汲取创作的灵感，增强使命感和积极向上的力量，让四川清音改革创新之花深深植根于人民生活的沃土之中。为了丰富和提高自己的艺术表现能力，她认真继承四川清音艺术的优秀传统，同时虚心向北方鼓曲、南方弹词和一些地方的小曲、民歌等姐妹艺术学习，向骆玉笙、郭兰英等艺术家学习，向词作家、作曲家学习，向西洋演唱方法学习，既留心借鉴、吸取古今中外有益的东西，又十分注意保持四川清音的基本特色，并结合自身的条件发挥优长，力求把继承和创新尽可能完美地结合起来，把时代精神与民族特色尽可能完美地结合起来，并逐步形成自己清新秀丽、音色甜美、情真意切的艺术风格。因此，她演唱的许多清音节目都获得预期的成功。例如现代曲目《六月六》，词作家用了大量的“贯口”，作曲家用了大量的“哈哈腔”，程永玲在演唱时，就很好地把握“贯口”的流畅与收放，把“哈哈腔”演得精巧灵活，运用自如，仿佛串起无数颗晶莹剔透的珠子，漫天撒下，生动地抒发了人们在改革开放后难以言表的喜悦心情。又如现代曲目《多快乐》，她吸收了西洋花腔技巧，融进四川清音“哈哈腔”的传统唱法，将清音传统唱腔中常常下行的“哈哈腔”上行到高音，创造出具有民族风格与中国特色的花腔，让声音依然圆润丰满；旋律的起伏跌宕，都遵循四川清音的声腔规律，保持着清音的特色。她对传统曲目的唱腔和演唱方法也进行了大胆改革和创新。如与作曲家和中央民族管弦乐队合作演唱的清音传统节目《断桥》，也使这一古老的艺术形式进入现代人的艺术审美范畴，大型乐队不再只是担任曲牌的连缀、唱腔的陪衬，而是参与音乐的表现、人物心理活动的描写和环境气氛的渲染。她在唱腔上也对传统《断桥》进行了大胆创新，使得这个古老的故事平添了艺术的魅力，把白娘子对许仙的爱情做了细致入微的刻画，初恋和相逢的喜悦、断桥诀别的悲凉，都在演唱和音乐声中奔涌流泻，真所谓“一声唱到入神处，毛骨悚然六月寒”，获得意想不到的艺术效果。经过改革创新，她演唱的清音与传统的清音相比，有明显的变化和发展，但人们听起来仍然是清音，而且增添了许多新的韵味和艺术魅力。这样的创新是为了达到内容与艺术形式的更加和谐与统一，绝非脱离内容、游离人物的技巧卖弄；是“化他为我”，而不是“化我为他”，把四川清音弄成“清音歌”；更不是加些与内容无关和不着边际的伴舞或令人眼花缭乱的电脑灯光，而不在节目的质量上下功夫。

几十年来，她以极大的热情创作演唱了许多歌颂党、歌颂人民、歌颂新的英雄模范人物和描绘祖国大好河山及风土人情的清音节目。她始终把节目的思想艺术质量放在第一位，演唱的节目都经过反复演练和多次修改加工，力求具有强烈的时代精神、浓郁的生活气息、鲜明的艺术特色和感染力，做到精益求精，声情并茂，雅俗共赏，给人以积极向上的力量和美的感觉。如《幺店子》《六月六》《幺姑娘》《小放风筝》《川菜飘香》《朱德的扁担》《赶花会》《蜀绣姑娘》等节目，先后在文化部、中国曲艺家协会以及省、市有关单位举办的会演、比赛中获得文华奖或一等奖。除在剧场演出外，许多节目被广播电台、电视台转播，广为流传；中国唱片社和香港雨果公司将她演唱的节目制成唱片向国内外发行，中国唱片社授予她金唱片奖。她演唱的四川清音受到广大人民群众特别是青年听众的热烈欢迎，也受到曲艺界、文艺界专家和作家艺术家的好评。著名文艺评论家王朝闻同志对家乡流传的四川清音情有独钟，在六十年代程永玲初露头角时，就夸她是四川清音的好苗子，可能成为超过前辈艺术家的一个派别。一九八七年，他看了程永玲的演出后特别高兴，情不自禁地说，我以前的话没有说错，程永玲在某些方面超越了前人，成为一个新的艺术派别了！鼓曲艺术大家骆玉笙对程永玲赞美有加，夸她素质好，唱得好，会表演，不俗气，一个人演唱就能吸引住上千人的目光，很了不起！前些年我去成都开会，著名作家马识途、李致、高缨等同志和我谈起程永玲，也异口同声地赞扬她的人品和艺术。我看这些评论决非溢美之词。

程永玲还多次出国访问演出，无论是在东方一些国家和地区，还是到美国、加拿大和欧洲一些国家，同样受到欢迎和赞扬。在南斯拉夫、奥地利、加拿大等国举办的“程永玲四川清音演唱会”，都获得极大的成功。奥地利林茨市市长亲自上台为她献花；加拿大温尼伯市市长亲自授予她荣誉市民证书；南斯拉夫一位女市长亲自驾车跟随他们到另一城市观看演出。他们称程永玲是文化使者，美的传播者。演出实践证明，好的艺术是没有国界的。优美动人的四川清音等曲艺艺术，同样能走向世界，自立于世界艺术之林。

三

程永玲在曲艺表演团体建设和培养人才等方面做出的贡献，也为大家所称道。

一九八七年，程永玲被任命为成都市曲艺团团长。那时她才三十九岁，正处在艺术日趋成熟的上升阶段。要她担任表演团体的领导工作，固然是组织的信任、工作的需要，但对一个艺术家来说，繁重的组织工作，必然要付出许多精力和时间，难以专心致志地从事艺术创作和研究，也会减少许多演出实践的机会。究竟该如何对待？她想，作为一个共产党员，应当无条件地服从工作的需要，最后，还是做出引为自豪的选择：培养学生，为年轻演员创造更多的机遇；与全团同志同心协力，把曲艺团建设得更好。她说，做出这种选择是很艰难的，在很大程度上也来自李月秋老师的言传身教。当初李月秋老师也是在花样年华，广教学生，让出舞台；她用心血浇灌的种子，如今都已开花结果，并以各自的芳容，在清音的园地里展示着自己的美丽，散发着诱人的芳香。为了清音等曲艺后继有人和事业的发展，自己就要像李月秋老师那样，牺牲个人的一些东西。比如，文化部组织中国艺术团到香港演出，指名要她参加，她积极地推荐更年轻的演员；成都市组织艺术家赴德国访问演出，指名要她参加，她也积极地推荐更年轻的同志。她还竭力为年轻同志举办个人演唱会，以便更多地推出新人。她把清音艺术当作一个传递过程，在老师那里学到的东西，就要很好地传承下去。让清音等曲艺后继有人，永葆青春，才算尽到自己的责任。个人的发展固然重要，事业的发展更重要。只要事业能够不断地向前发展，日益繁荣，牺牲个人的一些东西也是应该的和值得的。这是多么高远的思想境界，多么坦荡无私的胸怀！有一年我去成都，见到她的学生，他们都像程永玲对待她的恩师李月秋一样，对程永玲满怀敬爱和感激之情。正是在程永玲的教导和关怀下，有的学生才甘于寂寞，甘于奉献，抵制住名利的诱惑，增强了使命感和事业心。

为了搞好曲艺团的建设，程永玲以身作则，始终坚持为人民服务、为社会主义服务的方向和百花齐放、百家争鸣的方针，坚持改革创新，坚持“出人、出书、走正路”，坚持把社会效益放在首位，不断提高创作演出的思想艺术质量，旗帜鲜明地反对“一切向钱看”，把艺术完全商品化，对人民不负责任的错误倾向。她在工作中与大家同甘共苦，遇事与大家商量，亲密合作。她关心大家的学习、工作和生活，和同志们一起，努力改善曲艺团的学习条件、工作条件和同志们的生活条件。曲艺团各个曲种的演员、编导人员和工作人员都称赞程永玲胸怀全局，事业心强，理解人，体贴人，尊老敬贤，热心提携青年，是一位好团长。

四

我们的党和国家尊重知识，尊重人才。程永玲多次受到党和政府及人民团体的表彰，先后获得国务院颁发的文化事业有突出贡献的专家证书，中华人民共和国人事部、文化部授予的“全国文化系统先进工作者”称号，中国文联授予的“德艺双馨中青年艺术家”称号，以及省、市青年和妇女组织授予的“杰出青年”“三八红旗手”等称号，并先后当选为中国曲艺家协会副主席、四川省文联副主席、四川省政协委员、四川省曲艺家协会名誉主席，受到人们的尊重和称赞。令人钦佩的是，在成绩和荣誉面前，她从不张扬自己，并一再真诚地表示，所获得种种奖励和殊荣，是因为赶上了好时代，多亏有党的好领导，有老师的谆谆教诲，有同志们的通力合作与支持，有广大听众的热情鼓励，自己才能逐渐有所进步，做点有益的事情，比起许多先进人物还有不少差距，绝没有骄傲的理由，更不能把成绩都算在自己头上。最近，中国说唱文艺学会换届，大家推选她担任会长，事前她再三推辞，事后又一再表示，说自己缺乏理论素养和组织能力，难以胜任，只能和大家一起，做些力所能及的工作。她就是这样清醒，这样谦逊，这样真诚，真是难能可贵！

心系清音，是程永玲心灵的写照。正是由于有李月秋、程永玲这样一些用心血浇灌四川清音艺术的人，才使得四川清音在我国民族艺术中独领风骚，并一代一代地流传和发展下去，永葆艺术的青春。程永玲虽已年届六旬，其精神和艺术却不减当年。心系清音，会使她永远保持青春的活力和艺术的青春！

（原载《曲艺》2009 年 7 期）

沈祖安印象

我和祖安同志相识，是在粉碎“四人帮”之后，初次交谈，就有相见恨晚之感。三十年来，我们虽然不在一地工作，但时通音讯。我去浙江，他来北京，总要在一起聚谈。他在文艺方面的成就，他的人品和作风，都使我敬佩。

谈两点印象：

一是勤奋敬业，多才多艺。几十年来，他一直把戏曲和曲艺艺术看作是中华民族文化的重要组成部分，以极大的热情和责任心，创作了许多戏曲、曲艺作品，同时致力于戏曲、曲艺理论研究和书刊编辑工作。他还写了许多记述和评论文化艺术界著名人士的文章，以及诗词、书法等方面的作品；对绘画、茶艺等也颇有研究。祖安同志是有名的大忙人，社会活动几乎占去了大半时间，却能在文艺创作、研究等方面取得如此丰硕的成果，我看，这不仅是因为他识多见广，才思敏捷，更重要的是由于他超乎常人的勤奋、刻苦。他的许多作品和文章都是挤时间写出来的。在他的作息时间表上，没有休息和假日，无论多么忙多么累，都把戏曲、曲艺和整个文艺事业放在心上，并自觉地为此竭尽全力。

二是广交朋友，乐于助人。他谦虚、热情，注重友情，不但浙江有许多好朋友，在外地，特别是北京、上海、江苏也有许多好朋友，而且不限于文艺界。在交往中，他总是坦诚相见，虚怀若谷，同志式地交换意见，使人感到十分亲切。他还随时把朋友们谈论的一些有意义的东西加以记述和评论，其中不少成为有研究价值的文艺史料。这从他的文集《大江东去》中可见一斑。祖安同志的热心肠也是出名的。他看到或听到哪位同志有困难或需要帮忙，总是主动地关心、帮助，不但不嫌麻烦，而且甘之如饴；浙江省文化部门有事，需要帮助，即使不在他的职责范围，他也决不推辞，而且尽力做好。如浙江省戏曲表演团体多次晋京演出，都是他打前站，凡是与有关方面联系，请专家观看演出，组织座谈评论和报刊宣传等事情，他都不辞劳苦地承担起来，表现出高度的事业心和无私奉献精神。当然，一个人的能力、时间有限，客观上也会遇到预想不到的困难，有些事情可能难以如愿，甚至造成遗憾；但是祖安同志的善意和热情，人们是能够理解的。

二〇〇五年夏天，我去杭州参加中国曲艺节开幕式，听说祖安同志在浙江医院疗养，我赶到医院看望，见他正在恢复健康，精神很好，还在不知疲倦地读书、思考、写作，并通过电话、书信与朋友们联系，这就使我放下心来。祖安同志要我谈谈对他的看法，不要只讲好话，不要客气。老友真情，使我感动。我感到他的成就是多方面的，他的好思想好作风也值得我学习，一时难以尽述，好在后会有期，那时再畅叙友情，交换意见。衷心地祝愿他体健笔健，长春长寿，继续做出新贡献。

（2006 年春节）

喜闻新人谱新声

陈云同志提出，评弹要“出人、出书、走正路”。这对整个曲艺工作都有着重要的指导意义。天津市曲艺团的同志们是这样努力做的。最近，我们从著名京韵大鼓艺术家骆玉笙同志率领的天津市曲艺团的演出中看到，他们所取得的成绩，的确斐然可观，令人鼓舞。

他们的演出内容新，时代感强。在他们带来的近四十个节目中，大部分是近一两年来创作的现代题材的节目，热情地歌颂了粉碎“四人帮”以来，特别是党的十一届三中全会以来我国的新面貌和各条战线上的新人新事，歌颂了我国人民在党的领导下所进行的艰苦卓绝的革命斗争，宣扬了共产主义的理想、道德和革命情操。天津时调《春来了》，京韵大鼓《贺龙在澧州》《园丁谱》，快板书《长征》，单弦《碧血千秋》，西河大鼓《应该不应该》，乐亭大鼓《金表》等，都能使人受到教育和鼓舞；相声《聊天儿》《两面人》《诸葛亮遇险》《志同道合》《为您服务》等，或针砭时弊，鞭挞不正之风，发人猛醒；或宣扬好人好事，使人们在欢畅的笑声中受到启迪。有些历史故事、神话传说和一些传统节目，经过认真的改编和整理，也赋予新意，取得积极的效果。当然，这次演出的节目有的还不够精练，有的还有陈旧的痕迹，有待于继续加工和提高。

天津市曲艺团创新的路子正。他们演出的节目既注意学习和继承传统艺术中优秀的东西，又能根据表现新的时代、新的人物的要求，不断进行革新和创造；既注意向姊妹艺术学习，又能做到“以我为主”，保持说唱艺术的特色，而绝不盲目地向戏剧化、歌舞化的路子上走。大鼓还是大鼓，相声还是相声，时调还是时调，单弦还是单弦，但又不是这些曲种的老模样了，使人感到很熟悉，又很新鲜。我认为，这正是我们进行艺术革新时应当努力追求的艺术效果。

特别使人感到高兴的是，这次来京演出的同志都很年轻，很热情，很有朝气。长期以来，天津市曲艺团一直重视培养新生力量的工作，党组织和许多老艺术家不但注意教育他们提高艺术表现能力，而且注意对他们进行思想品德教育。这些中青年演员，大都有很好的天赋条件和相当扎实的基本功，也能从节目的内容出发，结合自己的条件大胆地发挥创造，他们的舞台作风认真严肃，形象和气质都是好的，使人感到曲艺后继有人，大有希望。

（原载《北京日报》1982 年 11 月 6 日）

李仁珍与扬州弹词和扬州清曲[①]

我应邀出席今天的研讨会，见到许多老朋友，又认识了许多新朋友，感到非常高兴。我首先向李仁珍同志表示衷心的祝贺和良好的祝愿！向出席这次研讨会的各位同志和朋友表示诚挚的问候！

我和李仁珍同志相识多年，听过她多次演唱，并同她多次交谈；扬州的一些同志和朋友也向我介绍过她的人品和艺术，称赞她是一位德艺双馨、承前启后的扬州弹词、清曲演唱艺术家。我深有同感。我觉得，她长期积累的许多艺术成果，弥足珍贵；她的敬业精神和创新精神，更给我留下难忘的印象。

敬业，就是专心致志地投入自己所从事的事业。曲艺是文学艺术的重要组成部分。曲艺工作者同一切对人民负责的文艺工作者一样，肩负着建设社会主义文艺的光荣任务，必须全身心投入，才能不辱使命。仁珍同志正是这样做的。四十多年来，她一直把弹

① 本文系作者2006年4月在李仁珍演唱艺术座谈会上的讲话。

词、清曲艺术视同自己的生命。在学生时代，她勤学苦练，从不懈怠；登台演出后，她更加严格地要求自己，努力提高思想文化素质和艺术水平。党的关怀和教育，老师及同行们的指教和帮助，以及广大听众的鼓励和支持，增强了她前进的勇气和信心；遇到困难和挫折，她也从未动摇对艺术的热爱和追求。为了提高演唱艺术，她不论严寒酷暑，总是反复排练、修改、加工，精益求精；演唱新节目，难度较大，有时会减少收入，她也心甘情愿。她热爱自己的父老乡亲，尊重听众。每次演出，她都认真准备，力求把最好的节目奉献给听众。无论是在两三千人的大剧场演出，还是在几百个或是几十个座位的书场、茶社演出，她都一样全神贯注，一丝不苟。在个别地方，由于群众对她缺乏了解等原因，有时听众稀少，她还是像面对满堂听众一样认认真真地演出，从不怠慢听众。她牢记“人民是文艺工作者的母亲”，恭恭敬敬地向人民学习，虚心听取群众的反映和意见，诚心诚意地为人民服务。无论何时何地，她都努力提高演出节目的思想艺术质量，把社会效益放在首位，从不“一切向钱看”，演出一些不健康的节目，去迎合某些人的低级趣味。她关心扬州弹词、清曲艺术的继承和发展，把培养接班人看成是自己义不容辞的责任，近几年来抽出更多时间进行传、帮、带的工作，取得了可喜的成绩。从李仁珍同志的艺术实践中，我们看到了一位有坚强的事业心和责任感的艺术家走过的道路。

创新，是民族的灵魂和历史发展的动力，也是艺术的灵魂和艺术发展的动力。曲艺要发展，就要在党的文艺方针指引下，认真继承中华民族文化的优良传统，借鉴、吸收古今中外的优秀成果，按照曲艺发展的规律和特点，大胆而又审慎地进行改革创新。我们高兴地看到，仁珍同志在改革创新方面做出积极的努力，取得突出的成绩。听说她在跟王少堂同志学习评书时，就在王老的鼓励下，敢与王老同台演出新书，并在说法上与传统说法有所不同，王老高兴地称她是“李大胆”。这说明她在小时候就敢想敢做，有点胆量。以后，她改学弹词、清曲。在得知陈云同志于二十世纪六十年代初在北京观看扬州曲艺时提出“扬州弹词曲调单调”的意见之后，她很受教育和启发，便在扬州弹词、清曲的音乐唱腔方面大胆地进行探索和试验，为毛主席诗词《咏梅》等编唱新曲新腔，受到好评。这是她在改革创新路上迈出的第一步，也是非常重要的一步。因为要突破传统音乐唱腔，编创出能表现新的思想内容，又能保持弹词、清曲的艺术特色的音乐唱腔，并非易事。改革创新是一项艰苦细致的工作，可能成功，也可能失败；即使方向对头，也不可能一蹴而就，往往需要反复推敲、修改、加工、磨炼，才能渐趋完美。况且，艺术的改革创新，不一定很快就能得到人们的普遍认同，甚至可能遭到非议和反对，这就需要胆识和一往无前的勇气。我看，仁珍同志就有这样的胆识和勇气。即使在“文化大革命”的艰难岁月里，她也没有忘记对改革创新的思考和追求。党的十一届三中全会以后，她的思想获得解放，眼界更加开阔，学习、锻炼和进行艺术交流的机会越来越多，从而更加增强了创新意识，提高了创新能力。她演唱的许多节目，如《咏梅》《歌吹古扬州》《运河联曲》《凤仙伤别》《杜十娘》《黛玉葬花》《望江楼》等，都在音乐唱腔的改革创新方面取得突出的成绩，把扬州弹词、清曲的演唱艺术推向新的阶段。有些节目曾多次参加全国性的曲艺比赛和在中国曲艺节上演出。面对两三千听众，她一个人走上舞台，怀抱琵琶，自唱自弹，一人多角，进出自如，演唱的每一个节目都使人感到书路纯正，感情真挚，音色润美，韵味隽永，有着鲜明的时代色彩和独特的艺术风格，堪称艺术珍品，因而获得广大听众和专家的赞赏，并在多次调演、比赛中获得一等奖；党和国家领导人每次看到她的演出，同样给予赞扬和鼓励。她还多次参加国际文化艺术交流活动，许多国际友士乃至国家领导人也对她的演唱艺术有很好的评价。这决不是偶然的，说明仁珍同志走过的创新之路是正确的，取得的经验是很宝贵的。这也说明，扬州弹词也好，扬州清曲及其他曲艺品种也好，都有着很强的生命力和远大的前途，只要我们遵循先进文化的前进方向，坚持改革创新，多出优秀人才，多出艺术精品，就能够获得蓬勃生机和新的活力，日趋繁荣，赢得广大观众的欢迎，更好地满足人们特别是广大青年不断增长的精神文化生活的需求，自立于民族艺术之林。

仁珍同志从艺的时间很长，但年龄并不算大，今后的路还很长，在曲艺事业上还大有可为。我衷心祝愿她把今天作为新的起点，再接再厉，永葆艺术青春，不断取得新的成绩！

最后，我想借这个机会，简单地谈谈对扬州曲艺的印象和想法。自古以来，扬州就是人文荟萃之地，名驰海内外。群众喜闻乐见的扬州评话、弹词、清曲等曲艺艺术，极为丰富多彩，而且名家辈出，流派纷呈，可与江南的苏州评话、弹词，北方的评书、鼓曲等相媲美。柳敬亭、康国华、王少堂等说书大家，在我国曲艺发展史上占有重要地位。他们的传人王筱堂、王丽堂、康重华、俞又春和李信堂、惠兆龙等评话艺术家，都出在扬州。代代相传的扬州评话《三国》《水浒》以及《皮五辣子》等传统大书，不愧是艺术杰作。张青萍、孙龙父、王鸿、郭铁松、汪复昌等同志先后参加传统评话的整理、研究工作，付出很多心血，功不可没。夏耘、姜锋、许凤仪、朱福烓同志创作的《挺进苏北》、李真同志创作的《广陵禁烟记》和其他同志创作的一些表现现代生活的优秀作品，对评话艺术的发展起到积极的促进作用。扬州弹词、清曲等，也都具有独特的艺术风格和魅力，代有名家名作。六十年代，张氏传人张慧侬等同志受陈云同志的启发倡导于前，青年演员李仁珍和沈志凤等同志崛起于后，在继承传统的基础上，坚持改革创新，丰富了音乐唱腔，改进了表演艺术，促使扬州弹词、清曲呈现新的面貌。韦人、刘立人等同志积极投入扬州弹词、清曲创作和传统书词整理、研究工作。数十年来，许多扬州评话、弹词、清曲节目在全国性曲艺调演、比赛和中国曲艺节演出中获奖，受到人们的一致好评。这些都充分说明，扬州曲艺有优良的传统和强劲的生命力，有多方面的优秀人才，有广泛而深厚的群众基础和社会各界的积极支持，有党的正确领导。近些年来，扬州曲艺界同全国曲艺界的情况一样，的确遇到许多困难和问题，面临着严峻的挑战，但是，来自人民、面向人民、服务人民、深受广大人民喜爱的曲艺艺术，在党的文艺方针指引下，仍然会有光明的前途，大有可为，大有希望。我和许多同志的看法一样，对扬州曲艺的未来满怀信心。这是我讲的第一点。

我想讲的第二点是，扬州市重视曲艺。据我所知，新中国成立以来，特别是党的十一届三中全会以来，中共扬州市委、市人民政府及宣传文化领导部门，为贯彻文艺为人民服务、为社会主义服务的方向和百花齐放、百家争鸣的方针，在提高曲艺工作者的思想艺术素质，培养曲艺人才，促进曲艺工作者与其他文艺工作者相互学习与合作等方面，做了大量艰苦细致和卓有成效的工作，举办了多次广陵书荟等有质量有较大影响的活动。扬州曲艺能够取得划时代的成就，关键就在于重视曲艺，领导有方，调动、发挥了大家的积极性和创造性。一九八一年，中共扬州市委、市人民政府还协助中国曲艺家协会召开了全国中长篇书座谈会，并组织了精彩演出，集中展示了扬州曲艺的优秀成果，为出席座谈会的同志提供了很好的学习、观摩和艺术交流的机会，获得大家的热烈赞扬。我在这里再一次表示感谢！

现在，全国人民正在以胡锦涛同志为总书记的党中央领导下，为构建社会主义和谐社会，实现中华民族的伟大复兴而努力奋斗。扬州市的经济社会建设迅速而又稳健地向前发展，文化艺术日益繁荣，曲艺工作正在加强。我深信，在中共扬州市委、市人民政府的领导下，全市曲艺工作者一定会坚持先进文化的前进方向，与其他文艺工作者通力合作，努力奋斗，做出更好更大的成绩，创造出更多的先进经验，促使扬州评话、弹词和清曲等所有为群众喜闻乐见的民族民间艺术之花竞相开放，争奇斗妍，为我国的曲艺艺术增光添彩！为发展社会主义先进文化与和谐文化，做出更大的贡献！

（原载《中国艺术报》2006年8月4日）

王毓宝与天津时调

最近，王毓宝同志荣获中国文联、中国曲艺家协会颁发的“中国曲艺牡丹奖·终身成就奖”，可喜可贺！“中国曲艺牡丹奖·终身成就奖”，是对老一代曲艺家的最高奖赏，也是一种最好的慰藉。半个多世纪以来，毓宝同志始终不渝地坚持文艺为人民服务、为社会主义服务的方向和百花齐放、推陈出新的方针，用自己的心血铸造了许多精美的艺术成果，获此殊荣，是当之无愧的。毓宝同志的代表作亦将编选出版。真是喜上加喜！我想，这对大家学习毓宝同志的演唱艺术，促进天津时调的继承、创新和曲艺事业的发展，都会产生积极的影响。

我早就听说过毓宝同志在天津演唱时调深受群众欢迎的情况，但直接聆听她的演唱，是在一九五八年文化部主办的第一届全国曲艺会演时。她参加演出的节目是《翻江倒海》。这是一个颇具想象力和浪漫色彩的节目。她唱出第一句，就赢得观众的掌声。那时她正当花样年华，朝气蓬勃，声腔高亢宽广、华美婉转，独具特色，极其生动地唱出了中国人民改天换地的英雄气概和对美好生活的向往，给人以奋发向上的力量和清新健美的感觉，立即受到各地代表、专家的好评和广大听众的热烈欢迎，并引起大家对天津时调的关注。当年的情景我至今记忆犹新。如果说，此前的天津时调的流行地区基本上限于天津，那么，经过各地代表和报刊广播电台对王毓宝这次演唱的宣传评论，天津时调就开始走向大江南北，与其他流行全国的曲艺品种相媲美了；而王毓宝的名字也与天津时调紧紧地联系在一起。

半个多世纪以来，王毓宝同志坚持走改革创新之路，以极大的热情，陆续演出了许多歌颂新时代、批判旧世界的优秀作品。如《毛主席来到咱农庄》《红岩颂》《换岗哨》《军民鱼水情》《清华参军》《心中的赞美向阳飞》《小燕儿学艺》《梦回神州》等，都真切而生动地表达了她对新中国、对党和人民的热爱，以及对反动腐朽事物的憎恨之情，唱出新时代的强音和中国人民的心声。为了把新的思想内容与时调的艺术形式尽可能完美地结合起来，把继承与创新尽可能完美地结合起来，她大胆改革创新，并不断地修改、加工，精益求精，逐步形成独特的艺术风格。在党的文艺方针指引下，她对传统曲目也认真进行了整理，保存了民主性的精华，剔除了封建性的糟粕，净化了舞台，更在音乐唱腔等方面进行了改革创新，使人感到面目一新，达到美妙的境界。王济同志曾经这样评论她的演唱艺术："王毓宝同志的嗓音高亢嘹亮，圆润宽广，精美婉转，且能唱出一种清脆俏丽的'疙瘩腔'，十分悦耳动听。她具有一副美妙的抒情女歌喉，难得而独有。每次演唱，开头一句就先声夺人，拔地而起，响遏行云；继而转折跌宕，沉落低回，常常落腔未毕立即掌声如雷；全曲终了，更是满堂彩声，经久不息。真有‘一曲歌罢四座惊’的强烈效果。更为明显的是，吐字既有鲜明的天津味道，又自然地糅合了普通的语音，音色醇厚优美，气质雍容大方，全无旧时演唱常有的俚俗之气。这些对天津新时调的形成，提供了重要的条件。她认真苦学新曲，与弦师共同锤炼谱腔，经她润色处理过的曲调，无不更为增姿添色、优美动人。晚年又能自制新曲，歌唱技巧也更为纯熟，变化丰富，运用自如，每一个音符都达到精致美妙的程度，给人以极大的享受。”我认为，王济同志的评论，是很恰当很深刻的，堪称是毓宝同志的知音。正是由于毓宝同志演唱艺术的改革创新获得极大的成功，把天津时调推向新的高峰，在曲艺发展史上写上光辉的一页；而毓宝同志也随着她演唱的时调而声名远扬，并吸引了许多爱好时调的青年，追随其后，以她为师，形成新的艺术流派。我们从这里可以看到，一位卓越的曲艺表演艺术家对于曲艺的发展和繁荣起到多么重要的作用！

梅花香自苦寒来。毓宝同志能够取得如此突出的成绩，不是偶然的。她出身贫苦，父亲是一位勤劳的手工业者，也是一位酷爱时调的优秀业余歌者。受父亲的影响，她从小喜欢时调，并表现出惊人的艺术才能；十三岁开始，由业余爱好者走上曲坛，初露锋芒，很快就成为一位名演员，享誉天津。然而，在旧社会，时调和时调艺人同其他民间艺术和民间艺人一样，是被人瞧不起的。旧社会的统治者把时调当作取乐的玩意儿，艺人被看作是下九流，处在社会最底层；有些女演员更往往成为被损害被侮辱的对象。正如毓宝同志所说的那样，“在旧社会里，一个女艺人，无论她有多高的技艺，也难避免坎坷不幸的遭遇，甚至沉沦苦海，死无葬身之地”。在日伪和国民党统治时期发生的许多惨象，使她目不忍睹，耳不忍闻。她时感忧愤与悲伤，但要想改变时调和时调艺人的命运，真比登天还难！幸运的是，一九四八年天津解放，广大人民在中国共产党的领导下，进入当家作主的新时代，王毓宝同广大曲艺艺人一样，也随之翻身解放，受到社会的重视，获得充分发挥聪明才智的机会和条件，走上为人民服务、为社会主义服务的光明大道，不断做出喜人的成绩。可以说，是时代造就了王毓宝；如果赶不上这样的好时代，王毓宝要摆脱前辈艺人的悲惨命运是很困难的。而王毓宝的成功，也为我们的新时代增光添彩，更为天津时调的发展立下不可低估的功劳。

毓宝同志的艺术成就和经验，很值得我们学习和研究。我认为，最重要的是，她有很强的使命感和责任感，始终紧跟时代，心系人民，把演唱更多更好的时调作品，为人民服务、为社会主义服务，作为自己的神圣职责和光荣使命。她演唱的每个节目都严肃考虑是否对人民有利，是否符合人们不断增长的审美需求，是否有助于时调的发展与繁荣，即使在“文化大革命”中身处逆境的情况下，她也没有动摇自己的决心，放松对自己的要求。实践证明，与时代同步，与人民同心，视艺术如自己的生命，是一个艺术家最可宝贵的品质，也是不断进取，受到人民欢迎和尊重的根本原因。再就是，毓宝同志在继承民族民间艺术优秀传统的基础上，大力改革创新，把时代精神和民族特色及个人优长结合起来。所以她的演唱艺术才能在民族民间艺术之林中独树一帜，别具风采。她善于与词作者、音乐设计和伴奏者亲密合作。时调是一种综合性的演唱艺术，必须有好的适合演唱的文学作品、好的演员、好的音乐设计和伴奏人员，大家心朝一处想，劲往一处使，各尽所能，取长补短，切磋琢磨，才能创造出精美的艺术品。她曾先后在文化部、中国曲艺家协会举办的全国性曲艺比赛和天津市举办的曲艺比赛中获得一等奖，许多节目被电台、电视台播放，被中国唱片社录制成唱片向国内外发行，并获得金唱片奖。在天津时调的发展过程中，她的贡献最为突出。但她从不夸大个人的作用，从不掠人之美，总是虚心向同志们学习，尊重别人的劳动，感谢大家对自己的帮助和支持，表现了一个艺术家应有的优秀品质。这也是她成功的一个重要原因。

毓宝同志在培养人才方面，也做出很好的成绩，几十年来，她一直注意培养年轻一代。因为年龄关系，她不在曲艺团第一线演出后，受聘于中国北方曲艺学校担任特级教师，又先后担任天津市表演艺术咨询委员会委员、国家级非物质文化遗产——天津时调传承人，在培养人才方面付出更多的心血。她不但向学生传艺，而且教导学生如何做人。她培养出来的不少学生，如高辉、刘勃扬、史琳、白卓诗（美国人）、陈富贵、陈美美等，先后活跃在曲艺舞台上，受到大家的欢迎和好评。天津时调后继有人，必会一代一代地传承下去，而且会发展得越来越好。这是大家的殷切期望，更是毓宝同志的最大心愿。

毓宝同志年逾八旬，依然心系时调，为曲艺事业尽心尽力，令人感佩。我衷心祝愿她健康长寿，祝愿她精心培育的天津时调艺术，不断开出更绚丽之花，结成更丰硕之果。

（原载《中国文化报》2008年11月5日）

王兆一与二人转艺术

王兆一同志是我素所敬重的一位老同志、老朋友。在近七十年的前进道路上，他一直按照共产党员文艺工作者的标准要求自己，无条件地服从党和人民的需要，刻苦学习，勤奋工作，淡泊名利，潜心研究，为我国民族民间文艺的发展和繁荣做出多方面的宝贵贡献。他在二人转艺术研究与推动二人转艺术的继承、改革和发展方面取得的成绩尤为突出。不久前出版的《王兆一文集》，便是他多年来付出心血和汗水的结晶，也是他高尚人品和文品的最好写照。

我最为感动的，是兆一同志对民族民间文艺的无比深情和无私奉献精神。当他在深入群众的过程中，了解到二人转艺术是在东北大地上生长和发展起来，深受广大人民群众喜爱的艺术之后，就与二人转结下不解之缘。尽管当时社会上和文化界有些人对二人转存有偏见，看不起二人转艺术和民间艺人，尽管二人转研究工作存在着许多困难，他凭借自己的学识和能力有选择工作条件与生活待遇更好的工作岗位的机会，但他从未动摇过为改革和发展二人转艺术而奋斗终生的决心和勇气。即使在“文化大革命”中身处逆境的情况下，他仍然心系二人转艺术和民间艺人，为二人转的前途命运而忧虑和思考。这是多么难能可贵啊！

为了了解二人转艺术及其历史和现状，探索二人转的特点和发展规律，兆一同志不顾严寒酷暑，不辞劳苦地走访二人转艺人和有关人士，虚心向他们请教，全面收集有关资料，凡是艺人口述的有研究和参考价值的资料，都详细记录下来，并运用科学的观点和方法加以分析、提炼和整理；在报刊发表或出版时还都郑重说明资料的来源，署上口述者的名字，标明自己只是记录和整理者，决不掠人之美；同时，关心艺人们的学习、工作和生活，真心实意地给予必要和可能的帮助。他真正做到尊重艺术，尊重民间艺人和他们的创造性劳动，既当“学而不厌”的学生，又当“诲人不倦”的先生。正因为如此，兆一同志和艺人们结下深厚情谊，大家都把他视为知心朋友和难得的老师，愿意把自己的知识、绝活、秘诀和经验体会，无保留地讲述出来。经过兆一同志精心整理，使得二人转艺术中许多像长期埋在地下的珍宝一样的作品被陆续挖掘出来，放出耀眼的光芒！我们只要读读《美在关东》这部著作，就会看到，他是多么深情地爱着二人转艺术，有多么强的责任心、使命感和密切联系群众的优良作风；就会看到，他是多么热情、勤奋、谦虚，整理工作又是多么认真细致和带有创造性！可以说，这是一部丰富生动又极具特色的二人转教科书，也为二人转艺术的深入研究提供了难得的资料。我想，如果从事民族民间文艺遗产收集、整理工作的同志都能像兆一同志这样，我国民族民间文艺遗产的发掘、整理和传承工作，一定会不断取得更大的成绩。

兆一同志在理论研究和评论方面同样成绩卓著。理论联系实际，实事求是，力求观点与材料的统一，是兆一同志一贯坚持的原则及其著作的鲜明特色。比如对二人转艺术发展规律的研究，他不是简单地用曲艺戏曲等艺术的一般规律解释二人转，而是除了指出二人转与其他艺术的某些相同和近似之处，还着力地探索二人转艺术与其他艺术的不同点及其特殊的发展规律；既把二人转作为一种独立而富有特色的艺术形态，又指出二人转是一种交叉的、边缘的、多栖的艺术形式，让其“一身二任”“双栖两属”，亦无不可；既承认二人转是一种相对稳定而成熟的艺术形式，要继承二人转艺术的优良传统，又要以此为基点，根据时代前进的步伐和人民群众不断增长的精神文化生活需求不断创新。这些见解完全符合二人转的实际情况和发展要求，是非常重要的，值得人们学习和借鉴。再就是把二人转的历史研究与理论研究结合起来。这既便于人们具体了解二人转的历史和现状，也有助于人们深入了解二人转的理论，从而更好地传播二人转，促进二人转的发展和繁荣。兆一同志与王肯同志合著的《二人转史论》，便是一部有代表性的重要史论研究著作，我从中学习到许多有益的东西。再就是兆一同志重视美学的研究，不断从美学角度观察和论述二人转的艺术美，把二人转的研究推进到一个新的境界。这对二人转理论研究、艺术美的创造和欣赏，都会起到很好的作用。兆一同志的文风也很好，朴素、简洁、晓畅，易读、易记，不像有些人写文章那样，故弄玄虚，把并不复杂的问题说得云山雾罩，高深莫测，让人摸不着头脑。文风问题，也是作风问题，有没有好的文风，也是有没有群众观点和密切联系群众的作风的问题。

兆一同志是二人转研究专家，也是二人转艺术的组织者和指导者，先后被推举为中国曲艺家协会理事、中国说唱文艺学会理事、吉林省二人转协会主席和名誉主席，经常参与和主持有关学术研究和评论活动，对当前二人转创作、演出等情况发表评论。同他的为人一样，在评论方面也始终坚持自己的操守，真诚、公正、坦率，好处说好，坏处说坏，凡属应当提倡鼓励的人和事，他都满腔热情地给以赞扬和支持，但从不溢美，更不吹捧；发现有同志在创作、演出中的缺点和问题，他都诚恳地同志式地提出意见、建议和批评，决不讲面子，含糊敷衍，即使对一些不良倾向提出批评，也入情入理，以理服人，从不无限上纲，强加于人。前些时候，有些二人转演出片面强调票房，媚俗、粗俗、低俗之风愈演愈烈，而不顾演出的社会效果；有些评论还推波助澜，片面强调文艺的娱乐性，排斥文艺的教育功能，为一些低级庸俗的东西捧场叫好。兆一同志对此深感不满和忧虑，不断提出批评意见。他在一次二人转研讨会上就作了专题发言，更加旗帜鲜明地提出批评。这在庸俗捧场之风盛行，实事求是的文艺批评的声音又很微弱的情势下，如果缺乏高度的责任心和扶正祛邪的勇气，是做不到的。在这方面，兆一同志也为我们做出很好的榜样。

兆一同志如今年届九旬，依然志存高远，笔耕不辍，可喜可贺！我衷心祝愿他健康长寿，不断取得新的艺术成果。

曹元珠与河南坠子

曹元珠同志是我国著名的河南坠子演唱艺术家。我多次聆听过她的演唱。她的演唱声情并茂，生动传神，极富韵味，而又别具风格，听后久久难以忘怀。“文化大革命”之后，她重返舞台，艺术愈益精进，把更多的优秀传统节目和表现新时代、新人物的新节目奉献给广大群众，受到人们的高度赞扬；同时，她以极大的热情培育新人，为曲艺事业的发展尽心竭力，取得优异成绩。最近，我阅读了元珠同志的自述《我的小传》和曲艺界许多同志撰写的关于元珠同志及其艺术的评论文章以及他们在研讨会上的部分发言，进一步加深了对元珠同志的艺术道路、艺术成就、艺术经验及其思想艺术素质的认识，颇受教益。

元珠同志同许多曲艺艺人一样，出身贫苦，母亲怕她在家里挨饿，忍痛把她交给一位河南坠子艺人学唱糊口，由此走上从艺的道路。她天赋好，悟性强，能吃苦，又勤奋好学，不但努力学习乔（清秀）派以及其他坠子流派的艺术，而且随时注意学习山东琴书、山东大鼓以及山东快书等姊妹艺术的东西，不断丰富自己的演唱曲目和艺术表现能力。功夫不负有心人。她十几岁时就在舞台上显露头角，与一些名演员同台演出，获得听众的赞扬。在此后的岁月里，她始终勤奋地学习、思考和锻炼，不断提高自己的思想艺术素质和演唱才能。勤奋，对各行各业的人来说都非常重要，高尔基曾有“天才就是勤奋”的名言。陈云同志在关于评弹的通信和谈话中也多次指出，“勤奋出人才”。元珠同志能够成为卓有成就的艺术家，同样与她的勤奋是分不开的。

从元珠同志的演唱中，我们会深深感到，她对传统艺术的学习和继承，不是以模仿前人为能事，泥古不化，而是根据演唱内容的需要和自己的具体条件，有所取，有所不取，并坚持以我为主，经过自己的反复琢磨和艺术实践，化为己有；既能广收博采，又注意突出河南坠子的艺术特色。尤其可贵的是，她始终不满足于已经取得的成绩和进步，更不为听众的掌声和赞誉所陶醉，而是经常想到自己的不足，多方求教，虚心与别人合作，积极进取，改革创新，力求创造出更多的能够适应新时代和广大听众不断增长的文化需求的艺术精品。创新，是时代的需要，人民的需要，是艺术发展的灵魂和不竭动力。元珠同志把继承和创新结合起来，并逐步形成自己独特的艺术风格和新的艺术流派。她所取得的丰硕成果和宝贵经验，的确可喜可贺，值得人们学习和研究。

元珠同志在艺术教育上也卓有成绩。长期以来，她一直关心曲艺新人的成长，把培育年轻优秀的曲艺人才看作是关系到曲艺兴衰存亡的大事，看作是自己义不容辞的责任。在天津市曲艺团工作期间，她就一方面演出，一方面做培养青年演员的工作；到中国北方曲艺学校任教后，她更是全身心地投入教学工作。她对学生极为关心爱护，在思想上艺术上又严格要求。在教学方法上也不断探索、改进，努力把新的教学方法和传统的教学方法结合起来，把课堂教学和个别指导结合起来，既教学生如何学艺，又教学生如何做人，因此陆续培养出不少优秀曲艺人才，有的学生已经成为表演团体的骨干，在舞台上大显身手。同时，她还满腔热情地向前来求教的外国留学生传授技艺，介绍我国的曲艺艺术，为中外文化交流做出贡献。许多学生都对元珠同志怀有敬爱之情，表示不辜负老师的厚望；了解元珠同志教学情况的人们莫不对她给予高度评价。对此，元珠同志也会感到很大的欣慰。

元珠同志能够成为一位深受人们尊重的艺术家，我看，根本性的原因是她视河南坠子艺术为自己的生命，时刻想着热爱曲艺艺术的广大人民群众；也正是广大人民群众和他们喜闻乐见的曲艺艺术给了她热情、勇气、智慧和力量，鼓舞和支持她克服种种艰难困苦，向着自己理想的目标不断前进。特别是新中国成立后，在党和人民政府的领导下，通过学习和实践，她树立了为人民服务、为社会主义服务的思想，明确了百花齐放、推陈出新的要求，思想上艺术上都获得新的飞跃。她现在虽然年逾古稀，但精神不老，还在继续为曲艺的创新繁荣不知疲倦地工作，真正做到活到老，学到老，奉献到老，称得起是一位德高艺精的艺术家！

元珠同志要我为《曲海艺珠》写序，说实在的，我只是河南坠子的爱好者，缺乏深入的研究，写了一些感想，借以表达对元珠同志的敬佩之情和最良好的祝愿。

（原载《曲海艺珠》，中国文联出版社 2003 年 9 月出版）

周良与苏州评弹艺术[①]

今天我们在这里隆重举行“周良与苏州评弹艺术研讨会”，是一件很有意义的事情。我和大家的心情一样，感到由衷的高兴。作为周良同志的老朋友，谨表示最诚挚的祝贺！

我与周良同志相识，是在二十世纪五十年代。他时任苏州市文化局局长，给我介绍了苏州评弹的情况，还陪我到新建的苏州书场听书，欣赏美妙的苏州评弹艺术。他的言谈举止给我留下很好的印象。此后，由于工作关系，我们的接触越来越多。特别是《中国曲艺志》编纂工作启动之后，我们共事二十多年，一起开会、审稿近百次，每次历时七天左右，研究工作之余，常常促膝谈心，更加深了彼此之间的了解和友谊。他是我素所敬重的一位老同志，也是难得的一位好朋友，从与周良同志的交往中，我学到许多有益的东西。

周良同志有极强的责任心和事业心。半个多世纪

① 本文系作者2012年5月在“周良与苏州评弹研究学术研讨会”上的发言。

以来，他一直把党分配给自己的工作作为党和人民的事业，干一行，爱一行，做出坚持不懈的努力。比如说，他开始担任苏州市文化局领导工作的时候，并不熟悉苏州评弹，但当他了解评弹艺术的历史和现状及其丰富多彩，特别是了解到广大人民群众是多么热爱评弹艺术，而改革和发展评弹艺术的任务又是多么重要和迫切之后，就毫不犹豫地把评弹工作列入文化艺术工作的一个重要方面，同时采取措施，认真贯彻党的文艺路线、方针和政策，积极促进评弹艺术的健康发展。“文化大革命”中他身处逆境，即使在失去工作和自由、下放劳动的情况下，仍然心系评弹，悄悄地挤时间阅读、摘抄评弹书刊及有关资料，思考如何改革和发展评弹。《苏州评弹旧闻钞》就是在这样的情况下从数百本史志资料中辑录出来的。从这里就可以看出，如果没有对评弹艺术的热爱，如果没有极强的责任心和事业心，如果没有对党和国家以及对苏州评弹未来的信心，是绝对不可能做到的。

周良同志十分重视有关评弹资料的收集、记录、保存和研究工作。几十年来，他广泛接触评弹艺人，多方面了解广大听众的反映和意见，认真阅读和积累有关资料。他不在第一线主持工作之后，更是集中时间和精力投入并主持这些方面的工作，先后编印了大量的资料和书刊，除前面说的《苏州评弹旧闻钞》，还陆续编著有《弹词经验录》《苏州评弹知识手册》和《评弹艺术丛刊》，为评弹艺术遗产的保存传承工作和评弹史论研究提供了极其丰富和宝贵的资料，打下良好的基础。

周良同志还长期兼任《评弹艺术》的编辑工作。《评弹艺术》是在陈云同志亲切关怀和支持下创办起来的。三十多年来，周良同志和参与编辑出版工作的同志们始终不渝地坚持为人民服务、为社会主义服务的方向和百花齐放、百家争鸣的方针，认真按照陈云同志关于评弹艺术的指示精神，广泛团结评弹界人士和各界有关人士，组织撰写和发表了许多理论联系实际、有说服力的好文章，提倡什么，防止和反对什么，旗帜鲜明；鼓励学术和艺术问题的自由讨论，提倡实事求是，与人为善，互相尊重，充分说理，不轻率地下结论；发表的回忆文章大都是亲历亲闻，内容真切，生动感人；钩沉、考证等资料，也力求翔实准确。总之，《评弹艺术》为宣传贯彻党的文艺方针，推动评弹创作、改编和传统书目收集整理工作及评弹表演、音乐改革创新，促进评弹队伍建设，总结和交流艺术经验，普及评弹知识，加强史论研究，以及文物收藏陈列等方面的工作，都做出显著成绩。不言而喻，《评弹艺术》的每一集都凝聚着同志们的心血和汗水。尤其值得称道的是，他们是在工作之余或离退休之后为《评弹艺术》和有关著作编辑的，并为其出版尽心尽力。当遇到挫折和困难的时候，他们从不退缩和动摇，表现出坚强的责任心、事业心和勇往直前的工作精神。我深为感动，并表示深深的敬意！我深信，随着时间的推移，《评弹艺术》所作的积极贡献，必将越来越突出地显现出来。

周良同志在个人著述方面也做出斐然可观的成绩，提供了可资借鉴的经验。我读过他的不少文章和《苏州评弹艺术初探》《苏州评弹史话》等著作，给我的突出印象，就是始终力求以马克思主义、毛泽东思想为指导，坚持实事求是，从实际出发，尽可能多地占有资料，力求观点与材料的统一。他始终认为，评弹要发展，必须解决好继承与创新的关系，在继承优秀传统的基础上不断创新，而创新又必须尊重评弹艺术的规律，保持评弹艺术的特色；对发展中的一些重要问题，他也发表了自己的见解。在他的论述里没有空泛议论，没有主观臆断，没有含糊敷衍，更没有以专家自居强加于人；而是用朴素简明的语言把自己的见解讲出来，作为一家之言，供读者参考和商榷，体现了一个专家学者对“百花齐放、百家争鸣”方针应有的态度，值得我们学习。

周良同志的贡献当然不止在评弹方面。他长期担任苏州市文化艺术方面的领导工作，并兼任江苏省曲协主席、中国曲艺家协会理事、中国说唱文艺学会副会长、《中国曲艺志》副主编等职务，也都付出许多心血，做出积极贡献。中国文联、中国曲协授予“中国曲艺牡丹奖·终身成就奖”就是对他做出的突出贡献的肯定。

现在，周良同志年近九旬，鹤发童颜，笔耕不辍，真是“老骥伏枥，志在千里”，不愧是我们学习的好榜样。我写了一幅字，两句话，一句是“仁者长寿”，一句是“智者多福”。周良同志是仁者，也是智者，当之无愧。我衷心祝愿他“福如东海长流水，寿比南山不老松”！

谢谢大家。

孙书筠与京韵大鼓[①]

孙书筠同志是著名京韵大鼓演唱艺术家。

她天资聪敏，嗓音圆润宽厚，韵味醇美，表演洒脱大方，自成风格，新中国成立前就活跃在京津两地的曲艺舞台上，以自己的精湛艺术赢得听众的热烈赞赏。自然，同曲艺界成千上万的姊妹一样，她也历经坎坷，摆脱不掉受压迫、受欺侮的命运；人民革命的胜利，才使她获得解放和充分发挥聪明才智的机会，受到应有的尊重。她从学习和接触人民群众的过程中，从自己的生活实践和艺术实践中，深切地感受到党的伟大，新社会的温暖，逐步提高了思想觉悟，自觉地走上为人民服务的道路。一九五二年参加中央广播说唱团以后，她在思想上艺术上有了更加显著的进步，积极演唱现代曲目，认真整理传统曲目，力求把更多更好的精神食粮奉献给人民。“文化大革命”夺去了她为人民演唱的权利，喉部疾病也给她带来演唱的困难，

① 本文系作者1986年4月在祝贺孙书筠艺术生活五十年座谈会上的讲话。

但她坚持锻炼，没有动摇，没有退缩。粉碎“四人帮”后，她重新焕发出艺术青春，依然精神饱满地活跃在曲艺舞台上，为改革、发展曲艺事业尽心尽力，表现出一个艺术家坚强的事业心和高尚的思想品质。

书筠同志能够在艺术上不断提高和进步，并逐步形成自己的风格，这不只是由于天赋条件好，更为重要的是由于她的事业心强，路子正，能够勤学苦练，把继承和创新结合起来。她师法“刘（宝全）派”，兼学“白（云鹏）派”和“少白（凤鸣）派”，加以融会贯通，并结合自己的条件，有所突破和创新。她虚心学习姊妹艺术的长处，用以丰富自己的艺术表现能力。她在运用京韵大鼓这种艺术形式来表现现实生活、歌颂英雄人物的过程中，也遇到过曲折和困难，但她不是知难而退，而是及时分析原因，总结经验，深入生活，努力解决对新时代、新人物不熟不懂的问题，并在音乐唱腔和表演艺术上大胆创新，使之尽可能符合表现新时代、新人物的要求。对传统曲目也力求有所出新。她所演唱的现代曲目《黄继光》《罗盛教》《向秀丽》《丹浪红心》，以及传统曲目《长坂坡》《连环计》《百里奚认妻》等，声情并茂，真挚感人，可以说是她的代表性节目，也是她和作者、乐师共同进行的创造性劳动的结晶。她在最近出版的回忆录《艺海沉浮》中记述了自己如何继承和创新的经验体会，很值得我们借鉴和研究。

书筠同志非常关心鼓曲人才的成长。为了培养更多的年轻优秀的曲艺人才，她付出了不少心血。对于愿意学习和研究京韵大鼓艺术的外国朋友，她也总是热情相待。前些时候，她还先后到美国、加拿大演出讲学，为增进彼此之间的了解、友谊和艺术交流做出积极的努力。

在我们的新时代里，京韵大鼓艺术有着蓬勃发展的广大天地和光辉前景。我们衷心祝愿书筠同志永葆艺术青春，为人民演唱更多的富于时代精神和民族特色的好作品。我想，这也是书筠同志的美好愿望和奋斗目标。

动人心弦的评弹艺术

上海评弹团从一九五一年成立以来，在党的领导下，在陈云同志的亲切关怀和指导下，他们在创作新评弹，整理传统评弹，革新演唱艺术，发展艺术流派，提高评弹工作者的思想修养和艺术修养，以及培养新人方面，都做出了显著的成绩。这次来京演出，他们带来了近几年来坚持“出人、出书、走正路”的部分新成果，更加使人感到由衷的高兴。

努力表现新的时代，新的人物，以共产主义思想鼓舞和教育人民，特别是广大青年，是人民的需要，革命的需要，是曲艺工作者的光荣使命。上海评弹团在粉碎“四人帮”以后，创作和演出了许多表现现代题材的评弹作品。这次来京演出的节目，除了几个新开篇和中篇《铁窗烈火》外，都是近几年创作出来的。开篇《热烈欢庆党的十二大》，以饱满的热情，动人的曲调，唱出了我国人民欢欣鼓舞的心情和开创社会主义现代化建设新局面的坚强意志。《农村喜事多》等，反映了党的三中全会以来我国农村的新面貌。开篇《周总理欢度泼水节》《颂陈毅》等，生动地表达了人民群众对老一辈无产阶级革命家的深厚感情。尤其值得称道的是，中篇评弹创作也取得了可喜的收获。这次演出的《真情假意》和《春梦》，都取材于现实生活，着重写的是青年人的事情和他们共同关心的问题。《真情假意》构思巧妙，描写细致，语言活泼，深刻揭示了正直善良的女青年佩佩的心灵美，批判了另一个女青年琴琴追求资产阶级生活方式、见利忘义的旧思想旧作风，正面人物和被批评的人物都写得真实可信，在青年中引起了强烈反响，是一篇有时代气息、有现实教育意义的作品。《春梦》是一篇富于喜剧色彩的作品。它通过恋爱生活中的离合悲欢，有力地抨击了某些人羡慕资产阶级生活方式，一味追求个人享受的人生观、恋爱观，在青年听众中引起如何认识真善美和假丑恶的思考。上海评弹团的演出实践证明，新评弹创作天地广阔，大有可为，只要创作和演出思想性和艺术性高的作品，就能在建设社会主义精神文明的过程中发挥积极作用，受到广大听众特别是青年听众的欢迎。也只有努力表现新的时代，新的人物，评弹艺术才能更好地得到革新和发展。

上海评弹团还十分重视传统评弹的整理和新编历史书的创作以及发展艺术流派的工作。这次来京演出的传统长篇《西厢记》《武松》《林冲》《大红袍》《珍珠塔》《玉蜻蜓》等书的分回、选段，开篇《岳母刺字》《潇湘夜雨》等，都经过认真整理、加工，呈现出新的面貌，并保持和发扬了不同艺术风格和艺术流派的特色。有的激越昂扬，有的哀怨缠绵，有的沉雄苍劲，有的轻松活泼，有的以叙事取胜，有的以抒情见长。看了他们的演出，使人感心动耳，荡气回肠。

人间一切优美的艺术都是人民创造的。而任何一种艺术的创造，又都是人们勤奋学习和不断实践的结果。勤奋出人才。上海评弹团能够不断地在创作和演出上取得可喜的成绩，就在于有一批坚持走正路，有理想，有志气，有才华，并且能够勤学苦练的好人才。这次来京演出的几位老艺术家虽已年逾花甲，依然精神不减当年；中年演员在思想和艺术上都更趋成熟；青年演员基础好，路子正，大有希望。这是一支老中青相结合的曲艺队伍。只要坚持以共产主义思想武装自己，继续勤奋地学习和实践，勇敢地攀登新的艺术高峰，就一定能够开创社会主义评弹艺术的新局面。

（原载《人民日报》1982年11月21日）

发扬优良传统　争取更大成绩

——祝贺天津市曲艺团成立三十周年

今年是天津市曲艺团成立三十周年。同一个人一样，“三十而立”正是年富力强、风华正茂、大有作为的时期。认真地总结经验是很有好处很有必要的，这将有助于发扬成绩，克服缺点，为建设社会主义精神文明，为满足人民群众高尚的健康的文化生活的需要，做出更大的贡献。

天津市曲艺团的前身是天津市曲艺工作团和天津广播曲艺团，许多著名的曲艺家都在这里工作。天津解放之后，曲艺团的同志们积极响应党的号召，坚持文艺为最广大的人民群众服务的方向和百花齐放、推陈出新的方针，做了许多有益的工作。天津市曲艺团成立后，加强了党的领导，在发展曲艺创作、推动传统曲艺的整理工作，提高曲艺队伍的政治思想修养和艺术修养，以及培养新生力量等方面，都取得了更加显著的成绩。我是天津市曲艺团的一名忠实听众，每次看他们的演出，都感到由衷的喜悦。

天津市曲艺团是有自己的好传统的。我觉得，首先是她热爱祖国、热爱人民、热爱社会主义、热爱党的革命精神和国际主义精神。比如，在伟大的抗美援朝运动中，天津市曲艺团的同志们就自觉地站在斗争的前列，满怀革命激情，不辞劳苦、不计报酬地进行宣传和捐献演出；之后，又冒着敌人的炮火到朝鲜前线为中朝两国的英雄儿女进行慰问演出，著名相声艺术家常宝堃、弦师程树棠光荣地献出了自己的生命，表现了高度的爱国主义和国际主义精神。多年以来，天津市曲艺团的同志们创作和演出了许多优秀曲艺作品，热情歌颂了中国人民的胜利，描绘了社会主义革命和建设的新面貌，塑造了现实生活中和历史上的英雄人物，坚持以爱国主义、共产主义思想教育人民。他们坚持深入群众，自觉地把好的精神食粮送到最艰苦的地方。无论是海防前线，还是山区林海，无论是工厂、学校，还是农村、牧区，都留有他们的足迹，洒下他们的汗水。有些老艺术家年近古稀，依然精神抖擞地活跃在曲艺舞台上，以能够为人民演唱而引为光荣。这是什么精神？这就是共产主义精神，全心全意为人民服务的精神，艰苦奋斗的精神。正是在这种精神鼓舞下，他们战胜了种种困难，取得了光辉的成就，受到人民群众的欢迎和尊敬。现在，我们要为建设社会主义精神文明多做贡献，首先就应当发扬这种革命精神。

天津市曲艺团长期坚持了党的百花齐放、推陈出新的方针。在天津流行的众多曲种以及不同的艺术流派，都在曲艺团中得到重视和自由发展的机会。在推陈出新方面所取得的成绩尤为显著。三十年来，他们始终把新曲艺创作放在首位。坚持作者和演员、乐师通力合作，积极运用各种曲艺形式表现新的时代，新的人物，并在表演艺术和音乐唱腔方面不断地进行革新，力求把革命的思想内容和尽可能完美的艺术形式统一起来。他们用生动的事实证明了这样一条真理：曲艺同其他文学艺术一样，必须随着时代的前进而前进，爱人民之所爱，憎人民之所憎，努力反映人民群众的生活和斗争，帮助人民群众建设社会主义的新生活，才算真正尽到了革命曲艺工作者的责任，才会受到人民群众的重视和欢迎。根据“取其精华，去其糟粕”的原则，对传统曲艺进行整理加工，是推陈出新的又一重要方面。天津市曲艺团也做了大量的工作。上演的传统曲艺节目大都是经过认真选择和整理、加工的，从内容到艺术都务求具有一定的思想性和艺术性，于听众有真正的益处。就是在“一切向钱看”的歪风袭击下，绝大多数同志都能严格要求自己，不演出那些陈腐的、庸俗的东西。在艺术革新方面，他们较好地解决了继承和创造的关系问题，一方面注意继承传统曲艺中一切好的东西，另一方面又注意向实际生活学习，向姊妹艺术学习。在保持说唱艺术特色前提下，进行新的探索和创造。他们既反对因循保守，也反对忽视曲艺的特点，简单地向戏剧、歌舞靠拢的做法，坚持走自己的路。广大听众都称赞天津市曲艺团演出的质量高，路子正，绝非偶然，这正是他们正确地坚持推陈出新方针的结果。

天津市曲艺团在老中青结合方面，以及作者、演员、音乐伴奏人员的合作等方面也是做得比较好的。一些有成就的老演员传、帮、带搞得好。他们都把奖掖后进、培养新人，当作自己义不容辞的责任，热情地无保留地把自己的艺术传授给年轻人。有些中年演员、伴奏员承前启后，自觉责任重大，也能够严格要求自己，一方面向富有经验的老同志学习，一方面积极帮助一些小同志。陆续招收的一些学员，大都能够勤学苦练，立志做有理想、有道德、有文化、守纪律又有艺术专长的曲艺工作者，有几位年轻演员已经初显身手，获得大家的赞赏。由于老中青结合得好，天津市曲艺团就显得人才众多，阵容整齐，朝气蓬勃，大有作为。天津市曲艺团的创作和研究力量也是比较强的，他们与演员、音乐伴奏人员互相尊重，互相学习，密切合作，这是做好曲艺工作的又一个重要的条件。

以上是我对天津市曲艺团的几点印象。天津市曲艺团要发扬的好传统，当然不止这些，这需要大家一起来研究和总结。总之，凡是好的传统，我们都应当继承和发扬，因为一切好的传统都将给我们以信心和力量，激励我们更好地前进。

（原载《曲荟》1983 年 2 期）

曲艺要更好地面向农村

最近，中国曲艺家协会在郑州召开了农村曲艺座谈会，大家以党的十二次代表大会精神为指导，认真学习了中共中央关于农村工作的重要文件，学习了中央领导同志关于农村思想政治工作和关于曲艺工作的重要讲话，提高了认识，交流了经验，研究了当前农村曲艺的新情况、新问题，提出了今后工作的设想和意见，从而大大鼓舞了曲艺工作者为八亿农民服务的革命热情和继续前进的信心。这对于开创农村曲艺的新局面，无疑会起到积极的推动作用。

要开创农村曲艺的新局面，我认为，我们首先要提高对当前农村形势和任务的认识，提高对曲艺在建设社会主义新农村、建设以共产主义思想为核心的社会主义精神文明过程中的地位和作用的认识，提高为八亿农民服务的革命责任心和自觉性。

党的十一届三中全会以来，我国农村的确发生了重大变化。其中影响最为深远的是普遍实行了多种形式的农业生产责任制，而联产承包制又越来越成为主要形式，使集体优越性和个人积极性同时得到发挥，打破了我国农业生产长期停滞不前的局面。这种趋势预示着我国农村经济的振兴将更快到来。党的十二次代表大会提出了实现农业现代化的宏伟目标，最近又制定了《当前农村经济政策的若干问题》等重要文件，采取了许多具体措施；同时，进一步加强了农村思想政治工作。努力适应这一历史性变革的需要，创作更多更好的文学艺术作品，帮助广大农民群众提高政治思想觉悟，争做有理想、有道德、有文化、守纪律、爱祖国、爱社会主义、爱党、爱集体的社会主义公民，是思想文化工作者的光荣历史使命，也是曲艺工作者不可推辞的责任。曲艺工作者必须努力解决面向农村、为广大农民服务的问题。特别值得注意的是，我国农村的文化还很落后，封建的和资本主义的旧思想、旧文化还有着很大的影响，缺乏高尚的健康的文化生活的现象还相当普遍。在那些边远和偏僻的地方更是如此。有些地方由于缺乏健康的文化生活，迷信、赌博等活动又有所抬头。事实说明，农村的思想文化阵地，我们如果不去占领，封建的、资本主义的东西就去占领。我们的文学艺术既然是为人民服务、为社会主义服务，那就决不可以忘记农村，决不应该忘记为八亿农民建设社会主义新农村的伟大斗争服务。我国的曲艺历来为广大农民群众所喜闻乐见，数以十万计的曲艺队伍也十之八九在农村进行说唱活动。因此，我们曲艺工作者应当更加自觉、更加主动地为广大农民提供更多更好的精神食粮。

面向农村，为八亿农民服务，也是改革和发展曲艺艺术的必由之路。我国的曲艺有三百多种，其中绝大多数是从农村产生和发展起来的。广大农民是曲艺的欣赏对象，又是曲艺的哺育者和创造者。许多曲艺名家都是经过在农村的学习、锻炼而成长和提高起来的。面向农村，为八亿农民说书，对曲艺工作者来说也是一个学习、改造、锻炼的过程。现在农民的生活大大改善，他们的文化水平和对艺术欣赏的要求也日益提高，这就为曲艺的改革和发展提供了广阔的天地和极为有利的条件。今后农村必然会造就出更多的好人才，涌现出更多的好作品和好演出，促使社会主义曲艺获得更大的繁荣和发展。

怎样做才能很好地解决为农民服务的问题呢？最重要的是创作和演出更多更好的新书，整理和演出更多更好的传统书。有些曲艺工作者和曲艺演出团体能够受到广大农民的欢迎和尊重，就在于他们为群众提供了一些革命的前进和健康的东西。参加这次座谈会的同志都介绍了这方面的情况，成绩的确是显著的。但是，各地的情况很不平衡，就大多数地区来说，新书还为数甚少，江、浙、沪这些文化比较发达、曲艺工作比较活跃的地区，新书在曲艺演出中所占的比重也不过百分之一二。经过认真整理的传统书也为数甚少，演出的书目还大都是精华与糟粕混杂在一起，说唱野书、邪书、坏书的情况也屡有发现。这是与人民的要求、时代的要求很不适应的，应当引起重视。

我们要响应党中央的号召，多创作和演出表现农村题材的曲艺作品。党的十一届三中全会以来，广大农村出现了经济上欣欣向荣、政治上安定团结的大好形势。新人新事层出不穷。这是农村生活的主流。但是，由于阶级斗争在一定范围内的继续存在，由于农民中传统的小生产和私有观念及各种腐朽思想的影响，加上许多地方思想政治工作一时未能跟上，“一切向钱看”、损公肥私、损人利己的思想有所滋长，迷信、赌博、偷盗、斗殴、买卖婚姻等不正之风和其他落后现象也乘隙而起，严重损害着人与人之间的互相友爱和良好的社会风尚；反对社会主义分子和其他犯罪分子还在进行非法活动。我们要建设社会主义新农村还必须经历长期的艰苦的斗争。因此，我们的曲艺在热情歌颂农村新人新事新思想的同时，也要敢于揭露那些落后的丑恶的东西，正确地反映农村的矛盾和斗争。我们要根据农村的实际生活，创造出各种人物来，特别要努力塑造那些闪耀着共产主义思想光辉的先进人物形象，以鼓舞和教育人们提高政治觉悟，向着党所指引的方向前进。过去曾经出现过像赵树理同志那样的坚持表现农村、为农民写作的优秀作家，今后应当出现更多的赵树理式的优秀曲艺作家。在历史上，我国农民为了摆脱阶级剥削，抗击民族侵略，争取自由解放，曾经进行过许多可歌可泣的英勇斗争，出现过许多英雄豪杰和先进人物，如果能够通过曲艺把他们表现出来，这对帮助农民正确地认识历史，开阔眼界，提高民族自尊心和自信心，同样有着积极的意义。其他方面的题材还多得很，只要写得好，也都会对农民有好处，都会受到群众欢迎。农民的需要是多种多样的，说唱的书目也应当是多种多样的。

要发展新书，我觉得有两点是需要特别注意的：一是要注意提高质量。说书是一种娱乐活动，要靠群众的自愿，要凭借说书的艺术魅力去吸引和征服群众，你的书编得好，说唱得好，群众才会听下去。要抓住听众，就必须提高新曲艺的思想质量和艺术质量，做到内容是好的，艺术也要有所革新和创造。“宁要少些，也要好些！”我们一定要在提高质量的前提下，逐步扩大新曲艺的阵地，这样看起来慢一些，实际上却是比较快的。千万不要重复过去那种只注意数量不注意质量的做法，一哄而起，一哄而散。二是要注意了解青年，适应青年，提高青年。做到这一点，曲艺才有广阔的发展前途。中篇弹词《真情假意》为什么那么受欢迎呢？根本原因就在于它有现实意义，能够适应青年，提高青年。有的曲种如果不在这方面努力，因循守旧，故步自封，就会衰退以至消亡。这是曲艺发展的规律。陈云同志这几年反复讲评弹要适应青年，提高青年。这个问题的确非常重要，应当引起注意。我们还应当继续提倡从事创作的同志与演员的通力合作。合作得好，工作才会收到好的效果。

关于传统曲艺的整理工作，应当继续抓紧进行。传统曲艺中有许多好的东西，如果能够加以整理、加工、提高，做到“推陈出新”“古为今用”，群众是需要和欢迎的。刘兰芳同志说《岳飞传》拥有那么多听众，就说明群众对好的和比较好的传统书是需要和欢迎的。现在的严重问题是，整理工作远远赶不上群众的需要。流行的传统书中的糟粕部分所宣扬的旧思想、旧道德、旧习惯结合在一起，对建设社会主义精神文明起着不可忽视的阻碍作用，如果不认真研究解决，就会对社会主义事业继续产生不利的影响，也会大大降低曲艺的声誉。一切对人民负责的曲艺工作者都有责任有必要认真地检查一下自己说唱的书目，凡是需要整理的，都应当认真进行整理，毫不犹豫地将糟粕加以清理和剔除；凡属坏书都应当坚决予以抛弃，自动地改学改演新书、好书。希望从事整理工作的同志与演员通力合作，逐步完成这个艰巨的任务。

事情是要人来做的。要创作、整理、演出更多的新书、好书，发展社会主义曲艺，为八亿农民服务，就要建设好我们的曲艺队伍。

我们曲艺工作者的任务是鼓舞和教育人民群众做有理想、有道德、有文化、守纪律、爱祖国、爱社会主义、爱党、爱集体的社会主义公民，使他们得到健康的和具有高尚情趣的文化生活。要完成这样的任务，自己首先就要努力提高思想政治觉悟和艺术修养。农村有不少先进的曲艺工作者，他们具有较高的思想觉悟和艺术修养，已经和正在为建设新农村做出贡献。但由于种种原因，也有许多人的思想水平和艺术水平还比较低，还不能适应群众的要求，这就要加强学习。要学习马克思主义、毛泽东思想，学习时事政治，学习社会，学习历史，学习文化，学习自己的业务。要全面发展，一专多能，做到既会说新书，也会说传统书；既会用方言说书，也会用普通话说书；既会说长篇书，也会说唱中篇短篇；既能与别人合作演出，也能独立演出。现在，有些地方把农村曲艺队伍组织起来，为他们提供了一些学习、观摩和总结、交流经验的条件，这是很必要的。

要继续抓紧培养新的曲艺人才。只有不断地培养造就新的曲艺人才，才能使曲艺事业一代一代地传下去，并且得到新的发展。尤其要多培养一些有理想、有道德、有文化、守纪律、有艺术专长又愿意深入农村、全心全意为农民服务的优秀曲艺人才。经验证明，哪里有这样的好人才，哪里的曲艺就活跃，就发展，就受到农民的欢迎和尊重；哪里缺乏这样的人才，哪里的曲艺就难以得到新的发展。现在有些地方已经注意了这方面的工作，做出了可喜的成绩。但是，许多地方后继乏人的现象还相当严重，如果再不注意解决，这些地方的曲艺就有日趋衰落的危险。怎样才能做好培养新人的工作呢？许多地方，比如江苏苏州评弹学校、天津市曲艺团、上海评弹团和河南、吉林等地都积累了一些好的经验。各地可以互相学习、借鉴，因地制宜，采取多种形式来解决这方面的问题。青年人富有朝气，可以组织一批优秀青年演员说唱新书和经过认真整理的传统书，来推动中年和老年艺人前进。

我们还要注意从农村业余曲艺活动中发现和培养人才。现在农民生活好了，他们为满足文化生活的要求，到处自己动手办文化，自编自演曲艺节目，涌现出许多好人才。我们专业的曲艺工作者一方面要热情帮助他们，搞好辅导活动；一方面要向业余曲艺工作者学习，学习他们的好思想、好作风，从他们的艺术创造中吸取营养，以充实自己。还可以把业余曲艺活动中的优秀人才吸收到专业曲艺队伍中来。

加强评论研究工作，对于推动和指导曲艺工作的健康发展有重要的意义。要逐步把评论队伍组织起来，及时研究农村曲艺的新情况、新问题，通过曲艺评论，热情鼓励为农民创作、演唱做出显著成绩的先进人物、先进单位和优秀作品，帮助、引导曲艺工作者说唱新书、好书，帮助曲艺工作者鉴别精华与糟粕，批评农村曲艺活动中的不良倾向。

人是要有点精神的。没有那么一种革命热情，那么一股干劲，那么一种拼命精神，要真正成就一番事业是不可能的。今后要开创农村曲艺工作新局面，我们既要充分看到有利条件，以增强信心；也要充分估计到我们在前进的道路上还会遇到许多困难，下定不达目的绝不罢休的决心。我们有党中央的正确领导，有农村这样的广阔天地，有广大群众的支持，只要振奋精神，努力奋斗，我们就一定可以开创农村曲艺的新局面，为建设社会主义新农村，为建设以共产主义思想为核心的精神文明，做出更大的成绩。

（原载《人民日报》1983 年 5 月 17 日）

要把少数民族曲艺发展起来①

我们的祖国是一个多民族国家，五十多个民族共同创造了我国灿烂的文化，形成了自己悠久的历史和优良的文化传统。丰富多彩的说唱艺术是少数民族文艺的一个重要组成部分；经过广大劳动人民和说唱艺人的长期努力，创造和积累了无数的艺术珍品。例如，藏族的《格萨尔王传》，柯尔克孜族的《玛纳斯》，蒙古族的《江格尔》《嘎达梅林》，彝族的《阿诗玛》《梅葛》，傣族的《召树屯》《娥并与桑洛》，瑶族的《密洛陀》，白族的《鸿雁带书》《青姑娘》，苗族的《哈迈》《张秀眉之歌》，纳西族的《创世纪》《相会调》，傈僳族的《逃婚调》《重婚调》，哈萨克族的《萨里哈与萨曼》《阿尔卡勒克英雄》，维吾尔族的《艾里甫与赛乃姆》《英雄沙迪尔》，回族的《马五哥与尕豆妹》，东乡族的《米拉尕黑》，壮族的《马骨胡之歌》，侗族的《珠郎娘美》，布依族的《月亮歌》，达斡尔族的《少郎

---

① 本文系作者1985年10月20日在云南省第二次少数民族曲艺讨论会上的讲话。

与岱夫》，哈尼族的《多沙阿波之歌》，等等，都有着鲜明的民族特色和极大的艺术魅力，生动地表现了少数民族的历史和生活风貌，表达了人们的思想、感情、愿望和要求，活跃了文化生活，充实了我国的文化艺术宝库，也为社会、历史、文化、语言、民众等方面的研究提供了极其丰富生动的资料。实践证明，我国少数民族同汉族一样，有着惊人的智慧和创造能力，他们在文化艺术上的成就绝不应当低估。但是，在旧社会，少数民族的说唱艺术却长期被歧视和压抑，不能登大雅之堂；广大说唱艺人社会地位低下，生活困苦，难以发挥自己的艺术才能。只有在共产党领导下的新中国，说唱艺人才随着人民的翻身解放而受到重视和关怀，成为受人尊敬的文艺工作者；说唱艺术才获得阳光和雨露，蓬蓬勃勃地发展起来。

新中国成立以来，在党的民族政策和文艺政策的指引下，许多地方都组织力量进行了说唱艺术遗产的发掘和整理工作。例如前面列举的一些作品，大部分已经整理出版，像《江格尔》这样的长篇巨著也译成汉文出版。有些作品篇幅很长，而且有几种不同的说唱本，要记录、整理、出版需要更长的时间。近几年来，这方面的工作也有很大进展，例如《格萨尔王传》，据有的研究者估计，有六十部，可能超过一百万行，是目前所知的世界最长的史诗，现已大部分收集到手，正在继续抓紧进行收集、整理；再如《玛纳斯》，约二十万行，也已全部录音，正在抓紧记录、整理。关于少数民族说唱艺术的研究，越来越引起人们的注意，并取得了一些可喜的成果。

与此同时，少数民族的新曲艺创作有了很大的发展。各地都涌现出许多说唱能手，他们既是传统曲艺的保存者、传播者，也是新曲艺的创造者，毛依罕、琶杰、康朗甩、波玉温、杨汉、庄明、杨益、黑明星、李明章、朱小和、罗学明、霍满生等都在运用说唱形式表现新内容方面获得了成功。《铁犴牛》《铁牛传》《富饶的查干湖》《流沙河之歌》《傣家人歌》《彩虹》《大理好风光》《灯塔》《刘梅歌》《在剪羊毛场上》《埋羡打油茶》《雨大嫂》《还愿》《阿珠之歌》《孤胆英雄龙岩之歌》《赶马哥》《夸马》《歌舞的海洋》《伟大的党，我亲爱的母亲》等，都是深受群众欢迎的好作品。人们从这里可以看到少数民族地区在新中国成立后所发生的巨大变化和社会主义建设的光辉成就，可以感受到少数民族广大人民热爱祖国、热爱党、热爱社会主义的真挚感情，以及他们继续前进的坚强意志和胜利信心。有些地区还创造了新的曲艺品种，或者移植了汉族的曲艺品种，如云南发展了白语相声、彝语相声，内蒙古发展了蒙古语相声，西藏发展了藏语相声，新疆发展了维吾尔语相声等。现在，许多少数民族地区的曲艺活动特别是业余曲艺活动相当活跃，随着社会主义建设事业的发展，少数民族曲艺必将出现更加鼓舞人心的新局面。

当然，由于各种原因，少数民族地区的曲艺工作发展还很不平衡，有些地方进展较快；有些地方进展比较缓慢；有些地方还处于自流状态；即使工作比较活跃的地方，也有许多新情况、新问题，需要抓紧研究。有些省、区有关文化部门正在采取积极措施，以改进和加强这方面的工作。云南的同志们对少数民族曲艺是重视的，曾经做过不少工作。去年和今年又连续召开少数民族曲艺讨论会，交流情况和经验，研究当前曲艺工作中的迫切问题，交换今后工作的意见，这是很好的。我听说去年的会议开得很成功，我相信，今年这次会议也一定能够开好，收到预期的效果。

最近胜利结束的党的全国代表会议和四中全会、五中全会，进一步实现了中央领导机构成员的新老交替和合作，一致通过了《中共中央关于制定国民经济和社会发展第七个五年计划的建议》，中央领导同志作了重要讲话，集中表达了全党全国人民的共同心愿和意志。会议强调指出，在建设社会主义物质文明的同时，必须大力加强社会主义精神文明的建设。我们在一切工作中，在任何时候，都要坚持四项基本原则，抵制和反对资本主义、封建主义和其他腐朽思想的侵蚀，抵制和反对资产阶级自由化，抵制和反对金钱至上、个人至上的思想影响。我们的思想、文化、教育、卫生部门都要以社会效益作为一切活动的唯一准则。在文化领域，要提倡和鼓励多出好的精神产品，丰富人们的精神生活，提高人们的文化素养和精神境界，激励人们献身于振兴中华的伟大事业。要坚决取缔坏作品的生产、引进和流传。要继续贯彻百花齐放、百家争鸣的方针，坚持宪法和法律所保障的各项自由。会议重申的有关思想文化方面的原则、方针和政策，对于包括我们曲艺工作者在内的思想战线的同志们来说，无疑具有特别重要的意义。我们相信，曲艺界的同志们一定能够很好地学习、领会这次会议的精神，并切实贯彻到实际工作中去。我现在就进一步发展少数民族曲艺工作问题讲几点建议和意见。

我认为，当前一项迫切的任务，是继续抓紧传统曲艺的收集和整理工作，这里包括传统曲艺作品的收集和整理，也包括说唱表演艺术的收集和整理。据说，各地还有许多好的、比较好的说唱作品有待收集和整理；说唱音乐、表演艺术的收集和整理，过去做得较少，更应当引起注意。现在许多成就高的说唱艺人由于年事过高，体弱多病，说唱起来已经难像当年发挥得那么好了，记录他们的作品和演唱艺术遇到不少困难；如果再不抓紧，就会有失传的危险，有些老艺人已经去世，他们精湛的艺术也随之丧失，更是不可弥补的损失。所以，收集和整理工作仍然需要抓紧，再抓紧，最好能用录音机完整地录下来；有条件的，还可以用录像机、摄影机有选择地拍摄一些演唱资料，供人们学习和研究。传统曲艺的记录、收集要注意保持曲艺的本来面目，不要随便加点什么，或者随便去点什么，如果一个故事有不同的说唱本和不同的艺术流派，最好能分别记录，全部收集起来。要在详细占有材料的基础上认真整理，至少需要有两种整理本：一种是供研究用的，在思想内容、艺术结构和语言风格等方面，都尽可能注意保持其本来面貌；另一种整理本是为推广用的，目的是把一些好的传统曲艺作品提供给曲艺演员演唱和提供给读者阅读，以丰富人们的文化生活。这就要求我们要有所选择，有所去取。所谓有所选择，就是要把那些有益于人们身心健康、能够提高人们的文化素养和精神境界的作品尽先整理出来；对于一些基本倾向不好、问题很多、难以整理的作品，不妨放放再说，以便集中力量，把好的和比较好的作品整理出来，推广开去。所谓有所去取，就是说要用辩证唯物主义和历史唯物主义的观点、方法对所要整理的作品进行分析研究，然后按照“取其精华、去其糟粕”的原则，认真地进行整理、加工，真正做到推陈出新；同时要重视音乐唱腔和表演艺术的革新，不断提高演出质量。各地已经取得了不少经验，可以研究和借鉴。我们只要坚持实事求是，采取积极而慎重的态度和正确的方法，传统曲艺就会经过整理而获得新的生命，成为社会主义曲艺的一个组成部分。

积极地创作和演唱富于时代精神的、为人民群众喜闻乐见的曲艺作品，是我们曲艺工作者最光荣的任务。少数民族曲艺形式灵活多样，自由活泼，在表现现代生活方面应当做出更大的努力。现在，我国各族人民正在党的领导下，为建设有中国特色的社会主义而进行创造性的活动，各条战线的工作都在蓬蓬勃勃地向前发展，人民的生活面貌和精神面貌正在发生深刻而显著的变化。我们应当以极大的热忱投身到社会主义现代化的洪流中去，创作和演唱更多的好作品，深刻地生动地表现我国的伟大现实，塑造更多的有理想、有道德、有文化、守纪律的社会主义新人形象，并有力地讽刺、鞭挞一切危害四化大业、危害祖国统一、危害民族团结和人民进步的丑恶思想、丑恶行为。我们应当继续重视表现历史题材以及其他有意义的题材的创作。无论在什么时候和什么情况下，都要坚持以爱国主义、集体主义、社会主义、共产主义思想教育人民，用健康有益的、丰富多彩的艺术去提高人们的文化艺术素养和精神境界。不注意提高自己创作和演出的思想艺术质量，忽视社会效果，“一切向钱看”，搞邪门歪道，是对人民的不负责任，是与建设社会主义精神文明的要求相违背的，曲艺工作者应当坚决抵制和反对这些不良倾向。为了促进社会主义曲艺创作的繁荣，我们所有专业的和业余的创作力量都要组织起来，充分发挥大家的积极性和创造性。我们希望有关文化部门尽可能给作者、演员提供更多的读书学习、深入生活、进行艺术实践的条件和机会。对于在创作、演唱上做出显著成绩的个人和集体，要给予表扬和奖励。对于他们的好经验，要及时加以总结和推广。

我们要努力做好少数民族曲艺的研究、编辑、出版、介绍等方面的工作。少数民族曲艺的研究是一个重要领域，目前还是一个薄弱环节，需要尽快加强。比如说，少数民族曲艺是怎样发展起来的？它们的发展规律和特点是什么？每个曲种出现过哪些有代表性的作品和作家艺术家？比如说，新中国成立以来，少数民族曲艺有哪些新发展？出现了哪些有成就的作家艺术家和优秀作品？有哪些重要的经验和教训？比如说，当前曲艺工作中有哪些新情况、新经验和新问题？如何做才能使我们的工作适应于新时代的要求？这样一些重要问题都摆在我们的面前，迫切需要得到科学的解释和回答，以促进曲艺工作的健康发展。编辑、出版、翻译、介绍工作也很重要。这些方面的工作做好了，有些重要的作品、资料、研究成果才能为更多的人们所了解和利用，产生更大的影响。希望曲协云南分会继续与有关文化部门编辑出版更多的曲艺作品、资料和理论研究著作。目前，《中国曲艺音乐集成》的编辑工作正在进行，《中国曲艺志》编辑工作也将开始。希望云南的同志们积极努力，出色地完成云南卷的编纂工作。

要把少数民族曲艺更好地繁荣和发展起来，最根本的途径是提高曲艺工作者的思想艺术修养。一切对人民负责的曲艺工作者都要加强学习和锻炼，提高自己的思想觉悟和文化修养，提高自己为人民服务的本领。邓小平同志在党的全国代表会议上提出，全党同志要认真学习马克思主义的基本理论。这对我们曲艺工作者来说同样有着极其重要的意义，一切有条件读书的同志，都应当把学习马克思主义、毛泽东思想当作自己的必修课。只有经过这种学习，我们才能坚定共产主义的理想和信念，才能正确地认识现实，认识历史，创造出闪耀着共产主义思想光芒的说唱艺术。同时，我们要抓紧培养更多的社会主义曲艺事业的接班人，只有不断地培养出有理想、有道德、有文化、守纪律的优秀曲艺人才，社会主义曲艺事业才会后继有人，繁荣昌盛。云南省在培养曲艺人才方面曾经做过一些工作，希望今后做出更大的成绩。

云南是少数民族聚居的地方，曲艺品种多样，蕴藏丰富，人才济济，有深厚的群众基础和广阔的发展前途。你们的工作是大有希望、大有可为的。少数民族曲艺工作做好了，不但会促进全省曲艺工作的发展，也将会对全国的曲艺工作提供有益的经验。我衷心地祝愿云南省曲艺界的同志们，在党和人民政府的领导下，团结一致，再接再厉，尽快地把少数民族曲艺搞上去，把全省的曲艺工作推向繁荣发展的新阶段！

（原载《曲艺通讯》1985 年 4 期）

在改革创新中发展评书评话艺术①

我们这次评书评话座谈会，是评书评话界的一次盛会。一九八一年举行的全国中长篇书座谈会曾经着重讨论了评书评话的创新、整旧和艺术革新工作，但专门召开会议，全面地研究评书评话艺术的改革和发展问题，这还是第一次。出席这次会议的都是在评书评话创作、改编、整理、表演和理论研究等方面卓有成就的专家。大家聚集一堂，交流经验，切磋艺术，研究新情况，解决新问题，这对于改革和发展评书评话艺术，必将产生积极的影响。

评书评话是曲艺的一大方面，包括许多品种，比如说评书就有北方评书、湖北评书、湖南评书、云南评书、四川评书；评话就有苏州评话、扬州评话、南京评话、杭州评话、福州评话，等等。评书评话在长期的发展过程中，创造和积累了丰富多彩的书目，涌现出众多的艺术家，并且形成了不少的艺术流派。评

---

① 本文系作者1987年8月在全国评书评话座谈会上的讲话。

书评话在我国人民的文化生活中历来都有极为广泛的影响，对我国文学艺术的发展特别是对小说的发展起了不可低估的重要作用。

新中国成立后，特别是党的十一届三中全会以来，在党的文艺方针指引下，评书评话艺术获得了划时代的新发展。

第一是继承和发扬了我国革命文艺、革命曲艺的好传统，评书评话演员与新文艺工作者同心协力，创作、改编、演出了许多表现我国人民的革命斗争和社会主义建设以及其他题材的好作品。这些作品的思想内容新，艺术形式也借鉴、吸收和创造了不少新的东西，从而使评书评话艺术进入社会主义文艺的行列，开辟了评书评话艺术的新天地。如同一切革命的新事物一样，新评书新评话的发展同样要经历一个艰难曲折的过程，不可能一帆风顺，一举获得预想的成功；但是，我们已经有了一个良好的开端，并且获得了相当可观的成绩和可供记取的经验，却是应当充分肯定的事实。第二是有些评书评话经过认真整理、加工，剔除其封建性的糟粕，保留其民主性的精华，做到推陈出新，老书新说，成为社会主义曲艺的一个组成部分。有的优秀书目不但在书场、剧场受欢迎，而且通过广播电视风靡全国，赢得亿万听众。当然，这样的传统书在全部传统书中所占的比例还比较小，但是，我们对已经取得的成绩不应低估，因为要把传统书整理好，也是一项艰苦的创造性的劳动，是一项有着重要意义的工作。第三是评书评话的评论和研究工作逐渐引起人们的重视，许多地方都开展了一些理论研究活动，有不少可喜的收获。第四是造就出一支好的评书评话队伍。在新中国成立后的十七年中，评书评话界曾经出现过不少先进人物。他们遵循党的文艺方针，努力锻炼和提高自己，许多好书目就是经他们创作、改编、整理和讲说出去的。不幸的是，“文化大革命”，评书评话界也遭到一场大灾难，以致人才凋零，元气大伤。近十年来，在评书评话队伍建设方面的确面临着很多困难，但是在党和人民政府的领导下，随着我国四化建设和改革的新形势，评书评话队伍的思想艺术素质也有新的提高，并且出现了一些新的优秀创作、表演和研究人才。

评书评话方面的成绩当然不止这些。我只是说明，评书评话艺术的确有着深厚的群众基础和强大的生命力，只要坚持正确的文艺方向，坚持改革创新，就会随着时代的发展而发展，不但会继续受到老听众的欢迎，也会受到新听众的欢迎，在社会主义精神文明建设中发挥积极的作用。

那么，现在评书评话艺术的发展情况是不是能够适应时代和人民的要求呢？我同许多同志的看法一样，就全局来看，评书评话艺术的发展还很不平衡，有些品种、有些地区、有些方面还远远落后于时代和人民的要求。

从各地演出的情况看，富于时代精神、深受群众欢迎特别是深受青年欢迎的好作品、好书目还为数不多，质量高、影响大、能够保留下来的新书目特别是反映改革和四化建设的新书目就更少了。经过认真整理、加工，真正做到推陈出新的优秀传统书目也不是很多，大多数传统书还处在精华与糟粕并存的状态；有些地方甚至还流行着一些内容不健康的书目，造成不好的影响。高质量的新书和传统书太少，的确是我们评书评话界面临的严重问题。有同志说，书不在多，而在精。这话很有道理。质量问题的确关系到评书评话艺术的生命。经验证明，只有思想艺术质量高的书才能赢得千百万听众，并带动评书评话艺术的发展。所以，我们一定要在提高质量上下功夫。同时，我们也要努力争取增加优秀书目的数量，尽快改变目前优秀书目少的局面。就一个演员来说，一生能演好一两部、两三部书就很不错了，但就评书评话界的全局来说，好书目少了也不行。因为我国幅员广大，民族众多，人口在十亿以上，人们的生活、语言、思想、习俗和艺术欣赏要求不同，必须有多种多样的好书目，才能满足他们的要求。人们常说的“百听不厌”“常说常新”，是对好书目的高度评价和要求，是极而言之，并不是要求人们几十遍、上百遍地老听一部书或几部书；即使是最好的书，人们也难以几十遍、上百遍地听下去，更难以感到“不厌”、感到“常新”。尤其值得注意的是，我们国家前进的步子很快，人民群众的思想文化素质和文化生活要求提高很快，而各种文化艺术又都在极力争取自己的听众和读者。在这种情况下，我们的评书评话艺术，如果不大力加快改革创新的步伐，创作、改编、整理和演出更多的高质量的好作品、好书目，就难以立于不败之地。

从评书评话队伍的情况看，年轻优秀的人才特别是尖子人才还为数不多。历史的和现实的经验都反复证明了这样一条真理：哪个艺术品种出的人才多，特别是尖子人才多，有卓越成就的艺术家多，哪个品种就突飞猛进，繁荣昌盛；哪个品种出的人才少，特别是尖子人才少，有卓越成就的艺术家少，哪个品种就进步缓慢，甚至停滞、衰亡。这是艺术发展的规律。从当前的情况看，为什么有的评书评话品种比较活跃？为什么有的评书评话品种比较沉闷？原因自然很多，但是，有没有出类拔萃的人才，是根本原因所在。因为写书也好，说书也好，都离不开人。有优秀作家才能写好书，有优秀演员才能说好书；而评书评话作为一门综合艺术，主要是说给人们听的，有了好话本，还必须有好演员，才能创造出完整的评书评话艺术，满足人们的欣赏要求。有些评书评话品种至今还缺乏出色的人才，甚至青黄不接、后继乏人，不能不引起人们的忧虑。

此外，还存在着一些实际困难，如书场过少，书场设备大都过于简陋，等等，这里不一一细说。

所有这些，都说明评书评话艺术在发展过程中还存在着许多困难和问题。我们在充分肯定成绩的同时，还必须看到面临的困难，认真分析产生困难的原因，积极寻求解决困难的途径和办法，才能把评书评话艺术推向前进。我们召开这次座谈会，正是为了达到这个目的。

今后怎么办？同志们发表了许多很好的意见。我想用这样几句话来概括：坚持社会主义方向，坚持改革创新，努力发展无愧于新时代的评书评话艺术。

大家都会深切地感觉到，我们所处的时代，是一个充满生机和活力的社会主义新时代。我国人民正在党的基本路线指引下，为建设中国特色社会主义而努力奋斗。新的时代为文艺工作提供了无比丰富的内容和空前良好的环境与条件，也向我们提出更高的要求。邓小平同志在中国文学艺术工作者第四次代表大会上的祝词中就十分明确地指出："在这个崇高的事业中，文艺发展的天地十分广阔。不论是对于满足人民精神生活多方面的需要，对于培养社会主义新人，对于提高整个社会的思想、文化、道德水平，文艺工作都负有其他部门所不能代替的重要责任。"邓小平同志还就新时期文艺工作的方针、任务和若干重要问题作了精辟的论述。邓小平同志的祝词丰富和发展了毛泽东文艺思想，是党在新的历史时期发展社会主义文艺的指导方针。评书评话艺术和其他文学艺术的发展，都有力地证明：遵循这条方针，我们的工作就能不断取得新的成绩。我们曲艺工作者还特别感到幸运的是，陈云同志十分重视和关心曲艺工作，他提出的"出人、出书、走正路”等许多指导性意见，不但在曲艺界深入人心，起到鼓舞和指导的作用，在文艺界也产生了很大的影响。

我认为，我们的评书评话艺术要更好地发展和繁荣起来，最重要的就是要坚定不移地贯彻党的十一届三中全会以来的路线、方针和政策，结合重新学习毛泽东同志《在延安文艺座谈会上的讲话》，深入学习邓小平同志在中国文学艺术工作者第四次代表大会上的祝词和陈云同志关于曲艺工作的指导性意见，努力提高思想艺术素质，深入人民群众的生活和斗争，更好地认识我们的时代和时代赋予我们的历史使命，坚持社会主义方向，坚持改革创新。

改革是我们这个时代的主旋律。党的第十三次全国代表大会召开之后，我国全面改革的步子将会更快，人们的生活面貌和精神面貌也必将发生更为迅速更为深刻的变化。我们的评书评话艺术要紧紧地跟上时代的步伐，就必须从内容到形式来一个大的转变，奋力改革，锐意创新。不改革创新固然不行，改革创新的步子慢了也不行。因为我们的时代正在空前迅速地前进，评书评话必须与时代同步前进，才能受到人们的欢迎；如果步履缓慢，甚至徘徊不前，就会落在时代的后头，遭到人民的冷落。事实上，有些地方、有些艺术品种已经大大落后于时代和人民的要求。现在人们说某些地方的评书评话处境困难也罢，说评书评话遇到“危机”也罢，我觉得，从根本上说，都反映出评书评话的现状与时代的要求不适应。要改变这种状况，创作和演出更多的无愧于社会主义时代的好评书、好评话，就要正确地认识我们的新时代，正确地认识艺术与时代的关系，加快改革创新的步伐。不然的话，我们面临的许多新问题，就难以看得清楚，看得深刻，就解决不好。

现在有些同志看到评书评话艺术面临着许多困难，看到有些评书评话品种受到人们的冷落，感到很苦恼，很着急，甚至忧心忡忡，这是不难理解的。在评书评话界的确有许多同志深切感到自己或一些同行们的思想和艺术跟不上时代的要求，在受到人们冷落之后，有一种切肤之痛。我觉得，这也可以说是大转变时期的“阵痛”。人们感到这种“阵痛”，是好呢，还是不好呢？我认为，如果人们能够从积极方面加以考虑的话，这是件好事。因为这会引起人们的思考，许多积极上进的同志会从中受到启发，逐步改变僵化的保守的精神状态，努力改革创新，开拓新路。可以说，这种“阵痛”是争取评书评话艺术新发展的酝酿和准备，是好的兆头。反过来说，假如我们现在所处的时代同过去的时代一样，发展得很缓慢，我们的艺术也许就不会显得这么落后，因而也不会引起这样的“阵痛”，不会引起这样严肃的思考和这样严重的紧迫感。然而，如果真的这样，我们的思想和艺术还会有什么大的飞跃呢？还怎能取得划时代的辉煌成就呢？当然，我们不能简单化，不能把一切困难都看作是大转变时期的

“阵痛”，还要看到其他一些值得重视的问题，比如某些不正之风的冲击，某些文化部门对评书评话艺术不够重视，甚至放任不管，等等，都要认真加以分析，但是，从全局看，从本质看，评书评话界出现的困难，我看重要的还是由于我们的思想和艺术跟不上时代所致。只要能够正确地看待这个问题，就不但不会感到过分困惑、彷徨，乃至消极、悲观；相反地，我们会解放思想，振奋精神，向着既定的目标，勇往直前！

关于如何正确看待为城市人民服务和为农村人民服务的问题，是个非常重要的问题，现在有不同的看法，应当统一起来。

我国农村有八亿人口，广大农民喜欢评书评话，我们一定不要忘记他们，一定要努力为他们说新书、说好书，积极主动地为他们服务。农村的评书评话工作者要这样做，城市的评书评话工作者也要把为农民演出看作一项重要而光荣的任务，看作一条锻炼、提高自己的重要途径。同时，我们要加强和扩大城市中的评书评话阵地，一方面，这是因为城市人民也很喜爱评书评话，为他们说新书、说好书是我们的责任；一方面，我们要充分认识，当今的城市大都是政治、经济、文化的中心，各种文学艺术人才最密集，文艺活动最活跃，既为互相学习、借鉴提供了优越条件，也是互相竞争最激烈的地方。我们要充分重视城市的优越条件，要敢于同一切姊妹艺术展开友谊竞赛。这样做，不但不会削弱评书评话艺术为农村服务的工作，相反地还会促进农村评书评话艺术的发展。尤其要看到，随着我国社会主义建设事业的发展，城市和农村的差别将会逐渐缩小。我们决不可以把城市和农村对立起来，轻视城市的曲艺工作，或者把农村看作评书评话艺术的退身之地。

我们要很好地为人民服务、为社会主义服务，当务之急是要创作、改编、整理、演出更多的富有时代精神和艺术魅力的评书评话作品。

我国人民正在进行的改革和四化建设，是空前伟大的事业，关系到国家的命运和前途，是我国人民的根本利益所在。我们应当满腔热情地反映改革和四化建设的伟大现实，塑造更多的社会主义新人形象，以提高人们的精神境界，活跃人们的文化生活，鼓舞、激励、帮助人们推动历史前进。当然，这不是一件容易的事情。但是，无论怎样困难，我们也要努力去做，因为这是我们文艺工作者应当担负起来的一项重要而光荣的历史使命。在各地蓬勃开展的新故事活动中涌现出许多表现新时代、新人物的好作品，评书评话界的同志们要同新故事的作者和讲述者加强联系，互相学习，使评书评话创作和新故事创作很好地结合起来。文艺界有人宣扬的“远距离”论、“淡化”论等，是不恰当的，我们要继续抵制和克服这些说法的影响。同时，我们也要注意不重蹈“写中心、演中心”和简单地配合政治任务、图解政策等不恰当的做法。当前应当特别注意的是，必须尽快改变某些同志对表现新时代、新人物缺乏热情的状况。我们还要继续创作、改编更多的表现革命历史题材以及其他题材的好作品。我国人民争取自由解放的斗争，特别是在共产党领导下进行的革命斗争，对于提高人们的爱国主义、集体主义、社会主义、共产主义的思想觉悟，鼓舞人们奋发向上，献身于振兴中华的伟大事业，仍然有着不可低估的重要意义。

传统书是过去时代的产物，有民主性的精华，也有封建性的糟粕，以及资产阶级腐朽思想的影响。如何运用马克思主义的理论和方法，抓紧传统书的整理和改造，使之适应新时代和广大听众的要求，仍然是一项艰巨的任务。有同志说，传统书也要有时代感。我以为这是很对的。所谓有时代感，当然不是把今人的思想、语言、生活强加在古人身上，把古人“现代化”，而是要用历史唯物主义的观点，对传统书重新加以审查，加以整理和改造。演员要把传统书说好，也要评好，让今天的听众能从中找到与古人心灵相通的东西，赋予老书以新意，使之有助于提高人们的思想境界和文化艺术素养，帮助人们团结和进步，给人以美的艺术享受，而不是相反。现在有许多传统书已经不能适应时代和人民的要求。有些地方传统评书评话的听众日趋减少的一个重要原因，我以为就是推陈出新不够，甚至旧书旧说。

为了说好新书和传统书，表演艺术也要根据内容和演出场所等实际情况的需要，在保持说书艺术的基本特色的基础上，不断改革创新，把内容与形式很好地结合起来，使之适应今天各方面听众特别是青年听众的审美要求，并帮助他们提高艺术欣赏水平，真正做到适应听众，提高听众，适应青年，提高青年。

百花齐放是人民的要求，是党的文艺方针。在社会主义方向一致的前提下，我们既要重视新书，也要重视传统书，并且要努力做到题材、样式、艺术风格和艺术流派的多样化。我们的评书评话作家艺术家要充分发挥自己的特长，“八仙过海，各显神通”。我们要采取多种途径和方法，使评书评话深入工厂、农村、部队、学校等一切需要评书评话的地方，进入更多的书场、剧场、广播电台和电视屏幕。要正确处理评书评话创作和表演的关系，尽可能地把可读性和可演性结合起来。尤其重要的是，要努力提高评书评话的思想艺术质量，坚持把社会效益作为最高标准，坚决反对那种不顾社会效果、对人民不负责任、“一切向钱看”的错误倾向。这样，我们才能不断加强和扩大社会主义曲艺阵地。

我们的任务是为人民服务、为社会主义服务。要服务得好，不但要有服务的热情，而且要深入人民群众，向他们学习。这样，我们才能与人民群众打成一片，懂得他们需要什么或不需要什么；才能获得最丰富、最生动的艺术创造的源泉，写好评书评话，演好评书评话。整理、演出传统书要不要深入人民群众，了解他们，熟悉他们？我看非常需要。只有了解他们，熟悉他们，才能知所选择，知所去取，懂得如何适应他们的要求，引起他们的艺术欣赏兴趣和感情上的共鸣。现在有些同志感到困惑的根本原因之一，我以为，就在于还没有很好地解决不熟、不懂的问题。自由产生于自知。我们如果对人民群众的思想感情和艺术欣赏要求都很了解，有些事情就好办了。

为了改革和发展评书评话艺术，我们要很好地处理继承和创新的关系。同志们都很清楚，不继承，就不能很好地创新；不创新，也难以很好地继承。我们所说的继承，当然不是不加分析、不加区别地把一切都继承下来，我们是要批判地继承传统艺术中一切好的有用的东西；我们所说的创新，是在批判地继承的基础上的创新，不是丢掉评书评话艺术的基本特色，凭空创造。历史上许多有卓越成就的作家艺术家都是优良传统的继承者，又是勇敢的革新家。出席这次会议的作家艺术家和评书评话界许多同志也都注意把继承和创新结合起来，做出很好的成绩，取得很多宝贵的经验。但是，也的确有些同志还不能很好地处理继承和创新的关系，片面强调继承而不努力创新者有之，片面强调创新而不重视继承者亦有之，都给评书评话艺术的改革和发展带来不利的影响。当前，评书评话界思想比较保守、不注意创新的情况似乎更多一些，这对评书评话的发展是很不利的。我们要给周围的同志多做工作，鼓励他们不断探索和创新。只要方向对，基础好，就应当给以鼓励和帮助，不要求全责备。我们希望获得成功，也要允许失败，并注意从失败中吸取教训，从失败走向成功。

注意借鉴、吸取姊妹艺术中好的东西，也是丰富和提高评书评话表现力的一个重要条件。艺术发展的历史证明，哪种艺术善于从各方面借鉴、吸收好的东西，哪种艺术就提高、发展得快；哪种艺术不注意从各方面借鉴、吸收好的东西，哪种艺术就提高、发展得缓慢，甚至走向衰亡。在当今改革、开放、搞活的新形势下，各种艺术都在竞争，如果哪一种艺术妄自尊大，安于封闭状态，拒绝或不大注意从各方面借鉴、吸收好的东西，以丰富和提高自己，哪种艺术就难以立于不败之地。评书评话方面的情况和经验也证明了这个道理。我觉得，目前评书评话界在横向借鉴、吸收方面还注意得不够，不知大家的看法如何？

发扬理论联系实际的好学风，加强评书评话艺术的理论研究，是促进评书评话艺术发展和繁荣的重要条件。几十年来，特别是近十年来，已经有些同志致力于这方面的工作，取得许多可喜的成果。但是，从全局看，评书评话艺术的理论研究仍然是一个薄弱环节。当前评书评话艺术发展过程中有许多新情况、新经验、新问题，比如大家在这次座谈会上提出的许多重要问题，都需要有更多的同志来进行调查研究。我国评书评话有悠久的历史和宝贵的遗产，并且形成了自己的艺术体系，希望有更多的同志进行清理和研究，从中总结出带规律性的东西，写出各种评书史、评话史和中国评书评话史，写出富有自己特色的评书评话概论和有关理论著作，这既可以帮助人们认识评书评话艺术的发展规律和特点，又可以作为培养新人的教材，还将有助于向广大人民群众普及评书评话知识，扩大评书评话的社会影响，促进国内外的艺术交流。有许多有成就的艺术家包括在座的一些同志，都有丰富的实践经验，如能运用马克思主义的理论和方法加以总结，也是很生动、很有说服力的理论。我们还应当加强曲艺评论，及时地评论作家艺术家及其创作、整理、演出的作品，推广先进经验，表彰先进人物，批评不良倾向和不正之风。我也很赞成同志们的意见，就是类似评书评话座谈会这样的理论研究和经验交流活动要多举办一些。今年算是个开头。最好能一两年举办一次。当然每次会议的内容可以有所侧重，活动的规模和方式也可以有所不同。中国曲艺家协会愿同大家齐心协力，做好这方面的工作。我们希望全国各地都多开展一些理论研究活动和经验交流活动。

在这次会议上，同志们还谈到关于评奖、出版等方面的工作。为了鼓励优秀作家艺术家创作、演出更多的好作品，促进评书评话艺术的提高和繁荣，许多同志建议举办评奖活动。我完全赞成。要搞好评奖活动，最重要的是要注意质量。采取的形式要多种多样，可以是全国性的，也可以是地区性的；可以是综合的，也可以是单项的，只要能把工作做好，达到评奖的预期目的，都是好事。我们将认真研究这项工作，并采取一些具体措施，争取早日落实。做好评书评话作品和论著的出版工作，关系到评书评话艺术的发展和繁荣，应当大力加强。中国曲艺家协会创办中国曲艺出版社的目的就是为了贯彻党的出版方针和文艺方针，解决曲艺书刊出版难的问题。尽管人员很少，资金很少，能力有限，我们还是有信心把出版社办好的，希望得到大家更多的支持。同时，我们希望大家向有关出版单位多做宣传工作，争取他们出版更多更好的曲艺书刊。许多同志提出，希望有关报刊多发表一些优秀的曲艺作品和评论文章，希望广播、电视方面继续增加评书评话节目，并不断提高其思想艺术质量，这都是很对的。有些新闻广播电视单位的同志参加了这次会议，我想会得到他们的积极支持。书场建设对评书评话艺术的发展和繁荣关系很大，同志们提出的许多意见，我们将转给有关文化部门研究处理。大家对中国曲艺家协会的工作寄予厚望，提出许多很好的建议、意见和要求，我们一定认真加以研究，凡是应当做而又能够做到的，当尽力去做。

继续努力提高评书评话队伍的思想艺术素质和培养新的人才，是改革和发展评书评话艺术的根本保证。几十年来，在党和人民政府的领导下，评书评话队伍有了很大的提高和进步，是一支好队伍。许多同志始终坚持为人民服务、为社会主义服务的方向，坚持改革创新，做出了显著成绩，为评书评话界和整个曲艺界赢得了荣誉，受到党和人民的赞扬，这是我们评书评话界的光荣。同时也要看到，评书评话队伍还很不整齐，有一些同志存在着思想艺术素质不高的问题，即使是各方面做得很好的同志，也有一个继续提高的任务。希望评书评话界的同志们，在学习马克思主义、毛泽东思想方面，在与人民群众结合方面，在提高文化艺术素养方面，以及其他方面，都做出更大的努力。要进一步加强团结，一切从事评书评话创作、改编、整理、研究工作的同志和从事表演的同志，都要互相学习，互相尊重，互相帮助，取长补短，密切合作，这样才能写好，演好，评好。同行应当是亲密的同志和朋友，而决不应是冤家对头。出席这次会议的同志各方面都做得很好，希望同志们回去之后，言传身教，多做工作，和一切志同道合的同志们同心协力，开一代新风。我们还要努力争取更多的与评书评话有关的作家、艺术家、文艺理论家、学者、教授等各方面人士参加评书评话的创作和研究活动，争取他们的帮助和支持。关于培养接班人问题，大家也发表了许多建设性的意见和建议，并表示今后要进一步做好传、帮、带的工作，这是很好的。为了培养更多的年轻优秀的曲艺人才，我们要继续采取办学校、办学馆、办训练班以及师父带徒弟等多种途径和办法。我们的曲艺学校一定要办好。苏州评弹学校、中国北方曲艺学校是我国两所正规的曲艺学校。曲艺界对这两所学校寄予殷切的希望，陈云同志和有关领导部门对这两所学校寄予殷切的希望，在这两所学校工作的同志的确责任重大，这两所学校办好了，不但能培养出一些新的优秀人才，而且还会促进其他地方兴办曲艺学校；如果办得不好，也会造成不好的影响。希望在座的同志继续关心和支持曲艺学校的工作。培养人才的路子还可以更宽一些。最近，我看到《新民晚报》发表的一条消息，说上海举办暑期评话欣赏作文赛以来，市内中学生来稿踊跃，四百余篇作文中具有相当水平的不少。仅从发表的两篇作文中就可以看到，中学生中的确蕴藏着一些有表演能力和鉴赏能力的好人才。我觉得，评话欣赏作文赛，也是普及评话艺术、提高听众艺术鉴赏力和培养评话人才的一种好方式。在培养人才的问题上，我们要多想办法；要眼睛向下，善于发现人才；有成就的作家艺术家要无私无畏、心甘情愿地做好传、帮、带的工作，并且努力使他们超过自己。我想，经过多方面的努力，培养评书评话人才的问题会逐步得到解决。

总之，改革和发展评书评话艺术的任务是光荣和艰巨的，前途是光明的。我们要继续解放思想，振奋精神，更好地团结起来，坚持社会主义方向，勇于探索和创新，为争取评书评话艺术的发展和繁荣做出最大的努力！

（原载《曲艺》1987年10期）

云南少数民族原始说唱艺术

孙冠生同志长期致力于云南省少数民族说唱艺术的调查研究，发表过不少有学术价值的文章。一九八六年春天，我和冠生同志相识于滇南美丽的异龙湖畔，他向我介绍了云南少数民族的历史文化状况，并发表了一些独到的见解，对我很有帮助。三年前，他从红河哈尼族彝族自治州调到中共云南省委政策研究室，继续挤时间进行少数民族说唱艺术的调查研究，《云南少数民族原始说唱艺术》这部书就是他近几年取得的一个重要成果。

云南省地处我国西南边陲，素以神奇、富饶、美丽著称于世，是人类的重要发源地之一，“蒙自人”“峨山人”的化石被发现，进一步证明云南很早就有人类活动。他们参与创造了史前文化、青铜文化和灿烂辉煌的云南古代文化。云南又是中国民族最多的地区，各民族都有着自己的历史文化传统。新中国成立前，由于自然和历史的原因，社会发展极不平衡，仍有百分之十的少数民族地区处于原始社会的末期，百分之三十的少数民族地区处于封建社会的初期，像是一部“活的社会发展史”。这种状况不仅为中国所仅有，也为世界所罕见。

云南少数民族原始说唱艺术，就是在上述这样的自然环境和社会历史条件下产生和发展起来的一种神奇、独特、充满魅力的文学艺术。

我觉得，把这样的说唱艺术冠以“原始”二字是很确当的，因为这样的说唱艺术是在少数民族长期处于封闭半封闭的自然环境和历代王朝实行民族歧视、民族压迫、民族隔阂的历史条件之下发展起来的，不可能与外界进行文化艺术交流，也绝少有外界学者、专家对其进行考察、收集、整理、加工和创作；再则，少数民族地区的人们把说唱艺术和原始宗教联结在一起，视为天传神授，神圣无比，后辈人在口耳相传中不得随意增删、改动。所以，云南许多少数民族说唱艺术一直处于自然状态，保持着原始的面貌，因而被称为“活化石”。云南少数民族原始说唱艺术与现在称为“曲艺”的说唱艺术相比较，自有其古老、质朴、神奇的特色，不能与汉族曲艺混同起来；但是，从其说唱形式、题材、音乐旋律、唱法以及相对稳定的说唱艺人和演出场所等方面的情况看，却也具备了曲艺的雏形和基本特征。如果把少数民族原始说唱艺术和汉族原始说唱艺术均称为“曲艺的始祖”，恐怕也不为过吧。

总之，云南少数民族原始说唱艺术所包括的内容是丰富多彩的，是多方面的。加强对少数民族原始说唱艺术的调查研究，将不只有助于弄清说唱艺术的历史发展过程，有助于说唱艺术的百花齐放、推陈出新，而且会有助于促进我国古代史的研究和民族学、民俗学等诸多相关学科的研究，提高我们的民族自尊心和自信心，促进中华民族的团结和进步。由于这项工作带有探索性和开创性，其艰苦的程度也可想而知。如果缺乏对少数民族艺术的深厚感情和极强的责任心，如果缺乏艰苦朴素的优良作风和实事求是的科学态度，要做出很好的成绩是不可能的。因此，看到冠生同志能够取得这样好的研究成果，我感到十分高兴；他的工作精神尤其值得我们学习。

（原载《云南少数民族原始说唱艺术》，云南人民出版社 1994 年 6 月出版）

首届全国少数民族曲艺座谈会

由中国曲艺家协会、文化部少数民族文化司、国家民委文化宣传司等单位联合召开的少数民族曲艺座谈会，是新中国成立以来首次全国性专门研讨少数民族曲艺的盛会。在这次座谈会上，大家遵照党的十三届四中全会精神和邓小平同志讲话精神，认真总结过去，考虑未来，对于进一步明确前进的方向，增强工作的信心和勇气，更好地发展少数民族曲艺事业，促进民族团结和进步，将产生广泛而深远的影响。

一

我国是一个统一的多民族国家。在长期的发展过程中，我国各族人民创造了举世瞩目的物质文明和光辉灿烂的文化艺术，并结合成伟大的中华民族。近百年来，我国各族人民又共同进行了反对帝国主义、封建主义和官僚资本主义的英勇斗争，缔造了伟大的中华人民共和国，创建了一个各族人民平等、团结、互助、友爱的大家庭。在这个大家庭中，共同生活着五十六个民族，其中汉族人口最多，其余五十五个民族因其人口较少，习惯上一般称为少数民族。少数民族大都有自己的曲艺（或称说唱艺术）。据我们初步了解，已经有八十多个曲艺品种，分属于三十三个少数民族。今后随着调查研究的深入，将会发现更多的少数民族曲艺。少数民族曲艺与汉族曲艺一样，丰富多彩，生动活泼，从内容到形式都具有本民族的特点和风格。这是我国曲艺艺术的重要方面，是中华民族文化宝库中不可忽视的组成部分。

对于什么是少数民族曲艺的问题，现在还难以取得一致的看法。但是，从曲艺是以文学为基础、以说唱为主要表现形式的综合性表演艺术这个基本特征来考虑，什么是少数民族曲艺的问题也可以大体上得到解决。一般来说，少数民族曲艺的大多数可以分为说的、唱的、有说有唱的、似说似唱的这样几类，人们争议不大；还有的少数曲种在说唱时伴以歌舞，或化装说唱，因而人们的看法就往往发生分歧，有的认为是歌舞或戏剧，有的认为应是曲艺，也有的认为是介乎曲艺与歌舞、曲艺与戏剧之间，可以算曲艺，也可以算歌舞或戏剧，到底怎样看是适当的，还需要深入研究，具体分析。

许多少数民族曲艺具有多种表现形式和表现能力，能说唱长篇大书，也能说唱短篇小段，有的长于叙事，有的长于抒情，可以表现历史故事和现实生活，也可以表现神话传说，历代都造就出不少卓有成就的说唱艺术家和深受群众欢迎的艺术品。像蒙古族曲艺“乌力格尔”，历史悠久，其代表性作品《江格尔》《格斯尔汗》等表现的英雄故事动人心魄，长期在群众中流传；“好来宝”形式多样，有说有唱，一直传唱不衰。赫哲族无伴奏说唱的“依玛堪”，拥有几十部长书和无数短书。达斡尔族单人说唱“乌钦”，长篇短书都拥有丰富的积累。朝鲜族说唱“判捎里”，有《春香传》《沈清传》等多部著名作品；“伽耶琴弹唱”既可以一人自弹自唱，也可以多人弹唱，形式灵活，悦耳动听。新疆维吾尔族曲艺源远流长，多姿多彩，“达斯坦”是有上千年历史的古老曲种，爱情长诗《艾里甫与赛乃姆》《好汉斯衣提》等，是其代表性作品；“苛夏克”是另一古老曲种，长于弹唱抒情短诗，多即兴演唱，在南疆颇为流行。柯尔克孜族的“玛纳斯说唱”举世闻名，著名英雄史诗《玛纳斯》至今仍由专门的说唱艺人“玛纳斯奇”们在广袤的草原上演唱着。著名“玛纳斯奇”居素甫·玛玛依演唱的《玛纳斯》就有八部、二十二万行。哈萨克族的“冬不拉弹唱”，以称作“阿肯”的民间说唱艺人们自唱自弹为主，节奏自由，大都演唱长篇叙事诗，也能演唱表现风光、爱情和生活习俗的短歌。锡伯族盛行的“念说”（祝伦呼兰比）即说书，受汉族说书艺术影响较深，除讲说民间故事外，也移植了《三国》《水浒》《西游》等汉族书目。满族曲艺曾经相当繁盛，出现过不少作家艺术家。回族说唱艺术以流行于甘肃、青海回族聚居区的“宴席曲”

最为有名，原由歌手们在婚礼上说唱，后发展为舞台艺术。白族艺术历史很久，发展很快，“大本曲”一人说唱，三弦伴奏，属于曲牌体，曲调很多，号称“三腔九板十八调”，积累有三十六大本、七十二小本传统书目；“本子曲”，叙事、抒情均所擅长，其作品有长、中、短篇多种，蕴藏非常丰富。彝族曲艺多种多样，“甲苏”“梅葛”“阿哩”“阿苏巴底”和“曲子·白话腔”等，都各具特色，在彝族人民中广为流传。

哈尼族曲艺继往开来，自成系统，称为“哈巴”，能融合多种长短民歌于说唱中，表现力很强。傣族的“赞哈调”和“喊伴光”形式，即兴性强，内容丰富，被傣族人民比喻为“生活中的盐巴”。壮族曲艺，如“末伦”“堂皇调”“八音坐唱”“蜂鼓”“唱师”等，形式多样。侗族的“嘎锦”“琵琶歌”“白话歌”“牛腿琴说唱”等，或说唱长篇历史故事，或弹唱抒情作品，各有所长。布依族的“布依弹唱”，多人演唱，有坐唱站唱，多唱神话传说和爱情故事，自成风格。苗族的“果哈”和“嘎百福”各有特点，前者用弓弦乐器伴奏，一人自拉自唱；后者以说为主，辅之以唱，或褒或贬，风趣横生。水族曲艺有鲜明的民族特色，在本民族有广泛的影响。西藏高原的藏族曲艺，形制古老，风格独特，积累丰富，蜚声世界的英雄史诗《格萨尔王传》说唱，既是一部长达一千多万字的巨著，又成为一种曲种的代称；“折嘎”“喇嘛玛尼”“仲谐”等曲种，在藏族也都拥有自己的听众。其他少数民族曲艺还有许多，这里不一一列举。凡是对少数民族曲艺有所接触和了解并能正确对待的人们，都会深刻地感觉到，少数民族曲艺的确丰富多彩，是人民惊人的创造，是广大艺人与艺术家们辛勤劳动和智慧的结晶。

自然，由于少数民族曲艺是过去时代的产物，不可避免地夹杂着一些封建性糟粕，有些书目甚至充满封建迷信色彩，产生了腐蚀人们心灵的消极作用。但是，少数民族曲艺的主流是好的。人们从优秀的、比较优秀的曲艺作品中看到了自己民族艰苦而光荣的斗争历史和不断发展变化的生活图景，看到了一个个活生生的人物形象，了解了许多希望了解的事物，鼓舞和提高了前进的勇气与胜利信心。特别值得注意的是，在旧时代，少数民族人民过着被压迫被剥削的奴隶般的痛苦生活，根本谈不上什么文化娱乐，而许多说唱艺人和艺术家能够把一些英雄故事、爱情故事以及其他有吸引力感染力的艺术品，通过说唱的形式一代一代地流传下来，奉献给人民，这是多么难能可贵啊！

毛泽东同志曾经明确提出："中国长期的封建社会中，创造了灿烂的古代文化。清理古代文化的发展过程，剔除其封建性的糟粕，吸收其民主性的精华，是发展民族新文化提高民族自信心的必要条件。"过去时代的少数民族曲艺是我国灿烂的古代文化艺术的一部分。运用马克思主义的立场、观点和方法，正确认识少数民族曲艺的发展过程，并做出实事求是的评价，这对于发展社会主义新曲艺，提高中华民族的自信心，激发人们的爱国热忱，具有重要的意义。

二

中国共产党历来致力于中华民族的团结和进步，重视发展少数民族文化艺术。在党和人民政府的领导下，广大曲艺工作者遵循党中央和毛泽东同志指出的文艺为人民服务、为社会主义服务的方向和百花齐放、推陈出新的方针，为改革和发展少数民族曲艺做出很大的努力。新中国成立以来的四十年，我国少数民族曲艺事业与其他各项事业一样，尽管经历过许多艰难和挫折，特别是“文化大革命”的严重破坏，但总的看来，是蓬勃发展的，在许多重要方面都取得了令人鼓舞的成绩。

第一，我们已经建立起一支忠诚社会主义文艺事业，有着良好的思想艺术素质，与本民族广大群众血肉相连的少数民族曲艺队伍。

各少数民族都拥有许多优秀的曲艺人才。他们不为名不为利，有崇高的社会责任心和献身精神，坚定不移地坚持为人民服务，为社会主义服务，有的同志甚至献出宝贵的生命。不论是“文化大革命”的迫害，还是资产阶级自由化思潮及其他错误思潮的冲击，这支队伍都经受住严峻的考验。他们是我国少数民族曲艺事业的中坚力量。琶杰、毛依罕、道尔吉、扎巴、玉梅、阿旺加措、桑珠、成素甫·玛玛依、萨特瓦里德、姚勒瓦斯汉、杨汉、黑明星、杨益、张明德、康朗英、康朗甩、波玉恩、崔寿峰、土登等，就是其中一部分优秀艺术家。有了这支好队伍，我们的事业就大有希望。

第二，我们对少数民族曲艺遗产的挖掘整理工作已经初具规模，取得了许多优秀的艺术成果。

我国少数民族民间艺人和广大群众世代相传的说唱艺术，是中华民族文化的瑰宝。尽可能多地把这份文化遗产抢救下来，使之流传后世，是一项重要的文化建设项目，是党和人民交给我们的一项光荣任务。长期以来，我国少数民族地区就有相当一批有识之士，自觉地献身于少数民族曲艺的收集、整理工作。他们跋山涉水，四处采风，历尽艰险。许多传统作品经过整理加工，演出后呈现出新的面貌。《格萨尔王传》《玛纳斯》《江格尔》《英雄斯格尔》《说唱青史演义》《嘎达梅林》《珠郎娘美》《召树屯》《娥并与桑洛》等许多著名说唱艺术品能够出版问世，与他们的辛勤劳动是分不开的。特别是近十年来，我们党和政府在百业待兴的情况下，抽出相当可观的人力、财力，组织、发动了大规模的普查工作，成千上万的曲艺工作者有组织有计划有步骤地投入抢救少数民族说唱艺术遗产的工作，并陆续挖掘、清理、编纂、出版了许多优秀作品。这是清明盛世的辉煌之举，在国内外都产生了很好的影响。

第三，少数民族曲艺创作日趋繁荣，展现出新的风采。

在过去的四十年中，少数民族曲艺工作者不仅挖掘、整理出许多优秀传统曲艺作品，而且以极大的热情，创作和演唱了许多富有强烈的时代精神的新作品。这些新作品的特点是，生活气息深厚，语言清新活泼，有鲜明的民族特色，真实而生动地反映了我国人民特别是少数民族人民的革命斗争和建设新生活的壮丽图景，热情地歌颂了中国共产党和社会主义，描写了推动历史前进的先进人物和英雄人物。在百花齐放、推陈出新的方针指导下，少数民族新曲艺的表现形式不仅借鉴了传统的成功技巧，而且根据新内容的需要和群众不断提高的艺术欣赏要求，进行了大胆的创造，使少数民族说唱艺术比过去任何时期都更加多姿多彩。《杭盖的秘密》《党和母亲》《铁犕牛》《白马长鸣》《我们在自由幸福地生活》《拖拉机来了》《大理好风光》《上关花》《抓兵恨》《滇西北武装起义》《流沙河之歌》《彩虹》《遨游世界》等，都是深受欢迎的好作品。

第四，少数民族曲艺的理论研究和编辑出版工作都有较大的进展。

在旧时代，少数民族曲艺一直是口头流传，许多有价值的作品在流传中变得残缺不全甚至完全失传，理论研究和编辑出版工作近于空白。新中国成立后，情况才有了根本的改变。许多地方积极开展了少数民族曲艺的研究和编辑出版工作，大大提高了少数民族曲艺的学术水平，并通过书刊等形式推广了一些有价值的理论研究著作和曲艺作品。近几年来开展的曲艺志书集成编纂工作，则更以前所未有的规模，把曲艺理论研究和编辑出版工作推到一个新的阶段。

我们应当充分肯定少数民族曲艺工作取得的成绩，这对于提高大家前进的信心和勇气有重要意义。同时，我们要清醒地看到，少数民族曲艺的发展情况还很不平衡，存在的问题和困难还很多。比如，有些文化部门对少数民族曲艺还很不重视，有的不配备曲艺工作干部，很少把曲艺工作列入议事日程；有的至今未能把曲艺作为一种独立的艺术，使之附属于其他姊妹艺术之下，给以不公正的待遇；有的甚至放弃领导，任其自生自灭，以致曲艺工作中存在的许多迫切问题长期得不到解决，严重影响了曲艺工作者的积极性，妨碍了曲艺事业的健康发展。目前质量高、影响大的新作品，特别是长篇大书还不多见。传统曲艺的收集、整理工作还需要抓紧进行。理论研究工作更为薄弱。有些地方曲艺队伍涣散、青黄不接的现象相当严重，如何加强曲艺队伍建设，特别是培养接班人的工作，仍然是一个大问题。因此，我们要把少数民族曲艺更好地发展起来，还必须奋发图强，加紧努力。

三

我国各族人民在党的十三届四中全会精神指引和鼓舞下，现正在沿着有中国特色的社会主义道路胜利前进。新的形势对发展少数民族曲艺极为有利。我们少数民族曲艺工作者的任务，就是同我国所有文艺工作者一起，在党的基本路线指引下，更好地贯彻为人民服务、为社会主义服务的方向和百花齐放、百家争鸣的方针，锐意改革创新，为繁荣曲艺，促进社会主义精神文明建设贡献力量。

切实加强和改进党的领导，是发展少数民族曲艺的根本保证。我们殷切希望各地党和政府有关文化部门在已有成绩的基础上，深入调查研究，制定出近期的和长远的工作规划，继续采取一些有力措施，有组织有计划有步骤地把少数民族曲艺搞得更好；有些文化部门如果对少数民族曲艺还不够重视，希望今后认真重视起来。重视或不重视，是我们能否把工作做好的前提。

我们应当明确地认识，对于许多少数民族来说，曲艺不仅是一种娱乐形式，而且对保存和延续民族文化，传播社会知识和生产经验，密切社会联系和交流人们的思想情感，涵养民族心理素质，以至促进中华民族的团结和进步，都有不可忽视的重要作用。对那些文字和书面文学尚不发达的民族，曲艺的地位和作用尤其重要。对少数民族曲艺不重视，实际上就是对少数民族人民的艺术创造的不了解和不尊重，就是对发展少数民族曲艺的重要性和必要性的不了解和不尊重，就是对少数民族人民艺术欣赏要求的不了解和不尊重，是很不应该的。

我们要彻底抛弃一切偏见，给少数民族曲艺以应有的地位。党的文艺方针是百花齐放、百家争鸣。各种姐妹艺术的地位是平等的。不论哪种艺术形式，只要它对人民有益，都有存在的理由，都应当使它在社会主义文艺百花园中自由开放，争芳斗妍。人们对各种艺术的欣赏，完全可以根据自己的爱好自由选择；但是，对于负责文艺工作的各级领导部门和领导同志来说，却不应当以个人或少数人的好恶而厚此薄彼。少数民族曲艺之所以经久不衰，具有旺盛的生命力，就在于它的内容、形式、风格和魅力，为其他任何艺术所无法取代，就在于它是少数民族自己的艺术创造，为广大群众喜闻乐见。轻视少数民族曲艺，把艺术分为三六九等是没有道理的，是很有害的。必须彻底改变对曲艺的种种不恰当的看法，才能切实加强领导，为少数民族曲艺的健康发展创造必要的条件，把党的文艺方针政策落到实处。

发展少数民族曲艺的主要任务，是出作品，出理论，出人才。

我们要继续努力把少数民族曲艺遗产抢救下来。我国少数民族曲艺有上千年的丰富积累，其中不乏在国内外都具有重要影响的艺术珍品。过去，我们虽然已经对这些遗产做过大量的搜集、挖掘、整理和研究工作，使一些分散在民间的曲艺遗产呈现新的面貌，重放光彩，但比起这座宝库的巨大蕴藏量，还只能说是采掘了一部分。一般地说，过去在文学脚本方面的工作做得多些，在音乐方面和表演艺术方面所做的工作就显得差距更大。由于少数民族地区地域辽阔，交通不便，人力、财力不足，挖掘、整理工作异常困难，已有不少宝贵遗产随着艺人去世而失传，造成无法弥补的损失！今后，我们要继续把抢救遗产的工作当作一件大事来抓，与曲艺志书集成的编纂工作结合起来，投入必要的人力和财力，认真抓好。同时，我们要根据取其精华、去其糟粕的原则和百花齐放、推陈出新的方针，抓紧对传统曲艺的整理、加工，不断提高其思想性和艺术性，使之一代代地传下去。对一些传统作品中的糟粕，应当加以剔除；对于有争议的问题，应当认真加以讨论和研究，不必匆忙地做结论；对于涉及民族关系的问题，应当采取慎重的态度；对于某些传统说唱作品含有的宗教成分，不应当一律视为“糟粕”加以排斥，也不应当将说唱者一律视同“宗教职业者”，而应当认真贯彻党的民族文化政策和宗教政策，尊重少数民族的文化习惯，实事求是地加以分析研究，区别对待，并适当加以引导。

我们要大力发展曲艺创作。新中国成立以来，我国各族人民在党和人民政府的领导下，为社会主义建设和改革事业艰苦奋斗，取得光辉的成就，并且正在奔向更高的目标。这是一个充满希望的有着光明前途的新时代。满腔热情地创作和演出更多的表现新时代的好作品、好节目，是文艺工作者的光荣任务。我深信，我们少数民族曲艺工作者一定会当仁不让地担当起这个光荣任务。

新的创作来源于生活。要写好和演好能够表现新时代的曲艺作品，我们的曲艺作家艺术家和广大曲艺工作者就要深入到不断发展变化的新生活中去。同时，要努力提高自己的思想艺术修养。深入生活，不仅要投身于生活之中，更重要的是能够敏锐地感受生活，深刻地观察和研究生活，正确理解和把握现实生活的本质、主流及发展趋势。这样则无论反映的是生活的主流也好，支流也好，光明面也好，黑暗面也好，都可能创作出有意义的好作品；才不致一叶障目，不识泰山，对生活做出错误的反映和评价。

鲁迅说得好，文艺是国民精神所发的火光，同时也是引导国民精神的前途的火光。我们要以更大的热情反映我国各族人民建设社会主义的艰苦历程和伟大成就，描绘社会主义新人的光辉形象，以帮助人们发扬爱国主义、社会主义精神，提高民族自尊心和自信心，鼓舞人们推动历史前进。

少数民族民间流传着许多历史故事、英雄故事、爱情故事、神话故事，以及其他优美动人的故事，也都可以用来写成曲艺作品，以满足人们艺术欣赏的多方面的要求。

我们的创作和演出，都会对人们的精神世界产生影响。所有的对人民负责的曲艺工作者都应当以高度的社会责任感，把社会效益放在第一位，通过舞台演出、广场演出和广播电视、录音、录像等多种渠道，尽可能把最好的精神产品奉献给人民，坚决抵制和反对那种只图赚钱，不顾社会效果，把艺术商品化的错误倾向。在多民族地区演出，要考虑到多民族人民的艺术欣赏的要求，尽可能做到演出内容、形式和风格的多样化。

音乐的研究和革新还是一个薄弱环节。应当组织音乐工作者深入少数民族地区，帮助少数民族曲种丰富音乐声腔和技巧，使少数民族曲艺音乐具有更强的艺术表现力。

少数民族曲艺是综合性的表演艺术，大都是文学、表演、音乐的结合体，有些品种还含有舞蹈、戏剧、杂技等艺术成分；如果分别开来，又可分别视之为不同艺术门类中的组成部分。希望少数民族曲艺工作者与各有关门类的艺术工作者携起手来，加强对少数民族曲艺的研究，以促进曲艺的全面发展。

加强少数民族曲艺的交流和各少数民族与汉族的曲艺交流，对中华各民族曲艺的发展都会起到促进作用。过去双方曲艺家互相学习、借鉴，并从对方移植过来一些曲艺形式、技艺和书目、曲目，增强了本民族曲艺艺术的表现力，促进了艺术品种的多样化，丰富了各民族的文化生活。在互相学习、借鉴和移植过程中，大家都注意保持各民族曲艺的风格和特色，并有所创新。有些好经验需要加以总结。

少数民族曲艺理论研究工作应当大力加强。要坚持以马克思主义、毛泽东思想为指导，结合实际，分清思想上、理论上的重大是非，鼓励和引导人们更加自觉地坚持党的基本路线和文艺方针。要积极探索少数民族曲艺的特点和艺术规律。要及时研究曲艺发展过程中的新情况和新问题，大力促进曲艺的改革创新。对于有争议的学术问题，要通过同志式的实事求是的自由讨论，逐步求得解决；有的问题比较复杂，究竟怎样看才是对的，还往往需要实践的检验。我们要千方百计地把理论研究工作搞上去，以发挥理论对实践的指导作用，促进民族曲艺的健康发展，并扩大其在社会上和文艺界的影响。

我想在这里顺便提出一个问题，即某些少数民族曲种的界定问题。在近几年《中国曲艺志》《中国曲艺音乐集成》和《当代中国曲艺》的编纂工作中以及各地召开的曲艺座谈会上，有些同志曾经多次提出某些少数民族曲艺品种到底称曲艺好，还是称为说唱艺术好？意见颇不一致。我看暂时不一致也不要紧。只要我们对曲艺或说唱艺术的特点和规律进行深入的研究，问题是会得到解决的。如果有些少数民族曲艺工作者现在不同意将某种民族说唱艺术称为曲艺，可以尊重本民族的愿望和习惯，仍称为说唱艺术；但在政府文化部门的领导和管理工作上，在各级曲协组织的联络、协调、服务工作上，以及曲艺志书集成编纂工作上，仍可将这类说唱艺术视同曲艺，纳入自己的工作范围。这样做，会对工作更有利些。

不断提高曲艺工作者的思想艺术素质并抓紧培养新的曲艺人才，是发展少数民族曲艺的关键。曲艺工作者同所有思想文化战线的同志们一样，担负着重要而光荣的历史使命。我们一定要从严要求自己，认真学习马克思主义、毛泽东思想，发扬全心全意为人民服务和艰苦奋斗的好思想好作风，并刻苦钻研业务，努力做无愧于社会主义时代的曲艺工作者。要奋发图强，用自己创造的美好的艺术成果，来显示少数民族曲艺在社会主义文艺中的地位和作用。我们热切希望各级文化领导部门更好地关心少数民族曲艺工作者的学习和提高问题，不断改善他们的工作条件和生活条件；同时抓紧采取办学校、办学馆、办训练班等多种方式，有计划地培养少数民族的曲艺创作人才、表演人才、音乐人才、理论人才、翻译人才、编辑人才和组织管理人才。更要抓紧培养既通晓少数民族语言，又通晓汉语以及外语的人才，以加强少数民族曲艺的翻译、出版和国内外艺术交流工作。建议一些高等、中等民族院校（文科）和艺术院校，凡有条件的都设置民族曲艺专业或曲艺课程，组织力量编写少数民族曲艺的基本教材，培养少数民族曲艺各类专门人才。在各少数民族的中小学课本中，最好也有本民族曲艺的内容，以扩大青少年的视野，促进曲艺的普及和曲艺人才的成长。曲艺工作者应当把培养新人当成自己义不容辞的责任，积极配合和支持文化教育部门做好这方面的工作。

总之，发展少数民族曲艺事业是一项有重要意义的工作。过去，中华民族创造了五千年的历史，也创造了无与伦比的灿烂文化。今天，在社会主义新中国，在全国人民振奋民族精神，沿着社会主义道路奋进的时候，我们的确应当通过各民族的曲艺形式创造更多的艺术精品，为创造中华民族新文化做出自己最大的贡献。任重道远，前途光明。让我们紧密团结起来，以一往无前的革命精神，开拓进取，努力奋斗！

（原载《曲艺》1990年1期）

话说新曲艺[①]

我国的新曲艺在中华人民共和国诞生之前就有了初步的发展，取得不少成绩和经验，但是在全国范围内发展起来还是在新中国成立以后。这段时间在人类发展的历史长河中是很短暂的，在我国曲艺发展史上却是一个重要的划时代崭新时期。

《中国曲艺志》要反映的内容很多，其中一个很重要的方面就是要正确地反映新曲艺的发展过程和成就及其经验教训。这是一个很有意义的大题目，需要大家认真加以研究，集思广益，才能研究得更深更透一些。这次讲习班要我就这个题目讲些情况和意见，我实在感到力不从心，因为我虽然经历过新曲艺发展过程中的一些事情，了解一些情况，但缺乏深入的调查研究，难以做出全面的深刻的论述，准备的时间又很仓促，只能向同志们讲些情况和粗浅的看法，作为引玉之砖。

① 本文系作者1988年在《中国曲艺志》编纂人员学习班上的讲话。

新中国成立前的新曲艺

我国的曲艺历史悠久，丰富多彩，历来为广大人民群众所喜闻乐见，是中华民族文化艺术的瑰宝。据初步调查，各民族、各地区流传的曲艺品种近四百个，曲艺艺人遍及广大农村和城镇，历代都造就出许多有卓越成就的曲艺艺人和曲艺家，创造和积累了大量的曲（书）目，形成和发展了众多的艺术流派。曲艺在人民文化生活中占有重要的地位，有着广泛而深刻的影响。曲艺对我国文学艺术的发展，特别是小说、戏曲、诗歌、音乐的发展也有着重要的影响。

然而，曲艺和曲艺艺人同其他民间文艺和民间艺人一样，在封建时代，在半封建半殖民地的旧中国，社会地位极其低下，生活处境极其艰难。正如周恩来同志所指出的那样，旧社会的统治者对民间艺术的态度是又利用，又侮辱。他们迷恋于旧内容的艺术，但是瞧不起民间艺人，百般侮辱民间艺人，把这些人列为“下九流”。许多曲艺艺人也往往看不起自己。广大曲艺艺人流散在城镇乡村，收入微薄，饥寒交迫；就是一些有名气的艺人日子也不好过，甚至名气越大，受的欺侮越多。在这样的社会环境和社会条件下，曲艺的发展自然就很缓慢而艰难。

五四新文化运动兴起之后，曲艺同其他民间艺术开始受到一些进步文化人的重视。在三十年代，以鲁迅为代表的左翼作家曾旗帜鲜明地提倡过大众文学，提出用说书唱本形式表现革命的新内容，并且表示相信，从说书唱本中可以出托尔斯泰、弗罗贝尔那样的大作家。鲁迅和瞿秋白等还创作出一些新的说唱文艺作品。可惜的是，在国民党反动派的统治下，新说书唱本不可能流传开来，更不可能与广大艺人的演唱活动结合起来，形成群众性的说唱活动。

曲艺艺术和曲艺艺人的命运是同革命的命运、人民的命运紧紧地联结在一起的。在中国共产党领导的革命根据地和解放区，曲艺艺术和曲艺艺人的处境和地位才发生了根本性的变化；随着劳动人民翻身解放，当家作主，人民群众喜爱的文学艺术受到重视和爱护，曲艺艺术和曲艺艺人也如同枯木逢春，换了新的天地。在中国共产党和人民政府的领导、关怀下，在革命战争年代的各个时期，各革命根据地、解放区都进行了改造民间艺术和团结、教育、改造民间艺人的工作。比如，在中央苏区，在红军，都展开了创作和演唱新鼓曲等活动。其后，在陕甘宁及其他革命根据地、解放区，在八路军和新四军，也都在曲艺方面做出许多有成效的工作。特别是毛泽东同志《在延安文艺座谈会上的讲话》发表以后，广大文艺工作者明确了前进的方向，各级党委进一步加强了对文艺工作的领导，各革命根据地、解放区改造民间艺术和团结、教育、改造民间艺人的工作更加有组织有计划地开展起来。一九四五年六月，陕甘宁边区文协成立了说书组，以“联系、团结、教育、改造民间艺人，启发、引导、帮助他们编新书、学新书和修改新书，发挥他们自己的天才，鼓励他们自己创作”。说书组举办了说书训练班，培养了不少新人才。著名说书艺人韩起祥在说书组的帮助下，编演了《刘巧团圆》《张玉兰参加选举会》等许多新书词，受到广大群众和文艺界的赞扬，并获得中共中央西北局和陕甘宁边区政府的奖励。

党中央领导同志和有关方面负责人对采用人民群众喜闻乐见的文艺形式（如说书、演义、故事等）创作、演唱的新作品给予热情关怀和鼓励。一九四四年，毛泽东同志发现一本名叫《永昌演义》的作品，非常重视，曾写信给陕甘宁边区政府副主席李鼎铭先生，热情肯定该书作者所做的努力，请代向作者“致深切之敬意”，并提出修改意见，与作者商量。一九四六年八月，毛泽东同志听说韩起祥的新书好，特地邀请韩起祥到中央大礼堂说书，听后夸他的新书好，鼓励他多编多演新书，多培养接班人，要把新书推向全国去。同年八月，朱德总司令在枣园机关连听了两天韩起祥的说书，鼓励他多编多演新书，更多地熟悉国家大事，学习讲普通话，将来好去远地说书和广播。中共中央宣传部部长陆定一也撰文称赞采用说书、话本、故事等形式创作的优秀作品，并说韩起祥的作品“显出民间艺人惊人的天才”。

华北各革命根据地、解放区和其他革命根据地、解放区的曲艺创作、说唱活动也相当活跃。晋察冀边区的民间艺人王尊三在抗战开始后就参加革命队伍，运用西河大鼓这种曲艺形式，创作和演出许多新书词，《保卫大武汉》《亲骨肉》《晋察冀的小姑娘》等，都受到边区广大军民的热烈欢迎。王尊三还深入敌后，说唱以抗日救国为内容的新鼓词，表现了一个共产党员文艺工作者的英勇牺牲精神。由于王尊三在编演新鼓词方面成绩卓著，多次受到边区人民政府的嘉奖。周扬同志在一九四九年召开的中华全国文学艺术工作者第一次代表大会上所作的关于解放区文艺运动的报告中，把王尊三和韩起祥作为解放区民间艺人的优秀代表，称赞他们“都是说书的能手”。晋冀鲁豫边区的河南坠子艺人沈冠英在编演新曲艺方面也做出突出的成绩。民间艺人王魁武在对敌斗争中威武不屈，英勇献出了自己的生命。许多民间艺人为了中华民族的解放事业和革命文艺事业所做的艰苦努力与光辉业绩，将永远为人们所崇敬和怀念。

在革命根据地，解放区在改造民间艺术和团结、教育、改造民间艺人的工作中，在发展新曲艺创作的过程中，一批热心说唱文艺的新文艺工作者发挥了重要作用。比如陕甘宁边区的林山、安波、陈明、柯蓝、李季，晋冀鲁豫边区的赵树理、王亚平，山东解放区的陶钝、王希坚等，或积极参加组织领导工作，或创作、整理出优秀的曲艺作品。由于他们具有较高的思想艺术素养，擅长小说、诗歌创作，或对音乐有较深的研究，在与艺人结合、掌握了曲艺形式之后，就能写出有思想深度，并在艺术上有所突破和创新的作品。

他们在艺术实践中积累的一些新经验，至今仍有一定的现实意义。

新闻出版部门也对发展新曲艺表现出极大的热情。革命根据地、解放区的出版印刷条件尽管极为困难，但是许多报刊，如《解放日报》经常刊登曲艺作品，报道曲艺活动。

革命根据地、解放区的曲艺的确发生了划时代的可喜变化，广大曲艺工作者跨进革命文艺队伍的行列，他们创作和演出的许多好作品，真实地反映了新的人物、新的时代，歌颂了我国人民在中国共产党领导下所进行的争取民族独立和自由解放的伟大斗争，揭露了日本帝国主义的侵华暴行以及汉奸卖国贼祸国殃民的罪恶，批判了阻碍历史前进的旧思想、旧道德和旧习惯，提高了人们的思想觉悟，鼓舞了人们的战斗意志，活跃了人们的文化生活，并逐步形成了新的革命传统，为新曲艺的更大发展奠定了基础。

在抗日战争时期，国民党统治区的新曲艺也有所发展。抗日战争开始后，中国文艺家抗敌后援会成立，各地亦相继成立分会以及抗敌后援会，曲艺艺人纷纷加入。以老舍为代表的进步作家积极提倡并亲自创作了不少新曲艺作品。他们还热情帮助民间艺人提高思想认识，创作和演出新书词，特别是宣传抗日救国的新书词，受到人们的赞扬。一九三八年，老舍等还支持民间艺人成立抗敌宣传队，有组织地进行巡回演出。各地还成立了曲艺改进会等组织。大家创作、演出了许多以抗日救国为内容的新书目，用以鼓舞群众的抗日救国热情。王永梭、廖显承、富少航、呼宗法、小地梨、谢大玉、董桂枝、石金凤、李云程、吴金安、刘素芳、程梓贤、钟晓梵、李德才、李月秋、邹忠新等，都做出很好的成绩，被群众誉为“时代号角”“抗日先锋”。在日本侵略者统治的沦陷区，有的艺人在进步思想的影响下也奋起抗争，如著名相声艺人常宝堃就演出他与常宝霖创作的《牙粉袋》，对日本侵略者和汉奸走狗进行了尖锐的讽刺，曾遭逮捕。在抗日战争中期，文艺界开展的关于民族形式的讨论，对曲艺的发展起到积极的促进作用。解放区的曲艺也给大后方的曲艺带来积极的影响。

在解放战争时期的国民党统治区，有些曲艺艺人参加到爱国民主运动中来。如著名“武老二”艺人高元钧就在一九四六年参加了上海举行的“反饥饿、反内战、反迫害”的示威宣传大会，勇敢地演出了《武松怒打李家五虎》，有力地配合了人民的抗暴斗争。当然，在国民党统治区，新曲艺如同一切新文艺一样，要求得到发展是很困难的，更不可能把广大艺人组织起来，有领导、有计划地进行工作。大部分艺人仍然处于分散的落后的状态，继续说唱一些精华与糟粕相混杂的传统曲艺曲（书）目，甚至是一些宣扬旧思想、旧道德的低级趣味的东西。许多艺人过着穷愁潦倒的生活。不少曲种濒临绝境。直到革命胜利，全国人民获得解放，曲艺界才随之获得解放，革命的进步的新曲艺才得以在全国范围内和全体规模上迅速发展起来。

一九四九年七月在北京举行的中华全国文学艺术工作者第一次代表大会，揭开了建设新中国人民文艺的序幕。曲艺工作者同其他文艺工作者一样，实现了解放区文艺工作者与国统区文艺工作者的大会师，一致表示要紧紧团结在中国共产党的周围，团结在毛泽东文艺思想的旗帜之下，把为人民服务首先是为工农兵服务作为自己奋斗的方向。毛泽东同志也亲临大会，周恩来同志代表党中央向大会作了政治报告，朱德同志代表党中央致了祝词，党中央向文艺界阐明了党的文艺方针、任务，并对戏曲、曲艺工作作了明确指示，使曲艺工作者受到极大的教育和鼓舞。在代表大会期间，由王尊三、赵树理等发起，成立了曲艺界自愿结合的全国性曲艺团体的筹备组织——中国曲艺改进协会筹备委员会，随即开展了发展新曲艺和改造旧曲艺的工作。可以说，这次代表大会也为建设新中国的人民曲艺揭开了序幕。

蓬勃发展的十七年

新中国成立后的十七年间，中国共产党领导全国各族人民胜利地完成了过渡时期的总任务，走上了社会主义革命和建设的道路，取得了辉煌的成就，也为曲艺的发展创造了空前良好的环境和条件。

中国共产党和人民政府对曲艺和曲艺艺人的重视、关怀、引导是曲艺发展的根本保证。毛泽东同志《在延安文艺座谈会上的讲话》和后来发表的其他有关著作，以及他在一九五一年所做的百花齐放、推陈出新的题词，和一九五六年提出的百花齐放、百家争鸣的方针，为文艺工作者指明了前进的方向，对曲艺界一直发挥着极大的启发、指导、鼓舞和激励的作用。

为了改革和发展曲艺艺术，各级党委和人民政府以及有关部门采取了许多重要措施。一九五五年五月，中央人民政府政务院发布了《关于戏曲改革工作的指示》，为戏曲改革、曲艺改革提出了重要的原则、方针、方法和要求，对曲艺的改革创新具有十分重要的意义。从中央到地方，政府文化部门和部队都举办了曲艺会演及评比活动。其中规模较大的有全国曲艺会演、全军曲艺会演、全国职工曲艺会演等。这些活动调动了曲艺工作者的积极性和创造性，推动了新曲艺创作和传统曲艺的整理工作，促进了曲艺音乐和表演艺术的革新以及曲艺人才的培养等方面的工作。

中央领导同志经常给曲艺工作以关心和指导。周恩来同志日理万机，总是挤时间看曲艺演出，接见曲艺工作者并给予指示。许多同志都从与周恩来同志的接触中获得教益和鼓舞。陈云同志爱好和关心曲艺，对曲艺尤其是对评弹进行过全面深入的研究，提出了许多有指导性的意见。陈云同志关于评弹的谈话和通信数以百计，坚持和丰富了毛泽东文艺思想，总结了评弹艺术中许多带规律性的东西，不但对当时的工作起到很大的指导作用，今天仍然有着重要的指导意义。一九六二年党的文艺工作会议把陈云同志的谈话、通信作为文件印发，在文艺界也产生了很好的影响。中央其他领导同志，如陈毅同志也对曲艺表示关心和支持。党和人民政府还选派了许多新文艺工作者参加到曲艺改革工作中来。正是由于党和人民政府对曲艺的重视、关怀和领导，有力地推动了曲艺改革工作，提高了曲艺工作和曲艺艺术在社会上的地位，曲艺成为社会主义文艺的一个不可忽视的组成部分。

曲艺界没有辜负党和人民的期望。新中国成立十七年间，曲艺队伍的精神面貌和组织状况发生了划时代的变化。在旧中国历经苦难的曲艺艺人，新中国成立以后立即获得当家作主的权利，被称为文艺工作者，受到人民的尊重，并且在各级政府和人民代表大会组织都有自己的代表人物参加；曲艺艺术被列入人民的文化艺术行列。新旧社会对比真是分明得很。所以，广大艺人的翻身感特别强，对新社会无比热爱，对中国共产党充满热爱、感激和无比信赖的真挚感情。在党和人民政府的领导下，广大曲艺工作者很快组织起来，他们积极拥护党的文艺方向、方针和政策，深入人民群众的生活和斗争，努力学政治、学文化，不断提高思想觉悟和艺术水平，为人民服务。从偏僻的乡村，到荒凉的山区，从沸腾的工地、工厂，到遥远的边疆、哨所，以至硝烟弥漫的战场，哪里需要曲艺，他们就到哪里，同人民群众相结合，经受锻炼，改造思想，运用说唱艺术，鼓舞群众斗志，活跃群众文化生活，被群众誉为文艺“尖兵”和“轻骑队”。许多曲艺工作者表现出高度的革命热情和社会责任感，表现出不计报酬、不辞劳苦、不避风险的忘我工作精神。比如在抗美援朝运动开始以后，为了保家卫国，曲艺界许多同志都放弃和平生活和较高的收入，积极报名奔赴朝鲜战场，热情慰问中国人民志愿军，为战士们演出，为战士们服务，并慰问朝鲜人民军的战友们。著名相声艺术家常宝堃和著名弦师程树棠在朝鲜国土三八线附近的沙里院英勇地献出了宝贵生命，成为永远活在人民心中的爱国主义和国际主义战士。十七年间，各地都涌现出许多先进工作者、劳动模范，有些还加入了中国共产党的队伍。十七年间，也培养和造就出许多年轻优秀的曲艺人才。在旧社会，曲艺艺人都是以口传心授带徒弟的办法培养接班人；新中国成立后，为了适应时代的要求，许多地方都采取以团带（学员）班或办学馆的办法培养演员；有的地方在综合性的艺术学校里增设了曲艺班培养曲艺学员；还有些地区和部门办了短期讲习会、训练班等，以提高专业和业余曲艺演员的思想水平与业务水平。六十年代初，在陈云同志的关怀下，江苏省建立了我国第一所正规的曲艺专科学校——苏州评弹学校。此外，在群众业余曲艺活动中，地方和部队还发现、培养出许多曲艺表演人才、创作人才、研究人才以及其他曲艺人才。

这些新人才的共同特点是：革命热情高，文化素养也较高，并且富于改革创新精神。十七年间的曲艺工作能够取得显著成绩，除了原有的曲艺工作者的积极努力之外，同新生力量不断成长也是分不开的。

新中国成立十七年间，由于曲艺作家艺术家和业余作者的共同努力，新曲艺创作空前繁荣和发展起来。

曲艺形式多样，在近四百个曲种中，绝大多数是唱的和唱中有说或说中有唱的，如各种大鼓、坠子、琴书、弹词、清音等，由文学、表演、音乐三部分结合而成；有少数是只说不唱的，如北方评书、扬州评话等，由文学、表演两部分结合而成。此外，也有说中带唱的，基本是学唱，既有别于纯说的相声，亦有别于一般的演唱，可以说基本上是由文学、表演两部分组成，有音乐的成分。各种说唱的底本（口头的或文学的），都是曲艺演出的主要依据和进行艺术再创造的基础。凡属经久流传不衰、深受人们欢迎的曲（书）目，大都有较高的思想艺术价值的说唱底本。有了好的说唱底本又有好的表演、好的音乐唱腔，才能构成完整的艺术品。新中国成立后曲艺蓬勃发展的根本原因之一，就在于曲艺创作日趋繁荣，涌现出许多好的和比较好的曲艺作品。

说书类曲艺，包括评书、评话和各种长篇鼓书、弹词等，形式自由灵活，表现力很强，无论是当代生活还是历史故事，以及民间故事和神话传说等，都可以通过说唱形式表现出来。根据内容和演出的需要，可以写成长篇，也可以写成中篇、短篇。许多曲艺工作者运用评书、评话、鼓书、弹词等形式创作、改编了许多好作品，取得斐然可观的好成绩。著名作家赵树理一向关心和重视曲艺，他认为，好的评书就是能说的好小说；好的鼓词就是能说唱的好诗。为了纠正社会上和文艺界某些人瞧不起曲艺的偏见，为了给曲艺演员提供好的曲艺作品，他虚心向艺人学习，带头写鼓词，写评书。短篇评书《登记》，通过小飞蛾的经历，深刻揭露了封建买办婚姻的野蛮性和旧习惯势力的顽固性，热情歌颂了以艾艾、小晚为代表的一代新人争取自由的斗争，反映了两辈人在新旧两个时代的不同命运。故事情节并不复杂，却构思巧妙，跌宕有致，引人入胜，显示出作者对农村生活的深刻了解和过硬的艺术功力。这篇作品发表后很受读者欢迎，很快就被评书演员讲说出去，并先后改编为鼓词、评弹以及戏曲上演。长篇评书《灵泉洞》（上部），真实地反映了太行山区人民对敌斗争的故事，着力塑造了田金虎这样一个从“傻大哥”在斗争中成长为精明强干的群众领袖式的人物，把日常生活写得波澜起伏，娓娓动听，是一部好话本，也是一部好小说。著名评书演员陈荫荣曾把这部书讲说出来，很受听众欢迎。赵树理原计划续写《灵泉洞》下部，可惜由于种种原因没有写成。赵树理根据田间的长篇叙事诗《赶车传》改编的鼓词《石不烂赶车》，为改编工作提供了范例。他不是简单地以原作为骨架，将诗改为韵散相间的鼓词，而是认真分析原作，在尽量保持原作精华的前提下，运用生活体验和艺术技巧以及鼓词这种艺术形式所特有的表现手法加以调整、增删和创造，使故事情节的发展更加合情合理，生活气息更加深厚，矛盾冲突更加尖锐，人物形象更加鲜明，主题思想更加深化；韵文部分写得形象、生动、精练、上口，是能唱的诗；散文部分写得简明、风趣、活泼，有抒情味和节奏感，像散文诗。这部作品发表后，曾由著名西河大鼓演员马增芬、北京琴书演员关学曾等演唱，并在北京人民广播电台播出，听众反映很好，文艺界人士肖三、罗常培等也交口称赞。有些热爱曲艺艺术的作家也运用评书、故事、评弹等形式创作了一些曲艺作品。马烽的短篇评书《周支队大闹平川》，写的是八路军护送干部过封锁沟的故事，文笔朴素生动，情节发展巧妙自然，把通讯员周小泉勇敢、机智的形象和我抗日军民英勇斗争的画面真实地呈现在人们面前，具有很强的艺术魅力。刘流的《烈火金刚》是新中国成立后出现的第一部长篇评书。作者是抗日战争的参加者，熟悉抗日军民的生活和斗争，也熟悉我国传统小说话本艺术，所写场景有声有色，人物形象鲜明，故事曲折动人，而且便于讲说。这部作品出版后，赢得广大读者的欢迎，很快为评书演员所采用。范乃仲一生致力于评书的创新，所写《小技术员战服神仙手》，反映了农业生产中先进与保守的思想斗争。小技术员这个人物不但有理想，有追求，而且有科学头脑，能把先进的技术与生产实际结合起来，是一个有典型意义的新人形象。作品生活气息深厚，语言新鲜活泼，从内容到艺术形式都给人以新的感觉。陶钝的《三件棉袄》、吴桐的《一锅稀饭》、朱仙斌的《冷枪战》等，也都各具特色。作家与演员合作，或由演员自己动手写书，同样取得许多可喜的成果。以苏州评弹为例，新中国成立后评弹界许多有识之士致力于编演现代书。上海人民评弹团集体创作，唐耿良、左弦执笔的中篇苏州弹词《一定要把淮河修好》，及时反映了淮河两岸人民在共产党领导下兴修水利的壮举，并穿插回叙了淮河泛滥给人民带来的严重灾难，新中国与旧中国真是两种天地。柯蓝、蒋月泉、周云瑞创作，柯蓝执笔的中篇苏州弹词《海上英雄》，以真实生动的故事歌颂了我海军部队的英雄人物，给人以鼓舞。上海人民评弹团集体创作、左弦整理的中篇苏州弹词《王孝和》，生动地再现了革命烈士英勇不屈的光辉形象。这三部作品都是在演出实践过程中不断加工、提高而成的，很适合演唱，在艺术形式上也有所突破，并创造了一个晚上演一个完整故事的新形式。这三部作品有力地证明了，评弹这种艺术形式经过推陈出新，完全能够表现新的时代，新的人物，获得预期的艺术效果，从而为以后新评弹的发展奠定了基础。北方评书、鼓书演员所进行的创作和改编工作也取得显著成绩。王尊三和韩起祥早在革命战争年代就是编演新书的能手。新中国成立后，他们继续积极从事曲艺创作和改编工作。王尊三改编的长篇鼓书《新儿女英雄传》《说唱活人塘》和他创作的许多短篇鼓词，韩起祥创作的陕北说书《翻身记》，杨田荣创作的短篇评书《小闯将》，田连元创作的短篇评书《追车回电》等，内容是新的，艺术上也不同程度地有所创新。由于创作和改编者有丰富的演出和实践经验，对曲艺研究有素，所写作品都具有说唱艺术的特色，很容易为曲艺演员所采用，对于推广新书起到积极的作用。此外，许多演员还改编了《三里湾》《铁道游击队》《林海雪原》《青春之歌》《红旗谱》《红岩》等长篇说唱作品，不断扩大了新书的阵地。可惜的是，这些作品未能记录下来整理出版。

全国近四百个曲种中，唱的曲种居绝大多数。新唱词创作的成就首先表现在思想内容上发生了根本性的变化，表现新时代、新人物成为唱词作家和写作者努力实践的方向，有些表现历史故事和民间传说的作品也被作家们赋予新意。其次是在艺术上有新的创造，最明显的是，许多作品摒弃了旧唱词中那些陈旧的、一般化的、缺乏表现力的语言，而代之以新鲜活泼的、经过提炼的群众语言，既符合演唱的需要，又提高了文学性；同时注意借鉴吸收了姊妹艺术的一些新手法，在表现形式上进行了大胆探索，创造了新的表现形式和艺术手法，为演员和音乐设计、伴奏人员提供了艺术再创造的可能性；反过来，演员和音乐设计、伴奏人员的创造性劳动，也鼓舞了作家们的创作热情，促进了唱词创作的创新和繁荣。贾怀玉等创作的鼓词《考神婆》，乡土气息浓郁，通过巧妙的故事情节和生动的语言，有力地揭穿了封建迷信活动的欺骗性，具有强烈的讽刺效果，长期传唱，至今依然有着积极的作用。王希明的唱词《渔夫恨》，是抗美援朝初期出现的优秀作品，作者以鸭绿江边渔村发生的故事为背景，真实地描绘出新中国成立后人民心情舒畅地进行和平劳动的美好景象，揭露了美帝国主义侵犯我国领空，到处狂轰滥炸，杀害我国人民的滔天罪行，表达了我国人民同仇敌忾的火热感情和保家卫国的决心，语言生动流畅，结构完整，把唱词的可演性和可读性很好地结合起来，受到广大听众、读者和文艺界、曲艺界的好评，并被教育部编入初中语文课本。杨遐龄的四川清音《党的好女儿》，重庆市曲艺团集体创作、张尚元等执笔的四川清音《江竹筠》，王中一的京韵大鼓《韩英见娘》，王济的天津时调《红岩》，竹亦青的四川扬琴《黎明前的战斗》，李广武的岔曲《红军过草原》，夏史、一尘的苏州弹词开篇《饮马乌江河》等，都以炽热的感情和诗的语言，歌颂了革命先烈和革命者的光辉业绩以及他们的崇高革命精神，给听众、读者以鼓舞和激励。王鸿的唱词《月夜荡泥船》把叙事、写景和抒情结合起来，生动地勾画出一幅农村劳动的新画面，给人喜悦，令人神往。陈寿荪、朱学颖的京韵大鼓《光荣的航行》《珠峰红旗》是两篇有代表性的鼓词作品。前者通过水兵为毛主席守卫的故事情节，抒发了人们对毛主席的崇敬和热爱之情，感情真挚，景色瑰丽，格调明朗，气氛欢快，感人至深；后者以昂扬的热情，激越的声调，颂扬了我国曲艺健儿们不畏艰难、勇攀高峰的英雄气概。这两篇作品在艺术上则熔传统鼓词和现代语言于一炉，既有浓烈的京韵味，又能给人以新的感觉，经过著名京韵大鼓艺术家骆玉笙的演唱，在音乐、唱腔、表演上做了较大的改革和创新，真正做到内容与形式的统一，珠联璧合，相映生辉，至今传唱不衰。王亚平的唱词《张羽煮海》是作者在曲艺创作方面的代表作。作者是我国著名诗人，长期致力于诗歌的民族化、大众化，并写过不少曲艺作品。他在《张羽煮海》中，运用诗的语言技巧于唱词，成功地塑造出琼莲的美好形象，歌颂了她和恋人坚贞纯洁的爱情，以及他们争取婚姻自由的勇敢精神。写的是神话故事，却有着深刻的现实意义。作品写出后，新华社曾全文播发，全国许多报刊同时转载，在文艺界和社会上产生了广泛影响。作者还将这篇作品改编为戏曲上演。王亚平、王尊三改编的《孟姜女》也是唱词创作中的重要作品。作者在尽可能多地占有材料的基础上精心构思，突出表现了孟姜女的善良、美好而又坚强的性格和她同万喜良忠贞不渝的爱情。读过这篇作品，人们会深深地感到，万里长城这一伟大工程是以多少勤劳善良的人们的痛苦和血汗作为代价！这篇作品在艺术上也采用了一些新手法，可供人们从事唱词创作的借鉴。如果说赵树理是热心曲艺并在曲艺创作方面做出显著成绩的一位作家，那么，王亚平则是热心曲艺并在曲艺创作方面做出显著成绩的一位诗人。

相声、谐剧、独角戏等，都具有风趣幽默的特点，被人们称为笑的艺术，在十七年中获得很大发展。其中相声创作的成就尤为显著。许多相声作品都发挥了讽刺的特长，起到揭露敌人、针砭时弊和教育人民、娱乐人民的积极作用。讽刺敌对势力的作品，如侯宝林、孙玉奎的《一贯害人道》就写得相当成功。作品对反动会道门坑害群众的罪恶行为的揭露和鞭挞，不是靠说教，而是通过生动的有典型意义的情节；“包袱”组织安排得巧妙而又自然，既在人们的意料之外，又在情理之中，每个“包袱”都“抖”得很响；作者又是著名的相声表演艺术家，经过他们的演出，作品显得更有光彩，更能收到积极的社会效果。揭露人民内部矛盾和讽刺社会上种种不正之风的相声作品也相继问世，比如何迟的《买猴儿》，胡允立、林涵表的《戏改神手》，陈长馨的《王金龙与祝英台》，郎德沣等的《夜行记》，以及周柏春、朱翔飞的独角戏《全体会》等，都具有较高的思想价值和艺术价值。何迟的《买猴儿》尤为脍炙人口。这篇作品生动地描写出一个工作上“马马虎虎”、生活上“大大咧咧”、作风上“嘻嘻哈哈”的“马大哈”形象，揭露了“马大哈”式的人物与官僚主义相结合给党和人民造成的严重危害，夸张而不荒诞，尖锐而又有分寸，切中时弊，引人深思；艺术上也使人感到新颖别致。这篇作品由著名相声表演艺术家马三立等演出后风行全国，“马大哈”成为老少皆知的典型人物，许多人都从“马大哈”这面镜子中看到类似“马大哈”式的人物或照见自己的影子。为扩大相声的题材，有些相声作者、演员进行了新的探索和试验，并取得了可喜成果。马季、赵世忠的《英雄小八路》，马季的《找舅舅》，夏雨田的《女队长》，李凤琪的《追车》，陈健民、宛玉波的《万紫千红绕营房》等，从不同的角度反映了新中国的新人新事新面貌，使人感到欢畅，受到鼓舞；赵忠、常宝华、钟艺兵的《昨天》，则将歌颂与讽刺交织在一起，新旧社会对比鲜明，构思巧妙，发人深思，都为相声艺术的发展开拓了新路。

快书、快板创作有很大的发展。山东快书原名“武老二”，主要是说武松故事，创作方面的积累不多，从业人员也较少。但在新中国成立后，特别是在部队中，却有了迅速的发展。著名山东快书表演艺术家高元钧走在这支队伍的前头，带领他的学生和晚辈们积极投入抗美援朝的火热斗争，深入部队和人民生活，陆续创作、演出了许多优秀作品。王桂山、刘学智的《一车高粱米》以敌我双方兵力穿插交错的特定战争环境为背景，选取我人民志愿军运输兵夜送高粱米而误入敌占区的特定事件，通过一系列扣人心弦的故事情节，生动地塑造出我军战士机智勇敢的光辉形象，辛辣而有力地嘲笑了美国侵略者，故事紧张曲折，构思独特巧妙，语言风趣活泼，是山东快书创作中很有代表性的作品，也是高元钧经常演出的保留节目，对促进山东快书创作，扩大山东快书艺术的影响，起到重要的作用。李二、刘学智的《三只鸡》也是抗美援朝题材的一篇有代表性的好作品。作者通过张大娘为志愿军巧计杀鸡的故事，表现了情同骨肉的军民关系，生动活泼，亲切感人。高元钧、刘洪滨等的《师长帮厨》生动地描绘出我军一位新任师长的感人事迹和亲如手足的官兵关系。作者使用了误会和巧合的情节，却又使人感到真实而自然。高元钧、刘洪滨的《长空激战》运用刚劲有力的语言，为人们描绘出一场空中激战的情景，有声有色，动人心魄，大长了我军的志气，大灭了敌人的威风。用山东快书表现空中激战的情景很不容易，能写得这样动人，尤其难能可贵。陈增智的《李三宝比武》是《李三宝》系列作品中最早的一篇，热情描写了一位刺杀功夫高强又善于帮助别人的好班长形象，情节紧张，语言生动，刻画细腻，耐人寻味。快板创作方面的成就也很突出，革命战争年代被誉为快板诗人的毕革飞，在新中国成立后继续写出不少快板作品。快板书演员李润杰不仅在表演艺术的改革创新方面有突出成绩，在创作上也取得不少成果。《劫刑车》和《抗洪凯歌》都写得气势磅礴，有声有色。前者成功地塑造了双枪老太婆的英雄形象，不但写出曲折动人的故事，而且写出人物的性格和内心世界，感人至深；后者真实地表现出天津市党政军民团结奋起抗洪的动人情景和坚强意志，给人以亲临其境、亲闻其声之感。人们观看李润杰的演出都会受到极大的鼓舞。朱光斗也是编演快板的能手。《学雷锋》构思新颖，通过两位战友争夸雷锋、同雷锋一步步接近的手法，一层比一层深刻地揭示出雷锋崇高的思想境界，在艺术上也很好地发挥了对口快板风趣活泼的特色。《巧遇好八连》则在“巧”字上下功夫，用“巧”字把整个故事贯穿起来，使人们随着“巧”字发出的笑声，自然而然地被引进作品的艺术境界，受到感染和教育。农民诗人王老九的快板作品适当运用了民歌的语言和艺术手法，别具风格。他创作的《进北京》，以诗的语言抒发了他进北京的喜悦心情，展现了首都建设的新面貌。

我国是个多民族国家，五十多个少数民族大都拥有自己的曲艺艺术，风格独特，丰富多彩，是我国曲艺的重要组成部分。新中国成立后，许多少数民族涌现出有成就的曲艺家，创作了不少深受群众欢迎的曲艺作品，真实地表现了各民族人民在中国共产党领导下建设社会主义新生活的壮丽图景，歌颂了各条战线的新人新事，反映了少数民族的光辉历史和优良传统，唱出了各族人民的共同心声。琶杰的好来宝《两只羊羔的对话》，毛依罕的好来宝《铁牤牛》，道尔吉、乌苏格博彦、纳·赛因朝克图的好来宝《富饶的查干湖》，哈斯朝鲁、巴达马仁沁的好来宝《夸马》，杨汉的大本曲《大理好风光》，黑明星的大本曲《画眉展翅》，笑弦、晓风、激流的僮族唱诗《新风赞》等，就是其中一部分译成汉文的好作品。

在新中国成立的十七年间，传统曲艺的收集整理工作和艺术革新取得显著成绩。

前面已经说过，我国的曲艺历史悠久，劳动人民创造和积累了极为丰富的艺术遗产。十七年间，在党和政府文化部门的领导下，广大曲艺工作者齐心协力，做了大量的收集、记录工作，使得许多有价值的曲艺资料得以保留下来，其中一部分曲（书）目，根据关于正确对待文化遗产的理论、原则和百花齐放、推陈出新的方针，由文艺工作者与艺人合作进行了整理加工，拭去了蒙在传统曲艺上的灰尘，赋予新的生命，使之成为社会主义曲艺的组成部分。王少堂的扬州评话《水浒》，陈士和的评书《聊斋》，高元钧的山东快书《武松传》，张寿臣、侯宝林等的相声，还有许多作品，都经过认真整理，取得好的成绩。

根据新内容的要求，曲艺音乐、表演艺术都有较大的突破和创新。例如数来宝这一曲种经过改革，便从简单的即景生情的顺口溜派生出今天的快板书。又如苏州弹词，在继承传统艺术的基础上也有许多新的创造，不但擅长表演婉转缠绵的情调，而且能够唱出豪迈奔放的感情，更能刻画人物的心理活动，更富于时代的特色。再如京韵大鼓，也突破了原来一些程式化的东西，创造出新的唱腔流派，在表现新人物、新时代方面取得成功。有些地区还从本地的实际需要出发，借鉴当地或邻近地区的民间曲调，以及其他艺术形式中与曲艺相近的曲调，经过消化创造出新的曲艺品种，如湖北大鼓、天津快板等。

新中国成立之后，广大人民群众成为国家的主人，积极参加了文化艺术活动，群众业余活动更有着空前的大发展。无论是工厂、农村、部队，还是机关、学校，都涌现出许多曲艺创作人才和表演人才。上边列举的优秀作品有不少就出自业余作者之手，有些著名专业曲艺演员也来自业余曲艺活动。业余曲艺演出活动遍及城镇、乡村和连队、哨所，成为群众文化生活中一支不可忽视的力量。许多地方和部队举办了曲艺观摩演出及评奖活动。全国总工会于一九五六年举办全国职工业余会演。总政文化部等部门也多次举办曲艺训练班和曲艺观摩演出活动。业余曲艺活动有许多新的创造、新的经验，对整个曲艺工作产生积极的影响。

在新曲艺发展的过程中，报纸、刊物、广播、出版等方面的鼓励提倡，起到不可忽视的重要作用。从中共中央机关报《人民日报》等全国性的报纸，到各地的报纸，大都发表曲艺作品和评论文章，《人民日报》还不止一次地以社论形式和评论员文章形式发表言论，以引导、鼓励、支持曲艺的健康发展。以发表曲艺作品为主的《说说唱唱》杂志和专业性曲艺刊物《曲艺》杂志先后创刊，对发展社会主义曲艺起到很大的促进作用，各地的文艺刊物也发表了许多曲艺作品，中央人民广播电台和各地广播电台有计划地安排、播放了曲艺节目，其中不但有短篇，而且有长篇连播，前边列举的许多优秀新作品和传统作品，大都经过电台演播，听众之多难以计数。有些出版社陆续出版了许多曲艺作品，赢得了广大读者，有些报刊、电台的编辑部在发现人才、培养人才方面做了不少工作，许多有才华、有成就的曲艺作家、艺术家，都得到他们的热情帮助。

如上所述，我们可以清楚地看到，新中国成立十七年间，曲艺工作的确取得了令人鼓舞的成就，由于“左”的影响，由于文艺工作指导上的失误以及其他一些原因，曲艺发展过程中的确产生过一些偏差和问题，但是，曲艺工作的成绩不可低估，邓小平同志在一九七九年中国文学艺术工作者第四次代表大会上的祝词指出：“‘文化大革命’前的十七年，我们的文艺路线基本上是正确的，文艺工作的成绩是显著的。所谓‘黑线专政’，完全是林彪、‘四人帮’的诬蔑。”“我们的文艺队伍是好的。”这完全符合十七年文艺工作、曲艺工作的实际情况，对于我们正确认识新中国成立十七年的文艺工作、曲艺工作，有着极为重要的指导意义。

“文化大革命”中的曲艺

从一九六六年开始的“文化大革命”，长达十年之久，使全国人民蒙受了一场大灾难，曲艺界也蒙受了一场大灾难。

林彪、“四人帮”出于篡党夺权的需要，挥舞“文艺黑线专政”的大棒，把包括曲艺在内的整个文艺战线十七年里取得的成绩一笔抹杀，并说什么快板是“叫花子玩意”，相声是“耍贫嘴”，评弹是“靡靡之音”，等等，从根本上否定曲艺，并残酷迫害广大曲艺工作者。

在“文化大革命”中，大部分曲艺团体被诬陷为“黑窝子”“黑据点”“裴多菲俱乐部”，被迫解散，广大曲艺工作者被迫改行转业，许多年老多病的曲艺工作者无依无靠，处境极其悲惨。

在“文化大革命”中，许多优秀的新曲（书）目和传统曲（书）目被说成是大毒草，遭到批判，不能继续演出。

在“文化大革命”中，人们辛辛苦苦收集、记录下来的曲艺资料，大部分被焚毁或散失。

在“文化大革命”中，各地书馆、茶楼、曲艺厅等演出场所，几乎全部被改作他用。

在“文化大革命”中，不少优秀的曲艺家更受到林彪、“四人帮”的肆意侮辱和摧残，有的被游斗，有的被关进牢房，有的受到各种各样的屈辱，有的竟被迫害致死。中国曲艺工作者协会主席、作家赵树理，中国曲艺工作者协会副主席、评话艺术家王少堂，作家老舍，都横遭凌辱致死。原中国曲艺研究会主席、人民曲艺家王尊三在病中也未能逃脱造反派的冲击，致使病情迅速恶化，过早离世。

林彪、“四人帮”也懂得文艺的作用，极力利用文艺、曲艺为他们阴谋篡党夺权的政治需要服务。他们定下许多清规戒律，狂热鼓吹“三突出”原则，“根本任务论”，和“写与走资派作斗争”的文艺作品，用以欺骗利用曲艺工作者，名为发展曲艺，实际上是把曲艺推上一条死胡同。他们还通过曲艺调演制造假繁荣，推行他们的文艺路线。在林彪、“四人帮”统治下的曲艺舞台演出的曲（书）目，大都打上极左的烙印。曲艺工作者虽然在创作和演出上也想尽力搞得好些，但在当时的历史环境和历史条件下，人人自危，困难重重，不可能编演出真正能够经得起历史考验而能保留下来的好节目。

一九七五年以后，邓小平同志重新出来工作，情况有所好转。但是，没有多久形势又发生逆转，“四人帮”及其在文艺界的爪牙，继续加紧对文艺工作者的镇压和迫害，曲艺界也未能幸免，最突出的例子就是所谓“陶钝事件”（当时叫“陶李事件”），他们以莫须有的罪名，打击迫害了许多曲艺工作者和文艺界人士，从此，曲艺界又进入黑暗和恐怖的时期。

这里应当特别指出的是，除了极少数人由于受到林彪、“四人帮”的欺骗、蒙蔽办了错事之外，广大曲艺工作者对这伙丑类的倒行逆施是无比愤恨的，并且以不同形式进行了抵制和斗争，四五运动中，曲艺界就有很多同志参加了悼念周总理、声讨“四人帮”的斗争。在天安门广场留下了战斗性很强的快板、唱词等作品。

经过“文化大革命”，曲艺界元气大伤，受到极其惨重的损失，在新曲艺的历史上，这十年可以说是一个最黯淡无光的非常时期。

新时期曲艺的新发展

一九七六年十月，我们党和人民粉碎了“四人帮”，我们的国家发生了历史性的变化。特别是党的十一届三中全会以来，全国人民在党的正确路线指引下，拨乱反正，团结奋斗，获得了思想的大解放，生产力的大解放，曲艺界也随之迎来了春天。

从一九七六年十月到现在近十二年，可以分为前两年和后十年，粉碎“四人帮”之后，广大曲艺工作者重见天日，群情振奋，很快就把他们长久埋在心中的对林彪、“四人帮”的仇恨，对“文化大革命”的认识和对重新获得解放而激发出来的振奋之情，以及对面临的许多新情况、新问题的思考和要求，通过自己的创作和演出等活动表现出来，为揭批林彪、“四人帮”，肃清其流毒和影响，为促进思想解放运动，发挥了文艺“尖兵”和“轻骑队”的作用。长于讽刺的相声站在斗争的前列，成绩尤为突出。《帽子工厂》《特殊生活》《如此照相》《假大空》等节目，像一把把尖刀利刃刺向林彪、“四人帮”反革命集团，受到人们的热烈赞扬。许多曲艺工作者怀着深厚的无产阶级感情，运用多种曲艺形式，歌颂了老一辈无产阶级革命家和他们不可磨灭的功绩，唱词《广场思亲》，快板书《红日照西安》等，都深深地感动了广大人民群众。大家还热情创作演出了一些表现现实生活的作品和其他题材的好作品、好节目，随着党的知识分子政策的逐步落实，过去受到人民欢迎的一些曲艺作品（包括新曲目和传统曲目）重新和人民见面，邓小平同志讲到粉碎“四人帮”之后文艺工作的成绩的时候，曾经这样明确指出：“短短几年里，通过清算林彪、‘四人帮’的罪行和谬论，已经出现了许多优秀的小说、诗歌、戏剧、电影、曲艺、报告文学以及音乐、舞蹈、摄影、美术等作品。这些作品，对于打破林彪、‘四人帮’设置的精神枷锁，肃清他们的流毒和影响，对于解放思想，振奋精神，鼓舞人民同心同德，向四个现代化进军，起了积极的作用。”邓小平同志还指出：“回顾三年来的工作，我认为，文艺界是很有成绩的部门之一。文艺工作者理应受到党和人民的信赖、爱护和尊敬。斗争风雨的严峻考验证明，从总体来看，我们的文艺队伍是好的。有这样一支文艺队伍，我们党和人民是感到十分高兴的。”这里就包括对曲艺界的评价，我们都会从中受到极大的鼓舞和鞭策。党的十一届三中全会确立了解放思想、实事求是的马克思主义的思想路线，把我们的国家引向健康发展的轨道，极大地调动了全党、全国人民的积极性和创造性。改革和建设事业的新形势迅速发展，对文艺工作、曲艺工作的发展开辟了新的天地，提出了更高的要求。同时，从中央到地方，各级党委和政府文化部门逐步改善、加强了对文艺工作的领导。一九七九年十月，邓小平同志代表党中央、国务院在中国文学艺术工作者第四次代表大会上的祝词，正确评价了新中国成立以来文艺工作的成绩，总结了正反两方面的经验，提出了新的历史时期文艺工作的方针和任务，是建设社会主义文艺的指针，也是建设社会主义曲艺的指针。邓小平同志还就思想战线、文艺战线的工作多次发表重要讲话和谈话，对文艺工作、曲艺工作的健康发展起到重大的指导作用。党中央曾多次发出关于思想文化工作的指示。陈云同志长期关心曲艺工作。一九七八年，他在正式恢复工作之前，就在杭州召开了评弹座谈会，提出了许多重要的指导性意见，包括文艺为人民服务、为社会主义服务这样关系到文艺方向和全局工作的重要提法，包括当前评弹界的任务和改革，发展评弹艺术的方针、原则、要求等，不但适用于评弹界，也适用于整个曲艺界和文艺界。此后，他继续发表了许多谈话和通信，概括起来说，就是“出人、出书、走正路”。陈云同志在这些通信和谈话中，把马克思主义的理论同我国曲艺工作乃至整个文艺工作的实际创造性地结合起来，坚持和丰富了毛泽东文艺思想，对曲艺工作乃至整个文艺工作都有重要的指导意义。这些通信和谈话先后发表并出版，在曲艺界、文艺界产生了很大影响。陈云同志还为恢复苏州评弹学校、建立中国北方曲艺学校、建立曲艺研究所等给予关怀和支持。曲艺工作的发展，渗透着陈云同志的心血。中央其他领导同志代表中央发表的关于文艺工作的讲话和文章，对曲艺工作也起到积极的指导作用。同时，各级党委和政府文化部门采取了一些实际措施，为曲艺界贯彻党的文艺路线、方针和政策，恢复、整顿和健全曲艺演出组织，提高创作演出质量，促进艺术交流，培养曲艺人才做了许多工作。比如，文化部于一九八一年、一九八二年举办的“中国曲艺新曲（书）目会演”，文化部与中国曲艺家协会于一九八六年联合举办的“全国曲艺新曲（书）目比赛”，都有力地推动了曲艺工作，促进了曲艺创作的繁荣。正是在党和人民政府的领导下，广大曲艺工作者进一步解放思想，振奋精神，为繁荣曲艺，促进社会主义精神文明建设和四化建设，做出很大的成绩。

坚持为人民服务、为社会主义服务的方向和百花齐放、百家争鸣的方针，坚持改革创新，为人民创作演出更多的富有时代精神的好作品、好节目，是广大曲艺工作者共同奋斗的方向和目标，也是近十年曲艺工作的主要标志。

近十年来，随着党的工作着重点的转移和社会主义现代化建设事业的蓬勃发展，广大曲艺工作者很快地把自己的注意力集中到表现新时代的新人新事新面貌上来，创作和演出了一批富有时代精神的、为广大人民群众所喜闻乐见的好作品、好节目，积极地反映了我国人民向社会主义现代化进军的壮丽图景，揭露和批判了阻碍社会主义事业前进的旧思想、旧习惯、旧事物。曲艺创作的思想艺术质量逐步有所提高和突破。曲艺音乐唱腔和表演艺术也有所革新，有所创造。有些流行地区广、群众基础深厚的曲种，如评弹、相声、评书、鼓书、二人转和一些鼓曲等，在反映现实生活方面，取得的成绩更为引人瞩目。长篇弹词《九龙口》，中篇弹词《真情假意》《春梦》《多多》《新琵琶行》，中篇评书《山猫嘴说媒》《彩电风波》，中篇鼓书《莲花魂》《老龙窝传奇》，相声《肝胆相照》《并非讽刺裁判》《临死之前》《威胁》《聊天儿》《花花世界》《武松打虎》《洗礼》，单弦《体坛新曲》，天津时调《春来了》，二人转《丰收桥》《深山红花》《哑女出嫁》，大调曲子《二嫂买锄》《老伴儿》，潞安大鼓《醋为媒》，关中曲子《车闸》，河南坠子《接婆婆》，徐州琴书《清心酒》，四川清音《幺店子》，弹词开篇《血桃花》，评书《招贤纳婿》，故事《辣椒嫂》《韩冬梅巧难何矿长》《花烛夜》，山东快书《田大婶告状》，快板《军营新歌》，独角戏《选择》，秦腔《歌舞与离婚》，谐剧《这孩子像谁》等，就是其中一部分好作品、好节目。运用曲艺形式表现我国人民在历史上所进行的革命斗争，特别是在共产党领导下进行的革命斗争，歌颂了无产阶级英雄人物，也取得不少新成果。长篇扬州评话《挺进苏北》，长篇评书《艺海群英》《杨柳寨》，中篇山东快书《武功山》，中篇鼓书《老铁下山》，中篇评书《秘密列车》《虎跃徂徕山》，京韵大鼓

《渔家女》等，从不同的角度表现了我国人民革命斗争的感人情景，描绘出无产阶级革命家的光辉形象，抒发了人们怀念和崇敬革命前辈的真挚感情。根据历史故事和民间传说等编写的曲艺作品，如长篇扬州评话《广陵禁烟记》，中篇评书《程潜起义》，京韵大鼓《白妞说书》，梅花大鼓《二泉映月》，粤曲联唱《精忠谱》等，也都具有一定的思想意义和艺术价值，受到群众欢迎。目前，新曲（书）目在全部曲艺演出中所占的比重虽然还比较小，但是，新曲艺具有旺盛的生命力和光明远大的前途；随着社会主义物质文明和精神文明建设的发展，新曲艺将会获得更大的繁荣，产生更为广泛和深远的影响。

近十年来，传统曲艺的收集、整理工作和演出活动也重新开展起来。“四人帮”被粉碎之后，传统曲艺得以重新恢复演出，广大曲艺工作者在兴奋之余，越来越痛切地感觉到“文化大革命”所造成的困难和消极后果的严重性。有些著名的曲艺家被迫害致死或者因病不幸去世，他们卓越的艺术也随之失传；幸存下来的一些老艺术家大都不能继续演出，有的虽然仍在演出，已感力不从心。但是，广大曲艺工作者没有气馁。十多年来，大家一方面收集记录了许多有价值的曲艺资料，一方面整理和演出了一些好的和比较好的传统曲艺作品，其中有一部分已经出版。

长篇评书《水浒》《岳飞传》《三国》，长篇弹词《西厢记》《再生缘》，长篇评书《兴唐》《三国》《岳飞传》《杨家将》《呼家将》《朱元璋演义》，长篇山东快书《武松传》以及许多中篇和短篇传统曲艺作品，经过整理，基本上做到存其精华，去其糟粕，保持了原书的艺术特色，提高了作品的思想性和艺术性。有些曲艺工作者在说唱传统曲（书）目的时候，还特别重视青年听众的艺术欣赏要求，在传统曲（书）目的内容、语言、节奏、唱腔和表演等方面，作了大胆的革新尝试，取得好的成绩和经验。事实证明，传统曲艺经过认真整理，做到推陈出新、古为今用，也是社会主义曲艺的一个重要组成部分，在促进社会主义精神文明建设和满足人民文化生活需要方面，会继续发挥积极的作用。

近十年来，为改革和发展少数民族的说唱艺术，西藏、新疆、内蒙古、广西和云南等地都做了许多有益的工作：有些口头流传的说唱艺术珍品已经和正在进行记录、整理；有些古老的曲艺品种恢复了青春，产生了许多歌颂民族团结、祖国统一和歌颂社会主义新人新事的好作品、好节目，培养出一批新的人才；还有些地方将外地传入的曲艺形式加以民族化、地方化，发展了藏语相声、维吾尔语相声、蒙古语相声等，丰富了当地人民的文化娱乐生活。

近十年来，为了及时宣传贯彻党的文艺路线、方针、政策和党中央关于文艺工作的一系列指示精神，积极推动曲艺的改革创新，开展曲艺评论和研究工作，中国曲艺家协会及其各地分会和许多有关部门做了不少工作。有些地方还成立了理论研究组织，如江、浙、沪成立了评弹研究会，东北三省成立了二人转研究组，天津等地成立了相声研究会等，这些组织都积极主动地开展了工作。许多曲艺工作者撰写和发表了不少好的、比较好的曲艺评论文章，热情地表扬了一些好作品、好节目和曲艺界的先进集体、先进人物，推广了先进经验，并批评了曲艺工作中一些不良倾向。在曲艺研究方面，包括对若干书目的研究，对一些老艺术家的艺术道路、艺术经验的研究，对艺术流派的研究，对艺术革新问题的研究，等等，各地都取得不少成绩。一批曲艺理论著作相继问世。中国曲艺家协会等单位还召开了一些座谈会，其中时间较长、影响较大的会议，如中国曲艺家协会于一九八一年十月在扬州召开的全国中长篇评书座谈会，中国曲艺家协会于一九八二年、一九八三年召开的曲艺改革创新座谈会，中国曲艺家协会于一九八三年四月召开的全国农村曲艺座谈会，中国曲艺家协会与中国音乐家协会、四川省文化厅、中国曲艺家协会四川分会于一九八六年十月联合召开的全国曲艺音乐讨论会，中国曲艺家协会研究部和河南省中国曲艺学研究会于一九八七年四月共同召开的曲艺理论研究座谈会，中国曲艺家协会于一九八七年九月召开的评书评话艺术座谈会等，都是专业性很强的会议，讨论研究的问题各不相同，但有一个很大的共同点，就是都着重交流了改革创新的经验，研究了当前曲艺创作和艺术革新中的重要问题，以及今后曲艺发展的总趋势。这些会议不仅促进了若干方面的工作，也促进了整个曲艺的改革创新和发展。

近十年来，曲艺书刊的编辑出版工作取得显著成绩，中国曲艺家协会于一九七九年恢复出版《曲艺》杂志，并创办了《曲艺艺术论丛》。《中国大百科全书·戏曲曲艺》卷，在许多戏曲、曲艺专家、学者的通力合作和有关部门的积极支持下，于一九八三年编纂完毕并出版。《中国曲艺音乐集成》编纂工作取得重大进展。《中国曲艺志》是一九八六年三月由文化部、国家民委和中国曲艺家协会共同决定编辑出版的，编辑出版这部大型志书的目的是全面地、系统地收集、记录、整理各地区、各民族有科学研究价值的曲艺资料，反映新中国成立以来曲艺历史、理论的研究成果和曲艺改革的成就，促进社会主义曲艺的繁荣和发展。

一九八六年八月在兰州召开了《中国曲艺志》编辑工作座谈会，一九八七年十一月在长沙召开了《中国曲艺志》第一次全国编辑工作会议，工作有显著进展，现在已有十五个省、自治区、直辖市签订了议定书，编纂工作正在全国铺开，并加紧进行。《中国曲艺志》和《中国曲艺音乐集成》是我国十大文艺志书集成中的两部，每部各三十卷，已列入国家重点科研项目，是曲艺方面的两项大工程，认真做好志书集成的编辑工作，对于全面推动曲艺的收集、记录、整理、研究、教学和曲艺的改革创新以及中外艺术交流，对于帮助人们认识我国民族文化艺术的优良传统和革命文艺传统，对于建设社会主义精神文明，都有重要的意义。中国曲艺家协会承担的《中国名人大辞典》曲艺部分的编辑工作和《当代中国曲艺》(《当代中国》丛书之一）的编辑工作也正在抓紧进行。一九八〇年成立了第一个全国性的曲艺专业出版社——中国曲艺出版社，以便有计划地出版曲艺书刊。该社在人员很少，资金很少，又面临着出版界有许多一时难以解决的困难的情况下，认真贯彻了党的文艺出版方针，坚持质量第一，把社会效益放在首位，陆续出版了一些好的和较好的新曲艺作品和传统曲艺作品，以及一些曲艺评论和研究著作。部分地区曲协分会编辑出版了曲艺杂志和丛刊。许多文艺出版社不同程度地重视了曲艺书籍的出版工作。各地曲协分会与有关单位还编印了许多供内部学习和研究的曲艺资料。这几年出版曲艺书刊数量之多、影响之大是空前的，对曲艺工作的发展起了积极的促进作用。

近十年来，我国曲艺界同一些国家和地区的友好往来、艺术交流活动日渐增多。我国有些曲艺团体和曲艺界人士应邀到日本、新加坡、墨西哥、意大利、英国、美国、加拿大、法国、瑞典、南斯拉夫、奥地利等国家进行友好访问和演出，从而扩大了眼界，活跃了思想，进一步认识到互相学习和进行艺术交流的必要性，增强了对社会主义祖国和民族艺术的热爱与自豪感，密切了同外国朋友的友好联系；同时扩大了中国曲艺的影响，为我国曲艺界赢得了荣誉。与台湾同行及有关人士的接触也增多起来，从而促进了艺术交流，并对祖国统一大业做出有益的贡献。日本、美国、加拿大、苏联、法国、澳大利亚、印度等不少国家的专家、学者及有关人士多次来我国考察和访问，都为我国独具特色的、精湛的、美好的曲艺艺术所倾倒，并对我们国家如此重视民族民间艺术表示由衷的羡慕。我国曲艺界的老朋友、日本新内名家冈本文弥先生年逾九旬，先后八次率鉴赏团来我国进行友好访问，与江、浙、沪、京、津、辽、陕、川、粤等地的曲艺界人士进行了广泛的接触，观摩了曲艺演出，交流了艺术经验，加深了彼此之间的友好情谊。

近十年来，曲艺队伍有了新的进步，新生力量也在不断成长。据粗略统计，现有专业曲艺工作者和半职业曲艺工作者约十万人，业余曲艺队伍遍及各行各业，更是一支庞大的队伍。同过去的情况相比较，曲艺队伍的思想艺术素质有了明显提高。为了建设社会主义精神文明，丰富人民的文化生活，许多曲艺工作者和曲艺演出团体都发扬了与群众同甘苦的优良作风，把新书、好书送给广大人民群众，特别是在面向农村、为广大农民服务方面做出宝贵的贡献。不少曲艺工作者、曲艺团体被党和人民政府分别授予“优秀共产党员”“模范文艺工作者”“劳动模范”“先进工作者”“三八红旗手”“先进集体”等光荣称号，受到人民群众的尊敬和赞扬。同时，许多地方都重视和加强了培养曲艺新人的工作。一九八〇年恢复的苏州评弹学校继续培养出一批新的曲艺人才，并提供了不少宝贵的办学经验。天津、北京、四川、湖北、吉林、河南等许多地方，通过办学馆、办训练班、办曲艺班、以团带班等方式，也培养出不少优秀人才。这些后起之秀活跃在曲艺舞台上，为曲艺界增添了新的血液和青春的光彩。陈云同志对培养曲艺人才非常关心，苏州评弹学校就是由他提议创办和重新恢复起来的；一九八四年，也是在陈云同志的热情关怀和支持下，文化部在天津创办了中国北方曲艺学校。还有些地方正在酝酿兴办曲艺学校。今后一定会有更多的年轻优秀的曲艺人才成长起来。

几点经验

回顾新曲艺的发展历史，我们会清楚地看到，新曲艺同传统曲艺相比较，的确发生了划时代的变化，取得了令人鼓舞的成绩，这是应当充分肯定的。同时也要清醒地看到，新曲艺的发展历史毕竟还很短，而且遇到不少困难和挫折，各地区各曲种的发展还不平衡，从总体上看，新曲艺的创作和表演，新曲艺的研究、评论和出版以及培养人才等方面的工作，都还存在着许多有待研究和解决的问题。要使新曲艺更快更好地发展和繁荣起来，适应新时代和人民的需要，我们还必须做出艰苦的持久的努力。

以马克思主义、毛泽东思想为指导，认真地总结经验，是我们提高自觉性、减少盲目性，把工作做得更好的前提和重要条件。那么，新曲艺在发展过程中有些什么重要的经验呢？我现在提出几点，供同志们考虑：

必须坚持党的领导，这是首要的一条。我们的革命和建设能够不断取得胜利，都是中国共产党领导全国人民艰苦奋斗的结果。没有共产党就没有新中国，就没有中华各民族人民的解放和幸福；自然，没有党的领导，也就没有新曲艺的发展和繁荣，没有曲艺工作者的今天。今后要把社会主义曲艺更快更好地发展和繁荣起来，曲艺界的同志们要坚定不移地沿着党指引的方向和道路前进，任何削弱和否定党的领导的言论和态度都是错误的，有害的。我们要永远保持清醒的头脑。

必须坚持为人民服务、为社会主义服务，坚持与人民群众相结合，这是文艺工作者唯一正确的方向。只有做到全心全意为人民服务，为社会主义服务，我们的工作才有意义，我们才算是尽到责任。我们有些曲艺工作者为什么能够受到人民群众的欢迎和尊重呢？最根本的一条，就是因为他们真心诚意地为人民服务，而且服务得很好。而要服务好，就要自觉地走与人民群众结合之路，深入人民群众之中，虚心向人民群众学习，同人民群众打成一片。小平同志说得好：“人民是文艺工作者的母亲”，“自觉地在人民的生活中汲取题材、主题、情节、语言、诗情和画意，用人民创造历史的奋发精神来哺育自己，这就是我们社会主义文艺事业兴旺发达的根本道路”。这是一条真理。新曲艺的发展证明了这条真理。就作家艺术家个人来说，只有坚持正确的方向和道路，才会取得好成绩，受到人民的欢迎。

必须坚持百花齐放、推陈出新，这是促进艺术繁荣的正确方针。正是在这个方针指导下，我们把社会主义方向与创作题材、样式、风格和艺术流派的多样化结合起来，促进了新曲艺的健康发展；正是在这个方针指引下，我们卓有成效地进行了传统曲艺的收集、整理和改革，同时在批判地继承传统的基础上，结合新时代的要求，积极开展以表现新时代、新人物为主要内容的新曲艺创作和曲艺表演、曲艺音乐的创新，并促进了曲艺与我国的姊妹艺术以及中外文艺的互相学习、借鉴和交流。实践证明，凡是正确执行这个方针的时候，我们的工作就会取得好成绩；凡是偏离这个方针的时候，我们的工作就会走弯路，受损失。

必须加强曲艺的理论研究和评论。曲艺的发展需要理论的指导。在马克思主义、毛泽东思想的指导下，许多同志致力于曲艺理论研究和评论，取得可喜的成果，对曲艺事业起了积极的促进作用，这是应当肯定的；但是，如何把马克思主义、毛泽东思想与曲艺的实际紧密结合起来，写出更有指导作用的理论著作和评论文章，至今还是一个薄弱环节。百家争鸣的空气还没有形成。曲艺发展中有一些重要问题长期得不到解决，不能说不是与曲艺研究和评论工作跟不上有关。

必须加强曲艺队伍建设。这是发展曲艺事业的根本保证。几十年来，我国的新曲艺能够不断地向前发展，就在于我们有一支忠诚于党和人民的事业、有创造进取精神的曲艺队伍。但是，我们也要看到，这支队伍还需要提高，还需要扩大。如何提高曲艺队伍的思想艺术素质，这些年有不少好经验，需要好好加以总结。其中最重要的一条，就是要加强学习。马克思主义、毛泽东思想是一切革命者都应当学习的科学，曲艺工作者不应是例外。只有不断提高自己的马克思主义水平，才能正确观察分析社会现象和文艺现象，解决好文艺与人民、文艺与生活、文艺的继承与创新等一系列重要关系问题，做好自己的工作。过去有些时候曲艺创作、曲艺工作上出现一些偏向和失误，一方面固然与有关文化领导部门执行文艺政策中的偏差和失误有关，也与我们的马克思主义水平不高有关。要学习社会。曲艺同其他文学艺术一样，是社会生活在作家艺术家头脑中的反映。如果不熟悉群众，不熟悉生活，要写出演出好作品是不可能的；要把自己锻炼成为一个坚强的文艺战士，也是不可能的。要学习业务，从各方面提高自己的文化艺术修养，提高自己的业务能力，这样才能创作演出为人民群众欢迎的好作品、好节目。我们还要加强培养接班人的工作。现在许多地方青黄不接还是一个重要的问题，应当引起认真注意。为了加强曲艺队伍的建设，还有一些实际问题需要研究和解决，这里不多说了。

今天就讲到这里，讲得不对的地方，请同志们批评指正。我衷心希望有更多的同志加强对当代中国曲艺的研究，不断写出有分析、有说服力的文章和著作，以促进《中国曲艺志》的编纂工作，促进社会主义曲艺的发展和繁荣。

（原载《中国曲艺志通讯》1988 年 3 期）

新中国曲艺的发展历程和光辉成就

——庆祝中华人民共和国成立六十周年

十月一日，是中国人民最盛大的光辉节日。六十年前的今天，毛主席在北京向全世界庄严宣告中华人民共和国的诞生。“中国人民站起来了！”从此，我国各族人民紧紧团结在中国共产党的周围，高举毛泽东思想旗帜，迈开雄健的步伐，跨进伟大的新时代。我国曲艺界也从此翻身解放，彻底改变了千百年来备受屈辱的地位，走上自觉地为人民服务的光荣道路，受到社会各界的欢迎和尊重；同时，曲艺艺术获得新的生机与活力，迅速地发展和繁荣起来，自立于民族文艺之林。“没有共产党就没有新中国！”“没有新中国，就没有曲艺界的今天！”这是新中国成立六十年来曲艺发展历史的生动概括和广大曲艺工作者的亲身体会与共同心声！

新中国曲艺事业一直是在中国共产党的领导和关怀下发展起来的。一九四九年七月，曲艺界代表出席了在北京举行的中华全国文学艺术工作者第一次代表大会，同全体代表一起聆听了毛主席的讲话、朱德同志代表党中央所致的祝词和周恩来同志所作的政治报告，受到深刻的教育和巨大的鼓舞，一致表示团结在毛泽东思想旗帜下，为建设新的人民文艺而奋斗。就在这次代表大会期间，曲艺方面的代表和文学、音乐、戏剧、民间文艺等方面的代表共同发起成立了由王尊三任主任委员，连阔如、赵树理任副主任委员的中国曲艺改进协会筹备委员会，呼吁曲艺界团结起来，在党的领导下，努力提高思想觉悟，改进曲艺艺术，为人民大众服务，从而揭开了新中国曲艺改革的序幕。

新中国成立后，在中国共产党和人民政府的领导下，在全国范围内和全体规模上进行经济建设和文化建设。毛主席向戏曲曲艺界发出“百花齐放、推陈出新”的号召，周恩来总理签署和发布了中央人民政府政务院《关于戏曲改革工作的指示》，为戏曲曲艺改革提出了明确的方针、任务和要求，各级党委和人民政府采取了许多积极措施，广大曲艺工作者表现出极大的积极性和创造性，许多热心曲艺的作家、音乐家、戏剧家、理论批评家、有关专家学者和文艺工作者也陆续参加曲艺创作、研究活动和组织工作。大家团结一致，努力奋斗，曲艺改革很快全面展开，取得显著的成绩。“文化大革命”开始后，曲艺界受到严重摧残，元气大伤。党中央粉碎“四人帮”，曲艺界又一次获得解放。更使人感到欢欣鼓舞的是，中国共产党十一届三中全会胜利召开，给祖国和人民带来春天。

在党的基本路线指引下，我国进入改革开放和社会主义现代化建设新时期，为文艺工作的恢复和发展创造了空前良好的环境和机会。一九七九年十月，邓小平同志代表党中央、国务院向中国文学艺术工作者第四次代表大会致祝词，正确总结了新中国成立以来文艺工作的成绩和经验，深刻阐明了党的文艺路线、方针和政策，为新时期的文艺工作指明了方向、任务和奋斗目标；广大曲艺工作者同其他文艺工作者一样，在祝词的指导和鼓舞下，思想更加解放，精神更加振奋，创造热情更加高涨，前进的方向更加明确，促使我国社会主义文艺走上健康发展的新阶段。江泽民同志在中国文学艺术工作者第六次代表大会、第七次代表大会上发表的重要讲话和胡锦涛同志在中国文学艺术工作者第八次代表大会、中国作家协会第七次代表大会上发表的重要讲话，对于我国文学艺术的发展起到极其重要的指导作用。陈云同志长期关心评弹和曲艺工作，他发表的一系列指导性意见和建议，直接促进了曲艺事业的发展和繁荣。六十年的实践证明，我国曲艺事业同整个文学艺术事业一样，正是在党的领导和关怀下改革创新，继往开来，发生了深刻的变化，呈现出前所未有的百花齐放、争奇斗妍的喜人局面。

根本性的变化，是曲艺队伍的变化。新中国成立以来，广大曲艺工作者努力学习，深入群众，思想素质和艺术素质不断提高和进步，同时培养出许多新进人才，逐步形成一支忠诚于社会主义文艺事业、老中青相结合的曲艺队伍，并日益扩大和加强。六十年来，广大曲艺工作者认真贯彻为人民服务、为社会主义服务的方向和百花齐放、百家争鸣的方针，坚持“出人、出书、走正路”，坚持改革创新，紧跟时代步伐，积极编演新书新词，整理传统曲（书）目，革新说唱艺术，发扬革命文艺的光荣传统，不计名利，不辞劳苦，不避艰险，满腔热情地为人民创作和演唱，从城镇到乡村，从工厂到建筑工地，从边远的山区到草原林海，从军营到驻守在山崖海角的哨所，都有他们艰苦跋涉的足迹和汗水。尤其感人的是，在祖国和人民遇到危难的时刻，曲艺工作者更是义无反顾地挺身而出，以艺术为武器参加战斗。比如，抗美援朝运动开始后，曲艺界立即组织起赴朝曲艺大队，连续多次到炮火连天的朝鲜战场慰问演出，鼓舞我人民志愿军的战斗热情，活跃战地的文化生活。著名相声演员常宝堃、弦师程树棠同志就是在慰问中不幸牺牲的，被党和人民政府追认为革命烈士，为曲艺界做出光辉的榜样。又如，在保卫祖国边疆的自卫反击战中，曲艺工作者也深入到前线，为我军指战员慰问演出，送上祖国人民的一片深情。在抗洪救灾、抗震救灾等重大活动中，许多曲艺工作者都及时赶到灾区，给灾区人民送去温暖、希望和信心。实践证明，曲艺队伍是一支好队伍，许多著名曲艺家和曲艺工作者，被党和人民政府授予“劳动模范”“先进工作者”等称号，被推举为各级人民代表大会代表或政协委员，行使权力，发挥了积极的作用，为曲艺界赢得荣誉。如今，许多为新中国曲艺事业做出突出贡献的曲艺家和曲艺工作者，如王尊三、韩起祥、连阔如、侯宝林、高元钧、王少堂、骆玉笙、李德才、沈冠英、蒋月泉、刘天韵、唐耿良、琶杰、毛依罕、扎巴、阿达尔、波玉温、康朗甩、杨汉、曹汉昌、康重华、俞笑飞、白凤鸣、曹宝禄、张寿臣、马三立、陈士和、李润杰、良小楼、马增芬、魏喜奎、李月秋、靳文然、邓九如、狄来珍、霍树棠、赵玉峰、固桐晟、陈青远、陈春生、胡景岐、荣剑尘、卢成科、舒三和、孙玉奎、刘宝瑞、杨林、曾凤鸣、李青山、王永梭、夏雨田、马季、李国春、刘学智、刘洪滨、陈增智、王充、沈彭年、王济、王决、张军、蒋敬生、贾钟秀、赵铮、王彻、宫钦科、夏耘、邱肖鹏、赵洪滔、朱楚康等同志，已经离开我们；许多热心曲艺事业并在曲艺创作、研究、编辑和组织工作等方面功绩卓著的作家、音乐家、戏剧家、理论家等有关专家学者和文艺工作者，如老舍、阳翰笙、荣高棠、赵树理、王亚平、陶钝、林山、苗培时、马烽、何迟、吕骥、马可、张鲁、安波、郑振铎、阿英、王朝闻、钟敬文、赵景深、陈汝衡、宋振庭、王松声、张克夫等同志，也不幸去世，但他们的崇高风范和光辉业绩，将永远留在人们的记忆中，鼓舞、激励着广大曲艺工作者继续前进。

新中国成立六十年来曲艺事业的成就，突出地表现在继承与创新两个方面，又以创新方面的成就最为显著。

广大曲艺工作者为新中国不断发生的伟大变革和光辉成就所鼓舞，同时鉴于“表现新的人物，新的世界”是时代和人民的迫切需要，而曲艺又具有形式多样，简便灵活，极便于迅速反映现实的特点，很自然地把表现新中国丰富多彩的现实生活和社会主义新人与表现党所领导的人民革命斗争的艰苦历程和英雄模范人物作为创作演唱的重点，陆续创作、改编和演出了许多优秀曲艺作品。作品的主题、题材、风格和样式越来越多样化，创作演出的思想艺术质量不断提高。诸如评书《登记》《灵泉洞》《周支队大闹平川》《红军强渡大渡河》《一锅稀饭》《烈火金刚》《山猫嘴说媒》《小技术员战服神仙手》《三件棉袄》《艺海群英》《杨柳寨》，鼓词唱词《渔夫恨》《石不烂赶车》《董存瑞》《黄继光》《邱少云》《飞夺泸定桥》《王银生带路取北峰》《三勇士推船过江》《光荣的航行》《韩英见娘》《珠峰红旗》《悲壮的婚礼》《月夜荡泥船》《莲花魂》《广场思亲》《春到胶林》《难忘的一课》《醋为媒》《柳二狗与小广州》《张羽煮海》《孟姜女》《正气歌》《卧薪尝胆》《血溅山神庙》《愚公移山》《中山狼》《白妞说书》《二泉映月》《和氏璧》《晴雯传》《穆桂英指路》《游西湖》，评弹《王孝和》《海上英雄》《一定要把淮河修好》《九龙口》《真情假意》《新琵琶行》《白衣血冤》《多多》《血桃花》《饮马乌江河》《蝶恋花》《孟丽君》《新木兰辞》，山东快书《一车高粱米》《三只鸡》《三换春联》《师长帮厨》《长空激战》《李三宝比武》《武功山》《贺龙赴宴》，快板书《劫刑车》《抗洪凯歌》，快板《战士之家》《学雷锋》《巧遇好八连》《进北京》，相声《一贯害人道》《买猴儿》《开会迷》《婚姻与迷信》《夜行记》《女队长》《戏改神手》《王金龙与祝英台》《英雄小八路》《昨天》《假大空》《帽子工厂》《如此照相》《威胁》《农老九翻身记》，扬州评话《挺进苏北》《广陵禁烟记》，陕北说书《翻身记》《回乡记》，时调《红岩颂》《春来了》，四川清音《党的好儿女》《江竹筠》《黎明前的战斗》《布谷鸟儿咕咕叫》，扬琴《秋江》《江姐在狱中》，单弦《四支枪》《荆江蓄洪区说话》《双窝车》，好来宝《富饶的查干湖》《两只羊羔的对话》《铁牤牛》《夸马》，大本曲《画眉展翅》《大理好风光》，赞哈《澜沧江之歌》《三个歌手唱北京》《彩虹》，河南坠子《接婆婆》《送梳子》，大调曲子《二嫂买锄》，湖北小曲《选妃》，扬州弹词《歌吹古扬州》，粤曲《潇湘夜雨》《珠海丹心》，广西文场《漓水情深》，三棒鼓《绣十景》，故事《辣椒嫂》，以及根据《白毛女》《新儿女英雄传》《铁道游击队》《林海雪原》《红旗谱》《红岩》《红日》《保卫延安》《平原作战》《青春之歌》《野火春风斗古城》《草原烽火》《三里湾》《李双双》等文艺作品改编的不同形式的曲艺作品，就是其中的一部分。这些作品的共同特点是，具有浓郁的生活气息，鲜明的时代色彩和生动活泼的语言风格，力求把先进的思想内容和尽可能完美的艺术形式结合起来，把思想性、娱乐性和艺术性结合起来。曲艺表演艺术和音乐唱腔以及舞台美术等，在继承优良传统的基础上，借鉴、吸收姊妹艺术有益的东西，经过自己的咀嚼和消化，也不断有所丰富，有所提高，有所创新和发展，并创造出一些新的曲艺品种和新的艺术流派。经过演员和音乐唱腔设计、伴奏人员与作者密切合作，在艺术上精心加工和再创造，许多曲艺作品成为立在舞台上的艺术精品，久演不衰，给人以积极向上的力量和美的艺术享受，受到听众的热烈欢迎和一致好评。

我国的曲艺同戏曲等民族民间艺术一样，源远流长，丰富多彩，是中华民族文化艺术的重要组成部分，历来深受广大人民的欢迎。为了弘扬民族文化，继承曲艺的优良传统，繁荣和发展我国曲艺艺术，促进国内外文化艺术交流，新中国成立后，文化部、中国曲协和各地有关文化部门、曲协组织与广大曲艺工作者，就把发掘和整理各民族各地区曲艺遗产和曲艺资料列为一项重要任务，收集、记录了大量的历代口头流传的曲（书）目和曲艺资料；同时组织曲艺工作者和有关专家学者进行了分析研究和整理工作。许多传统曲（书）目剔除了封建性的糟粕，保存了民主性的精华，革新了演唱艺术，取得丰硕成果。大量短篇作品，如《蓝桥会》《打黄狼》《黛玉悲秋》《击鼓骂曹》《偷石榴》《双锁山》《剑阁闻铃》《红梅阁》《黛玉焚稿》《探晴雯》《草船借箭》《借髢髢》《小姑贤》《包公赔情》《杨八姐游春》《南郭学艺》《玄都求雨》《珍珠塔》《洪月娥做梦》《摔镜架》《水漫金山》《梁祝下山》《凤求凰》《小神仙》《连升三级》《珍珠翡翠白玉汤》《关公战秦琼》《戏剧与方言》《扒马褂》《化蜡扦儿》，等等，都经过整理加工，呈现出新的面貌；有些长篇作品，如评书《东汉》《三国》《兴唐传》《水浒》《岳飞传》《聊斋》，山东快书《武松传》，鼓词《红楼梦》，鼓书《杨家将》《明英烈》，苏州评弹《三国》《岳飞》《西厢记》《长生殿》《杨乃武》，扬州评话《三国》《水浒》《皮五辣子》，扬州清曲《白蛇传》，二人转《包公案》，少数民族说唱《江格尔》《玛纳斯》《格萨尔王传》《嘎达梅林》《格斯尔汗》《艾甫里与赛乃姆》《青史演义》《春香传》《沈清传》《珠郎娘美》《召树屯》等，也陆续收集、整理出来，思想和艺术质量都有所提高，受到群众的欢迎。有些少数民族说唱作品还译成汉文出版。近些年非物质文化遗产保护工作的开展，也促进了曲艺遗产的发掘、整理和传承工作。

由于长期缺乏专业曲艺理论研究机构和专业曲艺出版机构，这些方面的工作困难很多，一直是曲艺工作的薄弱环节。在“百花齐放、百家争鸣”方针指导下，中国曲协及地方有关部门多次举办曲艺理论研讨和评论活动；经过各方面的艰苦努力，情况逐步有所改变，曲艺史论研究和曲艺评论不断取得可喜的成果。比如，《曲艺研究丛书》《中国说书史》《中国说唱艺术简史》《中国曲艺史》《当代中国曲艺》《中国曲艺通论》《中国相声史》《西河大鼓史》《苏州评弹史》《河南曲艺史》《山东曲艺史》《评书艺术论》《山东快书艺术论》《二人转史论》《曲艺论丛》《曲艺特征论》《曲艺音乐改革纵横谈》和曲艺家传记、曲艺评论等史论著作陆续问世。曲艺编辑出版工作也克服种种困难，做出许多成绩。比如，《说说唱唱》月刊、《曲艺》杂志先后创刊，填补了长期没有曲艺专业期刊的空白，促进了曲艺创作、评论的发展和新人的成长；有些报刊陆续发表了曲艺作品和评论文章；人民文学出版社、中国曲艺出版社等出版机构陆续编辑出版了许多曲艺作品和曲艺理论评论著作及研究资料；各地曲协等有关单位编印了一些内部刊物、演唱材料及研究资料，都为曲艺的繁荣和发展发挥了积极的作用。更可喜的是，文化部、民族事务委员会和有关文艺家协会共同做出编纂十部《中国民族民间文艺集成志书》的决定，并列为国家重大科研项目。其中曲艺方面两部：一部是《中国曲艺志》，由文化部、民族事务委员会、中国曲艺家协会共同主持；一部是《中国曲艺音乐集成》，由文化部、民族事务委员会、中国音乐家协会共同主持，按照统一体例和要求，各省、自治区、直辖市分别立卷。为编好这两部书，国家和地方投入大量人力、物力和财力，普遍而深入地调查了全国各民族各地区曲艺的发展历史和现状，收集了难以计数的曲艺资料及有关材料，并做了艰苦细致的分析研究和编纂工作。《中国曲艺志》全面、翔实地记述了我国曲艺的历史和现状及新中国成立以来曲艺改革的成就和曲艺史、论研究成果；《中国曲艺音乐集成》选收了全国四百多个曲种的代表性曲艺音乐唱腔，记述了中国曲艺音乐的产生和发展情况，为曲艺音乐研究提供了丰富的资料。

历时二十二年，这两部志书集成现已全部编纂出版，堪称盛世创举，曲艺大典。通过志书集成的编纂工作，全面推进了曲艺事业的发展。

新中国成立六十年来，特别是改革开放以来，国内和国际曲艺艺术交流和学术交流等活动有很大的发展。为了展示曲艺的优秀成果，促进艺术交流和改革创新，进一步调动广大曲艺工作者的积极性和创造性，文化部、总政治部、民族事务委员会、中国曲协及地方有关部门举办了多次全国曲艺会演、全军曲艺会演、全国少数民族曲艺展演和评比活动以及经验交流等活动；各地也举办了曲艺会演和评比活动以及经验交流等活动。中国文联、中国曲协联合举办的“中国曲艺·牡丹奖”，作为中国曲艺最高奖，每届三年，对曲艺界起到很大的鼓舞和激励作用。中国曲协还先后与江苏、天津、河南、内蒙古、广西等省、自治区、自辖市人民政府及有关单位联合举办了规模盛大的中国曲艺节，集中展示了曲艺改革创新的优秀成果，检阅了曲艺队伍奋发向上的阵容，对曲艺的发展和繁荣产生了积极的影响。同时，文化部、全国总工会、总政文化部、中国曲协等单位和各省、自治区、直辖市有关文化部门，积极鼓励和推动专业曲艺工作者与业余曲艺爱好者相互学习、密切合作，发展群众业余曲艺活动，并举办了多次全国职工业余曲艺会演、全国农民业余曲艺会演、全军业余曲艺会演以及学校和社区等方面的曲艺展演和评比活动。群众业余曲艺活动中涌现出许多优秀人才、优秀节目，丰富了群众文化生活，并为专业曲艺演出团体增添了新的血液和活力，推动了曲艺艺术的改革创新和发展。中外曲艺艺术交流活动也日益活跃起来。各地曲艺团体和艺术家纷纷到世界各地访问演出，曲艺以自己独特的艺术风采和魅力赢得人们的好评，有些曲艺节目在国际艺术节中获奖，有些曲艺家获得荣誉称号。实践证明，艺术没有国界，优美的曲艺艺术同样能够走向世界，与外国的说唱艺术相媲美。

新中国曲艺事业发展的六十年，在人类历史的长河中只是短暂的瞬间，却获得空前的发展和如此光辉的成就，的确令人鼓舞。这是在党的领导下广大曲艺工作者艰苦奋斗与社会各界积极支持的结果。现在，我们的国家继续飞速前进，广大人民特别是青年的精神文化需求不断增长。一切有理想、有抱负、有作为的曲艺工作者，将更高地举起中国特色社会主义伟大旗帜，坚持以马克思主义、毛泽东思想、邓小平理论和“三个代表”重要思想为指导，深入学习和实践科学发展观，增强全局意识、忧患意识、责任意识和创新意识，提高实践能力，在以胡锦涛同志为总书记的党中央领导下，更加自觉更加主动地抓住机遇，应对挑战，为推动曲艺大发展大繁荣，促进我国改革开放和社会主义和谐社会建设，做出坚持不懈和不屈不挠的努力。

（原载《中国艺术报》2009年10月特刊，《曲艺》2009年10期）

中国文联晚霞文库

CHINA FEDERATION OF LITERARY AND ART CIRCLES EVENING GLOW LIBRARY

回忆与思念

下

罗扬 著

中国文联出版社

中国曲协历程略述

中国曲艺家协会是从一九四九年七月成立的中国曲艺改进协会筹备委员会演变而来的，历经中国曲艺研究会、中国曲艺工作者协会、中国曲艺家协会几个阶段，至今已经五十多个春秋。

上述曲艺团体的名称不同，其性质、任务却基本一致，都是在中国共产党领导下我国各民族曲艺家和曲艺工作者自愿结合的专业性人民团体，旨在改革和发展我国的曲艺艺术，为人民服务，为社会主义服务。

协会的经历相当曲折，从一九四九年到一九六六年，无论是中国曲艺改进协会筹备委员会，还是中国曲艺研究会和中国曲艺工作者协会，团结广大会员和曲艺工作者，为改革和发展曲艺艺术做了大量艰苦的和富有成效的工作。不幸在“文化大革命”中，协会遭到极大破坏，被迫解散。党的十一届三中全会以后，协会才得以恢复，重新走上健康发展的道路，为创造曲艺事业的新辉煌，促进中国特色社会主义建设，做出新的贡献。“前事不忘，后事之师。”认真回顾协会几十年走过的道路，分析研究其功过得失和经验教训，对于提高我们的自觉性，减少盲目性，发扬好的东西，克服不好的东西，进一步探索和创造新的东西，把协会工作推向新的阶段，是有益的和必要的。

我是在协会工作时间最长的一个工作人员，现将我所了解的一些情况以及个人的看法，提供大家参考，不当之处请予指正。我们要共同努力，弄清楚协会的发展历史，以资借鉴，并用以纪念那些为协会工作和曲艺事业竭尽心力、无私奉献的同志们。

中国曲艺改进协会筹备委员会

中国曲艺改进协会筹备委员会是在中国共产党领导的人民革命取得伟大胜利、新中国即将诞生的形势下成立的。一九四九年七月，中国文学艺术工作者第一次代表大会在北京召开，实现了解放区文艺工作者和国民党统治区文艺工作者的大会师。毛主席莅临大会开幕式并作了重要讲话，中共中央致贺电，朱德总司令讲话，周恩来同志作政治报告，生动地体现了党对文艺工作的重视和关怀。出席大会的曲艺方面的代表同全体代表一起表示团结在毛泽东思想的旗帜下，为建设新中国的人民文艺而奋斗。大会期间先后成立了中华全国文学艺术界联合会和文学、戏剧、音乐、美术、电影、曲艺等方面的工作者协会或筹备委员会，中国曲艺改进协会筹备委员会是在大会期间由曲艺方面的代表和文学、戏剧、音乐、民间文艺等方面的代表发起，经全国文代会主席团决定，发起人于七月二十二日在中山公园来今雨轩集会，通过了《中国曲艺改进协会筹备缘起》，推举出常务委员会和正、副主任委员，宣布中国曲艺改进协会筹备委员会（以下称曲协筹委会）正式成立，同其他兄弟协会一起被纳入全国性人民团体的序列。从此，我国的曲艺艺术和广大曲艺工作者跨进一个划时代的历史阶段。我国人民喜闻乐见的曲艺艺术是人民艺术的重要组成部分，是一门应当受到重视和发展的艺术。这标志着，在旧社会受尽压迫欺侮的曲艺艺人将随着时代的前进而前进，成为自觉地以自己的艺术为人民服务的文艺工作者；这标志着，曲艺界人士和文学、戏剧、音乐、民间文艺等各方面关心曲艺事业的人士的团结合作，有了空前良好的开端；这标志着，曲协筹委会作为党和人民政府联系曲艺界的桥梁和纽带，将发挥重要的作用。

全国文代会期间，曲艺界的代表相当活跃。来自解放区的代表，和京津曲艺界人士积极宣传曲艺改革的成就，并为大会演出了创作、改编的歌颂中国共产党和毛主席、表现新时代新人物以及其他题材的新节目，受到文艺界人士和党中央领导同志的好评，周恩来同志还为之题词留念。这对引起人们对曲艺的重视，并支持中国曲艺改进协会筹备委员会的成立，起到积极的作用。

曲协筹委会委员共五十人，他们是：丁玲、王亚平、王尊三、王诚、田汉、申伸、史若虚、安波、西戎、沈冠英、何迟、李少春、李季、林山、阿英、周扬、周信芳、岳松、洪深、苗培时、柯仲平、高敏夫、马烽、马彦祥、连阔如、梅兰芳、毕革飞、张富忱、张惊秋、张茂兰、侯一尘、常任侠、曹宝禄、陈明、陈越平、程砚秋、贾芝、叶盛章、杨绍萱、董天民、熊佛西、赵树理、赵闻捷、欧阳山、欧阳予倩、刘乃崇、萧三、萧亦五、钟敬文、应云卫。王尊三为主任委员，连阔如、赵树理为副主任委员。常务委员是：赵树理、连阔如、王亚平、王尊三、董天民、欧阳山、张富忱、林山、史若虚、苗培时、萧亦五。候补常务委员是：钟敬文、何迟、刘乃崇。秘书由刘乃崇担任。各部门的负责人是：编辑出版部部长王亚平，副部长苗培时；收集研究部部长王尊三，副部长林山；辅导部部长连阔如，副部长史若虚、欧阳山；组织联络部部长张富忱，副部长董天民、萧亦五；福利部部长赵树理，副部长连阔如。

以上人员都是兼职，没有专职干部。许多工作都是大家兼做的。一九四九年十月中华人民共和国文化部成立后，设戏曲改进局，赵树理任曲艺处处长，王尊山任副处长，张富忱、刘乃崇也在曲艺处工作，曲协筹委会与戏曲改进局合署办公，许多工作都是一起做或与中共中央华北局文委、北京市文委、北京市人民政府文艺处、北京市大众文艺创作研究会、北京市文联以及新华广播电台等单位联合开展起来的。一九五一年一月，文化部调整机构，将戏曲改进局与艺术局合并，原在曲艺处工作的同志多数到艺术局和中国戏曲研究院工作，赵树理做专业作家，王尊三调到曲协筹委会作为专职干部，继续与其他兼职的同志一起开展工作。一九五一年秋，调来罗扬接替刘乃崇的秘书工作。

曲协筹委会办公地址先与文化部戏曲改进局合署办公，后迁至朝阳门内北小街三十一号一处四合院内，后又迁至东四头条五号文化部大院。

曲协筹委会成立以来，主要做了以下几方面的工作。

一、团结和教育曲艺艺人

引导和帮助曲艺艺人提高思想政治觉悟和业务素质，是新时代和人民的要求，也是曲艺艺人的迫切愿望。曲协筹委会成立后，就根据党中央关于文艺工作的指示精神，抓紧进行团结和教育曲艺艺人的工作，通过多种渠道和方式，引导和帮助他们学习时事政治，学习毛主席《在延安文艺座谈会上的讲话》和党的方针政策，树立新的人生观和世界观，团结起来，积极进行曲艺改革，为工农兵服务。其中一项重要的措施，就是曲协筹委会与戏曲改进局等单位一起协助北京市人民政府文艺处于一九四九年八月至十月，同年十二月至一九五〇年三月底，在北京举办了两期戏曲（包括京剧、评剧、曲艺等）讲习班，其中曲艺艺人五百多人参加学习，每周上课一次，共上大课五十三次，学习研究会九次。学习主要内容是：社会发展史、革命人生观、中国革命和中国共产党、文艺为工农兵服务、戏曲改革政策等，由田汉、欧阳予倩、马彦祥、杨绍萱、周信芳、洪深、马少波、阿甲、王尊三、赵树理、王亚平、苗培时、刘乃崇、王松声、张梦庚等分别作专题报告，学员们表现非常积极，连阔如、曹宝禄、侯宝林、白凤鸣都在讲习班中起到带头作用。通过学习，大家提高了思想觉悟，加强了团结，有力地促进了北京市的曲艺改革。王亚平在《关于戏曲讲习班的总结》中说，讲习班学员成为“一支有组织、经过训练、能够改革旧戏曲的生力军”，“表明戏曲界、曲艺界发生大的变革，从思想到行动，从制度到业务，都向着新的道路迈进”。讲习班的经验，对各地的曲艺、戏曲改革也产生了很好的影响，此外，曲协筹委会还支持北京市文艺处为盲艺人举办了两期盲艺人讲习班，并组织起北京市盲艺人实验工作队。

二、推动新曲艺创作演唱活动和传统曲艺收集整理工作

为了适应新时代和人民的要求，推动曲艺改革，曲协筹委会一直把发展新曲艺和配合当前重大政治任务的宣传作为中心任务，一方面积极宣传发展新曲艺的重要性，一方面协同有关单位采取一些重要措施，一是与北京市大众文艺创作研究会等单位联合组织曲艺作者创作、改编反映新时代、新人物的曲艺作品，整理传统曲艺作品。从一九四九年秋天到一九五〇年底，选出近百件作品，收入《新曲艺丛书》，分二十

辑，由新华书店出版发行各一万册。同时动员打磨厂书铺历史最长（建于一八六二年）、规模最大的宝文堂陆续出版了“新曲艺普及本”，陆续印行近百种，并编选了《大众曲艺》（作品集）发给各地曲艺团体。还在《北京新民报》编有《曲艺周刊》，在天津《进步日报》编有《大众文艺》周刊，发表曲艺作品和曲艺评论研究文章。二是与北平新华广播电台联合组织了“曲艺广播实验小组”，从一九四九年九月一日起，每天下午六时半至七时，全部广播新曲词，事先在《人民日报》等报纸上刊登预告，并编印了《广播曲艺》，发往全国各地广播电台，供曲艺艺人采用；后改由中央人民广播电台和北京人民广播电台播出曲艺节目，进一步扩大了新曲艺的影响。三是与中共北京市文委、北京市教育局及北京市第二人民教育馆、北京市曲艺公会于一九四九年九月共同商定开辟新曲艺演唱阵地，组织积极要求进步的曲艺艺人成立了“大众游艺社”，由连阔如、曹宝禄担任正副社长，成员包括十多个曲种的曲艺演员以及杂技艺人共三十多人。十月十五日开幕后，每天下午二时和七时在前门箭楼演出新曲艺，管理制度、演出作风、服务态度焕然一新，票价也很低廉。大家齐心协力，克服种种困难，不断提高演出质量，每场观众由几十人增加到数百人，受到群众的热烈欢迎和北京市文委的表扬。四是自一九四九年十二月至一九五〇年一月六日，由中国剧协、中国曲协筹委会牵头，与有关单位一起在京举办了“庆祝新年戏曲运动周”。曲艺方面，大众游艺社、西单游艺社、北城游艺社、凤凰厅、桃李园、新罗天游艺社、天桥雅美轩、德意轩、春华园、二友轩、海亭茶社和街北的月宫、畅园等十九家曲艺场所，完全演出新节目，三百多位曲艺演员说唱了六十多段新曲词，成为一次空前的推广新曲艺的活动。同时，由北京曲艺公会组织了街头巡回演唱队，一连三天在隆福寺、花市等庙会上，天桥地摊上，缸瓦市、虎坊桥等处街头上，演唱新曲艺，受到群众的热烈欢迎。五是由中国铁路工会、北京铁路分局联系，由曲协筹委会组织，于一九五〇年二月成立了“新曲艺实验活动小组”，张富忱、刘乃崇先后任组长，李太峰任副组长，成员有魏炳山、刘逢春、魏炳洲等十多人。该小组由文化部戏曲改进局主管，发生活费，作为曲协筹委会领导的实验新曲艺演出团体，沿铁路线活动，或为铁路工人及家属演出，或在列车上演唱，每到一处都与当地曲艺艺人联系，交流经验，联合演出，帮助当地人学习新曲词，并设摊销售和推荐新曲艺作品；多次应邀到一些单位、学校演出以及参加北京市的一些宣传活动和慰问活动。小组先后到过十多个省市，演出晚会一百九十场，观众达三十五万人。上述活动都对发展新曲艺发挥了很大的鼓舞和推动作用。

在推动传统曲艺的收集、整理方面，曲协筹委会也做了一些工作。以北京为例，凡上演的传统曲艺节目，大都经过整理加工，内容健康，表演艺术、音乐唱腔也有所改革。为了保存、发扬传统曲艺的精华，曲协筹委会和文化部戏曲改进局、中央人民广播电台一起商定了录制工作计划，录制了老艺人韩远洁、白云鹏、王杰魁、德俊峰、葛洪泉、金晓珊、于德魁、王文瑞、秀翠峰、谢芮芝、荣剑尘等演出的部分传统曲艺节目。

三、鼓励曲艺界投入抗美援朝宣传和慰问活动

一九五〇年朝鲜战争爆发后，曲协筹委会立即动员组织曲艺作者、演员创作演出揭露美帝国主义的侵略罪行和歌颂中国人民的爱国主义、国际主义精神与英雄人物的曲艺作品。上海评弹改进协会等单位组织的宣传队到京后，曲协筹委会热情予以接待，并与文化部戏改局、北京市文委、北京市文联筹委会、北京市曲艺工会联合举办了招待会和上海评弹与北京曲艺联合演出。同时热情鼓励和支持北京、天津两地曲艺工作者参加赴朝慰问活动。一九五一年三月，以廖承志为团长和陈沂、田汉为副团长的中国人民赴朝慰问团组成，内设曲艺服务大队，由北京、天津两地曲艺工作者及中国戏曲研究院曲艺工作团联合组成，连阔如任大队长，曹宝禄、侯宝林、常宝堃任副大队长，张富忱任大队政委，成员有富少航、高元钧、良小楼、魏喜奎、关学曾、孙玉奎、郭启儒、汤金城、赵佩如、高凤山、孙宝才、顾荣甫、尹福来、孙砚琴、谭伯如、蔡连贵、程树棠、胡宝钧、吴长宝、沈德元、李德福、宋志成、金震、快手刘、陈亚南、陈亚华、李太峰、

张景华、侯一尘、魏炳山、魏炳良、刘逢春、屈国瑞、范立俭、宋慧玲、王秀英和总政文化部干部刘大为、北京市文联干部沈彭年、北京市文艺处干部李甦等，共七十四人，随总团开赴朝鲜战场。他们不畏艰险，不辞劳苦，为中国人民志愿军和朝鲜人民军慰问演出，受到热烈欢迎。常宝堃、程树棠两位艺术家不幸光荣牺牲。噩耗传来，曲协筹委会同京、津文艺界和广大人民群众一起，举行了声势浩大的悼念常、程二烈士和声讨美帝国主义侵略罪行的活动。五月中旬，曲艺大队随慰问团回到北京，曲协筹委会举行座谈会，表示慰问和欢迎，并欢迎欢送他们随团赴各地宣传演出。

四、联系曲艺界和文艺界有关人士，倾听大家的意见和要求，并及时向有关领导部门反映情况和提出建议

广大曲艺工作者把曲协筹委会当成自己的家，经常有人来反映情况、问题和要求，曲协筹委会对大家的来访来信都认真对待或转有关部门研究处理。在有关文化领导部门召开的会议上，都郑重提出一些意见和建议。如一九五〇年十一月下旬至十二月上旬中央文化部在北京召开的全国戏曲（包括曲艺）工作会议上，曲协筹委会主任委员王尊三，副主任委员连阔如、赵树理，常委王亚平、史若虚、苗培时、萧亦五等作为会议的代表，在发言中介绍了曲艺改革的成就和经验以及存在的问题，并提出一些积极的意见和建议。一九五二年五月五日中央人民政府政务院颁布的《关

于戏曲改革工作的指示》中关于“中国曲艺形式，如大鼓、说书等，简单而富于表现力，极便于迅速反映现实，应当予以重视。除应大量创作曲艺新词外，对许多为人民所熟悉的历史故事与优美的民间传说唱本，亦应加以改造采用”这段文字，就是吸收了一些代表的意见之后写进去的。

五、做好中国曲艺研究会的筹备工作

一九五二年底，中国曲艺工作者协会的筹备工作摆上日程，主要由王尊三、赵树理、王亚平负责，由罗扬协助工作。没料到一九五三年春天有关领导机关讨论第二次文代会筹备工作和中国文联各协会的设置问题时，在曲协是否与剧协合并的问题上发生分歧。王尊三、赵树理、王亚平等认为曲艺作为一个独立的艺术门类，又有很大的一支队伍，应成立全国性的曲艺团体，不宜合并，遂以曲协筹委会名义致信中共中央副主席刘少奇同志，说明重视曲艺工作和成立全国性曲艺团体的重要性与必要性，并对文化领导部门有些同志不重视曲艺工作提出批评意见，请周扬同志转交。令人高兴的是，几天之后周扬就约王尊三面谈，说信已收到，经研究，大家认为成立全国性的曲艺团体是必要的，建议先成立中国曲艺研究会，以后再以研究会为基础，成立中国曲艺工作者协会，并对研究会的宗旨任务提出指导性意见。此后，曲协筹委会就抓紧进行中国曲艺研究会的筹备工作。研究会章程（草案）起草了两种，一种是详细的，与各个协会的章程（草案）相类似，一种是简章，一并分送给中共中央宣传部胡乔木、周扬、林默涵同志审定；很快，他们就分别将修改过的章程（草案）退回，胡乔木、林默涵倾向于采用较详细的章程（草案），周扬倾向于采用简章（草案），并说与乔木、默涵商量后，都同意采用简章（草案）。研究会理事会名额和理事会建议人选、正副主席建议人选也都经过认真研究，报送周扬并转中央宣传部同意的，有两位理事建议人选还是由周扬提名的。一九五三年底，中国曲艺研究会正式成立，中国曲协筹委会成立四年来的确做了许多带开创性的工作，在中国曲协发展历史上写下光辉的一页。

中国曲协筹委会能够成立并在短短的四年里取得显著的成绩，不是偶然的。我以为，最重要的原因是，在中国共产党的领导下，取得了人民革命的伟大胜利，并进而成立了中华人民共和国，从全国范围内和全体规模上为包括曲艺在内的文化艺术的发展指明了正确的方向，提供了极为有利的环境与条件；如果是在旧中国，曲艺仍将处于自生自灭的状态，难以改革和发展，广大曲艺艺人仍将被旧社会的统治者视为“下九流”，过着贫困潦倒和屈辱的生活。再就是广大曲艺工作者的积极努力和文艺界及有关各界的支持。广大曲艺工作者在新中国成立后好比重见天日，翻身感特别强。他们热爱中国共产党和毛主席，热爱新社会，热烈响应党和人民政府的号召，经过学习和实际锻炼，思想艺术水平日益提高，对曲协筹委会的各项工作都给予积极支持。新文艺工作者参加到曲艺改革工作中来，与曲艺界密切合作，为曲艺事业的发展增添了新的活力，这也是曲协筹委会的工作得以顺利开展起来的一个重要原因。最后一条也很重要，就是曲协筹委会认真履行自己的职责，坚持了正确的政治方向和文艺方针，发扬了谦虚谨慎、不骄不躁的作风和艰苦奋斗的作风。参加曲协筹委会工作的同志，无论是兼职的，还是专职的，都把曲艺事业看作是党和人民的事业，对工作抱有高度的热情和责任心，群策群力，边做边学，尽心尽力做好工作，王尊三等许多老同志刻苦自律，以身作则，任劳任怨，无私奉献，为大家做出榜样。现在，王尊三、赵树理、王亚平、连阔如等同志已先后离开我们，但他们忠诚于党的文艺事业的崇高精神和在曲协筹委会所做的带开创性的突出贡献，将永远值得我们学习和怀念。

曲协筹委会的工作也有缺点和不足。我觉得，一是在对传统曲艺的认识上着眼于消极方面多，如《中国曲艺改进协会筹备缘起》中就提出过去流传的曲艺“合乎大众利益的不多”，而对我国曲艺的丰富多彩和优良传统则缺乏应有的估计，这有其客观历史的原因，也反映出人们主观认识的局限性。因此，曲协筹委会在收集曲艺遗产和整理、演出传统曲艺方面虽然做过一些有益的工作，但总的来看，还做得不够。其次，是在推动曲艺评论和理论研究方面缺乏计划和具体措施；对曲艺改革的情况、经验和问题，还缺乏深入的研究和总结。再就是专职干部太少，至一九五三年九月中国曲艺改进协会筹备委员会结束时，专职干部只有两人，明知有许多工作还需要做，往往力不从心，难以与各地曲艺界和有关单位建立更广泛更经常的联系，开展更多的工作。

中国曲艺研究会

中国曲艺研究会是在一九五三年九月中国文学艺术工作者第二次代表大会期间，由出席文代会的中国曲艺改进协会筹备委员会的代表和文艺界有关人士共同商定成立的。成立大会于九月三十日在中国文联会议室举行。出席大会的代表五十多人。王尊三致开幕词。中央文化部副部长、中国文联副主席周扬发表重要讲话，对中国曲艺研究会的成立表示祝贺，对中国曲艺改进协会筹备委员会四年来的工作给予肯定，认为该会在为推动曲艺界进行曲艺改革、赴朝慰问和结合各项政治任务的宣传上发挥了很大的作用，是很有成绩的。他再次强调了改革和发展我国曲艺艺术的重要意义，并对今后曲艺创作、研究等方面的工作提出希望和要求。王亚平受中国曲艺改进协会筹备委员会委托作工作报告。赵树理宣读《中国曲艺研究会简章》（草案）并作了说明。经过讨论，大会一致通过了工作报告和《中国曲艺研究会章程》，选举王尊三、王亚平、王希坚、白凤鸣、何迟、沈冠英、林山、苗培时、马可、高元钧、侯宝林、唐耿良、连阔如、曹宝禄、张鲁、董天民、贾芝、赵树理、韩起祥、魏喜奎、萧亦五等二十一人（尚留有西南区、东北区各一人），为中国曲艺研究会理事会理事，王尊三为主席，赵树理、连阔如、王亚平、韩起祥为副主席，王亚平兼秘书长。

王尊三于十月五日在全国文代会全体大会上发言，通报了全国曲艺改革工作情况和中国曲艺改进协会筹备委员会四年来的工作情况，以及中国曲艺研究会成立后的工作设想。当场受到大会执行主席周扬的赞扬。

十月六日全国文代会闭幕，曲艺界代表同其他文学艺术界的代表一起，受到毛泽东、刘少奇、周恩来、朱德等党和国家领导人的亲切接见，深受鼓舞。

中国曲艺研究会成立时，只有两个专职干部，一九五四年在编人员增至二十多人，设有秘书室、创作编辑室、研究室及资料室。一九五五年，陶钝到研究会工作，先后任副秘书长，秘书长。

中国曲艺研究会的工作，得到文化部、中国文联的指导和帮助，人员编制、经费和办公用房等问题逐步得到解决。办公地点于一九五六年夏天迁至北京王府大街六十四号中国文联和各协会办公楼。

中国曲艺研究会章程规定，本会的主要任务是，收集、整理曲艺遗产，组织新曲艺创作，研究全国曲艺创作、整理工作的经验和问题，并有计划地推广优秀曲艺作品，以改革和发展中国曲艺艺术。中国曲艺研究会成立后，至一九五八年八月，就是按照章程规定的任务来开展工作的。

一、曲艺遗产收集整理工作

研究会首先通过各种会议和在报刊上发表文章以及与会员通信联系等形式，积极宣传毛主席关于正确对待民族文化遗产的理论和百花齐放、推陈出新的方针，提高人们对传统曲艺的认识和“存其精华，去其糟粕”的自觉性，交流各地工作情况和经验。二是有重点有计划地组织力量收集、记录和整理传统曲艺作品。除对会员和有关单位提出要求外，研究会向全国发出征集曲艺资料的启事，陆续收集到不少有价值的唱本、唱片等曲艺资料，还把著名曲艺艺人马连登、宋宗科等请到北京，由研究室工作人员记录他们说唱的长篇曲艺作品，同时组织会内外同志研究、整理山东快书《武松传》（王亚平整理）、《说唱西游记》（罗扬、沈彭年整理）、鼓词《穆桂英挂帅》（王尊三整理）、山东快书《鲁达与林冲》（孙玉奎整理）等长篇曲艺作品和一些短篇曲艺作品，并陆续出版。著名曲艺家的说唱艺术、经验的记录、整理工作也有不少成果。三是推广经过认真整理、加工的一些传统曲艺作品。先后举办过多次传统曲艺演唱会，演出一些优秀传统曲艺节目，以引起人们对传统曲艺的重视和研究兴趣；研究会编辑的《曲艺工作通讯》（内部刊物）、《曲艺》杂志也经常发表经过认真整理的传统曲艺作品和有关评论文章。四是加强对传统曲艺的研究，先后召开过多次座谈会，如一九五四年四月八日由京津两地曲艺工作者和文艺界有关人士参加的收集、整理工作座谈会，王尊三、连阔如、聂绀弩、苗培时、吴晓铃、杨大钧、傅惜华、马立元、赵奎英、骆玉笙、陈亚南、石连城、常宝霆等四十多人，就传统曲艺收集、整理工作和曲艺音乐、语言艺术的改进与提高等问题进行了认真的讨论，并由天津曲艺团演出了优秀传统节目。又如同年十一月二十二日召开的评书《杨家将》座谈会，许多著名学者、作家和曲艺家如翦伯赞、赵树理、王亚平、钟敬文、启功、周贻白、黄芝冈、陈迩冬、景孤血、王玉堂、端木蕻良、孟超、方白、常任侠、施白芜、王尊三、连阔如、苗培时等三十多人出席并先后发言，邓广铭因事未能到会，作了书面发言，大家就《杨家将》产生的时代背景、作品的思想艺术成就和存在的问题，把历史真实与艺术真实统一起来又保留艺人所创造的艺术光彩等问题，发表了重要的意见和建议。再如同年召开的山东快书《武松传》整理工作座谈会，则对不同艺术流派的《武松传》作了比较和评论，深入探讨了传统曲艺整理工作应当注意的问题，高度赞扬了高元钧的演唱艺术。此外，研究会还结合各地晋京演出的传统曲艺节目举行了多次座谈会，以推动曲艺遗产的收集、整理工作。

二、新曲艺创作和演唱活动

研究会始终把发展新曲艺放在突出的地位，理事会会议、创作座谈会和在报刊上发表评论文章以及其他有关活动，都强调了发展新曲艺的重要性和迫切性，宣传了新曲艺的成绩和经验，鼓励新人新作，并对新曲艺发展过程中出现的公式化、概念化倾向等问题提出意见，鼓励曲艺工作者深入群众，深入生活，把最好的精神食粮奉献给人民。一九五四年五月，赵树理、侯宝林、曹宝禄、魏喜奎等参加全国人民慰问人民解放军代表团，分别到康藏高原和海南岛慰问，回到北京之后，研究会召开了隆重的欢迎会和座谈会，请他们向曲艺界、文艺界畅谈在慰问活动中的见闻和感受，特别是在思想上的收获和向解放军学习的重要意义。高元钧深入部队生活和创作演唱《一车高粱米》等新作品的体会，曹宝禄、骆玉笙、李成林等赴朝慰问人民志愿军的体会，白凤鸣、马连登深入工厂的体会，柯蓝、左弦、唐耿良等深入生活和进行创作的体会，等等，研究会都及时进行了宣传，以引导和鼓励曲艺工作者深入工农兵的生活和斗争，向群众学习，创作演唱更多的具有时代精神和艺术质量的曲艺作品。为了鼓励新人新作，提高创作质量，一九五五年，研究会发出有奖征文启事，向全国征求短篇曲艺作品，历时一年，收到作品近六百件，包括二十八种曲艺形式，经过认真评选，推出一批优秀作品，并将这些获奖作品连同近几年青年作者创作的优秀作品编为《青年曲艺作品选集》，作为迎接共青团中央和中国作家协会联合召开的全国青年文学创作者会议而编选的《青年文学创作选集》之一，由中国青年出版社出版；同时在报刊上发表了评选工作总结和评论文章，鼓舞了曲艺作者的创作热情。一九五六年召开的曲艺创作座谈会和职工业余曲艺创作座谈会，王尊三、赵树理、老舍、陶钝等先后作了富有见地的讲话和发言，对曲艺创作起到鼓励、指导的作用。

一九五七年《曲艺》杂志创刊后，一直把繁荣曲艺创作作为主要任务，陆续发表了许多好的和比较好的曲艺作品及创作评论文章。为了建立一支曲艺创作队伍，并不断提高其思想艺术素质和创作能力，研究会和《曲艺》编辑部多次召开座谈会，讨论创作问题并和作者一起研究和修改作品，鼓励作者加强学习，深入生活。一九五八年三月，《曲艺》编辑部发起征求短篇评书评奖活动。同年三月，研究会向全国曲艺界发出倡议书，号召广大曲艺工作者在社会主义旗帜下团结起来，深入群众，创作演唱更多更好的新曲艺作品。几年来还举办了多次新曲艺观摩演出和新作试唱会，编辑了新曲艺快报等。所有这些，都扩大了新曲艺的影响，推动了新曲艺的发展和繁荣。

三、曲艺评论和曲艺理论研究工作

过去曲艺界没有从事曲艺评论和曲艺理论研究的专业人员，曲艺评论文章和曲艺研究著作大都是热心曲艺的学者、专家等文化界人士捎带做的，曲艺界也很少有人重视曲艺评论和曲艺理论研究，甚至不注意阅读这方面的文章、著作，这对曲艺的发展是极不利的。有鉴于此，研究会把开展这方面的工作列为一项重要任务，要求会员和曲艺工作者予以重视，希望有更多的同志能写些评论文章或理论研究的著述，研究会编印的内部刊物《曲艺工作通讯》，从一九五四年至一九五六年，共编印了十二期，经常组织、发表一些评论和研究性文章，如侯宝林的《相声研究》，萧亦五的《谈王少堂的说书艺术》，常任侠的《谈曲艺》，冯牧的《傣族的赞哈和他们的歌》，张长弓的《试论民间唱词的思想性》等，都是在《曲艺工作通讯》上发表的，对曲艺理论研究工作产生了积极的影响。一九五七年《曲艺》杂志创刊后，以三分之一篇幅发表曲艺评论研究文章，鼓励新人新作，推广优秀作品，促进曲艺的全面发展。研究会还组织研究室沈彭年、冯不异、孙玉奎、章辉等与高元钧、白凤鸣、刘洪滨、刘学智等合作编写出《鼓曲研究》《快书快板研究》《相声研究》《曲艺音乐研究》等著作，以普及曲艺知识，促进曲艺研究工作。

四、曲艺书刊编辑工作

为了促进新曲艺创作和传统曲艺整理工作，推广优秀曲艺作品，加强曲艺评论和理论研究，逐步扩大创作研究队伍，研究会在编辑出版方面投入很大力量，先后主编了《中国曲艺作品选集》《武松传》《说唱西游记》《鲁达与林冲》《穆桂英挂帅》《唱词创作选集》《评书评话创作选集》《快书快板选集》《相声创作选集》《好来宝选集》《四川清音选集》《书帽选集》《青年曲艺作品选集》《新人新作选》（曲艺）等，并为通俗文艺出版社等单位编辑了十多部曲艺作品选集。《曲艺工作通讯》作为研究会会刊，除发表研究会工作计划、工作报告，报道会务活动和各地曲艺工作动态，还以较多篇幅发表曲艺作品和文章。一九五七年二月，《曲艺》杂志创刊，从此曲艺界有了向国内外发行的专业性刊物，由赵树理任主编，陶钝任副主编，创作编辑室更名为《曲艺》编辑部，大家把办好刊物当作一项事关全局的任务，齐心协力，积极宣传贯彻党的文艺方针，以主要篇幅发表新曲艺作品及优秀传统曲艺作品，同时加强曲艺创作、曲艺表演艺术、曲艺音乐的评论与研究，及时报道全国曲艺动态，还编印了内刊《曲艺研究》，以促进曲艺评论和曲艺理论研究工作。

五、联络服务工作

研究会除在北京深入调查研究外，经常派人到外地了解情况，并以多种方式向中央宣传部、文化部反映曲艺界的情况，提出建议。为了及时沟通情况，研究问题，研究会经与有关部门协商，建立了碰头会制度，于一九五六年起，每月开一至二次碰头会，由研究会王尊三、赵树理、陶钝、罗扬和中央宣传部文艺处任桂林、文化部艺术局冯光泗等一起交流情况、交换意见，经认真研究后，随时向中央宣传部、文化部汇报。文化部于一九五八年八月举办的第一届全国曲艺会演和全国曲艺工作会议就是听取研究会的意见和建议之后商定的。研究会与总政文化部、全国总工会和北京市文联、北京市文化局等单位也经常保持接触和联系。研究会热情接待了各地来京演出的曲艺团体和来京办事的同志，并给予可能的帮助。

六、筹备中国曲艺工作者第一次代表大会和中国曲艺工作者协会

一九五八年春天，即着手全国曲代会和中国曲艺工作者协会的筹备工作。中央宣传部副部长、中国文联副主席周扬，中国文联副主席、党组书记阳翰笙等同志都给予具体指导和积极支持，阳翰笙同志考虑问题周到细致，对于开好曲代会，安排好中国曲艺工作者协会理事会建议人选，特别是主席、副主席建议人选，起到关键的作用。

以上是中国曲艺研究会开展工作的基本情况。工作中也有一些经验和体会，主要是：要有正确的指导思想，把曲艺事业当作党和国家的事业，认真贯彻党中央、毛主席提出的为工农兵服务的方向和百花齐放、百家争鸣、推陈出新、古为今用、洋为中用的方针，努力按照中国曲艺研究会章程规定的任务和要求开展工作。要相信和依靠广大会员和曲艺工作者，充分发挥大家的积极性和创造性，同时发扬曲艺工作者与其他文化艺术工作者结合的好传统，在研究会内部提倡“全会一盘棋”，既要分工，又要协作；协会工作人员要努力学习，勤奋工作，发扬开拓进取、艰苦奋斗的思想作风。实践证明，凡是努力这样做的时候，工作就顺利，做出好的成绩，否则，工作就受损失，也妨碍个人的进步。

五年来，研究会也有深刻的教训。主要是在肃反

运动和反右斗争中，有几位同志受到伤害和不公正的待遇。研究会在反右和“大跃进”中召开的一些会议和《曲艺》杂志发表的一些作品和文章，也做了不适当的宣传。实践证明，在极其复杂的形势下要保持清醒的头脑，坚持实事求是，是非常需要又是非常不容易的。历史的教训的确应当认真记取。

中国曲艺工作者协会

中国曲艺工作者协会第一次代表大会于一九五八年八月十四日至十六日在北京中国文联礼堂举行。

全国各省、自治区、直辖市和中国人民解放军、中直有关单位的代表二百多人出席大会，文艺界部分著名人士也应邀出席大会。大会通过了由王尊三、王少堂、王亚平、邓九如、刘白羽、刘芝明、白凤鸣、叶英美、孙来奎、老舍、阳翰笙、吕骥、李伟、李德才、邵荃麟、林山、帕杰、郑振铎、周巍峙、侯宝林、赵树理、唐耿良、陶钝、高元钧、舒三和、张梦庚、冯诗云、霍树棠、骆玉笙（女）、韩起祥组成的大会主席团。陶钝为秘书长。开幕式由赵树理主持，中国文联副主席阳翰笙致开幕词，陶钝受曲代会筹备工作领导小组委托作近几年来曲艺工作情况和今后工作建议的报告。中共中央宣传部副部长、中国文联副主席周扬莅会表示热烈祝贺。他在讲话中阐述了曲艺界面临的新形势、新任务，着重分析了曲艺改革创新和曲艺队伍建设以及曲艺艺人同新文艺工作者的合作和加强领导问题，号召大家努力发展新曲艺，为社会主义服务。在两天的大会上，老舍、冯诗云、帕杰、毕革飞、韩起祥、周良、董凤桐、吴宗锡、郑振铎、叶英美、赵树理、王平、王少堂、孙来奎、刘宗琴（女）、狄来珍、陈清波、夏巧亭、高元钧、靳文然、张树岭、骆玉笙（女）、霍树棠等先后在大会上发言。经过酝酿讨论，大会一致通过了工作报告和《中国曲艺工作者协会章程》，选举出中国曲艺工作者协会理事会理事、常务理事和理事会主席、副主席。

理事会理事是：王尊三、王少堂、王亚平、田汉、白凤鸣、老舍、任桂林、刘宗琴（女）、阳翰笙、吕骥、毕革飞、良小楼（女）、李伟、李德才、李月秋（女）、李元庆、李万寿、李少霆、狄来珍、周巍峙、林山、帕杰、阿英、吴宗锡、陈春生、赵树理、侯宝林、郑振铎、俞笑飞、马可、马增芬（女）、唐耿良、陶钝、高元钧、张鲁、张寿臣、张梦庚、冯诗云、冯光泗、舒三和、贾芝、靳文然、骆玉笙（女）、霍树棠、韩起祥。（山东、云南、贵州、吉林、黑龙江、安徽、青海、新疆、西藏、广西、宁夏等省、自治区尚未提出理事候选人建议人选，待上述地区提出人选后再进行补选。）常务理事是：王尊三、王少堂、白凤鸣、任桂林、周巍峙、阿英、李元庆、李德才、林山、侯宝林、陶钝、唐耿良、张梦庚、高元钧、冯光泗、冯诗云、骆玉笙（女）、赵树理、韩起祥。主席：赵树理，副主席：周巍峙、韩起祥、陶钝、王少堂、高元钧。阳翰笙致闭幕词。大会开得隆重热烈，充满团结奋进的气氛。《人民日报》为全国曲代会的召开发表了题为《充分发挥曲艺的文艺尖兵作用》的社论，表示祝贺并提出希望与要求，报刊广为宣传，进一步扩大了全国曲代会的影响。

《中国曲艺工作者协会章程》对协会的性质、任务，会员条件及其权利义务，协会组织机构以及与各地分会的关系等，都作了明确规定。协会的任务是，在中国共产党的领导下，团结全国曲艺工作者，积极创作表演新书新词，发掘整理传统曲艺作品，改进表演艺术和曲艺音乐，坚决贯彻党的文艺方针，为社会主义服务。

协会设办公室、研究室、编辑部和资料室等工作部门。协会先后任命张克夫、罗扬为正、副秘书长，协助主席团处理日常工作。

中国曲艺工作者协会从一九五八年八月成立至一九六六年五月主要做了以下工作。

一、学习宣传毛泽东文艺思想，鼓励广大会员和曲艺工作者提高思想艺术素质

为了深入贯彻毛泽东文艺路线，协会举办了多次学习活动和座谈会，如对毛主席关于文艺问题的论述，对周恩来总理一九五九年关于文化艺术工作两条腿走路的讲话精神，陈云同志一九五九年以来关于评弹工作的谈话精神，一九六〇年第三次全国文代会精神及

全国曲艺工作会议精神，一九六二年中共中央批转的文化部党组、中国文联党组《关于当前文艺工作若干问题的意见》（简称《文艺八条》）等，认真进行了学习和宣传。采取多种途径和办法，组织、帮助曲艺作者、演员深入生活，参观访问，读书学习，进行创作和艺术交流。对许多优秀人才，协会采取不同方式进行了宣传和表扬。对新涌现出来的曲艺新人，无论是专业的还是业余的，协会都给予热情鼓励和具体帮助，并为培养曲艺人才问题召开会议进行研究。协会还多次呼吁有关文化领导部门加强对曲艺工作的领导，关心曲艺工作者的学习、提高问题，帮助他们解决一些实际困难，同时把培养新的曲艺人才的工作重视起来。

二、新曲艺创作演出活动和评论研究活动

曲代会之前，以全国曲艺会演为标志，新曲艺已成为曲艺发展的主流；曲代会要求广大曲艺工作者以此为新的起点，向着更高的目标前进。此后，协会采取多种方式鼓励、帮助曲艺作者和演员深入工厂、农村、部队等基层单位体验生活，采访先进集体和先进人物；同时加强了对新曲艺的宣传、评论和研究。协会主办的《曲艺》杂志以主要篇幅发表新曲艺作品以及评论文章，并报道新曲艺发展的情况和经验；内部刊物《曲艺通讯》及时报道各地曲艺创作动态。以协会或《曲艺》编辑部名义编选多部优秀曲艺作品选集由人民文学出版社、作家出版社、通俗文艺出版社、中国青年出版社出版；召开多次座谈会，交流创作经验，研究创作问题。一九五九年、一九六四年，协会先后两次在部队文艺会演期间召开的由部队曲艺工作者和地方曲艺工作者参加的座谈会上，推广了部队发展新曲艺的经验，密切了部队曲艺工作者和地方曲艺工作者的联系与合作。一九六〇年一月八日至十六日，协会与文化部联合举办优秀曲艺节目演出活动和经验交流活动，展示了近几年曲艺改革的新成果。一九六〇年、一九六四年，协会先后两次在全国职工文艺会演期间召开座谈会，对推动业余曲艺创作演唱活动和专业曲艺工作者与业余曲艺工作者互相学习、帮助与合作起到积极的作用。一九六一年八月十五日至二十三日，协会召开的由京津两地曲艺工作者参加的座谈会，深入讨论了曲艺创新与发展问题。一九六二年十一月二十二日至二十四日，协会在北京召开相声座谈会，老舍、赵树理、侯宝林等作家、艺术家和从事相声创作、表演和研究工作的同志一起讨论了相声的继承与创新问题;《曲艺》杂志还开辟专栏进行笔谈，各抒己见，百家争鸣，开拓了人们的思路，活跃了学术气氛。一九六三年三月十九日至二十六日，协会召开的有十三个省市创作、改编、演出的同志参加的中长篇书座谈会，把如何创作、改编新书列为中心议题，进行了认真研究和部署。一九六四年一月二十二日至二月四日，由中国文联、中国曲协在北京联合召开的曲艺创作座谈会，各地在曲艺创作和表演上取得突出成绩的作者、演员一百多人出席，文艺界有关人士也应邀出席。会上介绍了王尊三、韩起祥长期编演新书的成就和经验。高元钧、李润杰、陈春生、唐耿良、田连荣、朱光斗、马季、凌林生等畅谈了他们编演新曲艺的体会。中国文联负责人阳翰笙、刘芝明，中国曲协负责人赵树理、陶钝，中宣部文艺处负责人袁水拍和著名文艺家老舍、王朝闻等在大会上发言，与代表们一起讨论了曲艺创作问题。周扬作重要报告，并在座谈会结束后举行的联欢会上讲话，鼓励大家努力创作演唱反映现实生活和斗争的社会主义曲艺，歌颂新时代的英雄模范人物，以社会主义、共产主义思想教育群众，充分发挥曲艺的战斗作用。会议期间和会议结束之后还举行了新曲艺观摩演出和公演。《人民日报》发表了题为《积极地发展社会主义的新曲艺》的社论，新华社把这次座谈会作为文艺界的一次重要活动向国内外作了报道。各省、自治区、直辖市的报纸都转载了《人民日报》社论和新华社报道，有的还编发了评论文章。这次座谈会有力地推动了各地的曲艺工作。一九六五年，协会召开部队业余曲艺座谈会和农村曲艺座谈会，推广了部队业余曲艺活动的经验和农村讲革命故事活动的经验。到一九六六年六月“文化大革命”之前，许多地方创新、编新、说新、唱新，蔚然成风。

三、传统曲艺收集、整理工作和曲艺表演、曲艺音乐改革创新

协会在连续多次召开的会议和工作计划、工作报

告中都把传统曲艺收集、整理工作作为一项重要任务。《曲艺》杂志经常发表经过整理的优秀传统曲艺作品和评论研究文章，报道各地收集、整理工作的情况和经验。协会多次派人在北京、江苏、河南等地深入调查了解传统曲艺的流行情况和收集、整理工作。陶钝等经常到北京书馆听说书并与演员、观众交谈，还到扬州蹲点调查扬州评话有关情况，指导扬州评话《水浒》等长篇书的整理工作；陶钝、王亚平等一起到河南重点了解河南大调曲子、河南坠子等曲艺的有关情况，与当地有关部门和有关人员研究传统曲艺的收集、整理工作。

为了推动表演艺术和音乐唱腔的革新，协会举办过多次曲艺观摩演出，并结合演出节目的内容，分析研究曲艺的艺术规律和特点。协会在全国文艺会演、全国职工文艺会演期间召开的曲艺座谈会上，由曲艺界和音乐界人士白凤鸣、良小楼、王万方、李凌、李元庆、严良堃、谌亚选等一起探讨了曲艺表演、音乐唱腔的革新问题和曲艺工作者与其他文艺工作者互相学习、合作的问题。协会于一九六一年召开的评弹座谈会，田汉、老舍、叶圣陶、赵树理、阿英、王朝闻、袁水拍、马铁丁、杨荫浏等与上海评弹团来京演出的同志一起座谈了评弹艺术的改革创新问题。一九六二年十二月四日，协会在中国文联礼堂举办纪念清代伟大的文学家曹雪芹逝世二百周年《红楼梦》曲艺专场演出，周恩来总理及文艺界人士齐燕铭、阳翰笙、阿英、赵树理、陶钝等与京津两地参加演出的曲艺演员进行了座谈，周总理结合演出节目的情况对传统曲艺整理工作和艺术革新等问题作了重要指示，他希望文艺工作者多参加曲艺方面的工作，与曲艺工作者合作。

在鼓励不同艺术风格、流派的竞争与发展方面，协会也做了一些工作。例如，一九五九年十月在北京召开的河南坠子演唱会和座谈会，《曲艺》编辑部举办的鼓曲艺术革新座谈会，一九六一年四月召开的赵玉峰西河大鼓艺术座谈会等，都就发展艺术流派的重要性和发展艺术流派的规律以及创造新的艺术风格、流派的途径与方法进行了探索和研究，并在《曲艺》杂志开辟《风格独创、流派生辉》专栏，进行了笔谈。协会还多次举办南北艺术交流活动，以促进苏州评弹、四川清音、四川评书、谐剧等与北方鼓曲、相声、评书等曲艺相互学习、借鉴。

四、曲艺书刊编辑工作

协会一直重视《曲艺》杂志的编辑工作，把刊物作为宣传贯彻党的文艺方针，发展社会主义曲艺的重要舆论阵地，在人力、物力和办公条件等方面给予重点保证。在大家的共同努力和各方面的支持下，《曲艺》杂志在为繁荣曲艺创作，推动传统曲艺整理工作，活跃曲艺评论，凝聚曲艺创作、评论人才等方面，做了大量的工作。为推广好的和比较好的曲艺作品，陆续编选了《一九五八年曲艺选》《新人新作选》和《说唱雷锋》《说唱麦贤德》《说唱王杰》《说唱焦裕禄》等曲艺作品集，分别由作家出版社、中国青年出版社出版，并应农村读物出版社的要求，编选了《春节演唱材料》十集，《农村曲艺唱本》二十三集。协会编印的内部刊物《曲艺通讯》及时报道了各地曲艺动态。协会还应上海辞书出版社的要求，编写和校改了《辞海》中若干曲艺词条的释文。

五、中外艺术交流

协会先后接待了苏联著名中国专家费德林先生的来访，交流了中苏说唱艺术和学术研究的情况；接待了日本著名民族艺能艺术家冈本文弥先生于一九六四年、一九六五年两次率领代表团的来访，并陪同他们到北京、广州、上海、苏州等地参观访问，互相观摩了中日两国的说唱艺术，并就今后中日友好和艺术交流活动交换了意见。冈本文弥先生对新中国和中国的曲艺艺术充满向往和热爱之情，一向致力于中日友好和文化交流，先后受到郭沫若、廖承志等领导人的亲切接见。

如上所述，第一次全国曲代会以来的八年间，中国曲艺工作者协会的确做了大量工作，对改革和发展我国的曲艺艺术发挥了重要作用。工作中有经验也有教训：首先是必须坚持曲艺工作者与新时代的群众相结合，坚持为社会主义服务。这是协会工作不断取得成绩的前提和根本保证。二是必须坚持专业和业余相结合，曲艺工作者和其他文艺工作者相结合。实践证明，专业曲艺工作者和业余曲艺工作者互相学习与合作，才能把专业曲艺活动和群众业余曲艺活动协调地发展起来，并不断提高到更高的高度；曲艺工作者和其他文艺工作者互相学习与合作，才能增强曲艺创作和评论研究的力量，促进曲艺的改革创新，并扩大曲艺在国内外的影响。三是必须把革命热情与实事求是的科学态度结合起来。就协会来说，大家的革命热情是高的，在正常情况下也注意实事求是地认识问题和解决问题，但在党内和社会上出现“左”的倾向和气候过热的形势下，也往往头脑发胀。比如在“大跃进”中就发表了一些反映浮夸风的作品和评论文章，片面地宣传了为政治服务和“写中心，说中心，唱中心”的口号，助长了偏重数量、不注重质量和创作上的公式化、概念化的倾向。又如在一九六三年、一九六四年文联和协会整风时，也勉强做了不够实事求是的检讨。

一九六六年“文化大革命”爆发，中国文联和包括中国曲协在内的各文艺家协会被视为执行反革命修正主义黑线的文艺团体，遭受到极其严重的灾难。

早在一九六六年五月，中国曲协就处于风雨飘摇之中，难以正常工作；六月协会停止活动，《曲艺》杂志停刊，协会的主要负责人陆续被造反派审查、批判、被残酷斗争；张克夫因不堪折磨发病去世；王尊三在病中也受到冲击，被剥夺了在北京医院就医住院的权利，不幸去世；罗扬被审查、批判。在旧社会工作过或在新中国成立后与若干错案有牵连的一些干部被列为审查对象。文联大楼一片混乱。在外地的协会主席、副主席也被审查、批判。如协会主席赵树理被诬为叛徒、黑线人物；副主席王少堂在扬州被连日批判揪斗；副主席韩起祥、高元钧被审查批判。协会一些理事和著名曲艺家也遭受批判，有的被迫害致死。全国各地的曲艺团体大都被迫解散或停止工作。许多演员被迫改行，或因找不到工作而陷于极为贫困的境地。曲艺演出场所大都改作他用。协会和各地收集到的曲艺资料大都散失或化为灰烬。有极少数尚在活动的曲艺表演团体只能创作演出与“文化大革命”的要求相适应的节目，即使有极少不受极左思潮影响的节目，也难以被审查通过，甚至被指责、批判。人人自危，百花凋零，全国曲艺界处于极为困难和悲惨的境地。

一九六九年九月，协会全体工作人员被下放到文化部“五七”干校劳动。先在河北省怀来县农村，后迁至河北省宝坻县农村，不久又迁至天津市团泊洼劳改农场。干校仍由军宣队和各协会的造反组织掌权，学员都是受教育或被改造的对象。劳动强度很大，生活非常艰苦。连续不断的斗私批修和政治运动使有些干部继续受到批判斗争。文联办公楼划归中华书局、商务印书馆，表明文联和各协会被彻底解散，人人感到前途渺茫。一九七三年、一九七四年形势略有缓和，干校部分学员陆续被分配工作，原在曲协工作的大多数干部先后被分配到北京或外地文教单位，陶钝、王亚平同志年老多病，挂在文化部留守处领工资。

一九七五年，“四人帮”指挥下的文化部在北京制造了一起“陶李事件”（后称“陶钝事件”），陶钝被以“莫须有”的罪名隔离审查批判，许多同志受株连，罗扬重新被审查批判。

一九七六年十月，“四人帮”被粉碎，举国震动，人心大快。为文艺界平反，恢复中国文联和各文艺家协会的工作，是文艺界的强烈要求。一九七八年五月，党中央决定恢复中国文联和各协会的工作，中国文联和各协会分别成立了恢复工作领导小组。中国曲协工作领导小组由陶钝、罗扬任正副组长，许光远、鲁平为领导小组成员，共同负责协会恢复工作。主要做了以下工作：一是调集人员，恢复工作机构，寻求办公地点。开始在编人员只有陶钝一人，参加恢复工作的罗扬、许光远、鲁平分别在文化部艺术局和中国艺术研究院，都是兼做协会工作；以后陆续调来一些原在协会工作和在其他单位工作的同志，至年底初步建立起办公室、研究室、组联部、编辑部以及资料室等工作部门。先后在中国艺术研究院院内空地上搭建了两座木板房，以后又借了三间平房作为协会办公之用，《曲艺》编辑部设在东四八条原中国戏曲研究院办公楼内。经费仍由国家拨款。二是恢复与会员和有关单位的联系，举办一些活动。重要的活动有：揭批“四人帮”、怀念老一辈无产阶级革命家的活动，学习贯彻党的十一届三中全会精神和中央领导同志关于文艺工作的指示精神，传达学习陈云同志在苏州召开的评弹座谈会上的讲话，以及追悼在“文化大革命”中被迫害去世的著名曲艺家的活动，等等。

一九七八年党的十一届三中全会召开，确定了“一个中心、两个基本点”的基本路线和解放思想、实事求是、团结起来向前看的方针，我国进入改革开放和社会主义现代化建设新时期，为发展社会主义文艺和加强文艺团体的工作提供了空前良好的环境和条件，协会工作随之开展起来。一九七九年一月，在中共中央宣传部、文化部的指导和广大曲艺工作者的支持下，《曲艺》杂志顺利复刊，由罗扬兼任主编。二月二十一日，协会召开曲艺界和文艺界著名人士参加的迎春茶话会，由陶钝主持，周扬、曹禺、吕骥、马彦祥、张庚、高元钧、侯宝林、王亚平、王朝闻、贾芝、罗扬、白凤鸣、魏伯、金紫光、徐肖冰、魏喜奎、马增芬、施振眉、姚慕双等文艺界、曲艺界人士二百多人出席。大家在讲话和发言中，对协会恢复工作表示热烈祝贺和积极支持，并寄予厚望，气氛热烈，反映很好。五月二十四日至三十日，协会在北京召开理事会扩大会议，贯彻了党中央关于文艺工作的指示精神，通报了协会恢复工作情况，商讨了今后工作；林默涵、阳翰笙、周巍峙等在讲话中对协会恢复工作表示祝贺和支持，并发表了有指导意义的意见和建议；会议任命罗扬为秘书长；宣布协会正式恢复工作。八月，协会在哈尔滨召开了全国曲艺创作座谈会，交流了各地创作演出的情况和经验，对今后曲艺创作面临的新形势、新任务进行了讨论。同年受文化部委托，为庆祝中华人民共和国成立三十周年献礼文艺演出活动推荐了曲艺节目并组织了多次观摩活动和座谈会。在中共中央宣传部领导下，顺利完成了曲艺界参加第四次全国文代会和第二次全国曲代会的各项筹备工作。同时，抓紧进行了平反冤假错案的工作，对在协会受过审查并做过结论的工作人员的情况，逐一重新进行调查研究，按照中央的指示精神和有关规定，做出复查结论；对原在别单位受过审查并做过结论后来协会工作的人员，则帮助别单位尽快做出实事求是的复查结论。同年十月，协会工作人员增至三十多人。

在协会恢复过程中，大家兢兢业业地工作，并得到各方面的积极支持，对曲艺事业的前途充满信心。同时，大家深深感到，由于“文化大革命”的摧残、破坏，曲艺界元气大伤，协会面临着许多困难，要凝聚力量，重振旗鼓，做好协会工作，开创社会主义曲艺事业新局面，任务十分艰巨，需要加倍努力地学习和工作。

中国曲艺家协会（一）

中国曲艺工作者第二次代表大会于一九七九年金秋在中国文学艺术工作者第四次代表大会期间举行。

第四次全国文代会是粉碎“四人帮”之后，在党的十一届三中全会精神指引和鼓舞下召开的文艺界的一次盛会。第二次全国曲代会的代表一百四十多人，同时是第四次全国文代会的代表。党和国家领导人出席了在人民大会堂举行的第四次全国文代会开幕式。邓小平代表党中央、国务院向大会致祝词，正确地总结了新中国成立后十七年文艺工作的成绩和经验，严肃地批判了林彪、“四人帮”的极左路线和罪行，深刻地阐明了社会主义文艺的方针和任务。曲艺界的代表同所有文艺界的代表一样，对祝词进行了热烈的讨论，深受鼓舞和教育。第二次全国曲代会于十一月四日至十日在北京京西宾馆举行。开幕式由高元钧主持，陶钝致开幕词，罗扬受中国曲协一届主席团的委托作题为《努力争取社会主义曲艺事业的更大繁荣》的报告。接着，进行了分组讨论和大会发言。全体代表一致通过了《工作报告》，通过了《中国曲艺工作者协会更名为中国曲艺家协会的决议》和《中国曲艺家协会章程》。经过民主协商，大会以无记名投票方式选举中国曲艺家协会的领导机构，选出土登、于真（女）、马力（女）、马季、马增芬（女）、马彦祥、王充、王焚、王玉海、王亚平、王丽堂（女）、王松声、王明星、王易风、王宝安、王朝闻、邓斌、尹晓寒、白凤鸣、白奉霖、白燕仔（女）、石光、冯光泗、朱光斗、朱光甲、刘文泰、刘宗琴（女）、刘洪滨、刘学智、齐槌、许多、关学曾、吕骥、吕明琴（女）、良小楼（女）、孙巧玲（女）、孙金枝（女）、李少霆、李月秋（女）、李寿山、李国春、李洪基、李润杰、李德才、吴宗锡、吴晓铃、何迟、何红玉（女）、汪雄飞、麦新、沈彭年、杨林、花莲宝（女）、阳翰笙、杜澎、张梦庚、张震、张玉堂、张仲彬、张凌怡、周良、周汉平、周巍峙、陈谷音、陈春生、陈增智、罗扬、苗培时、邱肖鹏、林默涵、荣天玙、骆玉笙（女）、胡可、赵铮（女）、姜昆、施振眉、宫钦科、侯宝林、袁一灵、袁阔成、徐勍、徐玉兰（女）、徐林达、徐丽仙（女）、徐国华、徐桂荣（女）、夏巧亭、夏雨田、贾芝、贾钟秀、唐耿良、姚勒瓦斯汉、高元钧、郭文秋（女）、陶钝、陶湘九、曹汉昌、常宝华、常宝霖、鲁平（女）、道尔吉、韩起祥、韩德福、蒋月泉、黎田、魏永业、阚泽良等一百零七人组成的中国曲艺家协会第二届理事会和马季、王充、王亚平、王丽堂（女）、王松声、白凤鸣、白燕仔（女）、石光、冯光泗、齐槌、李德才、李润杰、吴宗锡、何迟、张仲彬、罗扬、骆玉笙（女）、施振眉、侯宝林、高元钧、贾芝、唐耿良、陶钝、常宝华、郭文秋（女）、韩起祥、蒋月泉等二十七人组成的常务理事会，选举陶钝为主席，韩起祥、高元钧、骆玉笙（女）、侯宝林、罗扬、吴宗锡、蒋月泉、李德才为副主席，一致通过罗扬兼任秘书长。十日下午，第二次全国曲代会举行闭幕式。闭幕式由陶钝主持，中共中央宣传部副部长周扬到会表示祝贺，并作了重要讲话，大会通过了向文化部等有关文化部门的建议书，侯宝林致闭幕词。大会在热烈的掌声中胜利闭幕。曲代会期间，举办了两场曲艺演出，由曲代会代表演出了精彩的曲艺节目，并经中央人民广播电台、中央电视台播放，受到文代会代表和广大听（观）众的热烈欢迎。十六日，第四次全国文代会闭幕，出席文代会的曲艺界代表和其他文艺界代表一起受到党和国家领导人的亲切接见。大家表示，一定不辜负党和人民的期望，同心同德，努力繁荣社会主义文艺，为实现我国社会主义现代化而奋斗。

《中国曲艺家协会章程》对协会的性质、宗旨、任务和会员及组织机构等，都做了明确规定。自一九七九年十一月至一九八五年四月中国曲艺家协会第三次会员代表大会召开，中国曲艺家协会按照《章程》规定的任务和要求，在中国共产党的领导下，团结广大会员和曲艺工作者认真学习百花齐放、百家争鸣的方针，深入现实生活，繁荣曲艺创作，收集整理曲艺遗产，开展理论研究，革新和发展曲艺艺术，为充分发挥曲艺团结人民、教育人民的作用，满足人民群众文化生活的需要，实现我国社会主义现代化，积极开展了各项工作。

协会工作部门无大变动。一九八〇年增设了中国曲艺出版社。人员编制增至五十八人。协会办公地址于一九八三年迁至北京建国门南侧一家工厂内，租房办公；一年后又迁至北京枣营路农展馆招待所，租房办公。

协会工作的基本情况如下：

一、学习宣传贯彻党中央关于思想文艺工作的指示精神

第二次全国曲代会号召广大会员和曲艺工作者，坚持以马克思主义、毛泽东思想为指导，认真学习贯彻邓小平在第四次全国文代会上的祝词，用于回顾过去，瞻望未来，明确曲艺界在新时期的任务和奋斗目标。此后，协会多次组织会员学习《邓小平文选》和邓小平多次重要谈话，学习中共中央一系列指示精神，要求大家全面理解和把握邓小平建设中国特色社会主义理论，在政治上、思想上和行动上与党中央保持一致。这对于协会和曲艺界坚持正确的政治方向，抵制错误思潮的影响，起到极其重要的指导作用。对陈云关于评弹和整个曲艺事业有重要指导意义的谈话、通信，特别是一九八四年春节接见曲艺界人士时发表的重要谈话，进行了持续、深入的学习和宣传。由于陈云关于曲艺、文艺问题的论述丰富和发展了毛泽东文艺思想，理论联系实际，有真知灼见，获得广大曲艺工作者和文艺界的普遍认同与拥护，我国曲艺事业能够坚持“出人、出书、走正路”，在稳定中改革、发展，与陈云的亲切关怀和指导是分不开的。

二、推动曲艺创作和传统曲艺收集整理工作

多编多演优秀曲艺作品，是时代和人民的需要，是曲艺繁荣的必由之路。曲代会后，协会一方面通过会议和报刊等媒体，积极宣传贯彻党中央关于文艺创作的指示精神，强调发展曲艺创作和传统曲艺整理工

作的重要性，开展关于曲艺创作的研究和评论，调动曲艺作者的积极性和创造性；一方面陆续采取一些具体措施，组织曲艺创作、改编和整理工作队伍，注意发现新人新作，积极主动地为他们提供学习、深入生活和提高思想艺术修养的机会与条件。一九八〇年三月，协会与文化部联合发出《关于收集整理曲艺遗产和曲艺史料、资料的通知》，向各地文化领导部门和曲艺团体提出明确的要求。协会还组织专人进行长篇大书的记录、整理工作。同年五月五日至十八日，协会在北京召开相声座谈会，京津等地相声界著名人士和有关专家学者数十人出席。座谈会就相声面临的新形势、新任务及相声的特点、功能、创作演出质量以及大家关心的歌颂与讽刺等问题进行了讨论研究。中共中央书记处书记王任重和中共中央宣传部、文化部、总政治部及协会等方面的负责人周扬、傅锺、贺敬之、周巍峙、陶钝等发表讲话或参加讨论。同年，《曲艺》编辑部与中央人民广播电台联合举办了全国短篇曲艺作品评奖活动，推出一批优秀的和比较优秀的曲艺作品，产生了积极的影响。同年十月二十九日至十二月二十四日，协会创作委员会与文化部艺术局在北京西苑饭店联合举办了两期时近两个月的曲艺创作讨论会，二十二个省、自治区、直辖市的五十九位曲艺作者参加；一九八一年二月十四日至三月十六日，协会创作委员会与文化部艺术局在北京西苑饭店联合举办了第三期曲艺创作讨论会，由部分省、市和中直、部队五十多位曲艺作者参加；同年九月十日至十月十日，《曲艺》编辑部在北京举办了曲艺创作学习班，十八位曲艺作者参加。以上曲艺创作讨论会和创作学习班，均由协会和艺术局负责人主持，与大家一起学习文件，讨论曲艺界面临的新形势、新任务和曲艺创作问题，分析研究大家带来的有修改基础的曲艺作品。文化部、总政治部和协会都很重视这样的讨论会和学习班，傅锺、周巍峙和协会负责人等都到会讲话和参加讨论。大家在讨论会上，百家争鸣，各抒己见，集思广益，互帮互学，效果很好，许多有成就的曲艺作者都参加过这几期讨论会，并成活了不少好作品。此后全国曲艺会演中，演出的部分作品就是经过讨论会修改、加工的。实践证明，举办这样的创作讨论会，是提高曲艺创作队伍的思想艺术素质和曲艺创作质量的一个行之有效的好办法。同年六月二十六日至二十八日，协会与文化部、中国文联、总政文化部联合举办的庆祝中国共产党成立六十周年曲艺晚会，演出了三场歌颂党所领导的人民革命伟大胜利和社会主义建设光辉成就的优秀节目，展示了曲艺创作的部分新成果。

同年十月十九日至十一月五日，协会在江苏扬州召开中长篇书座谈会，各省、自治区、直辖市在中长篇曲艺创作、整理、表演和研究等方面有成就的作者、演员、研究和评论人员近百人出席会议，围绕中长篇书创作、改编和整理问题进行了深入的讨论，引起各地对中长篇书的重视。一九八一年、一九八二年，协会为全国曲艺优秀节目（北方片、南方片）观摩演出推荐了优秀节目，并与文化部联合召开座谈会，着重讨论了创作问题。一九八三年十一月二十八日至十二月二十八日，协会在北京举办了中长篇曲艺创作学习班，以党中央关于文艺工作的指示精神和陈云谈话为指导，对十三部中篇作品和六部长篇作品进行了研究讨论，交流了中长篇曲艺创作、改编和整理工作的经验，以帮助作者提高作品的思想艺术质量。一九八四年四月，《曲艺》编辑部发起“庆祝新中国成立三十五周年优秀曲艺作品征文”活动。同年六月二十五日至七月十五日，《曲艺》编辑部与文化部艺术局、中央人民广播电台、《中国青年报》在青岛联合举办了全国相声作品讨论会，对相声创作和演出中的重要问题进行了全面的分析研究，并就相声如何面向青年的问题提出积极的建议和意见。同年七月十日至八月五日，协会在北京香山别墅举办了第四期曲艺新作讨论会，十三个省、市的二十六位曲艺作者带着自己新创作的四十七部（篇）作品参加；同年十月下旬，《曲艺》编辑部在湖南岳阳召开中长篇评书新作讨论会，评书作者二十多人参加，通过学习文件，讨论创作问题，共同研究各自带去的作品，大家普遍反映参加这样的讨论会，虚实结合，互学互帮，受益很多。此外，协会还应邀参加和积极支持了一些省、市的创作活动。

三、促进曲艺表演和曲艺音乐改革创新

协会一直重视曲艺表演、曲艺音乐的改革创新。

一九八〇年二月，协会与总政文化部、中央人民广播电台联合举办了高（元钧）派山东快书专场演出；同年七月二十五日至八月十二日，协会与总政文化部、北京军区文化部在青岛联合举办了高（元钧）派山东快书演唱会和座谈会，展示了高派山东快书继承、改革、发展的优秀成果，交流了山东快书改革、创新和培养人才等方面的经验，并在《人民日报》《解放军报》和《曲艺》等报刊上进行了广泛的宣传。同年四月，刘兰芳来京演出《岳飞传》，协会召开座谈会，对《岳飞传》的思想艺术成就进行了讨论；以后又就《岳飞传》涉及民族问题的争议进行了深入研究。同年四月，协会与天津市文化局、天津市文联、天津市曲协联合举办了纪念常宝堃、程树棠二烈士的活动，高度赞扬了他们的爱国主义精神和在艺术上勇于改革创新的成就。同年十二月，协会与天津市人民政府联合举办了纪念骆玉笙舞台生涯五十年活动，李瑞环、荣高棠和京津曲艺界、文艺界人士出席，高度评价了骆玉笙的人品、艺品和在艺术上改革创新的成就。一九八一年、一九八二年全国曲艺优秀节目演出期间，协会先后召开艺术革新座谈会，结合演出节目的具体情况，交流了改革创新的经验，并就今后的工作交换了意见。一九八二年四月，《曲艺》杂志开辟关于艺术革新问题讨论的专栏，连续数期发表有关文章。同年十一月四、五两日，协会在北京举办了鼓王刘宝全的纪念演出和座谈会，结合他演唱的录音、纪录影片和回忆文章及其传人的演出，就如何学习、继承刘宝全的鼓曲艺术及其开拓创新精神进行了讨论。一九八四年二月十三日，协会与中国文联、中国作协等单位联合举办了纪念老舍诞辰八十五周年座谈会，赞扬了老舍在文艺创作的不同领域所做的卓越贡献，并于会后演出了老舍创作的曲艺节目。各地曲艺团体来京演出，协会都组织座谈会和经验交流会，就曲艺创作、传统曲艺整理工作和艺术革新问题进行了讨论。对各地举办的艺术革新活动，协会尽可能地应邀派人参加，进行调查研究，积极促进这方面的工作。

四、倡导曲艺面向农村和开展群众业余曲艺活动

协会一直重视农村曲艺工作和群众业余曲艺活动。对一九八〇年五月全国总工会举办的全国职工业余曲艺会演和同年六月文化部举办的全国农民业余曲艺会演，对一九八一年八月总政文化部举行的全军业余曲艺会演，协会都给予了大力支持，并分别召开座谈会和发表评论文章加以宣传。《曲艺》杂志经常发表关于农村曲艺活动和工厂、部队等方面群众业余曲艺活动的评论、报道，宣传业余曲艺活动中涌现出来的优秀作品和优秀人才。一九八二年十一月，协会向各地分会发出《关于加强农村曲艺工作的通知》，要求各地分会商同有关单位加强农村曲艺工作。一九八三年三月十日至十八日，协会在郑州召开全国农村曲艺座谈会，邀请各地在深入农村上做出显著成绩的曲艺作者、演员和组织工作者九十多人出席，认真学习贯彻了中共

中央关于加强农村两个文明建设的指示精神，交流了发展农村曲艺的经验和体会，研究了当前农村曲艺工作的新情况和新问题，对今后的工作做了部署，提高了大家对曲艺面向农村、为农民服务的重要性的认识，增强了前进的信心。这是以农村曲艺为主题的一次重要会议，经过广泛宣传，在全国产生了积极的影响。

五、加强曲艺评论和曲艺书刊编辑工作

五年来，协会召开了多次座谈会、研讨会，以党中央关于文艺思想工作的指示精神为指导，鼓励大家坚持正确的政治方向和文艺方针，抵制和反对各种错误思潮。在评论作品、评论演唱艺术和讨论曲艺发展中一些重要问题时，提倡发扬艺术民主，百花齐放、百家争鸣，以促进曲艺的繁荣；同时积极组织会员和协会工作人员，在调查研究的基础上撰写和发表评论文章。为了逐步建立起一支评论队伍，活跃曲艺评论，协会尽可能为有志于曲艺评论的同志提供学习、研究的机会和条件，邀请他们参加曲艺观摩活动和研讨活动。一九八四年八月二十二日至九月五日，协会在北京召开曲艺评论工作座谈会，出席会议的近三十位评论作者一起就如何开展健康的实事求是的曲艺评论进行了讨论和研究，并就他们带来的二十篇评论文章交换了意见。

《曲艺》杂志于一九七九年一月复刊后，坚持党的文艺方针和出版方针，及时宣传贯彻党中央关于文艺工作的指示精神，继续以主要篇幅发表好的和比较好的曲艺作品，认真开展曲艺评论，并报道各地曲艺动态。协会编印的内部刊物《曲艺通讯》，及时宣传中央有关指示精神，报道协会重要活动和各地曲艺动态。为了解决出版曲艺书刊的困难，推广优秀作品，促进曲艺评论和研究工作，协会经过多方努力，于一九八〇年五月成立了全国唯一的一家曲艺专业出版社——中国曲艺出版社。出版社创办以来，有计划地出版了数百种曲艺作品和理论研究著作以及曲艺资料等，为促进曲艺创作、理论研究、传统曲艺整理工作以及整个曲艺事业的发展起到积极的作用，一九八一年三月，协会创办了《曲艺艺术论丛》，连续编发了许多有研究价值的文章和资料。协会还应邀主持编纂了《中国大百科全书·戏曲曲艺》卷中的曲艺部分，主持编选了《中国新文艺大系·曲艺集（一九四九—一九六六）》卷和《中国新文艺大系·曲艺集（一九七六—一九八二）》卷和曲艺选集。

六、密切与会员及有关单位的联系，促进中外艺术交流

协会恢复工作以后，进行了会员重新登记，并按照第二次全国曲代会通过的章程中关于会员的规定，积极发展会员，到一九八五年四月，协会拥有会员两千多人。协会经常关心了解他们的学习、工作和生活情况，听取他们的意见和建议；陆续邀请部分会员参加协会举办的各种活动；向会员赠送内部刊物《曲艺通讯》；对协会理事和部分曲艺界、文艺界著名人士

分别赠送《曲艺》杂志和《曲艺艺术论丛》以及其他资料。协会与各省、自治区、直辖市曲协分会及有关单位建立了经常性的联系，积极支持分会的工作，并邀请分会负责人参加协会举办的重要活动。协会理事会会议与协会工作会议或分别召开，或以理事会扩大会议名义邀请分会负责同志参加。一九八〇年十二月四日至十三日在北京召开的协会工作会议，一九八三年三月十九日至二十日在郑州召开的协会工作会议，一九八四年四月十五日至二十一日在石家庄召开的协会二届三次理事会扩大会议等，都就中国曲协和各地分会的工作交流了情况和经验，研究了当前协会工作中的重要问题，并就今后如何互相配合等问题进行了协调和安排。协会作为党和政府联系曲艺界的桥梁和纽带，一方面通过各种会议和在报刊发表文章等形式将党中央关于文艺工作的指示精神宣传贯彻下去，一方面通过各种途径和方式，认真地向党和政府有关领导部门反映曲艺工作的情况和曲艺界的要求与呼声。例如，一九七九年十一月，全国第二次曲代会就向文化部和各地有关文化部门郑重发出建议书，历述了林彪、“四人帮”给曲艺界造成的极其严重的灾难性后果和当前亟待解决的问题，提出五项建议：一是建议文化部在曲艺比较集中的省市建立曲艺学校，在综合性的艺术院校中设曲艺专业，以便有组织、有计划地培养曲艺事业的接班人；二是建议文化部在所属中国艺术研究院建立曲艺研究所，有计划地进行曲艺理论研究工作；三是建议文化部成立中国曲艺团，作为示范性表演团体；四是在全国一些大中城市，恢复和建立适当数量的曲艺演出场所，并加强经营管理；五是根据各地具体情况，把尚未恢复的曲艺团体尽快恢复起来。文化部和有关部门对上述建议表示欢迎，但迟迟未能落实，直到一九八四年春节陈云接见曲艺界人士时，在他的支持下，建立曲艺研究所和创办中国北方曲艺学校的事情才得以初步落实。任全国人大代表和全国政协委员的协会负责人多次以议案、发言等方式反映曲艺界情况，要求有关领导部门加强和改进对曲艺工作的领导。协会在平时也多次向文化部和有关部门反映曲艺界的困难和要求。对会员的来信来访和各地曲艺团体来京演出，协会都给予热情和认真的接待。在对外联络方面，先后接待了以冈本文弥为团长的日本民族艺能访华团和苏联、法国、加拿大、美国等国家的专家、学者的来访，促进了中外艺术交流和友好往来。

七、筹备中国曲艺家协会第三次代表大会

在中共中央宣传部的领导下，协会对有关换届的重要事宜，都进行了深入调查研究，征求了各方面的意见，各项准备工作都比较顺利。

以上是一九七九年十月第二次曲代会至一九八五年四月第三次曲代会期间中国曲艺家协会开展工作的基本情况，是协会工作最富开拓进取精神和发展最好的时期之一。这是由于党的十一届三中全会以来，党中央制定了正确的路线、方针和政策，领导全国人民进入改革开放的新时期，为曲艺的发展提供了良好的环境与条件。这也是广大会员和曲艺工作者在党的领导下同心同德、开拓创新、艰苦奋斗的结果。就协会机关的情况来说，尽管工作条件、生活条件都很艰苦，但绝大多数工作人员的精神状态很好，都想为发展曲艺事业竭尽微薄之力。主要困难是，在协会工作迅速发展的情况下，亟需一批思想艺术素质好，热爱曲艺，工作能力强的干部，而调配这样的人员很不容易，协会工作人员虽然增至五十多人，却不够整齐，有些方面的工作仍感人手不够，力难从心。

中国曲艺家协会（二）

中国曲艺家协会第三次全国代表大会于一九八五年四月十八日至二十四日在北京西三旗宾馆举行。

出席会议的代表二百多人。中共中央政治局常委、中共中央顾问委员会主任陈云同志向大会发来贺信，希望大家创作和演出更多的为群众喜闻乐见的好作品，培养出更多的年轻优秀的创作人员和演员，为社会主义精神文明建设做出新贡献。

周扬、傅锺向大会致信祝贺。荣高棠、贺敬之、周巍峙等有关方面负责人出席开幕式。陶钝致开幕词。罗扬作工作报告。大会通过了《工作报告》和《中国曲艺家协会章程》。经过反复协商，大会以无记名投票方式，选举丁凌生、于真（女）、土登、马力（女）、马来法、马明兰（女）、马绍云、马紫晨、王充、王济、王桔、王焚、王天君、王兆一、王秀春、王怀德、王丽堂（女）、王鸣录、王松志、王易风、王素稔、王善保、韦显珍、韦廉舟、牛群、尹晓寒、石永灿、石国庆、石富宽、白奉霖、白燕仔（女）、冯不异、师胜杰、吕明琴（女）、朱一心、朱光斗、朱光甲、任岷、华洛桑、刘小梅（女）、刘兰芳（女）、刘司昌、刘宗琴（女）、刘学智、刘洪滨、刘崇庆、庆遂增、关学曾、关润娟（女）、米玛、许多、许光远、买麦提明·托尔、孙书筠（女）、孙金枝（女）、孙惠弟（女）、玛希毕力格、麦辛、杜澎、李天成、李凤琪、李丹红（女）、李洪基、李润杰、李燕平、吴乐天、吴宗锡、何红玉（女）、何忠华（女）、何祚欢、邱肖鹏、余红仙（女）、沈伐、沈彭年、张军、张世英（女）、张仲彬、张棣华、陈玉秀（女）、陈增智、罗扬、罗布胜、周良、周英（女）、周汉平、周安礼、周剑英（女）、周喜俊（女）、郑光松、荣天玙、赵铮（女）、赵亦吾、钟声、侯耀文、骆玉笙（女）、施振眉、姜昆、宫钦科、姚勒瓦斯汗、贺铁肩、袁一灵、袁阔成、贾钟秀、夏雨田、徐玉兰（女）、徐林达、徐檬丹（女）、郭刚、郭文秋（女）、高元钧、唐云、唐耿良、黄枫、黄启山、黄国强、黄海源、常宝华、常宝霖、常宝霆、韩起祥、彭吉生（女）、彭明羹、蒋月泉、蒋冰杰、程永玲（女）、谢承华、道尔吉仁钦、鲁平（女）、蔡兴林、蔡衍棻、阚泽良、黎田、薛宝琨、戴宏森、魏杰等一百三十五人组成中国曲艺家协会第三届理事会，选举骆玉笙（女）为主席，高元钧、罗扬、吴宗锡、蒋月泉、夏雨田、刘兰芳（女）、姜昆为副主席，推举陶钝、侯宝林、韩起祥为顾问。侯宝林致闭幕词。四月二十五日，主席团举行第一次会议，推举罗扬为常务副主席，委托罗扬为书记处常务书记，夏雨田、姜昆、许光远、赵亦吾为书记处书记（一九八九年赵亦吾离休，改由许邦任书记处书记）。

协会工作机构无大变动，工作人员五十多人。根据《中国曲艺家协会章程》规定的宗旨和任务，从一九八五年四月至一九九六年十一月第四次全国曲代会，协会主要做了以下工作。

一、加强学习宣传，在政治上、思想上、行动上与党中央保持一致

十一年来，结合我国改革开放和现代化建设的新形势，协会为推动会员和曲艺工作者学习马克思列宁主义、毛泽东思想和邓小平建设中国特色社会主义理论，宣传贯彻党的基本路线、基本方针和基本政策，宣传贯彻党中央关于文艺工作的指示精神，做出积极的努力。对党中央召开的重要会议的决议及重要文件，如党的全国代表会议精神，党的十二届六中全会通过的《关于社会主义时期精神文明建设指导方针的决议》，党中央关于正确开展反对资产阶级自由化斗争的指示精神和关于思想文化工作的指示精神，党的十三

大精神，党的十三届四中全会精神，邓小平同志重要讲话，党的十四大精神，党中央召开的全国宣传思想工作会议文件和党中央《关于经济建设和社会发展“九五”计划和二〇一〇年远景目标的建议》等，协会都及时组织了学习和宣传。同时结合文艺界、曲艺界的一些重要活动，如毛泽东同志诞辰一百周年纪念活动，《陈云同志关于评弹的谈话和通信》出版十周年纪念活动和缅怀陈云同志的活动，协会都先后召开座谈会，鼓励广大会员和曲艺工作者联系文艺工作、曲艺工作的新情况、新经验和新问题，深入学习毛泽东、邓小平、陈云等老一辈无产阶级革命家和江泽民等党中央领导同志关于文艺问题的重要论述。

事实证明，上述学习和宣传是极为重要的和必要的。正是在党的基本理论、基本路线和基本方针的指引下，广大会员和曲艺工作者提高了思想政治素质，认清了我国当前的形势和任务，在国内外尖锐复杂的政治斗争中，自觉地与党中央保持一致，坚持了正确的政治方向和文艺方向，维护了曲艺界的团结和稳定，促进了社会主义曲艺的繁荣，在两个文明建设中发挥了积极的作用。

二、举办各种曲艺展演、评比活动和中国曲艺节

十一年来，按照弘扬主旋律、提倡多样化的要求，协会主办或与有关单位联合举办了多次曲艺展演活动、评比活动和艺术交流等活动，其中有些活动具有相当大的规模和全局性的影响。如一九八六年协会

与文化部联合举办的全国曲艺新曲（书）目比赛，是一九八一年和一九八二年全国曲艺优秀节目观摩演出以后规模最大的一次曲艺评比活动，全国三十八个省、自治区、市（包括计划单列市）有关部门，八十二个曲种，一百九十八个节目，十多个民族的一千多名曲艺工作者参加，是对新时期曲艺创作、表演与艺术革新的一次盛大检阅。许多节目都表现了新的时代、新的人物，具有鲜明的民族特色和艺术魅力，深受群众欢迎。陈云同志书赠“出人、出书、走正路”的重要题词，使大家受到深刻的教育和巨大的鼓舞。一九八八年协会在天津举办了中国鼓曲艺术展示性演出，共有二十七个省、市的五台十九个曲种三十四个优秀节目参加。这次活动对进一步发展鼓曲艺术起到有力的推动作用。一九九〇年二月协会与山西省长治市人民政府共同举办的“长治杯”全国曲艺（鼓曲、唱曲部分）大赛，全国三十六个省、自治区、市（包括计划单列市）和有关部门的选手携一百二十个节目参加比赛，有二百多名鼓曲唱曲作者、演员、音乐设计和伴奏者分别获得创作奖、表演奖、音乐设计奖和伴奏奖。这次大赛表明，我国丰富多彩的古曲、唱曲艺术，只要坚持改革创新，就会获得蓬勃的生机与青春的活力。中共中央政治局常委、书记处书记李瑞环为这次活动发来贺信，并做了“繁荣曲艺事业，弘扬民族文化”的重要题词，给予鼓励。一九九三年九月，协会与文化部少数民族文化司、内蒙古自治区人民政府联合举办的全国部分省、自治区少数民族曲艺展演活动在内蒙古呼和浩特市举行。这是新中国成立以来第一次全国性少数民族曲艺展演活动，来自西藏、新疆、广西、云南、吉林等九个省、自治区的满族、维吾尔族、藏族、蒙古族、朝鲜族、傣族、白族、哈尼族、壮族、回族、土家族、哈萨克族、柯尔克孜族等十三个兄弟民族的曲艺工作者演出了三台三十三个民族特色极为鲜明的曲艺节目。通过这次展演进一步开拓了少数民族曲艺的新局面。一九九三年十月协会与文化部艺术局、中央电视台、安徽省合肥市人民政府联合举办的首届中国相声节，二十二个省、自治区、直辖市和中直、解放军、武警部队等单位组成，二十二个代表队，六十八名演员参加比赛，集中展示了我国相声艺术的新成果，促进了相声艺术的发展和繁荣。

一九九三年、一九九四年协会与江苏省文联合作，先后在南京举办了两届“中国曲艺荟萃”活动，促进了艺术交流，推出了新人新作。一九九四年五月协会与鞍山市人民政府联合举办的第二届千山书会暨全国评书评话邀请赛，是一次规模较大的专项艺术活动，来自北京、天津、山东、四川、江苏、湖北、上海、黑龙江、吉林、辽宁和解放军的评书评话演员和艺术家一百余人参加了展演与研讨活动，并对参加邀请赛的青年演员进行了评奖，从而促进了评书评话的改革创新和培养新人的工作。一九九五年十二月协会与中央电视台等联合举办的“侯宝林金像奖”电视相声大赛，共有一百多个节目参赛，推出一批相声新作、新秀，增强了相声界的团结，鼓舞了大家前进的信心。其他如一九八九年五月协会在山东临沂地区举办的慰问革命老根据地人民演出活动和参观访问活动，一九九二年协会与河南省曲协共同举办的“宋河杯”全国曲艺小品邀请赛，一九九四年十一月协会与河南省曲协、南阳市文联联合举办的“华澳杯”全国曲艺小品大奖赛等，由于指导思想明确，多方通力合作，准备工作比较充分，也都获得预期的成功。

协会继续采取措施，推动群众业余曲艺活动，并逐步提高其质量，一九八八年、一九八九年协会与河南省曲协等单位在郑州联合举办了两次以业余故事员为主的全国故事比赛，一九九四年六月协会与全国总工会宣教部等单位在抚顺联合举办了“远航杯”全国职工故事大赛，都促进了艺术交流，推出不少新人新作，并对在职工故事活动中做出突出贡献的老故事员授予“职工故事家”的光荣称号。一九九一年四月协会与湖南省益阳市人民政府共同举办了全国青年业余相声邀请赛，业余演员、作者近二百人参赛，展示出全国各地业余相声的雄厚实力和广阔前景。

为了集中展示广大曲艺工作者在党的领导下团结奋进的精神风貌和改革创新的优秀成果，并扩大曲艺在国内外的影响，协会发起并与有关单位共同举办了首届中国曲艺节和第二届中国曲艺节。首届中国曲艺节是一九九〇年秋天和一九九一年春天协会与江苏省人民政府、天津市人民政府联合举办的，先后在南京、天津两地举行，共组织十六台节目，八百多位曲艺工作者演出了三十多场四十多个曲种的近二百个节目。曲艺节期间还组织演员深入到工厂、部队、农村、学校进行慰问演出。邓小平同志、陈云同志为首届中国曲艺节题写了书名，薄一波、宋任穷等同志题词祝贺，使全国曲艺工作者备受鼓舞和教育。通过首届中国曲艺节的艺术交流与研讨活动，进一步增强了广大曲艺工作者发展曲艺事业的信心和勇气。第二届中国曲艺节是一九九五年十月协会与河南省平顶山市人民政府联合举办的，集中检阅了首届中国曲艺节以来曲艺改革创新的新成果、新水平，规模浩大，组织出色，是近年来影响最大的一次全国性曲艺艺术活动。来自全国二十二个省、自治区、自辖市和解放军、武警部队、中直机关的曲艺工作者七百多人在八个剧场，演出了四十多个曲种的一百二十八个节目。参加演出的节目均授予“牡丹杯”以资鼓励；同时授予平顶山市“中国曲艺城”的光荣称号。第二届中国曲艺节期间，来自各地的曲艺家和当地的曲艺家一起，深入工厂、农村、部队、机关、学校和街道、广场演出，群众兴高采烈，演员深受教育。更令人欢欣鼓舞的是，这次活动得到党中央、国务院和各有关方面的关心和支持，江泽民同志作了“弘扬民族文化，繁荣曲艺事业”的重要题词，李鹏同志作了“弘扬民族文化，繁荣曲艺艺术”的重要题词，体现了党和国家对民族文化和曲艺事业的重视、关怀与殷切期望。刘华清、田纪云、宋任穷、王光英、程思远、胡绳等领导同志以及文化艺术界许多著名人士也纷纷写信或题词表示祝愿，并给予积极的支持。首届中国曲艺节和第二届中国曲艺节的成功举办，在曲艺界和社会各界产生了重大而深远的影响。

此外，协会还组织内地曲艺界人士与澳门特别行政区曲艺界人士进行互访，促进了艺术交流。

三、发展曲艺创作，推动艺术革新

十一年来，协会继续把发展曲艺创作和推动艺术革新放在突出的地位，通过各项艺术活动和宣传评论等多种方式，鼓励、帮助曲艺家和曲艺工作者，努力提高思想艺术素质，深入群众、深入生活，创作演出更多的富有时代精神和艺术魅力的优秀曲艺作品。《曲艺》杂志社与各地有关单位合作，经常举办笔会、改稿会和曲艺作品征文评奖活动，如一九八七年庆祝创刊三十周年优秀曲艺作品有奖征文，一九八九年庆祝中华人民共和国成立四十周年有奖征文，一九九一年庆祝中国共产党诞生七十周年有奖征文，一九九二年、一九九四年、一九九六年三届“西岗杯”全国业余相声新作有奖征文比赛等。一九九五年和一九九六年协会还组织部分曲艺家参加了中国文联发起的“万里采风”活动。经过大家的艰苦努力，曲艺创作取得显著成绩。一大批短篇曲艺作品在各地区、各民族群众中受到热烈欢迎，有些已成为脍炙人口、传唱不衰的保留节目。中长篇曲艺创作也有很大的发展，涌现出许多优秀的和比较优秀的作品。总的看来，曲艺创作的思想艺术质量逐步有所提高，丰富了上演节目，体现了弘扬主旋律、提倡多样化的要求，发挥了教育人民、娱乐人民的积极作用，有些传统曲艺节目经过整理加工，呈现出新的面貌。还值得注意的是，一九八五年以后，长篇评书常年占据广播、电视书场，在人民文化生活中正在产生着越来越大的影响。

为了推动曲艺表演、曲艺音乐的改革，协会在举办的各项艺术活动和学术活动中，在理论研究和评论工作中，都强调指出了改革创新的重要性和必要性，引导和鼓励曲艺工作者根据时代的要求和人民群众特别是青年的要求，在继承优秀传统的基础上，勇于改革，大胆创新。对于在创新方面取得成功的作品，协会都及时给予热情的表扬；对于改革创新中的经验，协会组织力量进行研究和推广；对改革创新中出现的新事物，如相声方面出现的系列相声、相声TV等形式，评书出现的对口评书等形式，协会都会引导大家认真总结经验，认为无论其成功与否，都会对曲艺的发展提供有益的启示；对于一些艺术属性有争议的艺术形式，如四川谐剧、东北二人转、故事等，只要它具有说唱艺术的特点，就积极支持其发展；对风行一时的小品则因势利导，并从艺术特性上给予关注，在一揽子小品中区分出短剧式的戏剧小品与建立在化装相声、独角戏等曲种基础上的说唱式的曲艺小品，以促进曲艺小品的形成和发展。实践证明，采取上述做法，对于曲艺的改革、创新、发展和繁荣，是有利的。

四、促进理论研究，活跃曲艺评论

曲艺理论研究和评论工作，过去一直比较薄弱，一九八五年以来，由于大家的积极努力，情况有了较为显著的改变，比如在坚持用马克思主义、毛泽东思想和邓小平中国特色社会主义理论武装曲艺队伍方面，在探索曲艺发展规律和研究曲艺现状、指导曲艺实践方面，在推出曲艺新人新作方面，以及在抵制和克服错误思潮的影响等方面，都取得了明显的成绩，对社会主义曲艺的繁荣发挥了重要作用。据不完全统计，中国曲艺家协会及其职能部门在这十一年里，主持或参与主持召开了五十二次关于曲艺研究评论的会议，其中关于导向性的会议十次，关于曲艺曲种研究的会议十一次，关于艺术家艺术生活和艺术道路的会议十四次，关于少数民族曲艺的会议两次，关于曲艺基本理论建设的会议两次，关于曲艺音乐的会议两次，关于各地曲艺团队来京演出进行艺术交流的会议十一次。其中有关导向性的、影响较大的会议，如一九八九年以来举办的曲艺界人士纪念毛泽东同志《在延安文艺座谈会上的讲话》发表四十五周年座谈会、发表五十周年座谈会和纪念毛泽东同志诞辰一百周年座谈会，又如一九九四年八月召开的纪念中国曲艺改进协会筹委会成立四十五周年座谈会，十一月召开的纪念《陈云同志关于评弹的谈话和通信》出版十周年座谈会，一九九五年五月召开的曲艺界人士缅怀陈云同志座谈会等，都结合曲艺界的实际情况，学习贯彻了党中央关于文艺工作的一系列重要指示精神，促进了曲艺的改革、创新、发展和繁荣。

在曲艺基本理论研究和曲艺史研究方面，协会继续与有关部门联合举办了一些学术活动。其中影响较大的是一九八六年协会与中国音协等单位在成都联合召开的全国曲艺音乐学术讨论会，一九八六年协会与河南曲协等在洛阳联合召开的全国曲艺理论座谈会，一九八九年协会与文化部少数民族文化司等在呼和浩特市联合召开的全国少数民族曲艺研讨会，一九九一年协会与中国北方曲艺学校等在天津召开的中国曲艺史研讨会等。这些会议在广泛调查研究的基础上，着重探讨了曲艺的性质、特征和发展规律等基本问题，大家各抒己见，发表了许多独到的见解，并提出了许多有关加强曲艺史、论研究的途径和方法，把曲艺研究推上新的里程。

为了推动曲艺现状的研究和评论，协会与有关部门共同召开了多次会议，如一九八七年召开的全国评书评话座谈会，一九九〇年、一九九一年首届中国曲艺节期间召开的关于曲艺界的形势和任务座谈会，一九九一年在湖南益阳召开的相声创作座谈会，在重庆召开的全国谐剧理论研讨会，一九九三年在中国首届相声节期间召开的相声艺术研讨会，一九九五年在沈阳召开的电视评书研讨会，在河南平顶山召开的“发展新曲艺，迎接新世纪”研讨会，在北京召开的“相声艺术的现状与明天”研讨会等，都根据党中央关于文艺工作的指示精神，认真分析新情况，总结新经验，研究新问题，探讨今后的发展趋势，开拓了大家的思路，收到很好的效果。

为了发展不同风格和流派的曲艺艺术，协会与有关方面合作，多次为坚持走正路并在艺术上取得突出成就的著名曲艺表演艺术家、曲艺作家举办研讨会，研究总结他们的艺术道路、艺术成就、艺术风格和艺术经验，鼓励大家向他们学习，共同寻求曲艺艺术繁荣发展的途径。如一九八六年在天津举办的马三立相声艺术研讨会，在北京举办的孙书筠大鼓艺术研讨会，一九八八年在成都举办的包德宾谐剧作品研讨会，一九九一年在北京举办的骆玉笙京韵大鼓艺术研讨会，一九九二年在长治举办的傅怀珠作品研讨会，一九九三年在武汉举办的夏雨田作品研讨会，一九九三年在北京举办的侯宝林从艺六十五周年研讨会，在保定举办的崔砚君作品研讨会，一九九四年在武汉举办的何祚欢作品研讨会，一九九五年在北京举办的刘宝瑞相声艺术研讨会，在济南举办的杨（立德）派山东快书艺术研讨会，一九九六年二月在沈阳举办的朱光斗曲艺作品研讨会，等等，都取得预期的成功。有的曲艺家还直接受到党和国家领导人的关怀和鼓励。如骆玉笙从艺六十年之际，陈云书赠“为人民服务是文艺工作者的光荣”的题词，李瑞环致信祝贺，称赞骆玉笙为“德艺双馨的艺术大师”，亲切接见了骆玉笙，并观看了纪念演出。又如朱光斗作品研讨会，中央军委领导同志致信祝贺，赞扬了朱光斗的艺术道路和艺术成就。上述活动，体现了党和国家尊重知识、尊重人才的政策，都有助于鼓励先进，提高曲艺队伍的思想艺术素质，弘扬民族文化，发展曲艺艺术。

五、加强编辑出版工作

十一年来，曲艺编辑出版工作不断取得新的成绩。《曲艺》杂志坚持文艺为人民服务、为社会主义服务的方向和百花齐放、百家争鸣的方针，以繁荣创作为中心，发表了大量富有时代精神和艺术感染力的优秀作品，演出后受到群众的欢迎；同时加强了曲艺评论，活跃了学术气氛，促进了曲艺的繁荣。中国曲艺家协会编辑的内部刊物《曲艺通讯》及时宣传了党中央关于文艺工作的指示精神，报道了全国各地曲艺工作情况，特别是改革、创新的情况和经验，坚持了正确的舆论导向。

中国曲艺家协会与文化部、国家民委于一九八六年共同决定并主持编纂《中国曲艺志》。这部志书属于国家重大科研项目，分省、自治区、直辖市立卷，是一项重要的文化工程。编纂这部志书的目的是全面准确地反映我国曲艺发展的历史和现状，反映新中国成立以来曲艺改革的成就和曲艺史、论研究的成果，以促进社会主义曲艺的繁荣和发展。一九八七年在湖南长沙召开全国编纂工作会议。经过大家的共同努力，《中国曲艺志》编纂工作普遍展开，不断取得显著成绩。《中国曲艺志·湖南卷》《中国曲艺志·河南卷》已经出版，《中国曲艺志·江苏卷》即将出版，另有十卷已经过初审和复审。协会还动员曲艺界人士积极投入文化部、国家民委、中国音乐家协会共同主持的《中国曲艺音乐集成》编纂工作，与《中国曲艺志》编纂工作互相配合，抓紧进行。协会主编的《当代中国曲艺》(《当代中国丛书》之一）以马克思主义、毛泽东思想、邓小平理论为指导，全面记述了新中国成立以来曲艺改革和发展的成就及其经验，即将出版。《中国新文艺大系·曲艺集（一九一九—一九四九)》卷在编选中。

中国曲艺家协会主办的中国曲艺出版社自一九八〇年成立以来，一直认真贯彻党的文艺方针和出版方针，坚持把社会效益作为最高标准，陆续出版了许多好书，即使在出版界遇到严重困难和种种不正之风的冲击下，也坚持不出一本不好的书，不卖一个书号，受到曲艺界和社会各界关心曲艺事业人士的好评。遗憾的是，中国文联和新闻出版署一九八九年决定将中国曲艺出版社和中国民间文艺出版社、中国舞蹈出版社合并为大众文艺出版社，划归中国文联主办，曲艺书刊出版又处于十分困难的境地；但协会仍为帮助一些作者解决出书的困难，做出很大的努力。

六、扩大国际艺术交流

随着我国的改革开放，我国曲艺界在国际文化交流中获得越来越多的知音。许多国家，如日本、美国、加拿大、俄罗斯、丹麦、新加坡、马来西亚等国的专家、学者纷纷来我国考察曲艺艺术。我国曲艺界的老朋友、日本名家冈本文弥先生对中国曲艺怀有深厚感情，年近百岁，多次率领中国曲艺鉴赏团访华，到我国江、浙、沪、京、津、辽、陕、川、滇、粤、桂等地考察曲艺艺术和进行艺术交流，先后受到王震、周谷城、雷洁琼等国家领导人的接见。我国的一些曲艺团体和曲艺界人士也先后应邀赴日本、加拿大、美国、英国、法国、奥地利、丹麦、挪威、瑞典、新加坡、马来西亚等国访问，进行艺术交流和学术交流，扩大了中国曲艺的影响，加深了彼此之间的友好感情。

十一年来，协会工作是在不断克服困难中向前推进的，主要体会是，要以党的基本理论、基本路线和基本方针为指导，自觉地服从和服务于全党全国的大局；要坚持“出人、出书、走正路”，不搞歪门邪道；要更紧密地依靠广大会员和曲艺工作者，充分发挥大家的积极性和创造性；要坚持改革创新，在提高质量、多出精品上下功夫；要大力争取社会各界的积极支持和通力合作。

十一年来，协会工作也有差距和不足，比如，在改革开放和建立社会主义市场经济的新形势下，曲艺如何加快改革创新的步伐，以适应人民群众特别是广大青年的要求？如何把弘扬主旋律和提倡多样化更好地统一起来？如何把社会效益和经济效益更好地统一起来？诸如这样一些重要问题，协会虽曾做过一些调查研究，但还没能组织更多的力量进行系统深入的分析研究。再如与理事、会员的联系和对外艺术交流方面的工作，还需要继续加强。

中国曲艺家协会（三）

中国曲艺家协会第四次全国代表大会于一九九六年十一月五日至七日在北京新万寿宾馆举行。

出席大会的代表二百七十人。中共中央顾问委员会原副主任宋任穷向大会致信并寄予厚望。全国人大常委会副委员长王光英，中共中央宣传部副部长、文化部部长刘忠德，中国文联副主席、党组书记高占祥出席开幕式，表示祝贺并讲话。骆玉笙致开幕词。罗扬作工作报告。刘兰芳作关于修改《中国曲艺家协会章程》的几点说明。经过酝酿讨论，大会一致通过了《工作报告》和修改后的《中国曲艺家协会章程》，选出土登（藏族）、马季、马玉萍（女）、马来法、马绍云（回族）、马菁华、王小岳、王天君、王永良、王汝刚、王丽堂（女）、王秀春、车向前、石国庆、田连元、冯巩、冯光钰、师胜杰、朱光斗、任岷、庆遂增、刘兰芳（女，满族）、刘爱华、许光远、许洪祥、孙立生、李侃、李时成、李金斗、李铁人、杨伟（白族)、杨子春、杨乃珍（女)、杨其峙、何忠华（女)、余红仙（女)、张书绅、张志宽、陈小平、陈竹曦、林凯、尚爱仁、罗扬、周良、官却杰（藏族)、屈塬、赵本山、荣天玙、南维德、侯耀文（满族)、姜昆、袁阔成、贾德丰、夏本玉（女)、夏雨田、郭刚、郭文秋（女)、唐文光、笑林、黄宏、黄少梅（女)、常志、常贵田（满族)、崔凯、韩子平、程庞、程永玲（女)、道尔吉仁钦（蒙古族)、裴建中、薛宝琨、戴宏森（满族)、魏真柏等七十二人组成的中国曲艺家协会第四届理事会。理事会选举罗扬为主席，刘兰芳（女，满族）为常务副主席，土登（藏族)、朱光斗、余红仙（女)、姜昆、夏雨田、程永玲（女)、薛宝琨为副主席，推举骆玉笙（女）为名誉主席，聘请吴宗锡、蒋月泉、马三立为顾问。主席团任命刘兰芳兼秘书长。罗扬致闭幕词。

协会工作部门无大变动。工作人员减至三十多人。王丹蕾、常祥霖、黄启钧先后任副秘书长。一九九六年十一月至二〇〇二年十二月，中国曲艺家协会主要做了以下几个方面的工作。

一、推动学习，组织采风，表彰先进

六年来，协会继续团结会员和曲艺工作者学习马克思主义、毛泽东思想、邓小平理论和“三个代表”重要思想，学习江泽民同志“七一”重要讲话和在七次文代会、六次作代会上的重要讲话以及关于“万里采风”的指示，学习党的十六大文件，鼓励曲艺家和广大会员深入群众、深入生活，提高曲艺创作、演出的思想艺术质量；先后十四次组织曲艺作家、艺术家赴河北、山东、内蒙古、江苏、甘肃、宁夏、山西、河南等八个省区的农村、厂矿、部队和学校进行采风活动，受到广大群众和官兵的热烈欢迎，并从中受到感动和教育，增强了责任感、使命感，鼓舞了前进的信心。协会经常鼓励曲艺家和曲艺工作者，用德艺双馨的标准要求自己，努力把最好的艺术品奉献给人民。六年来，协会连续三次推荐了十九位曲艺工作者参加全国文联各文艺家协会中青年会员德艺双馨座谈会；表彰了曲协五十四名优秀会员和十三家团体会员；表彰了二百五十四位从事曲艺工作五十年并为曲艺事业做出积极贡献的老同志。一九九八年，沈阳军区授予常年深入部队、受到广大官兵欢迎的沈阳军区前进话剧团曲艺队“为兵服务先进单位”称号，二〇〇二年，总政治部号召全军文艺工作者向该曲艺队队长、“为兵服务的典型”叶景林同志学习，协会与之相配合，及时进行了宣传。

二、举办中国曲艺牡丹奖和各种艺术活动

中国曲艺牡丹奖是中国文联和中国曲艺家协会共同主办的全国性曲艺艺术专业奖项。二〇〇〇年、二〇〇二年分别举办了首届和第二届中国曲艺牡丹奖评奖活动。各地曲协和有关方面积极配合，按照章程要求，认真进行推荐工作。在全国报送的参评节目中，获得文学奖的作品，百分之九十以上是反映现实生活的。获得表演奖的演员以中青年为主，他们在继承传统的基础上都有不同程度的创新。两届评奖活动受到曲艺界的普遍重视，在社会上产生了良好的影响，对提高曲艺创作和曲艺表演水平、倡导广大曲艺工作者树立精品意识，促进曲艺艺术的全面发展，起到积极的推动作用。

六年来，协会主办或与有关单位联合举办了多次曲艺创作评比、展演和艺术交流活动。一九九八年，协会举办了“迎接新中国成立五十周年全国相声有奖征文”活动。二〇〇〇年，协会与辽宁省曲协、大连西岗区政府等有关方面联合举办了第四届大连“西岗杯”全国相声新人新作征文大赛。曲艺杂志社与各地曲协及有关单位合作，举办多次笔会、改稿会和曲艺作品征文评奖活动。经过大家的共同努力，曲艺创作取得新的成绩，涌现出一些优秀的和比较优秀的短篇曲艺作品。传统曲艺经过整理加工，以新的面貌活跃在曲艺舞台，丰富了上演节目。长篇评书、评话、弹词、鼓词等书目在广播、电视书场中，对群众文化生活产生了广泛的影响。

为了集中展示广大曲艺工作者在党的领导下团结奋进、改革创新所取得的优秀成果，继第一、二届中国曲艺节之后，协会于一九九八年七月与呼和浩特市人民政府联合举办了第三届中国曲艺节，于二〇〇二年十月在北京举办了第四届中国曲艺节。来自全国的二十八个代表队，三百余名曲艺演员，五十多个曲种，八十多个节目参加了第三届中国曲艺节展演；有五百余名演员，五十五个曲种，一百零八个节目参加了第四届中国曲艺节展演。第三、四届中国曲艺节共演出三十二场，形式多样，异彩纷呈，呈现出鲜明的民族特色和蓬勃生机，受到观众的欢迎，在曲艺界和社会各界产生了很好的影响。两届中国曲艺节都得到了中央领导同志的重视和关怀，中共中央政治局常委、国务院副总理李岚清等领导同志为曲艺节题词，或发来贺电或出席了开幕式。

曲艺节期间还分别举办了相声艺术研讨会和曲艺创新与发展研讨会，对繁荣相声艺术和推动曲艺的创新与发展起到积极的促进作用。

为了促进中外曲艺艺术交流和学术交流，协会在二〇〇〇年十一月与中国文联联合举办了北京国际曲艺节。参加这届曲艺节的有我国各省、自治区、直辖市及港澳台地区的艺术家、专家和来自二十多个国家的曲艺爱好者、研究者二百余人。中外艺术家和曲艺爱好者联袂登场、同台献艺，演出了八台曲艺节目，受到观众的热烈欢迎。

六年来，协会还根据不同曲种发展状况和群众艺术欣赏的要求，分别举办了艺术活动，其中有些具有较大的规模和全局性的影响。如一九九七年、一九九八年协会与江苏省文联等单位先后在南京联合举办的两届“中国曲艺荟萃·新曲目雅集”演出活动，以长年活跃在舞台上的中青年为主，演出了许多新曲目，促进了艺术交流，推出了新人新作。一九九八年协会与中国文联等单位共同主办的评书评话名家展演活动，参加演出的唐耿良、袁阔成等表演艺术家和叶景林等一批优秀青年演员，集中展示了不同流派、不同风格的评书评话表演艺术，推动了评书评话艺术的交流和发展。二〇〇一年，为庆祝中国共产党成立八十周年，协会在北京举办了江浙沪评弹进京参演活动，由著名评弹表演艺术家和优秀中青年演员演出了三台精彩节目，赢得观众的欢迎。为了展示快板、快书艺术在不同阶段取得的成果，丰富群众的文化生活，协会先后三次分别与中国文联、天津市曲协、山东淄博电视台举办了中国曲艺牡丹奖·快板书“亚视杯”大赛、“红旗渠杯”全国快板艺术大赛和全国第二届曲艺（山东快书、快板书）电视大赛，对扩大韵诵类曲艺的影响，满足广大观众的欣赏要求，发现新人新作，起到积极的推动作用。为了推动相声艺术的繁荣和发展，满足广大观众的要求，协会曾分别与中国文联、河北省文联、河北省曲协、河北电视台、中央电视台举办了中国曲艺牡丹奖·首届相声大赛、“钱江杯”青年相声电视邀请赛、首届CCTV“大红鹰杯”全国电视相声大赛活动，推出一些新人新作，增强了相声界开拓进取的信心和勇气。一九九九年、二〇〇〇年，协会与中国文联在广州和天津分别举办了中国曲艺牡丹奖·首届粤曲大赛、鼓曲唱曲类（北方片）“宝鸡中行杯”大赛，展示了广东粤曲和北方鼓曲艺术的发展成果，推出了一批新人新作。其他活动如新中国成立五十周年大型曲艺晚会、沈阳军区前进话剧团曲艺队晋京演出，以及广东顺德曲艺之乡晋京汇报演出等，由于多方通力合作，也获得了成功。

三、推动曲艺评论和理论研究，编辑曲艺书刊

为了改变曲艺理论和评论工作滞后的状况，协会在这六年多的时间里，主持或参与主持召开了关于曲艺研究评论的会议三十次，其中关于导向性的会议五次，关于曲种研究和涉及曲艺基本理论研究的会议八次，关于艺术家的艺术生活和艺术道路的会议十六次，关于少数民族曲艺的会议二次，其中影响较大的会议，如纪念党的十一届三中全会召开二十周年座谈会、曲艺界学习江泽民同志“七一”重要讲话座谈会，纪念毛泽东同志《在延安文艺座谈会上的讲话》发表六十周年座谈会，以及中国曲协成立五十周年座谈会等，都结合曲艺的历史和现状，学习贯彻了党中央关于文艺工作的一系列重要指示精神，积极倡导解放思想，实事求是，尊重曲艺艺术规律，继承优秀文化传统，大胆改革创新，促进了曲艺的发展和繁荣。又如在大连举办的二十一世纪中国曲艺论坛，国内近二十位知名的曲艺学者和专家对二十一世纪曲艺艺术的发展走向问题发表了一些重要意见，提出关于二十一世纪曲艺发展战略的一些设想，对曲艺理论建设和研究评论工作起到积极的促进作用。在北京国际曲艺节期间举办的中外曲艺交流研讨会，中外学者以不同的文

化背景、研究方法和着眼点，对中国曲艺提出了一些有价值的观点，为中外说唱艺术史论学术交流，起到促进的作用。此外，协会召开的其他一些座谈会和研讨会，如全国曲艺创作座谈会、全国农村曲艺工作研讨会、评书评话座谈会、朝鲜族曲艺现状研讨会、评弹艺术研讨会，等等，从不同的方向探讨了曲艺或某些曲种的现状和发展趋势，收到积极的效果。

为了发展不同曲种和不同风格流派的曲艺艺术，协会与有关方面合作，多次为一些在艺术上取得突出成就的著名曲艺家举办研讨会或纪念活动，研究总结他们的艺术道路、艺术成就、艺术风格和艺术经验，鼓励大家向他们学习，共同寻求曲艺艺术繁荣发展的途径，如协会与有关单位先后联合召开的京韵大鼓艺术家骆玉笙暨北方鼓曲名家音配像座谈会，纪念快板书艺术家李润杰诞辰八十周年座谈会，纪念京韵大鼓艺术家刘宝全诞辰一百三十周年暨刘宝全京韵大鼓艺术研讨会，纪念陕北说书艺术家韩起祥逝世十周年座谈会，纪念相声表演艺术家侯宝林诞辰八十五周年国际研讨会和纪念演出活动，纪念相声表演艺术家张寿臣诞辰一百零四年研讨会，祝贺山东快书艺术家刘洪滨从艺五十周年艺术研讨会，等等，都有助于互相学习，加强团结，提高曲艺队伍的思想艺术素质，更好地发挥大家的积极性和创造性。

曲艺编辑出版工作取得新的成绩。《曲艺》杂志在文化市场的激烈竞争中，坚持正确的办刊宗旨，陆续发表了许多优秀作品和曲艺评论文章，促进了曲艺的健康发展与繁荣。由中国曲协与文化部、国家民委共同主持的《中国曲艺志》编纂工作不断取得进展。为庆祝新中国成立五十周年，协会编辑出版了《新时期曲艺作品选》《新时期相声作品选》和《中国曲艺名家名段珍藏版》CD盘。协会组织编辑的《当代中国曲艺》(《当代中国丛书》之一）和《陶钝文集》、吴宗锡《听书论艺集》等相继出版。

四、促进对外艺术交流

六年来，协会多次接待了来自日本、新加坡等国家的艺术交流和访问团及数十名艺术家、学者和曲艺爱好者，向他们介绍了我国曲艺的发展情况，特别是改革开放以来曲艺发展的成就，同时向他们了解国外说唱艺术的发展情况；协会组织访问团前往美国、新加坡等国家进行考察和艺术交流，我国各地一些曲艺团体和曲艺界人士也先后应邀赴许多国家进行友好访问和艺术交流，从而扩大了中国曲艺的影响，加深了彼此之间的友好感情。

以上是第四次全国曲代会以来，协会团结广大会员和曲艺工作者，遵循先进文化的前进方向，积极开展工作的基本情况。协会工作中还存在许多不足之处，比如，对曲艺界面临的新形势、新问题缺乏深入的调查研究；对如何改变曲艺创作和曲艺评论滞后的现状，一般号召多，有力措施少；协会工作缺乏长远规划等，都需要改进和加强。

中国曲艺家协会（四）

中国曲艺家协会第五次全国代表大会于二〇〇二年十二月八日至十日在北京举行。

来自全国各省、自治区、直辖市和中央直属单位、解放军、产业曲协及新疆生产建设兵团的二百多名曲艺代表相聚在北京金台饭店，共商发展繁荣社会主义曲艺事业大计。中共中央政治局委员、书记处书记、中宣部部长刘云山在大会开幕前会见了与会代表，在开幕式上作了重要讲话。他坚信，伟大的时代一定会孕育伟大的艺术精品，伟大的时代一定会催生伟大的艺术大家，伟大的时代一定会是一个经济、政治、文化全面繁荣发展的时代。他希望广大曲艺工作者认真学习贯彻党的十六大精神，努力实践“三个代表”重要思想，积极投身改革开放的伟大实践，为繁荣发展曲艺事业不懈努力，为建设面向现代化、面向世界，面向未来的、民族的、科学的、大众的社会主义文化做出新的贡献。全国人大常委会副委员长许嘉璐为大会写了贺信。

中国文联主席周巍峙、中国文联党组书记李树文、中宣部副部长李从军、文化部副部长陈晓光等也先后讲话，对大会表示祝贺。中国文联荣誉委员、中国曲艺家协会第四届主席罗扬致开幕词。中国曲艺家协会第四届常务副主席刘兰芳受理事会委托向大会作工作报告，中国曲艺家协会第四届副主席薛宝琨向大会作了《关于修改〈中国曲艺家协会章程〉的说明》，中国曲艺家协会第四届副主席姜昆宣读了中国文联和全国各文艺家协会及各省市文联协会发来的贺词、贺电。中国曲艺家协会第四届副主席朱光斗主持开幕式。

大会审议并通过了第四届理事会的工作报告，讨论并通过了修改后的《中国曲艺家协会章程》，选举产生了第五届理事会。刁惠香（女）、马来法、牛群、王永良、王毅（女）、王汝刚、王铁虎、王宏、王晓、王谦祥、方家林、车向前、田连元、冯巩、石富宽、石小杰、叶锦玉、芦明、孙立生、孙镇业、孙建昌（女）、孙静波、安保勇、李慧桥（满族）、李侃、李伟群（女，回族）、李金斗、李时成、李铁人、李延年、李京盛、刘兰芳（女，满族）、刘延广、祁芳（女，藏族）、师胜杰、余红仙（女）、苏友谊、苏惠良、陈小平、何祚欢、何忠华（女）、汪文华（女）、宋宏伟、吴文科、杨其峙、杨乃珍（女）、杨子春、张希和、张志宽、张保和、范军、周介安、周喜俊（女）、侯耀文（满族）、赵本山、赵学林、段春林、种玉杰、姚连学、姜昆、钱勇（哈尼族）、郭刚、贾德丰、秦威、索朗次仁（藏族）、夏雨田、原建邦、翁仁康、常志、常贵田（满族）、常祥霖（满族）、盛小云（女）、崔凯、黄宏、黄启钧、程永玲（女）、曾小嘉（女）、鲁银海、韩子平、焦随东、董文健、谢德裕、道尔吉仁钦（蒙古族）、缪以煊、霍钦夫（蒙古族）、魏真柏、籍薇（女）当选为理事会理事。第五届理事会第一次会议选举产生了新的主席团，刘兰芳当选为主席，冯巩、李时成、余红仙、侯耀文、姜昆、郭刚、夏雨田、崔凯、黄宏、程永玲、道尔吉仁钦当选为副主席。第五届主席团第一次会议通过了推举罗扬为中国曲协名誉主席的决定和聘请土登、马三立、朱光斗、吴宗锡、薛宝琨为中国曲协顾问的决定，任命黄启钧、刁惠香为中国曲协副秘书长。

十二月十日上午，中国曲艺家协会第五次代表大会举行闭幕式。中共中央宣传部副部长李从军、中国文联党组副书记覃志刚等出席，表示祝贺。刘兰芳致闭幕词。大会在热烈的掌声中闭幕。代表们普遍反映，这次大会是一次民主、团结、鼓劲、繁荣的大会。

中国曲艺家协会章程规定，本会的宗旨是：以马克思主义、毛泽东思想、邓小平理论和“三个代表”重要思想为指导，坚持党的基本路线，坚持文艺为人民服务、为社会主义服务的方向和百花齐放、百家争鸣的方针，积极发展社会主义曲艺事业，为全面建设小康社会，开创中国特色社会主义新局面而努力奋斗。

协会工作部门增设人事处，其他无变动。工作人员三十多人。

二〇〇二年十二月至二〇〇四年十月，协会主要做了以下工作。

一、宣传贯彻党的文艺方针，促进曲艺队伍建设

协会召开多次各种会议，并通过报刊宣传，鼓励广大会员和曲艺工作者学习党中央有关指示精神和胡

锦涛同志的重要讲话，树立科学发展观，不断提高思想艺术素质和创新能力，深入群众，深入生活，创作演出更多的优秀曲艺作品，做德艺双馨的文艺工作者，二〇〇三年召开协会工作会议，交流了协会工作情况和经验，商讨了中国曲协与各地曲协的合作事宜。

二、发展曲艺创作，推动曲艺评论和理论研究

为了改变曲艺创作和曲艺评论滞后的状况，协会于二〇〇三年、二〇〇四年春主办了两期创作学习班，每期三十多人，组织学习有关文件，请专家作报告，交流创作经验，研究创作问题。今后将继续举办这样的创作学习班，以帮助曲艺作者提高创作水平，逐步扩大曲艺创作队伍。二〇〇三年曲艺杂志社举办了“丝路乡音”全国曲艺创作征文活动。二〇〇四年曲艺杂志社举办了“鸿佳杯”征文活动。在其他评比、展演等活动中，也把曲艺创作放在重要地位。同年九月中旬，协会与甘肃省文联在兰州联合举办了当代曲艺发展趋势论坛；十月中旬，协会与中国文联、广西文联在南宁召开了全国少数民族曲艺座谈会，着重讨论了曲艺的继承和创新问题。

三、举办中国曲艺牡丹奖等评比和展演活动

第三届中国曲艺牡丹奖，于二〇〇二年开始启动，除设曲艺文学奖、曲艺表演奖外，增设曲艺理论奖和曲艺音乐奖。评奖工作和颁奖仪式于二〇〇四年举行。二〇〇三年六月，协会举办“向战斗在抗击非典第一线的白衣战士学习”的慰问活动。同年十一月，协会

组织演出团赴台湾进行艺术交流。同年十二月，协会与江苏省文联等单位举办了“中国曲艺荟萃·曲唱雅集”活动。二〇〇四年四月，协会组织采风团赴河北省沧州慰问演出。五月，协会与文化部侨联、中国艺术研究院曲艺研究所联合举办了“侯宝林杯”青少年曲艺大赛，于八月在北京举行决赛。十月，协会与中国文联、国家民委、广西壮族自治区人民政府在南宁联合举办了第二届全国少数民族曲艺展演和评奖活动。上述活动均受到人们的欢迎，取得积极的效果。

四、为著名艺术家举办纪念活动

协会继续倡导曲艺工作者向老一辈优秀艺术家学习，于二〇〇三年二月与天津市文联、天津市文化局、天津市曲协联合举办著名相声艺术家马三立追思座谈会。同年九月，协会召开著名评书艺术家连阔如诞辰一百周年座谈会；协会与天津市文联、天津市文化局、天津市曲协联合举办著名相声艺术家苏文茂从事相声艺术六十周年系列活动。同年十月，协会与中国文联、中共天津市委宣传部联合举办著名京韵大鼓艺术家骆玉笙艺术成就座谈会。上述活动着重研究了他们的艺术道路、艺术成就和艺术经验，以激励曲艺工作者继承和发扬曲艺的优秀传统，创作更多的艺术精品，为人民服务、为社会主义服务。

五、继续努力做好编辑工作

《曲艺》杂志继续坚持正确的办刊方向，把社会效益放在首位，克服许多困难，为繁荣曲艺创作，推动曲艺评论，做出新的成绩。此外，协会编辑出版了《第四届中国曲艺节演出实况》（光盘），以推广近几年来创作演出的优秀节目。

中国曲协第五届全国会员代表大会提出的工作设想正在逐步实施中；开展工作的成绩、缺点和经验教训，有待将来总结。

回顾中国曲协走过的五十五年的路程，我们会深深感到，协会的命运同祖国和人民的命运是紧密相连的，协会工作是紧紧跟随着新中国前进的步伐而向前推进的。在中国共产党的关怀和领导下，协会广大会员和曲艺工作者团结奋斗，改革创新，把我国曲艺事业推向划时代的新阶段。协会工作取得显著成绩，也历经艰难与曲折，留有遗憾。我们衷心感谢党和人民政府以及社会各界对曲艺事业和协会工作的重视、指导与支持，感谢所有为曲艺事业和协会工作做出贡献的同志和朋友。有许多德高望重的老同志已先后离开我们，但他们热爱党、热爱祖国和人民、勤奋敬业、全心全意为人民服务的好思想、好作风和崇高精神，将永远激励着我们前进。

展望未来，我们对曲艺事业的前途充满希望和信心。现在，全国人民正在中国共产党的领导下，沿着建设中国特色社会主义大道胜利前进，为包括曲艺事业在内的各项文化艺术事业的发展和繁荣，开辟了广阔的道路，创造了极为有利的条件，同时提出了更高的要求。曲艺发展过程中还会遇到许多新的困难和问题。我国的曲艺事业将在面临的良好机遇与严峻挑战中前进。中国曲协肩负着团结广大会员和曲艺工作者发展社会主义曲艺事业的光荣使命，任重而道远。我们必须发扬好的东西，克服不好的东西，积极探索和创造新的东西，认真做好协会工作，以回答党和人民的殷切期望与曲艺界的嘱托。

要做好协会工作，我们首先要充分认识曲艺事业的重要性以及协会工作在发展曲艺事业中的重要作用。我国的曲艺是中华民族创造和发展起来的一门综合性说唱艺术，历来为广大人民群众所喜爱。在人民文化生活中有着广泛而深刻的影响。新中国成立后，曲艺同戏曲等民族民间艺术一样，在百花齐放、推陈出新的方针指导下，从内容到形式发生了重大的变化，焕发出新的光彩，成为社会主义文艺的一个重要组成部分；曲艺事业成为党和国家的一项文化事业。做好协会工作，对弘扬民族优秀文化，发展社会主义曲艺，满足人民群众日益增长的精神文化生活的需求，有着重要的意义。对曲艺事业及协会工作的重要性，我们认识得越充分，就越能增强我们的事业心和责任感，提高前进的信心和勇气。曲艺事业的重要性，现在被越来越多的人们所认识；协会工作的重要性，也被越来越多的人们所认识。但是，由于旧社会长期形成的轻视曲艺等民族民间艺术的旧观念，在一部分人甚至在某些文化领导部门负责人的头脑中还没有清除掉，以致对曲艺工作者的思想、情绪和曲艺事业的发展产生了消极的影响。有些从事曲艺工作的同志总觉得从事曲艺工作不如文学、戏剧、音乐、美术等方面的工作重要和光彩，甚至感到低人一头，不愿意或不甘心做曲艺工作，就是由于受到某些传统观念和习惯势力的影响所致。在这种情况下，充分认识曲艺事业及协会工作的重要性就更显得重要和迫切了。

做好协会工作，我们一定要以马克思主义、毛泽东思想、邓小平理论和“三个代表”重要思想为指导，团结广大会员和曲艺工作者永远保持与人民群众的血肉联系，坚持为人民服务、为社会主义服务的方向，和百花齐放、百家争鸣、推陈出新、古为今用、洋为中用的方针，坚持“出人、出书、走正路”。要按照协会的性质、任务和职能，做好“联络、协调、服务”工作，发挥好党和政府联系曲艺界的桥梁和纽带作用。要充分发挥广大会员和曲艺工作者的积极性、创造性，并积极争取文艺界和社会各界的支持与合作，全面促进曲艺的继承、改革、创新、发展与繁荣。要摆好协会的位置，按照协会章程的规定，尽到协会应尽的职责，努力把协会应当办的事情办好，不做协会不应当做的事情。这样才能提高协会的声誉，增强协会的凝聚力，协调好协会与各方面的关系，多出成绩，少出偏差，保证协会沿着正确的轨道前进。

要做好协会工作，我们必须不断提高思想理论素质、文化艺术素质和工作能力，发扬优良传统和作风。

我从事协会工作多年，深感自己已经做到的同应当做到的还有许多差距。协会工作专业性很强，又涉及与曲艺有关的诸多方面，而人员编制和活动经费又很有限，要把协会工作做好的确很不容易。我觉得，最重要的是要用经过努力能够达到的高标准严格要求自己。要自觉地用马克思主义、毛泽东思想、邓小平理论和“三个代表”重要思想武装自己的头脑，树立正确的人生观，全心全意地为人民服务、为社会主义服务。要努力学习文化科学知识，刻苦钻研曲艺艺术。要勤奋工作，积极进取，开拓创新，不断提高工作能力和工作效率。要发扬理论联系实际、密切联系群众和批评与自我批评的作风，发扬谦虚谨慎、不骄不躁的作风和艰苦奋斗的作风。协会的领导集体和领导成员重任在肩，更要认真贯彻执行党和国家的方针政策，坚持民主集中制，在思想、学习、工作和生活等各个方面从严从难要求自己，为大家做出榜样，这是做好协会工作的关键所在，也是协会风气好坏的重要标志。

中国曲艺家协会要走的路还很长，任务艰巨，前景光明。协会同广大委员和曲艺工作者紧密地团结在以胡锦涛同志为总书记的党中央周围，努力奋斗，一定会不断取得更新的更大的成绩！

（原载《曲艺》2004 年 6—12 期）

中国说唱文艺学会二十年

中国说唱文艺学会筹建及换届情况

中国说唱文艺学会是在一九八八年十一月成立的。在前两年文艺界讨论体制改革的时候，便有同志对各类文学艺术之间的交流问题发表意见，认为现在全国性文艺家协会都是分行业成立和发展起来的，这对于团结统一行业的文艺工作者发展文艺创作和促进文艺交流，做好联络、协调和服务工作，发挥党和政府与各专业文艺工作者之间的桥梁和纽带作用，是很重要很必要的。但是，如何更好地促进各门类文学艺术之间的横向联系与交流，互相学习、借鉴，发展中国特色社会主义文艺，还需要深入研究和解决。王波云、许邦等热心大众文艺的同志建议团结各方面热心并致力于大众文艺的同志，成立中国说唱文艺学会，有组织有计划地开展创作和研究活动，为大家提供相互学习、借鉴的机会和条件，以促进文艺的大众化和中国特色社会主义文艺的繁荣。如何把这个团体成立起来？同志们考虑到我长期主持中国曲艺家协会的工作，又长期参与中国文联的工作并担任过中国文联党组成员，熟悉文艺界的情况，建议我能牵头进行筹备工作。我赞成同志们提出的成立学会的建议，也愿意尽微薄之力，但由于工作繁忙，此事暂时搁置下来。

一九八八年秋天，中国文联第五次代表大会筹备期间，参与学会筹备工作的同志认为，这是联络各方面有关同志发起成立学会的一个极好机会，筹备工作便正式开始了。一是草拟学会章程：学会定名为中国说唱文艺学会，是由热爱并致力于说唱文艺的理论家、作家、艺术家和编辑出版家等有关人士自愿结合的全国性和非营利性学术团体。学会的宗旨是，在中国共产党的领导下，以马克思主义、毛泽东思想和邓小平理论为指导，遵守宪法、法律、法规和国家政策，遵守社会道德风尚，坚持文艺为人民服务、为社会主义服务的方向和百花齐放、百家争鸣的方针，团结热爱并致力于说唱文艺的文艺家、学者等有关人士，加强横向联系与合作，积极开展说唱文艺理论研究活动，以弘扬我国民族文化艺术的优良传统，促进说唱文艺的发展和繁荣，促进文学艺术的民族化和大众化，为建设中国特色社会主义文艺，实现社会主义现代化而奋斗。说唱文艺学会的业务范围是，开展说唱文艺理论研究和评论活动，推动说唱文艺创作和艺术革新，以及说唱文艺和文学、戏剧、音乐等文艺门类之比较和相互关系的研究和评论活动；编辑说唱文艺书刊，推广说唱文艺创作和理论研究的优秀成果；促进国内外说唱文艺的学术和艺术交流；发现、帮助和奖励优秀人才。其他如组织机构、会员、经费来源及管理使用原则、章程修改程序等条款也草拟出来。二是拟出理事会理事、会长、副会长和名誉会长、顾问建议人选名单。三是就如何办理学会成立登记手续以及如何开展工作交换了意见。然后即由王波云、许邦、张世英等同志分别与有关同志进行联系，征求意见。新华出版社赞助五万元作为学会筹备经费，承办学会成立大会的接待工作，并宴请与会同志。

中国文联第五次代表大会于一九八八年十一月八日在北京举行。邓小平同志等党和国家领导人会见了出席大会的代表。夏衍同志致开幕词。胡启立同志代表党中央、国务院致祝词。大会讨论了《中共中央关于进一步繁荣文艺的若干意见稿》以及国务院关于经济文化政策的有关规定讨论稿。选举出新一届全国委员会。主席团主席、副主席均改变以往的称谓，冠以“执行”字样。七十八岁的执行主席曹禺同志抱病从医院赶来参加闭幕式，作了简要的开场白，林默涵同志致闭幕词。由于文艺界深层次的思想分歧和对立，以及社会上出现某些思想混乱等原因，上次代表大会那种隆重热烈的气氛和亲切感人的情景很难看到。许多同志反映这次代表大会开得没劲，没有解决什么问题，像是“走过场”。在大会空隙时间，学会筹备小组征求了对成立说唱文艺学会的意见，大家都表示赞成，并提出许多好的建议。中国说唱文艺学会成立的时间定在中国文联第五次代表大会闭幕的前一天。地点设在新华社附近的一家餐厅。

十一月十一日上午九时许，四十多位同志应邀来到会场。他们中有年逾古稀的老同志，有年富力强的中青年作家、艺术家和理论评论家，也有编辑出版家和文艺活动家。旧友新朋，欢聚一堂，彼此互相问候，倍感亲切。我做了简短的开场白，大家就不分先后不拘形式地畅谈了自己的认识和意见，一致认为，我国的说唱文艺源远流长，丰富多彩，历来深受广大人民群众的欢迎，在人们的精神文化生活中占有重要地位，对我国文化艺术的发展有不可低估的影响，应当给予充分的重视。现在，社会上和文艺界有些人还对说唱文艺怀有偏见，轻视说唱文艺，甚至采取虚无主义的态度，是很不对的。当然，看不到传统说唱文艺的糟粕和当前说唱文艺的缺点和问题，也是不对的。同时指出，说唱文艺与其他文艺门类之间加强艺术和学术交流很有必要。大家对中国说唱文艺学会章程提出的指导方针、任务及有关规定，一致表示赞同，并对今后工作提出建议和意见。周巍峙同志说，新中国成立以来，曲艺、戏曲、故事、民歌等，在党的“百花齐放、推陈出新”方针指引下，变化很大，无论是在继承方面，还是在改革创新方面，成绩都很显著，但困难和问题还很不少，还需要加快步伐，在创作和理论研究方面，更需要投入大的力量。陶钝同志强调，我们的文艺要面向农村，广大农民最喜欢能说能唱的艺术。改革开放以来，农民的生活改善了，但还缺乏文化生活。我们文艺工作者是为人民服务的，要时刻记着他们，为他们多编多演群众喜闻乐见的好作品。希望学会成立后多在这方面做些工作。吕骥、孙慎同志着重就说唱音乐的继承、创新以及音乐工作者如何学习说唱艺术，从中汲取营养等问题发表了意见。王朝闻同志认为，各文艺门类之间，要打破门户之见，加强交流，互相学习借鉴，这是发展说唱文艺和促进文艺民族化、大众化，建设中国特色社会主义文艺的必由之路。他同时提醒人们，在学习借鉴的过程中，要注意各自文学艺术的特色，要“化他为我”，不要“化我为他”。他希望在这方面多举办一些艺术和学术交流活动。骆玉笙同志结合自己的体会说，鼓曲是一门综合艺术，鼓曲的发展，离不开作家、音乐家和演员等的通力合作。她在表演方面能够不断取得一些进步和成绩，都是大家共同努力的结果。郭汉城等同志则从曲艺与戏曲的亲密关系，以及今后如何互相学习、借鉴等问题发表了意见。吴宗锡、李希凡、王波云、许邦、贾芝、晓雪、魏喜奎、刘兰芳、王丽堂、程永玲等也联系当前说唱文艺的创作、表演、研究、队伍建设和书刊出版等方面的情况发表了很好的意见。于黑丁同志激动地说，我这次到北京参加第五次全国文代会，感到最高兴的事情是出席今天的会，成立中国说唱文艺学会。我虽然已经是七十多岁的人了，还想为说唱文艺的发展出点力量。周良同志受筹备小组委托，提出会长、副会长、理事和顾问建议名单，其中包括将罗扬作为会长建议人选，请大家考虑。罗扬当即向大家表示，学会会长建议由德高望重的老同志担任，周巍峙、吕骥、陶钝、骆玉笙等同志表示还是由罗扬担任合适，大家都表示赞同，然后，一致选举于黑丁（作家，中国作家协会理事，河南省文联名誉主席，中国社会主义文艺学会顾问，曾任全国人大代表）、王兆一（曲艺理论家，吉林曲艺研究所所长、研究员）、王波云（文艺理论家，《中国曲艺志》副主编、编审）、王松声（文化活动家，中国曲艺家协会理事，中国杂技家协会顾问）、王鸿（曲艺戏曲作家，江苏省文化厅厅长）、王丽堂（女，评话艺术家，中国曲艺家协会理事）、云照光（蒙古族，作家，中国作家协会理事，内蒙古自治区文联主席，内蒙古自治区政协副主席，全国政协委员）、冯光钰（音乐理论家，编审，中国音乐家协会书记处常务书记，党组成员，中国社会主义文艺学会理事）、刘兰芳（女，满族，评书艺术家，中国曲艺家协会副主席）、许邦（编辑出版家，新华出版社社长兼总编辑，国际出版合作协会副会长）、乔羽（作家，中国戏剧家协会理事，中国音乐文学学会会长、中国国际文化交流中心理事、全国政协委员）、孙慎（音乐家，中国音乐家协会副主席、党组书记，《中国曲艺音乐集成》主编，中国社会主义文艺学会顾问）、李希凡（文艺理论家，中国艺术研究院常务副院长，全国艺术科学规划领导小组副组长，中国社会主义文艺学会副会长，全国政协委员）、李凖（蒙古族，作家，中国作家协会主席团委员，中国电影文学学会副会长，现代文学馆馆长，全国政协委员）、吴宗锡（曲艺理论家，中国曲艺家协会副主席、江浙沪评弹工作领导小组组长，上海市文联副主席）、沈祖安（曲艺理论家，《戏文》主编、编审，浙江省曲协副主席）、张世英（女，人民日报社主任编辑、记者，中国曲艺家协会理事）、罗扬（文艺评论家，中国文联党组成员，中国曲艺家协会常务副主席、党组书记，中国社会主义文艺学会副会长，《曲艺》杂志、《中国曲艺志》主编，编审，中国人民对外友好协会理事，全国政协委员）、钟艺兵（文艺评论家，《文艺报》副主编、编审）、周良（曲艺理论家，中国曲艺家协会理事，江苏省曲协主席，苏州市文联主席）、荣天玙（文艺评论家，中国曲艺家协会理事，中国群众文化学会副会长，中共中央宣传部文艺局原副局长）、胡青坡（作家，中国社会科学院语音研究所常务副所长）、贾芝（民间文艺专家，中国社会科学院民间文学研究所所长、研究员，中国民间文艺家协会顾问）、郭汉城（戏剧评论家，中国戏剧家协会副主席）、晓雪（白族，诗人，云南省作家协会主席，中国作家协会主席团委员）、程永玲（曲艺表演艺术家，中国曲艺家协会理事，四川省曲艺家协会主席）、蓝翎（文艺评论家，人民日报社文艺部主任，高级编辑）、魏喜奎（曲艺戏剧表演艺术家，中国戏剧家协会理事）等二十七人为学会理事会理事；罗扬为会长，王波云、李希凡、周良、程永玲为副会长；张世英为秘书长；推举陶钝（作家，曲艺评论家，中国曲艺家协会顾问，中国文联原副主席，全国政协委员）、周巍峙（音乐家，全国艺术科学规划领导小组组长，文化部艺术委员会主任，全国政协委员，文化部原代部长）、吕骥（音乐家，中国音乐家协会名誉主席，中国社会主义文艺学会顾问，曾任全国人大常委会委员）、骆玉笙（曲艺表演艺术家，中国曲艺家协会主席，全国政协委员）、王朝闻（雕塑家，文艺评论家，中国美术家协会副主席，中国社会主义文艺学会顾问）、高元钧（曲艺表演艺术家，中国曲艺家协会副主席，全国政协委员）为顾问。最后，罗扬在亲切和谐的气氛中作了简短的致辞。在新华出版社举行的祝贺宴会中，大家依然兴致勃勃地亲切交谈。下午，在会长会议上，研究了学会近期工作计划要点、工作机构设置以及向民政部办理登记手续等事宜。一九九〇年二月，推举荣高棠（中共中央顾问委员会委员、秘书长）为学会名誉会长。

按照国务院《社会团体登记管理条例》，在中华人民共和国境内组织的全国性的协会、学会、联合会等社会团体，均应按照条例的规定向民政部申请登记。中国说唱文艺学会成立后，即向业务主管部门——文化部提交了所需材料（包括申请书，供审查的文件，学会章程，办事或联络地点，负责人姓名、年龄、住址、任职及简历，成员数额，以及章程应当载明的事项等）。文化部告知，暂时停止社会团体申请登记工作；后又告知，中国艺术研究院成立了中华说唱艺术研究中心，与中国说唱文艺学会的名称类似，可否合并成一个团体，需统一研究。学会认为，这两个团体只是名称近似，其章程规定的宗旨、任务和组成人员是不同的：中华说唱艺术研究中心是曲艺研究团体，而中国说唱文艺学会则是包括文学、曲艺、戏曲、音乐等各类说唱文艺及其与相关门类进行横向联系与交流的学术团体，组成人员也基本不同，因此，不宜合并，遂函告文化部，并由张世英同志与文化部有关部门说明情况和意见。文化部研究后，于一九九一年四月二十五日决定将中华说唱艺术研究中心界定为中华曲艺学会，中国说唱文艺学会名称不变，致函民政部，同意两个学会向民政部申请登记。后因民政部正在进行社会团体整顿工作，直至九十年代初，才办理登记手续并在《人民日报》公布。真是好事多磨！此前，学会做了一些调查研究工作，未举办大的活动。学会没有编制和专职人员，学会负责人和所设组联部、研究部、编辑出版等部门的工作人员，都是由热心说唱文艺和乐于奉献的同志兼任的。发展会员掌握积极慎重和少而精的原则，发展入会的同志大都具有较高的思想艺术素养和高级职称。活动经费主要是依靠社会赞助和与有关单位合作。

此后，中国说唱文艺学会召开工作会议，研究和安排学会工作。一九九一年二月十五日在京召开理事会议。主要议题是，以全国宣传思想工作会议精神为指导，回顾近几年来说唱文艺发展情况和学会工作，研究说唱文艺的新情况和新问题，商定今后的工作计划。会议由罗扬主持。名誉会长荣高棠，在京理事王波云、王松声、乔羽、许邦、荣天玙、胡青坡、钟艺兵、蓝翎等出席会议并发言。冯光钰、孙慎、贾芝、郭汉城等因事未能到会，作了书面发言。会议认为，党中央召开的全国宣传思想工作会议，是一次有全局意义的重要会议。江泽民同志的重要讲话，是指导宣传思想工作的纲领性文件，对说唱文艺的发展有着重要的指导意义。我们必须坚持以邓小平理论为根本方针，以科学的理论武装人，以正确的理论引导人，以高尚的精神塑造人，以优秀的作品鼓舞人，为造就和培养一代又一代有理想、有道德、有文化、有纪律的社会主义新人，建设中国特色社会主义伟大事业，发挥有力的思想保证和舆论支持作用。弘扬主旋律，提倡多样化，是“二为”方向和“双百”方针的具体体现，也是说唱文艺的优良传统。今后要继续发扬这样的好传统，努力创造和演唱更多的能够提高人们的爱国主义、集体主义、社会主义的思想境界，团结、鼓舞人们向着改革开放和现代化建设的宏伟目标前进，创作出更多更好的优秀作品，以适应时代和人民的要求。会议还强调指出，我们的说唱文艺和整个文艺工作都是为人民服务的。社会主义文艺最广大的服务对象在农村，最广阔的天地在农村，最缺少文艺活动的地方在农村，最容易接受说唱文艺的地方在农村。我们一定要面向农村，很好地为广大农民服务。说唱文艺轻便灵活，丰富多彩，历来为广大人民群众喜闻乐见，更应当发挥自己的优势，为建设社会主义新农村贡献力量。会上，大家还就说唱文艺工作中存在的一些实际问题提出了建议和意见。许多同志谈到说唱文艺的理论著作和作品发表难、出版难的问题。近几年来，由于种种原因，一些发表说唱文艺作品和文章的刊物纷纷转向，不再发表说唱文艺作品和文章；有些出版社也很少出版说唱文艺理论著作和说唱文艺作品，以致影响了创作和理论研究的繁荣，希望能够引起有关方面的重视。

一九九九年，中国说唱文艺学会着手进行换届的准备工作，根据社团负责人年龄的规定，罗扬提出不再担任会长，经大家研究后，仍推举他担任会长；王波云、李希凡、周良同志提出辞去副会长职务，被推举为顾问；张世英同志由于健康原因辞去秘书长职务；同时研究了增补副会长人选，并征求了理事们的意见，增补刘兰芳、王鸿同志为副会长，增补庆遂增、吴敢、张廷玉、李金斗、周喜俊、吴文科同志为理事；许邦同志兼任秘书长。学会章程作了若干小的修改。

二〇〇〇年一月，民政部社团整顿工作开始，要求各社团重新审查登记，中国说唱文艺学会即认真按照有关规定进行换届的准备工作，并以书面方式，通过了章程修改草案、工作报告和增补副主席和理事人选。业务主管单位由文化部转为中国文联，并按规定的要求，报民政部审批。二〇〇一年四月，民政部批准登记，并将中国说唱文艺学会同其他被核准登记的社会团体名单一起在报纸公布。

二〇〇八年底，根据民政部关于社团整顿工作的规定，中国说唱文艺学会总结了过去的工作，进行了换届工作。罗扬再次提出辞去会长职务，并提出会长、副会长均由比较年轻的同志担任。经过认真研究，并征求各方面的意见，建议罗扬作为名誉会长建议人选；程永玲同志作为会长建议人选，程永玲同志再三谦让，经多次说服才表示同意；庆遂增、吴文科、金丽生同志作为副会长建议人选；副会长王鸿、刘兰芳改为学会顾问建议人选；原任理事除去世者外，均作为下届理事建议人选；章程没有修改。上述议程及文件，经代表会议通过并报经业务主管单位和民政部批准，完成换届和登记工作。

学会成立二十年来，顾问陶钝、骆玉笙、吕骥、高元钧、王朝闻，理事郭铁松、王松声、蓝翎、端木蕻良、夏雨田、胡青坡、魏喜奎同志先后去世，名誉会长荣高棠同志亦于不久前去世。回想这些同志的高尚人品和艺术成就以及对学会工作的贡献，大家深感痛惜；他们将永远活在大家的记忆中。

中国说唱文艺学会二十年来所做的主要工作

一、举办学术和艺术交流活动

说唱文艺研讨会。中国说唱文艺学会与四川省曲艺家协会、成都市曲艺家协会联合于一九九二年九月中旬在成都召开。来自北京、江苏、上海、湖南、云南、吉林、四川等地的三十多位致力于说唱文艺的作家、评论家和艺术家出席会议。大家认真学习了江泽民同志“七一”讲话，着重讨论研究了说唱文艺的继承发展与改革创新问题。罗扬、马识途、李致、高缨、黎本初等同志在发言中都强调指出，我国的说唱文艺是中华民族所创造的灿烂文化的重要组成部分，要繁荣社会主义文艺，就要繁荣社会主义说唱文艺。老作家马识途同志满怀激情地说，我们的作家应当向说唱文艺学习，多写人民大众喜闻乐见的说唱文艺作品，这是很光荣的事情，绝不是什么不光彩的事情。我最近写了一部长篇《雷神传奇》，就是用说书人说书的形式写的革命历史故事，如果群众爱读爱听，我就很高兴。如何解决好继承与发展创新的关系问题，引起大家的广泛注意。荣天玙、周良、王波云等在发言中都以马克思主义、毛泽东思想为指导，结合说唱文艺的具体情况，论述了继承与发展创新的辩证关系。大家一致认为，说唱文艺要繁荣，一定要在党的文艺方针指引下，在继承的基础上坚持改革创新，努力创作和演出更多的思想艺术质量高的好作品，特别是充分表现社会主义时代精神，又有很强的艺术感染力的好作品，同时要在说唱音乐和表演艺术上不断有所突破和创新，力求达到内容与形式的完美统一。如何使说唱文艺适应青年，提高青年，是这次研讨会议论的又一个大问题。大家认为，说唱文艺要很好地为老年读者、听众服务，不重视老年人的文化艺术欣赏要求是不对的；但绝不可以因此而降低了为青年服务并不断争取青年的任务和要求。不然的话，我们就是很大的失职，就不利于说唱文艺的发展和繁荣。罗扬、吴宗锡等同志根据毛泽东同志、陈云同志等老一辈无产阶级革命家的有关论述，就我们的文学艺术如何引导、提高青年问题谈了自己的认识和体会。程永玲、夏雨田等同志介绍了四川清音、相声等继承、创新的情况和经验。这次研讨会还讨论了如何加强说唱文艺的研究和评论问题。荣天玙等同志认为，现在说唱文艺的研究和评论还是一个薄弱环节。比如，说唱文艺各个方面、各个品种的研究还处于分割的状态，说唱文艺的评论还不够活跃，被资产阶级自由化搅乱了思想理论的是非还有待澄清，说唱文艺的研究和评论队伍还没有很好地组织起来。大家希望中国说唱文艺学会和各有关团体在促进说唱文艺的研究和评论方面多做工作，并提出一些具体建议。研讨会期间，与会同志一起参观了武侯祠、乐山大佛、峨眉山、三苏祠、三星堆等名胜古迹和自然风光。这次四川之行，大家都感到收获颇多，非常愉快。

继承和改革创新座谈会。中国说唱文艺学会和江苏省曲艺家协会联合于一九九三年五月在南京召开。罗扬、王光炜、王鸿、赵绪成、杨乃珍、周良、王波云、王丽堂、夏耘、吴文科等近三十位文艺界、曲艺界知名人士出席，就说唱文艺如何更好地反映时代精神、时代风貌问题进行了深入讨论。大家认为，在继承的基础上改革创新，是历史赋予说唱文艺作家的光荣使命。在过去的年代里，无论是曲艺、民歌、故事，还是其他具有说唱特色的文艺创作，都曾经涌现出不少富有时代精神和艺术魅力的优秀作品，为丰富群众文化生活，鼓舞群众推动历史的前进，做出积极的贡献。现在，我们的国家处在一个大变革、大发展的新时期，全国人民在党的领导下，正沿着建设中国特色社会主义道路胜利前进，为说唱文艺的发展和繁荣开辟了广阔的天地。提供了无比丰富的创作源泉，也向说唱文艺提出更高的要求，我们的说唱文艺作家、艺术家更应当充分认识自己所肩负的历史责任，以百倍的热情和创造进取精神，创作演出更多的无愧于伟大时代的优秀作品。座谈会强调指出，努力提高说唱文艺家的思想艺术修养，是提高说唱文艺创作演出质量的关键。要积极深入到人民群众中去，深入到改革开放和现代化建设的激流中去。这样，我们才能反映新时代，表现新题材，塑造新人物，开拓新领域，创作出更多的内容健康向上、具有艺术魅力的优秀作品。许多同志还提出，说唱文艺作家、艺术家需要牢固地树立起“精品意识”和“竞争意识”，在“精”字上下功夫，努力用精美的艺术品去争取听众特别是青年听众，在竞争激烈的文化市场上发挥自己的优势，以立于不败之地。这也是说唱文艺逐渐繁荣并获得新的飞跃的必由之路。大家表示，我们要坚持为人民服务、为社会主义服务的方向和百花齐放、百家争鸣的方针，把社会主义的主旋律和多样化结合起来，把继承优秀的民族文化传统和改革创新结合起来，把文艺的教育功能、认识功能和娱乐功能结合起来，真正做到寓教于乐，曲高和众，老少咸宜，说唱文艺就一定能够更加繁荣起来，在社会主义精神文明建设中产生积极的影响。在座谈会上，同志们还就作家与艺术家合作的问题，专业与专业结合的问题，以及文化体制改革和加强领导等问题，提出许多建设性的意见和建议。会议期间，大家还观赏了南京的市容和名胜古迹，给大家留下深刻印象。

说唱文艺与农村研讨会。中国说唱文艺学会与山东省邹城市人民政府联合于一九九四年五月十六日至二十日在邹城市召开。这次研讨会是在全国文艺界隆重纪念毛泽东同志《在延安文艺座谈会上的讲话》发表五十二周年的日子里召开的。山东省委原书记苏毅然、原副省长朱琦民出席会议并讲话，中国说唱文艺学会名誉会长荣高棠作了书面讲话。会议由罗扬主持。王波云、许邦、刘兰芳、荣天玙、王兆一、钟艺兵、张世英、庆遂增、刘心科、李志、任聘，中共山东省委宣传部和济宁市、邹城市有关方面负责人李木、周光珍、房立泉、韩锡根、刘予群、杨乃新等同志出席会议。大家重温了毛泽东、邓小平、江泽民和陈云同志关于文艺问题的论述，以党中央关于当前文艺工作的指示精神，深入探讨了说唱文艺如何更好地面向农村，为农民服务的问题。会议强调指出，我国有十一亿人口，八亿多是农民，农民和农村工作问题，始终是中国革命和建设的根本问题，也始终是文艺工作的根本问题。我们的文学艺术如果离开农民，所谓文艺为人民服务、为社会主义服务，就大半成了空话。说唱文艺乃至整个文艺工作，都应当解决好这个问题。会议一致认为，面向农村是文艺工作者的光荣职责，也是繁荣文艺的必由之路。一切有责任心的文艺工作者都应当为此做出积极的努力。在研讨会上，同志们指出，目前农村文化工作滑坡现象相当严重，许多农村缺乏健康的文化生活，封建迷信活动有所抬头，旧思想、旧习惯泛滥成灾，应引起我们的足够重视。同时，在社会主义市场经济的条件下，说唱文艺也遇到一些新情况和新问题，需要认真研究和解决。与会者认为，我国说唱文艺大都来自农村，丰富多彩，独具特色，与农民的关系极为密切，在农村有着广阔的天地。发言的同志结合自己的经验体会，列举了不少生动事例，说明广大说唱文艺工作者只要认真贯彻毛泽东同志《在延安文艺座谈会上的讲话》精神和党中央关于当前思想文化工作的指示精神，深入农村，为广大群众创作演出更多的富有时代精神和艺术魅力的说唱文艺作品，就会对丰富农村文化生活，提高群众的精神境界，促进农村社会主义文明建设，发挥很大的作用；也只有这样，说唱文艺才能获得勃勃生机与活力。大家对说唱文艺的前途充满希望和信心。研讨会期间，出席研讨会的同志一起到农村、矿区、工厂参观访问，著名评书表演艺术家刘兰芳等满腔热情地为广大工人和干部进行了慰问演出，受到大家的热烈欢迎。邹城市人民政府对这次研讨会给予了大力支持，除热情地做好研讨会的组织接待工作，还向与会者介绍了改革开放以来邹城市经济社会建设的情况和成就，组织大家参观了孟子故里、峄山、梁山等文化古迹和自然风光。

全国农村曲艺展演研讨会。中国说唱文艺学会与中国曲艺家协会、河南省曲艺家协会、中共南阳市委、市政府于一九九七年十月二十一日至二十三日在南阳联合召开。与会者以贯彻落实党的十五大精神为指导，就农村曲艺的历史、现状和未来进行了热烈的讨论。大家认为，面向农村，为农民服务，是曲艺的好传统。新中国成立以来，特别是党的十一届三中全会以来，广大曲艺工作者创作演出了许多富有时代精神和艺术感染力并深受广大农民欢迎的曲艺作品，为促进农村两个文明建设起到积极的作用；曲艺工作者通过深入农村，也学习到许多宝贵的东西，得到锻炼和提高，从而促进了曲艺的改革、创新和发展。许多同志列举了不少生动事例，说明农村需要曲艺，曲艺更需要农村，曲艺天地广阔，大有可为。随着我国改革开放和社会主义现代化建设事业的蓬勃发展，我国农村发生巨大变化，农民的物质生活和文化生活不断得到改善，对曲艺的要求也不断提高。与会者普遍感到，曲艺创作演出的现状还远远不能满足广大农民精神文化生活的需求，最明显的是，现在反映农村题材的曲艺作品还为数不多，精品力作更少，优秀的中长篇书目更加缺乏。曲艺工作者要很好地为农民服务，还必须做出坚持不懈的努力。会议认为，我国是一个农业大国，十二亿人口百分之八十以上是农村人口。乘十五大的东风，高举邓小平理论伟大旗帜，在以江泽民同志为核心的党中央的领导下，坚持为人民服务、为社会主义服务的方向和百花齐放、百家争鸣的方针，弘扬主旋律，提倡多样化，大力发展和繁荣农村曲艺，更好地为广大农民服务，为农村的两个文明建设服务，是我国的基本国情和社会主义文艺的性质所决定的，是党和人民交给曲艺工作者的光荣历史使命。会议指出，要把农村曲艺搞上去，当前最重要的是曲艺工作者要认真学习领会江泽民同志在十五大所作的报告，努力用邓小平理论武装自己的头脑，进一步认识深入农村、为农民服务的重要性和必要性；同时要深入农村，深入群众，向群众学习，向生活学习，自觉地从人民生活中汲取营养，不断提高思想修养和文化艺术修养，勇于改革创新，努力创作演出更多的思想性、艺术性和观赏性相统一的优秀作品，特别是反映农村生活和塑造社会主义农村新人形象的优秀作品。大家还就抓紧培养年轻的曲艺创作人才和表演人才，加强和改善对农村曲艺工作的领导等问题，发表了许多积极的建议和意见。大家高兴地听取了南阳市农村曲艺工作的开展情况和经验介绍。这座历史文化名城也是曲艺之乡，这里的曲艺有悠久的历史传统，深厚的群众基础，鲜明的地域特色，丰富的曲种曲目，众多的曲艺人才。南阳市委、市政府和宣传文化领导部门重视曲艺，南阳市所辖十三个县区，每个县区都有团队，经常活跃在农村。他们坚持正确的文艺方向，坚持“出人、出书、走正路”，坚持把社会效益同经济效益结合起来。其中，南阳曲艺团一年演出四百多场，百分之九十在农村演出。南阳曲艺工作者全心全意为农民服务的精神和艰苦奋斗的作风，深受群众欢迎和各方面的好评。与会者认为，如果各地都能像南阳这样重视农村曲艺，发展农村曲艺，全国农村曲艺就一定能够开创新局面，为丰富农村的精神文化生活，促进农村两个文明建设，做出更大的贡献。出席这次研讨会的文艺界、曲艺界人士有：罗扬、刘兰芳、荣天玙、王兆一、张世英、王岭群、李国经、遂庆增、陶善耕、程建华、王菊梅、李天成、周志超、郭国旺、兰建堂、阎天民、王天君、周喜俊、宛芳卿、王池良、石世昌、吕樵、李文武、李成军、李志、郭鸿玉、安保勇、张玉贞、张平、张守振、荆留套等近五十人。刘兰芳、王菊梅、王岭群等在开幕式上分别致辞，罗扬在会议结束时讲话。研讨会期间，大家先在南阳曲艺厅观看了南阳说唱一团富有地方特色的曲艺演出，后在南阳影剧院与南阳一千多名观众一起观看了来自北京、江苏、河南、河北等地的刘兰芳、李金斗、李建华、王谦祥、李增瑞、刘小梅等曲艺表演艺术家与南阳曲艺家联袂献艺的曲艺专场晚会。在曲艺专场晚会开幕之前，举行了隆重的中国曲艺家协会命名南阳市为“曲艺之乡”的仪式。当罗扬和刘兰芳代表中国曲协授牌，周志超、市文联主席郭国旺代表南阳市接牌的时候，场内爆发出的热烈掌声，预示着南阳曲艺的前景无限美好。

面向二十一世纪的中国说唱文艺研讨会。中国说唱文艺学会与江苏省中外社会文化交流协会、徐州教育学院联合于一九九九年十一月七日至十二日在徐州召开。来自北京、江苏、上海、吉林、四川等地的作家、艺术家、专家、学者、报刊编辑王波云、许邦、刘兰芳、周良、程永玲、荣天玙、张世英、庆遂增、吴文科、吴敢、张廷玉、李金斗、周喜俊、张小枫等出席会议。研讨会由罗扬主持。主要议题是，在回顾说唱文艺的发展历史和优秀传统的基础上，展望和思考二十一世纪中国说唱文艺。与会者普遍认为，说唱文艺是我国具有悠久历史和优秀传统的艺术，涌现出众多的说唱文艺家，创造和积累了弥足珍贵的艺术品，历来为广大人民群众喜闻乐见，并为中国的戏剧、小说等的孕育形成和中国文学艺术的发展做出重大贡献；

许多诗人、作家都受过说唱文艺的滋育。近百年来，鲁迅、瞿秋白、老舍、赵树理等都非常重视说唱文艺。新中国成立以来，在党的领导下，说唱文艺获得划时代的发展。二十一世纪是实现中华民族复兴的世纪，与会者在回顾说唱文艺的历史之后，结合说唱文艺的自身特点及其与历史和时代的关系，着重讨论了说唱文艺面临的新形势和新任务，从推动中国特色社会主义文化建设的角度，认为说唱文艺是一门最具民族特点的文化现象，与人民大众具有最为密切的联系。坚持改革创新，反映时代风貌和时代精神，抒写中华民族的壮志豪情，说唱人民大众的心声，塑造有理想、有道德、有文化、有纪律的社会主义新人，鼓舞群众推动历史的前进，是历史赋予说唱文艺家的光荣使命，应当成为二十一世纪说唱文艺创作、表演的永恒主题和奋斗目标。同时，说唱文艺遗产的收集、发掘、整理和研究工作，要不断加强；说唱文艺传统节目要不断整理加工，提高其思想性、艺术性和观赏性，以适应新时代、新听众不断增长的精神文化需求。会议强调指出，借助现代化传媒与各种先进的技术手段，来广泛传播这样丰富多彩、独具特色和旺盛生命力的说唱文艺作品，大力弘扬民族民间文化传统，对中华民族在二十一世纪保持自己的特色，建设中国特色社会主义，具有重大的意义。这不仅应当成为广大说唱文艺家们的共识，而且应当成为整个中华民族面向即将到来的二十一世纪所具有的共识。

纪念陈云同志百年诞辰座谈会。中国说唱文艺学会与中国曲艺家协会、江浙沪评弹工作领导小组、江苏省文联、中共苏州市委宣传部等单位于二〇〇五年五月在苏州举行。各单位负责人和曲艺界、文艺界著名人士一百多人出席。首先举行了《出人、出书、走正路——陈云同志诞辰100周年纪念文集》首发式。在座谈会上，大家怀着崇敬和爱戴之情，追忆了陈云同志长期关怀和指导评弹和曲艺工作的情景，重温了陈云同志的重要论述，一致认为，陈云同志对曲艺、文艺工作发表的一系列重要意见是毛泽东思想的丰富和发展，对文艺工作特别是评弹、曲艺工作具有重要的指导意义。同志们联系当前评弹、曲艺工作情况，肯定了成绩，也指出存在的困难和问题，一致表示，我们必须坚持“出人、出书、走正路”，奋发努力，进一步推动评弹、曲艺和文艺的繁荣与发展。在纪念演出晚会上，由江浙沪和来自北方的著名演员、艺术家和评弹学校的学生同台演出了精彩的文艺节目。同年六月，罗扬应邀出席中共中央宣传部、中共中央组织部、中共中央文献研究室和中国社会科学院主办的纪念陈云百年诞辰座谈会，撰写了题为《陈云与曲艺艺术》的长篇发言，并在《人民日报》《光明日报》《文艺报》等报刊上发表。这次活动对各地曲艺工作起到积极的推动作用。

夏雨田先进事迹和艺术成就研讨会。学会与文化部党委、中国曲艺家协会、中国艺术研究院曲艺研究所、湖北省曲协、中共武汉市委宣传部、武汉市曲艺团联合于二〇〇六年七月二十八日、二十九日在北京召开。各有关方面负责人和文艺界、曲艺界知名人士六十多人出席。大家在发言中深情追忆了夏雨田同志的先进事迹、艺术成就和对他的思念。夏雨田同志是一位优秀的共产党员，武汉市特等劳动模范，中共十三大代表，中国曲艺家协会副主席、中国说唱文艺学会理事，并长期担任湖北省曲艺家协会主席、武汉市曲艺团团长，为我国曲艺事业做出突出贡献。他的人品和艺术成就受到人们的普遍赞扬。在创作演出中，他始终坚持质量第一，社会效益第一，并在艺术上形成自己的风格与特色，深受广大听众的欢迎。特别令人感动的是，他长期抱病工作，表现出一个共产党员文艺工作者高度的责任心和鞠躬尽瘁、死而后已的崇高精神。研讨会期间，武汉市说唱团演出了夏雨田优秀曲艺节目专场，他创作的相声、唱词等多种形式的作品，至今依然深深地感染着听众。人们望着舞台上他面带微笑的大幅照片，欣赏着他的作品，都为曲艺界有夏雨田这样的作家、艺术家而感到光荣和骄傲，更为他过早的病逝而感到无限痛心。

二、调查研究说唱文艺发展情况

学会一直重视说唱文艺的调查研究。学会和许多理事、会员都以不同方式调查了解说唱文艺的历史和现状，特别是现当代说唱文艺的成就和问题；还先后到一些地区考察说唱文艺发展情况。

二〇〇二年八月、二〇〇三年九月，学会和《中国曲艺志》编辑部先后在南昌、井冈山召开座谈会，重点调查了解了苏维埃时期说唱文艺的发展情况，并就苏区曲艺史的撰写问题交换了意见。

二〇〇一年十月、二〇〇四年八月，学会结合《中国曲艺志》的编纂工作，先后在兰州、天水召开座谈会，深入讨论了敦煌石窟文化与中国说唱文艺的关系及其影响，并对如何评价敦煌说唱文艺问题提出许多富有见地的意见和建议。

二〇〇四年六月、二〇〇五年八月，学会与陕西、山西有关单位合作，在西安、太原召开座谈会，深入讨论了革命根据地说唱文艺的改革和发展问题，充分肯定了在党的领导下说唱文艺在革命战争年代所做的贡献和经验，为中国文艺史的编写工作提供了许多可供参考的意见。

二〇〇四年五月、二〇〇五年十月，学会与《中国曲艺志》编辑部合作，先后在广西、宁夏等地考察了少数民族说唱文艺的发展情况，围绕继承和创新问题撰写和发表了评论文章；并向有关文化领导部门提出改进工作的意见和建议。

五年来，学会还经常邀请文艺界人士研究说唱文艺创作问题，通过座谈会和在报刊上发表评论文章等方式，鼓励新人新作，引导说唱文艺作家、艺术家坚持正确的文艺方向，创作更多的优秀作品，并推荐了一些卓有成就的说唱文艺作家和艺术家。

实践证明，加强调查研究，对于做好工作是非常重要的。这正是学会举办的学术研究和艺术分流活动取得良好效果的根本之路。

三、编辑工作

编辑《中国说唱文艺丛书》，筹备编辑《中国说唱文库》，并拟恢复《说说唱唱》月刊。编辑《中国说唱文艺丛书》的宗旨和任务是，在党的文艺方针的指导下，有计划地出版我国各民族各地区历代产生的各种形式的说唱文艺作品，说唱文艺历史和说唱文艺著作，说唱作家、艺术家传记、回忆录以及有关可供研究的资料，以弘扬民族优秀文化，促进社会主义说唱文艺的发展和繁荣。由于缺乏出版经费，只出了三部。编辑《中国说唱文艺丛库》《说说唱唱》的计划，亦未能落实。

最后，学会在联络、协调、服务等方面，也做了一些力所能及的工作。

以上是学会近几年来的工作情况。按照学会的宗旨和任务，需要做的工作还很多，但由于种种原因，诸如举办优秀作品评奖活动、培养优秀人才、编辑说唱文艺书刊、开展中外艺术交流，等等，我们都是心有余而力不足，很多工作没能做到。

关于今后工作

中国说唱文艺学会于二〇〇八年底换届时召开工

作会议，认真研究和安排了今后的工作。大家一致认为，学会正面临着新的形势和任务。机遇与挑战并存，任重而道远。要做好学会工作最重要的是，我们要在以胡锦涛为总书记的党中央领导下，坚持为人民服务、为社会主义服务的方向和百花齐放、百家争鸣的方针，贯彻党中央关于文艺工作的指示精神。这是我们统一思想，做好工作的根本保证。

我们要按照学会章程规定的任务，以繁荣创作、活跃评论为重点，积极推动说唱文艺的继承和创新，为建设社会主义文艺，促进社会的和谐和进步，发挥应有的作用。

我们要团结更多的从事说唱文艺和热心说唱的文艺界人士，开展说唱文艺创作和理论研究等活动，同时要争取社会各界重视说唱文艺的人士和单位的支持。

我们要加强与会员和有关单位的联系，做好协调、服务工作。

总之，我们要增强责任意识、忧患意识和创新意识，提高实践能力，发扬谦虚谨慎、戒骄戒躁的作风和艰苦奋斗的作风，同心同德，再接再厉，努力把学会工作做得更好些，更多些。大家深信，中国说唱文艺学会一定会越办越好。

难忘的童年

我于一九二九年生于河北省威县罗安陵一户农民家庭。威县地处冀南平原，古称宗城、宗州、洺水、威州，明初始称威县。罗安陵在县城东北五华里处，是从山西省洪洞县迁徙过来的，罗姓人多，贾姓人少，原名罗贾庄，挨近王家庄、马家庄、管家庄、郭家庄；后因五庄之北有明代北京都察院右佥都御史王浚的陵墓，奉旨改名罗安陵、王安陵、郭安陵、马安陵、管安陵，合称五安陵。

据家谱记载，我家祖祖辈辈都以务农为生。祖父罗风来和父亲罗绍通都是劳动能手，除了做好地里活，还纺花织布；祖父还学会磨香油，农闲时偶尔磨点香油赚几个零用钱，落点麻酱渣作肥料，自己也不用花钱买香油吃了。祖父从小受苦受累，又吃不好，落了个罗锅腰，五十来岁的时候脸上就布满皱纹，显得干瘦干瘦的，腰直不起来。因为他排行老二，有同辈人戏称他“二罗锅”。祖母朱氏、母亲张氏，都出生在农民家里，能吃苦耐劳，会操持家务，过穷日子。全家一年到头勤俭度日，总想攒几个钱，添一两亩地，逐步过上不愁温饱的日子。祖父、父亲有事到集镇去，都是怀揣两个玉米饼子或窝窝头，带点自己腌制的咸萝卜中午充饥，舍不得在外边买吃的东西。偶尔带我到城里赶集，每次都在东门内路北董家的火烧摊上买半截火烧给我吃。董家做的火烧在威县很出名，火烧有半尺多长，二寸来宽，一指来厚，分好多层，刚烤出来时外焦里嫩，再趁热加点猪头肉，煞是好吃；我吃得高兴，他们在旁边看着也很高兴。我让他们吃，他们总说不饿，要我趁热快吃。他们就是这样疼爱孩子，勒苦自己。由于全家克勤克俭，会过日子，如果不是荒年旱月，兵匪战乱，年年还有点节余，不再为温饱发愁了。

祖父、父亲最爱劳动，讨厌不劳而获的懒人。我小时候，他们就教育我要吃苦耐劳，不要做懒汉。上小学的时候，遇有星期日、麦假、秋假和寒假，他们都叫我到地里拾草、拣麦穗，教我怎么锄地、开苗、牵墒、耕地以及割麦子、栽种红薯、劈高粱叶等农活。他们心疼我，看我累的时候，就让我歇一会儿。告诉我多学点本事，就不用事事求人了；还说干农活要不惜力，还要学会巧干，好好学才会练成一把好手。

他们都称赞同姓的老余三爷什么活都做得又快又好，全村谁都比不上他。老余三爷家有四个孩子，只有几亩地，一年到头当短工，日子过得很艰难。他和祖父、父亲最合得来，有时还来帮忙，也很喜欢我。玉米苗长到两三寸高的时候就要开苗，即把该留的苗留下，把多余的苗锄掉，留下的苗，距离要一样。一天，老余三爷来帮助开苗，我在后边拾锄掉的玉米苗做牛饲料，只见他手握锄头，一锄一个准，间距像尺子量的一样远近，遇到两三棵苗挨在一起，该留的，他侧锄一下，就把多余的苗剔掉了，没有一点差错，干得真是又快又好。父亲也算一把好手，还是赶不上他。我问三爷是怎么练的，三爷笑着说，干活不光要用力气，还要用心、多练，熟能生巧。开苗，不要忘记苗与苗的距离。眼要瞄准，锄要把稳，一锄就要剔掉与好苗连在一起的多余的苗，同时留下该留的好苗。开苗要小心，要用巧劲，还要敢下锄，不能犹豫。他还讲过干好其他农活的方法，我都牢记在心。

我小时候有一个哥哥，一个姐姐，一个弟弟。那时候家家盼孩子，又怕男孩子多了娶不上媳妇，女孩子多了赔不起嫁妆。农村时兴早订婚、早结婚。我三岁时就由同族的修成大哥帮忙订了婚。可是没多久，哥哥、弟弟都先后因病夭折，只有我一个男孩了。农村普遍重男轻女，要男孩传宗接代，我作为“独根苗”，格外受到关爱。

祖母对我特别宠爱，有点好吃的东西总是留给我吃。有时候，小贩到村里卖“馃子”（类似城里的“油条”，炸时撑成三角状）、“馍馍”，她就拿点粮食换一个“馃子”或一个“馍馍”给我，只让我一个人吃；有时我让给姐姐，姐姐也不吃。母亲也很疼爱我，但管教很严。有一年冬天，晚上刮起西北风，风很大很冷，我早早就钻进被窝，记不清什么事情，母亲批评我，我不肯认错，母亲很生气，使劲拧我的屁股，我痛得哭出声来，祖母听到哭声，就从北屋跑过来怒气冲冲地责备母亲，并立即把我抱走。第二天见到母亲时，她还生我的气，继续教训我，直到我认了错，她才露出笑脸，摸着我的脑袋说，有错就要认错，就要改，改了就好，有错不认错、不改，可不行；不要想自己是“独根苗”，有人娇惯你，就觉得自己高人一头，谁也管不了你。平时看到我表现好的时候，母亲也很高兴，还向邻居的婶子、大娘夸我是好孩子。

小孩子喜欢看热闹。村里有些青壮年喜欢舞枪弄棒、打拳摔跤，我站在一旁观看，又惊又喜，总是看个不够。县城北关每年四月十八办庙会，周边几十里地的人都来赶会，算是全县最大的庙会，人山人海，熙熙攘攘，热闹极了。每次跟大人赶庙会，都大饱眼福。北关有娘娘庙，很多人去拴娃娃，求娘娘赐给一个胖娃娃。庙里人多拥挤，香火缭绕。我问母亲，娃娃是拴来的吗？母亲笑笑说，小孩子不要问这问那。旁边还有一个阎王庙，我挤进去一看，台上坐着阎王，两边站着判官、小鬼，前墙上画着十八层地狱和各种恶人受惩罚的影像，阴森森的。我问母亲，真有地狱吗？母亲怕吓着我，赶紧拉着我出来，悄悄跟我说，有没有地狱，活着的人怎么知道？真有地狱也好，治治那些坏人，给好人出出气。在北关南头进城的大路边，忽然看到几个“叫街的”，有的跪着，有的坐着，旁边站着孩子，个个披头散发，面黄肌瘦，破衣烂衫，比平时见到的“要饭的”还要可怜。他们前边放着柳条筐，不停地叫着“大爷大娘行行好吧！可怜可怜我跟孩子吧！”有的还用砖头砸自己的胸膛或脑袋，砸得布满血痕。我在村里也见过拉着孩子要饭的，但没见过这么悲惨、这么可怜的。母亲拉着我的手，在筐里放一个铜钱。我问母亲，这些人怎么不去老家种地过日子？母亲不高兴地说，小孩子知道什么？家里有地种，不遭灾祸，谁来叫街要饭！我说，怎么没人救他们？母亲不耐烦地说，富人不肯救，穷人救不起，遇到这世道，有啥办法！我见母亲神情低沉，也不敢再问下去。

五安陵也有一个小庙会，地点在郭安陵。因为这个庙会没有多少名气，前来赶庙会的人很少，主要是亲戚朋友借这个机会聚聚。家里总是做点好吃的款待客人。我和前来的孩子们一起玩耍说笑，也觉得蛮有意思。好几次庙会都是冷冷清清的，没几个摆摊卖东西的，只有一处卖冰糖水的，玻璃缸装几桶白开水，加点糖精，再分别放点不同的颜色，倒在玻璃杯里，看起来很好看，一个铜钱买一杯，喝着也觉得有滋有味。有一年大旱，乡亲们来这里求雨，除了到庙里烧香磕头，还有些青壮年头戴柳枝编的帽子，抬着纸糊的龙王，在空场上大步转圈，只见锣鼓喧天，盼望能感动龙王爷下雨解灾。可是过了好久还是不下雨。村里只有两口小井，天旱水浅，人和牲口饮水都有困难，哪有水浇地。眼看庄稼快要干死，乡亲们个个唉声叹气，我也跟着埋怨龙王爷，怎么不睁眼看看！

我最愿意母亲带我和姐姐回娘家。母亲出生在管安陵村。外祖父母也是农民，外祖父农闲时常挑着货郎担走街串巷，卖点针头线脑和毛巾、碱面之类，赚点零用钱贴补家用。外祖父有四个儿子：两个住在同院，已分开过日子，另外两个，一个在外打工，一个被抓兵抓走了，下落不明，只剩下老两口勤劳度日，相依为命。他们不愁吃穿，日子过得也很和美。每次我们一进大门，听到我喊姥爷、姥娘，他们便立刻从屋里迎出来，拉住我们的手进到屋里，沏茶倒水，问寒问暖，特别亲热。因为我家里活忙，母亲总想当天来去，外祖父母当然不肯答应，至少要留住一两天，为我们包饺子、熬粉皮菜、炒鸡蛋、蒸馒头、包菜团子，还给我和姐姐买糖吃。外祖父爱给我和姐姐唱歌谣、讲故事，比如王祥卧鱼、丁香割肉、孟母断机、孙悟空大闹天宫、黄鼠狼给鸡拜年等故事，都是从外祖父那里听到的。有的故事我在家里也听过，但没有外祖父讲得那么动人。

外祖父还讲过朱三的故事。他说，朱毛红军游击队来过威县，有个队长叫朱三，带领穷人打土豪劣绅，杀了国民党县党部专抓共产党的一个叫田泽南的头头以后不幸被捕。有一天，外祖父进城买东西，正碰上朱三被绑着游街，听说是要在西门外枪毙，西街两旁站满了人，只见这位朱三挺着胸膛，面不改色，还高喊打倒土豪劣绅，打倒国民党，真不愧是一条英雄好汉！这是我第一次听说有个叫朱毛的，还以为朱毛是一个人，以后才知道朱毛是两个人，一个叫朱德，一个叫毛泽东，也是第一次听说中国有共产党，有中国工农红军，但不知是什么样子，倒是这个叫朱三的人给我留下很深的印象。

母亲见了外祖母总有说不完的话，听到母亲说不顺心的事，如婆媳不和等，外祖母总劝母亲想开点，说好多人家都是这样，不要闷在心里憋出病来，以后慢慢会好的。母亲和外祖母常常说起出门在外的两个舅舅，听说外边不断打仗，好多兵被打死，十分担心舅舅的生死。每到这时，两人只有互相劝解，不断叹气。

晚上，母亲会领着我们看望邻居的长辈们，都受到亲切接待。我与一些小孩子玩耍也很亲热。每次离开时，外祖父母都恋恋不舍，会一直送到村北口，望着我们走得很远了才回去。

我和姐姐都说外祖母真好，过些日子就催着母亲去看望他们，没想到我六岁那年，外祖父母先后去世。母亲听说后哭得像个泪人，十分悲痛。母亲后来告诉我，她的亲娘很早就去世了，这位外祖母是后续的，但对母亲像亲娘一样，最知心、最疼爱她。每逢外祖父母忌日，母亲都会带着我和姐姐去坟上跪拜、烧纸钱，直至痛哭一场，似乎这样才能表达出对二位老人的思念之情，同时也把平时累积的郁闷和委屈都宣泄出来。这种时候我和姐姐也很难过，又不知怎样劝解才好。

过大年（春节）是最喜庆、最热闹的时候。进了腊月，村里就有了过年的气息。腊月初八家家都熬腊八粥，富裕人家放些大米、小米、花生仁、核桃仁、小枣、芸豆、莲子等，普通人家只放小米、花生仁、小枣，粥熬好后，一家人围坐在一起，一面喝粥一面说些吉祥话。

腊月二十三是祭灶的日子，家里也买来一张灶王爷像贴在灶台上面的墙上，像旁边还印着“上天言好事，下地保平安”的对联，像前供几个糖瓜，传说是让灶王爷吃点甜的，多给全家人说好话，降吉祥；也有人开玩笑，说糖瓜能把灶王爷的嘴粘住，无法说下边的坏话。我问母亲，真有灶王爷吗？母亲笑着说，你信就有，不信就没有；到底有没有，谁也说不清。

这些天家家都操持过年的事。为了过年后少动火，吃着方便，家里年年都烙煎饼。煎饼是用小米面做的，先把面发好，用鏊子烙。父亲很会烙煎饼，每个煎饼都烙得一面焦黄，一面像蜂窝，往往一烙就是一二百张，放凉后搁在大瓦缸里，有时到正月十五还有煎饼吃。有亲友来，都夸煎饼烙得好。

家里每年养一头猪，也在这时候宰掉。请来同族的绍秋叔宰猪，宰杀前先由两个小伙子帮忙把猪逮住绑好，放在一块门板上按住，绍秋叔用一把尖刀插进猪脖子，顿时血流如注，猪断气后，绍秋叔在猪腿上割个口子，用铁棍插进猪的各个部位通气，接着用嘴往里吹气，同时由另一个人用木棍在猪的全身敲打，把猪吹得鼓鼓的，用绳子把刀口系紧，然后把猪抬进水烧得滚开的大锅里烫，捞出后放在案子上刮毛，刮净后，再分部位切割。

另有几家也请绍秋叔宰猪。只见他精神抖擞，一鼓作气，活干得又快又好。我在一旁看得出神。十冬腊月，绍秋叔穿着短衫还热得满头大汗。平时只知道猪肉好吃，不知道宰猪还这么费劲。绍秋叔那种不嫌脏不怕累的劲头和娴熟的宰猪本领，真让我佩服。

我家的猪宰了以后，大部分肉拿到集市卖钱补贴家用，留下猪头、猪下水和少量的肉自己吃。肉，一部分做饺子馅、做菜，一部分切成片腌起来，等来年麦秋时多少吃点肉食。猪头、猪下水由祖父用大铁锅煮，加上盐、葱、姜、花椒、大料，煮不大会儿，满院子都能闻着香气；煮熟后，祖父总是挑出一块让我先尝一口，味道香极了。祖父也会尝上一口，连说好吃好吃。肉汤里放些红萝卜、海带丝，煮好后放在大瓦盆里；亲友来了，舀上几勺，再加些肉、粉皮、白菜、菠菜、金针菜等，就是很不错的菜了。猪血加些面粉、粉条、白菜，蒸成血糕，也很好吃。此外，还会蒸很多馒头、枣卷、窝窝头。这样，春节期间就有不少现成的东西吃，不用花很多时间做饭了。

大年三十，过年的气氛更浓了。家家户户包饺子，屋里屋外打扫得干干净净。祖父在罗姓中辈分最高，早早就把罗氏家谱挂在北屋当中的墙上。家谱上写明罗家是明永乐年间从山西洪洞县罗家庄迁来的，依次排列着迁来后若干代人的家谱。我到别家去看，很多人家都贴上春联，还挂上五颜六色的春挂帘。父亲请人写的春联也贴上去。父亲上过两年私塾，粗识文字，念给我听，上联是“天增岁月人增寿”，下联是“春满乾坤福满门”，横批是“紫气东来”。两扇门上，一边贴着“忠厚传家久”，一边贴着“诗书继世长”。我到别人家去看，也贴着类似的春联，比如“平平安安辞旧岁，欢欢喜喜迎新年”等。有的放牛车的大门上，一边贴着一个“戬”字，一边贴着一个“穀”字，字都很大，我问父亲这两个字是什么意思，他也说不清楚，后来上了学，请教老师，才知道“戬”是吉祥的意思，“穀”是善和好的意思。

年三十晚上煮饺子，先给天地爷、观音菩萨、关老爷上供、烧香、跪拜，求上天保佑，然后全家人围在一起边吃饺子边拉家常，话题主要是这一年过得如何，明年如何把日子过得好些。这时四处渐渐响起鞭炮声，我和父亲也放点小鞭小炮。这一晚家家户户要“守夜”，迎接新年。

正月初一，天还黑的时候，父母就领着我和姐姐给爷爷奶奶拜年，接着我和姐姐向父母拜年。每年我和姐姐都能得到爷爷奶奶和父母给的压岁钱，我会交给母亲保存，以后买点自己喜欢的东西。天刚亮，全村就开始互相拜年。爷爷辈分最高，一早就穿戴整齐，按照老规矩坐在家里，迎候着前来拜年的人们。很快，拜年的人群就簇拥着进来，彼此互相问候、祝贺，像好久不见似的倍加亲热，平时有点隔阂的，一拜年就消除了。随后我就跟着父亲随众人一起去各家拜年，人越来越多，排成三四十人的大队，往往前边的人给被拜的人跪下了，后边的人还没走进院子，就跟着喊一声“拜年了”，随着先进去的人转回来，我在队伍里觉得挺好笑。不同姓的街坊也互相拜年。接着还要向邻近村里同族的人拜年，一直到中午才拜完回家。

有一年下雪，路十分泥泞，把我的衣服、鞋袜弄得又湿又脏，也觉得特别累，很后悔没听大人的话，小孩子不该跟着凑热闹。

正月初二以后，亲友们也开始互相拜年。我和姐姐会跟随母亲去外祖父母家住上几天。正月十五吃元宵、点鞭炮，正月十六晚上到县城北关看耍龙灯，有时演布袋木偶的人会到村里演，也觉得很好玩。

当年过年的情景，至今难以忘怀。

我七岁的时候，家里送我上小学。小学是五安陵合办的，校址先设在马安陵，后转到管安陵。每天上学，母亲都送我到村边，嘱咐我要好好学习；下学回家时，母亲每天都会在村边接我，问我学得好不好，一路上说着学校的事。晚上，母亲一边在棉籽油灯下做针线活，一边看着我温习功课。她鼓励我好好念书，说我们家祖祖辈辈没有读书人，好比是“双眼瞎”，好多事情不明白，被人看不起，受人欺负，还给我举过几个例子，要我一定做个明事理、有学问、被人看得起的人，要给老实人争气，我默默记在心里。

那时候，多数人家生活困难，也不重视教育，五个村一百多户人家，学校只有三四十个学生，一位老师。一、二、三、四年级的学生挤在一间教室里上课，另一间小屋供老师备课、休息。老师名叫王毓春，每天早早就到了学校，看书备课，每门课都讲得很好，还教注音字母和四角号码检字法。村里人都说他的毛笔字写得好，每逢春节，很多人家都贴他写的春联。他平时对学生和蔼可亲，但要求很严格，如果发现谁不好好学习，谁在上课或复习时捣乱，他轻则呵斥，重则当众罚站、打板子，有时候学生的手被打得肿起来，很是吓人。我每次考试都是第一名，又守纪律，多次受到他的表扬，家里人听说也很高兴。

一年级学写字，是从“写仿”开始的。“写仿”就是套着印制的楷体五言诗“一去二三里，烟村四五家，亭台六七座，八九十枝花”，每天摹写一张，他夸我摹写得好，还送我一本坊间印制的赵孟𫖯书陶渊明《五柳先生传》大字本字帖，说赵体好看，要我以后临摹。从此我就爱上赵体书法。

老师还给我们讲过《聊斋》的故事，讲得活龙活现，好像这些鬼狐故事就发生在人间，同学们往往听得目瞪口呆。老师虽然说这是传说，不是真事，但大家还是觉得真有好鬼坏鬼，在心中引起阵阵波澜。我感觉老师学问真大，懂的东西真多。

有一天下午老师有事外出，我跟几个三四年级的学生到老师屋里去，看到他桌上放着很多书，有位同学指着说，这是《王云五大辞典》，这是《小学课本教授书》，这是《万有文库》，这是《聊斋志异》，老师的学问和他讲的故事，可能都是从书本里学来的。

我顿时感到书的重要，心里暗暗下定决心，以后一定要多读书，把零花钱都攒下来好多买几本书。

民族危难中成长

我是在民族危难的年代成长起来的。

一九三六年，在我不满七岁刚上小学一年级的时候，老师就给讲过九一八事变日本鬼子侵占我国东北后犯下的滔天罪行，教导我们长大之后要抗日救国。从此，“抗日救国”这四个字就刻印在我幼小的心灵深处。

一九三七年七七卢沟桥事变发生后，老师告诉我们，二十九军将士正在拼命抵抗。我们这些小孩子同父老乡亲一样，天天等着好消息，盼望早日把日本鬼子赶出中国。想不到没过多久，二十九军就向南撤退，有一支队伍在我们村罗安陵歇脚。真巧，在二十九军当兵的根发叔叔也在这支队伍里，大家见面后格外亲热，不由得问起卢沟桥的战事，特别是二十九军为什么撤退。根发叔叔讲了二十九军在卢沟桥浴血奋战，副军长、师长等官兵英勇牺牲的情况，激动得流下眼泪，乡亲们听了也无不为之动容。战士们说，我们是爱国军人，哪能愿意撤退？就是拼命也要打日本鬼子，保卫华北，保卫中国，为烈士们报仇；可是蒋委员长下死命令要我们撤退，弟兄们都想不通，可是又不能违抗命令啊！乡亲们对蒋介石不准抵抗，也想不通，有的还发牢骚，表示不满，甚至骂老蒋是“软骨头”！

想到以后的日子，人人忧心忡忡，惶惶不安。每天晚上，村里有不少人都自发地聚集到三官庙前议论时事，交谈从四处听来的消息，议论一阵后，大家还是一筹莫展，在唉声叹气中回家。我看到这情景，也很是沮丧。

深秋的一天，从城里传来消息，说日本鬼子从南边打过来，离威县不远了。城里一片混乱，县里的国民党官员和军警已经向北逃走，可老百姓往哪里逃啊？人们莫不感到焦急万分。第二天上午，果然听到南边响起隆隆炮声，又听说日本鬼子到处烧杀奸淫，无恶不作，人们都很恐慌，几乎家家户户都准备携儿带女逃往北方，有亲友的投奔亲友，没亲友的也随大流往北走，哪怕受冻挨饿，也不愿落在日本鬼子手里。祖父、祖母死活不离家，催父母带我和姐姐先去翟庄一户远门亲戚家躲避几天再说。

这天下午，天阴沉沉的，西北风冷飕飕的，秋收后的田野一片荒凉，父母拉着我和姐姐向翟庄走去。翟庄这家远门亲戚家境贫寒，平时没有来往，只认识我父亲，但是见到我们一家到来，立即蒸窝窝头、红薯，熬小米粥，还拿小枣、花生给我们吃。我住在那里像住在姥娘家一样。

刚住了几天，就听说日本鬼子占领了县城，还到县城附近活动，可能很快就来到翟庄一带。于是一家四口又向北逃到赵庄一户远门亲戚家。这家过的也是穷日子，虽说对我们很热情，他们吃什么就让我们吃什么，父母总觉得过意不去，眼看就到冬天，往后的日子又怎么过啊！愁得父母整天愁眉不展，不断唉声叹气。

几天之后，北边又传来消息，说日本鬼子从北边打过来了，离这里不远了！这时在这里避难的人们觉得再无路可走，顿时慌乱起来，好多人都说，就是死也死在老家吧！我们一家四口只好硬着头皮随着逃难的人群返回老家，是死是活，只能听天由命了。

没过三天，汉奸领着几十个日本鬼子闯进村来。汉奸把全村三十多户人都吆喝到街上欢迎“皇军”，并警告说，谁反抗就枪毙谁。来的日本鬼子有步兵，也有骑兵，他们横冲直撞，鸣枪示威，挨家挨户搜查、抢劫，有位贾大嫂躲在家里，被日本鬼子发现后就要强奸，吓得她又哭又喊地乱跑。日本鬼子还拿吓唬人开心，他们看见一位贾姓的老大娘裹着小脚，硬是逼着她跑步走，趁她刚摔倒在地，一个日本骑兵就让马从她身上跨过，当时就把她吓得不省人事，日本鬼子反而拍手大笑。

这是我第一次亲眼看到日本鬼子的凶恶面目，他们真是一群披着人皮的豺狼！

更令人触目惊心的是，这年冬天的一个上午，日本鬼子、汉奸把县城附近一些村庄的男女老少集中到县城东门外的空地上，观看他们拿一位敢和日本鬼子拼命的崔姓农民开刀。他们把老崔的上衣扒下，绑在城壕边的柳树上，先在他临近的冰面上投放只响不炸的炸弹，威胁他低头认罪；他们没想到，这位老崔不但不低头，反而大骂日本鬼子和汉奸。日本鬼子十分恼怒，立即把他带到人群中间，只见他挺起胸膛站在那里，面不改色，高喊“打倒日本帝国主义！”一个日本小队长立即抽出东洋刀把他的头砍掉。这时，周围的人们都惊呆了，不少人暗自流泪。在回家的路上，人们都称赞老崔不愧是一条好汉，痛骂小日本惨无人道，什么“中日亲善”“共存共荣”，都是骗人的鬼话！我恨不能把日本鬼子统统杀死，报仇雪恨！

堂大伯罗绍振是一位勤劳、朴实、精明的农民，也是一位忠诚的共产党员，在我刚懂事的时候，他就给我讲过朱（朱德）毛（毛泽东）红军的故事，以及威县和冀南一带农民在共产党领导下举行抗日救亡武装暴动和处决反动地主、恶霸、捕共队头子田泽南的故事，引起我对共产党和红军的仰慕之情以及近乎神奇的幻想。一九三八年初，听说共产党领导的八路军来到威县北部，乡亲们都说有了盼头，顿时长起精神。五月九日夜里，八路军果然到达县城附近，准备攻下县城。罗安陵离县城只有几华里，乡亲们个个摩拳擦掌，准备好担架队，支援攻城的战斗。

凌晨，战斗打响，六八九团攻进县城，不料汉奸和梦九背叛他前几天在八路军驻地签下的向八路军投降、反戈一击的协议，命令伪军突然向我军猛烈开火，日军乘机反扑。经过激烈战斗，打死打伤日伪军一百多人，我军也遭受很大损失。乡亲们得知一百一十四位指战员英勇牺牲，都极为悲痛，对和梦九和日伪军更加切齿痛恨。这次战斗虽未将县城攻克，却给敌人极大震慑，日寇和汉奸于五月十五日就弃城窜回邢台。至此，威县全境解放，大大增强了人们把抗日战争进行到底的信心。冀南行署、冀南军区建立了“一一四烈士碑”，以纪念为抗日救国英勇牺牲的英雄们。

在中国共产党领导下，威县成为冀南抗日根据地的中心，抗日救亡运动热火朝天。罗安陵也活跃起来，村里成立了抗日自卫队，父亲被推举为自卫队队长；我进了五安陵抗日小学，马老师教抗日课本和带领学生高唱抗日歌曲时激昂慷慨的情景，至今记忆犹新。我参加了儿童团，轮流在村头站岗放哨，查看路条，以防汉奸、密探潜入抗日根据地。在这样的环境里，我受到生动的抗日救国的教育和锻炼，学习了文化，明白了许多道理，日子过得很快活。

中国共产党领导的威县抗日政府部分机构曾一度驻在罗安陵，县长范若一在这里带病工作。有一天，我和乡亲们亲眼看到一支骑兵来到村里，他们人强马壮，武装整齐，很是威风，说是国民党第十军团石友三部队来联系事情。人们以为他们来到冀南是与八路军合作，共同抗日，寄予很大希望。没想到他们另怀鬼胎，在抗日政府之外又成立了一个县政府，与日伪军相勾结，与抗日政府闹分裂，搞摩擦，横征暴敛，搜刮民财，甚至袭击抗日机关和部队。有些抗日干部和群众被他们活埋，我的舅父张春亭在企之县抗日政府工作时就是被他们活埋的。他们的所作所为，激起抗日根据地军民的极大愤慨，八路军给予坚决反击，才把第十军团赶跑，恢复了抗日根据地的秩序。

一九三九年二月，日本鬼子第二次侵占威县县城，威县成为“两面地带”和游击区。日本鬼子疯狂推行“强化治安运动”和“三光政策”，三里五里一个炮楼，十里八里一个据点，反复清乡、扫荡，残酷杀害抗日军民，发现或怀疑谁“私通八路”，就抓走或立即枪杀。县城附近一些村庄，敌人更是严密控制，五安陵就有多人被杀害，有的被装在麻袋里活活踢死，有的也不知死在什么地方。

抗日干部和武装人员平时都是两三个人一块儿夜间活动。绍振大伯公开身份是罗安陵村长，实际是抗日工作人员（冀南抗日联络站站长，负责收集情报和联络地下工作人员）。他很喜欢我，有时赶集也带着我去。一次还带着我到城内北街一户孤儿寡母人家，以帮助耕地为名，秘密接头。因为我家政治可靠，住在村东北角，进出方便，便于隐蔽，又与他家只隔一道墙，他不断地把党的地下工作人员安排在我家暂住或歇脚。地下工作人员都非常热情，抽空给我讲抗日斗争形势，讲革命道理，使我受到很多启发和教育。

一九四二年二月的一天晚上，三个地下工作人员在我家歇脚，不知怎么走漏了风声，第二天天还没亮，敌人就把村子围住，带着绍振大伯来到我家，把我父亲打倒在地，问把八路军藏在哪里？绍振大伯是否私通八路？绍振大伯和我父亲都不吐露实情，敌人认定绍振大伯是“两面村长”，私通八路，就把大伯带走，到辛庄一带搜查，仍然一无所获，敌人又气又恼，当天下午就把绍振大伯枪杀在村北的大路边上。如果头天在我家歇脚的三位同志住下，一定会牺牲在敌人的枪口下，父亲也会被杀害。每逢想起绍振大伯的牺牲，他的音容笑貌就浮现在我的眼前。大伯牺牲后，我几夜睡不着觉，极为悲伤。

在抗日战争进入反攻阶段的时候，日本鬼子和伪军更加疯狂，频繁“清剿”“扫荡”，到处烧杀抢掠，强奸妇女，抓劳工，老百姓简直没有活路。全县二十多万人口，被敌人杀害的就有八千多人。乡亲们提心吊胆，恨透了日本鬼子、伪军和汉奸。

人祸不断，又连遭天灾。一年春天，严重干旱，小麦基本绝收；老乡们挑水点种了一些玉米和瓜菜，又发生蝗灾，人们极力扑打并挖掘壕沟，阻止蝗虫蔓延，不料，一天上午蝗虫遮天盖地飞来，很快就把庄稼吃个精光，以致粮食绝收，家家户户发生粮荒，人人饿得面黄肌瘦。好容易补种了一些秋庄稼，七月里又降暴雨、冰雹，把刚长尺把高的玉米和一些瓜菜等都毁掉了。老百姓个个目瞪口呆，满面愁容，像傻子一样。不久，黄疸病、霍乱病到处流行，又缺吃，又缺药，不少人活活地饿死、病死。祖父、祖母患了黄疸病，父亲和我患了疟疾和痢疾，用土方治疗，祖父、祖母、父亲、母亲和我总算没有死掉。

由于局势动荡，灾祸不断，学校时办时停，我断断续续读完四年级课程的时候，如再读五六年级就发生困难，因为五安陵小学是初级小学，读五六年级就要上高级小学，可是周边几十里地只有县城有一所高级小学。

祖父、祖母和父亲都不主张我进城上学，一是认为敌人眼皮子底下的学校教不出好东西，二是每天进城不安全，一向主张我上学读书的母亲也很犹豫。这时在我家隐蔽的同志却鼓励我上高级小学继续读书，说他们了解到这所学校老师都拥护抗日救国，思想比较进步，不会教不好的东西；城周围的一些小孩子上学，敌人不会怀疑有什么问题，出不了什么事情，只要孩子多注意就是了；再说孩子上学还可以注意观察敌人的动静，打听消息；更重要的是，孩子多学点东西，多见点世面，多受点锻炼，等赶跑日本鬼子以后会有用处。全家人都觉得在理，于是又同意我继续上学读书。

学校离家五里路，每天早去晚归。天刚亮，母亲就准备一碗糊糊、一个玉米饼子给我吃，再准备两个玉米饼子，一块咸萝卜，放在柳条编的小篮里，让我带到学校当午饭，落太阳时放学回家。如果了解到敌人什么情况，就告诉绍振大伯或在我家隐蔽的同志。同班有一个姓周的学生，不好好学习，不守纪律，还依仗汉奸父亲的权势，往往在他家门口欺负乡下来的学生。老师们也很讨厌这位姓周的学生，多次对他进行批评。我每天出东门回家要经过他家门口。有一天，我一个人过他家门口，就受到他的欺负。黄振川、彭玉桢等同学听说后都愤愤不平，他们是霍寨人，每天放学回家本来该出南门，怕我再受欺负，每天陪我绕道东门出城。

这所小学设在县城南街关（羽）岳（飞）庙，学校有七个教室：一、二、三年级各一个教室；四年级男生、女生各一个教室；五、六年级各一个教室。除校长外，有七八位老师。王秀川老师、高珉庵老师在这两年中对我的教诲、鼓励以及在我离开学校后对我的关爱，我终生难忘。张晴园老师也对我有很好的影响。

王秀川，是马安陵村人，博学强记，多才多艺，是家乡有名的才子。我上五年级的时候，他是级任老师，教国文、历史以及写字、美术等课程。他有丰富的文史知识，口才也好，除了教课本上的东西，还选讲一些古典文学名篇，如列子的《愚公移山》，陶渊明的《桃花源记》，韩愈的《进学解》，柳宗元的《郭橐驼传》，李白的《将进酒》，杜甫的《石壕吏》《兵车行》，苏东坡的《赤壁赋》，欧阳修的《岳阳楼记》《秋声赋》，归有光的《先妣事略》和五四以来的一些优秀文学作品，大大扩展了我的视野，提高了我的精神境界，并引起我学习文史知识的极大兴趣；学习了岳飞的《满江红》，文天祥的《正气歌》等，更受到崇高的爱国精神和民族气节的教育。王老师很重视培养学生的写作能力，对学生的作文都仔细批改，并向大家讲评，提倡向贾岛学习，遣词用字要细加“推敲”。他写的一篇传记作品也非常生动优美。王老师对我期望甚殷，勉励我做一个有志气、有追求、有作为的人，永远不要自满。

王老师的书法造诣也很深，尤长于书写魏碑书体的大字，颇受人们推崇。他教学生写字，不仅讲基本方法和技巧，还讲点书法历史和书法理论，评论若干大书法家的作品。他特别推崇颜真卿等人的书法，并把艺术和人品联系起来进行分析。他常说，文如其人，书如其人；书法是一个人的道德学问和思想性格的集中体现，人品高，书法才能写得好，成为受人们尊敬的书法家。他对我写的楷书提出与前任老师不同的看法。我在三四年级的时候，王毓春老师要我临的字帖是署名赵孟頫书陶渊明《五柳先生传》，我写得很顺手，多次受到老师的夸奖。每逢春节，村里人还让我写春联，说我的字好看。王秀川老师却说我写的字太软，缺乏筋骨，只能挡“篱笆”，不能挡“行家”，要我改临颜真卿书写的《颜家庙碑》和《麻姑仙坛记》，说颜体字如其人，庄严大气，令人起敬。如果学行草，要学颜真卿的《祭侄文稿》和《争座位帖》。他还要我临柳公权的《玄秘塔》，欧阳询的《九成宫》，欧阳通的《道因法师碑》，以及钱南园书写的文天祥《正气歌》等。他说，多临些帖，多做些比较研究，大有好处。他藏有许多著名碑帖拓本和影印本，让我随意翻看，并时加指点。有一天，他捡出一张完整的《新宗城县三清殿记》石刻拓片给我看，详细讲解了这通碑刻的来历及其艺术成就。他说，威县在宋代叫新宗城县，《三清殿记》为宋哲宗元祐三年（1088）南郡李公泽撰文、大名张洁集晋右将军王羲之书，石刻原镶嵌在大殿墙壁上，元代殿宇倾圮，石刻掩埋地下，至民国二年（1913）县城内东马道街邱姓、余姓居民在挖掘房基时无意中发现。石刻书法遒媚劲健，镌刻精良，几乎可与怀仁集王羲之书《圣教序》相媲美。王老师对王羲之的人品和艺术赞叹不已，并表示，威县有这样好的石刻，是家乡的光彩，也是难得的一件宝贵文物。他还赠给我好几本文学著作和颜真卿书写的《赠裴将军诗》（珂珞版影印本）、欧阳通书写的《道因法师碑》（拓本），作为纪念。他对篆刻、绘画也有研究。

高珉庵老师，是六年级的级任老师，城内东街人，上私塾时师从王以锷先生。王以锷，字伯廉，自号荭北老人，学识渊博，擅长诗文和书法，著有《楚碧堂诗稿》《楚碧堂文集》等；藏书也很多。高老师常说从小遇见这样一位好老师，很是幸运，表示感念不已。他以后考入师范学校，毕业后曾在北平市政府当过一段时间的职员，见过世面，接触过一些学者和学有专长的朋友。后因需要照顾父母回家乡当小学教师。他家里人口多，夫人有病，两个孩子尚未成年，他除了教书挣几个钱，还要抽空下地种点粮食、蔬菜，才能维持生活，日子过得很清苦。他有丰富的文史知识，文笔很好，兴趣也很广泛，从孔孟、老庄学说到康梁改良主义思想，从孙中山的三民主义到五四运动以来的一些新文化新思想新学说，都有所了解，而且关心时事，好发议论，讲起来滔滔不绝，即使在日伪统治县城的时候，他有时也发表抨击日本鬼子和汉奸的言论。他和王秀川老师一样，不多讲课文上的东西，常常另外选些诗文名篇，并鼓励大家多读、多思，努力做有益于民族和老百姓的人。他特别喜欢刻苦学习的学生，欢迎学生课余时到他屋里去。他屋里有许多书，有线装书，也有些抗日战争前出版的书刊，如康有为、梁启超、陈独秀、胡适等人的著作和中译西方哲学著作等，只要我想读的，他都借给我读；我那时很幼稚，只是如饥似渴、囫囵吞枣式地读书，不能真正理解，却使我深深感到古今中外的文化知识真像无边无际的海洋，需要学习的东西真是太多太多，是永远学不完的，学习必须虚心、刻苦。

张晴园老师在当时众多的老师中，年纪最长，资历最深，学识最渊博，颇受全校师生的尊敬。高老师告诉我，张老师早年留学日本，对文史深有研究，著有不少诗文，原在北平教书，七七事变前夕，因时局动乱，回到家乡教小学。在日寇侵占威县后，他被迫担任小学校长，也给五、六年级讲历史和地理课。他同王秀川老师、高珉庵老师一样，常常把课本放在一边，向学生讲历史故事、历史人物和一些地理知识。

小学的所在地是关岳庙，他讲关羽、岳飞等人物故事，讲得生动感人，并不时加以评论；讲到岳飞，更是动情。在敌人眼皮子底下，他坚持教育学生立志爱国，要学岳飞，不要学秦桧，从不讲日本侵略者和伪政权宣传的那一套。他所在的办公室兼宿舍里有许多书。在《资治通鉴》等书上，我看到不仅有他的圈点，而且有不少批语。有些新书也有他的批语。他擅长书法，批语常用有魏碑书体意味的行草，错落有致，极具特色。那时他已进入老年，须发皆白，着一身中式便服，讲课时常常谈笑风生，使学生感到非常亲切。他喜欢文房四宝，有一次谈到他在北京天桥一家古董店里买到一块好端砚时喜出望外的情景，还顺口诵读了他写的一篇记述和评论端砚的文章，很是生动有趣。啊！一方好端砚竟是这么美，这么难得，引起同学们的极大兴趣。这也是我爱砚的起点。他知道我喜欢书法，曾把他写有批语并重新装订题写书名和签上自己名字的木版宣纸精印本《孝经》送给我，作为纪念。

我十五岁的时候，读完小学六年级，继续上学是不可能了，便在家里跟祖父、父亲做农活。实践出真知。许多农活都是在实际劳作中学会的，也深深地体会到农民的艰辛。同时，许多自学成才的故事激励着自己，坚持挤时间自学。王老师已经离开威县，我便不断到高老师家请教。他非常关心我的学习和进步，希望我读点中国古代的经典著作，并把朱熹集注的《论语》《孟子》等书送给我。在他的指导下，我陆续阅读了《论语》《孟子》《庄子》《列子》《荀子》《楚辞》《史记》中的一些篇章，他说看看这类书也有好处。他特别喜欢屈原的《离骚》，不止一次地通过讲屈原的作品宣泄对旧社会的愤懑。他藏有王伯廉先生送给他的汲古阁本刻本《离骚》和庄子的《南华经》，视如珍宝。他也很喜欢陶渊明的作品，向往田园生活。有一次他颇有感慨地跟我说，《桃花源记》里的生活，咱不敢妄想，什么时候能够安居乐业、不受欺负，能过上田园生活就好了。他赞赏陆游，说陆游称得起是一位了不起的爱国诗人，还把《陆放翁全集》借给我看。他也赞赏白居易，顺口就能背出《琵琶行》等作品中的名句，并鼓励我说，你不是喜欢诗歌吗？如果写诗，就要学习白居易，让老百姓都能听得懂，记得住。

我还阅读了《三国演义》《水浒传》《西游记》《红楼梦》《今古奇观》《说岳全传》《官场现形记》等小说，以及抗战前出版的中学课本。高老师也喜欢哲学，让我读点哲学著作，如《人生哲学》《东方文化及其哲学》等。他还鼓励我将来可以做小学教师，说教书育人是个崇高的职业，当个好老师也很不容易，要以身作则，边教边学，努力做到“教学相长”，并多次给我讲他从事教学工作的体会。有一天，谈起宋代谢枋得的一首咏梅诗，他说：“诗中有一句‘几生修得到梅花’，寓意很深。你名叫修梅，如起字的话，可以叫‘今生’。”他接着讲了对梅花和对这句诗的理解，以及对“今生”二字的考虑。我当即表示感谢；但我一直没有以“今生”为字，原因是，那时候年轻人都不起字;“今生”二字更不敢当。其实，我很喜欢梅花，赞赏梅花的品格；高老师从这句诗联想到我的名字，以“今生”二字送我，不仅表示了对我无微不至的关心，其寓意也非同一般。

那时候，根据地出版书刊困难，党的地下工作人员主要是给我讲抗日战争及世界反法西斯战争的形势和抗战必胜、日寇必败的道理，讲毛主席、共产党关于中国前途和命运的论断，使我提高了认识，增强了胜利的信心。

老百姓天天像盼星星盼月亮一样，盼望八路军早日赶跑日本鬼子。这一天终于盼来了。在大反攻的形势下，日伪军慑于抗日军民的威力，于一九四五年六月十三日弃城西逃。全县广大军民像过节一样，到处敲锣打鼓，高唱革命歌曲，欢庆全境解放。中共冀南区党委、冀南行署、冀南军区及威县抗日政府从农村移至城内。在统一部署下，各项工作紧张进行。我被乡亲们推举担任村文教委员，负责抗日小学恢复工作，并积极响应党的号召，报名参加革命工作。八月初，经县政府文教科批准成立五安陵中心小学，委任杨耀先为校长，我和傅香涛为小学教师。那时党和政府把小学教师视同党政工作人员一样对待，还在家门口挂上“光荣工属”牌，乡亲们表示祝贺，全家人感到光荣，我更感到责任重大，决心努力学习和工作，用好的成绩报效党和人民。

很快，邢台解放，威县伪县长和梦九被活捉，押回威县公审。

一天上午，四万多抗日军民从四面八方聚集在县城北关外空地上举行公审大会，审判双手沾满人民鲜血的杀人魔王、汉奸刽子手和梦九。主席台两边的明柱上张贴着“革命先烈永垂不朽，民族败类遗臭万年”的联语，主席台右侧设有三米高的刑台，为捆绑和梦九，中间竖一立柱，柱上贴着“你也有今天”五个醒目大字，台下竖立着红红绿绿的标语和揭发和梦九十大罪状的宣传牌。群情激愤，像一片愤怒的海洋；“枪毙大汉奸和梦九！”“血债要用血来还！”“千刀万剐和梦九，剖腹挖心祭英灵！”吼声此起彼伏。全副武装的战士维持秩序。冀南第四专员公署专员王光华讲话后，临时法庭宣判：和梦九在日本侵华期间，亲手制造多起惨案，积极配合日本鬼子“清剿”“扫荡”，以种种残酷手段杀害我抗日军民三千多人，强奸妇女三百多人，连他的外甥女也被蹂躏，罪行累累，死有余辜。为解人们心头之恨，从脚到头连射五弹把和梦九打死！顿时全场沸腾起来。和梦九的尸体被埋在土坑后，愤怒的人们还是把他扒出来，割掉他的肉，砸断他的骨头，以祭英灵，稍解心头之恨！这情景深深刻在我的记忆中。

在小学教师岗位上

一九四五年春，威县抗日军民大反攻，六月十三日日伪军弃城西逃，威县全境解放。中共冀南区党委、冀南行署、冀南军区和威县人民抗日政府从农村移至城内。在统一部署下各项工作紧张进行，我被乡亲们推举担任村文教委员，负责恢复抗日小学。八月初经县政府文教科批准成立五安陵中心小学，委任杨耀先为校长，我和傅香涛为教师，任务是贯彻党的教育方针办好学校，并向群众做好时事政策宣传等工作。

那一年我十六岁。

那时党和政府把小学教师视同党政人员一样对待，还在家门口挂上“光荣工属”牌，乡亲们祝贺，家人也光荣，我更感到责任重大。

五安陵中心小学设在罗安陵一家地主空出来的宅院里，其中两间分别为一、二年级和三、四年级的教室，另两间为教师工作室和宿舍。当年的小学教师同党政人员一样实行供给制，每人每月六七十斤小米，生活相当艰苦，但大家都以艰苦奋斗为乐，干得很起劲。我们那时年轻，生活没经验，母亲主动按照三个人提供的粮食、菜金帮厨，使我们能集中精力工作。

三人中我年纪最轻，杨耀先、傅香涛也只大我一两岁，都没上过师范，一切都是边做边学，工作中遇到不少困难，如没有教案和辅助材料，全靠自己钻研发挥，再就是许多乡亲觉得读书用处不大，不如早点下地干活，不愿让孩子上学。经过反复说服动员，五个村才有五六十个学生入学。经费更是少得可怜，只够买点粉笔和便宜的笔墨纸张。好在大家热情高肯钻研，在教学中采取启发式教学，培养学生思考力和理解力，并随时注意观察教学效果，很快打开局面。

党和政府也不断组织我们学习，我那时除了工作就是读书。杨耀先出身书香门第，其祖父杨锦江是清光绪年间进士，父亲也是知识分子，家里有不少藏书，我们常在一起读书并交流心得，有时还会发生争论。年轻气盛的我们常为不同见解而争得面红耳赤，谁也不肯轻易服输。

学习的重点是县教育科下发的新书和文件。为了争取早日入党，我认真学习了毛主席的《中国革命与中国共产党》《新民主主义论》《论联合政府》等著作，大大提高了对中国革命和中国共产党的认识以及对当前形势和任务的认识，逐步树立起革命的人生观。同时我从党所领导的除奸反霸、减租减息、土地改革等群众性斗争中受到生动的阶级和阶级斗争教育。

一九四六年七月，国民党大举进攻解放区，广大群众同仇敌忾，一致拥护共产党领导的爱国自卫战争。

我参加了中共威县县委、县政府在李村举行的教师学习班，学习了党中央的指示和新华社社论《我军必胜，蒋军必败》等文章，更加认清了战争的胜负决定于战争的性质是否正义和人心向背的真理，并向乡亲们进行宣传。

同年秋天，我被派到三七里小学工作。三七里小学是由范七里、赵七里、姜七里三个自然村合办的小学，专职教师只我一人。因小学停办已久，恢复起来困难很多。学校设在姜七里村南边，原来一家地主放柴草的院子里有三间土房，两间做教室，一间为教师的工作室。学生用木板、土坯搭成书桌，自备凳子或用土坯垒成座位，不同年级的学生一起上课。我住在一户王姓地主原来喂牲口的南院，南屋是牲口棚，我住在东屋。白天教课，晚上家访，主要是动员孩子们上学，同时做党的政策宣传。工作紧张忙碌，生活也面临不少困难。不同于在罗安陵，那时有母亲照顾，现在得自己开伙，粮菜柴火都得自己操办。好在离罗安陵只有三里路，逢周日回家，母亲总是提早准备好米面和菜送我到村口。我是家中独子，从小没做过饭，这时也只能逼着自己学，一来二去的，好歹也能吃饱。学校冬天没柴烧，教室和住处都很冷。但那时心里有一股劲，想到老百姓生活比自己还苦得多，也就不觉得了。

一九四七年，我被重新调回设在罗安陵的五安陵小学。这时，杨耀先已到晋冀鲁豫军区通讯学校学习，傅香涛也调到别处，上面派赵栖桐和我一起工作。赵栖桐抗日战争前就从威县简易师范毕业，当过小学教师，有教学经验，人也很随和，待我像小弟弟一样。然而，那一年家中发生变故，母亲重病离世，妻子大病初愈后除了带孩子忙家务，还要教民校，自己都忙不过来，很多事得自己应对。我思念母亲，常常独自闷坐，老赵见我心情不好，没少安慰。他是能人，做饭做菜都有一手，拌面疙瘩更是不同一般：先用水把面和成不稀不稠的面糊，等水烧开后倒进锅里，用筷子不紧不慢地搅动，片刻就搅成一锅豆粒大的“疙瘩”，汤还很清。再放点葱花、盐，点几滴香油或烤好的豆油，就着窝头咸菜连吃带喝，别有风味。我跟着老赵边学边做，厨艺也逐步长进。

同年夏天威县成立在职师范学校，我很高兴。小学毕业后我一直想继续深造，遗憾的是那些年威县两次被日本鬼子侵占，连仅有的一所简易师范学校也办不下去了，只能靠自学。老赵也鼓励我趁年轻多学点东西，我早早就报了名。

学校设在城东北胡帐村一所破庙里，教室在正殿，里面什么也没有，只墙上挂一块黑板，学生自带小板凳听课。校长郭劲夫和教导主任住在院门西边的偏房里，学员五十多人分住在老乡家腾出的空房和过道里。主要课程是时事政治、党的教育方针和教学方法以及解放区小学先进经验等，没有一般的文化课。

边区教育部门很推崇陶行知的教育思想，每人发了一本《陶行知教育论文选集》，要求大家按照“生活即教育”“社会即学校”“教学做合一”的理论和教学方法努力实践。毕业前将学员分为若干组，在周边村镇小学实习。两三人一组，根据边区的中心任务（如支前、土改、生产等）和当时农村的具体情况编写教材。对于这样的学习和实践，我们既感到新鲜，又感到生疏和困难。学员大多数是小学毕业刚参加工作不久；少数老教师读过初中或简易师范，文化程度和编写能力也不强，要编写出高质量的新教材，而且是现编现教，普遍感到难以胜任，但还是勉力去做。我们共同的感受是，除了努力提高觉悟，还必须具备一定的文化修养和丰富的社会知识及写作能力，才能编写出受孩子们欢迎的好教材；否则要做出成绩是不可能的。我在这次实习中虽然屡受表扬，还是感到惭愧，暗暗激励自己，要学习学习再学习，提高提高再提高！

在学员中我年纪最小，学长们给我很多鼓励和帮助。孙朝峰比我大七岁，上过抗日游击区师范学校，当过小学教师，十七岁就加入中国共产党。他像老大哥一样关心我的学习、工作和政治上的进步，还送我两本书，一本是《整风文献》，一本是《青年修养》，这让我如获至宝。此前只听人讲过延安整风的一些情况，读这两本书如亲聆教诲，才了解整风运动的学习内容和重大意义。读了刘少奇、陈云关于共产党员修养的论述，自己进一步提高了对党的认识，并决心以共产党员的标准要求自己，争取早日加入党的队伍。

孙朝峰对我的关心和帮助，我终身铭记。

在职师范学校毕业后，我正准备以新的姿态投入工作，一件意想不到的事情发生了：一天，我接到区政府的一封信，要我“在家休养”，我十分不解。当时冀南土地改革发生“左”的偏差，许多地富家庭出身的知识分子也受到错误对待。父亲是中农，且在抗日战争中还是积极分子，我参加工作后也一直非常努力，为什么不分配我的工作？我一再找区政府质询，好多天也没有得到解决。五安陵村政府和党支部对我的遭遇深表同情，一方面要我继续留在学校工作，一方面到区政府反映情况。一九四八年初，县里召集全县教师开会，纠正“左”的错误，县政府教育科李善筹科长才向我说明，当时区政府有些官僚主义，误认为我是地富出身，才通知“在家休养”，现在纠正过来并正式赔礼道歉，希望我能够谅解。他还意味深长地说，在革命队伍里受委屈甚至受很大冤屈的事有时难以完全避免，前进的道路上不会一帆风顺；一个革命者要经得起挫折。这番话让我感到温暖，心里也就释然了。之后，我被调到县城东街小学工作。

东街小学设在一处有三面房的小院里，北房是教室，东西两面是冀南军区休养人员的住处。我刚进校门就见到一位部队干部，中等个儿，面色清瘦，高颧骨尖下巴，一头黑发，留着微微上翘的胡须，浓眉大眼，炯炯有神。好像他早已听说我到这里工作的消息，一见面就微笑着与我握手，并自我介绍说，他在冀南军区工作，名叫孙克，暂时住在这里休养。此后我们几乎每晚都会坐在院里聊天。从谈话中得知他是河南人，读过私塾，抗战前参加过冯玉祥的部队，后投奔延安，是抗日军政大学一期学员，时任冀南军区司令部军训科科长。孙克十分健谈，说起话来有声有色，从旧社会到革命根据地，从抗大到延安整风，从毛主席、朱总司令到一些英雄模范和文化界代表人物，给我讲了他经历过的许多事情，也讲了对一些事情和人物的看法。作为一个军人，他更多地谈到打仗。对当前解放战争，从战争的性质、任务到敌我力量对比和我军必胜的趋势，分析得清晰透彻，有极强的说服力。他熟悉世态人情，讲到人在复杂的社会环境中应该如何保持清醒的头脑，正确对待自己和他人。他喜欢读书，鼓励我多读点哲学，并推荐艾思奇的《大众哲学》，说这本书深入浅出，联系实际。他知道我酷爱文学，又鼓励我多读点鲁迅、高尔基等革命作家的作品，多观察了解社会，并通过写日记的方法积累创作素材，并在我的笔记本上题写了“集腋成裘”四字相赠。每当我遇到问题向他请教时，他无不亲切地一一解答。他的学识使我敬佩，他的热情使我感动。与他的接触使我的胸怀眼界都开阔了许多，对我日后的进步产生了积极影响。孙克康复后，到冀南军政干部学校负责军事训练。该校驻地李家寨，离县城只几里路，每逢假日我仍会去找他聊天。孙克调到邯郸军分区后一度旧病复发，我专程到邯郸看望。他高兴之余抱病陪我参观了赵王歌舞台、蔺相如回车巷等遗迹，并瞻仰了晋冀鲁豫边区烈士陵园。

孙克年长我二十岁，是我一生中最好的一位“忘年交”。

威县是冀南区党政军领导机关所在地，县城经常举行各种重要活动，并设有文化馆、图书馆、新华书店等，这就为我提供了良好的学习条件。我多次聆听冀南党政军领导人的讲话报告，常在业余时间到文化馆、图书馆阅读书报。《人民日报》《冀南日报》以及《北方文化》《文艺杂志》《工农半月刊》等都是经常阅读的报刊。这期间我还认真读了部分马克思列宁主义著作，如《共产党宣言》《社会主义从空想到科学的发展》《国家与革命》等，以提高自己的理论修养。读得最多的还是文史类著作，其中《鲁迅杂感选集》（瞿秋白编）、《中国通史简编》（范文澜编）、《马克思与文艺》（周扬编）等，对自己树立新的历史观、文艺观产生了重要影响。解放区的文艺作品，如赵树理的《李有才板话》《李家庄变迁》，李季的《王贵与李香香》，阮章竞的《漳河水》和冀南文工团演出的歌剧《白毛女》《赤叶河》以及苏联的文艺作品，都引起我极大兴趣。我深感革命文艺鼓舞人、教育人的力量，开始在业余时间试着写点诗歌、快板等向报刊投稿。小学同学邢秋平也喜欢文艺，几个年轻人常在一起交流学习心得，讨论创作，传看各自写的诗歌、小说和散文。

一九四六年解放战争开始后，新华社曾报道过王亚平从国民党统治区来冀鲁豫解放区的消息，随后又报道他担任冀鲁豫文联主任并主编《平原文艺》和《新地》月刊。王亚平是威县皇神庙村人。我早就读过他在一九三六年出版的诗集《都市的冬》和他主编的《诗歌季刊》，敬佩他在国民党反动统治下敢于运用大众诗歌的形式表现人民的苦难与抗争的勇气。我鼓起勇气给王亚平写信并寄去诗稿，很快就收到回信。信开头的一句话至今难忘："见到信和诗稿，不胜欣喜！"他除对我的诗稿提出意见外，还鼓励我深入生活，扩大和巩固与群众的联系，努力创作。以后我寄过几次信和稿件，王亚平都是每信必复。一九四八年晚秋的一个下午，高珉庵老师忽然告诉我王亚平回来探亲的消息，说现在刚到县城，"你们见见面吧"。高老师在二十年前曾与王亚平同在县立小学教书，是老同事老朋友，我随即跟他一起到王亚平的歇脚处。王亚平是从冀中参加华北文艺座谈会回冀鲁豫解放区途中顺便回家探亲的，一路风尘，面带倦容，但精神很好。一见面就紧紧与我握手，非常热情，讲了座谈会的情况和文艺创作问题，鼓励我按照《在延安文艺座谈会上的讲话》精神，加强学习深入生活，在做好本职工作的前提下坚持创作。我向他表达了到文艺单位工作的愿望；他表示理解，同时告诉我，在不在文艺团体工作不是最重要的，许多有成就的诗人作家都是业余从事创作的，关键是坚持正确的方向和道路，不断做出努力。他还鼓励我走大众文艺之路，多写群众喜闻乐见的作品。

这次见面让我毕生难忘。

自从一九四六年夏天自卫战争开始后，威县人民就积极参军参战，支援前线，连续抽出大批干部随刘邓大军南下，同时进行土地改革。在学校里，我们一直结合解放战争的形势和任务作为教学的重要内容积极宣传，并带领学生参加了各种拥军活动。

一九四九年七月，《人民日报》等报刊发表的中华全国文学艺术工作者第一次代表大会于一九四九年七月在北京举行的报道，把我紧紧吸引住了。毛主席的讲话，朱总司令代表党中央的祝词，周恩来副主席的政治报告，使我深切感受到党对文艺工作者的亲切关怀和殷切希望，更加明确了当前文艺工作的方向和目标。郭沫若的总报告和茅盾、周扬分别作的关于国民党统治区文艺运动和解放区文艺运动的报告，以及许多同志所作的专题报告和发言，论述了五四运动以来我国新文艺运动的发展历程、重大成就和重要经验，以及新华社、《人民日报》和《文艺报》等对这次文代会的报道与评论，都使我深受教育，备感振奋。我觉得这次文代会的确是我国各民族各地区文艺工作者的大会师，是我国文艺界建设新中国人民文学艺术的总动员，也是献给新中国的一份厚礼。在这次文代会期间诞生的我国第一个包括文学艺术各界的全国性联合组织——中华全国文学艺术界联合会（简称“中国文联”），也引起我的关注。大会选出郭沫若为主席，茅盾、周扬为副主席的中国文联全国委员会。委员会成员都是在文艺工作上成绩卓著、素为人们景仰的著名作家、艺术家、理论家和文艺活动家。我想，由这些同志组成的中国文联，定是一个有很高声望和很强的感召力与影响力的人民团体，会与同时成立的各个文艺家协会和各地文联一起，团结和带动广大文艺工作者不断做出新的贡献。《文艺报》正式创刊后，我多次寄去自己写的文艺评论，编辑部每次都会对我的稿件提出中肯意见，有时还寄来一些稿纸，鼓励我继续努力。

十月一日是我永生难忘的日子。这天下午中华人民共和国成立的消息传来，全校一片欢腾。我们举行了由全体教师和学生代表参加的座谈会，大家结合自己的亲身感受，从不同方面讲述了中国人民在旧中国遭受的苦难和进行的抗争，随后全校师生整队出发，高唱《没有共产党就没有新中国》等革命歌曲，参加全城大游行。

一九四九年秋天，我奉调到威县县立完全小学工作。这是县里的重点学校，由县政府教育科直接领导，教职员工十多人，有从教多年的老教师，也有比我年轻的教师，高年级学生都是经过考试入学的，生源比较齐整。学校仍设在关岳庙旧址，教学设备齐全，有炊事员做饭，教师可以集中精力工作。我负责语文、历史和习字等课程，坚持边工作边学习，努力做到“教学相长”。工作之余，我继续抓紧时间学习理论，特别是毛主席著作，如《实践论》《矛盾论》以及一些马克思主义文论；同时根据教学需要广泛阅读文史类图书。我从小热爱书法，现在要教学生写字，就要当作一项任务研究和实践。县里开大会常让我写横幅标语，剧院建成也要我写横披，有的店铺还要我写牌匾，这就使我下更大的功夫练字；除了自己习练，也注意读书法史论方面的著作和名碑名帖。一九五〇年抗美援朝开始后，学校组织师生宣传，我写了一些以抗美援朝为主题的诗歌、快板和小演唱，除了供宣传队演唱，有的还寄给报刊发表。

一九五一年十月间，王亚平来信，说中国曲艺改进协会筹备委员会需要干部，问我是否愿意到北京工作，如愿意可先与县里商量。若县里同意调出，北京方面即正式去函商调。从事专业文艺工作早就是我的愿望，我当即向县里提出申请，但事情并不顺利，学校和教育科都希望我继续留在学校，教育科还表示正准备调我到正在筹备的县立中学，我坚持申述了自己的愿望和要求，终于得到张半农县长的理解和支持。学校为我开了隆重的欢送会，师生们依依惜别，给了我很多鼓励。

至此，我离开威县来到北京，结束了六年多的小学教师生活。

初到中国曲艺改进协会筹备委员会工作

一九五一年十月下旬的一天下午，我从邢台登上去北京的列车。一路上心潮起伏，浮想联翩。我上小学的时候老师就讲过北京，说那里是闻名中外的文明古都，也是五四新文化运动兴起的地方。我梦想有一天能到北京见见世面，开开眼界；北京解放后成为新中国的首都，是党中央和毛主席工作的所在地，全国政治文化中心，我更加心向往之。想到明天就调到北京工作，欣喜与兴奋之情难以自已，也有点忐忑不安：我过去一直做教育工作，虽然酷爱文学艺术，但没有文艺工作经验，也不大清楚中国曲艺改进协会筹备委员会分配我做什么，不知能否适应新环境的要求，胜任愉快地完成任务。

第二天清晨，列车顺利到达北京前门火车站。我先到霞公府十五号北京市文联王亚平同志处。他时任北京市文联党组书记、秘书长兼北京市人民政府文艺处处长，也是中国曲艺改进协会筹备委员会发起人和实际负责人。他因为正准备外出开会，不能多谈，要我先去报到，并介绍说，协会主任委员王尊三同志是从华北解放区来的一位很好的老同志，他早就盼望你来。你可以逐步熟悉情况，大胆放手地工作；如遇到什么困难，我们会随时研究解决。

中国曲艺改进协会筹备委员会是一九四九年七月在北京召开的中国文学艺术工作者第一次代表大会期间，由曲艺方面的代表和文学、音乐、戏剧、民间文艺等方面的代表共同发起成立的，属于全国性文艺团体。筹备委员会委员共五十人，他们是：丁玲、王亚平、王尊三、王诚、田汉、申伸、史若虚、安波、西戎、沈冠英、何迟、李少春、李季、林山、阿英、周扬、周信芳、岳松、洪深、苗培时、柯仲平、高敏夫、马烽、马彦祥、连阔如、梅兰芳、毕革飞、张富忱、张惊秋、张茂兰、侯一尘、常任侠、曹宝禄、陈明、陈越平、程砚秋、贾芝、叶盛章、杨绍萱、董天民、熊佛西、赵树理、赵闻捷、欧阳山、欧阳予倩、刘乃崇、萧三、萧亦五、钟敬文、应云卫。王尊三为主任委员，连阔如、赵树理为副主任委员。常务委员是：赵树理、连阔如、王亚平、王尊三、董天民、欧阳山、张富忱、林山、史若虚、苗培时、萧亦五。候补常务委员是：钟敬文、何迟、刘乃崇。秘书由刘乃崇担任。各部门的负责人是：编辑出版部部长王亚平，副部长苗培时；收集研究部部长王尊三，副部长林山；辅导部部长连阔如，副部长史若虚、欧阳山；组织联络部部长张富忱，副部长董天民、萧亦五；福利部部长赵树理，副部长连阔如。以上人员都是兼职，没有专职干部。协会的性质、任务和要求在《筹备缘起》中都有说明。会址在北京朝阳门内大街吉兆胡同三十一号。

王尊三同志见我前去报到，非常高兴，向我详细介绍了协会的筹备情况和近两年开展工作的情况。他说，要做好工作最根本的是，要坚决贯彻毛主席《在延安文艺座谈会上的讲话》精神。毛主席在今年四月三日为中国戏曲研究院所做的“百花齐放、推陈出新”的题词，周恩来总理在今年五月五日签署颁布的中央人民政府政务院《关于戏曲改革工作的指示》，都是曲艺改革必须遵循的方针。他还介绍了协会筹备委员会委员的情况，说他们虽然都是兼职，但都很关心协会的工作，协会两年来的工作都是大家共同努力做的，主要开展了以下几方面的工作：一是团结和教育曲艺艺人自觉地为人民服务；二是推动新曲艺创作演唱活动和曲艺遗产收集整理工作；三是鼓励曲艺界积极投入抗美援朝宣传和赴朝慰问活动；四是联系曲艺界和文艺界有关人士，倾听大家的意见和要求并及时向有关领导部门反映情况；五是协会筹备工作。协会亟须配备专职干部，今年秋天才有了三个专职工作人员的编制：两个干部，一个通讯员。他原在文化部工作，现转到协会主持工作，加上我，是专职干部。协会不设秘书长，只设一位秘书，原来由在文化部艺术局工作的刘乃崇同志兼任，现在由我接替刘乃崇同志担任专职秘书，在协会常委会领导下处理日常工作。他希望我逐步熟悉情况，大胆工作；重大的事情先和他商量，然后再与赵树理、王亚平等同志开会研究决定。他还向我介绍了他的经历，并表示自己没读过多少书，理论修养、文化修养都很不够，也缺乏组织工作经验，是边做边学，希望我多帮助，多提醒，不要客气。他的热情、诚恳、朴实、谦虚溢于言表；第一次见面，我就感到十分亲切，彼此没什么距离。

当时的工作条件和生活条件还比较困难。协会只有四间北房，三间连在一起，两间做办公室、会议室、接待室，通向西头的一间是王尊三同志的办公室，他家在前门外鲜鱼口，有时也住在这里。因为协会没有职工宿舍，我到协会后，王尊三同志便把他的办公室让给我住。还有一间耳房，留给通讯员住。卫生间在东房的北头，与政务院佥事室佥事赵沨同志共用。其他协会的办公条件也很困难，如音协只有院内西南角两间不大的房子，一间是办公室，一间供音协主席吕骥同志从天津中央音乐学院来京临时办公和住宿。吃饭没有食堂，也没有厨房，每日三餐都在外边小饭铺里随便吃点东西。从早到晚把时间、精力集注在工作和学习上，日子倒也过得单纯而充实。

王尊三同志的责任心、事业心很强，虽然身体虚弱，患有糖尿病，还是每天上午从前门外鲜鱼口赶到吉兆胡同上班。连阔如同志每天早晨在广播电台讲完评书，就会到协会来坐坐，或开会研究协会工作，或读书看报。他们两位都是曲艺界的代表人物，不但有很深的艺术造诣，而且熟悉曲艺界以及江湖上许多内部情况，并经常发表一些独到的艺术见解，我从与他们的接触和交谈中学到不少有益的东西。我除与王尊三同志一起研究工作，就是起草文件、接待来访，答复来信，与有关单位联系事情；文化部、中国文联的会议，王尊三同志因为身体不好，也要我代替他参加。每天下午王尊三同志回家办公，或创作新鼓词、整理传统鼓词，我在协会值班，翻阅有关单位寄来的报纸、刊物和新近出版的曲艺作品、曲艺资料。因为推动曲艺创作是协会的中心工作，我便把力量集注在曲艺创作问题上，并随时与他交换看法和意见。我们一致认为，近两年来，新曲艺创作和演唱活动蔚然成风，成绩很大，但也存在着一些值得注意的问题，如有些作品存在着公式化、概念化的偏向，艺术上比较粗糙，甚至夹杂着一些陈词滥调等，迫切需要在提高质量上下功夫。他提议由我执笔写一篇文章。文章写出后，我建议以他的名义发表，他执意不肯，后用两个人的名义在《新民报》发表，这是我第一次写曲艺评论文章。此后我还从几百种新唱本中选出近百篇作品，以《大众曲艺》为书名，由宝文堂印制了数百册，发送给曲艺演出团体和曲艺工作者，供他们采用和参考。

我到协会工作没多久，全国文联响应政协第一届全国委员会第三次会议关于改造思想的号召，于十一月二十日举行第八次常委扩大会议，通过两项决议：一是在北京文艺界组织整风学习，并组成以丁玲为主任，茅盾、周扬等二十人为委员的文艺界学习委员会。

二是调整全国性的文艺刊物。二十四日，北京文艺界召开整风学习动员大会。胡乔木、周扬、丁玲同志分别作了题为《文艺工作者为什么要改造思想？》《整顿文艺思想、改进领导工作》《为提高我们刊物的思想性、战斗性而斗争》的重要讲话，严肃指出整风学习的重要性和必要性，批评了文艺工作中特别是领导工作中脱离政治、脱离人民群众的倾向，并指名批评了《文艺报》《人民文学》《说说唱唱》《人民戏剧》等文艺报刊的缺点和错误，要求各有关文化机关、文艺团体，认真进行学习整顿，改进工作。欧阳予倩、老舍、李伯钊等同志在会上发言，表示赞同和拥护。会议气氛严肃而紧张。我平时关心文艺界的情况，上述文艺报刊发表的作品、文章，我也是注意阅读的，可是，没有想到文艺界的情况如此复杂，问题如此严重，我听后很受启发和教益，也很震动，心想如果不努力提高自己的思想政治觉悟和文化修养，如果不关心政治，不深入群众，要做好工作、不犯错误，是不可能的。会后，北京文艺界就开始整风学习和检查工作。中国曲艺改进协会筹备委员会也组织了整风学习。王尊三、赵树理、连阔如、王亚平等同志和我一起开过两次会，一致认为，文艺界整风学习非常重要和必要，中国曲艺改进协会筹备委员会主要做了一些筹备工作，没有办刊物，举办的一些活动也没有发现问题，整风学习主要是提高认识。赵树理、王亚平同志是北京市文联和《说说唱唱》的主要负责人，都认真检查了思想上、工作上的缺点和错误，并表示根据全国文联调整全国性文艺刊物的决定，将《北京文艺》与《说说唱唱》合并，加强《说说唱唱》，使之成为发表优秀通俗文学作品和指导全国通俗文艺工作的刊物。

通过整风学习，我了解到文艺界许多重要情况，进一步提高了执行党的文艺路线、方针和政策的自觉性。

也是在这次整风学习中，我认识了赵树理同志。我早就读过他创作的《李有才板话》《小二黑结婚》《李家庄的变迁》《登记》以及他根据田间同志的长诗《赶车传》改编的唱词《石不烂赶车》等作品，也读过周扬同志的《论赵树理的创作》和陈荒煤同志的《向赵树理方向迈进》等评论文章，很仰慕赵树理的人品、文品和作风。见面之后，他的确如我想象的那样，像一个长期在农村工作、同农民打成一片的基层干部，没有一点架子，再朴实不过了。他进城后，还是时刻想着农民，保持着艰苦朴素的作风。在整风学习会上他一再表示，农村文化生活很贫乏，我们一定要为他们供应一些健康有益的精神食粮。他进城两年多，大部分时间还是在农村生活。我跟他聊过几次天，受益颇多。他鼓励我说，曲艺是广大人民特别是广大农民喜闻乐见的艺术，要把曲艺事业当作党和人民的文艺事业。在旧社会说书唱戏被人看作是“下九流”的事情，现在也还有些人看不起曲艺和戏曲艺人，这是很不对的。我们千万不要受这种旧观念的影响，我们要帮助艺人发扬好的东西，改掉不好的东西。这是党和人民对我们的要求。努力做好协会工作，就是对人民的贡献。

中国曲协的党、团员组织关系和中国文联、中国文协在一起，我与《文艺报》编辑部的唐达成、杨志一、徐贻庭及美协的陈伯萍同志在一个团小组过组织生活。曲协的后勤、财务等工作由中国文联、中国文协办公室代管，办公地点在南小街东总布胡同二十二号。我多次到那里办事或开会，认识了不少同志，他们都很热情，领导干部、作家、诗人和《人民文学》《文艺报》的负责人等，也大都像普通工作人员一样，没有什么架子。

好事多磨。中国曲艺改进协会筹备委员会原定在一九五〇年正式成立中国曲艺工作者协会，后因故延迟下来，准备在一九五二年召开文代会时成立。料想不到的是，一九五一年十二月中旬中国文联告知，根据精简机构的精神，是成立中国曲艺工作者协会，还是与中国戏剧工作者协会合并，尚待研究决定。这样，中国曲艺改进协会的筹备工作就难以继续进行。王尊三等同志对中国文联提出意见，亦无结果。这时王亚平同志提出，北京市文联《说说唱唱》杂志编辑部需要加强编辑力量，希望我到那里工作；如今后曲协成立，再回曲协工作。王尊三同志考虑再三，觉得中国曲协何时成立现在还不好说，既然《说说唱唱》编辑部需要加强编辑力量，先到那里工作也好，但需要征求我的意见。我当时的想法是，一切服从工作需要。

一九五二年一月初，就到北京市文联工作，但仍与王尊三同志保持着联系，帮他做些协会的工作。

在业余时间，我也常到鲜鱼口王尊三同志家里坐坐，他老伴是农村妇女，很朴素，很慈祥，对我很亲热，从不把我当外人，在那里也像到自己家一样。星期天的大半天我都在王尊三同志家里，或聊天，或研究曲艺问题。王尊三是著名的说书艺人，长城内外，黄河两岸，都有他的足迹，到处备受欢迎；抗战开始后，他加入中国共产党，在晋察冀边区积极编演新书新词，宣传抗日，鼓吹革命，成绩卓著，多次受到边区政府的表彰。一九四九年七月，周扬同志在中华文学艺术工作者第一次代表大会上所作的《解放区的文艺运动》的报告中把王尊三和韩起祥同志作为曲艺方面最优秀的代表，称赞他们是“说书的能手”。他不但擅长演唱，而且有很强的创作才能，创作了许多表现新时代、新人物的曲艺作品；有些传统曲艺作品经他整理之后，也出现新的面貌，甚至能够“化腐朽为神奇”。到北京后，他的作品经常被马增芬等著名演员演唱并在电台播放。他多次给我讲曲艺的艺术规律和特点，怎样写才能符合演唱的要求，便于发挥演员的艺术创造才能，最大限度地吸引听众，感动听众。他不是空泛地讲道理，而是紧紧结合一些曲艺节目和他的经验体会讲解，使人易懂易记，对我帮助很大。他创作、整理的作品也都征求我的意见，真心实意地要我把不妥当的地方指出来，或动手修改。我们还共同编写过几篇唱词。那时我爱人和孩子都在家乡，他也极为关心，要我常与家人保持联系，争取早日解决两地分居问题。我们之间无话不谈，既是志同道合的同志，又是我终生难忘的一位好朋友。

在北京市文联和北京市政府文艺处

《说说唱唱》（月刊）是一九五〇年一月创刊的，由大众文艺创作研究会主办，编辑委员会由王亚平、田间、老舍、李伯钊、辛大明、苗培时、马烽、章容、康濯、凤子、赵树理等同志组成，李伯钊、赵树理任主编，是一家全国性的通俗文艺刊物，新华书店发行，很受读者欢迎。创刊号刊有全国文联领导同志的题词。郭沫若同志的题词是："说说唱唱要表现出新时代的新风格，不仅内容要改革，说唱者的身段服装也须得改革。请大家认真考虑一下。"茅盾同志的题词是："民族的、大众的、科学的说说唱唱。"周扬同志的题词是："在群众中生根开花。"同年五月，北京市文联成立后，《说说唱唱》由市文联主办，老舍同志任主编，李伯钊、赵树理、王亚平任副主编，根据全国文联调整全国性文艺刊物的决定，将《说说唱唱》与《北京文艺》合并，加强《说说唱唱》月刊，使其成为发表优秀通俗文学作品和指导全国通俗文艺工作的刊物。编辑部在霞公府十五号北京市文联、市文艺处院内，办公楼西部一层有一间面积约四五十平方米大的房子作为编辑部办公的地方。主编、副主编在楼的东部一二层办公。编辑部工作人员有辛大明、汪曾祺、沈彭年、王素稔、金寄水、姚锦、何文超、张鸣剑等同志，大家都很热情，对我参加编辑部工作表示欢迎，同时向我介绍了刊物的一些情况以及编辑部的工作制度和人员分工等，鼓励我放手工作，有事情大家一起商量。文联办公室的同志也很热情，安排我到后楼居住，没过几天又跟我说，后楼刚盖起来，一切都不方便，让我和邓友梅同志一起搬到前楼三层西头一间房子里住，那里有暖气，就不用每天生火取暖了。邓友梅和我都是从革命根据地来的，有一见如故之感，相处得很好。不久，他去中央文学研究所学习，我独自住在那里。机关食堂也办得不错。这样，我就可以集中精力、时间工作和读书学习，不像在中国曲协工作时那样，自己生火做饭了。

编辑部来稿很多，其中专业作者很少，大都是业余作者。我的主要任务是看稿、选稿、改稿。那么，按照什么要求编选稿件和修改稿件呢？同志们告诉我说：《说说唱唱》创刊时有一个稿约，是赵树理同志起草、经编辑委员会讨论通过的，“在内容方面，要求用人民大众的眼光来写各种人的生活和新的变化；在形式方面，要求能说能唱，说唱出去大众听得懂，愿意听，不能说唱的也要，只要内容好，可经本社改为能说能唱的，然后发表”。稿约还规定了修改办法：“一、字句间稍加修改；二、重新改作；三、合数稿为一篇；

四、提出意见由原作者修改。同时注明二、三两项，发表的时候要把改稿人的名字写上，稿费按更动情形双方分领。”大家对待来稿都很认真，不论采用与否，都告知作者，如认为存在缺点和问题，都认真提出意见，供作者参考。注意发现和帮助新人新作，特别是工农兵业余作者的作品。编辑人员写的稿笺和以编辑部名义写给作者的信，连同来稿，都放在编辑部负责人那里，以供查阅，然后统一发出。我问：为什么这样做？同志们说，这是因为过去发生过这样一件事：安徽一位叫陈登科的业余作者，前些时候寄来一部名为《活人塘》的作品，写的是抗日战争中的故事，有许多错别字，还有许多字缺胳膊少腿，谁都认不出来，有同志看过后打算退稿；一天，赵树理同志看了这部稿子，说虽然错白字连篇，但故事很动人，稍加修改就是一篇很不错的作品。经编辑部修改后，很快就在《说说唱唱》上发表，读者反映很好，作者很受鼓舞，证明老赵的意见是对的。以这件事情为例，赵树理同志再三叮嘱编辑部的同志，一定要满腔热情地对待业余作者的作品，说有些工农兵出身的业余作者，小时候上不起学，文化水平低，但他们熟悉生活，有真情实感，语言生动，只要写的东西有基础，我们就要好好帮助他们，能发表的尽量发表，不能发表也要提出修改意见，鼓励他们加强学习，提高思想水平和写作能力，千万不要嫌他们文化水平低，挫伤他们的积极性；好的作家就可能在他们中间产生。于是，编辑部就定了这个不成文的规矩，要求大家都认真对待来稿，热情对待作者，注意发现新人新作，尽可能避免再发生《活人塘》一类的“遗珠”之憾。

这件事我一直记在心里，做一个合格的编辑，的确需要严格要求自己，不仅要熟悉业务，有处理稿件的能力，还必须有很强的责任心、事业心，饱满的工作热情和耐心细致的工作作风。在编辑部工作期间，我和大家一样，认真阅稿、选稿，提出处理意见，给作者写信或电话联系，对拟采用但还需要做出修改的稿件，就在保持作品的艺术风格的前提下做些必要的修改、加工。

在整风学习期间，编辑部开过几次会，对刊物工作进行检查。老舍、赵树理、王亚平等同志一致拥护胡乔木、周扬、丁玲的讲话和全国文联关于调整刊物的决定，并做了自我批评；王亚平作为北京市文联、市政府文艺处等单位的主要负责人，还发表了题为《为彻底改正通俗文艺工作中的错误而奋斗》的文章。大家表示，一定要认真贯彻为人民大众服务，首先为工农兵服务的方向和百花齐放、推陈出新的方针，努力提高刊物的思想性、战斗性和艺术质量。为达此目的，编辑人员必须努力学习马克思主义、毛泽东思想，深入人民生活，提高文化艺术修养，发扬党的优良作风。编辑部也建立了一些制度，如学习制度、民主生活会制度和轮流到工厂、农村等基层单位参观、访问和体验生活的制度，并鼓励编辑人员在做好本职工作的前提下进行创作。主编、副主编虽然都是兼职，但都不是只挂名不做实事的人，除了关心刊物的方针、计划，编辑部每期送审的稿件，他们都要集体审定，由王亚平签发。他们每次与编辑部的同志交谈，也大都离不开办好刊物这个主题。给我印象最深的是，老舍一再鼓励大家，办刊物要有自己的主张，要办出特色，既然刊物叫《说说唱唱》，就要保持说唱的特色。他强调说，中国的曲艺、戏曲很了不起，要重视，要好好钻研。现在文艺界有些人看不起曲艺、戏曲，是很不对的，要做这些人的工作，不要只埋怨他们。我们编辑部的同志更不要有轻视曲艺、戏曲的想法。他还不止一次地说，写出一篇好的大鼓词、一篇好的相声，不比写一首好诗、一篇好小说容易；我写过好多篇唱词、相声，没一篇是我满意的，因为无论唱词还是相声，不但要内容好、文笔好，写出来好看，还要演员好演，演出来能抓住群众，这就难了。赵树理每次谈话都强调说，我们的文艺是人民大众的文艺，是为人民大众服务的，我们不能忘记人民大众，更不要忘记广大农民。他经常下乡，每次从乡下回来，都反复说农村如何缺乏文化生活，农民看到、听到的还大都是一些含有封建糟粕的老鼓书、老戏，群众喜欢看到、听到的新书也很难看到、听到。我们要“雪里送炭”！不然，我们文艺工作者怎能对得起养育我们的父老乡亲！

赵树理是个有幽默感的人，很少正颜厉色地说话，但说起广大农民缺乏文化生活的事情，却总是那么严肃、动情。赵树理对人诚恳厚道，没一点架子，进城后仍然保持着艰苦朴素的作风，很受大家尊重，都亲切地称呼他“老赵”，从不称他的职务，也愿意敞开心扉，与他聊天。王亚平身兼多种职务，工作忙，会议多，又热情好客，乐于助人，还挤时间创作，一天到晚忙得不可开交，但对刊物工作仍很尽心，不但注意刊物的方针、计划，审定和签发每期的稿件，还负责思想政治工作和组织工作，编辑部遇到困难和问题都请他解决。他的勤奋、热情和超常的工作效率，给大家留下深刻印象；他在工作中的缺点和失误，大家也能够谅解。主编、副主编对编辑部每月的送审稿，坚持集体审定，并不定期地与编辑部的同志一起研究刊物工作，有时还一起到萃华楼饭庄或东来顺饭庄，边用餐边交谈。“三反”开始后，因有人提意见，戏称《说说唱唱》社是“吃吃喝喝”社，为避嫌就不再聚餐了。

编辑部的同志各有所长，工作都尽心尽力。汪曾祺很聪明，读书多，文笔好，在西南联大学习时就显示出他的创作才能。在编辑部他负责集稿，从大家推选的稿件中选出每期送审的稿件。讨论稿件时，他发言不多，但常有独到的见解。开民主生活会，开展批评与自我批评，他的态度很平和，比较实事求是。沈彭年对曲艺很熟悉，长于写作，也能哼唱几段单弦和大鼓，发表过许多鼓曲作品；编选和修改稿件也非常认真，有些改动很多的稿件，他都重新誊清；外出约稿，也都能如期完成任务。金寄水在新中国成立前写过不少通俗小说和诗词，懂得读者心理和写作技巧；每次发现来稿中的好作品，他都喜出望外地向大家推荐，并仔细润色。也许因为他觉得自己写过言情小说，被人视为旧作家，讨论有分歧的稿件时，往往不能坚持自己的意见。他出身清朝贵族，有同志戏称他“王爷”，他总是笑笑，不避讳也不在意。他喜欢喝好茶、浓茶，有一天他让我尝尝怎么样，我喝了两口，真是苦涩极了，他笑着说，这是我多年养成的习惯，今生今世改不掉了。王素稔性格内向，不爱说话，上班后就埋头看稿、改稿。他写一手好钢笔字，改过的稿件都清清楚楚；对字迹很乱、排印困难的稿件，他都一格一字地重新抄写，连一个标点也不马虎。姚锦读大学时就信仰马克思主义，喜欢革命的新文艺，对编辑工作也非常投入，对新人新作尤为热情。她很注重作品的思想性和艺术性，经常和同志们交换创作上的意见。何文超工作也很认真，她在家庭生活上虽然发生过不幸的事情，但在工作上还是很尽力的。张鸣剑分担编务，凡登记、分发稿件，邮寄刊物、信件等琐碎的事务性工作，都是她一人承担。她工作认真细致，而且热心为大家服务，从来不嫌麻烦。由于大家都注意互相学习，互相尊重，工作得很愉快。我在这里工作时间不长，却获益不少，对以后创办《曲艺》杂志以及编辑其他曲艺书刊都很有帮助。

北京市文联的全称是北京市文学艺术界联合会，是由北京市文艺工作者和中直单位的文艺工作者共同组成的。主席老舍，副主席梅兰芳、李伯钊、赵树理，党组书记兼秘书长王亚平，理事欧阳予倩、连阔如、端木蕻良、田汉、侯宝林、徐悲鸿、程砚秋、焦菊隐、田间、罗常培、王瑶卿、洪深、周巍峙、马可、马少波、叶浅予、阮章竞、蔡若虹等四十多人，都是著名的作家、艺术家、理论家和文艺活动家。市文联经常举办各种座谈会、讨论会、报告会、文艺讲座和内部观摩演出，北京和外地来京的作家、艺术家、学者经常在这里聚会，许多业余作者也常来这里与文联创作部、研究部、《说说唱唱》编辑部联系，交谈创作问题。市文联具有很强的亲和力、凝聚力，人气、文气都很兴旺。市文联也鼓励在这里工作的干部和编辑人员在做好本职工作的前提下进行创作，并尽可能提供参观、访问的机会。

我在这里就多次到农村参观访问，写出唱词在报刊上发表。听说北京丰台区黄土岗村殷维臣一九五一年率先发起组织了互助组，一九五二年又办起了郊区第一个农业生产合作社，实现了小农经济向社会主义农业的转变，成为北京市最早试点的典型，编辑部的同志都很高兴。大家知道我长期在农村生活和工作，写过唱词等作品，要我到黄土岗村访问，尽快写一篇唱词在刊物上发表。因为任务紧，我立即骑车赶到黄土岗村。黄土岗村离城区几十里，都是土路，过了卢沟桥还有很长一段是沙土路，很难走，一路上累得通身是汗，又赶上刮大风，沙尘飞扬，弄得像个土人。

当时年轻，一心想见到殷维臣，并不觉得辛苦。殷维臣当时也很年轻，朴实、谦虚，没多少文化，是个典型的农民，和我说起话来，把我当作乡亲一样，很是亲切。连续几天，我都早去晚归，趁他休息的时候交谈。他能把合作社办起来的确很不容易。唱词发表后，西河大鼓演员马增芬很快就演唱出去，并在中央人民广播电台播出。我很想有更多的时间进行创作，希望最好能转到市文联创作部工作。后因编辑工作需要，日夜忙于本职工作，这个愿望未能实现，慢慢地连业余创作的时间几乎也没有了。

我到《说说唱唱》编辑部不久，北京市响应毛主席的号召，掀起“三反”“五反”运动。北京市文联、文艺处也很快跟上，有人揭发办公室主任张一山同志有严重的经济问题，未经深入细致的调查研究，就被公安机关隔离审查，并作为北京文艺机关“打老虎”的消息在《人民日报》公布。所属单位的运动进入紧张阶段后，市文联、文艺处派出一批干部前去了解情况，我和邓友梅一起被派到音乐堂了解情况，未发现问题。后又派我和刘均丽同志到长安大戏院了解情况，这时长安大戏院已经搞得很紧张，不让戏院经理回家，要他坦白交代问题；经过深入调查，有些问题是财务制度不健全、手续不完备造成的，没有贪污受贿问题，我们便给大家讲明政策和查证结果，给以解脱。运动后期，张一山同志的问题也弄清楚了，属于错案，继续回机关工作。张一山同志是抗日战争初期参加革命的老同志，受到这样大的委屈，意见很大，后经指导市文联、文艺处运动的市委宣传部负责人在机关全体工作人员大会上公开道歉，才获得张一山同志的谅解。这件事使我受到深刻的教育和启发，在政治运动中一定要严格按照党的政策办事，注重调查研究，对人的处理问题必须采取慎重的态度。

同年五月，文艺处改为北京市人民政府文化事业管理处，职责范围有所扩大，领导决定调我到戏曲科工作，分配我的任务是审查戏曲、曲艺和杂技等演出节目，并负责编辑《新戏剧》。《新戏剧》是《新民报》委托北京市文联、文艺处编辑的一个周刊，每期一版，约四五千字，主要发表戏曲评论文章，作为促进戏曲改革的舆论阵地。《新民报》编辑曹尔泗同志把每期初选的稿件交我选定，他负责安排版面和校对。曹尔泗为人谦和，工作认真，我们合作得很好。当时戏曲科有六位同志，各有分工：袁韵宜同志负责联系京剧演出团体和北京市戏曲学校，王雁同志负责联系北京市评剧演出团体和河北梆子剧团，关世杰同志负责联系北京市曲艺和杂技等演出团体，我负责审查戏曲、曲艺和杂技等演出节目，刘保绵同志做秘书工作和资料工作，李克同志担任戏曲科科长。李克是抗日战争中参加革命的老同志，原在晋察冀边区打过游击，做过文艺工作，北京解放后先后在中共北京市委文艺工作委员会和北京市文联工作，创作有长篇小说《地道战》等作品，对北京市戏曲、曲艺等方面的情况比较熟悉，其他几位同志对北京戏曲、曲艺方面的情况也比我熟悉。我担负的工作不但需要熟悉情况和业务，还必须随时注意把握好党的文艺方针政策，深感任务艰巨。好在大家对我的工作都很支持；遇到问题一起研究解决。那时节目审查制度很严格，凡在北京市上演的戏曲、曲艺等门类的节目，不论是本地的，还是外地进京的，都要按照党的方针政策进行审查，并分为四类，提出审查意见，以文化处名义告知演出单位和税务局，对被认为思想性和艺术性都好的节目予以鼓励，并可免征上演税；被认为较好的节目可减税百分之十五；被认为质量差的节目征税百分之三十，还要提出批评意见；存在严重错误造成不良影响的节目，除征税百分之三十，还要建议演出单位修改或停演，必要时在报刊上公开批评。同时将上述四类节目的审查意见告知剧场管理科，由他们根据具体情况在剧场和演出日期等方面做出安排。

文化处人手少，大家都忙于自己的工作，节目审查通常由我一个人负责写出审查意见，经文化处负责人签发即可；如遇到有问题的节目再请有关负责人复审，一起研究后再写出审查意见；对有的新戏或有争议的节目还要及时召开座谈会进行讨论。文化处领导对我的工作很放手。演出团体的负责人和一些著名演员如张君秋、裘盛戎、谭富英、吴素秋、李再雯（小白玉霜）、新凤霞、侯宝林、曹宝禄、魏喜奎等不断来听取对演出节目的意见；他们对《新戏剧》等报刊发表的评论文章也很重视。越是这样，我越感到责任重大，越是兢兢业业地工作，不敢掉以轻心，并力求把上演节目审查工作和《新戏剧》编辑工作结合起来。

为了做好工作，我抓紧学习理论和党的方针政策，阅读文史著作，钻研业务。这样边工作边学习，学用结合，思想上、工作上都不断有所收获和进步，进一步认识到我国的戏曲和曲艺等的确是广大人民群众喜闻乐见的艺术，是民族文化艺术的瑰宝，从而增强了从事戏曲、曲艺改革的决心和信心，为促进戏曲、曲艺改革做出积极的努力。如对《柳树井》就采取了热情鼓励的态度。

《柳树井》是现代戏，剧本是老舍创作的，北京曲艺团采用北京流行的单弦牌子曲，并吸收大鼓、琴书等曲艺唱腔，用戏剧的形式演出，初名曲艺剧，后改名北京曲剧，受到观众的热烈欢迎。在市文化处、文联召开的座谈会上，文艺界人士一致认为这个戏的剧本好，魏喜奎等人的演唱也很有特色，是在曲艺的基础上发展而成的一个新剧种，是有艺术生命力的新事物，应予提倡和鼓励，并希望北京曲艺团按照戏剧演出的要求，在表演和音乐上不断加以改进。我随即将部分同志在座谈会上的发言加以整理，在《新戏剧》发表，以扩大该剧的影响，促进戏曲艺术的创新和发展。文章发表后反映很好。

工作中也有缺点和教训。如《新戏剧》发表的对苗培时编剧、北京评剧团演出的《二兰记》的批评文章，就有简单化和片面性的缺点。情况是:《二兰记》演出后，北京市郊区工作委员会、北京市妇联提出批评意见，认为这个戏歪曲了北京郊区农村的面貌，丑化了农村干部形象，应当停止演出。为了解决好这个问题，北京市人民政府常务副市长张友渔同志在市政府东楼大厅召开座谈会，对《二兰记》进行了认真的讨论，大家认为该戏有严重错误，应当进行批评，并要求作者和演出单位认真修改。市文化处副处长、市文联副秘书长王松声同志和我参加了这次会议。发表的批评文章就是由我根据座谈会的意见起草的。苗培时同志看到这篇文章，承认戏有缺点，但认为没有严重错误。我考虑再三，也觉得批评重了。再如对新兴京剧团编演的历史剧《苏秦》的批评，也缺乏应有的说服力。当时报刊的威信很高，演出单位一旦看到报刊上对演出的节目发表批评文章，就感到压力很大，不再演出。再如吴素秋京剧团编演的历史剧《依帕尔罕》演出后，我认为这个戏的基础是不错的，但在座谈会上有几位专家和民族部门负责人提出许多意见，而且涉及民族政策问题，剧团感觉很难修改，就不再演出。为了慎重起见，《新戏剧》没有报道座谈会情况，也未发表评论文章。其实，如能深入讨论研究，多想些办法，这个戏是可能改好的。事后想起这些事情，未免有些遗憾。

北京作为全国文化中心，各地文艺演出团体以及外国文艺演出团体，不断来京演出，使自己大开眼界。

如中国人民解放军在八月举行的全国文艺会演，就使我看到部队文艺的许多优秀成果，听到许多部队文艺工作者的感人事迹和创作经验，部队文艺的群众性和战斗性给我留下深刻的印象，并情不自禁地写出评论文章在《人民日报》发表。再如文化部于十月六日至十一月十一日在北京举行的第一届全国戏曲观摩演出大会，更使我受益匪浅。这次会演的目的是：互相观摩，交流经验，奖励优秀节目，借以贯彻百家齐放、推陈出新方针，进一步推动戏曲艺术的改革和发展。参加会演的有京剧、评剧、豫剧、越剧、川剧、汉剧、秦腔、晋剧、沪剧、河北梆子、黄梅戏、闽剧等二十多个剧种，一千八百多人，可以说是群星云集，精品荟萃，每天有一至两场演出。我作为观摩代表观看了梅兰芳、周信芳、程砚秋、袁雪芬、常香玉、王瑶卿、盖叫天、周企何、陈书舫、陈师曾、丁是娥、严凤英、陈伯华、尹羲等众多著名艺术家演出的精彩节目，目睹了他们非凡的艺术风采，参加了多次经验交流会和座谈会，以及对中国戏曲研究院戏曲改革工作情况的调查。周恩来同志在大会上作了重要讲话，指出“这次戏曲观摩大会很成功，是空前的胜利”，深入阐述了百花齐放与推陈出新、普及与提高、政治标准与艺术标准、团结与改造、克服困难与迎接胜利等问题。周扬同志作了题为《改革和发展民族戏曲艺术》的报告。通过这次大会，我学到许多宝贵的东西，深受鼓舞，为我国有如此丰富多彩的戏曲艺术与如此众多杰出的艺术人才而感到骄傲，更加引起我欣赏和研究戏曲艺术的兴趣，进一步提高了我的思想业务水平和从事戏曲改革的自觉性。

北京市人民政府文艺处与市文联合署办公，市文联党组书记、秘书长王亚平同志兼文艺处处长；市文联党组成员、副秘书长王松声、张梦庚同志是文艺处副处长，党政领导是统一的。党团组织也是两个单位合在一起，分别组成党支部、团支部，各分两个小组。我所在的团支部由江山同志任支部书记，团员有黄真、邓友梅、葛翠琳、沈彭年、陈天戈、杨念等同志，个个朝气蓬勃，谁都不甘人后。过组织生活时，大家一起学习文件，讨论时事政治，交流思想情况，开展批评与自我批评，气氛严肃而活泼。党团支部对要求入党的同志很关心，经常给以鼓励和帮助。我和邓友梅同住一室，他很早就参加新四军文工团，聪明，有创作才能，在市文联创作部工作期间，大部分时间可以写作，不断有作品发表。他同我一样，抱有入党的强烈愿望，经常互相勉励。再如黄真同志，对我也有许多帮助。他出身书香门第，关心时事政治，喜欢新文艺，在燕京大学读书时，积极参加党所领导的进步活动，熟悉教育界、文艺界的情况和北京的风土人情；大学毕业后，到北京市文艺处工作。他爱读书，勤思考，为人坦诚，对己对人对事的要求都非常严格。他和我很要好，经常和我谈心；有时还一起逛王府井、琉璃厂、前门大街，参观文物古迹，品尝北京小吃，使我了解到许多不熟悉的东西。

我在这一年里，思想和业务都有所收获和进步，体会最深的是，必须利用一切机会和时间抓紧读书学习，努力提高自己的思想、理论和文化艺术素养，才能适应工作的要求。《毛泽东选集》等著作和毛主席有关文化艺术问题的论述，中央人民政府政务院《关于戏曲改革工作的指示》等文件，以及范文澜、翦伯赞、吕振羽等的历史著作和与自己的工作有密切关系的文学、戏曲史论著作等，都对自己的思想和工作起到重要的指导作用。同时，虚心向同志们学习、请教。无论是演出节目审查工作，还是编辑工作，我都得到同志们的帮助和支持。

除了本部门的同志以外，市文联、文化处的其他同志也给我许多鼓励和帮助，我每次请他们一起去审查节目，他们都欣然允诺并认真发表意见；我遇到问题向他们请教，他们都坦诚地提出自己的看法，和我亲切交谈。比如，在与端木蕻良同志的交往中，我就受益颇多。有人说他“冷”“狂”，在我的印象中却不是这样。他长我近二十岁，他写出《科尔沁旗草原》的时候，我才是个小孩子。我到北京市文联工作时，他是创作研究部的负责人，住在二楼，我住在三楼，常在一起聊天，完全是同志式的，很是亲切。他思维敏捷，学识渊博，多才多艺，对文学、艺术、历史以及报刊编辑、文物鉴赏等都有独到的见解。他鼓励我多读书，多思考，多增广见闻，他认为好的编辑不但要专，而且应当是具有多方面的文化知识和修养的通才、“杂家”。他还鼓励我加强研究和创作实践，这样才能做好编辑工作。他好恶分明，谈起一些伟大的作家，特别是谈起鲁迅，崇敬之情溢于言表；谈起一些民族败类和不屑之徒，他又总是流露出无比憎恶之情。我和他都对中国共产党怀有深厚的感情和要求入党的迫切愿望，经常互相勉励。再如王颉竹同志，对戏曲特别是对京剧很有研究。北京解放后，他担任北京市政府文艺处戏曲科科长，还和翁偶虹合作编写出京剧剧本《将相和》。我到北京市文化事业管理处工作时，他已不在戏曲科工作，但仍对戏曲改革十分关心，我每次邀他一起审查节目，他都是随叫随到，认真看戏，认真发表意见；平时也乐意和我交谈，使我了解到戏曲界许多重要情况。

市文联、文化处经常举办的“星期文艺讲座”，请著名文艺家讲演，或请艺术家边讲边做示范表演，还不断组织参观、访问和各类文艺观摩活动。霞公府东头是王府井大街，街南头有北京最大的新华书店，街北头有三联书店，不断有新的书刊上市，可以随便翻看；东安市场内有中国书店和许多书摊，陈列着大量的古旧书刊以及碑帖画册，我常到那里走走看看，对自己扩大视野，增长知识，培养艺术欣赏情趣等，都大有好处。

我在这一年里，工作很忙很累，也不断遇到一些难题，但经过努力都解决了，工作还算顺利，心情也很舒畅。尤其难忘的是，我加入中国共产党的愿望得以实现。

我参加革命工作后，就盼望有一天能加入中国共产党的队伍。到北京市文联后，党组织和同志们都关心我在政治上的进步，给予许多鼓励和帮助，并深入考察了我参加工作以来的政治表现和各方面的情况。党组书记王亚平同志和党支部委员李克同志是我的入党介绍人，更是经常给以关心和帮助。九月初，党支部召开支部大会，出席会议的有二十多人，大家在发言中充分肯定了我的优点，也诚恳地指出了我的缺点和不足，鼓励我努力做一个优秀的共产党员，一致通过我成为预备党员，使我受到深刻的教育和极大的鼓舞。这是我新生命的开始，我决心为实现人类最伟大的理想贡献自己的一切乃至宝贵的生命。同一天被支部通过入党的，还有邓友梅、端木蕻良、杨念同志。中共北京市委指定组织员李续纲同志（时任市政府副秘书长）与我们分别谈话，认为我对共产主义抱有极大热情，具备预备党员条件，给我很多鼓励。九月十八日在音乐堂举行市直机关预备党员宣誓大会，由薛子正同志主持，大会开得庄严热烈，我同大家一样，心情无比激动。

一九五二年底，我正在考虑在新的一年里如何更好地工作和学习的时候，王尊三同志告诉我，中国文联计划在一九五三年召开中国文学艺术工作者第二次代表大会，中国曲艺改进协会筹备工作需要抓紧进行，要我回协会工作。王尊三同志说，此事已经和王亚平、王松声、张梦庚同志谈过，他们希望我继续留在北京市人民政府文化处工作，建议协会另找别的同志。王尊三很为难，要我和他一起再找王亚平等同志商谈。老实说，我是愿意继续留在文化处工作的，但考虑到王尊三同志的难处，协会工作也很重要，最后表示，只要文化处同意我回协会，我就回协会工作。

王亚平同志也是协会筹备工作的主要负责人，不好再说什么，王松声、张梦庚同志也勉强同意，这样，我就在一九五三年初回到中国曲艺改进协会筹备委员会。市文联、文化处仍然像我的家一样，经常回去参加那里的文艺活动，与一些同志保持着密切的联系。

中国曲艺研究会成立前后

一

一九五三年初，我回到中国曲艺改进协会筹备委员会工作。会址已由吉兆胡同移至东四头条五号文化部东院六楼。最初只有一间房作为办公室和我的宿舍；王尊三同志的宿舍由鲜鱼口迁至吉兆胡同三十一号，离文化部很近，每天上午来曲协筹备委员会办公，和我一起研究章程起草工作和协会理事会组成方案，以及协会机构设置、人员编制、经费预算和调配干部等事宜，处理日常工作。

我离开北京市文化处之后，那里的同志还很关心我与爱人李树新两地分居的问题。三月初，北京市文化处人事科科长吴瑜同志告诉我，可把李树新安排在北京市戏曲学校担任生活辅导员。树新很快就带着大女儿雪莹、小女儿雪珂来京；儿子庆朴因我父亲对他特别宠爱，暂时留在老家。王尊三夫妇很热情，先安排树新和孩子住在他们家里，并在前门外打磨厂找到一户人家照顾刚满两岁的雪珂。

树新到戏校工作后，把雪莹送到附近的小学读书。我每周六看望她们一次。树新在戏校工作尽心尽力，但心情并不舒畅。戏校有些老职员看不起乡下人，使她的自尊心受到伤害，屡屡提出想回家乡继续当民校老师，我多次劝解后，她才安下心来。

协会筹备工作正在抓紧进行时，又出现曲折：文代会筹备工作领导小组讨论文联和各协会设置问题时，在曲协单独成立还是与剧协合并的问题上发生意见分歧。有的同志认为，曲艺与戏曲关系密切，曲协与剧协合并，便于艺术交流，也有利于精简机构。刘芝明同志（时任文化部副部长、党组副书记）明确表示，曲艺是广大群众喜闻乐见的说唱艺术，是一个独立的艺术门类，又有很大的一支队伍，应当成立曲协，不宜与剧协合并。周扬同志（时任中共中央宣传部副部长和文化部副部长、党组书记、中国文联副主席）建议大家再做考虑。王尊三同志将上述情况告知赵树理、连阔如、王亚平和我，大家一致认为，曲艺与戏曲的确关系密切，但各有特点，互相学习交流问题可在今后的艺术活动中去解决。曲艺历史悠久，丰富多彩，历来深受广大群众的欢迎，重视和发展曲艺，是建设新的人民文艺的应有之义；现在各个文学艺术门类都成立了自己的团体，曲艺界成立自己的团体顺理成章。这表示党和人民政府对包括曲艺在内的各类文学艺术一视同仁，有利于团结广大曲艺工作者贯彻毛泽东文艺路线和百花齐放、推陈出新的方针，改革和发展曲艺艺术；也有利于克服和防止某些文化领导部门重戏曲轻曲艺的偏向。曲协的机构可力求精简。

会议商定，由我执笔以曲协筹委会名义致信中共中央副主席刘少奇同志，并请周扬同志阅转。信中扼要叙述了曲艺的历史和现状，特别是曲艺在革命战争年代和新中国成立后所发挥的积极作用，着重说明了重视与发展曲艺艺术的重要性和成立全国性曲艺团体的必要性，并对某些文化领导部门和负责人不重视曲艺工作的现象提出批评意见。令人高兴的是，几天之后周扬同志就约王尊三同志面谈，说信已收到，经研究，认为成立全国性的曲艺团体是必要的，建议先成立中国曲艺研究会，以后再成立协会（舞蹈、民间文艺、摄影等方面也是先成立研究会或学会，以后再成立协会），并对曲艺研究会的宗旨、任务提出指导性意见。

此后，曲协筹委会就抓紧进行曲艺研究会的筹备工作。中国曲艺研究会的章程（草案）起草了两种：一种是详细的，与各个协会的章程（草案）相近似；一种是简章（草案），一并分送给中共中央宣传部胡乔木、周扬和林默涵审定。他们很快就分别将修改过的章程（草案）退回。胡乔木、林默涵倾向于采用较详细的章程（草案），周扬倾向于采用简章（草案），并说已经与乔木、默涵交换过意见，同意采用简章（草案）。研究会理事名额和理事建议人选、正副主席建议人选也都经过认真研究，报经周扬并中共中央宣传部审定，其中有两位理事建议人选还是周扬提名的。根据少而精的原则，原定理事会名额为二十三人，后因有的地区未能按时推荐出适当人选，留两个名额以后补选。同时，中国曲艺改进协会筹委会对过去的工作进行了总结，并对中国曲艺研究会成立后的工作提出若干建议。至九月上旬，中国曲艺研究会成立大会的准备工作基本就绪，只盼中国文学艺术工作者第二次代表大会在北京如期召开，别再发生曲折。

按照统一安排，文代会和各协会、研究会的会议交叉进行。九月二十八日上午，中国曲艺研究会成立大会在中国文联会议室举行。周扬等有关方面负责人和大会代表一百多人出席。王尊三同志致开幕词，王亚平同志作工作报告，赵树理同志作《关于中国曲艺研究会章程（草案）的说明》。最后，周扬同志作了热情洋溢的讲话，对中国曲艺研究会的成立表示热烈祝贺，对中国曲艺改进协会筹委会四年来的工作给予充分肯定，认为曲协筹委会团结大家，艰苦奋斗，积极推动曲艺改革、赴朝慰问和结合各项政治任务进行宣传，发挥了很大的作用，是很有成绩的。他强调指出了改革和发展我国曲艺艺术的重要意义，对今后如何做好曲艺创作、研究等方面的工作提出希望和要求。会议一致通过了工作报告和《中国曲艺研究会章程》，选举王尊三、王亚平、王希坚、白凤鸣、何迟、沈冠英、林山、苗培时、马可、高元钧、唐耿良、侯宝林、连阔如、曹宝禄、张鲁、董天民、贾芝、赵树理、韩起祥、魏喜奎、萧亦五等二十一人为中国曲艺研究会理事（尚留有西南区、东北区各一个名额），王尊三为主席，赵树理、连阔如、王亚平、韩起祥为副主席，王亚平兼任秘书长。会议开得很圆满。十月五日，王尊三同志在全国文代会全体大会上发言，通报了中国曲艺改进协会筹备委员会四年来的工作情况和中国曲艺研究会成立后的设想，当场受到大会执行主席周扬同志的赞扬。我作为曲协和研究会的工作人员，也感到很欣慰，并对今后的工作充满信心。

历时两周的中国文学艺术工作者第二次代表大会于九月三日在北京中南海怀仁堂开幕。我有幸聆听了周恩来总理所作的《为总路线而奋斗的文艺工作者的任务》的报告和周扬同志所作的《为创造更多的优秀的文学艺术作品而奋斗》的报告，李富春、廖鲁言同志所作的关于经济问题、农村问题的报告，以及文艺界各方面代表在大会上的全部发言，极大地提高了我的使命感和责任心，以及对文艺工作面临的形势和任务的认识。更使我难忘的是，十月六日闭幕那天下午，毛主席、刘少奇、周恩来、朱德等党和国家领导人莅临大会，并在怀仁堂后面的草坪上接见全体代表。当毛主席从怀仁堂后门缓步走出的时候，我和一些年轻的同志挤在人群的前面望着毛主席，同时慢慢后退，同毛主席保持着很近的距离，只见毛主席神采奕奕，面带笑容，频频向大家招手致意，显得十分亲近。这是我第一次近距离地见到毛主席，感到无比幸福，激动之情难以言表。

一九五三年底，中国曲艺研究会人员编制增至十八人，实有干部七人，设秘书室（后改称办公室）、创作编辑室（后改称编辑部）、研究室（后改称研究部）及资料室，我任秘书室主任和创作编辑室主任。因王尊三同志身体不好，王亚平同志忙于北京市文联、北京市文化处的工作不能到研究会办公，委托我继续协助王尊三处理研究会日常工作。大家工作热情很高，共同拟订了年度工作计划，并开始研究长远规划，希望很快打开局面。为了加强领导，我建议中国文联和文化部（当时从外地调干部由文化部人事司负责）调一两位有组织领导工作经验的老同志来京担任研究会副秘书长，并根据我的初步了解提出林山（时任广东省文化局副局长，曾任陕甘宁边区文协说书组组长）、柯蓝（作家，写有曲艺作品，时任上海作家协会秘书长）、王希坚（作家，写有曲艺作品，时任山东省文联副主席）、陶钝（作家，写有曲艺作品，时任山东省文联研究部主任）同志作为选调干部人选，赵沨同志（时任文化部办公厅主任兼中国文联秘书长）和陈致中同志（时任文化部人事司司长）均不同意，他们表示，如再增加副秘书长，由我担任即可；我表示自己还年轻，还是调来一位有经验的老同志为好，一时未能达成共识，事情被搁置下来。

一九五四年是中国曲艺研究会全面开展工作的一年。中国文联副主席阳翰笙同志被任命为党组书记兼秘书长，实际主持文联工作，对中国曲艺研究会给予更多的支持。工作人员增至二十九人，各工作部门基本充实起来。我每天忙于主持秘书室、创作编辑室的工作和协助王尊三、王亚平处理日常会务工作，并不断代表王尊三同志出席各种会议，晚上还挤时间与李克同志一起（由我执笔）创作了戏曲剧本《白洋淀的春天》（同年由北京市评剧团演出，获北京市戏曲观摩演出大会剧本创作奖，由北京大众出版社出版单行本并编入获奖剧本选集）。

不料，我在春天检查身体时，发现患有肺结核病，我虽然不认为是什么了不起的大病，照常工作，但精神上还是有些负担，生怕贻误工作，便再一次向文化部、文联提出调人问题，建议从上次提出的四位人选中选调一两位到曲艺研究会工作。他们终于同意我的建议，与有关单位函商。之后，各地陆续函复文化部人事司，林山、柯蓝、王希坚同志所在单位均不同意调出，只有山东省文联同意调陶钝同志（时任山东省文联副主席）到北京工作。一九五五年一月，陶钝同志来京，被任命为中国曲艺研究会副秘书长。此后，我虽然还要兼做会务工作和干部工作，但毕竟减少了一些事情，特别是精神上的负担。经过治疗，我的结核病也基本痊愈。

这时，研究会要求在会内工作的业务干部整理一些传统曲艺作品，以锻炼大家的实践能力，并取得整理工作的经验。分给我和沈彭年同志的任务是，整理清代蒙古车臣汗王府收藏的一部《西游记》鼓词手抄本。这部作品散韵相间，约百余万字，原改编者无考。手抄本把《西游记》原著三分之二的篇幅改写成唱词，很不容易，但说白与唱词重复拖沓，行文韵语多不规范，还添加了一些节外生枝和低俗无聊的情节，整理、修改起来颇为费事。我和沈彭年同志商定，他整理修改前半部，我整理修改后半部，利用业余时间抓紧进行，数月后终于完成任务，定名为《说唱西游记》，由通俗文艺出版社出版（以后又由农村读物出版社、新华出版社分别再版）。

此后工作越来越忙，加上政治运动连续不断地紧张进行，除了忙于会务工作和党的工作，还要根据工作需要写点评论文章，再没有时间和精力进行创作或传统曲艺整理工作，开始动笔写的关于反映革命根据地小学教师生活的小说也放下了。

二

我一向关心党所领导的思想批判和政治运动。比如关于《武训传》的讨论和批判，关于新编历史剧的讨论和对反历史主义的批判，关于《红楼梦》研究的讨论和由此引发的对资产阶级立场、观点、方法的批判以及对胡适派唯心论的批判，关于胡风文艺思想的讨论和批判，等等，都引起我的注意；我也参加过一些讨论会、批判会，听过一些报告和讲话，使自己对文艺界的情况特别是思想斗争的复杂性和尖锐性有了更多的了解，进一步提高了学习马克思主义、毛泽东思想的自觉性。

一九五五年发生批判“胡风反革命集团”错案并由此在全国范围内开展肃反运动之后，文艺界更加紧张起来。中国文联和各协会都把肃反作为头等大事来抓，我也投入肃反工作，经受锻炼和考验。

肃反开始，在中国文联和中国曲艺研究会工作的几位同志就受到牵连。时任北京市文联党组书记兼中国曲艺研究会副主席、秘书长的王亚平同志忽然被北京市公安机关拘留审查；北京市文联又把《北京文艺》（包括《剥下反革命分子王亚平的伪装》的署名文章）的目录在《人民日报》刊出，我和许多熟悉王亚平的同志都感到十分震惊和疑惑。当时中国文联副主席、党组书记阳翰笙同志兼任中国文联肃反五人领导小组组长，我兼任领导小组办公室主任，对这件事都感到非常意外。阳翰笙同志在三十年代特别是在抗日战争阶段就了解王亚平，北京解放后也时有接触，这样一位长期在党的领导下从事诗歌创作和进步活动的同志，怎么成了反革命呢？他和我都对北京市的做法持保留态度。接着有一个叫王雁伍的人来京“揭发”“检举”。这个人喜欢写点短诗，过去很崇拜王亚平，并曾由王亚平介绍到中国曲艺研究会工作，后因严重的无组织无纪律，文化部人事司决定“劝其回家”。此事是我经手处理的。现在他听说王亚平是反革命，便趁机报复，向文化部、文联诬告我与王亚平关系密切，有严重问题，应对我进行审查。因缺乏根据，五人领导小组未予理睬，继续让我放手工作。

阳翰笙同志多次讲，在肃反运动中一定要严格按照党的政策办事，重证据，重调查研究，认真做到“不漏掉一个反革命分子，不冤枉一个好人”，对人的处理要采取慎重态度。中国文联党组成员、副秘书长阿英同志也曾被人举报三十年代在上海有叛党行为，文化部五人领导小组（那时文联五人领导小组归文化部五人领导小组领导）负责人轻信举报材料，把问题看得十分严重，决定隔离审查。阳翰笙同志表示，据他了解，阿英在上海没有叛党问题，情况到底如何，需要深入调查研究，现在不能下结论。那位负责人不但不接受阳翰笙同志的意见，还给以严厉的批评，说“不是阿英没问题，是你的思想有问题”，并要阳翰笙同志在后天召开的文化部党组扩大会议上报告关于阿英问题的调查情况和处理意见，给阳翰笙很大压力。

阳翰笙同志让我连夜起草一份报告，并在第二天下午到他家里一起研究、修改。他和我一起逐段、逐句、逐字地研究，反复斟酌，只有四千多字的报告稿，竟用了六个多小时。他对党对同志负责的精神和认真细致的工作作风，使我深受感动。以后经过五人领导小组深入调查研究，对阿英同志的历史问题做出正确结论，解除了阿英的精神负担，让他继续在文联工作。

再如对中国曲艺研究会干部郗潭封同志与胡风的

关系问题，“胡风集团”专案组原来估计得很严重，列为重点审查对象，多次施加压力。由于郗潭封坚持如实地写出有关材料，经过文联五人领导小组认真研究，提出处理意见，经文化部五人领导小组批准，作为受胡风思想影响的问题对待。

还有几位同志因历史问题受到审查，凡由文联和研究会负责审查并做出结论的，都尽可能做到合情合理，符合党的政策。有的干部的历史问题的结论也有偏重的情况，按照当时有关规定在复查时给予解决。还有个别干部的历史问题，由有关部门设专案审查，并做出结论。若本人对结论不够满意，多次向文联和研究会提出复查的要求，我们都及时转请有关部门复查。

尽管如此，还是留有遗憾。通过实践，我深深感到，在政治运动中，面对极为复杂而又紧迫的严重情况，如何以对党对人民极端负责的精神，发扬实事求是和深入细致的作风，严格区分和正确处理两类不同性质的矛盾，的确关系重大，不能掉以轻心；当遇到某些“左”的压力时，能坚持党的原则，保持清醒的头脑，是多么需要，又是多么不容易啊！

三

一九五六年春天，肃反运动接近尾声，社会环境和政治气氛有所缓和，文艺界也逐渐活跃起来。中国作家协会和团中央召开青年文学创作者会议。我出席了这次会议，和大家一起聆听了茅盾、周扬、夏衍、老舍等同志的讲话和胡耀邦等同志的报告，并受到周总理的接见。会议开得热烈活泼，充满积极向上的气氛，鼓励青年文学创作者大胆创作，向新的目标进军，大家深受鼓舞。文化部召开的全国剧目工作会议，提出“破除清规戒律，扩大和丰富传统戏曲上演节目”的要求，对于戏曲界、曲艺界营造自由创造艺术的空气，反对主观主义和官僚主义作风，产生了积极的影响。《文艺报》开辟《怎样使用讽刺武器》专栏，就何迟写的相声《买猴儿》和演出后在评价上的尖锐分歧，以及如何正确认识讽刺文艺的特点展开热烈的讨论，活跃了文艺界、曲艺界自由争鸣的空气。毛主席和音乐工作者的谈话，陆定一同志向文艺界和科学界所作的题为《百花齐放，百家争鸣》的报告，深刻阐明了党的方针和许多重大问题，更加引起强烈反响，大大解放了人们的思想和手脚。

创办一个全国性的曲艺专业刊物《曲艺》杂志，是继承、改革和发展我国曲艺艺术的迫切需要，是曲艺界的共同愿望。早在一九四九年七月中华文学艺术工作者第一次代表大会期间成立中国曲艺改进协会筹备委员会的时候，王尊三、赵树理、王亚平等同志就希望有朝一日创办一个曲艺刊物，作为改革和发展曲艺艺术的舆论阵地。中国曲艺研究会成立后，我们就把创办曲艺刊物作为一件大事来抓，可惜当时缺乏编辑力量和经费及办公的地方，我们商定，先做些力所能及的事情，逐步创造条件。

一九五六年十二月上旬，我去东北了解曲艺工作，征求创办《曲艺》杂志的意见。在火车上，我忽然想起戒烟的事情。我已有十几年抽烟的历史，前两年患肺结核病，大夫就建议我戒烟，我觉得抽点烟无大碍，每天还是抽一包多烟。有时也觉得抽烟没意思，每天工作到深夜，困倦还是困倦，抽烟也长不起精神，只不过是一种下意识动作。因此，这次出差就决心把烟戒掉，也真的戒掉了。

我先到沈阳，访问了市文化局局长王亚南同志。王亚南是一位转业残疾军人，很重视群众性强的艺术，他详细介绍了沈阳市曲艺方面的情况，发表了许多有见地的意见和建议。我在沈阳看了两场演出，和几位作者交换了意见，他们都希望《曲艺》杂志早日创刊。辽宁省文联的同志则着重介绍了曲艺创作方面的情况和存在的问题；我托他们多多支持《曲艺》杂志的工作。

在沈阳期间，我抽空参观了清故宫和北陵。回东北大旅社时，看到日本侵略者建造的所谓英烈纪念塔已破烂不堪，作为日本帝国主义侵略中国的铁证，残存在广场的一角，想起日本帝国主义侵略中国的滔天罪行，实在令人发指。

接着，我到了长春。吉林省文化局王充同志介绍了吉林省曲艺发展情况，这里曲种不多，最流行的是二人转。他陪我到长春旧市场看了两场演出，一场质量较高，是经过整理的传统节目和新创作的节目；一场质量较差，夹杂着不健康的内容和低俗的表演。王充同志说，农村和小城镇中，曲艺方面的问题更多，曲艺改革的任务还很艰巨；文化局将继续加强对曲艺工作的领导，希望中国曲艺研究会给予帮助。

从交谈中，我感到王充同志的责任心很强，有组织能力，还能创作、讲评书，是一位难得的人才。王充同志还陪我参观了斯大林大街、红军纪念碑以及日本关东军司令部驻扎过的地方和溥仪的所谓皇宫。长春气候干冷，又遇着刮大风，我穿着皮上衣、丝棉裤在大街上走还冷得够呛。但到了旅馆又觉得很热，晚上不盖被子还浑身冒汗，热得难受。没想到第二天黎明竟被冻醒了，一看窗台上茶杯里的水也结了一层冰！原来是火炕的火半夜灭了，以致出现这种极冷的情况，真让人料想不到。

我原计划去哈尔滨走走，后因通知我回京参加会议，就结束了东北之行。在东北期间，大家都对当前文艺界的形势表示乐观，希望百花齐放、百家争鸣的方针能够逐步落实，使我国的文学艺术更好地繁荣和发展起来。

中国文联和各协会的办公楼是在一九五六年秋天竣工的。中国曲艺研究会搬进大楼后，办公条件大为改善。中国文联和各协会在东郊芳草地的职工宿舍也盖起来。这里原来是“乱葬岗”，盖起来的宿舍都是很简陋的小平房，分为二十四个小院，每个小院七间房，可住四户，分给我的三间房是个套间，院子里种有柳树、杨树，还可以种些花草，因离大街远，显得很安静。不久，李树新从北京戏曲学校调到中国民间文艺研究会资料室工作，儿子庆朴此前已来京与我们团聚。雪莹、庆朴也在这边上了小学。从此，我们一家五口人生活在一起，就可以互相照顾了。

四

一九五七年春天，听到毛主席在最高国务会议上作的《关于正确处理人民内部矛盾的问题》的报告和在全国宣传工作会议上的讲话（录音），大家深受教育、启发和鼓舞，普遍感到风和日丽的春天即将来临。中共中央《关于整风运动的指示》发布之后，获得全党全国人民的热烈拥护，更加提高了前进的信心。中国文联和各协会响应党中央的号召，陆续召开座谈会，大楼内贴满大字报，争鸣的空气空前活跃。

然而，好景不长，情况就发生变化，一场严重的政治斗争——反右派斗争开始了。文联和各协会都程度不同地被卷入这场风暴。中国作家协会的斗争形势最为严峻。中国作家协会党组召开多次扩大会议，对丁玲、冯雪峰、陈企霞、艾青、舒群、罗烽、白朗、公木等多人进行揭发批判和斗争。我作为中国曲艺研究会的负责人列席了会议，目睹了批判斗争的情况，真是“残酷斗争，无情打击！”我感到震惊，也感到迷惑不解。

运动也波及中国曲艺研究会。文化部来函揭发研究会干部刘大海攻击肃反，研究会也有人提出刘大海写的大字报有攻击党的领导的问题。经了解，刘大海同志在文化部召开的鸣放会的发言中确有“肃反存在扩大化问题”的言论，但只是对文化部确定他作为重点对象隔离审查表示不满，并非攻击整个肃反运动。他写的大字报也只是批评和讽刺所在单位的个别领导人，言辞有些偏激，并非攻击中国共产党。因此，只对刘大海同志进行了批评。但在一九五八年复查时，有关领导部门还是把他划为“右派分子”，并开除党籍，下放基层工作；他爱人冯光同志在作协工作，也受到牵连。他觉得很委屈。因为他和我一起工作了四年，对我很信任，又同在一个院子居住，多次向我诉说委屈，我也理解和同情，但只能进行劝勉，无法解决他的问题。直到党的十一届三中全会之后，他的错案才得到彻底纠正。他患有关节炎和胃病，希望回到原单位工作，但有的负责人坚决反对，此事只能作罢，不免令人遗憾。

在反右运动中，王尊三同志也受到错误的指责和批评。情况是，王尊三同志在《曲艺》杂志六月号发表了一篇题为《三点要求》的文章，对文化部不重视曲艺工作的问题提出批评意见，入情入理，态度也很恳切，却受到主持曲艺研究会反右斗争的负责人的指责，说他思想右倾，在右派向党进攻的时候发表这样的言论，影响很坏，非要他做检查不可，而且没有经过集体研究，就以他思想右倾和年老多病为由上报有关领导部门，给他办了退休手续。王尊三同志感到很委屈。他在家养病的时候，赵树理同志和我前去慰问，劝他安心疗养，对有些事情要想开，说大家同过去一样地信任他，尊重他。王尊三同志听后不由流下眼泪，激动地说："我王尊三本事不大，但是，我和党没二心啊！年老退休，我没意见，怎么提点意见就说思想右倾，与右派向党进攻联系起来啊！"赵树理同志一向很尊重他，称他为老大哥，我也深知他是一位忠诚的共产党员，见他这样伤心，我们也都很动情，不知该怎样安慰他才好。我在以后的会议上向研究会这位负责人提出批评意见，他也表示做得不妥，但事情已难以挽回。

王亚平同志的党的组织关系和行政关系在北京市文联，因在肃反中受审查，早已不担任领导职务，兼任的中国曲艺研究会秘书长职务也早被免去，只有副主席职务因未换届还挂个名，北京市虽然排除掉他的反革命罪名，但仍然挂着不做结论，继续观察他的政治表现。其实，经过肃反那场遭遇，他已是"怕"字当头，噤若寒蝉，在大鸣大放中不敢随便发表意见，只是迫切希望组织上做出结论，让他继续工作。我向文联党组阳翰笙作了汇报，他表示，中国曲艺研究会这样的人才不多，可先到北京市委宣传部做些了解，如无大问题可到曲艺研究会工作。北京市委宣传部有关负责人的答复是，王亚平的问题属于内部问题，结论尽快做出，同意先调到中国曲艺研究会工作。没想到，王亚平同志调来不到两个月，北京市文联就转来北京市委对他的处理决定：开除党籍，行政降三级，并在《北京工作》上公布。直到党的十一届三中全会之后，经过胡乔木、周扬、段君毅、徐运北、张磐石等同志的证明，北京市才为王亚平彻底平反。

我最要好的同乡同学邢秋平同志在反右运动中也蒙受不白之冤。情况很简单，一是他在《北京文艺》编辑部工作时，向天津一位女作家约稿，那位女作家笑着说，我写的稿子你们敢发表吗？他回答说："现在不是百家争鸣吗？你敢写，我们就敢发表。"他并没在意这件事。不久，那位女作家被错划为"右派分子"，北京市文联就认为邢秋平支持右派向党进攻。再一件事是，在一次鸣放会上，邢秋平说北京市文联肃反时审查的人太多，有点扩大化，也被认为是攻击肃反运动。就这两件事，虽然没有被划成"右派分子"，却被开除党籍，放在北京市戏曲研究所后，到北京郊区劳动。他积郁成疾，在一九六一年含冤去世，年仅三十三岁。二十二年后，北京市文联才为他彻底平反。

在北京市和文联大楼里我熟悉的同志和朋友中，像这样被无限上纲、遭遇不幸的例子还有不少，的确伤害了不少同志，造成许多悲剧，使党在人民群众中的威信受到很大损害，给国家造成难以弥补的损失。历史的教训，值得认真记取。

我在反右中也有教训，主要是带有很大的盲目性，当自己对一些事情感到惶惑不解的时候，大都归结于自己的思想认识跟不上形势；有时经过反复思考，认为有些同志受到冤屈，也没有勇气旗帜鲜明地发表自己的意见，怕别人误认为自己站在错误的立场上为右派说话。我虽然没有撰写过批判右派的文章和作品，但在自己负责编辑的《曲艺》杂志上也刊发过批判右派的文章，伤害了同志。粉碎“四人帮”后，我看望何迟等同志时，虽然当面向他们致歉，但我的歉疚、遗憾和教训，却一直留在心中。

五

中国曲艺研究会从一九五三年成立到一九五八年八月改组为中国曲艺工作者协会，历时五年，在党的文艺方针指引下，按照《章程》规定的任务，收集整理曲艺遗产，组织曲艺创作，研究曲艺创作、整理工作的经验和问题，并有计划地推广优秀曲艺作品，为改革和发展中国曲艺艺术做出积极的努力。这几年的工作情况，我在《中国曲协历程略述》中已有记述，这里简单地谈几点认识和体会：

一是关于我国曲艺遗产的认识问题。《中国曲艺改进协会筹备缘起》中曾这样指出，过去流行的曲艺“合乎大众利益的不多”，而对我国曲艺艺术的丰富多彩和优良传统则缺乏应有的估计。这有其历史的原因，也反映出人们主观认识的局限性。经过深入学习毛主席关于正确对待我国文化遗产的论述和政务院《关于戏曲改革工作的指示》，又经过实际情况的调查研究，大家对曲艺遗产的认识和态度也随之变化。中国曲艺研究会在章程中把收集整理曲艺遗产列为主要任务之一，并采取了一系列的实际措施，就反映出大家对曲艺遗产的认识有很大的提高和进步。

二是以发展曲艺创作为中心，更加注意曲艺创作、演出的思想艺术质量和实际效果，更加注意发现和培养新的曲艺人才。新中国成立后的几年中，无论是地方还是部队，曲艺专业演出活动和群众业余演出活动都非常活跃，受到广大人民的热烈欢迎和文艺界的好评。根本原因之一，就在于涌现出一批优秀曲艺工作者和高质量的曲艺作品，并促进了曲艺表演和音乐唱腔的改革，使曲艺艺术从内容到形式发生了新的重大变化。曲艺研究会正是从这样的认识出发，采取了一些具体措施。

三是通过学习和实践，更加认识到加强理论研究和曲艺评论的重要性。在缺乏曲艺专业研究人员和研究机构的情况下，研究会虽然努力做了一些力所能及的工作，但是，曲艺研究和评论严重滞后的状况还是难以有大的改变。这也是曲艺创作质量提高不快的重要原因。

四是重视曲艺书刊编辑出版工作。研究会把办好《曲艺》杂志作为一件大事，经中共中央宣传部批准，一九五六年十月即开始创刊的准备工作，曲艺界、文艺界人士得知这一消息，许多同志都表示祝贺和积极支持，老舍、阿英、王亚平、王希坚、韩起祥、琶杰、高元钧等同志很快寄来文章或作品，力群、彦涵等还提供版画作品，作为封面之用。中共中央宣传部不断过问刊物工作，我和编辑部的同志深感责任重大，力求把刊物办好，使之成为宣传贯彻党的文艺方针，改革和发展曲艺艺术的舆论阵地。那时，主编赵树理同志长期深入农村，不审稿，副主编陶钝同志忙于会务，也基本不审稿，都让我最后把关，在文艺界思想批判和政治运动接连不断的紧张气氛中，我更感到担子沉重。考虑到鲁迅先生对说书唱本和大众文艺极为重视，我从鲁迅手迹中集了“曲艺”二字放大后作为刊名，以表示对他的崇敬与怀念。

一九五七年二月《曲艺》创刊，向国内外发行，各方反映还好，参加刊物工作的同志都感到欣慰。同时，编辑部与作家出版社等出版单位合作，陆续出版了一些曲艺作品和学术著作。实践证明，做好编辑出版工作，对于曲艺创作和传统曲艺收集整理等方面的工作，有重要的推动作用，应当加以重视。

六

中国曲艺工作者第一次代表大会和中国曲艺工作者协会的筹备工作，从一九五八年春天就开始进行，我主要负责有关文件的起草和人事安排方面的工作。

四月，我到华东一些省、市了解曲艺工作情况，特别是当地一些代表性人物的情况，以便为即将成立的中国曲艺工作者协会提供理事会理事建议人选做些准备。我先到了济南，山东省文联副主席王希坚同志和秘书长包干夫同志向我介绍了有关情况，并陪我到几个曲艺场所欣赏了一些曲艺节目，与著名演员邓九如、商业兴和郭文秋等同志进行了交谈。

济南是历史文化名城，刘鹗在《老残游记》中关于这座城市的描述，早就吸引了我。工作之余，我游览了大明湖、趵突泉和千佛山等名胜古迹及一些街巷，由于长年战乱，有些景观已不像当年描述的那么美好，但还是别具特色。省文联的同志要我到泰山看看，想起“会当凌绝顶，一览众山小”的诗句和记述泰山观日出的名文，我真想登临泰山之巅，开开眼界；终因行程紧迫，难以如愿。

第二站是合肥，安徽省文联的同志很热情，要我住在长江饭店；我考虑到长江饭店是当时最好的一家饭店，房价太贵，改住在省文联招待所。由于安徽曲艺工作比较滞后，省文联、省文化局对曲艺方面的情况了解不多，第二天即乘火车去南京。一路上，我从车窗向外望去，遍地是盛开的油茶花，被蒙蒙细雨所滋润，显得格外鲜亮、好看。江苏省曲种多，人才多，曲艺工作比较活跃。我到南京后，江苏省文化局、省文联的同志全面介绍了该省曲艺发展情况，特别是王少堂等一些代表性人物的情况，并建议我到扬州走走。

我趁星期天，参观了中山陵、雨花台和夫子庙、总统府以及一些街巷，还到下关一家国营工厂看望了一九三八年参加八路军的绍和大伯。第二天早晨便乘船去扬州。开船不大会儿，起了风浪，我四处瞭望，只见前方不远处有一只小木船在大江中漂流，时隐时现，仔细一看，撑船者竟是一位中年妇女，还背着一个小孩，沉着地向前行进；她的胆量和技术，使我惊叹不已。

我到扬州后，受到市文化处处长张青萍同志的热情接待。张青萍早年参加新四军，江苏解放后，转业到扬州，负责文化工作，对扬州的曲艺历史和现状都很熟悉；他特别推崇王少堂同志，说王少堂的人品和艺术都很好，是一位大说书家，现正由扬州师范学院孙龙父教授帮他整理扬州评话《水浒》中的《武十回》（《武松》），另三个十回（《宋江》《石秀》《卢俊义》）也记录下来，将陆续整理出版。我想访问王少堂，不巧王少堂在上海演出，两周后才回扬州。张青萍陪我参观了扬州的几处景点之后，我即赶赴上海。

在上海，我观摩了王少堂的两场演出，和他进行了长时间的交谈。他非常高兴地向我讲述了自己学艺、从艺的情况和经验体会，发表了许多独到的见解。在交谈中，我深深感到，他虽然在评书艺术上卓有成就，却没有大说书家的架子；他常年跑江湖，却没有某些江湖人的不良习气；他没有受过高等教育，却从与文人、学者及各界人士的交往和社会实践中，学习积累了相当丰富的文史知识和社会知识；他学习、继承了前辈的优秀成果，又能不断创新，形成自己的艺术风格和艺术流派，的确是一位大说书家。

在上海，因为上海人民评弹团多次到北京演出，通过座谈会和个人交谈等方式，对上海评弹等方面的情况已经有所了解，没多停留，就去苏州。苏州是江南曲艺的重镇，苏州评话、苏州弹词都产生于苏州，底蕴深厚，人才济济，流派纷呈，拥有广大的听众。苏州市文联、文化局向我介绍了苏州评话、苏州弹词的发展历史和现状，使我增长了不少知识。苏州书场是一处新建的书场，演出条件和听书条件都比较讲究。我听了几场书，每场都座无虚席，气氛很好。可惜我不懂吴语，多亏有同志讲解，才略懂一二；但书场的气氛却使我深受感染。苏州评话、弹词为广大人民群众所喜闻乐见，应当重视和发展。工作余暇，我游览了一些名胜古迹。苏州园林更引起我极大的兴趣。小时候就听人说，“上有天堂，下有苏杭”。到这里一看，苏州的确是个很好的地方。

我去的最后一站是杭州。浙江省文化局介绍了浙江解放后曲艺改革工作的情况和经验，并邀我观赏了两场曲艺演出。我住在西湖岸边，工作之余，顺便参观了不少名胜古迹，欣赏了西湖的美好风光；还到绍兴参观了鲁迅故居和秋瑾等志士仁人的遗迹。

这次南下，虽然只有短短的十几天，却收获不少。回京后我向协会和文联党组汇报了上述各地的曲艺发展情况，大家一致认为，上述情况很重要，今后要继续加强与各地的联系，抓紧做好曲代会的准备工作。阳翰笙同志还提议，邀请王少堂来京演出，请曲艺界、文艺界人士观摩他的说书艺术。很快，王少堂就应邀来京，演出了《武松打虎》《斗杀西门庆》《陈洪辩罪》等节目，受到阳翰笙、老舍、王朝闻等文艺界人士的高度赞扬。

考虑到文化部将在八月一日至十四日在北京举行全国曲艺会演大会，中国曲艺工作者代表大会也决定在八月举行，这样的好处是，可以节省很多人力和经费，大会也可以开得隆重、热烈一些。至七月中旬，筹备工作基本就绪，将大会有关文件和协会理事会理事建议人选名单及有关情况等，报中共中央宣传部审批。八月初的一天下午，周扬同志召开会议，商定有关事宜，阳翰笙、刘芝明、赵树理、陶钝和我参加会议，大家对协会章程（草案）、理事会理事建议人选（草案）和大会日程安排等，没有不同意见，主要是商定协会主席、副主席人选。原草案中建议赵树理同志担任主席，赵树理首先提出他担任主席不合适，理由是他主要是从事小说创作，写点曲艺；参加一些曲艺活动，属于业余爱好，协会主席应由曲艺界最具代表性的人物担任。他认为合适的人选是王尊三同志，说王尊三长期从事曲艺工作，在曲艺演唱和曲艺创作上都有突出成就，又是一位很好的共产党员。再说王尊三还先后担任中国曲艺改进协会筹委会主任委员、中国曲艺研究会主席，做了许多工作；成立中国曲艺工作者协会还是由他担任主席为好。陶钝同志表示，王尊三同志年老多病，已经办了退休手续，再担任主席恐怕不合适。这样，就在主席人选问题上议论起来。周扬同志说，王尊三是一位很好的老同志，我在第一次全国文代会上的报告就把他作为解放区曲艺艺人最优秀的代表加以赞扬，他在新中国成立后也做了很多工作，应该说是协会主席的合适人选，但是已经退休，不好再安排主席，但要尊重这位老同志，好好照顾他的身体，多征求他对工作的意见。这样，主席人选就颇费斟酌。周扬同志忽然朝刘芝明同志说：你担任主席怎么样？刘芝明笑了，他说自己没有做过曲艺方面的具体工作，也缺乏研究，完全是个外行，如果王尊三不能担任，还是老赵合适。赵树理还是推辞。刘芝明又提出，如果协会能与文化部配合，由周巍峙同志担任主席行不行？周扬觉得周巍峙还没有赵树理与曲艺界的关系那么密切，请大家再斟酌。阳翰笙同志表示，选来选去，还是老赵合适。我也表示，如果王尊三不能担任主席，最好由赵树理担任主席，曲艺界都很佩服他。周扬同志最后说：还是赵树理担任吧。担任主席，不必上班管日常工作，不妨碍下乡搞创作。赵树理只好勉强答应下来。赵树理就是这样朴实、诚恳、谦逊和顾全大局。副主席人选，事先征求过各方面的意见，大家都表示同意，只是按照阳翰笙同志的意见，把陶钝从几位副主席末位调到中间位置。

此后，全国曲代会即按照这次会议商定的方案在北京举行，中国曲艺研究会的工作宣告结束。

中国曲艺工作者第一次代表大会以来

中国曲艺工作者第一次代表大会于一九五八年八月十四日至十六日在北京中国文联礼堂举行。来自全国各省、自治区、直辖市、中国人民解放军、中直有关单位的二百多位曲艺工作者和文艺界有关人士出席大会。这是曲艺界的一次盛会。大家见面后互致问候，有说有笑，欣喜异常。开幕式由赵树理主持，中国文联副主席阳翰笙致开幕词，陶钝受曲代会筹备工作领导小组委托作近几年来曲艺工作情况和今后工作建议的报告。中共中央宣传部副部长周扬到会表示热烈祝贺，并在讲话中阐述了曲艺界面临的新形势和新任务，着重分析了曲艺改革创新和曲艺队伍建设以及曲艺艺人同新文艺工作者合作和加强领导问题，号召大家努力发展新曲艺，为社会主义服务。在两天的大会上，老舍、冯诗云、帕杰、毕革飞、韩起祥、周良、董凤桐、吴宗锡、郑振铎、叶英美、赵树理、王平、王少堂、孙来奎、刘宗琴、狄来珍、陈清波、夏巧亭、高元钧、靳文然、张树岭、骆玉笙、霍树棠等先后在大会上发言。经过酝酿讨论，大会一致通过了《中国曲艺工作者协会章程》和工作报告，选举王尊三、王少堂、王亚平、田汉、白凤鸣、老舍、任桂林、刘宗琴、阳翰笙、吕骥、毕革飞、良小楼、李伟、李月秋、李元庆、李德才、李国春、李少霆、狄来珍、周巍峙、林山、帕杰、阿英、吴宗锡、陈春生、赵树理、侯宝林、郑振铎、俞笑飞、马可、马增芬、唐耿良、陶钝、高元钧、张鲁、张寿臣、张梦庚、冯诗云、冯光泗、舒三和、贾芝、靳文然、骆玉笙、霍树棠、韩起祥为中国曲艺工作者协会理事会理事；王尊三、王少堂、白凤鸣、任桂林、周巍峙、阿英、李元庆、李德才、林山、侯宝林、陶钝、唐耿良、张梦庚、高元钧、冯光泗、冯诗云、骆玉笙、赵树理、韩起祥为常务理事；赵树理为主席，周巍峙、韩起祥、陶钝、王少堂、高元钧为副主席。阳翰笙致闭幕词。大会开得隆重热烈，充满团结奋进的气氛。周恩来、董必武、陆定一等在中南海接见了全体代表，使大家深受鼓舞。《人民日报》发表了题为《充分发挥曲艺的文艺尖兵作用》的社论，表示祝贺并提出希望和要求，进一步扩大了全国曲代会的影响。

这时候，“大跃进”的浪潮已经在全国兴起，到处热气腾腾，人们都在鼓足干劲、力争上游，好像超英赶美指日可待，实现人类最伟大的理想——共产主义，不是过去人们所想象的那样遥远了。为了跟上“大跃进”的形势，协会团结全国曲艺工作者，创作表演新书新词，发掘整理传统曲艺作品，改进曲艺表演艺术和音乐唱腔，通过多种方式，多次组织曲艺创作者深入工厂、农村和部队体验生活，进行创作，并帮助作者修改、加工曲艺作品，鼓励新人新作；召开多次座谈会、经验交流会和优秀节目展演、观摩演出等活动；协会与文化部等有关单位联合举办了优秀曲艺节目演出活动，在部队文艺会演期间召开了由部队曲艺工作者和地方曲艺工作者参加的座谈会，在全国职工文艺会演期间召开了职工业余曲艺座谈会等，以促进曲艺工作者与文艺工作者、专业曲艺工作者与业余曲艺工作者互相学习、帮助与合作。协会还多次派人到一些地方深入调查了解曲艺创作和传统曲艺演出情况，与当地有关部门和有关人员研究曲艺创作和传统曲艺收集整理工作，并结合演出分析研究曲艺的艺术规律和特点等。《曲艺》杂志大力推动曲艺创作和传统曲艺整理工作，经常发表曲艺新作和经过认真整理的传统曲艺作品及评论研究文章，报道各地曲艺工作的情况和经验，为发展社会主义曲艺事业做出积极的努力。

“大跃进”开始后，协会工作也有失误和教训，主要是由于“左”的思想影响，片面地强调为政治服务和“写中心、说中心、唱中心”，对“大跃进”做了不适当的宣传，助长了浮夸风。我的头脑也有些发胀，对“大跃进”抱有极大的热情和幻想。听到每亩地产五六千斤粮食，到处放卫星，吃饭不要钱等消息，我都深信不疑，在《曲艺》杂志上编发了多篇鼓吹“大跃进”的作品和文章。父亲来京，说农村表面上热热闹闹，大炼钢铁，把带铁的牛车都烧了，什么也炼不出来；天天搞试验田，大片地都荒了；社员生活越来越困难；等等，我还认为是个别地方的问题。为此还和父亲发生过争论。

文联组织干部职工到徐水参观，只见一大片试验田的棉花长得一米多高，很是茁壮，地里挂着一排排电灯，旁边还有沼气设备提供肥料。当地的干部介绍说，这是试验田，秋后每亩地可产棉一两千斤，明年大面积推广；粮食作物也要大面积增产，全县可产粮十一亿斤，着实使人惊喜。可是回头一想，哪里来这么多电和沼气呢？这样的棉花地能大面积推广吗？一个县真的能生产这么多粮食吗？又看到报纸上宣传有的地方麦苗长得多么高、多么壮实，人站在上面也不会倒伏，一亩地可年产几千斤云云，简直像神话一般。

我从小生长在农村，现在看到这些现象，听到这些消息，心里不免有些疑惑，但也不好和别人交换看法，因为当时正在“反右倾”，怕犯右倾保守错误。不久，“大跃进”的负面影响明显地显现出来，又遭到历史上罕见的自然灾害，以致生产大幅度下降，城乡市场供应一天比一天吃紧，人民生活极为困难，我的头脑也开始冷静下来。家乡来信，说每人一天几两粮食，还是政府从四川运来分配的；北京的粮食、肉蛋等副食供应也紧张起来，粮食定量逐步减少。我每月的粮食定量，由原来的三十一市斤降至二十九市斤，不久又降至二十七市斤，副食、蔬菜供应也很困难。孩子们正在长身体的时候，都说吃不饱，树新每天从机关带回一瓶小球藻分给孩子喝，据说能增加点营养。政府为照顾一部分知识分子，每月可凭证买一点黄豆、鸡蛋、猪肉和一两条香烟，虽然是象征性的，已经是很大的照顾了。

一九六〇年春天，我的肺结核病复发，这次比前两次厉害得多，左肺出现空洞，医生提出必须抓紧治疗，一是开刀，一是采用滴入疗法，即用橡皮管从鼻腔插入肺门，把药液直接滴向病灶，同时注射链霉素。我选择了后一种疗法，每天上午到北京结核病防治所治疗，下午坚持工作，连续九个多月，效果还好，反复照片子，涂片化验，都没发现问题，但培养化验仍是阳性，又转到北京地坛结核病医院采用喷雾疗法治疗。医院也非常困难，每个病员只能按自己的定量吃饭，蔬菜也少得可怜，每月吃一次炖带鱼，每人分几小块，算是改善伙食。树新和孩子每月把家里挤出来的一点东西留给我吃，我很感动，也很不好受。

我在医院住了半年，不断听到病友们的亲友带来的消息，到处都困难得很，如有些农村饿死人，农村和城市很多人患了浮肿、黄疸病等。人们谈起“大跃进”，谈到国家面临的严重困难，都感到忧虑，对赫鲁晓夫背信弃义撕毁中苏友好协定都极为愤慨。在这样严峻的形势下，人们还是一如既往地拥护党中央和毛主席，对党和国家的未来充满希望和信心。自己在这三年中也受到深刻的教育，想到党和国家在做出重大决策的时候，如果从主观愿望出发，不能坚持实事求是，会给社会主义事业带来多么严重的损失；而从个人来说，如果缺乏马克思主义的认识和判断能力，如果缺乏对实际情况的了解，并把二者结合起来，就会被错误思潮和一些表面现象所迷惑，随着“大流”走，犯盲从的错误。

在“大跃进”时期，文艺界的思想批判仍在不断地进行，有时批右，有时纠“左”，庐山会议之后更多的是批右，还有的把某些被认为是错误的观点无限上纲，进行批判。我印象最深的一个例子，就是一九五九年中国民间文艺研究会对该会秘书长林山的批判。起因是林山在《民间文学》上发表了一篇题为《民间文学也要厚今薄古》的文章。当时毛主席讲到“厚今薄古”，陈伯达、范文澜也讲过历史研究等领域也要“厚今薄古”，受这种看法的影响，联系民间文学在“大跃进”中出现的新情况，以及郭沫若、周扬主编《红旗歌谣》鼓吹新歌谣的启发，提出民间文学也要厚今薄古的意见。这种意见对不对，完全可以讨论。但是，民间文艺研究会却把这个问题看得很严重，强调民间文艺研究会“全面搜集，重点整理，大力推广，加强研究”的十六字工作方针是胡乔木审定的，林山的文章与这个方针相违背，就是违背党的民间文艺指导方针，于是把林山的文章看作是事关党的文艺方针的大问题，是一个严重错误，多次进行批判；而且，中宣部有关负责人也参与批判，致使林山处于十分被动和难堪的境地，无法继续主持研究会工作。

林山感到很委屈，很苦闷，每次在文联大楼碰见我，总是面带愁容，欲言又止。一天晚上，他带着小女儿来到我在芳草地的住处，我感到有些突然，心想一定有什么事情。他说没有什么事情，就是心里憋闷得很，想不到自己会落到这步田地。他十分伤感地说，连着几天晚上领着孩子坐环行无轨电车转转，散散心，今天从东四下车，想到你这里坐坐。说到这里，他眼含泪花，声音有些哽塞。我请他喝茶，劝他想开些，他才慢慢平静下来，谈了他写那篇文章的缘由和受批判的情况。

我早就知道，林山是一位抗战前入党的老同志，也是一位诗人，抗日战争开始后奔赴延安，曾在陕甘宁边区文协担任说书组组长，致力于民间文艺的调查研究，在改造说书方面的成绩尤为突出。民间艺人韩起祥编演的《刘巧团圆》等，就是林山记录和整理加工的。新中国成立后，他担任广东省文化局的领导工作，并曾被推举为中国曲艺改进协会筹备委员会常务委员及研究部副部长、中国曲艺研究会理事、中国曲艺工作者协会常务理事。他到北京工作后，我和他同在文联大楼上班，因为工作关系，我们时常见面交谈。他对工作认真负责，为人朴实、热情、坦率，一直保持着老同志的优良作风。听到他受到这样的委屈，我心里很是同情，可是有什么办法呢？只有进行劝解，要他重新振作起来。不久，他就怀着郁闷、孤独的心情离开北京，被安排在广东汕头地区行政公署担任顾问，实际是让他“靠边站”了。后来，我在中国文联举办的“读书会”上的发言中，以中国民间文艺研究会批判林山为例，提出批评意见，也想为林山讨个公道，却没想到，不但于事无补，反而得罪了一些人。从这件事情上，我深感开展实事求是的批评与自我批评真是困难得很。

一九五九年之后，随着党的政策的逐步调整，文艺界的情况发生新的变化。周恩来发表了关于文化艺术工作两条腿走路的讲话，中共中央宣传部印发了陈云关于评弹的谈话和通信，中共中央宣传部等单位组织调查组，调查“百花齐放、推陈出新”方针的执行情况，中共中央宣传部在新侨饭店召开了全国文艺工作座谈会，中共中央宣传部转发了文化部党组、中国文联党组《关于文艺工作的若干问题的意见》，周恩来、陈毅等在文化部召开的全国话剧、歌剧、儿童剧会议上发表了重要讲话，特别是中共中央召开的“七千人大会”，都在知识界、文艺界产生了很好的影响，大大调动了大家的积极性。在这样的形势下，中国曲协积极开展工作，举办了许多有较大影响的活动。如一九六一年八月十五日至二十三日召开的由京津两地曲艺工作者参加的曲艺座谈会，一九六二年十一月二十二日至二十四日在北京召开的相声座谈会，一九六三年三月十九日至二十六日召开的中长篇书座谈会等，都把如何创作、改编、演唱新曲艺列为重要议题，进行了认真研究和部署。又如，协会在全国文艺会演、全国职工文艺会演期间召开的曲艺座谈会上，由曲艺界和音乐界人士白凤鸣、良小楼、王万方、李凌、李元庆、严良堃、谌亚选等一起探讨了曲艺表演、音乐唱腔的革新问题；一九六一年在北京召开的评弹座谈会，田汉、老舍、叶圣陶、赵树理、阿英、王朝闻、袁水拍、马铁丁、杨荫浏等与上海评弹团来京演出的同志一起座谈了评弹艺术的改革创新问题，都产生了积极的推动作用。更使人难忘的是，一九六二年十二月四日，协会在文联礼堂举办纪念清代伟大文学家曹雪芹逝世二百周年《红楼梦》曲艺专场演出，周恩来总理应邀出席，并同齐燕铭、阳翰笙、阿英、赵树理、陶钝等文艺界人士和京、津两地参加演出的演员进行了座谈。周总理结合演出节目的情况，对传统曲艺整理工作和艺术革新问题作了重要指示，希望文艺工作者多参加曲艺方面的工作，与曲艺工作者合作，大家倍感亲切，深受鼓舞。

协会在鼓励不同艺术风格、流派的竞赛与发展方面，也做了一些工作。比如，一九五九年十月在北京召开的河南坠子演唱会和座谈会，《曲艺》编辑部举办的鼓曲艺术革新座谈会，一九六一年四月召开的赵玉峰西河大鼓艺术座谈会，等等，都就发展艺术流派的重要性和发展艺术流派的规律以及创造新的艺术风格、流派的途径与方法进行了探索和研究，并在《曲艺》杂志开辟《风格独创、流派生辉》专栏，进行了笔谈。协会还多次举办南北艺术交流活动，以促进苏州评弹、四川评书、谐剧等与北方鼓曲、相声、评书等曲艺互相学习和借鉴。

协会一直重视曲艺书刊编辑出版工作，把《曲艺》杂志作为宣传贯彻党的文艺方针，繁荣曲艺创作，发展社会主义曲艺事业的重要舆论阵地，做了大量的工作，同时编选了《建国十年曲艺创作选》等数十本曲艺作品选集和曲艺理论著作，分别由作家出版社、中国青年出版社、农村读物出版社出版。

但是，没过多久，特别是一九六二年九月党的八届十中全会以后，文艺界的批判斗争又重新升温。一九六三年十二月十二日毛主席在中共中央宣传部编印的一份关于上海举行故事会活动的材料上作了批示："各种艺术形式——戏剧、曲艺、音乐、美术、舞蹈、电影、诗和文学等等，问题不少，人数很多，社会主义改造在许多部门中，至今收效甚微。许多部门至今还是'死人'统治着。不能低估电影、新诗、民歌、美术、小说的成绩，但其中的问题也不少。至于戏剧等部门，问题就更大了。社会经济基础已经改变了，为这个基础服务的上层建筑之一的艺术部门，至今还是大问题。这需要从调查研究着手，认真地抓起来。许多共产党人热心提倡封建主义和资本主义的艺术，却不热心提倡社会主义的艺术，岂非咄咄怪事。"

批示下达之后，文艺界顿时紧张起来。为了贯彻毛主席的批示精神，文联、各协会和文化部都开始整风，检查工作。文联和曲协、舞协、民研会、摄影学会负责人一起举行了多次会议，学习批示，检查工作。我和大家一样，对毛主席的“批示”表示拥护，同时联系实际，检查了思想上、工作上的差距，做了批评与自我批评，并提出改进计划。整风、检查工作的气氛还好。曲协的检查被通过后，由我执笔写了一篇题为《幡然改悔，弃旧图新》的文章，以编辑部名义在《曲艺》杂志上发表。一九六四年一月二十二日至二月四日，中国文联、中国曲协联合在北京前门饭店召开曲艺创作座谈会，全国各地在曲艺创作上取得突出成绩的作者、演员一百多人出席，文艺界有关人士也应邀出席。中共中央宣传部副部长、中国文联副主席周扬作了报告。会上介绍了王尊三、韩起祥等长期编演新曲艺的成就和经验，高元钧、李润杰、陈春生、唐耿良、田连荣、朱光斗、马季、凌林生等畅谈了他们编演新曲艺的体会。中国文联、中国曲协负责人阳翰笙、刘芝明、赵树理、陶钝，中宣部文艺处负责人袁水拍和著名文艺家老舍、王朝闻等先后在大会上讲话和发言，并与代表们一起讨论了曲艺创作问题。会议期间和会议结束之后，举行了新曲艺观摩演出和公演。为了引起人们对曲艺工作的重视，阳翰笙、刘芝明要我起草了一篇社论稿，经林默涵审定，由《人民日报》以《积极地发展社会主义的新曲艺》为题作为社论在第一版显著位置发表。新华社把这次座谈会作为文艺界的一次重要活动向国内外做了报道。各省、自治区、直辖市的报纸都转载了《人民日报》社论和新华社报道，有的还配发了评论文章。这次座谈会有力地推动了各地的曲艺工作。

为了深入了解各地曲艺工作的新情况，我于三月下旬去浙江。刚从复旦大学毕业、分配到《曲艺》编辑部工作的王建国与我同行。到杭州后，浙江省文化局给予热情接待，由施振眉详细介绍了浙江曲艺发展情况，并全程陪同我们到一些地区进行考察。施振眉先后在省文联、文化厅从事文艺创作和组织工作，热爱曲艺和戏曲艺术，熟悉浙江情况，又非常热情诚恳，我在一九五八年到浙江考察，就得到他的帮助。这次考察有他陪同，我非常高兴，一切请他安排。

我们在杭州访问了省、市曲艺团体和一些曲艺作者、演员，他们对发展新曲艺都抱有极大热情，并发表了许多意见和建议。据施振眉介绍，《浙江日报》总编辑于冠西一直重视曲艺工作，报纸经常发表曲艺方面的报道和评论，有些文章还是他亲自写的。浙江新曲艺的发展与《浙江日报》的宣传有很大关系。我来杭州之前，看过《浙江日报》与曲艺有关的简报，包括于冠西写的评论；陶钝也向我介绍过于冠西的情况。于冠西原在中共中央山东分局机关报《大众日报》工作，是著名的记者；后随军南下，在浙江继续从事新闻工作。陶钝还托我便中向于冠西致意，我也很想认识认识于冠西，听听他的意见。一天晚上，施振眉陪我到浙江日报社，于冠西一见如故，非常热情，他对当前曲艺、文艺工作很关心，发表了许多很好的见解，并为有些文化领导部门至今仍不重视曲艺这门群众性很强的艺术而愤愤不平。

之后，我们到嘉兴、嘉善、湖州、德清、平湖、海宁、海盐和桐庐等地考察，访问了一些文化部门、曲艺团体和曲艺界人士，看了几场演出，听取了他们的意见和建议，了解到不少情况。在杭、嘉、湖地区，评弹极受欢迎。我们临时进书场听书，找不到空位子，还有劳书场经理另加座位。据说，评弹听众比电影观众还多。

施振眉也是一位好“导游”，每到一地，他都安排参观一些人文景点和自然景点。如杭州的西子湖及其周围一些名胜古迹，嘉兴的南湖，湖州南浔的嘉业堂藏书楼，桐庐的子陵钓台，以及富春江的风光、钱江潮的奇观，等等，都使我叹为观止，难以忘怀。

接着，施振眉陪我们到菱湖镇，镇里有个能容纳二百多人的书场，书场的主人是一位六十来岁的妇女，很开明也很热情，大力支持说新书和好的传统书，拒绝说不健康的书，书资、茶资也很便宜，不但吸引了老年听众，也吸引了青年听众。我们在这里住了几天，每天晚上听曹梅君、张丽英说书。他们演出的都是新书和经过整理的传统书，施振眉边听边给我讲解，称赞他们的书内容好，演唱也好。他们都以演新书、好书为荣，想在说书艺术上有所作为。收入不多，居住在书场的阁楼里，生活比较艰苦，他们也不大计较。我们一致认为，对这样的演员，这样的书场，应当重视、鼓励和宣传。

很快，《浙江日报》和《曲艺》杂志就发表了关于菱湖书场的报道。离开菱湖书场时，彼此依依惜别。书场女主人一定要我们吃了她亲手做的清炖元鱼再走。她做的元鱼果然不同一般。大家一边吃一边赞不绝口，都说从来没有吃过味道这么鲜美的元鱼。

我们离开菱湖镇便转向浙东和浙东南，先后到绍兴、宁波、宁海、临海、黄岩、乐清和温州考察。这些地区的曲艺同样丰富多彩。如莲花落、平湖调、走书、唱新闻和温州鼓词等，都在当地广为流行；说新书、说好书已经蔚然成风，深受广大群众特别是农村听众的欢迎。我们每到一地，除了听书，就是访问、座谈，了解到不少新情况、新经验和新问题。

我们在雁荡山稍做停留，回顾和总结了过去一个多月的考察工作，一致认为收获不小，主要是增强了对浙江曲艺的了解，提高了对当前曲艺工作中一些重要问题的认识：一是群众对质量高的新书是欢迎的，大多数曲艺演员也有说新书的积极性，问题是缺乏创作、改编新书的人才，如何扩大创作队伍，改编更多的新书，并逐步提高新书的质量，争取更多的新听众，任务还很艰巨。二是现在流行的一些传统书，还需要进一步整理加工，逐步提高演出质量。三是多数曲种存在后继乏人问题，需要有关文化领导部门研究解决。四是曲艺演出场所的建设问题，好的书场如菱湖书场，应加以宣传推广；对差的书场应积极加以引导、帮助，使其成为发展社会主义曲艺、丰富群众文化生活的场所。五是领导问题。有些文化领导部门对曲艺工作还不够重视，今后应切实加强对曲艺工作的领导。

考察间隙，我们登临雁荡山，游览了灵峰、灵岩、大龙湫等诸多景点。雁荡山的奇秀，的确堪称天下一绝，令人倾倒。六月底，我们结束了浙江之行，原计划在上海停留几天，对上海的曲艺发展情况，特别是新曲艺发展情况作些了解，不料，刚到上海没两天，忽然接到协会电话通知，说有要事要我尽快赶回北京。我没多问，只到上海人民评弹团与吴宗锡等进行了交谈，就匆匆回到北京。

这时，文联和各协会正在传达、学习毛主席六月二十七日在《中共中央宣传部关于全国文联和所属各协会整风情况的报告》的草稿上作的关于文学艺术工作的第二个批示："这些协会和他们所掌握的刊物的大多数(据说有少数几个好的)，十五年来，基本上（不是一切人）不执行党的政策，做官当老爷，不去接近工农兵，不去反映社会主义的革命和建设。最近几年，竟然跌到了修正主义的边缘。如不认真改造，势必在将来的某一天，要变成匈牙利裴多菲俱乐部那样的团体。"

文艺界的风声愈来愈紧。文联党组书记阳翰笙已因《北国江南》问题受到公开批判，难以主持文联工作，刘芝明代理党组书记，领导文联和曲协、舞协、民研会、摄影学会的整风。很快，中共中央宣传部决定由刘芝明、赵进、沙洪、贾芝、罗扬、盛婕、吴群组成检查组，由刘芝明任组长，中共中央宣传部派来赵进、沙洪任副组长，检查组实际上替代文联党组领导文联和上述协会、研究会、学会的整风和检查工作。刘芝明名为组长，实际上副组长赵进负责向中宣部汇报情况和传达中宣部的指示，主持检查组工作。

在学习“批示”时，文联和各协会的同志一致表示拥护毛主席的“批示”，认为“批示”是向大家敲起警钟，是对文艺界的深刻教育，对提高认识、改进工作有重大指导意义；同时表示，对批示中指出的问题的严重性，还有待深入理解。我和大多数同志认为，文联和上述几个协会、研究会、学会工作上有失误和问题，但还是属于“批示”中所指的少数较好的一类。出乎意料的是，中宣部定的调子却高得惊人，最初说文联有反党小集团，以阳翰笙为重点，把多数党组成员列为审查对象。刘芝明表示，据他到文联工作后的了解，党组工作中问题是有的，但没有这么严重。中共中央宣传部却不以为然，要求继续发动大家揭发。由于定调过高，牵连了不少人，气氛搞得很紧张。检查组成员分别联系审查对象，要他们把问题讲清楚，并听取他们的意见。派我联系的对象是阳翰笙。他的态度很诚恳，凡是他了解的事情，都实事求是地讲给我听。因为彼此熟悉和了解，他有时也对整风中的一些做法提出意见，流露出委屈和无奈的情绪。

调查结果证明，文联不存在反党小集团的问题。于是，中共中央宣传部又改口说，文联党组这几个人不是反党小集团，也是反党一伙。经过再调查，反党一伙也缺乏根据。最后，中共中央宣传部不得不表示，各有各的错误，分别调查处理。整风一直持续到一九六五年秋天，开过多次揭发批判会，文联和上述协会、研究会、学会也没查出反党性质的严重问题。最后，阳翰笙被免去党组书记职务，受到很大的委屈；党组其他成员和一些干部也程度不同地受到伤害。

实践告诉人们，不深入调查研究，不实事求是地观察、判断和处理问题，动辄无限上纲，进行批判斗争，的确会造成严重的后果。接着，文联和各协会召开党代会。根据中央决定，文联设党委会，不设党组；选举出新的领导班子，我被选为党委会委员，因参加“四清”未参加党委会的活动。

文化部同样受到极大的冲击。此前，为了贯彻毛主席关于文学艺术作的第一个批示，文化部于一九六四年六月五日至七月三十一日在北京举办全国京剧现代戏观摩演出大会，集中展示了京剧改革的优秀成果，受到广大观众和文艺界的好评。周恩来同志亲自领导这次大会，并发表了重要讲话。大家万万没有想到，江青插手这次大会，在京剧会演人员座谈会上，攻击戏曲舞台都是“牛鬼蛇神”，破坏了社会主义经济基础。康生与江青一唱一和，更在全国京剧现代戏观摩演出闭幕大会上点名攻击影片《早春二月》《舞台姐妹》《北国江南》《逆风千里》，京剧《谢瑶环》，昆曲《李慧娘》等，把这些作品统统打成“大毒草”。我在台下听到这些，简直不敢相信自己的耳朵，感到十分震惊。此前，我看过《北国江南》的样片，我还向阳翰笙谈过我的观后感，认为这部片子拍得不错，怎么能说是“大毒草”呢？昆曲《李慧娘》，我看过内部演出；孟超写的《〈李慧娘〉跋》我也读过，我曾和孟超说，这部戏演得很好，你用文言写的《跋》，也很老辣，真是“吃姜还是老的辣呀！”孟超大笑。孟超和康生是同乡，他跟我说，康生看过《李慧娘》剧本和内部演出，也很赞赏。现在怎么又说《李慧娘》是大毒草呢？联想一九六一年康生在紫光阁一个座谈会上的发言，他不但狂热地鼓吹坏戏，斥责著名戏曲演员探索演出现代戏，还叫嚷“谁要让马连良演现代戏，我开除他的党籍！”想到前前后后这些事情，康生这个在延安整风时把同志往死里整的人，不但至今不知改悔，而且翻云覆雨，变化无常，真是一个令人难以琢磨的两面派！

不言而喻，康生在闭幕式上的讲话，激起文艺界一切正直的人们的不满和愤慨，议论纷纷。康生和江青来头很大，以势压人，大家敢怒而不敢言。想到毛主席在六月二十七日所作的关于文学艺术工作的第二个批示，文艺界的形势会如何发展，许多人都感到惶惑和不安。

曲代会前后，协会在促进中外艺术和学术交流方面也做了一些工作。有两件事我印象最深，一是我代表协会接待了苏联著名汉学家费德林先生的来访。费德林对中苏两国的文学艺术深有研究，并对中国的民间说书艺术和民间艺人韩起祥有深入的了解，给予很高的评价。一九五七年春天，他把所写的一篇记述和评论韩起祥及其说书艺术的文章带来征求意见。我看后觉得很好，是一篇有深度有感情的好文章，遂决定在《曲艺》杂志上发表。他对中苏艺术交流抱有很高的热情。我们交流了中苏说唱艺术和学术研究的情况，都想在说唱艺术交流方面做些事情，可惜由于种种原因未能实现。二是接待日本著名说唱艺术家冈本文弥先生的来访。冈本文弥于一九六四年、一九六五年两次率代表团来我国访问，他们先后到北京、广州、上海、苏州等地参观、访问，互相观摩中日两国的说唱艺术。冈本文弥对新中国和中国的曲艺艺术充满向往和热爱之情，他一再深情地说，看到新中国，就看到了希望，增强了对未来的信心；欣赏到中国的说唱艺术，不但从中学到许多宝贵的东西，也使自己的身心更加健康。我们有过两次长谈，对今后加强中日友好和艺术交流活动交换了意见。他在日本的声望很高，为促进中日两国人民的友好和文化交流做了许多工作，先后受到郭沫若、廖承志等领导人的接见。

一九六五年十月，按照中共中央宣传部的部署，文联和各协会组织干部到北京郊区参加“四清”运动。下去前，我们集体学习了《二十三条》和桃园经验，阅读了一些参考文件。大多数同志都没到过农村，我虽然生长在农村，并在农村工作过，现已离开多年，对农村的现实情况并不了解，因此把农村的问题估计得很严重。这时，大女儿雪莹刚考上北京大学，还未来得及上课就被下放参加“四清”工作队；儿子庆朴在北京四中高一住校；小女儿雪珂在北京女四中上初中，虽然住在学校，但终因年纪尚小，托树新的同事张帆夫妇代为照料。我和树新都被分配在北京郊区顺义县北小营公社，我在西府大队，她在礼务大队。

西府大队在顺义县东北，是箭杆河的发源地，除种玉米、小麦，也种些水稻，因为箭杆河的水质好，土地肥沃，长出的水稻很好，以前作为贡米给宫廷享用；现在每户都能分到一些稻米，有亲友来，都要做米饭招待，蒸出来的米饭，像颗颗晶莹的珍珠堆在一起，又白又亮，既好看又好吃，比天津的小站米还好。全村二百多户，一千多人，勤劳朴实，大都以务农为生，生产搞得不错，是全县数得着的一个大队。但是否存在严重问题，只能下去以后，经过调查研究，才能说得清楚。

西府“四清”工作队共十四人，由中国曲协和北京市的干部及国家体委的运动员组成，我任队长，许光远、周德才任副队长。到西府的当天，我们就按照统一规定召开社员大会，由我作动员报告，即所谓讲政策，亮旗帜，表明我们的态度。报告的内容和所举的例子都是从文件上抄的，要求全体社员充分认识农村两条道路斗争的严重性和开展“四清”运动的重要性与必要性，在党的领导下，把“四清”运动进行到底。

这里的情况到底如何，又如何进行到底，我心中无数。好在“四清”工作队的大多数同志头脑比较冷静，在与社员同吃、同住、同劳动的过程中，坚持调查研究，注意从实际出发。在北小营“四清”工作团汇报情况和交流经验的会议上，我着重讲了调查研究的重要性和初步体会，获得大家的认同，并在《四清简报》上发表。

此后，我们一直按照《二十三条》的要求，既要调动群众的积极性，鼓励群众检举、揭发，又要相信干部的大多数，注意调查研究，凭事实说话，严格区分两类不同性质的矛盾。工作队经常在晚上开碰头会，交流情况，研究和解决问题。因此，工作开展得比较顺利，没出现大的问题。一九六六年春，“四清”运动进入扫尾阶段，只有两个干部因多吃多占受到批评和警告处分。整个过程比较平稳，没有留下后遗症，绝大多数群众和干部都比较满意。随后选出新的领导班子，西府大队的生产和工作纳入常规。

然而，国内的政治形势正在发生急遽变化，阶级斗争、路线斗争的声浪越来越高。许多小说、电影、戏剧等文艺作品和作家、艺术家、学者被公开批判。林彪、江青炮制的《部队文艺工作座谈会纪要》作为中共中央文件下发，文艺界的斗争形势愈加严峻。特别是听到中共中央“五一六通知”和关于批判彭陆罗杨的文件的传达，又看到《人民日报》刊登了聂元梓等人写的大字报，并发表了《横扫一切牛鬼蛇神》的社论之后，我和许多同志都预感到一场大的风暴即将来临。

我和东府大队“四清”工作队队长在去北小营“四清”分团开会的途中多次议论过当前的形势，都感到极为疑惑和震惊。他是在晋察冀边区参加工作的一位老同志，新中国成立后在北京市政府做档案工作，听到彭真受到批判，认为简直不可思议。我们对“五一六通知”中说的“赫鲁晓夫式的人物正睡在我们的身旁”，也猜想起来：谁能睡在毛主席和党中央的身旁呢？这个赫鲁晓夫式的人物是不是指刘少奇呢？我们都读过刘少奇关于党的建设的著作，听过他的报告，他主持第一线的工作和担任国家主席，都是毛主席推荐的，怎么会成为赫鲁晓夫式的人物呢？如果不是指刘少奇又是指谁呢？周恩来、朱德、陈云、邓小平等中央领导人，过去给我们的印象一直是团结的，怎么会这么尖锐地对立起来呢？我们都像钻进闷葫芦里，大惑不解。这时，报纸和广播电台发表的东西火药味越来越浓，从北京传来的消息也越来越使人感到不安。“四清”工作队的同志身在农村，心里惦记着北京和全国发生的事情。村里的社员不断向我们打听北京发生了什么事情，我们不清楚，也不便说些什么。

六月五日，我们接到通知，“四清”工作队的人员都撤回原单位，我和许光远、周德才与全队同志一起抓紧做好“四清”结束工作，于六月十日与老乡们告别，怀着惶惑不安的心情回到北京。

雪莹、庆朴、雪珂听说我和树新回来，都非常高兴。离开半年多，一家人重新团聚，倍感亲切，有说不完的话。孩子们讲起“文化大革命”和学校发生的事情，兴高采烈。他们坚信毛主席、党中央发动和领导的“文化大革命”会把中国的社会主义事业从胜利推向胜利，大大加快共产主义的进程。

我和树新一向崇拜毛主席，对党中央和毛主席发动的“文化大革命”虽然不理解，对有些人被批判也有些想不通，但大都归结为自己思想觉悟不高，情况了解太少，跟不上形势。联想到毛主席的两个“批示”和“五一六通知”以及两报一刊的社论，“文化大革命”究竟会如何进行？文艺界和文联各协会将会发生什么情况？我想来想去，怎么也想不明白，心中不免有些茫然。

在“文化大革命”的日子里

一

从顺义县西府大队回到北京的第二天，我到文联大楼上班。这时中国曲协同文联各协会一样，已经成立了文化革命领导小组，领导机关的文化革命。协会处以上干部都被排除在领导小组之外。大家一起学习毛主席关于文学艺术的两个批示、中共中央“五一六通知”等文件和《人民日报》、《红旗》杂志、《解放军报》社论等，座谈学习体会，一致表示拥护“文化大革命”，大都是重复文件上的话，好像有这样那样的顾虑。文联党组成员、曲协副主席陶钝和秘书长张克夫已经靠边，我也没有工作可做，只有少数同志对我还像过去一样热情，多数同志与我保持距离，好像有些戒心。文化革命领导小组召集全体工作人员开会，也不通知我参加。

这时，作家协会等单位已经开始揭发批判，贴出许多大字报，闹得很厉害。我预感到曲协会很快闹腾起来，我的处境也会随之发生变化。果然，没过几天，曲协也贴出大字报，大都是揭发批判陶钝和张克夫的，也有揭发批判我的大字报，罗列一些似是而非的东西，无限上纲，说我是走资本主义道路的实权派，我很生气。

七月一日，《人民日报》发表了题为《党的阳光照亮了文化大革命的道路》的社论。我读后，也认为“文化大革命”应在党的领导下进行，不应该这样乱来，便连夜写了一篇大字报，对揭发批判我的大字报进行了批驳，警告某些人不要乱扣帽子，浑水摸鱼。大字报贴出后，立即引起人们的注意，议论纷纷。曲协的人见我以社论为根据发表意见，而且态度是这样强硬，也摸不清以后运动会如何发展，揭发批判我的大字报没有再贴。

七月初，文化部负责人带着一批人来文联大楼，召开全体工作人员大会，宣读中共中央批转的《文化部为彻底干净搞掉反党反社会主义反毛泽东思想而斗争的请示报告》，说文联和各协会问题严重，要按照中央指示精神“犁庭扫院”“彻底清洗”，批判反革命修正主义文艺路线和黑帮的反党、反人民、反社会主义的罪行，并派出工作组到文联各协会进行联络、指导；同时宣布办学习班，文联各协会的主要负责人和代表人物都到中国社会主义学院学习、检查、交代问题，互相揭发批判；曲协进学习班的是陶钝、张克夫。张克夫肺部动过手术，瘦弱多病，没几天就犯病住进医院。八月上旬，学习班结束，陶钝和其他进学习班的人都被视为有严重问题的人，关进“黑帮室”，接受审查和批斗。

文联和各协会的大字报越来越多，并接连不断地召开大会、小会对他们进行批判斗争。一天上午，张克夫刚从医院回到机关就受到批判，又发病住院。接着，对陶钝开批斗会。这两次批斗会都没让我参加，听说上纲很高，批得很厉害，揭发批判陶钝、张克夫的大字报，把他们两个人的名字都用红笔打了“×”，以表示他们的罪行严重。揭发我的大字报又重新出现，还是认定我是走资本主义道路的实权派，要我不但交代自己的问题，还必须揭发陶钝、张克夫和文联阳翰笙、刘芝明等人的问题以及文联“假整风”的内幕，并指责我的大字报是对抗群众运动，极端错误，要我必须悬崖勒马，端正态度。

很快，“文化大革命”的风暴席卷北京，天下大乱。文联和各协会批判走资派和黑线人物的声势也越来越大。孩子们担心我出事，不断回家看看。他们都是红卫兵，谈起“文化大革命”，兴高采烈，深信毛主席发动和领导的这场“文化大革命”，一定会使中国成为一个红彤彤的社会主义国家，成为世界革命的中心。我和树新崇拜毛主席，相信毛主席英明伟大，他发动和领导的“文化大革命”，会是真正意义上的大革命，但是看到党中央许多领导人和大批党、政、军领导干部被批斗，各级党委被踢开，到处乱哄哄，文联和各协会许多好同志被打成“黑帮”，这难道就是真正意义上的大革命吗？有时和孩子们谈谈，也难以消除自己的疑虑。

八月十八日，毛主席接见红卫兵后，红卫兵运动在全国兴起，到处横冲直撞，很快就冲进文联大楼，同文联和各协会的造反派联合批斗“黑帮”，每天上万人来观看“黑帮”示众。被示众的有阳翰笙、刘芝明、田汉、邵荃麟、吕骥、蔡若虹、陶钝、吴晓邦、贾芝等文联各协会负责人和一些诗人、作家，每个人的脖子上都挂着“黑帮”牌，列队站在礼堂的讲台上，接受红卫兵的审问和批判。

北京的大街小巷都是串联的人流，墙上贴满揭批走资派、揪叛徒的大字报，有些被造反派认为是“黑帮”的领导干部，被押在大卡车上游街示众。一天中午，一辆大卡车从文联大门口开来，造反派用广播喇叭高呼“打倒彭德怀”的口号，只见彭老总穿着黑色服装，面部黝黑，神情镇定而威严，像雕像一样，挺立在大卡车上，给我留下难忘的印象。

我的处境越来越不好，几个造反派盯住我不放，批判我的大字报越来越多。这时候，曾在肃反中诬告过我的王雁伍来大楼造反，说我是文艺黑线的红人，是走资本主义道路的当权派，过去迫害过他，用毛笔在我的办公室和楼道的墙壁上乱涂一气，对我进行辱骂和攻击，并贴出颠倒黑白的大字报，揭发我的“罪行”。造反派头头王仲文以为这下可抓住了我的把柄，不但对王雁伍热情接待，还把王雁伍安排在他的宿舍住下。我和王仲文同住一个院子，同用一个水管、一个厕所，每天免不了与王雁伍碰面，每次碰面他都是一脸凶相，好像向我示威，实在让人憋气。

造反派一再要我在全体工作人员大会上交代迫害王雁伍的问题，向王雁伍低头认错。我坚决予以拒绝，并说明王雁伍在中国曲艺研究会工作期间表现很坏，文化部决定“劝其回家”是正确的；此事是我经手处理的，也没有错。造反派头头王仲文气急败坏，说我态度恶劣，一切后果要自己负责。好在绝大多数干部了解王雁伍的情况，知道他是诬告，不予支持，王仲文等也毫无办法，只好让王雁伍灰溜溜地离开。

随着批判资产阶级反动路线，曲协的文化革命领导小组也被造反派冲垮。领导小组组长过去就很“左”，在她眼里，政治好的没有几个人，“文化大革命”开始后，更是“左”得要命，一天晚上开会，讲到横扫一切牛鬼蛇神，就不指名地敲打别人，还拍着桌子大喊一声：“谁是牛鬼蛇神给我站起来！”吓得在解放前或解放后有点所谓问题的人赶紧站起来，自称是牛鬼蛇神。可是，造反派还嫌她“左”得不够，批判资产阶级反动路线时，也把她批得晕头晕脑，要她检查交代，还被抄家；其他成员凡被认为是保守派、保皇派的，也被批判抄家。

有一天，一群盲艺人来到曲协造反，造反派当天就抓住机会和盲艺人一起召开批斗会，造反派台上批，盲艺人台下批，有的人还从地上抓起稻草编成圆圈，往文化革命小组组长脖子上套，你推我搡，乱成一团。

不久，造反派又响应“清理阶级队伍”的号召，把他们认为历史上或解放后有问题的人如王亚平、冯不异、丁素、郗潭封、马锐、沈彭年等列为审查对象，对他们施加压力。这时受冲击和审查的达十余人，占全体工作人员的一半以上，气氛更加恐怖。

一九六六年十一月二十八日，江青、陈伯达在人民大会堂召开大会，气焰嚣张，大放厥词，江青一口气就点了陆定一、周扬、林默涵和北京市委彭真等十一个人的名，污蔑他们是反革命修正主义分子；污蔑中宣部、文化部、北京市委互相勾结，对党对人民犯下滔天罪行，必须彻底揭发，彻底批斗。从此，文联和各协会遭到更大的冲击，文艺界越来越多的人被点名批斗。到文联大楼看“黑帮示众”、看大字报的人越来越多，前后院里人山人海，像赶庙会，楼道里人来人往，络绎不绝。有的学生还贴大字报，参加辩论，各派红卫兵也互相辩论，如对贺敬之的看法就大不相同，一派说贺敬之是革命诗人，一派说他是黑线人物，相持不下，引起大家的围观。每天到文联大楼串联的至少一万人，一天到晚乱乱哄哄。

造反派给我的任务是供给串联的人喝开水。我每天从地下室锅炉房打水，用小推车运到大院里，一车一车的水很快就被喝光。在围着水车喝水的时候，他们互相交流各地的情况，互相辩论，对文艺界乱批乱斗持有不同的看法，有时还争吵起来。

大串联过后，又集中精力批斗“黑帮”，而且火力越来越猛，批斗的范围越来越大。刘芝明、田汉先后被迫害致死，中国作家协会一位刚参加工作的大学生从五层楼上含冤跳楼身亡。曲协的张克夫因不堪批斗，又发病住院。张克夫在抗日战争开始后就参加革命，并加入共产党，长期从事新闻工作、文艺创作和编辑工作，一九五九年到中国曲协任副秘书长、秘书长，《曲艺》杂志副主编，工作认真负责，为人正直豪爽，我们合作得很愉快。我曾到医院看望，他心情很不好，我劝他想开些，安心养病，没想到他很快就去世了，年仅四十六岁。造反派不让开追悼会，只派我一个人把他的遗体送到东郊火葬场火化。

王尊三在家养病也受到冲击，致使病情加重，需到北京医院诊治，但他在北京医院的医疗待遇已被取消，造反派也不提供车辆，我和沈彭年得知后赶到他家，借了一辆平板三轮车送他到隆福医院住下，因为得不到适当治疗，心情又很不好，不久就与世长辞。王尊三去世后，造反派也不让开追悼会，不能送他进八宝山革命公墓，只派我一个人把他从医院送到东郊火葬场火化。在从医院到火葬场往返的路上，我想到与王尊三、张克夫往日相处的情景和他们遭到的不幸，想到其他一些同志备受折磨的悲惨命运，悲伤和愤懑之情难以自已。

夺权风潮兴起之后，文联和各协会的造反派先后夺权。王仲文等三人组成的造反组织“在险峰”在曲协掌权后更加不可一世。在他们眼中，陶钝已被打倒在地，成为“死老虎”；张克夫去世了；王尊三是有争议的人物，也已经去世，只剩下我这个被认为是“走资本主义道路的实权派”，自然不能放过。据说文联造反派头头马长庚曾多次鼓动曲协的造反派把我揪出来；被关进“黑帮室”的个别干部也和我做比较，认为我的问题比他还严重，为什么把他关进“黑帮室”？在这种情况下，曲协的造反派颇费斟酌，一方面认为我的问题严重，想把我关进“黑帮室”；一方面又觉得证据不充分，特别是曲协的绝大多数工作人员认为我只是犯了执行修正主义路线的错误，构不成敌我矛盾，不能打击一大片。如果他们真的把我作为“黑帮”关起来，不会被通过，反而脱离了大多数，于他们不利。最后还是把我作为一时不能定性的人物继续审查批判。

王仲文等到我的家乡和我工作过的地方做调查，一无所获，又重点追查我参与搞“文联假整风”的“阴谋”活动。其实哪里有什么“假整风”？完全是莫须有的罪名。我如实地讲了当时的情况，造反派很不满意，在大楼大院里继续贴我的大字报，施加压力，使我天天感到有被关起来的可能，不得安宁。

造反派头头王仲文还对我耍两面派，有一天找我谈话，说中央号召“要解放干部的大多数”，要搞“三结合”，要我好好写个检讨，不要有什么顾虑，无论有多大错误，只要交代清楚就可以恢复工作。王仲文一向很“左”，而且性格非常古怪、别扭，一九六四年大学毕业，分配到《曲艺》编辑部工作，就表现得很“左”，经常用卡片记别人的谈话和发言，人们背后不称他的名字，称他“王卡”。“文化大革命”开始后，更是“左”得要命，动不动就给别人上纲上线，现在忽然对我很热情，我不相信他说的都是真话；更重要的是，我对“文化大革命”的怀疑、抵触情绪越来越重，觉得所谓“解放大多数”不一定是真解放，“三结合”不一定是真结合，干部和造反派结合还不是当傀儡？说不定什么时候又会受批判被打倒。于是，我就一直拖着不写检查。可是，王仲文见面就催，实在拖不下去了，我就写了一篇比较空泛的自我检查，说自己犯错误，主要是由于自己没学好毛泽东思想。不料，这篇检查却惹了麻烦，王仲文第二天就对我大发脾气，说我竟敢污蔑毛主席和毛泽东思想。我一听就蒙了，说他不要强加罪名，他立即拿出我的检查指给我看，上面果然有一句是“我犯错误，主要是因为学好毛泽东思想”，把学好前的“没”字漏掉了。我当即向他解释，是我疏忽，把“没”字漏掉了，以后注意，决不是把犯错误归咎于学好毛泽东思想，你再看看这句话的后边，都是说自己虽然努力学习毛主席著作，但是没学好、用好，就可以明白我的意思了。但他还是气势汹汹地逼着我把漏掉“没”字的这句话抄下来交给他。很清楚，他想把这句话孤立起来作为强加给我罪名的根据，我一下子火了，说他蛮不讲理，欺人太甚，让他把这篇检查贴在大院里让大家评判！我把他硬顶回去。他气急败坏地离开，还是不依不饶，很快又贴出批判我的大字报。

“文化大革命”开始以后，我的心情一直很矛盾：我一向崇拜毛主席，认为“文化大革命”既然是毛主席亲自发动和领导的，就不会有错，开始我也曾想紧跟，但是随着时间的推移，看到的、听到的和自己经历的一些事情又常常想不通，甚至产生怀疑、抵触情绪。想到党和国家的前途，文艺界的命运，以及个人的处境，苦闷、惶惑、忧郁的心情，与日俱增。

我还为孩子受到自己的牵连而感到不安。一九六八年夏天，小女儿雪珂报名参军，北京朝阳区招兵指挥部已经考察合格，只需曲协出具一封证明信，说明我不是敌我矛盾即可。可是，王仲文把着协会印章，硬是不出证明信，理由是我的问题还在继续审查，是否敌我矛盾还不能确定，雪珂因此而未能参军。我和树新得知上述情况后，为孩子受到自己的牵连而深感不安，对王仲文这样整人也极为愤慨。雪珂不但不埋怨我，反而劝我们说，这类受冤屈的事情很多，要想开。她还一再表示，她已经长大成人，不论遇到什么情况，都能正确对待，不会影响自己的进步；参军固然好，到农村锻炼也很好，秋天，她就主动报名到山西插队。不久，庆朴也报名到陕西农村插队。家里给他俩各准备了一个木箱和必备的衣物，我们先后到北京站把他们送上火车。走时两个人都是十几岁的孩子，没出过远门，不知这一去，未来会如何？我们尽管心里很难过，却不敢当着他们的面表露出来，就强作笑颜，含着眼泪向他们挥手告别。回到家里，我和树新都流泪不止，倍感凄凉。我们不由得问自己，报纸上天天讲形势大好，越来越好，可我们家的日子怎么越来越不好过啊！

毛泽东思想宣传队连着换了两批，最后一批是由工人宣传队和解放军宣传队组成的工、军宣队，他们进驻后，对改变协会的混乱局面起了一定作用，但干部、知识分子被改造的地位没有改变。我对每一批宣传队都心存希望又到失望，觉得他们改变不了我们这些干部和知识分子的处境。

一九六八年秋天，工、军宣队宣布曲协全体工作人员到中国戏曲学校办学习班，树新随中国民间文艺研究会到中央戏剧学院参加学习班，分别住在两处学校里。中国戏曲学校也是斗争很激烈的地方，听说还搞过武斗，死过人；现在没有学生，除了该校的“黑帮”，就是一部分教职员工和看管人员。戏校和曲协的人分开住，分开吃饭，分开活动，曲协受审查的人和其他人员分开住。我和沈彭年、冯不异、丁素住在一起，四个人睡两个双层床，我和沈彭年一个床，他住下层，我住上层，床头边上早已贴上“坦白从宽，抗拒从严”的标语，给我们一个下马威。我们不是敌人，怎么给我们贴这样的标语呢？我很反感，自知处境依然不妙，只好听之任之。第二天，一位人称王营长的军宣队负责人召集开会，他讲得还好，可是掌权的还是王仲文等造反派，整天让学习文件，斗私批修，有问题的人老实接受审查，交代问题。不久进行党员登记。我认真做了检查，甚至连一般的缺点也列出来，做了自我批评。我希望尽快恢复组织生活，结束这人不人鬼不鬼的日子。可是造反派总是认为我挖得不深，没触及灵魂。我不得不做第二次检查，大概是由于心情郁闷、用脑过度、休息不好，没讲完，头脑就突然发晕，伏在桌子上失去知觉，过了好大一会儿才清醒过来。两天之后，我重新做了一次检查，还是没有通过。心想反正过不了关，也不再难为自己。

这时身体大不如前，有一次犯牙病，口腔的全部牙龈肿胀化脓，疼得睡不着觉，很难吃东西，不得不到附近的铁路医院医治，医生一看，说我的牙全坏了，要全部拔掉。我坚持不拔，医生把上下牙龈都挑破了，把脓挤出来，让我连续吃药，虽然难受了好些天，却把牙保存下来。当时的心情很坏，不知这样的日子什么时候才算熬到头，时有“度日如年”之感。

二

一九六九年九月下旬，军宣队传达了中央关于备战的文件精神，宣布文联和各协会的人都必须在国庆节前离开北京，到“五七”干校劳动锻炼，曲协等协会的人分到文化部怀来“五七”干校，文联、作协的人分到文化部咸宁“五七”干校，要求大家抓紧做去干校的准备。我和树新回到家中，把家里的东西大致收拾了一下，准备好常用的衣物，九月二十七日上午，把窗户用木板钉死，锁上屋门，告别同院的许大娘，到文联大楼集合，和大家一起到北郊火车站登上北去的列车。刚上车时，乱了一阵，很快就平静下来，人们的精神大都有些呆滞、迷惘，心事很重，不知将来的情况又会是怎样。

当天上午，大家从沙城站下车，以连为单位集合，我和剧协、曲协、美协的人一起乘卡车去土木堡，树新随民间文艺研究会等单位到土木堡西南的另一个大队，彼此分手。

土木堡在沙城东南，是古代军事要地。一四四九年，明英宗曾率大军在此与南犯的瓦剌军大战，结果明军大败，英宗被俘，史称“土木之变”。我们进村时，还能看到残存的土城堡遗址。五连一百多人像一群难民，分别安排在几十户老乡家里，我和剧协李之华、美协江有生住在一起。晚饭前全连在一处场院里集合，军宣队宣布：李之华为连长，江有生为政治指导员，我为副连长；同时宣布剧协为一、二排，美协为三排，曲协为四排，以及各排排长、副排长和班长名单。五连的任务是，大部分人帮助老乡秋收，少部分人到泡儿村上山打石头。军宣队还告诉大家，五连先住在土木堡，很快就搬到沙城南边的宋家营；李之华带十来个身强力壮的学员到泡儿村上山打石头；我带几个学员到宋家营打前站，为搬家做准备；江有生留在土木堡和大家一起参加秋收。由学员组成的炊事班准备了晚饭和用开水冲的菜汤，大家自带碗筷，每人分到饭菜后，都蹲在场院里连吃带喝，总算填满了又饥又渴的肚子。

第二天，我带着殷可善等十来个人，骑上自行车直奔宋家营。在村干部的协助下，请老乡们腾出几十间房子。我们打前站的人先住在一处小学校的教室里，铺了些稻草做地铺，因为天冷风大，门窗透风，我们都和衣而眠，龟缩在被窝里。厨房、锅灶等很快搭建起来，粮食、烧柴等也做好准备，在土木堡的全体人员很快就搬过来，大部分参加秋收。大约过了个把月，军宣队决定让江有生和我带华夏、何溶等十来个学员到泡儿村替换李之华等一班人。

在泡儿村分别住在老乡家里，除留一个人做饭，其他人都上山爆破石头。爆破石头的地方是在两座山中间大道东侧的半山腰上，正冲着风口，经常刮大风，沙石滚动，尘土飞扬。我们轮流打钎、爆破和搬石头，从上午八点到下午五点，中午吃带去的干粮，休息一会儿就赶紧干活。因为天气太冷，休息的时间长了，实在冷得够呛。我本来已经戒烟十三年，开始轮到我点导火索的时候，用别人的纸烟点，我只点不吸，后来觉得这样不好，改为自己买烟自己点；要把烟点着就要吸上两口，这下子可不得了了，顿时觉得浑身血液浮动，很兴奋，也很舒服，于是戒了十三年的烟又吸起来。大家跟我开玩笑，说我经不起诱惑。在泡儿村打石头，虽然很苦很累，但觉得日子过得比以前好，因为在这里不用每天和造反派碰面，也不必没完没了地斗私批修做检查了。

过了一个多月，忽然接到军宣队通知，说“五七”干校要搬到河北省宝坻县，要我回到宋家营带几个人到北清沟村打前站，做好搬家准备工作。第二天，我就赶回宋家营，和几位同志一起坐着卡车上路，在北京住了一夜，第二天清早直奔北清沟。

北清沟是个较大的村子，“五七”干校校部也设在这里，我们请大队干部帮助，找到几十间房子。连部、厨房和部分学员宿舍安排在一个空着的场院里，锅灶、粮食、烧柴等都比较顺利地得到解决。我又赶紧返回宋家营，做好善后工作，和五连的全体人员一起搬到北清沟。大家看到居住条件和生活条件比以前好，心情也比以前好些。

干校的一切由军宣队领导。干校领导小组组长由一位姓杨的军分区副政委担任。他多次到五连的大院里和大家聊天，显得很热情，并一再讲，各协会的干部都是好同志，有些领导同志执行了错误路线，也不要背包袱，吸取教训就是了；他还问寒问暖，对大家的生活、身体表示关心。因此，大家对他的印象很好，对今后的处境也增添了希望。

然而，没过多久，宽松的空气又变得紧张起来。连续发生了两件事：一件是抓“五一六”分子。在宋家营时，校部就传达了江青、谢富治等关于“五一六”问题的讲话，但只是传达，没有什么动作。到北清沟后不久，就真抓起“五一六”来。一天晚上十点多钟的时候，大家都睡觉了，杨副政委突然带着几个人来到连部，要我们赶快开门，江有生和我立刻披衣开门，问有什么事情。这时杨政委一反常态，声色俱厉，说“五一六”就在你们身边，你们也不察觉，太麻痹了！立即命令我们召开全连大会。杨副政委当场点了三个年轻人的名字，其中两个是剧协的，一个是美协的，说他们是“五一六”分子，立即让来人把他们带走。还说这仅仅是开始，其他的“五一六”分子要赶快坦白自首；和“五一六”分子关系密切的人，要赶快揭发检举。看这架势说不定五连还会发生什么事情，个个目瞪口呆；和这三个人关系较好的同志，更感到惊恐不安。

另一件事是，住在南清沟的四连有个女学员自杀。一天晚上，还是杨副政委来到五连连部，冲着我们几个人说，你们不要再麻痹、睡大觉了，蒋介石要反攻大陆，大陆的小蒋介石也不死心；南清沟就发现小蒋介石。你们连也要注意！他说的这个小蒋介石，就是指那位自杀的学员。这位学员原是学舞蹈的，在舞协工作，编入四连，住在南清沟。一天晚上，军宣队要四连组织文艺晚会，其中有一个舞蹈节目，让这个学员带着几个学员，边唱毛主席诗词边跳舞，当跳到“军队向前进”的时候，她往后跳了两步，就有人无限上纲，说她是要军队向后退，是反对毛主席。她再三解释，说自己是无意的，只顾跳舞，一时忘记与内容联系起来，犯了错误，一定认真改正。可是军宣队不信，除了上纲批判，还要她深挖思想，老实交代自己的真实想法。她感到压力很大，十分委屈。当天晚上快半夜了，和她同屋住的树新还不见她回来，担心出什么事，便赶紧告诉连部的人，让他们在村里找找；连部的人也很紧张，便连夜找人，直到第二天才在高粱地里找到她，只见她躺在水洼里，身边的水都变了颜色，经查验是喝“敌敌畏”自杀的。军宣队还咬定她是畏罪自杀，自绝于人民；只通知家属来领尸体，不准开追悼会。人们听到这件事，无不感到震惊。树新到干校后一直同她住在一起，相信她是个好同志，决不会反对毛主席；看到她被批斗和死后的情况，很是悲伤和不安。她向我讲上述情况时，依然感慨不已。

五连的任务是参加农业劳动，校部分配给五连二百多亩地，除留一小块种蔬菜，都种玉米和高粱。还有两块地是麦田，是去年秋天老乡种的，麦苗都长起来，只等我们收割了。连部的任务很简单，就是带领大家劳动。每天早饭后下地，离村近的中午赶回来吃饭，离村远的就带干粮下地，或由炊事员送饭，中午在地里吃，下午回来都是又饿又累，如遇着刮大风，个个都被吹成灰头土脸，像个泥人。一些年老体弱的同志回到连部大院坐下等开饭，就不想再站起来。

五连的大多数人在下放之前只参加过麦收、秋收，对许多农活并不熟悉。比如开苗，无论是玉米还是高粱，小苗出来后都是一行行密密麻麻地连着，有些还是三两株苗长在一起，开苗时必须按照苗距的要求，把多余的苗和小草锄掉。这就要眼睛瞅得准，锄头下得准，否则就会把该留的苗锄掉；干得太慢又会被人远远抛在后头。大家都觉得这活儿看起来容易，干起来却不简单，干得很费劲，更怕误伤好苗过多，被人说成不好好劳动，甚至扣帽子。锄地也是这样，光靠力气不行，还得会干，要锄得快又锄得好也不容易。我小时候就跟着祖父、父亲学干农活，开苗、锄地这类活我都会干。我带着大家干这类活的时候，干得又快又好，把大家抛在后头。因此，不少人都来看我干活，称赞我是干活的能手，让我介绍经验，我跟他们开玩笑说，开苗、锄地也要像肃反那样，要稳、准、狠，把该锄掉的坚决锄掉，把该留下的必须留下，一棵也不要伤害。大家听了哈哈大笑。

最难干的活儿是在村边一块地里帮老乡割麦子。大概是因为去年翻地翻得不好，春天麦子长起来又没有及时把麦垄中的苍耳拔掉，以至苍耳疯长，比麦苗长得还壮。大部分苍耳都已干枯，长满刺儿，而且和麦苗紧紧交叉在一起，无法一棵棵拔掉。见此光景，我们都感到很棘手。我割过多少次麦子，也没见过这样的麦田，但必须完成割麦任务，大家虽然戴上线手套，还是被苍耳扎得满手伤痕，布满血点，煞是疼痛。

最累也最可乐的事，是在村南边一片麦田割麦子。这片麦田很大，有几十亩，麦垄南北向，长约四百多米。俗话说，“秋仨月，麦十天”，麦子熟了，就要赶紧割。否则，万一刮起大风，麦粒就会被摇掉；遇着连阴雨，麦子就会“返青”。因此要求大家一鼓作气，抢割抢收。殷可善等几个年轻小伙子身强力壮，提出要和我比赛。我从小跟大人学割麦子，知道割麦子不光要有力气，还要有技术，使巧劲，有耐力，我相信他们比不过我，劝他们不要比，各自好好割就行了，免得只顾速度，麦子割得不干净。但他们坚持要比赛，并且表示一定会把我抛在后头。我只好应战，大伙儿也想看个热闹，鼓起掌来。于是，哨子一吹，比赛就开始了。我弯下腰来，左手大把大把地抓紧麦子，右手握紧镰刀，紧密配合，一直弯着腰，低着头，一往无前地往前割，割得又快又干净，很快就超过他们一大截子。他们并不服气，还拼命往前追，就是追不上，干脆把镰刀插在腰里光着膀子，改用手拔。殊不知老乡拔麦子是为了免得再“抢麦茬”（即把割麦秆剩下的根部刨出来）当柴火，而不是拔比割快；不大一会儿他们落得更远了，但还是不服气，又改用镰刀割，拼命追赶，这时我也加快速度。说实在的，我不但累得满头大汗，腰也酸痛得很，但又不能老直腰，因为越直腰会越酸痛。当我忍着酸痛一直割到尽头的时候，腰好像断了一样，酸痛得厉害，立即趴在地上，好在趴了一会儿，酸痛就过去了。我站起身来，只见他们光着膀子，尘土和汗水和在一块儿，个个像个泥人。这时候他们才不得不认输。

这年的粮食收成不错，菜地里的白菜、萝卜、西红柿、豆角、茄子、大葱等也长得很好，还养了几头猪。这样，全连的伙食也不断有所改善。大家的心情也比以前稳定，至于什么时候才能结束干校生活，恢复工作，人们很少去想，只是感到前途渺茫，苦闷得很。

眼看国庆节快到了，大家想好好休息一下，没料到校部又通知五连，干校要搬到天津静海的团泊洼农场。那里地处天津西南，独流河西岸，是苏联援华一百五十六个项目之一，占地面积很大，有几千亩，场部和职工宿舍在农场中部，东边是宰鸭场和部分职工宿舍。农场早已改为劳改农场。东边这部分房子划归“五七”干校使用。干校的名称由文化部宝坻“五七”干校改为文化部静海“五七”干校。

分给五连的是一处闲置很久的洗鸭子的大场房和靠近的几间职工用房。五连一百多人，大部分都安排在洗鸭子的大场房里，地上铺上稻草，用床板和塑料布把男女学员分开，住得很挤；中间只留一条窄得不能再窄的走道，夜间谁去厕所，都必须小心翼翼地摸黑去，稍不留心就会碰醒别人。连部设在洗鸭场后门拐角有斜坡的过道里。做饭的房子是临时搭起来的，采购粮食、蔬菜、副食等很不方便。这样的日子实在难以维持，校部决定由五连自己动手盖房子。大家的积极性很高，男女老少齐上阵，白天晚上连着干，六十天后终于盖起五排三十多间房子和一处厨房，夫妇都在干校的可以分一间房住在一起。校部设了小卖部，销售烟、酒和生活用品。这样，生活上的困难得到部分解决，情绪也暂时稳定下来。

五连的任务还是参加农田劳动。这里的土地都是盐碱地，只能种些玉米、高粱一类的粮食作物。第一年，大家尽管在翻地、播种和田间管理上很卖力气，产量还是很低，校部很不满意。杨副政委好大喜功，提出要学习中央办公厅转发的江西“五七”干校的经验，大力改造农田，改种水稻。他还给大家鼓劲，一定要把干校办得好上加好，上上中央文件。有人提出这里的土地水质不好，再说遇着天旱，水也难供应，恐不适合种水稻。校部却不予考虑，坚持要种水稻。于是，我和李之华、江有生每天带着一百多人下地，挖渠、打埂、翻地、平整土地。因为任务重，大家早起下地，中午在地里吃饭，太阳落山后回来，一连几十天，累得要命，好歹初步完成了任务。接着是放水插秧。大家在旱地里干活还凑合，下水插秧的活都没干过，只好边学边做。表面看活不算重，其实相当累。我不怵在旱地里干活，在水田插秧却是第一遭，感到非常吃力。我本来有腰肌劳损的毛病，连续弯腰插秧又很不习惯，更感到腰部疼痛。水里还有蚂蝗，说不定什么时候就钻进腿肚子，必须赶紧使劲拍打，才能把它弄出来，很是恼人。

尽管如此，五连的稻秧还是按时插上了，稻秧是不是能长好，大家都是希望和疑虑参半。等稻子长得绿油油的时候，自然都盼望有个好收成，可是带碱性的水毕竟不适宜种稻子，遇着天旱又缺机井，吐穗的时候很少出穗，出来的穗也很小很瘪。辛辛苦苦干了一年，结果成了无效劳动，大家都憋了一肚子气。有的说杨副政委只想个人出风头，把种田当儿戏；有的说他主观主义、独断专行，真是气死人。杨副政委想创造出奇迹上中央文件的美梦，自然也随之破灭。

到团泊洼后，军宣队继续抓"五一六"，并召开全校大会，批判"五一六"，还点出一些人的名字，大造声势。五连好几个人被列为审查对象，军宣队号召大家揭发。在"文化大革命"中，各单位都分派审查名额，有些不同派别的人，见到对立面的人被审查，为了出气也贴出大字报，空对空地批判，甚至把有的审查对象的男女作风问题也揭发出来，使他们抬不起头来。有些在"文化大革命"中受过冲击的领导干部，不相信这些被批判的人真是反党、反毛主席和搞阴谋活动的反革命，私下里对他们表示同情；有的觉得这些造反派也该尝尝被审查批判的滋味。还有个别领导干部以前进过"三结合"领导班子而受到审查批判。刘亚明就是一个突出的例子。

一天晚上，干校广播台播出一篇气势凌人的批判稿，说干校发现一个庞然大物——"五一六"黑后台，而且说这个黑后台后边还有人同情和支持。五连的人听了都很吃惊，不知又要抓出什么人来。第二天，杨副政委来到五连，说这个庞然大物就是校部生产组组长刘亚明。刘亚明是一九三八年参加革命的老同志，在"文化大革命"前担任中国剧协副秘书长，"文化大革命”开始后，剧协造反派认为他到剧协的时间不长，错误不严重，历史又清白，曾把他拉进“三结合”领导班子，其实是要他当傀儡，不起什么作用。这时军宣队要扩大抓“五一六”的战果，便扩大到他头上，对他进行审查，并交给五连一排、二排（都是剧协的工作人员）进行揭发批判。一排、二排的人不敢违抗，除在屋里追查批判，下地劳动休息时也进行批判，并把批判会的场景拍摄下来，弄得刘亚明狼狈不堪。

刘亚明喜欢古典诗词和书法，有时觉得无聊，随便写写毛笔字。不料，又有人举报他写旧体诗词发泄对党和人民的不满。具体情况是，二排有一个与刘亚明同屋住的学员，一天在桌上发现一张《参考消息》，上面有一首诗是刘亚明写的。诗中有“蜀犬吠日”“吴牛喘月”的字样，就乱联系一通，认为是发泄对共产党和人民群众的不满。杨副政委得知后，便以为抓到了一件有力的证据，立即召集五连的连、排长开会，读完这首诗后，便一个挨一个地要大家表态，因为他先定了调子，有些人便随声附和，认为问题严重，需要追查；杨副政委接着要我表态，我想刘亚明不可能写诗发泄对党和群众的不满，这首诗好像是他抄的一首旧诗，可记不清是谁写的，我又不便为刘亚明解释，感觉很是为难，就随口说，我对诗词缺乏研究，说不清这首诗是他抄的还是自己写的，也弄不清是什么意思。杨副政委听后，立即面带不悦之色，要大家好好考虑，不要包庇。这里讲的“包庇”就是敲打我，因为我已经听说杨副政委在校部说过我是同情刘亚明的人。他的根据是，刘亚明和我的关系很好，在校部生产组联系生产等方面的事情时，有时顺便到我的宿舍坐坐，或和我一起在南边场院里散步聊天。现在他成为审查对象，我也被怀疑，不免有些压力，好在我们之间没有什么不可告人的事情，军宣队抓不到什么证据，不便把我怎样，也就听之任之。还有的干部不小心被抓住辫子，就不得了了。如江有生因为同情美协两位受审查的同志，就受到军宣队的怀疑和严厉批评，并撤销了他所任的五连指导员职务。抓“五一六”，抓得许多人心神不安。

干校在生产生活上出了事故，军宣队也无限上纲。四连有位同志赶驴车运东西，嫌驴走得太慢，抽了一鞭子，把驴的左眼抽瞎了，杨副政委就认为是阶级斗争新动向；吓得五连赶车的老陈也战战兢兢，心神不安。

“文化大革命”中形成的派别斗争和造成的创伤，到干校后也没有消除，不同派别的人常常揭对方的疮疤，互相抓小辫子。有一天晚上熄灯前，二排的房间里忽然大吵大闹起来，而且喊起“谁反对毛主席就打倒谁！”把全连的人都惊动起来。原来是剧协一个学员在睡觉前忘记“晚汇报”，就脱衣钻进被窝，被另一派学员发现，问他为什么不做“晚汇报”就睡觉，他很紧张，没穿上衣长裤就赶紧做起“汇报”来，对立面的人就说他对毛主席不尊敬，要他认罪。于是，两派的人就大吵大闹起来。干校就是这样批来斗去，难得平静。

我的三个子女也不断出事。

先是大女儿雪莹因为反对聂元梓拉一派、打一派，被聂元梓以莫须有的罪名关进北大的丁字楼隔离审查。我和树新听到这个消息，极为担心，生怕她想不开寻短见，我便以看病为由赶紧回到北京看望雪莹。丁字楼门禁森严，我说了许多好话，门卫才让我进去，并要我嘱咐雪莹端正态度，彻底揭发交代。雪莹见到我眼泪直流，哭诉了她在北大受到的迫害，几次想借放风的机会从丁字楼周围铁丝网的空隙处偷跑出去。我嘱咐她一定要想开，不要寻短见，不要逃跑，再说跑出去也会被抓回来；要耐心等待，聂元梓总不能永远一手遮天，自己没问题，总会有解放的时候。见面的时间有限，我们含泪而别。直到八三四一部队进驻北京大学，雪莹等被隔离审查的师生才得以解脱，我和树新也才放下心来。没想到不久之后北大来电话，说雪莹在北京南郊割稻子的时候突然发病，疼得直在地上打滚，经检查发现卵巢囊肿，而且体积很大，急需手术切除，要我立即到北京大学校医院签字。我和树新十分着急，生怕延误手术时间，便立即回电话，拜托哲学系部队负责人代为签字。还好，魏银秋副政委不但答应了我们的请求，而且嘱咐校医院在切除囊肿时，一定要尽力不伤及卵巢，以免影响日后生育。医生们很负责任，顺利地切下一个五斤多重的肿瘤，而且预后良好。我们全家对老魏同志和校医院的医护人员一直怀有敬意和由衷的感激之情。

一波未平，一波又起。在山西省定襄县农村插队的小女儿雪珂来信，说她因为和同学议论林彪被人举报，每天收工后还要到大队部接受批判。我和树新都十分难过。我们蹲在干校南边的地头上，边看信边流泪，不知道孩子以后又会遭遇什么。

儿子庆朴到陕西延长县黄土塬大队插队，开始情况还好，来信说老乡们都非常朴实热情，生活虽说艰苦，但很快就适应了，只是有时候感觉头痛，似乎是感冒，要家里寄点药。我们听说陕西的冬天很冷，可能容易感冒，除了寄点药，要他注意别着凉。没想到一年后陕西有关部门来信，说庆朴报名参军检查身体时发现患有心脏病，不但不能参军，也不适合在陕北农村劳动，必须退回原籍安排。我们在北京已经没有家了，只好和干校商量，把他转到干校当工人。在干校期间，心脏病时有发作，曾两次到天津部队中心医院住院治疗，出院后仍有反复。我到医院询问，医生说很难根治；庆朴也悲观地认为自己可能会成为一个废人。

“九一三”事件发生后，北京传来林彪叛党出逃的消息，人们半信半疑；不久，军宣队传达了中共中央关于林彪反革命罪行的文件，大家极为震惊。林彪是毛主席的接班人，并且写进“九大”通过的《中国共产党章程》，怎么也想不到他竟反党叛国，成为一个历史罪人！大家吃惊之余，不免议论纷纷，都觉得有些事情不可思议！想到他在“文化大革命”开始后对广大领导干部特别是对一些德高望重的老干部的那股凶狠劲和他的反革命罪行，现在落到这个可耻的下场，也是咎由自取，罪有应得！后来，听说周总理在毛主席的支持下主持中央日常工作，各方面的工作有所好转，一些干部和知识分子被解放出来，干校的气氛也转向缓和，除中央专案组审查的人以外，有些由军宣队审查的人，大都进行了复查。我在整党登记中也被通过，正式恢复组织生活。大家都希望早日结束干校生活，重新分配工作。

然而，事情还是曲曲折折。

所谓分配干部，并非由干校分配，而是由调人单位到干校挑选，干校只是给待分配的人员做个鉴定，提出推荐意见。国务院文化组优先挑选，自一九七二年至一九七三年，大部分干部被分配到国务院文化组及所属单位，也有少量干部分配到新华社和其他文化教育部门，还有的被分配到外地。五连的连排干部中，唯独我没被分配，不知是什么原因，我也不想去打听，后来才得知军宣队给我鉴定的意见是阶级斗争、路线斗争觉悟不高，这恐怕是晚分配的重要原因。

一九七三年，杨副政委升任河北省军区独立师政委，由宋治邦担任干校领导小组组长。宋治邦原为军分区副政委，一九六九年到干校后，一直担任领导小组副组长，分管生产和后勤，和我接触较多，给我的印象是，朴实诚恳、待人和气，有老八路作风。七月上旬一天上午，他邀我到校部谈工作，说经研究决定，由我担任干校领导小组副组长，到北京负责干部分配工作。我一再恳辞，他还是不松口，说我比较熟悉文艺界情况，也了解干部工作，即便为这些待分配的同志着想，也不要再推辞。这样，我就勉强受命，回到北京。

文化部静海“五七”干校干部分配组，除我之外，有赵国英、刘修年、曹兰、叶传翰，都是工作多年的老同志，都为没分配的同志尽快找到比较合适的工作尽心尽力。然而，调人单位大都挑来挑去，分配的进度很慢，困难很多。我和分配组的同志主动到一些单位推荐干部，也效果不大；而留在干校的同志又不断到分配组催问分配的情况，其迫切心情我们都很理解，但也只能劝他们耐心等待，别无他法。分配组的同志都感到十分焦虑。有时我们还开开玩笑，说：“我们这些待分配的干部怎么真的成了处理品！”心中不免有些酸楚。

国庆节前两天，我忽然接到北京市革委会组织组电话，说经干校领导小组同意，希望我到北京市工作，一是北京人民艺术剧院，一是北京中国画院，都缺党委书记，到哪个单位都可以，由我选择。我当即向他们表示感谢，等考虑后答复。我考虑再三，都婉言谢绝了，理由是，我喜欢看话剧，也读过一些话剧剧本和评论文章，但缺乏研究，更没有剧院工作的经验，难以胜任党委书记的工作；对绘画我也只是一个欣赏者，没有研究，不宜到那里工作，请他们谅解。又过了几天，组织组又来电话，说可先到北京市来，再商量安排别的工作，我也婉言谢绝了。我当时的想法是，自己已经是四十多岁的人了，不愿再从事自己不熟悉的工作；又听说邓小平等老同志陆续出来工作，形势好转，各部门的工作都有所恢复，不如再等等看，反正早晚会碰着合适的工作。果然不出所料，国家出版局调我到人民文学出版社工作。

这时，李季已从文化部咸宁“五七”干校分配到人民文学出版社任副总编辑，负责《中国文学》杂志的筹备工作。李季是在延安文艺座谈会后涌现出来的一位卓有成就的诗人，我早就喜欢他的作品，敬重他的人品，他也欢迎我和他一起工作，这样，我就把行政关系、党员组织关系转到人民文学出版社；因分配组的工作还离不开，每周去李季那里一两个半天，看看文件，议论议论当前形势和办刊事宜。没想到，刊物筹备工作很不顺利，请示报告卡在国务院文化组那里，迟迟批不下来。

年底，国务院文化组向出版局要人到艺术局筹备组工作，出版局推荐了我，我征求李季的意见，他主张我去为好。李季说：刊物一时批不下来，主要是他们不信任我们，你与其在这里拖着，不如先到文化组工作。如合适，就留在那里；如不合适，再设法调整回这里。我想这样也好，遂决定到国务院文化组报到。

三

一九七三年十二月下旬，我到国务院文化组报到，被分配在艺术局筹备小组（简称艺筹）工作。艺筹负责人是胡可和马济川。胡可是著名剧作家，时任北京军区宣传部副部长；马济川原来也是部队干部，曾任铁道兵部队文化部部长，中央宣传部文艺处副处长。他们对我的到来表示欢迎，向我介绍了艺筹的任务、机构设置和工作情况，宣布了我所任的职务。

艺筹是国务院文化组所属的艺术行政机构，主要任务是做好艺术行政方面的工作；几个样板团是由江青直接抓的，艺筹的任务是服务，大小事不要问。艺筹设戏剧组、音乐舞蹈组、美术组、群众文化组和秘书组。戏剧组的业务范围包括话剧、戏曲、曲艺、杂技等门类，任务是做好交办的工作，人员已有祁荣祥、黄启钧、李正忠等，由我担任负责人。他们表示，大家都恢复工作不久，工作中会遇到许多新情况、新问题，我们可以随时交换意见。他们的热情、诚恳和谦逊，使我增加了工作信心。

我到艺筹后的第一件工作，就是参加筹备部分省、自治区、直辖市文艺调演。调演办公室由艺筹胡可任主任，马济川、吕韧敏为副主任。办公厅由张国勋任主任、北京市陈树林任副主任，下设宣传组、演出组和秘书组。宣传组组长由创作办公室副主任张伯凡兼任，副组长由罗扬、方杰担任。宣传组内设评论组、新闻组、简报组，评论组、简报组均由“创办”人员组成，由吕韧敏、张伯凡直接领导；我和方杰负责面上的一些工作，如参加领队会议，了解调演节目情况，答复新闻单位的询问，等等。“创办”是文艺创作领导小组的办事机构。文艺创作领导小组名义上属于国务院文化组领导，实际归江青领导。胡可是“创办”负责人之一，只是名义上当的，实际由吕韧敏、张伯凡负责，由于会泳直接抓。胡可说，“创办”负责的事情，我们不要参与，也不要多问。在与“创办”某些工作人员的接触中，我也感到他们是于会泳的亲信，自视特殊，而且有些神神秘秘。于会泳偶尔出面，总是道貌岸然，不苟言笑，使人莫测高深。他和浩亮、刘庆棠都异口同声地强调要睁大眼睛，注意阶级斗争的动向，警惕“文艺黑线”回潮。我和许多同志一样，都被认为是执行过“文艺黑线”的人，说不定什么时候又拿出来问罪，因此我和许多同志都非常小心谨慎。

参加调演预备会的省、自治区、直辖市的领队，大都是省委副书记或革委会负责人，他们汇报情况时，都有事先准备好的稿子，一再说明本地各级领导对文艺调演工作如何认真贯彻党的文艺路线，如何认真审查、修改演出节目，回答问题也十分小心谨慎，生怕犯路线错误。各地参加演出的节目事先都经过当地党、政领导部门反复审查；到北京彩排时，文化组还要审查一遍，通过后才能公演。如发现问题，还必须进行修改。他们要求所有反映现实题材的节目，都必须突出阶级斗争、路线斗争，否则就是宣扬“阶级调和”和“阶级斗争熄灭论”。乱扣帽子，使参加调演单位特别是主要负责人都有些提心吊胆，好像周围有许多双眼睛和耳朵关注着文艺界阶级斗争的动向，尤其是一些执行过“黑线”的领导干部的表现。

我在“文化大革命”前参加过一些文艺会演，从未见过如此紧张的局面，因而感到压抑和困惑。由于自己不了解“四人帮”搞文艺调演是迫于社会舆论的压力，而不得不做出的一种姿态，还以为这次调演会对沉寂多年的文学艺术起到复苏的作用，因此，对交办的一些事务性工作还是积极完成的。直到《三上桃峰》事件发生之后，我才开始认识到，“四人帮”在文艺调演中继续推行他们的文化专制主义和高压政策。

《三上桃峰》的故事是：桃峰生产队买了杏林生产队的一匹病马，杏林生产队女队长青兰批评了卖马的社员，亲自给桃峰生产队送去一匹大红马，以保证春耕。这是根据《人民日报》一九六五年通讯报道《一匹马》编写的一出歌颂农村新气象的晋剧现代戏。调演办公室内部有人提出中国实验话剧院曾演出同类题材的话剧《春风杨柳》，受到过批评。调演办公室遂派人到《人民日报》查询，答复是《一匹马》发表后没有受到批评。于是安排该剧照常上演。不料，于会泳得知此事后，又派人到北京各报作调查，查出《一匹马》的故事发生在王光美搞“四清”产生过“桃园经验”的地方——河北省抚宁县，于是于会泳等便推想桃峰就是桃园，由桃园而王光美，由王光美而刘少奇，层层加码，罗织罪名，并上报江青；江青如获至宝，认为这是一株“为刘少奇翻案的大毒草”“右倾翻案风的典型”！于会泳立即根据“首长”指示，要调演办公室通知山西代表队照演此剧，让各省、自治区、自辖市观摩人员观看演出，进行批判。

山西代表队顿时陷于惊恐之中，演员情绪低落，满腔委屈，开幕不久就在台上哭成一团，竟无法收场。第二天又传达“首长”指示，说主要批判这出戏的炮制者、背后的黑线人物。随即召开批判大会，不但批判了贾克、卢梦等山西省文化方面的负责人，还煽动山西的两派矛盾，点了领导人谢振华的名。在山西省代表队演出移植为晋剧的样板戏《龙江颂》时，江青还身着军装出现在剧场，气势汹汹地说：我今天穿军装来，就是要炮轰山西省的谢振华！

在这个事件中，许多老同志受到迫害。山西省文化局干部赵云龙因对“四人帮”的“根本任务论”提出自己的意见，竟被迫害致死。“四人帮”及其亲信于会泳等这样无中生有、栽赃陷害之后，为了扩大战果，他们又费尽心思，由“创办”的写作班子初澜写出批判文章《评〈三上桃峰〉》，在《人民日报》显著位置发表，并由二十几家报纸转载，中央和地方广播电台播出。初澜是“创办”评论班子的笔名，写过不少批判文章，平日由张伯凡抓，重要文章由于会泳直接抓。事后得知，这篇文章不仅由于会泳亲自动手修改，而且还由姚文元作了修改，那段“三上”之后还会有“四上”“五上”的话，就是姚文元加的，最后由张春桥定稿。这是“四人帮”亲自出马炮制的一篇得意之作。各地的观摩人员和演出人员，特别是许多刚刚恢复工作的老同志，读了这篇文章之后，莫不心有余悸，不知今后还会制造多少“文字狱”！

在这一事件中，调演办公室内部也受到整肃。先是调演办公室的人贴出大字报发难，继而由于会泳下达要大家“总结经验”的批示，上下夹攻，主要批评胡可和马济川在《三上桃峰》事件中的错误，说他们思想右倾，对阶级斗争不敏感，态度暧昧，大事化小，小事化了，搞中庸之道。一时间胡可和马济川都处于非常尴尬的地位。好在他们的“旧账”不多，做过“总结”“检查”之后，不了了之。我虽曾看过《三上桃峰》的彩排，觉得是一部很不错的戏，但没有在座谈会上发表意见，因此在整肃调演办公室内部时得以幸免；然而在我内心深处却难以平静。我感到江青和于会泳之流捕风捉影、罗织罪名、乱打棍子，已经到了发狂的地步，在文化组工作真是“如临深渊、如履薄冰”！

《三上桃峰》事件之后，各地都将参加文艺调演看作一件通天的大事，更不敢掉以轻心。一九七四年冬天，新疆、陕西邀请调演办公室派人前去审查节目。胡可等不好拒绝，便让我带领一个小组先去看看，了解了解情况，如对方一定要发表意见，要经过集体研究，没把握的意见不要讲。

我们先到新疆，那里准备参加调演的戏剧节目是移植京剧样板戏的片段，大部分是歌舞。新疆文化局局长阿依木（赛福鼎夫人）汇报了演出节目的选拔、排练情况和自治区党委审查意见，陪同我们观看了演出，参观了新疆歌舞团等演出团体。我们研究后，一致认为节目准备得很好。阿依木邀请我们到她家聚会时，我们交换了一些意见，彼此都很高兴。在新疆期间，由文化局副局长麦苗陪我们到吐鲁番观看了两场歌舞，一场专业的，一场业余的，都很不错，大家都说新疆的确称得起歌舞之乡。麦苗还陪我们参观了坎儿井、交城遗址等景点。新疆之行，我们观赏到维吾尔族美妙的歌舞艺术，领略了那里的风土人情和自然风光。去新疆之前，我还担心会遇到一些棘手的问题，现在一切都很顺利，估计新疆代表队的节目到京演出不会出什么问题，也就放下心来。

随后调演办公室又派我带一个小组去西安看节目。陕西大概是怕演新编剧目容易出事，准备参加调演的节目是根据京剧样板戏移植的《红灯记》，而且经过多次排练，大家一致反映不错；其他歌舞节目也没有什么问题。我们最后只是说了一些鼓励的话，提出几点技术性的意见供他们参考，双方都表示满意。

陕西文化局邀请我们到延安参观，我和同志们自然高兴。因为地上交通不便，陕西文化局要我们坐飞机去，而且把第二天的飞机票都订好了。没想到头天晚上吃饭时，小组成员王燕樵却对大家说，小飞机容易出事，他去过延安，这次不去了，希望大家把家庭地址留下，以防万一飞机出事，他好把情况告诉各位同志的家属。他还显出郑重其事的样子，有几位同志听他这么一说，都有点害怕，提出不坐飞机去了。这时，王燕樵才说刚才是故意给大家开玩笑。我说，小飞机还是比较安全的，并笑着批评他不该这样开玩笑。这样，小组同志于次日早晨一起坐飞机去延安。

延安曾经是毛主席和党中央的所在地，是领导中国革命的中心，我早就心向往之，盼望有一天到延安参观学习。我坐在小飞机上一路往下看，陕北高原的山崖、河流、村庄、道路以及树木、行人等都清清楚楚，感觉很荒凉，很贫穷。到延安后，我们参观了毛主席和朱总司令等领导人的旧居和中央大礼堂、中央党校、抗日军政大学、鲁迅艺术学院遗址，登临宝塔山，观赏了延安风光。延安之行使我受到深刻的革命传统教育。在延河边上，我遇到几位老乡，说起话来，他们都怀念当年党中央在延安时的日子，说现在生产上不去，粮食不够吃，生活还没当年好。想到陕北人民在革命战争年代做出的巨大贡献，今天的生活还这么艰苦，心中难以平静。

西北文艺调演没出什么问题。此前举行的东北文艺调演、华东文艺调演也没出现大的问题。再后举行中南地区文艺调演时，湖南准备演出的是一出描写优秀女教师的湘剧现代戏《园丁之歌》。那时，“四人帮”

正借批林批孔大做文章。江青、于会泳等人看了湖南送来的舞台纪录片《园丁之歌》，指责其宣扬了“师道尊严”，应当批判。但因为不久前毛主席在湖南看过此剧，并予以称赞，于会泳才不敢禁演和公开批判，不了了之。如果不是毛主席称赞过《园丁之歌》，江青、于会泳又会兴师问罪，大加挞伐。

但是，“四人帮”和于会泳等不肯就此罢休。《三上桃峰》事件之后，一九七五年四月突然制造出又一重大事件——“陶钝、李寿山事件”（后称“陶钝事件”）。本来情况很简单：一九七五年五月在西南文艺会演期间插进一轮曲艺调演，山东代表队领队李寿山听说原在山东省文联工作、后任中国曲艺工作者协会副主席的陶钝已获解放，从“五七”干校回到北京，想去看望他，并请他看看带来的曲艺节目，提提意见。陶钝觉得他们的驻地西苑旅社离他在东大桥的宿舍很远，没让他们来，自己到西苑旅社看望了大家和他们带来的节目，顺便谈了点鼓励性的意见，如此而已。就是这样平常的一件小事，却被汇报上去。于会泳不是天天叫嚷要注意阶级斗争新动向吗？便认定这是“文艺黑线”代表人物、旧曲协主席公开夺取文艺领导权的严重事件，决定发动“反击右倾翻案风”的“第二战役”。他责令调演办公室进行追查：一、给山东省有关方面打电话，责成他们对李寿山进行处理。二、查陶钝回到北京后搞了哪些活动。三、追查调演办公室内部是谁让陶钝进西苑旅社的。

胡可、马济川都很紧张，当即派人对陶钝进行调查了解，得到的情况是，陶钝进西苑旅社，就是看望山东队的同志，看了节目也没发表错误的意见；陶钝回北京后，芳草地街道办事处和邻居们都还赞扬他“人老心红”。负责调查的人讲了上述情况后，大家都觉得啼笑皆非。既然如此，胡可、马济川也松了一口气，陶钝进西苑，实在算不上什么大事。第二天照常开党小组会，过组织生活。参加会的有胡可、马济川、张国勋、祁荣祥、张曼（秘书组干部）和我。不料张曼把陶钝进西苑的事提出来，而且把问题看得很严重，毫无根据地对我提出批评，要我做检查。我说，陶钝进西苑与我毫无关系，我检查什么！当即回敬了他。胡可和我同坐在大沙发上，他拍着我的肩膀笑着说：“罗扬同志工作够辛苦的，没有问题。”马济川接着说：“罗扬同志以后要多个心眼，留心有人爱打小报告。”这样就把张曼的发难压下去了。张国勋、祁荣祥打了个圆场，没有就此事发表意见，谈了别的事情，小组会就结束了。我以为陶钝进西苑无非是个很平常的事，即使于会泳等人想往大里闹，也闹不到哪里。很快，我就发现自己想得太天真了。

“欲加之罪，何患无辞。”于会泳既然要把“陶李事件”作为反击文艺黑线回潮的第二战役，决不会就此罢手。一天早晨，在驻地起床后，我忽然发现在对着胡可、马济川和我几个人的房间的楼道里贴满了大字报，写大字报的都是于会泳等信得过的、从样板团和直属单位借调到评论组的人员，异口同声地质问胡可、马济川：为什么不向大家传达于会泳对“陶李事件”的批示？为什么“隐瞒真相”？我和陶钝是什么关系？他是怎么进西苑的？他还有哪些活动？为什么知情不报？气势汹汹，咄咄逼人，很有来头。很快大字报越来越多，上纲也越来越高，使胡可、马济川十分被动；我的处境更坏，在不少人眼里，我成为有重大嫌疑的人，无法继续工作。

这时，文化组已经改称文化部，于会泳任部长，新从辽宁调来的一位紧跟“四人帮”名叫张维民的任常务副部长和党组副书记，浩亮、刘庆棠任副部长。五月十八日晚上，文化部突然召集调演办公室全体工作人员和文化部厅、局及团、厂、校负责人在西苑旅社大会议室开会。由于于会泳赴朝访问，会议由张维民主持，追查陶钝进入西苑旅社的问题。张维民在开场白中就认定，“没有家鬼，引不来外鬼”，矛头所指首先是我，由头是我和陶钝长期一起在曲协工作，和“文艺黑线”人物关系密切，现在是宣传组负责人。其次是胡可、马济川，因为他们是办公室正副主任，没有他们的批准，外人不可能进入西苑；胡、马二人又十分倚重我，所以嫌疑也很大。

会场气氛异常紧张。他们把扩音器放在我的座位前面，要我说清楚。我说，陶钝进西苑的情况我根本不清楚，陶钝有什么活动，我也不清楚。张维民很不满意，要大家揭发。这时张曼马上站起来，说我和陶钝关系密切，陶钝进西苑我不可能不知道。他还说，他在党小组会上曾向我提出批评，要我说清楚，竟有人拍着罗扬的肩膀，笑着说：“罗扬同志很忙，没什么问题。”这时张维民马上问，这位拍罗扬肩膀的是谁？胡可立即站起来说：“是我。”张曼又接着说：“还有的同志不但不批评罗扬，还说罗扬以后要多个心眼，留神有人爱打小报告。”张维民又问：“这个人是谁？”马济川立即站起来说：“是我。”张曼卖关子，张维民抓紧发问，两人互相配合，故意整人，活现出两副丑恶嘴脸。

张维民对张曼的发言表示满意，鼓励继续揭发。严儒泉应声而起，胡编乱造，硬说我和陶钝住前后院，“黑线”人物经常在陶钝家里聚会，罗扬会是清楚的，等等，当即受到张维民的赞赏，问他过去在哪个学校学习，现在什么单位工作，对他的前途表示关心；反过来批评我态度不端正，要把上述两个人提出的问题说清楚。我还是坚持说，陶钝进西苑，我不清楚；陶钝的宿舍和我的宿舍前后隔十一个院子，什么人到他家去，我也不清楚。张维民、浩亮、刘庆荣以及吕韧敏等都很不满意，一个个脸色阴沉，咬定“陶钝、李寿山事件”是一个重大事件，连批判带挖苦地讲了一遍，张维民最后说，“陶李事件”是“黑线”回潮的重大事件。更严重的是，文化部内部有人同情，有人包庇，有人支持，一定要追查到底！此后我就成为审查、批判的对象。许多不明真相的人真的认为我有什么严重问题，回避我或冷眼相看。但也有些同志和往常一样对我表示信任和同情，要我想开，说总有一天会弄清真相，还我清白。还有的同志因我受到牵连，如一天晚上我回家时，祁荣祥在西苑旅社大门口碰见我，我们站着说了半个多小时的话，不知被什么人打了小报告，造谣说他和我关系不正常，谈话到深夜。第二天他就被撤销了所担任的“陶钝、李寿山事件”调查组组长职务。也还有的同志得知我的处境不好，想帮我离开文化部，如李季就托魏中珂给我捎话，如有可能再回到人民文学出版社，同他一起工作。想到身处逆境时，仍有这样一些好同志真诚地信任和关怀着我，心里热乎乎的，现在想起来还很感动。

陶钝、李寿山是这一事件的主要人物，受到更大的折磨，文化部原干校留守处得知“陶钝、李寿山事件”后，就把陶钝带到留守处一间小屋里隔离审查。他已是七十五岁的老人，因无人看管，怕他在那里出事，后让他每天下午六点回家，第二天早晨再来。他怕老伴宁倩云担惊受怕，就说每天去上班。他老伴已经七十六岁，体弱多病，看他的精神不对头，问他到底有什么事，他又吞吞吐吐，说不出什么理由来，老伴心里着急，高血压病又犯了，夜里忽然不能说话，不能翻身，更不能下床，经诊断，是脑血栓方面的病症，经过留守处批准，他一方面照顾病人，一方面写交代材料，还要抽出半天时间看大字报接受批判，前前后后受了一个多月的折磨。李寿山遭受的折磨也不少。山东省委接到文化部的电话之后，立即做了答复：一、陶李事件，是严重的政治事件。二、决定对李寿山隔离审查。三、通过报纸、广播电台在全省进行批判。四、视李寿山所犯错误的情况和态度，决定如何处理。同陶钝一样，李寿山的身心也受到很大伤害。

事情并没算完，因为抓不到证据，就把“陶李事件”挂起来，接着继续抓“黑线”人物，还想打反击“文艺黑线”的第三战役、第四战役。“四人帮”的倒行逆施，也越来越激起人们的不满和憎恨。人们看到邓小平同志恢复工作之后，许多方面都在进行整顿，大家都把希望寄托在邓小平身上。有些老同志把毛主席批评“四人帮”的消息，也不断传到西苑旅社。很多人都盼着“四人帮”及其亲信倒台。然而他们和一切反动派一样，决不肯自动退出历史舞台。他们到处查“谣言”，审查传“谣言”的人，对执行过文艺“黑线”的文艺工作者更是严加注意。十月份，文艺调演告一段落，艺术局的工作人员都回到沙滩。

胡可托病住进北京军区总医院，我回到沙滩继续接受审查，虽然对我没开批判会，但在有些批判“文艺黑线”的会议上还是点名或不点名地敲打我。我所任戏剧处（原戏剧组）负责人职务早已被撤掉，大部分时间是从事一些体力劳动，先在沙滩清理《红旗》杂志社地下室的垃圾，后到北京第一汽车厂做小工，还不断到文化部“五七”干校干些农活，虽然劳累些，但心里总觉得比在机关轻松些。干校设在空旷的野地里，周围是一派田野风光，附近还有不小的一片湖水，四周是绿油油的白杨树，波光粼粼，树影飘动，有时还有几个小孩子在湖中玩耍。劳动中间休息时，我总喜欢在岸上走走看看，暂时消除心中的郁闷，感受些大自然给人的美感和愉悦。

不久，形势发生大的逆转。“四人帮”借着毛主席对《水浒》的批示大做文章，掀起反投降派的恶浪，大抓阶级斗争新动向，“反击右倾翻案风”。我和一些朋友谈起面临的形势都忧心忡忡。我和树新星期天跑到清华、北大看批判清华大学负责人和教育部负责人的大字报，感到来头很大，不由得为邓小平的处境担心，不知我们的国家又会乱到什么地步。

一九七六年，大不幸的事情连续发生。一月九日早晨，我刚打开收音机就听到周总理逝世的噩耗，全家顿时陷入极度悲痛之中，同时为国家的前途和命运而深感忧虑。上班之后，许多同志都有同感，而文化部的头头却是另一种态度，继续大讲“反击右倾翻案风”，不久由不指名地批判邓小平，转入公开“批邓”。但是，人心不可违，“四人帮”终于遭到广大人民群众和干部的公开揭发和反抗。清明节前，天安门广场人民英雄纪念碑前堆满了花圈，贴满了悼念周总理的诗词。我和树新得知后赶到那里，广场已经挤满了人，花圈大多是群众自己做的，各式各样，扎上朵朵小白花，贴满了悼念周总理的诗词，表达了对周总理的怀念之情和对国家前途的忧虑，有些诗词还谴责、讽刺了“四人帮”，表达了对他们的愤懑。我们穿行在悼念的人流中间心情激动，止不住热泪横流。

“四人帮”及其亲信吓破了胆，禁止人们去天安门广场。文化部对去天安门广场的人也都严加盘查。接着，“四人帮”把群众悼念周总理的活动定为“反革命事件”，并借此追查抓捕；邓小平同志受到诬陷，“四人帮”更加猖狂。国家进入最为黑暗的时期。尽管如此，我对党的信念和对国家的前途还继续抱有希望和信心。历史的车轮是任何人都阻挡不住的，一切阻挡历史前进的鬼蜮，到头来都一定会受到历史的惩罚！人民总有翻身出头之日！

此后不久，朱总司令逝世和唐山发生大地震，都令人感到震惊和悲伤。地震波及京津，而且余震不断，大家昼夜提心吊胆。我那时住在三里屯的一处楼房，为逃避余震，在房后挖坑，用竹竿、塑料支成棚子，晚上在那里过夜，后被告知离楼太近，又搬到大使馆附近的马路边，每逢雨天风大，会把棚子刮跑，人被淋得像落汤鸡一样，到处找地方避雨。九月九日，听到毛主席逝世的噩耗，全国人民再次陷入极度悲痛之中，我和树新顿觉天地变色，六神无主，说不出话来，不知我们的国家会进入何等混乱、何等黑暗的时期。我也更加忧虑和苦恼。

由于长期受压抑，心情郁闷，我的身体也每况愈下，得了一种怪病：十个手指尖裂口，手指尖与手指甲分离，只要触摸东西就很疼痛；全身发痒，脸也起了肿块，瘙痒，晚上难以安眠。我先后到协和医院、友谊医院、阜外医院、中国中医研究院诊治，大夫也很尽心，但都说不出究竟，一连几个月，吃药涂药都不见效，我很苦恼。文化部医务室陈秀兰大夫很关心我的病情。一天，她忽然跟我说："我想给你手指尖上扎扎针，挤挤血，这是我瞎琢磨出来的办法，说不出来什么道理，如果血里有毒，也许放放血就好了，不妨试试看。"我表示同意，陈秀兰大夫每周为我扎两次针，放两次血，连续坚持了两个多月，上述症状就逐渐消失了。

我深深感谢陈秀兰大夫为我解除了病痛，敬佩她肯为病人的健康而苦心钻研的工作精神。

揭批“四人帮”

一九七六年十月七日下午，刘亚明同志忽然来到我家，刚进门就分外高兴地对我说：“老罗，告诉你一个特大的好消息，‘四人帮’被逮起来了！”他大概怕我不信，紧接着说：“这个消息是一位了解内情的老同志刚刚告诉我的，绝对可靠！”我听后连连说：“太好了！太好了！”顿时欣喜若狂。我早就恨透这帮祸国殃民的东西，现在他们终于倒台了，真是恶有恶报，大快人心！

我感到，我们的党和国家有了希望，文艺界有了希望，自己也将获得解放。如果说当年中国人民打败日本鬼子取得抗日战争的最后胜利，是我第一次获得解放，那么，打倒“四人帮”可以说是我第二次获得解放。我怀着喜悦和兴奋的心情，迅速地把刚刚听到的这个特大喜讯转告给要好的同志。李季同志家住新源里，离我住的三里屯很近，我第一个赶到他那里，刚进门，还没等我开口，他似乎猜着我要告诉他什么，笑着说，刚才敬之来电话告诉我“四人帮”被抓起来的好消息了，中国人民总算从苦难的日子里熬过来了！我们兴高采烈地谈了许多。这一天，是我最难忘的一天，我的后半生也从此起步。

第二天，我怀着激动而复杂的心情走进沙滩文化部大院。靠街耸立的红楼是当年的北京大学，五四新文化运动从这里兴起，李大钊、毛泽东和鲁迅等革命先驱都曾在这里战斗和生活过。红楼后面是民主广场，解放战争中爱国的师生曾不断在这里举行要求民主自由、反抗国民党反动统治的活动。我到北京工作以后，多次到这里参观和参加这里举行的活动，接受革命传统教育。广场北面的高楼曾是中共中央宣传部和《红旗》杂志社办公的地方，“文化大革命”开始后，这里发生过许多悲剧。“四人帮”指挥下的文化部和他们的亲信在这里横行霸道，推行文化专制主义，干了许多坏事。“四人帮”被打倒前，我在这里上班像进牢笼一样。现在发生了天翻地覆的变化，我也解除了精神上的枷锁，获得自由的权利。抚今忆昔，感慨万千。

这时，由于“四人帮”被粉碎的消息还没有公开，许多人还蒙在鼓里，按照于会泳等人的要求继续工作，召开会议，甚至还有人向江青写效忠信。听到消息的人也不互相传递，或是怕说是小道消息，引起严重后果；或是要等党中央部署。从表面上看，文化部还平静。我也想看看“四人帮”的亲信和喽啰们还会有哪些表演。

很快，“四人帮”被粉碎的消息传遍北京，人们奔走相告，欢欣鼓舞，以各种形式庆祝胜利。十月十三日，中央委派华山、石敬野、党向民等同志进驻文化部，传达了中央关于粉碎“四人帮”的文件，广大群众纷纷起来揭发批判“四人帮”及其在文化部的亲信于会泳一伙的反党罪行。于会泳、浩亮、刘庆棠被拘禁审查。有些紧跟“四人帮”和于会泳的人，也顿失往日的神气，耷拉着脑袋。

很快，文化部充实了领导班子，周巍峙、林默涵、贺敬之等同志参加了揭发、批判和审查“四人帮”及其亲信在文化部的反党罪行的领导工作；文化部各部门和所属单位的领导班子也有所调整，中心任务是做好清查工作。我被恢复了艺术局戏剧处负责人的职务，并被任命为艺术系统清查办公室主任，同副主任许翰如等同志一起积极投入揭发、批判和清查工作。从各单位揭发出来的情况看，“四人帮”及其亲信对艺术系统各单位的控制和破坏已经到了十分严重的地步，许多事情令人触目惊心。我查阅了一批所谓“批件”，了解到艺术系统的重大事件，如“《三上桃峰》事件”“陶钝事件”，都是江青、张春桥直接过问、操纵和指挥的；而且在“三上”之后，他们还想搞“四上”“五上”。他们制造的“陶钝事件”只是作为打击“文艺黑线回潮”的第一个战役，还准备打第二个战役，第三个战役。江青、张春桥等还编制了打击“文艺黑线”的“网”，准备一网一网地把所谓“文艺黑线”人物打下去，直至打尽而后快。如果他们不是这样短命，不知还有多少文艺工作者受到迫害和折磨。

揭发、批判和清查“四人帮”及其亲信的罪行，是一场严肃的政治斗争，广大文艺工作者表现出极大的积极性，同时也遇到很多阻力。于会泳、浩亮、刘庆棠等虽然被拘禁审查，但有些紧跟“四人帮”及其亲信的人还执迷不悟，甚至为“四人帮”鸣冤叫屈，进行串联、抵制。一些单位的领导班子由于长期执行极左路线，犯有严重错误，处于瘫痪状态。粉碎“四人帮”已经半年之久，许多单位，特别是“四人帮”及其亲信直接控制的“样板团”，清查工作更难以进行，以致引起广大群众的强烈不满，纷纷向文化部告急，要求加强领导。有的同志还给中央写信，请求予以关注。

面对如此严重的情况，文化部负责人华山等同志也很着急。一九七七年四月七日上午，华山同志告诉我，说中央领导同志已将中国京剧院的同志向中央反映情况的信批转给我们，文化部必须采取措施，改变那里的混乱状态；经部里领导研究，拟由你主持那里的工作。我表示，自己没有在演出团体工作过，希望另派适当人选，并说明我不是怕困难，主要是怕耽误事情。第二天上午，华山又同艺术局负责人胡可同志一起动员我去京剧院工作，我仍未同意，请他们再做考虑。当天下午，华山、胡可又急匆匆地找到我，说：经过部领导小组研究，还是决定让你去，相信你会把那里的工作搞好；你先把那里整顿一下，三个月为期，等部里找到合适的人，你再回来。还派周加洛、王业福同志作为联络组成员，协助我工作。他们的态度很诚恳，也确有为难之处，我只好答应下来。

随后华山、胡可即和我一起到中国京剧院，召开全院工作人员大会，宣布了文化部的决定，由我全面主持中国京剧院的工作，原党委要集中时间和精力认真检查所犯的错误，把问题说清楚。从此，我就全身心地投入中国京剧院揭批和清查“四人帮”及其亲信罪行的斗争。

中国京剧院是由延安平剧院扩建而成的，以华北平剧院为基础，又吸收了大批演员和编导、舞美人员之后，于一九五一年正式成立，由梅兰芳担任院长。这里集中了众多出类拔萃的艺术人才，而且行当最齐全，编演过许多脍炙人口的好戏，在国内外享有盛誉。不幸的是，江青直接插手中国京剧院，并将该院改称中国京剧团，作为“样板团”之一，由她的亲信浩亮作为该团的第一把手，后又把他提拔为国务院文化组成员、文化部副部长。浩亮秉承江青旨意，在这里拉帮结派，排除异己，横行霸道，制造了许多冤假错案：阿甲被诬为反革命分子、京剧革命的破坏者，李和曾、叶盛兰、张云溪、杜近芳和杨秋玲等也都遭到打击和迫害。

“四人帮”及其亲信浩亮等虽然已被拘禁审查，但他们的流毒和影响并未消除，极少数中毒很深的人还执迷不悟，有一个担任党支部委员的著名女演员听说“四人帮”被抓起来之后，竟在一次党支部会上为江青鸣冤叫屈，说粉碎“四人帮”是“反革命政变”；有的还暗地里串联，抵制清查“四人帮”及其亲信浩亮等人罪行的斗争；原党委大多数人对揭批“四人帮”和清查工作有消极、抵触情绪，成为运动的绊脚石。我们到京剧院后，许多同志主动向我们反映了很多严重情况和问题，对我们寄予了很大的信任和希望，要我们迅速采取措施。我深受感动，也深感肩上的担子的确不轻，决不可等闲视之，掉以轻心。

为了迅速打开局面，我们认真抓紧进行了以下工作：首先，通过各种方式，深入宣传党的方针政策和揭批清查“四人帮”及其亲信的罪行的极端重要性，表明我们誓和全院同志一起，把这场斗争进行到底的决心，放手发动群众，不断提高群众的革命热情、勇气和信心，并逐步建立起一支思想政治素质好，敢于揭发批判“四人帮”及其亲信的罪行，又能联系群众的积极分子队伍。对院部和四个团及舞台美术工厂、人民剧场等单位的党支部和行政领导班子进行了必要的整顿。第二，召开不同形式的会议，揭发、批判和清查“四人帮”及其亲信浩亮等人的罪行，肃清其流毒和影响。连续召开十四次各单位负责人和积极分子参加的揭发批判会，责成旧党委成员做出检查和交代，经过积极分子和知情人有理有据的揭发、批判，揭开了旧党委的盖子，迫使旧党委一些人不得不说清楚问题，承认错误。第三，深入调查研究，掌握好党的政策，严格区分两类不同性质的矛盾，尽可能扩大教育面，缩小打击面，除对两个情节严重的人进行隔离审查外，对于因受极左思想影响，跟着“四人帮”及其亲信说了错话、做了错事的人，只要把事情说清楚，真心诚意地承认错误，获得群众的谅解后，都及时予以解脱。

如有一位著名演员，群众揭发他在“四人帮”被抓六天后还请浩亮全家在“烤肉宛”吃饭，还把一台日本冰箱送给浩亮，因此不少人怀疑他与浩亮的关系不同一般，更提出他对粉碎“四人帮”的态度问题，要他彻底交代。他非常紧张，多次找我承认错误，并说明自己这样做是想讨好浩亮，多上台演出，不受“四人帮”的迫害打击；十月十二日那天，的确没有听到“四人帮”被抓的消息，所以才办了那么荒唐的错事，请求组织调查处理。经过多方调查了解，这位演员请浩亮吃饭那天确实没听到“四人帮”被抓的消息，与浩亮也没什么特殊关系，只是有些旧习气，想巴结巴结浩亮，多上台演戏。他向群众说清楚情况，做了深刻检查，终于获得大家的谅解，卸下包袱，在以后揭批“四人帮”的斗争和演出活动中都表现不错。他见到我一再表示感谢，还总是笑着说：“招之即来，来之能战，战之能胜！”

经过全院同志半年多的努力，取得揭批和清查“四人帮”及其罪行的斗争的阶段性胜利。同时，恢复优秀传统剧目和编演新剧目的工作也开展起来。

粉碎“四人帮”之后，四团就排练传统剧目《杨门女将》和新编历史剧《红灯照》(吕瑞明等编剧，李紫贵导演，杨秋玲等主演)，三团也排练起新编现代戏《杨开慧》(戴英禄、周忆青编剧，郑亦秋导演，李维康主演)，并不断进行修改、加工；一团、二团也进行了恢复传统剧目的准备工作。七八月间，进行内部彩排，为了提高剧目的质量，院里邀请著名历史学家邓广铭、杨开慧生前挚友李淑一等观看了彩排，同大家一起进行讨论，进一步做了加工、修改。文化部审查后也给予好评。上述剧目公演后都受到观众的热烈欢迎。

为了搞好庆祝粉碎“四人帮”一周年的演出，全院同志表现出极大的热情；得知文化部决定由京剧院为十月六日中央和北京各界举办的庆祝晚会，演出《红灯照》的喜讯后，更加欢欣鼓舞。六日下午六点多钟，华山和我作为文化部及京剧院的负责人在小礼堂后面的休息厅迎候中央领导同志。七时许，华国锋、叶剑英、李先念、邓小平等一起来到这里。邓小平、李先念坐在西侧的沙发上，我坐在对面，邓小平同志询问中国京剧院揭发批判“四人帮”的情况，我简明扼要地作了汇报。我忽然想起华山同志告诉我的一件事：前面所说的京剧院那位为“四人帮”鸣冤叫屈的女演员曾给李先念同志写信，对京剧院没安排她演出表示不满，李先念同志把信批转给文化部阅处。我想，何不趁此机会说明此事？当我讲到这个演员所犯的错误虽然严重，但我们考虑她属于受“四人帮”的毒害和影响较深的人，把她列为说清楚对象，可是她至今不把情况说清楚，不做深刻检查，群众意见很大，怎么好安排她演出呢？邓小平同志听到这里严肃指出，这样的人，一定要把情况说清楚，不说清楚怎么行？“四人帮”的流毒和影响一定要肃清！李先念同志也连连点头，表示同意邓小平同志的意见。我听后很受鼓舞。中央领导同志休息片刻后，走出休息厅，接见了文艺界一百多位代表并合影留念。在这里，我见到许多熟悉的同志和朋友，其中不少人还是刚刚落实政策恢复工作。大家久别重逢，欣喜异常。

小礼堂华灯通明，“庆祝粉碎‘四人帮’一周年文艺晚会”的横幅格外引人注目，台下座无虚席，充满欢乐气氛。《红灯照》全体演出人员满怀激情，唱、做、念、打，十分精彩，充分表达了红灯照英雄儿女的爱国情怀和牺牲精神，不时引起人们的阵阵掌声。演出中间休息片刻，我在大厅中站着与马少波同志交谈时，邓颖超同志走来，和我们握手后，马少波同志向她作了介绍，说我现在主持京剧院工作，邓颖超同志高兴地说我到京剧院工作好，鼓励我把京剧院工作搞好。她说这次演出很成功，杨秋玲演得很出色。她平易近人，使人感到非常亲切。演出结束后，中央领导同志上台接见了全体演职人员，使大家受到极大的鼓舞。第二天，我向全院同志传达了这次演出的盛况和中央领导同志出席晚会并接见全体演职人员的情况，还传达了邓小平同志关于揭批“四人帮”并肃清其流毒和影响的指示。这对京剧院各方面的工作都起到重要的鼓舞、激励和推动作用。

一九七七年十二月十三日，中央任命黄镇同志为文化部部长、党组书记，刘复之同志为常务副部长、党组副书记，周巍峙、林默涵、贺敬之同志为副部长，并做出新的部署，把揭批“四人帮”和清查工作推向更加深入的阶段。部属各单位正式建立了党的领导小组，几个重点单位的领导小组组长由文化部副部长兼任，以示重视。中国京剧院党的领导小组组长由周巍峙同志兼任，副组长由我担任并全面负责京剧院的工作，阿甲、李和曾、周加洛同志为领导小组成员。周巍峙同志表示，他整天忙于文化部的工作，京剧院的事情主要由我负责，要我放手工作，如有错误由他负责。阿甲同志备受“四人帮”的迫害折磨，身心遭到很大损害，而且年近七旬，行动很不方便，但他热情很高，坚持工作。司机每天先从三里屯接我，再到帽儿胡同接他，然后一起到魏公村京剧院上班。李和曾同志历经磨难，有心脏病，周加洛同志患高血压病，工作上也都尽心尽力。京剧院的事情，我们都一起研究决定，工作虽然很忙很累，但合作很愉快。

按照文化部的部署，将由贺敬之同志直接抓的浩亮专案组和京剧院清查工作结合起来，深入揭发批判“四人帮”及其亲信浩亮等在京剧院的罪行，并肃清其流毒和影响。京剧院召开四次大会，面对面地对浩亮进行揭发批判。浩亮心毒手狠，人称“活子都”，受迫害的同志们列举无数事实，愤怒控诉他的罪行，有的同志声泪俱下。经过深入揭发批判，更加激起人们对“四人帮”及其亲信的愤恨，提高了对揭批“四人帮”的重大意义的认识，增强了拨乱反正、继续前进的信心。

京剧院恢复传统剧目、演编新剧目等方面的工作，也有了新的进展。按照文化部对外文化交流的要求，京剧院还组团赴美演出，也获得成功。在文化部召开的经验交流会上，我汇报了中国京剧院揭批“四人帮”和清查工作等方面的情况，黄镇、刘复之等同志均给予肯定和鼓励。

我到中国京剧院后，先后接待了上海京剧院等戏曲团体和一些国际友好人士的来访。上海京剧院在“文化大革命”开始后改名上海京剧团，属于“四人帮”抓的“样板团”之一。该院负责人和演员李炳淑等同志来访，主要是请中国京剧院介绍揭批“四人帮”和清查工作的经验。我向他们介绍了中国京剧院的情况和做法，供他们参考。北京曲艺团魏喜奎同志来访，说他们复排《杨乃武与小白菜》，拟请中国京剧院音乐专家刘吉典、导演郑亦秋前去指导，我当即表示同意和支持。魏喜奎是一位著名的曲艺家，尤其长于演唱奉调大鼓等鼓曲艺术，曾在世界青年联欢节获得金质奖章；她还是北京曲剧的创始人之一和著名的戏曲表演艺术家，深受群众的欢迎和赞赏。她在“文化大革命”中也受到不少折磨。这次来访，只见她面容憔悴，有些衰老，与当年的魏喜奎相比，判若两人。她的不幸遭遇实在令人同情。还有两个日本戏剧家代表团先后来访，我们都给予热情接待，并召开座谈会，进行了艺术交流。他们对中国京剧院粉碎“四人帮”之后能很快创作、演出《红灯照》和《蝶恋花》，称赞不已。我们还热情接待了国际友好人士、著名摄影家伊文思夫妇、阿根廷中国之友前主席克尔夫妇等，同他们进行了亲切交谈，他们高度评价了中国的京剧艺术，希望今后继续加强文化艺术交流，增进相互之间的了解和友谊。

一九七八年秋天，中国京剧院应广州秋季交易会的邀请，临时由杨秋玲、刘长瑜等同志组成一个剧组，由四团团长于光同志带队，前去广州演出。中间，广交会又派人来说广交会将隆重举行一场文艺晚会，邀请广东省党政领导人习仲勋、杨尚昆同志等出席，请我陪他们观看中国京剧院演出的折子戏。我不好推辞，便去广州。先看望了京剧院的同志，大家的精神状态很好，食宿和演出条件也很好。当晚习仲勋、杨尚昆等同志早早就来到中山堂休息室，同我亲切交谈。他们对中国京剧院来广州演出表示欢迎，对“四人帮”破坏京剧的罪行表示愤慨，并亲切询问了京剧界和文艺界的一些情况。我陪他们看戏时，他们连连称赞演员们演得好。

还使我难忘的是，全国政协委员、广州市公安局原局长、广州市原副市长孙乐宜同志。他酷爱京剧，又极为好客，一连三天，每天晚上到中山堂，坐在前排，一边看戏一边录音，白天陪我参观黄花岗七十二烈士墓、黄埔军校、农民运动讲习所等许多有纪念意义的地方，还游览了越秀山等景点。他是一位久经锻炼和考验的老同志，从与他交谈中，我深受教益。广交会文艺处的负责同志还驱车陪我到肇庆游览了七星岩和鼎湖风景区，原打算陪我再到端砚的产地端溪看看，由于突然变天，下起雨来，路又难走，就赶回广州，乘当天晚上的火车返京。

一九七八年五月，党中央批准文联和各协会恢复工作，成立了以林默涵同志为组长的筹备组。中国文学艺术界联合会第三届全国委员会第三次（扩大）会议于五月二十七日至六月五日在北京召开。参加会议的有文联第三届全国委员会委员，各省、自治区、直辖市和人民解放军代表，在北京的文艺部门的负责人和文艺界各方面的代表，以及台湾省和港澳代表共三百四十多人。中央宣传部、文化部、对外友协以及首都新闻出版等单位的负责人出席了开幕式和闭幕式。大家来自四面八方，劫后重逢，感慨万千；说起被“四人帮”迫害致死的同志和朋友，莫不感到无限痛惜。在新中国成立后犯有“左”的错误的文艺界领导人，见到被伤害的同志，一一表示深深的歉疚。

这次会议由恢复文联和各协会筹备组组长林默涵等同志主持。中国文联副主席茅盾同志致开幕词。中国文联主席郭沫若同志以《文艺的春天》为题作书面发言，祝贺会议胜利召开。中共中央政治局委员、人大常委会副委员长乌兰夫同志代表中央到会讲了话。黄镇同志代表中央宣传部在会上作了题为《在毛主席革命文艺路线指引下，为繁荣社会主义文艺创作而奋斗》的讲话。中国文联副主席茅盾、周扬、傅锺、巴金、夏衍同志出席大会并讲话。许多同志在大会发言。大家热烈拥护党的十一届三中全会确定的路线、方针和政策。会议宣布中国文学艺术界联合会、中国作家协会、中国戏剧家协会、中国音乐家协会、中国电影工作者协会、中国舞蹈工作者协会正式恢复工作;《文艺报》立即复刊；中国美术家协会、中国曲艺工作者协会、中国民间文艺研究会和中国摄影学会也将陆续恢复工作。会议强调文艺界一定要高举毛主席的伟大旗帜，把揭批“四人帮”的伟大斗争进行到底，号召文学家、艺术家积极地投入火热的斗争生活，为繁荣社会主义文艺创作而斗争。这是文艺界拨乱反正的一次盛会，意义深远。当时的情景，至今记忆犹新。

会后，中国文联和各协会筹备组即抓紧进行恢复工作。中国曲协筹备组由陶钝同志任组长，我任副组长。陶钝同志多次找我，历述曲协恢复工作的重要性和面临的诸多困难，希望我尽快离开文化部回曲协工作。曲艺界也有不少同志希望我回协会工作。一天上午，著名曲艺家白凤鸣同志见到我，讲到“文化大革命”把曲艺事业破坏得不成样子，协会恢复工作又遇到很大困难，希望我尽快把协会工作恢复起来时，他眼里含着泪水，使我深受感动。我觉得中国京剧院的工作已基本走上正轨，便向黄镇、刘复之同志提出，陶钝那里很困难，几次找我要我回去；我在曲协工作多年，现在那里很困难，我考虑还是回去。但他们还是要我过一段时间回曲协工作；考虑到曲协的困难，他们要我两头跑，主要精力放在京剧院，兼顾曲协。如实在需要回曲协工作，可以注意物色一位替换我的适当人选。我连续推荐了两位同志，一位是曾长期担任中国京剧院党委书记、常务副院长的马少波同志，一位是曾任北京市文化局副局长，长期从事戏曲改革工作的张梦庚同志，但由于种种原因，均未被接受。后与曾任中国京剧院党委书记的张东川同志聊天，说到中国京剧院的事情，他表示对京剧院很有感情，如果领导同意，他愿意离开文化部艺术局回京剧院工作。我便将这一情况告知黄镇和刘复之同志，请他们考虑。一九七九年五月，中国文学艺术界第四次代表大会和各协会代表大会的筹备工作进入紧张阶段，陶钝同志找到林默涵同志，经林默涵与黄镇、刘复之同志研究后，终于同意我回协会工作，同时免去张东川所任艺术局领导成员的职务，到中国京剧院接替我的工作。

从一九七七年四月至一九七九年七月，我在中国京剧院工作了二十七个月，得到全院同志的积极支持，建立了深厚的感情，学习到许多宝贵的东西。我离开京剧院，并不是认为那里的工作不重要，不愿意从事京剧改革工作，只是考虑到我长期在协会工作，对曲艺结下不解之缘，现在那里有困难，许多同志希望我回协会工作，我不能辜负他们的期望。

当我离开京剧院的时候，我和大家一样怀有依依惜别之情。阿甲原来还打算与我一起创作一个剧本，因为工作忙，一直没能动笔，本想离开京剧院后再进行，但我到协会后更是挤不出时间，阿甲的身体也日渐衰弱，剧本创作一事未能如愿，终成遗憾。

中国曲协恢复工作

我担任中国曲协恢复工作领导小组副组长之后，因继续主持中国京剧院的工作，每周只能抽出一两个半天与陶钝等同志一起研究协会恢复工作事宜或办理协会的一些事情。“文化大革命”开始后，中国文联和各协会均被视为裴多菲俱乐部那样的团体，属于撤销单位，全部工作人员被停止工作，到“五七”干校劳动，文联和各协会办公楼归中华书局、商务印书馆占用。文联和各协会恢复工作，一切都需要从头做起，的确困难重重。

最急迫的事情是找办公的地方，搭工作班子。那时，中华书局、商务印书馆搬不出来，中央和北京市大多数部门已经恢复工作，没有空房可以借用，文联和各协会只好自想办法、自找门路：文联、作协在文化部院内搭起木板房办公；剧协挤进东四八条与较早复刊的《人民文学》《人民戏剧》《人民电影》《人民音乐》《人民美术》等刊物编辑部一起办公；美协、影协、民研会等单位也自找地方办公；音协在东四头条原文化部大院搭起木板房办公；曲协在前海西街中国艺术研究院内搭起两座木板房，又向艺术研究院借了两间房，作为协会办公用，又在东四八条挤出三间房供《曲艺》编辑部办公。尽管费了许多周折，总算有了临时办公的地方。

随着人员的增加，文联和各协会办公用房越来越挤，大家迫切希望尽快解决永久性的办公用房问题；有关部门也曾考虑过将复兴门外大街海洋大楼拨给文联和各协会，但由于文联和各协会负责人意见不一，想找更合适的地点盖办公大楼，以致办公用房问题一拖再拖。曲协的大部分同志都挤在木板房办公，夏天闷热难耐；冬天生上煤炉还是很冷。没有食堂，也没有做饭的地方，大家每天上班时都自带午饭，或到附近的小饭馆里吃点东西。工作条件和生活条件很差，好在大家都经过“五七”干校的锻炼，也不叫苦。

搭工作班子更费周折。最初只有协会恢复工作领导小组组长陶钝是专职人员。我先是兼任领导小组副组长，一九七九年初才离开文化部，回到协会工作。许光远、鲁平也先后从中国艺术研究院回到协会担任领导小组成员。这样，领导班子才算充实起来。工作人员，先调来张茹霞、林治政和赵天民，做些具体工作，接着与有关单位协商，陆续将原在协会工作的沈彭年、丁素、郗潭封、冯不异、章辉、孙玉奎等调回协会工作，同时，抓紧选调一些适合做协会工作的人员。由于各地缺乏曲艺工作机构和培养曲艺人才的院校，选调专业人员十分困难，发现适合做协会工作的干部，或单位不放，或本人不愿意来；也有些干部被推荐给协会，但适合协会工作的很少。外地干部进京，缺少进京指标。而随着工作的需要，又必须增加工作人员。经过多方努力，还是调进一批干部，如张震、李万民、李正忠、彭高瑞、赵亦吾、戴宏森、刚键、李岳南、刘淑一、常祥霖、陈阵等；并吸收了一些年轻工作人员，如王丹蕾、安保勇、黄箭、卢昌武、张笑鸣等。至一九七九年第二次曲代会前夕，协会工作人员增至近三十人；协会办公室、组联部、研究部、编辑部及资料室逐步恢复起来。

在党的基本路线和解放思想、实事求是、团结起来向前看的方针指引下，我国进入改革开放和现代化建设的新时期，为发展社会主义文艺和加强文艺团体的工作提供了良好的环境和条件，协会恢复工作也迅速开展起来。有些事情，我至今难忘。

迎春茶话会。茶话会一九七九年一月二十一日上午在北京新侨饭店举行。首都曲艺界、文艺界人士和上海、浙江来京演出的同志马彦祥、马增芬、王亚平、王朝闻、白凤鸣、冯光泗、关学曾、刘洪滨、刘学智、吕骥、许觉民、杜澎、严文井、李和曾、沈彭年、良小楼、张庚、罗扬、阿甲、金紫光、周柏春、侯宝林、胡絜青、胡青坡、赵寻、施振眉、姚慕双、袁一灵、贾芝、徐肖冰、高元钧、高凤山、常宝华、曹宝禄、魏伯、魏喜奎等二百多人应邀出席。茶话会原定在上午九时开始，大多数同志八点多钟就来到会场。大家久别重逢，百感交集，都有说不完的话。批判林彪、“四人帮”，畅谈当前的形势和今后的奋斗目标，成为茶话会的突出话题。

周扬来到会场就走向同志们中间，同大家亲切握手，祝贺春节。他即席作了热情洋溢的讲话，赞扬曲艺界在粉碎“四人帮”后做出的成绩，希望曲艺工作者再接再厉，通过群众喜闻乐见的曲艺艺术，为人民鼓气，不要给人民泄气；要爱人民之所爱，恨人民之所恨；要表现新的人物，新的时代；要抵制旧思想、旧文化、旧习惯、旧作风；要把好传统继承下来，又要大胆改革，大胆创新。周巍峙代表文化部向曲艺界表示祝贺。他说，曲艺团、队受林彪、“四人帮”摧残最厉害，曲艺队伍经受了考验，证明是一支好的队伍；曲艺是一门群众性很强的艺术，各级文化领导部门要采取有效措施，把曲艺工作搞上去，很好地发挥曲艺的战斗作用。曹禺代表戏剧界向曲艺界祝贺新春。他说，粉碎“四人帮”之后，曲艺界很活跃，擅长讽刺的相声发挥了战斗的作用。他希望曲艺界为实现四个现代化做出更大的贡献。侯宝林、高元钧等曲艺界人士纷纷表示，我们一定响应党中央的号召，解放思想，实事求是，团结起来向前看，与文艺界的同志们一起，为改革和发展曲艺艺术，建设中国特色社会主义文艺做出不懈努力。侯宝林、高元钧、马增芬、魏喜奎、韩德福、姚慕双、周伯春、袁一灵、周剑英等还演出了精彩的曲艺节目。茶话会充满喜庆、热烈和团结奋进的气氛，预示着曲艺界和文艺界有关人士更加紧密地联手合作，尽快医治好林彪、“四人帮”造成的创伤，把我国的曲艺事业推向新阶段。茶话会由陶钝主持。这是曲艺恢复工作后举行的第一次重要活动。

《曲艺》杂志复刊。曲协恢复工作领导小组成立后，即抓紧进行《曲艺》杂志的恢复工作，由陶钝任社长，罗扬任主编，至一九七八年十月筹备就绪，经中共中央宣传部批准，《曲艺》月刊于一九七九年一月复刊，由人民文学出版社出版发行。中央宣传部常务副部长、文化部部长黄镇等文化出版部门的负责人都给予积极支持。编辑部同心协力，精心计划、组织和编选、加工稿件，设计版面，发表的作品、文章和图片都力求与当前的形势、任务相结合，具有强烈的时代精神和鲜明的曲艺特色。陈云同志在评弹座谈会上发表的《对当前评弹工作的几点意见》和《致吴宗锡的信》以及《评弹座谈会纪要》，对深入揭批“四人帮”，恢复和发展评弹艺术和整个曲艺事业，都具有极其重要的指导意义。这次评弹座谈会，是陈云同志于一九七七年六月十五日至十七日亲自主持召开的，当时他还未正式恢复工作。会前，陈云同志曾致信文化部，提出召开评弹座谈会的建议，并征求意见；文化部负责人表示非常赞成，并拟派我代表文化部前去聆听陈云同志的指示。遗憾的是，当时我在中国京剧院主持揭批“四人帮”和清查工作，难以离开，改派艺术局戏剧处一位同志前去参加。好在周良同志很快就寄来陈云同志关于评弹的讲话、通信和座谈会纪要，陶钝和我及编辑部的同志读后，都深受教育和鼓舞，征求陈云同志同意后，在《曲艺》一九七九年一月号（复刊第一期）发表。随后，协会和《曲艺》编辑部召开座谈会，同志们一致表示拥护，在曲艺界和文艺界产生了很大的影响。这一期《曲艺》杂志印了十万册，还是供不应求。

常务理事会扩大会议。会议于一九七九年五月二十四日至三十日在北京崇文饭店举行。出席会议的有协会常务理事、在京理事、协会恢复工作领导小组成员和部分省、直辖市曲协负责人，中国文联、文化部、总政文化部等有关单位负责人也应邀出席。会议以党的十一届三中全会精神为指导，回顾过去，展望未来，就曲艺发展中的一些重大问题，进行了热烈讨论。大家讲到林彪、“四人帮”的滔天罪行及其对曲艺界造成的灾难，无不义愤填膺；同时对“文化大革命”中被迫害致死的赵树理、王尊三、王少堂等许多为曲艺事业做出重大贡献的同志表示哀悼。中国文联、文化部负责人阳翰笙、林默涵、周巍峙在讲话中，向与会同志表示亲切慰问，热情地赞扬了曲艺在人民革命和社会主义事业中发挥的积极作用，阐明了曲艺艺术的特点，论述了曲艺如何更好地为社会主义现代化服务的问题，并对协会工作提出希望和建议。吕骥表示，音乐与曲艺关系密切，音协与曲协要携手合作。陶钝代表曲协恢复工作领导小组作了工作报告。高元钧、侯宝林、王亚平、白凤鸣、骆玉笙、吴宗锡、施振眉等就曲艺创作和传统曲艺收集整理工作、演唱艺术的改革创新、队伍建设和深入农村等问题分别作了发言。大家一致表示，一定认真贯彻党的十一届三中全会确定的路线、方针和政策，尽快把社会主义曲艺事业繁荣起来。会议讨论、通过了协会工作计划，并根据协会主席团的提议，任命罗扬为协会秘书长；宣布协会正式恢复工作。此后，我便把主要精力投入协会工作。

繁荣曲艺创作，活跃曲艺评论，对于改革和发展曲艺艺术，极为重要。这也是协会工作的中心所在。协会恢复工作后，即注意进行曲艺创作情况和曲艺评论情况的调查研究。一九七九年八月，协会在哈尔滨召开曲艺创作座谈会，部分省、直辖市和解放军的曲艺作家、演员和编辑三十多人出席会议，大家以党的十一届三中全会精神为指导，重温了毛主席《在延安文艺座谈会上的讲话》和周恩来关于文艺问题的论述，学习了陈云同志关于评弹的谈话和通信，解放思想，发扬民主，深入讨论了曲艺创作的情况、经验和问题，批判了“四人帮”的种种谬论，统一了认识，提高了信心。会议期间，还展演了粉碎“四人帮”后创作的一些优秀节目。同年，协会为文化部举办的庆祝中华人民共和国成立三十周年献礼文艺演出活动推荐了曲艺节目，并组织了多次观摩活动和座谈会。曲艺编辑部经常发表优秀的曲艺作品和评论文章，并召开多次曲艺创作座谈会，交流创作经验，讨论创作问题。这些措施，对于曲艺界拨乱反正，贯彻为人民服务、为社会主义服务的方向和百家齐放、百家争鸣的方针，促进曲艺创作和评论，繁荣曲艺艺术，起到积极的作用。

复查平反错案。根据中共中央关于平反冤假错案的指示精神，对协会所有案件进行了认真的调查研究，首先推倒了林彪、“四人帮”肆虐时期强加给一些干部的一切不实之词，为他们恢复名誉。

一九七九年十二月五日在北京八宝山革命公墓为王尊三同志举行了隆重的追悼会。王尊三同志是一位优秀共产党员和著名曲艺家，也是中国曲协的创建人和领导者。“文化大革命”开始时他正在病中，仍然受到造反派的冲击，不幸去世，终年七十六岁。聂荣臻、沈雁冰、周扬、黄镇、王平、傅锺、阳翰笙等送了花圈，王平、傅锺、贾庭三、杨士杰、肖民等和文艺界、曲艺界知名人士、王尊三的亲属和生前友好二百多人参加了追悼会。追悼会由文化部副部长周巍峙主持，中国文联副主席、中国曲艺家协会主席陶钝致悼词，高度评价了王尊三在抗日战争、解放战争和新中国成立后所做的突出贡献。不久，中共唐县县委和人民政府为王尊三建立了纪念碑。纪念碑耸立在县城附近的山头上，碑名为曾在晋察冀边区战斗过的王平将军题写，汉白玉碑石上镌刻的“人民曲艺家王尊三同志之墓”的金色大字，在苍松翠柏中闪闪发光。我和中国曲协的同志赶到唐县，参加了揭幕仪式，同唐县人民一起表达了对这位老同志的崇敬和怀念之情。我想，如果王尊三同志地下有知，也可含笑九泉了。

张克夫同志的追悼会亦于同年十二月五日在北京八宝山革命公墓隆重举行。张克夫十几岁就参加革命，一九三九年加入中国共产党，长期在部队从事新闻工作和文艺工作。一九五八年到中国曲协工作，担任秘书长和《曲艺》杂志副主编。他一贯忠诚于党的事业，工作积极热情、认真细致，为党的新闻事业和文艺事业做出积极贡献。他因患肺结核病动过大手术，身体极为虚弱，到曲协后，大部分时间都在养病。但“文化大革命”开始后仍遭批斗，以致发病去世，年仅四十六岁。沈雁冰、周扬、黄镇、王平、傅锺、张致祥等送了花圈，王平、傅锺、张致祥、周巍峙等和文艺界、曲艺界知名人士、张克夫的亲属及其生前友好二百多人参加了追悼会。追悼会由陶钝主持，我致悼词。回想与张克夫相处的日子，历历如在眼前，不尽思念。

对其他案件的复查工作，大都比较顺利，如刘大海同志曾被错划为“右派分子”，以及在肃反、反右中对几位同志所做的不恰当的审查结论，都给以改正。陶钝同志要求恢复一九三一年党籍的问题，经过反复调查研究，经中共中央组织部审批，也得以解决。只有个别同志的复查工作需由原来做结论的单位负责，未能及时解决。如王亚平同志在肃反中被审查的结论，是北京市文联报中共北京市委审批的，是一重要错案，我们曾多次催促他们抓紧复查，但还是拖到一九八一年才予以平反。再如薛汕同志在肃反中的审查结论，是公安机关所做，本人不服，近年来多次上书申辩。这时他已调离曲协多年，我们及时将他的申辩材料转请有关部门进行复查，但始终没有得到正式答复。

筹备第二次全国文代会和曲代会。经中共中央批准，中国文学艺术工作者第四次代表大会和各协会代表大会在一九七九年十月举行。从春天开始，我就参加了文代会和曲代会的筹备工作。曲协的主要任务是，按照文代会和曲代会的代表条件、产生办法和代表名额等与各地协商，做好文代会、曲代会代表的推选工作和曲代会的各项准备工作。最重要也最费力的是两件事：一是写好工作报告，一是协会主席团和理事会成员的建议人选。五月下旬，协会组织了一个起草小组，起草协会工作报告。经集体研究后，先后由沈彭年、王素稔、李正忠分别执笔，数易其稿，由于种种原因，大家仍不满意，最后由我执笔，重新改写，经起草小组讨论后，我又做了若干修改，作为送审稿。主席团讨论后，一致表示同意，并决定由我代表协会主席团向曲代会作工作报告。此后，我又做了若干处小的修改。

我深深感到，起草工作报告不同于个人写文章，要代表协会主席团把多年来曲艺发展的情况、经验和问题概括进去，并提出今后工作的建议和意见，提请曲代会审议，的确需要集思广益，认真对待，细加斟酌。关于协会主席团和理事会成员建议人选的考察推荐工作，在中共中央宣传部有关部门的指导、帮助下，经与各地有关宣传文化领导部门和曲艺团体协商，于八月中旬提出具体方案，并报经中共中央宣传部批准。其他准备工作也进行得比较顺利。到九月中旬，曲代会的准备工作全部就绪。

大会师和总动员[①]

——回忆中国文学艺术工作者第四次代表大会

一九七八年五月，中共中央批准中国文联和各文艺家协会恢复工作之后，文艺界就盼望早日召开中国文学艺术工作者第四次代表大会，把遭受林彪、“四人帮”摧残的文艺队伍重新组织和调动起来，为发展我国社会主义文艺事业贡献力量。

这一天终于盼来了。

中国文学艺术工作者第四次代表大会的情况，特别是邓小平同志代表党中央、国务院向大会致祝词时的感人情景，至今记忆犹新。一九七九年十月三十日下午二时许，出席文代会的三千多位代表怀着喜悦和兴奋的心情，陆续来到北京人民大会堂。其中有成绩卓著的文坛老将，有初露锋芒、朝气蓬勃的后起之秀，有各民族的作家、艺术家，也有台湾和香港、澳门进步的爱国的文艺家。大会堂里一片欢声笑语，喜气洋

---

① 本文系作者为纪念中国文联成立六十五周年而作。

洋。许多代表久别重逢，倍感亲热，有说不完的话语；提起被林彪、“四人帮”迫害致死的同志和朋友，大家深感痛惜和思念，更激起对林彪、“四人帮”的仇恨。大会会场布置得庄严、朴素。开幕前十分钟，全体代表就坐在自己的座位上，静候大会开幕。党和国家领导人叶剑英、邓小平、李先念等莅临大会。当邓小平同志刚刚出现在主席台上的时候，全体代表便自动地站起来，响起经久不息的暴风雨般的掌声。邓小平同志连连挥动双手，让大家落座，但大家积蓄在心中的难以言表的激动而又复杂的心情，还是久久不能使掌声回落下来，一直到大会主席宣布大会开幕，请代表们坐下，大家才坐下来。我和许多代表一样，激动得热泪盈眶。大会主席请邓小平同志代表党中央、国务院向大会致祝词时，会场里又一次响起热烈的掌声。

祝词肯定了新中国成立三十年来广大文艺工作者的积极努力和所取得的成绩，推倒了林彪、“四人帮”强加给文艺界的诬蔑不实之词，赞扬了近三年来文艺工作者所做的新贡献，阐明了新的历史时期文艺工作面临的形势、任务和党的文艺路线、方针，高瞻远瞩，实事求是，论述精辟，特色鲜明，具有很强的说服力、感召力，又极为亲切感人。邓小平同志深情地说：“人民是文艺工作者的母亲。”“人民需要艺术，艺术更需要人民。自觉地在人民的生活中汲取题材、主题、情节、语言、诗情和画意，用人民创造历史的奋发精神来哺育自己，这就是我们社会主义文艺事业兴旺发达的根本道路。”“我们的社会主义文艺，要通过有血有肉、生动感人的艺术形象，真实地反映丰富的社会生活，反映人们在各种社会关系中的本质，表现时代前进的要求和历史发展的趋势，并且努力用社会主义思想教育人民，给他们以积极进取、奋发图强的精神。”他同时指出，“雄伟和细腻，严肃和诙谐，抒情和哲理，只要能够使人们得到教育和启发，得到娱乐和美的享受，都应当在我们的文艺园地里占有自己的位置。英雄人物的业绩和普通人们的劳动、斗争和悲欢离合，现代人的生活和古代人的生活，都应当在文艺中得到反映。我国古代的和外国的文艺作品、表演艺术中一切进步的和优秀的东西，都应当借鉴和学习。”他要求“各级党委都要领导好文艺工作”，并明确指出，“文艺这种复杂的精神劳动，非常需要文艺家发挥个人的创造精神。写什么和怎样写，只能由文艺家在艺术实践中去探索和逐步求得解决。在这方面，不要横加干涉”。等等，等等，讲得多么好啊！真是句句都讲到人们的心坎上，引起强烈的反响，不时为大家的掌声所打断。当小平同志最后讲到“我们相信，大会以后，同志们一定会拿出越来越多、越来越好的艺术成果，向祖国和人民汇报。谨祝大会完满成功”的时候，全体代表又一次站立起来，长时间地热烈鼓掌，以表示对他的敬重、爱戴和感激之情。大会主席宣布休会后，大家的心情仍然久久不能平静。我在人民大会堂参加过多次有党和国家领导人出席的大会，但极少见到如此热烈、如此感人的情景。我同许多同志的感觉一样，祝词犹如春风化雨，温暖和滋润着人们的心田；犹如指路明灯，照亮了人们前进的方向和道路；犹如进军的号令，鼓舞和激励着各路文艺大军，团结奋进，不断攀登社会主义文艺的新高峰。

随后，各代表团对祝词进行了热烈讨论。曲艺方面的代表和其他方面的代表一样，争先恐后地发言，衷心拥护邓小平同志的祝词；一致认为，祝词丰富和发展了毛泽东文艺思想，是邓小平理论的重要组成部分，是指导新时期文艺工作的纲领性文件，一定要认真学习，认真贯彻执行。曲艺界的代表还激动地说，小平同志在祝词中不但热情赞扬了粉碎“四人帮”三年来曲艺的成绩，而且把曲艺放在重要位置，表明了小平同志对群众喜闻乐见的民族民间文艺的重视和实事求是的精神，使人感到格外亲切，备受鼓舞。他们说，新中国成立以来，在文艺为最广大的人民群众服务，首先是为工农兵服务的方向和百花齐放、推陈出新的方针指引下，曲艺艺术取得了划时代的发展和进步，在人民文化生活中发挥了积极的作用，的确应当重视和发展。

在文代会开幕式上由茅盾致开幕词，讲明这次大会的重要意义和要求。全国总工会、共青团中央、全国妇联、中国人民解放军和教育部的代表向大会致辞，表示热烈祝贺。十一月一日之后，连续召开大会，周扬作了题为《继往开来，繁荣社会主义新时期的文艺》

的报告，论述了新中国成立以来文艺工作的成就和经验教训，批判了林彪、“四人帮”推行的极左路线及其造成的严重灾难，提出了新时期文艺工作的光荣任务，以及文联和各协会的职责。阳翰笙作了《中国文联会务工作报告》。大会宣布了被林彪、“四人帮”迫害致死和身后遭受诬陷的作家、艺术家名单，全体代表起立致哀。茅盾就文艺问题发表了独到的见解，黄镇、傅锺代表中共中央宣传部、中央军委总政治部作了重要讲话。各代表团分别讨论了周扬的报告。部分代表作了大会发言。十五日上午，大会以不记名投票方式选举出中国文学艺术界联合会第四届全国委员会。十六日上午宣布大会选举结果，通过文联章程。随后举行第四届全国委员会第一次会议，选举文联正、副主席。十六日下午，举行闭幕式。宣布文联正、副主席选举结果：茅盾当选为名誉主席，周扬当选为主席，巴金、夏衍、傅锺、阳翰笙、谢冰心、贺绿汀、吴作人、林默涵、俞振飞、陶钝、康巴尔汗当选为副主席。大会一致通过了《中国文学艺术工作者第四次代表大会决议》。

《决议》说：全体代表一致拥护邓小平同志代表党中央、国务院向大会所致的祝词，认为这个祝词是我国新的历史时期文学艺术的战斗纲领，必须坚决地贯彻执行。大会热烈讨论并通过了周扬同志作的题为《继往开来，繁荣社会主义新时期的文艺》的报告。大会号召全国文艺工作者团结起来，同心同德，用最大的努力，繁荣社会主义文艺创作，提高表演艺术水平，以丰富人民群众的文化生活，提高人民的精神境界，培养社会主义新人，鼓舞人民为建设现代化的社会主义祖国而奋斗。要加强同世界各国的文化交流，发展同世界各国的作家、艺术家的友好往来，增进同各国人民的了解和友谊，团结各国人民为反对帝国主义、霸权主义、保卫世界和平而斗争。夏衍致闭幕词。少先队员向大会献花。大会在热烈的掌声中胜利闭幕。

我亲历了大会的全过程，认真聆听了邓小平同志的祝词和同志们的报告、讲话及发言，学习到许多宝贵的东西，受到深刻的教育和极大的鼓舞。大会严肃认真而又生动活泼的气氛，也给我留下很好的印象。按照统一安排，各文艺家协会在文代会期间召开的代表大会，也都获得预期的成功。

全国文代会期间安排了多次文艺晚会，演出了舞剧《丝路花雨》《召树屯》，话剧《报春花》《神州风雷》《唐人街上的传说》《权与法》，京剧折子戏，放映了多部优秀新片，组织了歌舞晚会、曲艺晚会，展示了文艺工作的新成果，丰富了代表们的文化生活。同时，北京和各地的媒体对大会进行了大量的持续的宣传报道，有力地扩大了这次文代会在国内外的影响。

还使我难忘的是，历时十七天的文代会，于十一月十六日下午闭幕后，华国锋、李先念等党和国家领导人接见了文代会全体代表和工作人员，并合影留念。晚上，中共中央宣传部、文化部在灯火辉煌的人民大会堂宴会厅联合举行盛大茶话会，招待出席第四次文代会的全体代表，庆祝这次具有历史意义的文代会胜利闭幕。党和国家领导人同三千多名代表欢聚一堂。

在热烈的掌声中，华国锋同志即席讲话。他说，今天，我们又和文艺界这样多的朋友们欢聚一堂，我很高兴。我们建设四个现代化，必须提高中华民族的科学文化水平。我们的文艺也要繁荣昌盛起来。他向代表们表示亲切慰问。接着，胡耀邦同志即席发表了充满革命激情和胜利信心的讲话。他说，历史将证明，这次文代会是我们国家文艺战线一个极为重要的里程碑。他热烈祝贺文代会的成功。他回顾了我国文艺大军的历史和在漫长的革命年代做出的巨大贡献。他说，现在，我们的国家进入了一个历史发展的新时期，我们党正在率领我国各族人民向一个更伟大的新目标前进。希望你们能够在这个伟大事业中做出更加光辉的贡献。他还十分恳切地说，从事文艺工作的同志和我们从事宣传工作的人，可以说是一条战壕的战友。他强调说，我们是在阳光灿烂的大道上前进。我们的前途无限光明。我们的总目标是要建设一个四个现代化的社会主义强国。他最后用激昂的语调说，如果我们这样地坚信不疑，如果我们这样地坚韧不拔，那么，同志们，我们伟大祖国的一个全面的、持续的文艺大繁荣的新时期一定会到来。一个人人都能大显身手、大有作为的年代到来了！让我们同心同德地努力奋斗吧！胜利一定属于我们！

胡耀邦同志的讲话充满真诚和热情，和大家的心紧紧贴在一起，受到热烈的欢迎。这使我不由得想起一九五六年春天，他在中国作家协会和共青团中央联合召开的全国青年文学创作者会议上讲话的情景。时间过去二十多年，在“文化大革命”中，他还受到林彪、“四人帮”的残酷折磨，如今他已年过花甲，精神却不减当年，还是那么活跃，那样激情满怀，朝气蓬勃！这天晚上，大家兴高采烈，以茶代酒，频频举杯，为庆祝文代会的圆满成功，为这次盛况空前的聚会干杯！我同大家一起度过了这个激动人心的时刻。

在大会期间和茶话会上，我与许多同志和朋友交谈，一致认为这次文代会和各协会代表大会非常成功，是一次解放思想、拨乱反正的大会，是一次团结、民主的大会，是全国文艺工作者为争取新时期社会主义文艺大繁荣的誓师大会。有些老同志回忆起第一次文代会的情景，深情地说，如果说第一次全国文代会是在新中国成立前夕解放区文艺工作者和国民党统治区文艺工作者的大会师和总动员，开创了新中国人民文艺的新纪元，那么，第四次全国文代会则可以说是我国新时期各路文艺大军的一次大会师和总动员，标志着我国社会主义文学艺术事业进入一个新的历史阶段，有着重大的现实意义和深远的历史意义。参加文代会，也是一次难得的学习机会，大家都觉得十分荣幸，同时深感责任重大，前进的路还很长，工作还很艰苦，必须增强责任感和历史使命感，做出坚持不懈的努力。

第四次文代会距今已经三十五年，邓小平同志的祝词依然在我的耳边回响，指引和鼓舞着我们前进；这次文代会体现出来的解放思想、实事求是、发扬民主、团结奋进的精神，还需要我们继续发扬。

（原载《文联记忆》，中央文献出版社 2015 年 2 月出版）

中国曲艺工作者第二次代表大会

按照文代会的议程和统一安排，文代会与各文艺家协会代表大会交叉进行。中国曲艺工作者第二次代表大会安排在京西宾馆。

十一月四日上午，风和日丽，一百四十多位代表早早就从文代会各代表团驻地赶来参加开幕式。老中青三代曲艺工作者欢聚在宽敞明亮的大厅里又说又笑，兴奋异常。九时许，高元钧宣布大会开幕。陶钝致开幕词，他说明了开好这次代表大会重大意义，回顾了新中国成立以来曲艺走过的道路，痛斥了林彪、“四人帮”，当讲到中国曲协主席赵树理、副主席王少堂和曲艺界的挚友老舍、田汉等惨遭迫害致死，中国曲艺改进会筹备委员会原主任委员、中国曲艺研究会原主席王尊三和中国曲协原秘书长张克夫等同志也在“文化大革命”的冲击下不幸去世时，会场一片寂静，大家深感痛惜和思念，更加仇恨林彪、“四人帮”。陶钝要求大家齐心协力，开好这次大会，努力开创曲艺工作的新局面。我受中国曲协主席团的委托，作了题为《努力争取社会主义曲艺事业的更大繁荣》的报告，论述了新中国曲艺发展的历程和主要成就与经验教训，批判了林彪、“四人帮”，提出了在新的历史时期曲艺工作面临的形势和任务，以及改进和加强协会工作的建议。然后，进行了分组讨论和大会发言。

大家对邓小平的祝词一致表示热烈拥护，对周扬同志的报告以及我在曲代会上的工作报告一致表示赞同；深入批判了林彪、“四人帮”；就曲艺发展中的若干重要问题和协会今后工作，发表了许多积极的意见和建议。会上会下充满团结、民主、奋发向上的气氛。十日上午，大会一致通过了《关于工作报告的决议》《关于中国曲艺工作者协会更名为中国曲艺家协会的决议》和《中国曲艺家协会章程》，以不记名投票方式，依次选举出一百零七位同志组成的中国曲艺家协会第二届理事会、二十七位同志组成的常务理事会，陶钝当选为主席，韩起祥、高元钧、骆玉笙（女）、侯宝林、罗扬、吴宗锡、蒋月泉、李德才当选为副主席，罗扬兼秘书长。大会还通过了向文化部和各地有关文化领导部门的建议书，建议尽快建立曲艺学校、曲艺研究所、中国曲艺团和恢复一些曲艺演出团体，恢复和建立曲艺演出场所，切实改进和加强对曲艺工作的领导。

下午举行闭幕式。周扬同志应邀出席。他一向重视曲艺工作，在中国曲艺研究会成立大会和中国曲艺工作者第一次代表大会上，他都到会表示祝贺和讲话；在这次代表大会上，他又赶来表示热烈祝贺并讲话。

他说，曲艺是一门能够很好地为人民服务的艺术，一定要重视它，发展它。当前要把“四人帮”解散了的曲艺队伍重新集合起来，整顿起来。要改革曲艺团队的体制，按艺术规律办事，也按经济规律办事。要不断创作新节目，又要不断积累保留节目。曲艺节目可以歌颂，也可以批评讽刺，但都要掌握原则，注意分寸。要按照不同曲种分别办曲艺学校或训练班，培养接班人。他表示相信，采取这样的措施，必将促进曲艺事业更好地向前发展。他的讲话，反映了曲艺界的共同愿望，受到大家的拥护和欢迎。最后，侯宝林致闭幕词。大会在热烈的掌声中闭幕。

十一月十九日，中国文联在西苑旅社召开工作会议，周扬、夏衍、巴金、傅锺和各文艺家协会、各省市自治区文联负责人就今后工作和体制问题进行了讨论。周扬在文代会上的报告中已经讲过中国文联和各协会的职责，在这次工作会议上再次强调说：中国文联的任务是“联”，对各协会是“联”，对各省、自治区、直辖市文联是“联”，对国际有关团体是“联”。文联不领导各协会。各协会是独立的。文联和各协会由中共中央宣传部领导。中国文联与地方文联不是垂直关系，地方文联由地方党委领导。文艺团体工作人员不要太多，不要成为庞大的官僚机构。文联要虚，人员更要少。各协会要独立自主地开展工作。今后工作的重点要转移到作品的建设、理论的建设、人才的建设上来。要百花齐放、百家争鸣，逐渐把风气变过来。这次文代会的方针，还是解放思想，首先是领导解放思想。解放思想，还会遇到很多阻力，还要经过斗争，做很多艰苦的工作。

为了加强党的工作，一九八〇年六月，中共中央批准，中国文联设党组，由下列十三位同志组成：周扬任党组书记，陈荒煤任党组第一副书记，冯牧、袁文殊、赵寻任党组副书记，陆石、张僖、华君武、孙慎、贾芝、盛婕（女）、罗扬、徐肖冰任党组成员。周扬要求党组认真按照党章规定的任务和文联、协会的情况做好工作。那时，文联和各协会困难很多，需要做的工作很多，党组的同志深感任重道远，必须做出加倍的努力。

党组成员大都是各协会的主要负责人，本来就很忙，参加党组之后，就更加忙碌起来。

着力发展曲艺创作

协会恢复工作之后，百废待兴，在工作异常繁忙的情况下，继续把发展曲艺创作放在突出的地位，在协会召开的各种会议上，都强调发展曲艺创作的重要性和急迫性，要求各地曲协积极开展曲艺创作活动，发现和培养曲艺创作人才；协会主办的《曲艺》杂志坚持为人民服务、为社会主义服务的方向和百花齐放、百家争鸣的方针，随时注意发现和帮助新人新作，以主要篇幅发表曲艺作品，并加强曲艺评论；协会主办的中国曲艺出版社有计划地出版曲艺作品和曲艺评论等著作。同时，协会采取一些实际措施，鼓励和帮助曲艺创作者加强学习，深入生活，提高思想艺术修养和创作水平，为曲艺表演者提供更多的好作品，以促进曲艺艺术的全面创新和繁荣。我时任中国文联党组成员和中国曲协常务副主席、党组书记，主持协会全面工作，并兼任《曲艺》杂志主编、中国曲艺出版社总编辑，工作很忙，也尽量分出较多时间和精力投入这方面的工作。

一是举办新作讨论会、曲艺创作学习班和改稿会。

第一步从一九八〇年秋天至一九八四年秋天，协会创作委员会与文化部艺术一局联合举办了四期曲艺新作讨论会，主要由协会负责组织安排。与会人员除个别邀请外，大都是由各省、自治区、直辖市曲协和全国总工会、解放军、广播、铁路等有关单位推荐的中青年作者。每期三十人左右，会期三至四周。开会地点，前三期在北京西苑大旅社，第四期在北京香山别墅。此外，协会和《曲艺》编辑部还先后在北京、湖南、福建举办了两期曲艺创作学习班和两期改稿会，每期少则二三十人，多则五十多人。每期活动日程的安排，大都是先用几天时间学习文件，主要是学习邓小平同志在第四次全国文代会上的祝词、陈云同志关于评弹及其他曲艺的谈话和胡耀邦同志关于文艺工作的讲话。在认真领会文件精神的基础上，联系我国改革开放和现代化建设的形势、任务及文艺工作、曲艺工作的实际情况，讨论曲艺创作问题。考虑到那时有些电影、戏剧、文学等作品受到批评，参加讨论会的同志还有些顾虑，我一再向大家郑重表示，讨论会一定切实贯彻百花齐放、百家争鸣的方针，要求大家进一步解放思想，坚持实事求是，发扬民主，畅所欲言，讲错了也不要紧，绝不扣帽子、打棍子，算后账。对此，大家深表赞同。

讨论会自始至终洋溢着民主、团结和自由讨论的气氛，对许多重大问题都取得一致的认识；对有些问题也发生过争论，如谈到学习马克思主义对指导文艺创作的重要性的问题时，就有一位同志提出，搞文艺创作不一定需要马克思主义做指导，并以《红楼梦》为例，说曹雪芹写《红楼梦》的时候还没有马克思主义，不是写出伟大的作品吗？于是，引起大家的热烈讨论。绝大多数同志认为这种看法不妥，但并没有要求这位同志勉强改变自己的看法，更没有随便上纲上线，只是请这位同志再做考虑。

再如讨论文艺与政治的关系等问题时，也发生过争论，但也都是同志式的交换意见。经过这段学习、讨论，大家普遍感到收获很大：认识提高了，视野扩大了，从事曲艺创作的责任心和自觉性增强了，心情也很舒畅，对下一步讨论大家带来的作品也大有好处，大有必要。

第二步，是用大部分时间传阅大家带来的作品，并按鼓曲、弹词、相声、评书、评话等不同艺术形式分为若干小组进行讨论。先由作者介绍创作情况，然后大家从作品的思想内容到艺术形式进行分析，提出修改意见，供作者参考；作者有不同意见可随时提出，再交换意见；有时还放一部分作者带来的作品演出的录音，这既让大家了解到作品演出后的情况，也活跃了会议气氛。由于大家都抱着实事求是、与人为善和互相学习的态度，事先认真阅读了作品，做了发言的准备，又听取了作者介绍的情况，讨论会开得很认真，也很活泼，大家都得到实实在在的好处。

接着，各组推出一些同志在全体会上发言进行交流，收到很好的效果。最后安排两三天时间进行总结，主要由大家谈体会，谈今后的创作计划和奋斗目标。

在讨论会期间，我经常住在那里，和大家交谈和参加讨论，深入了解大家的创作情况和创作的甘苦，学习到许多有益的东西，对我做工作、写评论文章很有帮助。

我还邀请贺敬之、周巍峙、傅锺、陶钝、高元钧、侯宝林等同志先后与大家座谈，回答一些重要问题，并赞扬他们在创作上所做的努力，鼓励他们再接再厉，创作更多更好的作品。

大家一致认为，这样的讨论会、学习班和改稿会，虚实结合，互帮互学，是曲艺创作者学习、提高的好形式、好办法。由于绝大多数都是业余作者，能参加这样的讨论会，更是难得的学习机会。大家相信，讨论会的效果会随着时间的推移日益显现出来。事实的确如此。参加讨论会的同志回去之后都把带到讨论会上的作品做了认真修改、加工，使作品的思想性和艺术性有了明显提高，绝大多数作品经过演唱者的艺术再创造，成为群众喜爱的好节目，不但在各地举行的曲艺会演等活动中获奖，而且在一九八一年、一九八二年文化部主办的全国优秀曲艺节目观摩演出和一九八六年协会与文化部联合举办的全国曲艺优秀新曲（书）目比赛中获奖，从而更加鼓舞了大家从事曲艺创作的热情和信心，成为曲艺创作的一支生力军。直到今天，许多同志谈起当年参加讨论会、学习班和改稿会的情景，记忆犹新，感奋不已。我看到他们在创作上不断做出成绩，也深感欣慰。

二是召开专题座谈会，深入研究曲艺创作问题。

粉碎“四人帮”之后，相声创作的成绩最为突出。为了研究新情况，解决新问题，进一步提高相声创作演出的质量，协会于一九八〇年五月五日至十八日在北京召开相声创作座谈会。参加座谈会的有北京、天津、沈阳、武汉、济南、西安、重庆等地的相声作者、演员和理论研究者以及谐剧作者、演员共五十多人。相声作家何迟因病不能出席，寄来书面发言。座谈会由侯宝林主持。

会议开始时，大家学习了邓小平同志《目前形势和我们的任务》的报告和在第四次全国文代会上的祝词及胡耀邦同志、周扬同志在剧本创作座谈会的讲话；会议期间，听了王任重、周扬同志的讲话；傅锺、周巍峙、贺敬之、陶钝等同志也到会讲话。大家在认真领会党中央有关指示精神的基础上，联系实际情况，一致认为，近三年来相声创作的成绩突出，特别是在揭批“四人帮”方面发挥了很强的战斗作用；相声创作的题材、样式和风格也渐趋多样化；相声创作的主流是积极的、健康的；相声作者、演员的队伍逐步壮大，人才辈出；相声的影响日益广泛和深入，正在走向新的发展阶段。同时指出，表现广大工人、农民、战士、知识分子在四化建设中的劳动和斗争特别是表现农村题材的相声太少，在题材的选择上还存在着“赶浪头”“一窝蜂”的现象；尤其值得注意的是，有少数作者、演员片面追求票房价值和剧场效果，不仅捡起十七年中早已剔除掉的传统相声里的一些糟粕，而且把西方一些低级、颓废的东西也引进到相声里来。必须明确，传统相声中的精华和优良传统，一定要继承下来，但传统相声里的糟粕也一定要批判和剔除。会议着重讨论了相声创作的发展方向问题。大家一致认为，相声长于讽刺，应当充分发挥讽刺艺术的威力。人民需要讽刺敌人的好相声，也需要讽刺社会上一些消极腐败现象，只要分清敌我，掌握好分寸，都是群众所欢迎的。对那些搞不正之风，自己“对号入座”又讳疾忌医者的所谓“效果不好”“有副作用”之类的非议和批评，也要顶住。

很多同志谈到我们正处在除旧布新、继往开来的伟大时代，英雄人物、先进人物不断涌现，歌颂类相声也大有可为。运用相声形式歌颂新人新事，需要继续探索、实践，只要有相声的特点，群众欢迎，都是需要的。大家认为，讽刺与歌颂，是辩证的统一，有些相声很难把讽刺与歌颂截然分开，只要掌握好马克思主义的立场、观点和方法，注意相声的特点，无论讽刺还是歌颂，都可以写出好相声。编演些知识性、趣味性的相声，也是群众所需要和欢迎的。关于如何提高相声创作的思想艺术质量，编写出更多的好相声，大家也发表了许多好的意见。

经过宣传，这次座谈会在相声界产生了积极的影响。一九八四年六月二十五日至七月十五日，《曲艺》编辑部与文化部艺术局、中央人民广播电台、中国青年报社联合举办了全国相声作品讨论会，分析讨论了相声创作和相声表演中的一些重要问题，并就相声如何面对青年的问题提出了积极的意见和建议，对提高相声创作质量，克服相声演出中出现的不良现象，也起到积极的作用。

鉴于各地中长篇曲艺作品供不应求的情况，中国曲艺家协会于一九八一年十月十九日至十一月一日在江苏扬州召开全国中长篇书座谈会。各省、自治区、直辖市近百名中长篇曲艺创作、改编、表演和研究、评论等方面有成就的同志出席会议。会议传达贯彻了全国思想文艺战线座谈会精神，交流了各地中长篇书创作、改编和整理工作的情况和经验，就若干重要问题进行了深入的讨论。会议认为，我国中长篇书历史悠久，蕴藏丰富，出现过许多优秀作品和杰出的艺术家，在人民群众的文化生活中有广泛而深刻的影响，在我国文学艺术发展史上也占有重要地位。新中国成立后，在百花齐放、推陈出新的文艺方针指引下，新的中长篇创作和传统书整理工作都取得显著成绩。但是，新的中长篇书无论是在数量上，还是在质量上，都还远远不能满足曲艺演出的需求；传统中长篇书经过认真整理的也为数甚少。许多地方特别是在农村和一些小城镇中，有些含有封建迷信、荒诞离奇、低级庸俗等糟粕的中长篇书还在流行；许多文化领导部门对曲艺工作的领导还处于软弱无力和放任不管的状态。如何把中长篇书创作、改编和整理工作搞上去，的确事关曲艺发展的全局，必须引起高度重视。

大家一致表示，今后一定加强学习，深入生活，作者与演员通力合作，创作、改编、整理出更多更好的中长篇书，为满足广大群众精神文化生活的需求，促进社会主义精神文明建设做出新的贡献。同时希望有关文化领导部门切实改进和加强领导。陶钝就中长篇书的整旧创新问题发表讲话，我主持了这次会议，作了总结。出席会议的全体同志向全国发出倡议书。

会议期间，由出席会议的表演艺术家表演了精彩节目。扬州、镇江、南京的演员在广陵书荟上演出的丰富多彩、特色鲜明的扬州评话、扬州弹词、扬州清曲等节目，为大家提供了很好的观摩学习机会。扬州的名胜古迹和别具风格的园林也给大家留下很好的印象。

三是举办评奖和征文活动。

全国优秀短篇曲艺作品评奖活动是《曲艺》编辑部与中央人民广播电台文艺部于一九七九年秋天共同发起的，旨在通过评奖活动奖励和推广三年来各地涌现出来的优秀短篇曲艺作品，进一步调动曲艺创作者的积极性和创造性，促进曲艺创作的繁荣。具体做法是，请各省、自治区、直辖市曲协等曲艺团体、广播电台文艺部和有关文艺报刊等单位推荐在全国上演过（包括在广播电台、电视台播放过）或在报刊上发表过的，有较高的思想性和艺术性，在群众中有较大影响的短篇曲艺作品，并要求各推荐单位附寄原作及作者情况、群众反映和推荐意见；同时在报刊上刊登征文启事，欢迎广大曲艺工作者、文艺工作者和广大听众、读者参加推荐；然后由中国曲协和中央人民广播电台聘请著名曲艺作家艺术家和评论家等有关人士组成评奖委员会，认真按照评奖标准和要求进行评议，力求把专家的评论和群众的反映结合起来，做到客观、公正，真正达到评奖的目的。在各方面的大力支持下，评奖活动进展顺利，于一九八〇年十一月揭晓，计评出一等奖四篇，二等奖二十五篇，三等奖二十五篇，颁发了证书和奖金，并在《曲艺》杂志和中央人民广播电台予以公布。

此后，协会以不同方式征求了各方面对这次评奖活动的意见，进行了研究和总结，一致认为，这次评奖活动反映了粉碎“四人帮”三年来短篇曲艺创作的成就和发展趋势，作品的主题、题材和表现手法渐趋多样化，呈现出思想解放和百花齐放的新气象。同时指出，这次评奖，表现四个现代化伟大进程和新人新事的作品还是显得少了。希望广大曲艺创作者在表现新的现实生活、塑造社会主义新人方面做出更大努力。获奖作品通过广播、报刊等进行了宣传和评论，并由中国青年出版社出版。

为了庆祝中华人民共和国成立三十五周年，《曲艺》杂志社于一九八四年四月举办了有奖征文活动。征文范围包括各地区、各民族各种曲艺形式的曲艺新作。应征作品要求生动地反映新中国成立三十五年来，全国人民在中国共产党领导下进行社会主义革命和建设的光辉历程及各条战线取得的伟大成就，热情地塑造社会主义新人的形象，也希望创作一些揭露、讽刺危害社会主义事业的不良现象的作品。应征作品要努力把革命的思想内容与尽可能完美的艺术形式统一起来，把思想性和娱乐性统一起来，并适合演唱的需要。尤其欢迎农村演唱的作品，这次有奖征文活动，获得各地曲艺创造者的热烈响应。应征作品陆续在《曲艺》杂志上选载或推荐给中国曲艺出版社出版。一九八四年底公布评奖结果，计一等奖一篇，二等奖五篇，三等奖五篇，在《曲艺》杂志上公布，并发表了评论。

如上所述，是协会及《曲艺》编辑部联合有关单位采取的几项措施，对促进曲艺创作的繁荣起到重要作用，并对各省、自治区、直辖市的曲艺工作产生了积极的影响。在这几年当中，各地也都采取了一些类似的措施，取得很好的效果。一九七九年第二次全国曲代会至一九八五年第三次全国曲代会期间，可以说是曲艺创作最活跃的阶段。

全国农村曲艺座谈会

新中国成立以来，中国曲艺改进协会筹备委员会、中国曲艺研究会、中国曲艺工作者协会及更名后的中国曲艺家协会，一直把曲艺面向农村、为广大农民服务，作为具有战略意义的大事和工作重点，深入调查研究农村曲艺的情况、经验和问题，并通过各种会议、在报刊发表评论文章、编辑出版适合农村演唱的曲艺作品和举办农村曲艺观摩演出活动等方式，积极推动农村曲艺工作。协会于一九八三年春天召开的全国农村曲艺座谈会是近几年来一次很重要的会议，旨在贯彻党的十二次代表大会精神，开创农村曲艺的新局面。

这次座谈会于三月十日至十八日在郑州举行。出席会议的有各省、自治区、直辖市曲协分会的负责同志，为农民群众编演新书和整理演出传统书作出显著成绩的先进集体和先进工作者，以及有关单位的负责同志，共一百多人。中国文联副主席、中国曲协主席陶钝，中共河南省委副书记侯志英、韩劲草出席会议并讲话，省委宣传部、省文联、省文化局负责人马登紫、于大申、于黑丁等同志也应邀出席。

会议期间，大家认真学习了中共中央关于农村工作的重要文件和中央领导同志关于加强农村思想政治工作的重要讲话，学习了陈云同志关于曲艺工作的重要指导性意见，交流了各地的情况和经验，紧紧围绕如何开创农村曲艺新局面这个主题进行了热烈的讨论，在许多重要方面和重要问题上取得了共识，并向全国曲艺工作者发出倡议书。我主持了这次会议，作了总结发言。

这次会议的主要收获，一是统一了对曲艺面向农村、为农民服务的重要性和必要性的认识。大家一致认为，改革开放以来，我国农村发生了翻天覆地的变化，形势越来越好；农村曲艺也获得新的发展，取得可喜的成绩。有许多曲艺团体和曲艺工作者努力编演新书、好书，为满足广大农民精神文化生活的需求，促进社会主义精神文明建设作出了艰苦的努力和积极的贡献。盲人曲艺家韩起祥等同志，不辞劳苦，不避艰险，不计报酬，数十年如一日地深入山区为农民编演新书，表现出彻底地为人民服务的精神，为曲艺界树立了很好的榜样。但是，总的来看，农村曲艺的现状与建设社会主义新农村的要求还很不适应，尤其值得注意的是，我国农村的文化还很落后，封建的、资本主义的腐朽思想还有很大的影响，缺乏高尚的健康的文化生活的现象还相当普遍，农村曲艺活动还流行着一些低级庸俗的东西，有悖于为农民服务的要求。同志们尖锐地指出，我国人民的大多数是农民，我们的文艺既然是为人民服务的，那就绝不可以忘记农民，绝不可以忘记为建设社会主义新农村服务。我国的曲艺品种多达四五百种，绝大多数是从农村产生和发展起来的，历来为广大农民喜闻乐见，数以十万计的曲艺队伍也在农村活动。一切对人民负责的曲艺工作者必须以革命的文艺工作者的标准要求自己，努力编演新书、好书。坚决抵制和克服一切不良倾向，把好的精神食粮送给农民，才算尽到我们的责任，才对得起广大农民；也只有这样，曲艺工作才能很好地发展起来。

二是交流了经验，研究了当前创作、整理工作的重要问题，更加明确了今后的努力方向。大家一致认为，曲艺形式多样，轻便灵活，在农村、山区、林场广泛流行，在农村活动中占有很大的优势，应当充分发挥自己独特的作用。当前最重要、最紧迫的任务是，在“百花齐放、推陈出新”的方针指引下，创作、改编和演出更多的富有时代精神与艺术魅力、群众喜闻乐见的优秀曲艺作品。同志们指出，现在新曲（书）还远远不能适应艺人演唱的要求，中、长篇曲（书）目尤为缺乏。我们必须大力发展创作，要反映改革开放和现代化，塑造社会主义新人的形象，也要反映我国人民的革命斗争以及其他历史故事和神话、传说等题材的作品，创作的题材、风格和样式越多越好。同时，要加强传统曲（书）的整理工作。曲艺表演和音乐唱腔也需要改革和创新。经验证明，只有创作、改编更多更好的中长篇新书和传统书，才能从根本上改变农村曲艺的演出面貌，为建设社会主义新农村发挥应有的积极作用。

三是研究了农村曲艺队伍的建设问题。同志们一致认为，要使曲艺更好地为农村服务，关键在于提高曲艺艺人的思想素质和艺术素质。要对经常在农村演出的曲艺团队，不断组织学习和观摩活动，关心演员思想上艺术上的提高与进步，注意演出的质量和社会效果。农村的绝大多数艺人是一个人或两三个人分散活动，除少数艺人注意读书、学习，关心时事政治，刻苦钻研业务，具有创作改编和整理工作的能力外，多数艺人文化程度较低，整天忙于演出，不注意自己的学习、提高问题，因此，他们的演出质量也难以提高；还有少数艺人“一切向钱看”，不顾演出的社会效果，用一些低级庸俗甚至有害的东西，去迎合某些听众的低级趣味。而一些文化领导部门又往往对他们关心不够，很少帮助他们在思想上艺术上提高和进步，甚至对农村曲艺演出出现的某些混乱状况熟视无睹，听之任之。

大家真诚地呼吁在农村活动的同行们，一定要加强学习，努力提高自己的思想艺术修养，增强社会责任感；同时呼吁各级有关文化领导部门把农村曲艺工作重视起来，切实采取有效措施，引导和帮助广大曲艺艺人解决一些迫切需要解决的问题，并把培养年轻优秀的曲艺人才的工作重视起来。经验证明，只有曲艺工作者和有关领导部门共同努力，曲艺面向农村、为农民服务的问题，才能得到根本的解决。

四是向有关文化领导部门和中国曲艺家协会及各地分会提出积极的建议和意见。主要是，希望各级党政有关文化领导部门把农村曲艺工作提到议事日程上来，切实加强对曲艺工作的领导，比如，加强农村曲艺队伍的思想政治工作和组织工作，进一步落实文艺工作者的政策，搞好曲艺体制改革，有计划有步骤地推动新曲艺创作和传统曲艺收集整理工作，加强曲（书）目管理，创办曲艺学校，恢复和改善曲艺演出场所，等等。同时，希望各级协会组织继续把农村曲艺工作作为重点，深入调查新情况、新经验和新问题，动员会员和曲艺工作者努力创作、改编、整理和演出适合农村需要的曲艺作品，加强农村曲艺的评论，有计划地举办艺术交流活动和经验交流，举办优秀曲（书）目评奖活动，及时发现和帮助新进人才，以及向有关文化领导部门反映情况、提出建议，等等。

会议期间，组织了内部演出，由出席会议的演员代表和河南省的著名演员演出了精彩的节目，还参观了郑州市和附近农村的建设情况以及人文遗迹和自然风光。

出席会议的同志一致认为，这次会议很重要，应扩大宣传。《人民日报》及《曲艺》杂志等报刊及一些媒体做了报道和宣传，在各地产生了很好的影响。

会议期间，还有两件事至今难忘。

一是在与韩劲草同志交谈中，谈到王尊三同志当年参加革命和入党的情况。劲草同志动情地说，王尊三同志可以说是曲艺界的一面旗帜，他不但人品好，艺术好，觉悟也很高。抗战爆发后，他就从外地回到家乡报名参加唐县抗日救国会，自备干粮，带着三弦奔走四乡，到处演唱抗战鼓词，鼓舞群众的抗战热情。他不但能演，还有很强的创作能力，连续编演了许多好鼓词，非常受欢迎。他编演的《保卫大武汉》动人极了，人们都赞不绝口，还给他起了个外号，叫“大武汉”。他热爱共产党，要求参加共产党，我那时是唐县救国会的负责人，是和另一位同志介绍他入党的。以后，他受晋察冀边区人民政府邀请专职编演鼓词，多次获奖。他还组织、领导边区的曲艺艺人改造旧大鼓，演唱新大鼓，成绩很突出，到处受欢迎。他在一九四九年七月中华文学艺术工作者第一次代表大会上当选为中国曲艺改进协会筹备委员会主任委员，的确是适当的人选。他很谦虚，对自己要求非常严格，每次见面，他都说自己水平低，离党的要求还差得很远。他就是这样一位好同志，如果尊三同志还活着，能参加这次座谈会，该多么好啊！痛惜之情，溢于言表。

另一件事，是于黑丁同志要我到他家里做客。黑丁是一位老作家，曾任中南区文联主席和作协主席，后到河南省任省委宣传部副部长、省文联主席、作协主席。他为人诚恳、坦率、热情，一落座，就敞开思想畅谈起来。他对时下文艺界的小圈子，对三十年代以来宗派主义的影响至今未能消除，深感遗憾。他对文艺的民族化、大众化问题也十分关心，认为有许多文化领导部门和负责人，对曲艺、戏曲等为人民大众喜闻乐见的艺术至今还存有偏见，对农村文化工作也重视不够，他认为这次农村曲艺座谈会开得很好，希望多开这样的会，多提倡文艺民族化、大众化，以促进中国特色社会主义文艺的发展。由于我们在许多重要问题上有共同语言，从此成为忘年交。一九八八年第五次全国文代大会期间，中国说唱文艺学会成立大会在北京举行，我邀他出席，他非常高兴，在会上作了热情洋溢的发言，对学会的宗旨、任务表示完全赞同和支持。他还谈到参加学会成立大会和第五次全国文代大会的感受，率直地说，参加学会成立大会比参加文代大会还要高兴！

中国曲艺家协会第三次代表大会

按照《中国曲艺家协会章程》的规定，中国曲艺家协会第三次代表大会应于一九八四年十一月召开。大会的筹备工作在这年四月就提上议事日程。

这要从中国曲艺家协会二届三次理事会扩大会议说起。

这次会议是一九八四年四月十五日至二十一日在河北省石家庄市召开的，主要内容是：深入学习贯彻中共十二届二中全会精神和陈云同志关于曲艺工作的指导性意见，努力开创曲艺事业新局面。出席会议的二百多位同志畅谈了自己的学习体会，一致表示拥护邓小平同志在二中全会上的讲话，认为在思想战线上反对和抵制资产阶级自由化，清除精神污染是正确的和必要的，曲艺界在认真贯彻执行，没有出现偏差；大家学习了陈云同志春节谈话和关于评弹等曲艺工作的谈话与通信，都深受感动，大大鼓舞了前进的勇气和信心。同时交流了各地开展工作的新情况、新经验，研究了当前存在的困难和问题。河北省曲协介绍了省委书记高扬、副书记高占祥同志重视曲艺工作的情况，受到大家的一致好评。中共河北省委和宣传文化部门对这次会议给予了很大支持。高扬、高占祥同志到河北饭店看望了出席会议的全体同志，出席了开幕式并讲话，还同主席团的同志进行了交谈，对曲艺工作提出许多宝贵的建议和意见。会议旗帜鲜明，实事求是，自始至终充满团结、进取和热烈的气氛。会议期间，协会主席团举行会议，研究了中国曲艺家协会第三次代表大会的筹备工作，决定成立筹备工作领导小组，委托我全面负责。会议期间，大家参观了西柏坡中共中央旧址和毛泽东、刘少奇、周恩来、朱德等同志的旧居，受到深刻的革命传统教育。此外，还游览了石家庄附近的名胜古迹，引起大家极大的兴趣。

这次会议之后，我即着力抓了以下工作：

一是起草工作报告。动手之前，我查阅了许多资料和有代表性的作品、文章，草拟了报告提纲，并采取会议、个别交谈、通信等方式，征求了大家的意见。写出报告初稿后，又征求了一些同志的意见，做了调整、充实和修改。协会主席团审阅后一致表示同意，即报中共中央宣传部审批。

二是修改协会章程。主要是根据文艺工作面临的新形势新任务和曲艺界的实际情况，进一步明确了协会的性质、任务，并对协会的机构设置等做了适当的改动，使之更有利于坚持党的基本路线，坚持为人民服务、为社会主义服务的方向和百花齐放、百家争鸣的方针，坚持“出人、出书、走正路”，为繁荣曲艺，促进社会主义精神文明建设，发挥更大的作用。

三是提出理事会理事特别是主席团成员建议人选的初步方案。理事会理事建议人选，一般仍由各地曲协按照分配的名额和规定的条件，采取民主集中制的原则，提出本地参加理事会的建议人选，并附上必要的材料和推荐意见，经党委宣传部审核后，报大会筹备工作领导小组。中央直属单位和人民解放军亦按照分配的名额和规定的条件，并附上必要的材料和推荐意见，报大会筹备工作领导小组。主席团成员的建议人选，由筹备工作领导小组按照主席团成员的组成原则和条件，采取不同方式征求意见后，提出初步方案，报中共中央宣传部审核后，再提交代表大会作为建议人选。此项工作，由中共中央宣传部干部局郝一民同志、文艺局荣天玙同志和我一起负责。陶钝同志年逾八旬，一再提出不要再提他担任协会主席。副主席王少堂、李德才同志不幸病逝。经反复研究，初步方案是：陶钝同志任协会顾问，骆玉笙同志任主席，主席团其他成员在原则上不动，韩起祥、高元钧、侯宝林、罗扬、吴宗锡、蒋月泉同志仍任副主席，增加夏雨田、刘兰芳同志为副主席，再由西南地区推荐一位同志担任副主席。

其他方面的筹备工作也都进行得比较顺利。原计划代表大会如期召开，没想到文艺界出现了复杂的情况。

九月中旬，我参加了中共中央宣传部在京西宾馆召开的党内部分文艺工作者座谈会。这次会议的内容是，按照党的十二届二中全会决议、邓小平同志讲话和其他有关的中央文件精神，统一对二中全会提出的反对资产阶级自由化、反对精神污染的认识，交换对下一步工作的看法；讨论就文艺战线改革开放和各项建设起草的一系列条例草案；讨论拟订明年召开第五次全国文代会向中央的请示报告草稿。贺敬之同志在开幕词中提出四点要求，即“学习交流，沟通思想，着眼全局，求同存异”。在分组讨论时，我所在的这一组有刘白羽、刘绍棠、王蒙、胡可、胡采等十几位同志。大家认为，二中全会决定反对资产阶级自由化，不准搞精神污染，是正确的，肯定了工作的成绩，也指出了执行过程中出现的一些问题；对下一步反倾向以何为主以及其他一些议题，大家发表了自己的意见和建议，生动活泼，气氛正常。看每天发给大家的简报和与同志们交谈，各组讨论的情况也大致相同，没有发现异常的情况。没想到这次会议以后，由于种种原因，文艺界在反对资产阶级自由化和精神污染等重大原则问题以及文代会和各协会如何开法等重要问题上的意见分歧和不团结现象更加严重起来。在这样的形势下，我想，要把文艺界的代表大会开成大团结、大鼓劲、大繁荣的大会是很困难的。经与中国曲艺家协会主席团同志商定，中共中央宣传部批准，中国曲艺家协会第三次代表大会推迟至一九八五年四月召开。

中国曲艺家协会第三次代表大会地点定在北京西三旗饭店。这家饭店坐落在京北郊区，是新建的一所普通饭店，除一座两层会议楼，客房都是平房，房租便宜，食宿方便，环境安静，空气也好，只是交通不大方便。大会成立了由我和荣天玙、张仲彬、吴宗锡、许光远等同志组成的临时党组，我任书记。经过认真研究，将工作报告中“反对资产阶级自由化、清除精神污染”的提法改为“反对资产阶级腐朽思想和封建主义思想的侵蚀”，内容没有改变；人事安排方案和选举办法，亦未改变。出席代表大会的代表近三百人。十六日、十七日先后召开了主席团扩大会议、党员代表会议，全体代表预备会议通过了提交大会审议的会议议程、大会主席团名单、工作报告、章程修改草案和理事会理事建议人选名单以及其他有关事项。

四月十八日上午，中国曲艺家协会第三次代表大会开幕式在国际饭店剧场举行。陶钝同志致开幕词。陈云同志致信祝贺，信中说，曲艺工作者和所有我国的文艺工作者一样，肩负着建设社会主义精神文明的责任，肩负着教育群众，特别是教育青年的责任。希望创作和演出更多的为人民群众喜闻乐见的好作品，培养更多的年轻优秀的创作人员和演员，为繁荣曲艺，为社会主义精神文明建设做出新贡献。全体代表深深感谢陈云同志长期以来对曲艺事业的亲切关怀和指导，全场立即爆发出长时间的热烈的掌声。周扬同志、傅锺同志因为身体不好，未能出席，特发来贺信，鼓励大家坚持“出人、出书、走正路”，做出更大的成绩。贺敬之、周巍峙等中央宣传部、文化部、总政文化部、文联和各协会的负责人出席开幕式。中共中央顾问委员会秘书长荣高棠同志作了热情洋溢的讲话。我受中国曲协第二届主席团的委托作了工作报告。会议开得隆重、热烈，充满团结奋进的气氛。全体代表对工作报告进行了讨论，一致认为，这个报告对过去五年来的工作所做的总结和提出的今后工作的设想是适当的，并提出一些好的建议和意见。

为了发扬民主，做好换届的人事安排，我们先召开了主席团扩大会议，由我介绍了理事会建议人选的情况，并根据大家的意见，进行了个别调整；后又召开全体会议，由我介绍了理事会建议人选的情况，征求大家的意见。陶钝同志郑重表示：自己年逾八旬，请大家不要再推举自己担任协会领导职务，今后会继续关心协会工作，为曲艺事业尽力；态度极为恳切，立即获得全场的热烈掌声。没想到陶钝同志扭头跟侯宝林同志说：“宝林同志，怎么样？”侯宝林同志立即站起来，向大家郑重表示：“我也老了。和陶老一样，希望大家不要选我担任副主席了。我以后会继续参加协会的活动，积极支持协会的工作。”这时全场又一次响起热烈掌声。然后即分组讨论理事会建议人选名单。大家对人选安排，总起来说比较满意；同时一致肯定了陶钝同志和侯宝林同志在协会工作中所做的贡献，并对陶钝同志和侯宝林同志向大家提出的不要再选他们担任领导职务的心情表示理解，建议聘请他们两位同志为协会顾问。

四月二十四日上午，大会正式进行选举。我主持会议，由吴宗锡同志宣布了选举办法和有关规定，然后大会以不记名投票方式进行选举，选出丁凌生等一百三十五位同志为协会理事会理事，骆玉笙同志为主席，高元钧、罗扬、吴宗锡、蒋月泉、夏雨田、刘兰芳、姜昆同志为副主席。经主席团研究决定，推举陶钝、侯宝林、韩起祥三位同志为协会顾问。大会由侯宝林同志致闭幕词。中国曲艺家协会第三次代表大会在热烈气氛中胜利闭幕。晚上在国际饭店举行联欢会，由出席代表大会的表演艺术家演唱了丰富多彩的曲艺节目，表达了大家欢欣鼓舞的心情。

代表大会闭幕之后，协会主席团召开第一次会议，研究了今后工作计划和有关事项，推举我为常务副主席，并决定成立书记处，由我和夏雨田、姜昆、许光远、赵亦吾同志组成，由我任常务书记，继续主持协会日常工作。

全国优秀曲艺节目观摩演出

举办全国曲艺观摩演出，集中展示粉碎“四人帮”以来曲艺改革创新的优秀成果和曲艺队伍的新面貌，进一步促进曲艺的发展和繁荣，是大家共同的愿望。

文化部于一九七九年一月至一九八〇年二月举行的庆祝中华人民共和国成立三十周年献礼演出，共演出文艺节目一百三十七台，但是，曲艺节目只有三台，而且只有浙江曲艺团、沈阳曲艺团、天津市曲艺团、北京曲艺团参加。对此，曲艺界许多同志表示不满，认为文化部对曲艺不够重视，建议文化部举办一次全国曲艺观摩演出。

一九八〇年献礼演出总结大会之后，我向时任中共中央宣传部副部长、文化部部长的黄镇同志转达了大家的意见和建议，并说明近几年来，广大曲艺工作者表现出极大的积极性和创造性，创作演出了许多优秀作品，特别是歌颂老一辈无产阶级革命家、揭批“四人帮”和表现四化建设中的新人新事的优秀作品，举办全国曲艺观摩演出确有必要。黄镇同志当即表示，这次献礼演出对曲艺方面考虑不够，曲艺节目确实太少了；大家提出的建议很好，文化部一定会认真研究。他强调说，曲艺形式简便灵活，群众喜闻乐见，无论是在革命战争年代，还是在新中国成立以后，都创作演出了许多好节目，发挥了很好的作用；文化部今后会加强对曲艺工作的领导，并要我向曲艺界的同志解释。

黄镇同志一向办事认真、果断，文化部很快就决定举办全国曲艺观摩演出，成立了组织委员会和评奖委员会，邀我担任组织委员会副主任和评奖委员会顾问，参与了曲艺观摩演出的筹备和评奖工作。文化部艺术局设有曲艺杂技处，但人员甚少，协会也应邀派出工作人员，和文化部的同志一起，去外地了解演出节目的准备情况。

鉴于全国各省、自治区、直辖市都积极准备了较多的节目，争取参加全国曲艺观摩演出，同时考虑到各地区语言差别很大，不便于在一地公开演出，分散多处又不便观摩等情况，最后决定分两片举行：北方片在天津举行，南方片在苏州举行。

北方片

全国曲艺优秀节目（北方片）观摩演出于一九八一年十八日至二十八日在天津举行，七台二十三个曲种的五十八个节目参加演出。除演出人员观摩外，各省、自治区、直辖市和人民解放军、中直等有关单位派出多人前来观摩，许多曲艺工作者和爱好者也闻讯赶来观摩，天津人民对曲艺情有独钟，更不放过欣赏各地曲艺精英演出的机会，因此，尽管多安排了演出，但仍然难以满足各方面的要求，每个剧场外都有等票的人群。

这次活动的后勤工作由天津市文化局负责，无论是剧场安排，还是生活接待工作都安排得十分细致、周到；参加接待工作的同志都非常热情，特别是文化局副局长刘瑞森同志，不但不辞劳苦，把工作安排得井井有条，还亲自到车站、宾馆迎送参加观摩演出的同志，跑前跑后，嘘寒问暖，夜以继日地忙得不可开交，有时见他满脸冒汗，可还是乐呵呵的。他的责任心和工作热情使大家深受感动。没想到，这样一位好同志在不久之后不幸病逝，实在令人痛惜！

这次观摩演出是曲艺界的一次空前盛会，集中展示了近几年来我国北方各省、自治区、直辖市曲艺改革、创新的优秀成果和曲艺队伍的新面貌。参加这次观摩演出的基本上是中青年演员，演出节目以短篇为主，大都是现代题材的节目，以反映近几年来我国各条战线的新人新事新面貌的节目为最多，具有鲜明的时代色彩和浓厚的生活气息。其中又以表现人民军队革命传统和农村新面貌的节目给人的印象最为突出。

对口快板《老将军》、河南大鼓《老伴儿》、单弦《一场风波》、评弹《泪花儿》、快板《军营新歌》、故事《击鼓传花》等，或歌颂老一辈革命家的高尚情操，或表现英雄战士的革命精神，或描绘部队的火热生活，都立意深刻，构思巧妙，把叙事与抒情结合起来，刚健清新，给人以积极向上的力量。大曲调子《二嫂买锄》，河南坠子《老实人》《接婆婆》，二人转《丰收桥》《攀亲家》，山东琴书《大林还家》《锯瓷盆》等，从不同角度反映了农村的新变化和农民的喜悦心情，生动感人。其他题材的节目，如西河大鼓《鲁班学艺》，梅花大鼓《二泉映月》，京韵大鼓《火并王伦》，天津时调《春来了》，数来宝《该怨谁》，乌力格尔《噶达梅林赞歌》，评书《梁上君子》等，亦各有特色，并在艺术上有所突破和创新。群众喜闻乐见的相声《新局长到来之后》《满院春》《风灾》等，发挥了讽刺的特长，有很强的针对性；《郝市长》《我的爸爸》《戏曲漫谈》《我们新疆好地方》等，则在创作歌颂型相声或知识型、趣味型相声的探索方面做出努力。此外，经过整理、加工的传统节目，如刘兰芳的评书《岳飞大战金兀术》等，也获得人们的赞赏。

人们从这次观摩演出中看到，一大批中青年演员在老一辈的精心培养下，继承了曲艺的优良传统和精湛的艺术，又借鉴、吸收姊妹艺术的成果和经验，结合各个曲种的风格、特色和个人的情况，同曲艺音乐设计伴奏人员一起，在艺术上都有所突破和创新，取得很好的成绩。苏文茂、马志存、常宝霆、白全福、高辉、籍薇、姜昆、李文华、侯耀文、石富宽、赵振铎、牛群、道尔基仁钦、马增蕙、刘同昌、种玉杰、杨子春、唐文光、刘冰等的演出，受到人们的欢迎。他们的演出，标志着曲艺界人才济济，新人辈出，大有希望。骆玉笙、马三立、王毓宝、曹元珠、林红玉等老艺术家为大会做了示范演出，他们的精湛艺术和优良作风，受到人们的普遍赞扬。经过评选，大会向参加演出的节目分别颁发了一、二、三等创作奖和演出奖。

观摩演出结束后，文化部和中国曲艺家协会联合召开了曲艺座谈会。出席座谈会的有曲艺作家、演员、乐师和从事研究、评论工作的同志及各有关单位的负责人。大家热烈发言，交流了经验，探讨了当前曲艺工作中的重要问题，一致认为，如同剧本是戏剧之本一样，说本唱本是曲艺之本。必须大力发展曲艺创作，创作出思想艺术质量高，又符合演唱要求的好作品，演员的艺术创造才能充分发挥出来；同样，有了好的作品，还必须有好的演员，经过他们的艺术再创造，才能使之成为立于舞台上的完美的艺术品。作者和演员密切合作，创作与演唱艺术协调发展，是曲艺发展和繁荣的必由之路，也是这次观摩演出获得成功的根本原因。

大家从观摩演出中学习到许多宝贵的东西，深受鼓舞，并对今后的工作提出许多建议和意见，希望文化部和中国曲艺家协会继续采取有力措施，在发展曲艺创作，推动艺术改革和培养人才上多下功夫；有的同志还尖锐地指出，有些文化领导部门对曲艺工作不够重视，甚至很不重视，希望文化部和各地有关文化领导部门切实加强和改进对曲艺工作的领导。

我主持了这次座谈会并做了小结。

南方片

全国曲艺优秀节目（南方片）观摩演出于一九八二年三月十五日至二十七日在苏州举行。这是继上一年北方片观摩演出之后曲艺界又一次盛会，文化部、中国曲艺家协会和苏州市等有关单位负责人先后在大会上讲话，表示祝贺。来自中南、西南、华东地区的十四个省、自治区、直辖市和人民解放军的十五个代表队演出十二台包括四十七个曲种的七十七个节目。苏州评话、苏州弹词、扬州评话、扬州弹词、福建南音、粤曲、湖北小调、四川清音、广西文场、长沙弹词、云南花鼓、贵州琴书、藏族六弦弹词、藏族折嘎、彝族甲苏、壮族末伦、哈尼族哈巴、相声、谐剧、独角戏等曲艺之花，争奇斗妍，美不胜收，赢得人们的热烈欢迎和高度评价。

这次观摩演出的节目题材广泛，内容丰富，绝大多数都是近几年创作的反映现实生活和革命历史的新作。有的表现了改革开放和现代化建设中的新人新事新风尚，特别是农村发生的新变化，有的歌颂了老一辈革命家的丰功伟绩和崇高品质，有的讽刺了消极腐朽的思想、习惯和不正之风，有浓厚的生活气息、鲜明的艺术特色和强烈的时代精神；表演艺术和音乐唱腔，也有不同程度的突破和创新。

苏州弹词《真情假意》《望金门》《遗产风波》《探情记》，温州鼓词《智闯龙潭桥》，扬州评话《陈毅拜客》，湖北评书《杨柳寨》《到底怨谁》，相声《农老九翻身记》，京韵大鼓《一副担架》，四川清音《幺店子》，温州鼓词《智闯龙潭桥》，数来宝《花鼓声声》《泥腿子》《也能逛天堂》，山东琴书《慈母心》，彝族甲苏《跛跛脚》，独角戏《选择》，四川盘子《三个媳妇争婆婆》，谐剧《这孩子像谁》，长沙弹词《奇缘记》等，就是其中一部分优秀节目。参加演出的传统节目不多，但都很精彩，扬州评话《武松》、苏州评话《包公》、湖北小曲《选妃》、六弦弹唱《格萨尔》、苏州弹词《杨乃武与小白菜》等，不仅表现了曲艺的精湛艺术和优良传统，而且经过整理加工之后，从思想内容到演唱艺术都放出新的光彩。王丽堂、金声伯、邢晏芝、邢晏春、何忠华、秦建国、蒋云仙、陈卫伯、土登、惠兆龙、李仁珍、何祚欢、夏雨田、杨乃珍、沈伐、陈秀芬、胡绍海等，在这次观摩演出中大显身手。经过评选，苏州弹词《真情假意》等二十五个节目获得创作演出一等奖，或创作一等奖、演出一等奖，其他节目分别获得创作二、三等奖或演出二、三等奖。对在重病中坚持工作的徐丽仙授予荣誉奖。创作的繁荣，中青年演员的崛起，给曲艺界带来新的活力和希望。

观摩演出期间，大会组织老艺术家进行专场演出，起到很好的示范作用。解放军代表队积极参加了苏州市举办的文明礼貌月宣传活动，并和苏州市歌舞团一起为筹集苏州市儿童福利基金举行义演；其他代表队也分别去基层，为工人、农民进行慰问演出，受到人们的普遍赞赏。

观摩演出期间，开展了群众与专家相结合的评论活动，并在此基础上召开专题座谈会。蒋敬生、肖顺瑜、郁小庭、杨乃珍、华士亭、张鸿懿、章鸣、夏耘、张棣华、何祚欢、邱肖鹏、惠兆龙、刘振南、朱光斗、陈竹曦、周良、蒋云仙、刘一凡、马增蕙、王朝闻、常泊等同志先后发言，结合这次演出的具体情况，着重讨论了曲艺创作和曲艺革新问题，各抒己见，气氛热烈。大会还请王朝闻同志作了学术报告。我受文化部和中国曲艺家协会的委托主持了研讨活动，认真听取了大家的意见，获益颇多。

观摩演出期间，我最难忘的是同几位老同志交换意见。

我到苏州后，和陶钝、王朝闻、吴宗锡、陈汝衡等同志被安排住在刚落成的苏州饭店，家在苏州的周良同志也常来这里。在观看演出、开会、接待来访之外，我们常在一起交谈，谈得最多的是曲艺的继承与创新问题、曲艺与农村问题，曲艺队伍的学习、提高和培养接班人问题。大家一致认为，几年来，虽然在这些方面取得显著成绩，但面临的困难和问题还不少，必须保持清醒的头脑，加紧努力，才能适应形势发展的要求，决不可以盲目乐观。

陶钝同志谈得最多的是如何为广大农民创作、整理更多的中长篇书和如何下农村的问题，他认为，陈云同志提出的评弹下乡是具有战略意义的大事，曲艺必须深入农村才能有大的发展。王朝闻同志谈得最多的是艺术革新问题。他说，艺术的分类，不只是关于艺术形式的美学问题，一切从事艺术活动的人，都应当重视这个问题的现实意义。艺术的发展、壮大，必须不断革新，不能墨守成规，但不应该忽视说唱艺术不同于非说唱艺术的特殊性——以少胜多、以小见大、虚中见实的特长，硬要向别的艺术种类看齐，结果自己否定了自己的独特性和独立性。他还幽默地打了个比喻：泥鳅不能拉得和黄鳝一样长。泥鳅虽短，也许比黄鳝的行动更灵活些，它何必这样妄自菲薄？拉长的泥鳅，并不意味着它的品种的发展。他对这次观摩演出在艺术革新方面取得的成绩，感到高兴，也对某些曲种的节目不注意曲艺的特点，出台的人数过多，一味与戏剧、舞蹈、交响乐队相竞赛的做法直率地提出意见，认为这些做法不利于曲艺的创新和发展。吴宗锡、周良和我谈得较多的是关于曲艺创作和评论方面的问题。陈汝衡同志最关心的是曲艺的研究工作和培养接班人问题。他离开苏州之后，还给我写过两封关于加强曲艺研究工作和创办曲艺学校的信，要我向有关部门呼吁。他对曲艺的关爱之情令人感佩。陈汝衡同志，扬州人，先后在中央大学、暨南大学、上海戏剧学院任教，从事曲艺研究工作，著有《说书小史》《说书史话》《说书艺人柳敬亭》《宋代说书史》等，不幸于一九九一年病逝。

苏州是历史文化名城，苏州园林尤为人们所称道。新中国成立后，我多次来苏州，每次都有流连忘返之感。这次来苏州，由于工作忙、活动多，还应朱光斗同志之邀，挤时间阅读了他拟出版的文集，并为之作序，没时间多游览苏州的园林风光，只重游了苏州饭店附近的网师园和沧浪亭，陪朋友到天子山转了一下。

苏州风光，实在好啊！

社会主义曲艺的新发展

——祝贺一九八六年全国曲艺新曲（书）目比赛评奖揭晓

文化部和中国曲艺家协会联合举办的全国曲艺新曲（书）目比赛，是继一九八二年全国曲艺优秀节目会演以来又一次全国性的重要活动，对于进一步贯彻党的文艺方针，调动广大曲艺工作者的积极性和创造性，推动曲艺的改革创新，提高曲艺创作和演出的思想艺术质量，促进我国社会主义曲艺的发展和繁荣，具有重要的意义。现在，评奖活动已经揭晓，我们谨向这次比赛中获奖的同志们表示热烈的祝贺！

这次比赛集中地展示出曲艺改革、创新、发展的新面貌和新成就。

近几年来，各个地方和部队的曲艺创作都有新的发展，创作和演出了许多表现现实生活的曲艺作品，真实而生动地表现了我国社会主义现代化建设和改革的伟大现实，描绘了人民群众的物质生活、文化生活和精神面貌的新变化，塑造了不少有理想、有道德、有文化、守纪律的社会主义新人的光辉形象，也尖锐地揭露、批评、讽刺了党内和社会上的一些消极现象与不正之风。各地还陆续创作了许多表现革命历史题材的作品，热情歌颂了我国的人民革命斗争，歌颂了无产阶级革命家和爱国志士仁人的光辉业绩与革命精神。许多作品都有着浓郁的生活气息和鲜明的时代色彩，从内容到语言、形式、手法等，都力求有所创新，为演员和音乐工作者的艺术再创造提供了很好的基础。有些表现历史题材和其他题材的曲（书）目，以及重新整理、加工的传统曲（书）目，也都具有较高的思想艺术质量。这次比赛中的获奖作品，就是近几年来曲艺创作和整理工作的一部分优秀成果。这些好作品正在人民文化生活中发挥着积极的作用。

许多优秀曲（书）目能够站立在曲艺舞台上，赢得人民群众特别是青年的欢迎，这有赖于作品写得好，也有赖于表演艺术和音乐唱腔的改革创新取得了成功。为了很好地表现新时代、新人物，适应八十年代听众不断提高的审美要求，丰富和提高曲艺表演的艺术表现力，许多曲艺工作者特别是从事演唱的同志们在学习、继承曲艺表演艺术的优良传统和艺术技巧的同时，都认真注意向实际生活学习，向姊妹艺术学习，努力把继承和创新结合起来，在曲艺的表演形式、语言、节奏、艺术手法等方面做了有益的尝试和探索，并努力创造独特的艺术风格，从而把曲艺表演艺术提高到一个新的水平。这次参赛的一些获得表演奖的曲（书）目，就反映出这几年来曲艺表演艺术革新的新进展和新趋势。曲艺音乐唱腔革新的成绩尤为显著。许多曲（书）目都注意多方面地吸取营养，力求用更生动、更完美、更富于表现力的音乐唱腔来表现新的思想内容，既能很好地发挥本曲种的特色，又有鲜明的时代感，使人耳目一新。曲艺音乐的伴奏形式也有明显的突破，有传统几大件的伴奏形式，也有小型乐队的伴奏形式，以及中型混合乐队的伴奏形式。凡是做得好的，都能紧紧结合作品的思想内容，把握音乐设计的特点，与演员配合默契，巧妙自如地托腔保调，表现人物，烘托气氛，增强艺术的感染力。所有这些，标志着曲艺音乐和表演艺术的革新正在广泛、深入地开展起来。

这次比赛也检阅了曲艺队伍的阵容，促进了新生力量的成长。许多曲艺工作者踊跃参加了比赛，大显身手。有些著名艺术家热情扶持新人，把比赛的机会让给青年，或者积极编演新曲（书）目，而不计个人的得失成败，表现出极强的事业心和崇高的共产主义风格。更使人欣慰的是，中青年曲艺工作者已成为这次比赛的主体，他们分别在创作、表演、音乐设计、伴奏等方面显示出自己的革命热情、开拓进取精神以及艺术创造的智慧和才能。参加比赛的获奖者最小的才十几岁，这说明曲艺事业后继有人，大有希望。

这次比赛还反映出少数民族曲艺有了新的发展。许多少数民族地区涌现了年轻优秀的创作人才和演唱人才，创作、改编、整理出不少好作品，并积极参加了本地区和全国的评比活动。在这次全国新曲（书）

目比赛中就有一部分少数民族曲艺节目获奖。今后，随着少数民族地区经济建设和文化建设事业的发展，少数民族曲艺也必将更快更好地繁荣起来。

总之，从这次比赛中可以看出，近几年来的曲艺工作的确获得很大的发展。但是，我们也应当清醒地看到，曲艺工作还存在着许多差距和问题。思想艺术质量高的、能够震撼人心的、无愧于伟大时代的新曲（书）目还是显得少了。曲艺创作上的平庸和一般化现象还有待克服。各地曲艺工作的发展还很不平衡，有些地方、有些单位、有些曲种还处于徘徊和落后状态。我们必须努力提高自己的思想艺术修养，坚持改革创新，创作更多的具有时代精神、为广大人民群众所喜闻乐见的好作品，才能适应新时代的要求，自立于社会主义文学艺术之林。

（原载《曲艺》1986 年 10 期）

全国鼓曲唱曲艺术大展风采

在我国四百多个曲种中，唱的和又唱又说的曲种在百分之九十以上。为了推进鼓曲唱曲的改革创新和繁荣发展，协会举办的全国曲艺比赛、展演活动，都有唱的和又唱又说的曲种和节目参加；还举办过京津两地鼓曲艺术交流和研讨活动。品种多，节目多，影响大的鼓曲唱曲活动，当数中国曲协、中国音协、天津市文化局及曲协分会联合举办的中国鼓曲艺术展演及鼓曲音乐研讨会，中国曲协与山西省长治市人民政府联合举办的“长治杯”全国鼓曲唱曲大赛。

中国鼓曲艺术展览和鼓曲音乐座谈会于一九八八年十月二十日至二十五日在天津举行。北京、天津、山东、山西、河南、河北、湖北等地和中直、人民解放军有关团体的鼓曲艺术家演出了包括京韵大鼓、奉调大鼓、梅花大鼓、滑稽大鼓、子弟书、单弦、天津时调、天津快板、河南坠子、湖北大鼓、潞安大鼓等十九个曲种的五台三十九个节目，有创作、改编的新节目，也有经过认真整理、加工的传统节目。骆玉笙、孙书筠、小岚云、魏喜奎、郭文秋、曹元珠、关学曾、阚泽良、花五宝、王毓宝、董湘昆等老艺术家和陆倚琴、马玉萍、刘春爱、张明智、赵学义、张秋萍、籍薇、杨雅琴、刘秀梅、种玉杰、安颖等中青年艺术家演出了他们的代表性节目。中国北方曲艺学校二年级学员也初显身手。无论是赛场演出，还是慰问演出，场场爆满，掌声迭起，气氛热烈异常。曲艺界、文艺界人士和广大观众都对这次展演给以好评；为鼓曲艺术的新发展和后继有人，感到由衷的高兴。骆玉笙同志更是喜出望外，她激动地说，这次展演真是百花齐放，人才济济，证明鼓曲艺术大有希望。著名作曲家王莘等同志也赞不绝口，说中国鼓曲丰富多彩，别具特色，值得好好学习和研究。

在展演期间召开的鼓曲音乐研讨会上，来自各地的曲艺音乐专家、学者、参加展演的演员、乐音设计伴奏人员和词作者，结合展演节目的实际情况，就鼓曲音乐的本质特征、改革方向和如何繁荣鼓曲艺术等问题，进行了热烈的讨论。大家一致肯定了鼓曲改革的成绩，同时针对当前改革的不同做法提出不同意见。有的从演唱角度出发，认为唱腔设计者、伴奏者应与词作者、演员密切合作，全面考虑演出节目的艺术效果。有的着重谈到鼓曲音乐的继承和创新问题，强调鼓曲改革要注意保持曲种的音乐特色和唱腔结构，要“小打小闹”，不要轻易地动“大手术”；至于某些曲种呈现颓势，有多方面的原因，采用“变种”的办法，解决不了本曲种的问题，也不意味着新曲种的诞生。

有的认为，鼓曲音乐缺乏强烈的时代精神，那种一曲百唱的装腔手法已难以表现新的思想内容，主张引进和运用多种音乐形式、专业技巧和表现方法，以丰富传统音乐，使之得到新的升华。有的认为，有的节目运用电声乐队或运用摇滚乐伴奏的做法是值得重视的；有的则持反对意见，认为架子鼓等乐器加入伴奏显得非常累赘，影响观众欣赏艺术；还有的认为，演员所敲击的鼓、板，影响了演员的表演，可考虑去掉，也引起不同的反应。更多的同志赞成鼓曲大胆改革，稳步前进，从每个曲种的实际出发，力求把继承与创新结合起来，尊重听众的艺术欣赏习惯和合理要求。有同志打比喻说，要做到“黑胡子”（青年）爱听，“白胡子”（老年）喜欢，才算改革成功；如果“黑胡子”（青年）没进来 ，“白胡子”（老年）全跑光，那只能说是改革失败。大家在研讨会上各抒己见，自由争鸣，气氛热烈，都反映这样的研讨会对鼓曲改革很有帮助。

在会议期间，有同志建议成立一个曲艺音乐学术团体——中国曲艺音乐协会，立即得到大家的赞同。经过酝酿和讨论，中国曲艺音乐协会正式成立。大家推举骆玉笙、罗扬、孙慎为名誉会长，冯光钰为会长，刘吉典、刘梓玉、李光、杨子春、于林青等四十四人为理事，并就今后的工作交换了意见。

“长治杯”全国鼓曲唱曲大赛于一九八九年二月二十五日至三月五日在长治市举行。长治市古称上党，位于山西省东南部，东靠太行，西倚太岳，管辖二区十一县，是山西省地级市。这里有着悠久的历史文化传统和光荣的革命传统；新中国成立后，特别是党的十一届三中全会以来，经济社会建设有很大发展；群众喜闻乐见的曲艺艺术也空前活跃起来。全市现有专业和个体曲艺队二百多个，从业人员两千多人，活跃在全市的城镇、山区和农村，创作演出了不少新曲目和经过整理的传统曲目。长治市人民政府为这次比赛做了大量的认真细致的准备工作。时值初春，太行山区大雪纷飞，春寒料峭，全国三十六个省、自治区、直辖市及计划单列市和中直、解放军二百多位鼓曲唱曲演员、伴奏人员和创作人员，怀着极大的热情和信心从四面八方来到这里参加大赛。为了迎接远方客人，大街小巷披红挂绿，赛场潞安剧院悬灯结彩，一派喜庆景象；迎客的人群身着新装，面带笑容，洋溢着一片盛情，令人十分感动。

协会决定与长治市人民政府共同举办这次活动，无疑是很好的选择。

大赛开幕式在潞安剧院隆重举行。大会首先宣读了中央和各级领导同志的贺词与贺信。中共中央政治局常委李瑞环同志的题词是“繁荣曲艺事业，弘扬民族文化”，体现了党中央对曲艺工作的重视与希望。中共中央宣传部副部长贺敬之同志因事不能前来，为大赛题词并发来热情洋溢的贺信。中共中央顾问委员会委员荣高棠同志，中共山西省委书记李立功同志、省委副书记王森浩同志，中国文联原副主席、中国曲艺家协会顾问陶钝同志，中国音乐家协会名誉主席吕骥等同志，也为大赛题词，表示祝贺并寄予殷切的期望。我在开幕词中除对各方面给予的指导和支持表示感谢外，着重讲了近几年来鼓曲、唱曲的发展情况和参赛曲目的基本特点以及这次大赛的重要意义。大会始终充满祥和、热烈的气氛。

这次大赛共演出十场近四十个曲种一百二十个节目，都是全国各地层层选拔上来的优秀的和比较优秀的节目，形式多样，内容丰富多彩。尤其令人高兴的是，许多节目反映了现实生活，描绘了社会主义新人的形象，音乐唱腔、表演以及舞台美术等都有提高和创新，演员与伴奏人员配合默契，给人以新的感觉。

总的来看，许多节目把继承与创新结合起来，把时代精神与鼓曲唱曲的艺术特色结合起来，展现了鼓曲、唱曲艺术的新面貌、新成就、新水平，受到广大听众和专家的热烈欢迎与一致好评。参赛人员也都表示，这次大赛为大家提供了一次相互观摩和学习的好机会。

做好评奖工作，对于鼓舞和激励曲艺工作者的积极性创造性，继续把鼓曲、唱曲艺术推向前进有重要意义。为了做好评奖工作，在大赛开始前，协会就组织了初评小组，对参赛节目提出初步意见，提供给即将成立的评奖委员会参考。大赛评奖委员会由骆玉笙、高元钧同志任顾问；罗扬同志任主任，刘兰芳同志任副主任；王兆一、冯光钰、毕敏、金成、赵铮、赵日成、程永玲、戴宏森、魏喜奎等同志任委员。大赛开始后，评委会就按照协会提出的评奖标准及有关规定，积极投入工作，认真审查了参演节目和文本、曲谱、录音、录像等有关资料及各单位报送的推荐意见，并广泛征求了参赛人员、专家和广大听众的意见，对参赛节目逐一进行了分析研究和反复筛选比较，最后以无记名投票方式评出创作一等奖三个，二等奖十个，三等奖二十个；表演一等奖十个，二等奖十七个，三等奖二十三个；音乐设计一等奖四个，二等奖四个，三等奖十一个；伴奏一等奖三个，二等奖七个，三等奖十七个；对为大家做出示范演出的八位老表演艺术家另设奉献奖（全部获奖名单在发奖大会公布，并在《曲艺》杂志发表，此处从略）。评委会的同志都认真履行自己的职责，不知疲倦地工作，力求做到公平、公正，也深感任务艰巨。由于参赛的曲种多，节目多，风格、特色多样，少数民族曲艺节目的情况尤其特殊，评比有一定难度，评委会尽管采取了积极慎重的态度，在个别获奖节目档次的区分上，仍然难免不尽如人意。好在参赛同志重在参与，重在互相观摩学习，对评奖结果，绝大多数同志都表示满意，个别同志对个别节目评出的档次虽有不同意见，也表示理解。

这次大赛三月五日胜利闭幕。大家一致认为，通过这次比赛，对于有关文化领导部门进一步重视鼓曲唱曲艺术，加强和改善对曲艺工作的领导，对于调动曲艺工作者的积极性，提高前进的信心，促进鼓曲、唱曲的发展和繁荣，一定会起到积极的推动作用。

在比赛期间，大会组织与会人员到山区、农村、工厂部队和革命遗址参观访问和慰问演出，所到之处，无不受到人们的热烈欢迎。大家从参观访问中了解到改革开放以来长治地区发生的巨大变化，受到很大的鼓舞。抗日战争时期，朱德、彭德怀、刘伯承、邓小平等老一辈无产阶级革命家在这里领导八路军和广大人民团结抗日的英雄故事和感人事迹，使人受到生动的革命传统教育，留下难忘的印象。

全国曲艺新曲（书）目比赛

第三次曲代会以后，全国各地的曲艺工作继续向前发展，涌现出不少新人新作。为了深入贯彻党的百花齐放、推陈出新的文艺方针和陈云同志关于“出人、出书、走正路”的指示精神，进一步调动曲艺工作者改革创新的积极性，促进社会主义曲艺事业的繁荣和发展，中国曲艺家协会与有关单位合作举办了一系列曲艺比赛、展演和研讨活动，我代表协会参与策划和主持了这些活动。其中影响最大的一次，是一九八六年协会与文化部联合举办的全国曲艺新曲（书）目比赛。

一九八五年秋天，在协会工作会议上，有些同志建议协会与文化部联合举办一次全国曲艺会演或比赛。我觉得这个建议很好。一天，我和时任文化部副部长的周巍峙同志谈及此事，他当即表示赞同，认为举办一次全国性的会演或评比活动确有必要。经文化部与协会共同研究，决定联合举办一次全国曲艺新曲（书）目比赛，着力推动改革创新。

十月中旬，向省、自治区、直辖市文化厅（局）、分会和中直、解放军有关团体以及广州、武汉等七个计划单列市文化局、曲协，发出关于一九八六年将举行全国曲艺新曲（书）目比赛的联合通知，要求参加比赛的曲（书）目必须是一九八一年、一九八二年全国曲艺调演以来新创作或改编的思想内容好，艺术质量高，为观众喜闻乐见的优秀节目，提倡、鼓励反映改革开放和现代化建设、塑造社会主义新人形象的节目和反映革命历史题材的节目；根据其他题材创作改编的节目或经过认真整理加工的传统节目亦应具有新意，以促进题材、主题和艺术样式、风格的多样化；希望各地文化主管部门与曲协分会密切合作，在选拔中要重视青年作者、表演人才和他们创作演出的优秀作品。通知还对参赛节目数量、节目演出时间等事项做出具体规定。

一九八六年三月，文化部、中国曲协又联合发出补充通知，公布了由周巍峙同志任组长，罗扬、俞林同志任副组长，骆玉笙、荣天玙、吴宗锡、万苇舟、赵鹜同志为成员的领导小组名单，并明确规定了领导小组下设评奖委员会和办公室，分别负责评比和组织工作；宣布此次比赛设文学创作奖、表演奖、音乐设计奖、伴奏奖和鼓励奖等奖项；还明确规定各地推荐的曲（书）目必须报送文本、曲谱、录音、录像及作者、演员情况等材料和文化主管部门、曲协分会的推荐意见；有争议的品种、署名有分歧的作品，参加过一九八一年、一九八二年全国优秀曲艺节目（南方片、北方片）观摩演出的节目和一九八四年全国相声评比获奖的节目，不得参加此次比赛；等等。此后，组委会派出工作人员了解了一些地方的准备情况。总的看来，各地对这次参赛节目的准备工作都很认真，有些文化厅（局）的领导同志直接抓参赛的组织工作和选拔工作，同大家一起修改加工参赛作品，力求做到精益求精，优中选优。

七月，公布了评奖委员会名单，周巍峙同志任主任委员，罗扬、俞林同志任副主任委员，万苇舟、王松声、冯不异、吴宗锡、夏雨田、荣天玙、骆玉笙、赵骜、赵亦吾、殷海山、章鸣、熊生民同志任委员。八月，由初选小组对各单位报送的节目和有关材料进行核对，提出初步意见。九月中旬，评奖委员会召开会议，通过了评选标准和评选办法以及评委会公约。

为了评委们便于集中精力、时间进行评选，避免外界干扰，会议地点设在北京城外一处僻静的地方。大家都住在那里，连续七个昼夜，认真审查有关材料、准备意见，对参赛节目逐一进行讨论和比较，对有争议的作品，还反复审查文字、曲谱、录音、录像等材料，深入进行分析研究，严格掌握评奖标准和宁缺毋滥的原则，务求做到公正、公平，保证质量，又无遗珠之憾。

评奖委员会共评出创作一等奖六个，二等奖十四个，三等奖三十九个；表演一等奖十二个，二等奖二十三个，三等奖四十六个；音乐设计一等奖四个，二等奖十三个，三等奖十七个；音乐伴奏一等奖四个，二等奖十一个，三等奖十二个；鼓励奖一百三十五个；荣誉奖四个。经领导小组核准后，获奖名单将在发奖大会上予以公布，并在《曲艺》杂志上发表。同时，由我根据这次评比情况，发表了题为《社会主义曲艺的新收获》的评论文章，论述了近几年来曲艺改革、创新、发展的新成就和特点，以及曲艺队伍建设特别是青年曲艺的迅速成长和少数民族曲艺的新发展，并对今后的工作提出希望和要求。大家对这次评奖的做法和评比结果，都比较满意，认为这次评奖工作自始至终贯彻了党的文艺方针和民主协商、实事求是的原则，评奖委员会的工作非常认真细致，对今后的评奖工作提供了可资借鉴的经验。

初秋的北京，天朗气清，阳光灿烂。发奖大会于九月八日在人民大会堂小礼堂隆重举行。邓力群、杨静仁、朱穆之、贺敬之、高占祥、英若诚、陶钝、骆玉笙、李瑛、高元钧、罗扬、荣天玙、方杰、俞林等同志和来自全国各地的获奖代表、首都曲艺界人士近五百人出席。大会由文化部艺术局局长方杰同志主持。我代表本次比赛领导小组和评奖委员会向大家介绍了近几年来曲艺发展情况和这次比赛的评比情况，以及这次比赛的重要意义，宣布了获奖曲（书）目名单。当讲到中共中央政治局常委陈云同志对这次比赛活动的重视和关怀，并书赠“出人、出书、走正路”题词的时候，全场爆发出经久不息的热烈掌声。

接着举行发奖仪式。在欢快的乐曲声中，获奖代表依次走上主席台，怀着兴奋和感激的心情接受了陈云同志的题词和获奖证书及奖金。获奖代表作了简短发言，向党和人民表示衷心感谢，决心继续努力创作演出更多的富有时代气息的好作品、好节目。中国曲艺家协会主席骆玉笙同志在讲话中热烈祝贺这次比赛活动取得圆满成功，对新时期的社会主义曲艺事业提出恳切的希望和要求。最后，文化部副部长英若诚同志代表主办单位发表了题为《发展社会主义曲艺是时代和人民的要求》的讲话，对本次比赛活动作了全面总结，充分肯定了这次比赛的成绩，赞扬了广大曲艺工作者的创新精神，勉励广大曲艺工作者更好地与时代和人民相结合，为社会主义曲艺事业做出更大的贡献。他要求各地文化部门给曲艺以应有的重视，要为发展曲艺负责任，办实事，切实解决曲艺工作中的实际问题，采取有效的措施，鼓励新人新作，以促进曲艺事业的繁荣。他的讲话博得阵阵掌声。发奖仪式后，大家一起欣赏了部分获奖节目的演出。大会自始至终洋溢着团结、奋进、欢快的热烈气氛。

为了展示近几年来曲艺创作和艺术革新的成绩，文化部和中国曲协选出两台获奖节目，于九月九日至十月三日在北京进行汇报演出，获得广大听众和各界人士的一致好评。经过许多报刊和广播、电视等媒体的宣传评论，进一步扩大了这次比赛的影响。

曲艺界的盛大节日

——中国曲艺节

首届中国曲艺节

文化部举办首届中国艺术节之后，曲艺界参加艺术节演出和观摩、研讨活动的同志，深感举办艺术节有诸多好处，但曲艺只是艺术节的一个组成部分，难以有更多的同志和曲艺节目参加，纷纷建议中国曲艺家协会单独举办中国曲艺节，为广大曲艺工作者提供一个展示曲艺改革创新成果、促进相互观摩学习和加强团结合作的机会，并定期举办下去。我觉得这个建议很好；经协会主席团研究，并在协会工作会议上征求了各分会和中直、部队有关单位负责同志的意见，大家一致表示赞成，认为办好曲艺节有利于鼓舞大家的创造热情，增强曲艺界的凝聚力，促进曲艺事业的改革创新和发展繁荣，更好地为人民服务，为社会主义服务；同时研究了举办曲艺节的初步设想。大家建议，曲艺节最好在南北两地举行，以便于南北两地的广大群众都能欣赏到自己喜闻乐见的节目。考虑到协会人力、经费等条件有限，决定与地方政府联合举办。大家认为，江苏省是曲艺大省，天津是曲艺重镇，当地党和政府都重视曲艺工作，可作为首选单位。江苏方面，由我联系；天津方面，由骆玉笙同志联系。

一九八九年十一月，我到南京参加扬州评话大家王少堂诞辰一百周年纪念活动时，向江苏省副省长杨泳沂、省文化厅厅长王鸿等同志提出中国曲协与江苏省联合举办首届中国曲艺节的建议。他们觉得这是一件很有意义的事情，当抓紧向省委、省政府汇报，争取尽快办成。我回京后没几天，就接到王鸿同志电话，说省委、省政府都认为中国曲协的建议很好，同意以中国曲艺家协会、江苏省人民政府的名义联合举办；各地代表到南京后的经费和接待等方面的工作，由省政府负责解决，有关观摩演出和艺术研讨等方面的工作，由中国曲协负责，与江苏省文化厅、江苏省文联、中国曲协江苏分会一起安排。我提出由江苏省人民政府牵头举办，王鸿同志说，省里的意见还是由中国曲协牵头，因为首届中国曲艺节是全国性的活动，省里不宜牵头举办。骆玉笙同志说，天津市委、市政府对联合举办首届中国曲艺节也很重视，表示一切照江苏的办法办，时间可安排在江苏之后。

随后由主办单位和协办单位共同组成首届中国曲艺节组织委员会，连续召开会议，确定了具体方案，进行了部署和安排。各地曲协分会等有关单位和广大曲艺工作者得知首届中国曲艺节即将举办，欢欣鼓舞，立即按照曲艺节的有关规定抓紧开展参加代表、演出节目等各项准备工作。由于各地选送的节目很多，经过认真筛选，最后决定，参加曲艺节演出的节目，南京八台，多安排南方的节目；天津八台，多安排北方的节目。各方面的准备工作都很顺利。

特别令人高兴的是，首届中国曲艺节得到中央领导同志和有关宣传文化部门的重视和积极支持。邓小平、陈云、薄一波、宋任穷、彭冲、王任重、陆定一等党和国家领导人欣然为曲艺节题写节名或题词。李瑞环同志发来贺信，贺信中说：我国的曲艺有着悠久的历史和光荣的革命传统，历来为广大群众所喜闻乐见，在我国文艺史上占有重要地位，是中华民族优秀文化艺术中不可忽视的组成部分。他热情赞扬新中国成立后，特别是党的十一届三中全会以来曲艺工作所取得的显著成绩，并深信，经过广大曲艺工作者的共同努力，一定会做出更大的贡献。荣高棠、贺敬之、阳翰笙、曹禺、陶钝、吕骥等有关方面负责人和著名人士也纷纷题词或致电表示祝贺。

首届中国曲艺节于一九九〇年十月二十三日在南京拉开帷幕。骆玉笙同志怀着无比激动的心情宣布："首届中国曲艺节现在开幕了！"全场掌声雷动。当大会宣布邓小平、陈云等中央领导同志为曲艺节题写节名、题词和贺信的时候，大家备受鼓舞，全场不断响起经久不息的热烈掌声，许多代表激动得热泪盈眶，深深感谢党和政府对曲艺界的重视和关怀。中共中央顾问委员会委员荣高棠，中共江苏省委副书记、省长陈焕友，江苏省委副书记孙家正和江苏省人大常委会第一副主任李执中和省顾问委员会、南京军区等单位负责人，以及文艺界、曲艺界著名人士出席开幕式。我代表主办单位致开幕词。江苏省文化厅厅长王鸿致欢迎词。荣高棠、陈焕友、李执中等同志作了热情洋溢的讲话。大会充满隆重、热烈、欢快的气氛。大家为曲艺界能有自己的节日感到无比兴奋和快慰。高元钧、骆玉笙、蒋月泉等许多老艺术家百感交集，想到自己在新旧社会的不同待遇，心情更是难以平静。骆玉笙同志含着眼泪说："我过去在南京唱过大鼓，元钧同志在南京说过山东快书，再有名气也被人看作是下九流，被人瞧不起，官僚、地痞、恶霸，都敢欺负你，有苦说不出啊！如今曲艺艺人不但受到党和政府的重视和关怀，还有了自己的节日，怎能使人不激动啊！"中青年演员个个喜形于色，都准备在曲艺节上大显身手，并抓住这个机会互相观摩学习。许多同志和朋友到我的住处，讲了他们欣喜的心情和近年来创作、演出的情况以及当地曲艺工作的情况，对协会工作提出一些建议。

首届中国曲艺节是曲艺改革创新成果的一次集中展示，是曲艺队伍的一次检阅。四百多人参加演出，有德高望重、艺术精湛的老曲艺家，有年富力强、思想上艺术上趋于成熟的中年艺术家，也有风华正茂、前途不可限量的后起之秀。许多在创作、评论和组织工作等方面取得显著成绩的同志，各省、自治区、直辖市和中直、部队等有关单位的负责人，文化艺术界一些著名人士，也应邀参加了曲艺节的观摩活动和艺术交流、理论研讨等活动。

演出的八台曲艺节目，包括苏州评话、苏州弹词、扬州评话、扬州弹词、四川评书、四川清音、扬琴、京韵大鼓、评书、相声、山东快书、山东琴书、河南坠子、大本曲、折嘎、渔鼓、二人转、谐剧、粤曲、独角戏等二十四个曲种近百个曲艺节目，都是广大曲艺工作者近十多年来创作演出的深受群众欢迎的优秀节目，其中大部分是反映社会主义新生活和革命历史题材以及其他题材的节目，也有一部分是经过认真整理、加工的优秀传统节目，风格多样，流派纷呈，集中体现了曲艺节演出的基本要求，把社会主义文艺方向和作品的主题、题材、风格、样式的多样化结合起来，把先进的、健康的思想内容和尽可能完美的艺术形式结合起来，把思想性、艺术性和娱乐性结合起来，把普及和提高结合起来，展现出改革开放以来曲艺艺术蓬勃发展的繁荣景象。在五个剧场公演三十多场，每场都是座无虚席，受到广大群众的热烈欢迎。按照组委会的安排，各演出队还分别到农村、部队、工厂、学校进行慰问演出和参观访问，同样受到群众的热情欢迎。演员在经久不息的掌声中多次返场，有时候一台节目竟延续到三个多小时，观众还不愿离开；演员也舍不得离开热情的观众。大家通过参观访问，了解到江苏城乡在改革开放后经济建设与社会发展的巨大成就和崭新面貌；大家还参观了中山陵、雨花台、梅园等有纪念意义的地方和一些名胜古迹，也获得许多有益的东西。

一九九一年，在鲜花盛开的五月，全国各省、自治区、直辖市和中直、部队等有关单位的三十多个演出队四百多位代表和近千位观摩人员，云集天津，参加在这里举行的首届中国曲艺节。中直有关单位和天津市等方面的负责人荣高棠、聂大江、刘晋峰、张立昌、钱其敖和中国曲协主席团的同志出席开幕式。同南京一样，大会充满隆重、热烈和喜庆的气氛。骆玉笙宣布首届中国曲艺节（天津）开幕，钱其敖代表中共天津市委、市人民政府致欢迎词，我致开幕词。当宣读邓小平、陈云等领导同志题写的节名、题词和李瑞环同志的贺信的时候，全场四千多名观众掌声雷动，经久不息，以表达大家欢欣鼓舞的心情。

在天津参加首届中国曲艺节演出的三十多个演出队四百多人，分八台演出二十多个曲种一百多个节目，并深入工厂、农村、部队、学校演出，观众近十万人。这里演出的节目，都是各地区各单位推荐的，大部分是创作、改编的新节目，具有强烈的时代精神、浓厚的生活气息和鲜明的民族特色；传统节目经过整理加工，思想性、艺术性都有提高；表演和音乐唱腔以及舞台美术等都有所改革创新；参加演出的同志为人民服务、为社会主义服务的热情和创造进取精神，严肃认真的创作态度和表演作风，受到人们的热情赞扬。部队曲艺工作者带来了部队的好思想、好作风，许多歌颂我军英雄模范人物以及表现军民鱼水情的节目，更给人们留下深刻的印象。

在首届中国曲艺节期间，组委会在南京、天津多次召开座谈会、研讨会和经验交流会，广泛听取广大听众和曲艺界、文艺界的意见。大家一致认为，首届中国曲艺节展示了党的十一届三中全会以来地方和部队广大曲艺工作者坚持为人民服务、为社会主义服务的方向和百花齐放、百家争鸣、推陈出新的方针，坚持“出人、出书、走正路”的部分优秀成果，检阅了曲艺队伍奋发向上的阵容，发扬了革命文艺传统，密切了曲艺与人民群众的联系，增强了曲艺工作者前进的信心和勇气，对进一步发展曲艺事业起到积极的推动作用。同时，也指出目前曲艺工作中存在的一些缺点和问题，提出很好的意见。比如，曲艺创作，特别是中长篇创作，还需要大力加强，曲艺评论还是一个相当薄弱的环节，培养接班人的工作还需要继续抓紧进行，有些文化领导部门要把曲艺工作重视起来，采取必要的措施，等等。曲艺作家、演员和从事理论评论工作的同志，通过上述活动和个别交谈，也增进了彼此之间的了解和友谊。

在天津举行曲艺节期间，以日本艺能大家、日本中国曲艺之友会会长冈本文弥为团长的“中国曲艺鉴赏团”全体成员专程赴津观摩了曲艺节的演出，给以高度评价。冈本文弥先生紧握着我的手，连声道谢，激动地说：“中国曲艺是我的再生父母，是我的先生！我努力学习中国曲艺三十年，中国曲艺真是好极了！”冈本文弥是中国人民的老朋友，多次率团访华，先后受到国家领导人郭沫若、廖承志、周谷城、雷洁琼等的接见。在曲艺节期间，国家副主席王震同志又在北京人民大会堂接见冈本文弥一行，骆玉笙同志和我作陪，王震和冈本文弥亲切交谈，冈本文弥盛赞中国的曲艺艺术，一再表示对中国人民的感激之情，愿为日中两国人民之间的友谊与文化交流继续做出努力。一些国际友人观摩曲艺节的演出之后，也赞不绝口。

五月二十三日，是毛泽东同志《在延安文艺座谈会上的讲话》发表四十九周年，中国曲协邀请部分同志举行了座谈会。大家联系曲艺界及曲艺节的情况和自己的学习工作情况，畅谈了学习体会和今后的奋斗目标。同志们一致认为，《讲话》发表以来，对我国革命文艺、社会主义文艺的发展，起到极大的指导和鼓舞作用。现在，文艺工作面临的形势、任务发生了很大变化，但《讲话》的基本思想仍然放射着真理的光芒，指导着我们继续前进，我们一定要坚持不动摇。

首届中国曲艺节的成功举办，与党中央领导同志和江苏省、天津市党政领导机关的重视及各方面的支持是分不开的。中共江苏省委、省人民政府和中共天津市委、市人民政府及有关部门，为办好曲艺节不但在思想上、政治上给予重视，投入了许多人力物力，而且对各方面的工作都作了极为热情周到的安排。比如江苏省委、省政府有两位办公厅主任每天到代表们的住处了解食宿和安全情况，尽可能让大家住得舒适，吃得可口。比如江苏省文化厅厅长王鸿同志，顾问郭铁松同志和天津市文化局副局长刘瑞森同志，一直不辞辛劳，不分昼夜，跑前跑后，为做好接待工作，安排好曲艺节演出等各项活动，不知付出多少心血和汗水。这样的人和事，不胜枚举，至今令人难以忘记。新华社、《人民日报》、中央及地方广播电台电视台和《文艺报》《中国艺术报》《中国文化报》《曲艺》等报刊，为首届中国曲艺节做了持续的报道、宣传和评论，对满足群众欣赏曲艺的需求，扩大曲艺节的影响，鼓舞曲艺工作者的创造热情和服务热情，起到重要的作用。

首届中国曲艺节闭幕后，中国曲艺家协会邀请部分代表组成两台节目，于五月下旬为首都文艺界、教育界演出，骆玉笙、刘兰芳、关学曾、马增蕙、田连元、程永玲、高英培、张志宽、籍薇、董梅等著名曲艺表演艺术家和曲艺新秀演出的京韵大鼓、评书、北京琴书、单弦、四川清音、相声、快板、梅花大鼓、苏州弹词等十七个节目，受到大家的热烈欢迎和一致好评。

第二届中国曲艺节

中国曲艺节，计划每五年举办一次。在一九九四年召开的协会工作会议上，重要议题之一，就是在哪里联合举办第二届中国曲艺节。中国曲协理事、河南省曲协副主席遂庆增同志表示，他已与中共平顶山市委副书记、市长宋守卿同志和市委常委、宣传部长裴建中同志联系过，他们愿意与中国曲艺家协会联合举办第二届中国曲艺节，所需经费和接待等方面的工作，可由他们负责解决；并介绍了平顶山市的历史和改革开放以来经济社会迅速发展的情况，特别是市委、市政府重视群众文化和曲艺工作的情况。大家听后，都十分高兴，决定尽快与平顶山市政府正式商谈有关事宜。

很快，裴建中同志和平顶山市文联负责同志就来北京，我们一起商定了第二届中国曲艺节的初步方案。十月，在平顶山召开曲艺节筹备工作会议，确定举办第二届中国曲艺节的宗旨是，以邓小平理论和党的基本路线为指导，坚持文艺为人民服务、为社会主义服务的方向和百花齐放、百家争鸣、推陈出新的方针，坚持“出人、出书、走正路”，推动曲艺改革创新，更好地适应时代和人民的要求；同时拟订出实施方案和工作计划。报经中共中央宣传部批准后，即通知各省、自治区、直辖市曲艺家协会和中直、部队有关单位，按照方案提出的有关要求，抓紧准备工作。

经过大家的共同努力，各地区、各单位都准备好参加曲艺节的演出节目，并将有关材料，如曲艺作品、演出录音录像、作者和演员介绍、单位推荐意见等及时报送给曲艺节组委会。为了保证质量、核定演出节目，组委会又进行了认真评议，共选出四十多个曲种，一百二十多个节目。

第二届中国曲艺节同首届中国曲艺节一样，得到党和国家领导人的重视和各方面的大力支持。江泽民、李鹏等同志书写了“弘扬民族文化，繁荣曲艺事业”等内容的重要题词，刘华清、宋任穷、田纪云、王光英、黄华、叶飞、胡绳和曹禺、林默涵、贺敬之、周巍峙等也题词祝贺。

平顶山市素称曲艺之乡，城乡广大人民酷爱曲艺。所属宝丰县的马街书会，七百多年来，每年正月十三都有数以千计的各地曲艺艺人来这里赛书、献艺，并在会后被请到附近乡镇演出，其盛况为国内外所罕见。平顶山市人民听说第二届中国曲艺节将在这里举行，欣喜异常。在市委、市政府的领导下，各部门和全市人民一起，在整修道路、美化环境、改善接待条件、开展文艺活动、培养曲艺人才和扩大曲艺节的宣传等方面，都做了大量富有成效的工作，以保证第二届中国曲艺节获得圆满成功。我在曲艺节开幕前应邀前往平顶山了解准备工作情况，参观了市容和有关设施，情况比预想的还好。谈起曲艺节，市委、市政府及各部门领导同志和干部群众，个个喜笑颜开，他们的热情好客和办好曲艺节的信心，使我深受感动。

为了做好宣传工作，中国曲艺家协会和平顶山市人民政府在北京召开了第二届中国曲艺节新闻宣传座谈会。首都新闻界、文艺界一百多人出席会议。会议由中共平顶山市委书记王银忠主持，我在会上讲了第二届中国曲艺节的准备情况和实施计划，提出对新闻宣传工作的要求，平顶山市市长宋守卿、中共河南省宣传部常务副部长葛纪谦分别就平顶山的良好政治经济形势、独特的地理位置、得天独厚的自然资源、源远流长的灿烂文化、蓬勃发展的社会事业，以及本届曲艺节的准备工作进展情况，作了详细的介绍，表达了四百万鹰城人民通过办好曲艺节，发扬光大平顶山地区的优良文化传统，把曲艺活动与招商引资和经贸旅游活动结合起来，进一步促进经济建设和文化建设的心情。中共中央宣传部副部长翟泰丰、文化部副部长周巍峙、中国文联党组副书记梁光弟等在讲话中表示热烈祝贺和积极支持。各新闻单位的同志纷纷表示，一定为曲艺节的宣传报道尽心尽力。

金秋的鹰城，彩旗招展，歌声飞扬，一派节日气氛。十月十二日，第二届中国曲艺节开幕那天上午，由平顶山的民间艺人、文艺团体和青年学生组成的表演队伍，举行了盛大的多姿多彩的行进表演；全市人民倾城而出，聚集在道路两旁和广场上，人山人海，喜气洋洋，热烈祝贺第二届中国曲艺节开幕，欢迎来自四面八方的代表和来宾，那情景实在令人感动。

当天晚上，第二届中国曲艺节开幕式在平顶山体育馆举行。中国文联、文化部、河南省委、省政府、省军区、省政协和中国曲协单位的负责人，文艺界、曲艺界知名人士，全体代表和观众四千多人出席开幕式。中国曲艺家协会主席骆玉笙宣布曲艺节开幕后，大会宣读了江泽民、李鹏等同志的题词、贺信，全场掌声雷动，经久不息。我代表主办单位致开幕词。宋守卿代表市委、市政府和全市人民致欢迎词。中国文联党组书记、文化部常务副部长高占祥和中共河南省委常委、宣传部部长张文彬先后讲话祝贺。接着举行了“相聚在鹰城”大型文艺晚会。大家都为曲艺节的举办而感到欢欣鼓舞，深信第二届中国曲艺节一定能办得有质量，有特色；许多同志交谈到深夜，还兴奋不已。

第二届中国曲艺节历时一周，各路名家荟萃，新秀云集，演出四十多个曲种，一百二十八个节目，内容丰富，形式多样，流派纷呈，人们可欣赏到比较熟悉的北方乃至全国流行的大鼓、单弦、河南坠子、相声、评书、山东快书、二人转等曲种的节目，亦可欣赏到南方一些地区流行的苏州评话、苏州弹词、扬州评话、扬州弹词、四川清音、绍兴莲花落、广西文场、广东粤曲、福建南音等曲种的节目，还可欣赏到内蒙古好来宝、彝族阿细说唱、白族大本曲、傣族赞哈调、壮族末伦、朝鲜族说唱、维吾尔族达斯坦等少数民族的曲艺节目，观赏到七百多名表演艺术家、青年演员的艺术风采。所演节目反映现实生活的占绝大多数，生动地反映了改革开放和社会主义建设中的新人新事，以及群众最关心的社会问题，富有时代精神和较强的艺术感染力；少量传统节目也经过认真整理、加工，呈现新的面貌。由大会统一安排，八个剧场演出和到农村、工厂、部队、学校演出，穿插进行，场场爆满，受到人们的热烈欢迎。

在曲艺节期间，平顶山市各县（市）区的民间曲艺团和民间艺人还举行了“民间曲艺节目展演一条街”活动，在繁华的市中心中兴路十八个展台演出了他们的拿手节目，还分别到市区商场、宾馆、街道等二十多个地方演出。数十万群众扶老携幼观看演出。到处花团锦簇，彩旗飘飘，过街横标迎风招展，说唱之声此起彼伏，鹰城一时间成为曲艺的海洋。

曲艺节期间，广泛开展了各种形式的观摩活动、艺术交流活动和研讨活动。十六日，召开了全国曲艺研讨会，省、自治区、直辖市曲协和有关单位负责人，同曲艺作家、艺术家一百多人出席。会议由我主持，大家以党中央关于文艺工作的指示精神为指导，解放思想，联系曲艺界面临的形势和任务，就如何开创曲艺工作新局面，迎接新世纪的到来，进行了热烈的讨论，发表了许多重要的意见和建议。裴建中同志介绍了平顶山市的历史文化发展情况和今后建立“中国曲艺城”的初步设想，令在座者兴奋不已。

十七日晚上天降中雨，然而四千多名观众依然兴致勃勃地前来参加在体育馆举行的第二届中国曲艺节闭幕式。闭幕式由葛纪谦主持，由我致闭幕词。各有关方面负责人骆玉笙、罗扬、岳宝义、王银忠、宋守卿等向参演单位颁发了江泽民、李鹏同志为第二届中国曲艺节书写的题词（复印件），向本届曲艺节获奖者颁发了奖杯、证书和奖金，向二十七个单位颁发了“组织奖”。中国曲艺家协会决定，自第二届中国曲艺节起，将“牡丹奖”作为中国曲艺节的常设奖。

闭幕式上，具有悠久历史文化传统、酷爱曲艺艺术的平顶山市和宝丰县分别被中国曲艺家协会命名为“中国曲艺城”和“曲艺之乡”。当骆玉笙和我将金底红字的两块牌匾依次授予中共平顶山市委书记王银忠、市长宋守卿的时候，全场响起热烈的掌声。闭幕式结束后，举行了名为《明天牡丹花更红》的大型文艺晚会，由著名表演艺术家和曲艺新秀同平顶山的演员们演出了精彩的节目。

第二届中国曲艺节同首届中国曲艺节一样，新华社、《人民日报》、中央及地方广播电台电视台和《文艺报》《中国艺术报》《中国文化报》《曲艺》等报刊，为曲艺节做了连续的宣传报道。曲艺节能够被广大人民所了解，满足群众欣赏曲艺的需求，引起人们对曲艺工作的重视，与许多新闻单位和新闻工作者所做的积极努力是分不开的。

第二届中国曲艺节期间，大家还参观了平顶山市的工厂、农村、学校和三苏坟、人子山，以及南阳的汉画馆、医圣祠、武侯祠等名胜古迹，留下难忘的印象。

中国曲艺家协会
第四次全国会员代表大会

按照《中国曲艺家协会章程》的规定，中国曲艺家协会第四次全国会员代表大会，应在一九九〇年召开。但是，由于近几年来文艺界在清除精神污染和反对资产阶级自由化问题上存在严重分歧，特别是一九八九年夏季发生政治风波之后，社会上和文艺界出现更加复杂的情况，同时，由于文联和各文艺家协会根据党中央关于“一手抓繁荣，一手抓整顿”的指示精神，工作任务异常繁重，仓促召开代表大会，很难获得预期的效果，于是，中国文联第六次全国代表大会和中国曲艺家协会第四次全国会员代表大会延至一九九六年召开。

中国曲艺家协会第四次全国会员代表大会筹备工作于同年秋天开始进行。在此前召开的协会三届二次理事会会议上，曾就协会换届问题初步交换过意见。中共中央宣传部和中国文联党组把中国曲协换届工作安排在六个应该换届的协会之前，对这次代表大会提出严格的要求，务必抓紧做好做细，以维护稳定，防止出现差错，取得圆满成功。

协会同志深知做好换届工作是一件关系到协会工作和曲艺事业发展的大事，代表大会筹备工作正式开始后，协会党的领导小组和书记处即同协会同志一起积极投入各项工作：一是研究确定代表大会的规模，各省、自治区、直辖市和中直、部队及有关单位的代表名额、条件；二是起草大会报告、章程修改草案；三是确定新一届理事会组成方案；四是大会的组织、接待等会务工作。我除主持全面工作外。主要负责起草工作报告和章程修改草案。为便于大会开得有条不紊，还准备了大会各种会议的主持词。经过大家的共同努力，至十月底准备工作全部就绪。会议地点设在北京新万寿宾馆。

十一月三日，来自全国各地的二百四十多名代表怀着喜悦的心情，带着广大会员和曲艺工作者的嘱托，相聚在北京新万寿宾馆，总结过去，展望未来，群策群力，共商繁荣曲艺大计。中共中央宣传部和中国文联党组的同志也前来指导和帮助工作。十一月四日，召开中国曲协三届三次主席团会议和理事会会议，讨论并通过了大会代表名单、大会主席团组成人员建议名单、协会工作报告和章程修改草案及说明，以及其他有关事项。代表们个个喜笑颜开，对这次大会抱有很大希望和信心。接着举行预备会议，通过大会各项议程，一切顺利。

这次代表大会是在中国共产党十四届六中全会《关

于加强社会主义精神文明建设若干重要问题的决议》和江泽民同志重要讲话精神的指引下进行的。十一月五日，中国曲艺家协会第四次全国代表大会隆重开幕。骆玉笙致开幕词。全国人大常委会副委员长王光英同志光临大会并致辞说，我非常喜欢曲艺。曲艺是跟群众接触得最多的一门艺术，对满足人们的精神文化需求有重要的作用，应当受到重视，更快更好地向前发展。祝贺曲艺家们这次盛会开得圆满成功！中共中央宣传部副部长刘忠德同志、中国文联党组书记高占祥同志作了重要讲话。宋任穷、叶飞同志等老一辈无产阶级革命家发来贺词、贺信，荣高棠、贺敬之、林默涵、周巍峙、吕骥等同志因事不能亲临大会，致电祝贺或题词。大家感到非常亲切，深受鼓舞。

代表们听取了罗扬代表第三届理事会所作的题为《繁荣曲艺，促进社会主义精神文明建设》的工作报告。大家认为，报告全面地、准确地概括了中国曲艺家协会第三次会员代表大会以来所走过的道路和取得的成绩。十一年来，中国曲艺家协会始终坚持为人民服务、为社会主义服务的方向和百花齐放、百家争鸣的方针，团结广大会员和曲艺工作者，克服种种困难，积极主动地开展工作，为繁荣曲艺，促进社会主义精神文明建设做出不懈的努力。大家更感到欢欣鼓舞的是，中国曲艺家协会举办的许多重大艺术活动，都得到党和国家领导人的亲切关怀。老一辈无产阶级革命家邓小平、陈云等同志，党和国家领导人江泽民、李鹏、李瑞环、刘华清等同志都先后题词或致信，表示祝贺和支持，体现了党和政府对曲艺艺术和整个民族文化事业的重视、关怀和期望。中国曲艺家协会所开展的工作，还得到中央有关部门、各地党委和政府以及社会各界的支持和赞助，这也是我们的事业取得成功的重要保证。工作报告中总结的若干经验及对今后工作提出的建议和意见，大家也认为是适当的，一致表示赞同，并相信在第四届理事会的领导下，协会工作一定会做得更好。大会一致通过关于第三届理事会工作报告的决议，认为第三届理事会认真贯彻中国共产党的基本理论、基本路线和文艺方针，为发展社会主义曲艺事业做了大量的卓有成效的工作，取得的成绩是显著的；报告提出的关于协会今后工作的建议和意见，也是正确的和切实可行的。为了深入贯彻党的十四届六中全会精神，进一步做好曲艺工作，由新一届主席团吸收代表们提出的意见和建议，对报告做必要的修改后予以落实。

大会代表认真讨论了中国曲协第四次全国代表大会筹备工作小组提出、经大会主席团通过的《中国曲艺家协会章程（修改草案）》和刘兰芳同志所作的《关于修改〈中国曲艺家协会章程〉的几点说明》，并一致通过决议，认为本次代表大会通过的协会章程是适当的，一定会进一步加强协会的思想建设、组织建设和作风建设，团结全体会员和广大曲艺工作者，把曲艺工作做得更好，为繁荣曲艺事业做出新的贡献。

大会通过民主协商，选举产生了中国曲艺家协会新的领导机构。在全体会议上，中国文联党组负责同志介绍了理事会理事建议人选名单，并作了简要说明，经过讨论，采取无记名投票方式，选出由土登（藏族）、王小岳、马季、马玉萍（女）、马来法、马绍云（回族）、马青华、王天君、王永良、王汝刚、王丽堂、王秀春、车向前、石国庆、田连元、冯巩（满族）、冯光钰、师胜杰、朱光斗、任岷、庆遂增、刘兰芳（女，满族）、刘爱华、许光远、许洪祥、孙立生、李侃、李时成、李金斗、李铁人、杨伟（白族）、杨子春、杨乃珍（女）、杨其峙、何忠华（女）、余红仙（女）、张书绅、张志宽、陈小平、陈竹曦、林凯、尚爱仁、罗扬、周良、官却杰（藏族）、屈塬、赵本山、荣天玙、南维德、侯耀文（满族）、姜昆、袁阔成、贾德丰、夏本玉（女）、夏雨田、郭刚、郭文秋（女）、唐文光、笑林、黄宏、黄少梅（女）、常志、常贵田（满族）、崔凯、韩子平、程庞、程永玲（女）、道尔吉仁钦（蒙古族）、裴建中、薛宝琨、戴宏森（满族）、魏真柏等七十二人组成的中国曲艺家协会第四届理事会；在第四届理事会第一次理事会上，中共中央组织部和文联党组先后介绍了主席、副主席人选的情况，并作了简要的说明，采取无记名投票方式，选举罗扬为第四届理事会主席，刘兰芳（女，满族）为常务副主席，土登（藏族）、朱光斗、余红仙（女）、姜昆、夏雨田、程永玲（女）、薛宝琨为副主席；在主席团第一次会议上，通过了推举骆玉笙为名誉主席的决定和聘请吴宗锡、蒋月泉、马三立为中国曲协顾问的决定；任命刘兰芳为中国曲协秘书长，并商讨了中国曲协今后的工作。

十一月七日上午，中国曲艺家协会第四次全国代表大会举行闭幕式。会上，中国文联党组书记、副主席高占祥同志发表了简短的讲话表示祝贺；罗扬致了闭幕词。大会在热烈的掌声中闭幕。

代表们普遍认为，这次大会开得隆重、热烈，真正开成一个民主的、团结的、鼓劲的和促进曲艺繁荣的大会。代表们一致表示，要深入贯彻六中全会精神，以新的姿态迎接新的世纪，积极投身于人民群众创造历史的伟大实践，向人民群众学习，多出曲艺精品，带动社会主义曲艺事业全面繁荣，为社会主义文明建设做出更大的贡献！

许多报刊、电台、电视台等媒体对这次大会做了广泛的宣传，《曲艺》杂志发表了大会全部文件和主席团成员访谈录，扩大了这次代表大会的影响。

这次代表大会之后，协会日常工作即由刘兰芳同志主持。我原来担任的分党组书记职务在大会前夕已改由刘兰芳担任。这时我已六十七岁，因为是全国政协委员，仍属于在职人员；当选为协会主席后，虽然不主持协会日常工作，依然要尽到自己应尽的责任，积极参加协会的重要工作和重要活动，为改进和加强协会工作，推进社会主义曲艺事业的发展繁荣，竭尽微薄之力。

中日曲艺之交

——访日纪事

在日丽风和的暮春时节，中国曲艺家代表团应日中文化交流协会和中国曲艺之友会的邀请到东京访问，并进行艺术交流。在访问的日子里，大家感到过得很愉快，很有意义。许多日本朋友对中国人民和中国曲艺家的诚挚友好的感情，更给我们留下难忘的印象。

中日两国一衣带水，是友好邻邦；人民之间的友好往来和文化交流源远流长。就说唱艺术方面说，彼此就有许多惊人的近似之处，在很早以前，中国有些话本小说等就陆续译成日文，在日本广为流传，日本的说唱文学作品也陆续传入中国。新中国成立以后，特别是近十年来，中日两国曲艺界的交往更加密切。以冈本文弥为首的日本著名说唱艺术家在最近五年曾五次率领“中国曲艺鉴赏团”访问中国，为促进中日两国曲艺艺术交流和增进两国人民的友好情谊，做出杰出的贡献。中国著名的曲艺家也多次访问日本，密切了彼此的关系。这次是中国曲艺家协会第一次正式派出曲艺家代表团访问日本，因此，日本朋友都把这次访问当作两国曲艺界友好往来的一件大事，把前去访问的中国曲艺家当作中国曲艺界的使者和亲密朋友。

四月二十三日下午，我们到达东京成田机场时，九十六岁高龄的冈本文弥先生和年近古稀的户板康二先生以及其他十几位日本朋友已经在机场迎候。老友重逢，分外高兴，彼此紧紧握手，亲切致意，尽管语言不同，但感情是相通的，心里都充满喜悦和激动之情，真是“交情老更亲”啊！

中国曲艺家代表团一行七人都是第一次访问日本，大家早就听说日本曲艺丰富多彩，但只是在书本上看到或听一些朋友的介绍，日本曲艺的演唱情况如何？近几十年来有哪些新发展和可供学习、借鉴的好经验？我们都还缺乏具体了解。尽可能多看一些，多听一些，是我们的共同愿望，也是这次访问的主要任务。日本朋友考虑得很周到，他们把“三越名人会”演出时间安排在代表团访问期间，为我们提供了一个很好的观摩学习的机会。

“三越名人会”演出在日本银座中心三越商场内的三越剧场举行。参加演出的大都是日本东京第一流的说唱艺术家。艺术形式包括新内艺能、谣曲、净琉璃等，内容大都是日本人民喜闻乐见的民间传说和故事。冈本文弥先生演的新内艺能《仙鹤报恩》，是一个寓言故事，寓意深刻，语言生动，声情并茂，说唱俱佳，演出风度庄重、大方而又使人感到十分亲切，的确不愧是艺能界一代大师。其他艺术家也演出了自己的拿手节目，技艺精湛，演出严肃认真，很受观众欢迎。剧场的秩序很好，据说到这里观看“三越名人会”演出的观众大都文化素养较高，对自己的民族艺术怀有深厚感情。

我们还观看了在木马亭演出的讲谈、漫才、浪曲等节目。木马亭位于浅草寺附近，近似北京天桥的书场，但设备较好，人们到这里既可以欣赏说唱艺术，也是一种休息。据说，东京有不少这样的演出场所，只要有好演员、好节目，上座情况还是很不错的。

谈起日本曲艺的现状，许多日本朋友不无忧虑。他们说，日本人民是热爱曲艺的，但是，日本政府不重视曲艺，某些西方艺术对曲艺的冲击也很厉害，再加上其他一些原因，现在日本曲艺遇到许多困难。就曲艺本身来说，现在演出的大都是传统节目，创作跟不上，音乐和表演艺术也很少改革创新，难以适应青年人的艺术欣赏要求。尽管如此，许多日本朋友对日本曲艺发展的前景还是充满着希望和信心。他们认为，日本曲艺是自己民族的艺术创造，具有自己民族的风格和特色，体现自己民族的艺术传统，是任何别的艺术所替代不了的，是一定会繁荣起来的。他们说，以冈本文弥先生为代表的艺术家团结各方有志之士，惨淡经营，努力奋斗，并且多次率领“中国曲艺鉴赏团”访问中国，考察了解中国曲艺改革、发展的情况和经验，正是为了振兴日本曲艺。这些日本朋友对自己民族艺术的热爱之情和坚强的事业心，使我们深受感动。

日本朋友很关心中国曲艺的发展情况。他们除了在个别交谈和座谈会上向中国曲艺家代表团的同志询问中国曲艺方面的情况外，在早稻田大学举行的“中国曲艺鉴赏会”上还邀我作了一次讲演。当他们了解到我国曲艺的历史如此悠久，遗产如此丰富，艺术形式如此多样，艺术流派如此众多，曲艺队伍如此浩大，人民群众如此热爱曲艺的时候，莫不交口称赞。当他们了解到中国共产党和人民政府一向重视曲艺和新中国成立以来曲艺取得显著成就的时候，更是反应强烈，惊羡不已。他们说，在中国，曲艺家和曲艺工作者有自己的组织，有培养曲艺人才的学校，有发表曲艺作品、文章的曲艺杂志和专业的曲艺出版社，有全国性和地方性的创作研究活动以及各种观摩演出和竞赛评奖活动，等等，这是多么好啊！而这一切，在日本是缺少的。我们说，我们的努力还不够，工作上还有许多困难，有些方面还要向他们学习。事实上也是如此，比如日本曲艺家那种坚强的民族自尊心、自信心，以及对艺术的执着追求和积极进取精神，就很值得学习。

通过这次访问，中国曲艺家代表团的同志们也更加深切地感到，作为新中国的曲艺工作者是幸福的。中国共产党的领导和社会主义制度，为曲艺的发展开辟了广阔的天地，创造了极为有利的环境和条件，这种优越性的确是许多国家难以比拟的。我们应当更加刻苦地学习和工作，更好地把社会主义曲艺事业推向前进。

为了让日本人民和文化艺术界的朋友们直接欣赏到中国曲艺艺术，日中文化交流协会和中国曲艺之友会邀请中国曲艺家代表团的部分艺术家先后在三越剧场和早稻田大学演出了京韵大鼓和苏州弹词。在出访之前，代表团已经接到日本朋友提出的进行艺术交流的邀请，著名京韵大鼓演唱艺术家骆玉笙和著名弹词演员秦建国、沈世华以及刚出校门的青年演员王勤等同志都作了演出的准备。苏州弹词节目有开篇《中日友谊花常开》《姑苏好风光》《新木兰辞》《战长沙》和长篇《白蛇传》《玉蜻蜓》《啼笑因缘》的片段；京韵大鼓节目有用京韵大鼓曲调演唱的毛泽东诗词《七律·人民解放军占领南京》《七律·长征》和传统节目《丑末寅初》。由于代表团的主要任务是访问，人数有限，京韵大鼓的伴奏由弹词演员兼任。

大鼓、弹词能否赢得日本听众的欢迎？有的同志还难免有些顾虑。事实证明这是没必要的。第一次是在三越剧场“三越名人会”上与日本艺术家同台演出，中国方面，老、中、青三代人同心协力，珠联璧合，相映生辉，虽然只演唱三十分钟，却获得了很大的成功。中间休息时，许多日本朋友纷纷向中国曲艺家代表团表示祝贺。他们说，今天能听到中国曲艺家这么好的演唱，太荣幸了！第二次是在早稻田大学的“中国曲艺鉴赏会”专场。大概是与“三越名人会”上演出成功有关系吧，这场演出的场面、气氛更加强烈、感人。

演出是在下午两点钟开始的，地点是大学的一个礼堂。演出之前会场就爆满了，座位四周站满了人，走道上坐满了人，会场门口也挤满了人，但秩序井然，都在静静地等候着聆听中国艺术家的演唱。出席演唱会的，有日本曲艺界、文艺界人士，有学者、教授和社会、文化界名流，也有一些大学生。沈世华和王勤演唱的几个开篇以及长篇片段，都赢得全场的热烈掌声。骆玉笙同志演唱的京韵大鼓《丑末寅初》，生动地描绘了清晨时刻渔翁解缆起航、樵夫上山砍柴、寺僧撞钟念佛以及农夫下田、举子赶考、学生攻读的生活情趣，美妙自然，委婉动听，真到了“出神入化”的地步，全场几百位听众都被深深地吸引住了；在热烈的掌声之后，她接着演唱了毛泽东同志的诗词《七律·人民解放军占领南京》和《七律·长征》，以热烈的感情、激越昂扬的曲调和极富神韵的表演，歌颂了我国工农红军的革命英雄主义和乐观主义精神，表现出了中国共产党领导的人民革命的辉煌胜利和继续前进的伟大气概。全场不断爆发出一阵阵叫好声和鼓掌声，气氛之热烈，出人意料。据日本朋友说，这样热烈感人的情景在日本是不多见的。他们异口同声地称赞说，中国有这样好的曲艺，这样好的艺术家，真了不起。演出结束后，许多日本朋友走上舞台，与中国曲艺家亲切握手、致意，要求签名或合影留念。有两位在一九四五年参加过中国革命的妇女激动得热泪盈眶。日本朋友一再表示，欢迎中国曲艺家常到日本访问演出，还表示以后争取机会到中国访问，更多地欣赏中国曲艺，学习中国的经验。

我们永远不会忘记日本朋友对中国曲艺家的真挚友好的感情。中国曲艺家代表团在访问期间，一直受到日本方面特别是中国曲艺之友会的热情接待和无微不至的关心。中国曲艺之友会是由日本各方面爱好中国曲艺的人士自愿组织起来的一个友好团体，其成员是作家、评论家、学者、教授、新闻出版工作者以及其他一些友好人士。他们的接待工作做得很好，无论参观访问还是食宿交通等，都尽可能让我们满意。

为了表示对中国朋友的友好情谊，他们举行了两次欢迎宴会，一次是以冈本文弥先生和户板康二先生的名义，一次是以日中文化友好协会和中国曲艺之友会的名义，出席欢迎会的有著名的艺术家、作家、学者、教授等各方面有关人士近二百人，宾主欢聚一堂，畅叙友情，自始至终洋溢着极其亲切友好的气氛。在日程安排上，除了举行座谈会，进行曲艺艺术交流活动之外，他们还陪同我们观看了日本歌舞伎演出《元禄忠臣藏》，参观了东京国立剧场、日本广播协会和浅草寺、东照宫，游览了东京和横滨港以及鬼怒川的自然风光。交流气氛非常融洽、友好和愉快，在四月二十九日晚举行的欢送宴会上，双方都表露出依依惜别之情和永远友好下去的真诚愿望。冈本文弥先生在欢送会上和到机场送别时都很激动，他说："中国曲艺家代表团能来日本访问，我感到无上荣幸！骆玉笙女士的演出那么成功，我很感动。我不止一次地为这次访问流下眼泪！我们要永远友好下去！”

是的，中日两国人民和曲艺家一定要永远友好下去！

（原载《曲艺》1987 年 11 期）

祝贺澳门回归　迎接美好明天

澳门，这个望穿秋水的游子，终于在一九九九年十二月二十日回到祖国母亲的怀抱。这是继香港回归祖国之后，中华民族实现祖国统一大业的又一盛事，是中国人民的光荣和骄傲。

澳门回归前夕，我有幸应邀前去访问，一踏进这块莲花宝地，就为澳门同胞盼回归、迎回归、庆回归的动人情景所深深感动。你看，濠江人的脸上个个洋溢着快乐，大街小巷处处摆放着盛开的鲜花和悬挂着喜庆的灯笼，鲜艳的五星红旗和中间有白色莲花图案的绿色旗帜高高飘扬，晚霞刚刚消失，立即华灯齐放，火树银花，璀璨夺目，夜色分外好看；你听，人们在交谈中，总是离不开“回归”这个话题。澳门文艺界的一位朋友深情地对我说，我们澳门人祖祖辈辈最盼望的就是“回归”啊！是的，十六世纪中叶，澳门被葡萄牙人占领，澳门被迫离开了祖国母亲的怀抱，历经沧桑，饱受苦难，多么急切地盼望着回到祖国母亲的怀抱啊！闻一多先生所作《七子之歌》，就采用拟人的手法，把澳门、香港等七个被割让为租界的地方，比作从祖国母亲怀抱中夺走的七个孩子，让他们倾诉“失养于祖国，受虐于异类”的悲哀及其“孤苦望告，眷怀祖国”之情。为了祖国的统一，骨肉相聚，中国人民进行了长期的艰苦的斗争，但是，由于封建王朝的软弱愚昧，由于军阀割据战乱不止，由于国民党政府的腐败无能，致使一次次团圆之梦归于破灭。只有在中国共产党领导下的新中国，站起来的中国人民才从根本上改变了自己的命运，我们的国家才逐步强大起来，在国际上赢得应有的地位和尊重。现在，以江泽民同志为核心的党中央成功地实现了邓小平“一国两制”的伟大构想，澳门顺利回归，揭开了祖国统一大业的又一新篇章。我们怎能不为之欣喜，不为之振奋！回顾过去，澳门同胞和全国人民，更加深切地怀念毛泽东同志、邓小平同志等老一辈革命家，怀念历史上所有为祖国统一而奋斗牺牲的爱国志士和英雄儿女。

澳门给我的另一个突出印象，就是澳门同胞有着热爱祖国、热爱中华民族文化的优良传统。在殖民主义统治时期，澳门虽然长期与祖国分离，但澳门同胞却始终心系祖国，和全中国人民的心紧紧连在一起。许多朋友谈到林则徐、孙中山，谈到许多为中华民族的自由解放做出贡献的英雄儿女，都充满崇敬之情。澳门同胞为之竖立铜像、保存故居、举办讲座和展览，以多种形式展示他们的英雄形象，宣扬他们的光辉业绩。

澳门是中西文化交汇和撞击之地，澳门同胞注意借鉴、吸收西方文化中好的东西，更注重弘扬中华民族的优秀文化。以曲艺为例，粤曲在澳门就一直盛行不衰，现在，澳门的民间曲艺团体就有一百多个。他们经常举办曲艺演唱会，拥有众多的听众。他们演出的许多传统节目都取材于我国的小说、话本和曲艺、戏曲作品。中国曲艺家协会和澳门文化艺术界庆回归筹委会、澳门曲艺界庆回归筹委会、澳门旭辉曲艺会于十二月十二日在永乐戏院共同举办的“北音南曲庆回归演唱会”上，澳门朋友们演出的粤曲节目中，歌颂杨家将和梁红玉等爱国志士的节目就占有很大的比重，受到澳门同胞的热烈欢迎。由此也反映出澳门同胞的爱国主义精神和弘扬中华民族文化的热情。

在访问期间，澳门同胞对前去访问的中国曲艺家协会代表团亲如家人，谈到澳门的发展前途都充满信心，并对澳门与内地之间文化艺术界、曲艺界的联系与合作，表示了强烈的愿望。我们衷心祝愿澳门的经济建设和社会发展不断获得新的辉煌成就，祝愿澳门的文化艺术和曲艺艺术更加繁荣昌盛。

祖国更美好的明天在召唤我们，让我们携手前进！

（原载《曲艺》2000 年 1 期）

最深切的体会①

永远跟着中国共产党走，是中国人民的最好选择，是我国革命和社会主义事业取得胜利的根本保证。这也是我长期以来的深切体会。

一

我是在党的培养教育下成长起来的。大伯罗绍振是一位勤劳朴实而又精明的农民，也是一位忠诚的共产党员。在我刚懂事的时候，他就给我讲过朱（朱德）毛（毛泽东）和红军的故事，以及威县和冀南一带农民在党的领导下举行抗日救亡武装暴动和处决反动地主、恶霸、捕共队头子田泽南的故事，在我幼小的心灵里引起对共产党和红军的仰慕之情以及近乎神奇的幻想。一九三七年七七事变，国民党政府的官员们弃城南逃，二十九军被迫南撤，日本鬼子很快就侵占了

① 本文系作者2007年10月在“永远跟党走——中国文联老党员喜迎党的十七大座谈会”上的发言。

威县县城，到处烧杀抢掠，奸淫妇女，无恶不作，家乡人民陷于水深火热之中。只有共产党领导的抗日游击队和家乡人民在一起，同日本鬼子和汉奸进行殊死的斗争。家乡的人民像盼星星盼月亮一样，盼望共产党领导的八路军。

这一天终于盼来了！一九三八年春天，刘伯承、邓小平同志统率的一二九师挺进冀南，并于五月九日由副师长徐向前和东进纵队司令员陈再道、政委宋任穷等同志一起指挥了攻打威县县城的战斗，击毙敌军一百多人，打跑了日本鬼子和汉奸。大家听到参加担架队随同部队攻城的乡亲们讲述的我军指战员拼死杀敌、英勇牺牲的情景，无不动容。随后，在党的领导下，建立了抗日根据地和抗日民主政权，采取了发展生产、普及抗日救国教育等一系列措施，获得广大人民群众的热烈拥护。

然而，这样的日子没过多久，日本鬼子和汉奸又反扑过来，更加疯狂地推行“三光”政策，很多抗日军民惨遭杀害，仅伪县长和梦九就杀害抗日干部、群众两千多人。罗绍振大伯时任冀南行署联络站站长，也不幸被敌人逮捕，在威逼利诱、严刑拷打之下，他坚贞不屈，表现了一个共产党人的崇高气节，最后被敌人枪杀在我家北面的大路旁。我和乡亲们深感悲痛，也更加痛恨敌人。

因为敌人的掠夺、破坏和骚扰，加上连年的旱灾、虫灾和涝灾，大片土地颗粒无收，全县五万多人活活饿死，十万多人四处逃荒，全县人口减少了五分之一。“村村都戴孝，处处闻哭声”，就是当年悲惨情景的真实写照。在这样严峻的斗争形势下，又是中国共产党领导人民紧密配合抗日武装斗争，同心同德，患难与共，采取游击战、地道战等灵活多变的战略战术，与日伪军进行针锋相对、不屈不挠的斗争；同时采取多种措施，恢复和发展生产，支援抗日战争。一九四五年六月，终于打跑了日伪军，恢复了抗日根据地。

解放战争开始后，国民党反动派在美帝国主义支持下发动内战，大举进攻解放区，广大人民遭到空前严重的灾难。还是中国共产党领导广大人民，经过艰苦卓绝的英勇斗争，打败了国民党反动派，解放了全中国，取得解放战争的伟大胜利，推翻了压在人民头上的“三座大山”，建立了人民当家作主的中华人民共和国。

广大人民群众正是从党所领导的历次革命斗争中越来越深刻地认识到，中国共产党是无产阶级的先锋队，是真正代表最广大的人民群众的利益、彻底为人民服务的党，是光荣、正确、伟大的党，只有跟着党走，才能取得人民革命的胜利，并走上幸福美好的未来。

抗日根据地和解放区广大人民群众频频掀起参军支前的热潮，把成千上万的优秀儿女送进人民军队，并积极组织担架队、送粮队，随同人民解放军向国民党统治区进军；同时，在党的领导下进行土地改革、发展生产、支援前线等，就是广大人民与共产党心连心，紧跟共产党走的最有力的证明。

我对中国共产党和中国革命的认识，也是从党所领导的革命斗争中逐步提高的。上抗日小学的时候，我就热爱共产党，下定决心跟共产党走。抗日战争胜利前夕，我十六岁时就正式参加革命工作，被分配担任抗日小学教师，同时做群众工作，参加减租减息、土地改革、支援前线等宣传活动，抗日根据地和解放区发生的翻天覆地的巨大变革，使我受到深刻的教育和实际斗争的锻炼。

为了提高自己的思想觉悟，争取早日成为一名共产党员，我认真学习了毛主席的《中国革命与中国共产党》《新民主主义论》《论联合政府》等著作和延安整风文件，学习了《共产党宣言》《社会主义从空想到科学的发展》《国家与革命》等马克思主义经典著作，从而使我对共产主义、对中国共产党和中国革命，对中国的前途和命运，对如何做一个共产党员，有了进一步的认识，更加坚定了为共产主义奋斗终生的决心。同时，认真学习了《在延安文艺座谈会上的讲话》《鲁迅杂感选集》《马克思主义与文艺》等著作，阅读了一些著名作家的优秀作品，对我树立正确的文艺观点，提高文学素养，以及以后从事文艺工作，都产生了重要的影响。总之，我参加革命以后，特别是入党以来，在思想上、政治上和工作上能够不断地有所进步，能够做点有意义的事情，都是党和人民培养教育的结果。

二

中华人民共和国开创了历史的新纪元，像巨人般屹立在世界的东方。在党的领导下，新中国从全国范围内和全体规模上进行了经济建设和文化建设，各条战线都取得了举世瞩目的光辉成就，人民的物质生活和文化生活逐步得到改善。特别是党的十一届三中全会以来，在党的基本路线指引下，经济社会建设空前迅速地向前发展，国际地位日益提高，受到广大人民的热烈拥护和国际友人的高度赞扬，中华民族真正自立于世界先进民族之林，极大地提高了全民族的自尊心和自信心。我曾到过一些国家访问，许多外国朋友谈起新中国都跷起大拇指，赞扬之情，溢于言表。广大侨胞感触尤深，他们为新中国感到光荣和自豪，纷纷表示，没有新中国，就没有他们的尊严。实践证明并将继续证明，只有在中国共产党的领导下，新中国才能富强起来，中国特色社会主义的伟大事业才能从胜利走向更大的胜利，逐步实现中华民族的伟大复兴。

我长期从事文艺工作，经历了新中国文学艺术的发展过程。作为一个共产党员文艺工作者，我深深感谢党对文艺工作的领导和关怀。以毛泽东、邓小平、江泽民和胡锦涛同志为代表的党中央一直重视文学艺术，为文艺工作制定了正确的路线、方针和政策，提供了良好的发展环境和有利条件。我国文艺工作能够取得光辉的成就，正是广大文艺工作者在党的领导下团结奋斗的结果。

曲艺界的情况尤为明显。众所周知，在旧社会，曲艺和戏曲等群众喜闻乐见的民族民间艺术和民间艺人，历来为统治者所鄙视，艺人被列为“下九流”，社会地位极为低下，生活十分艰难，备受歧视和侮辱。正如周恩来同志一九四九年七月在中华全国文学艺术工作者第一次代表大会上的政治报告中所说的那样，“旧社会爱好旧内容旧形式的艺术，但是又瞧不起旧艺人，总是侮辱他们。现在是新社会新时代了，我们应当尊重一切受群众爱好的旧艺人”。只有在共产党领导的革命根据地和新中国，曲艺艺术和曲艺艺人才重见天日，受到应有的尊重。

经过学习和锻炼，曲艺艺人成为自觉地为人民服务的文艺工作者；在“百花齐放、推陈出新”的方针指引下，曲艺艺术获得改革和发展的机会，陆续创作演出了许多富有时代精神和艺术魅力、深受群众欢迎的优秀作品；传统曲艺收集整理工作也取得显著成绩，许多传统曲艺作品经过整理加工，放出新的光彩。曲艺艺术已经成为社会主义文艺的重要组成部分，为丰富人民群众的文化生活，促进社会主义精神文明建设，发挥了积极的作用。广大曲艺工作者深入群众，深入基层，不辞劳苦，不计报酬，把好的艺术品奉献给人民，受到人们的欢迎和赞扬；许多同志被推选为劳动模范、人民代表大会代表、政协委员，参与商议国家大事。新旧社会对比，真是两重天！因此，广大曲艺工作者的翻身感特别强，对共产党和新中国怀有深厚的感情。“没有共产党和新中国，就没有曲艺界的今天！”“一切听从党召唤，坚决跟党走！”就是大家共同的心声。

诚然，我们的工作还有不少缺点和不足，在前进的道路上还会遇到许多困难和问题。但我坚信，在党的领导下，经过大家的共同努力，一定能够逐步得到解决，从而把我国社会主义文艺事业推向新的阶段。

三

现在，全党全国人民正在以胡锦涛同志为总书记的党中央领导下，坚持以马克思主义、毛泽东思想、邓小平理论和“三个代表”重要思想为指导，全面落实科学发展观，把中国特色社会主义的伟大事业推向前进。

最近，我学习了胡锦涛同志在中共中央党校发表的重要讲话，深受启发和教育。这篇讲话高瞻远瞩，实事求是，论述精辟，要求明确，并号召我们，“一定要居安思危，增强忧患意识，一定要戒骄戒躁，艰苦奋斗，一定要加强学习，勤奋工作，一定要加强团结，顾全大局，做到思想上始终清醒，政治上始终坚定，作风上始终务实。”这里讲的四个“一定”、三个“始终”是多么重要、多么好啊！针对性又多么强啊！对全党全国各方面的工作，对即将召开的党的十七次代表大会，都具有极为重要的指导意义。党的十七次代表大会，一定会对全面推进我国改革开放和社会主义现代化建设，全面推进党的建设的伟大工程，做出战略部署，进一步动员全党全国各族人民，为夺取全面建设小康社会新胜利，开创社会主义新局面而奋斗。

（原载《中国艺术报》2007 年 10 月 16 日）

《曲艺》五十年有感[①]

今天，大家欢聚一堂，庆贺《曲艺》杂志创刊五十周年。我长期参与《曲艺》杂志编辑工作，感到分外高兴。我借这个机会向所有支持刊物工作的同志和朋友们表示衷心的感谢！

抚今忆昔，感慨良多。我要说的，在《光荣的任务，艰苦的历程》一文中都约略地说到了，同志们已经看过，这里不再重复。如果再说点什么，就说点感想吧。

孔夫子说："五十而知天命。"人到五十岁，经历了许多事情，见识了许多东西，对自己，对人生，对世界，的确应当有更深刻、更清醒的认识；无论是想问题，还是做事情，的确应当更加符合客观的要求，达到更高的境界。我想，办刊物也是一样，《曲艺》杂志经过五十年的风风雨雨，也应当更加成熟，更加清楚地认识自己肩负的历史使命和曲艺艺术的发展规律，

---

① 本文系作者2007年7月26日在《曲艺》杂志创刊五十年新闻发布会上的讲话。

更加自觉地高扬社会主义先进文化与和谐文化的旗帜，全心全意地做好自己的工作。

我觉得，一个人也好，一个刊物也好，要达到这样的要求，并不容易。这需要我们从事编辑工作的同志，特别是主要负责同志，切实加强学习和锻炼，努力提高思想道德素质、文化艺术素质和业务能力。

最近，我学习了胡锦涛同志在中共中央党校发表的重要讲话，深受启发和教育。这篇讲话高瞻远瞩，实事求是，论述精辟，要求明确，对全党全国各方面的工作，都具有极为重要的指导意义。我们要办好《曲艺》杂志，同样要深入学习、领会讲话精神，用以指导我们的思想和工作。胡锦涛同志号召大家，“一定要居安思危，增强忧患意识，一定要戒骄戒躁，艰苦奋斗，一定要加强学习，勤奋工作，一定要加强团结，顾全大局，做到思想上始终清醒，政治上始终坚定，作风上始终务实”。这里讲的四个“一定”、三个“始终”，是多么重要、多么好啊！针对性又多么强啊！

我们一定要按照这样的要求，认真地回顾和总结过去，认真地思考和规划未来。这样，我们的精神境界才会逐步提高，我们的刊物才会办得更有质量，更有特色，才无负于党和人民的殷切期望与曲艺界的重托，为繁荣我国的曲艺艺术，建设社会主义先进文化与和谐文化，不断做出新的更大的贡献。

我的编辑生涯

我做编辑工作，是在一九五一年开始的北京文艺界整风学习期间。

为了响应政协第一届全国委员会第三次会议关于改造思想的号召，全国文联于十一月二十日举行第八次常委扩大会议，通过两项决议：一、在北京文艺界组织整风学习，并组成以丁玲为主任，茅盾、周扬等二十人为委员的文艺界学习委员会。二、调整全国性的文艺刊物。

这时我在中国曲艺改进协会筹备委员会工作。

二十四日，北京文艺界召开整风学习动员大会。胡乔木、周扬、丁玲等同志分别作了题为《文艺工作者为什么要改造思想？》《整顿文艺思想、改进领导工作》《为提高我们刊物的思想性、战斗性而斗争》的重要讲话，严肃指出整风学习的重要性和必要性，批评了文艺工作中特别是领导工作中脱离政治、脱离人民群众的严重倾向，并指名批评了《文艺报》《人民文学》《人民戏剧》《说说唱唱》等文艺报刊的缺点和错误，要求各有关文化机关、文艺团体，认真进行学习整顿，改进工作。欧阳予倩、老舍、李伯钊等同志在会上发言，表示赞同和拥护。会议气氛严肃而紧张。

我平时关心文艺界的情况，上述文艺报刊发表的作品、文章，我也是注意阅读的，可是，没有想到文艺界的情况如此复杂，问题如此严重，思想上受到很大的震动，心想如果不努力提高自己的思想政治觉悟和文化修养，如果不关心政治，不深入群众，要做好工作、不犯错误是不可能的。会后，北京文艺界就开始整风学习和检查工作。

中国曲艺改进协会筹备委员会专职人员只有王尊三同志和我，赵树理、王亚平等同志都是兼职，一起开过两次会。大家认为，中国曲艺改进协会筹备委员会主要做了一些筹备工作，没有办刊物，举办的一些活动也没有发现问题，整风学习主要是提高认识。赵树理、王亚平同志是北京市文联和《说说唱唱》的主要负责人，都认真检查了思想上、工作上的缺点和错误，并表示根据全国文联的决定，将《北京文艺》与《说说唱唱》合并，加强《说说唱唱》，使之成为发表优秀通俗文学作品和指导全国通俗文艺工作的刊物。他们与王尊三同志商量，拟调我到《说说唱唱》编辑部工作，等全国文联决定正式成立中国曲协时再回来。王尊三同志考虑再三，觉得中国曲协何时成立，现在还不好说，既然《说说唱唱》编辑部需要加强编辑力量，先到那里工作也好，但需要征求我的意见。

我当时的想法是，一切服从工作需要；一九五二年一月初，就到北京市文联报到，走上编辑之路。

一

《说说唱唱》（月刊）是一九五〇年一月创刊的，由大众文艺创作研究会主办，编辑委员会由王亚平、田间、老舍、李伯钊、辛大明、苗培时、马烽、章容、康濯、凤子、赵树理等同志组成，李伯钊、赵树理任主编，新华书店发行。创刊号刊有中国文联领导同志的题词。郭沫若的题词是："说说唱唱要表现出新时代的新风格，不仅内容要改革，说唱者的身段服装也须得改革。请大家认真考虑一下。"茅盾的题词是："民族的、大众的、科学的说说唱唱。"周扬的题词是："在群众中生根开花。"

同年五月，北京市文联成立后，《说说唱唱》由市文联主办，老舍任主编，李伯钊、赵树理、王亚平任副主编。编辑部在霞公府十五号北京市文联、市文艺处院内，办公楼西部一层有一间面积约四五十平方米大的房子，作为编辑部办公的地方。主编、副主编在楼的东部一二层办公。编辑部工作人员有辛大明、汪曾祺、沈彭年、王素稔、金寄水、姚锦、何文超、张鸣剑等同志，大家都很热情，对我参加编辑部工作表示欢迎，同时向我介绍了刊物的一些情况，以及编辑部的工作制度和人员分工等，鼓励我放手工作，有什么事情大家一起商量。文联办公室的同志也很热情，安排我到后楼居住。没过几天，又跟我说，后楼刚盖起来，一切都不方便，让我和邓友梅一起搬到前楼三层西头一间房子里住，那里有暖气，不用自己每天生火取暖了。邓友梅和我都是从革命根据地来的，有一见如故之感，相处得很好。不久，他去中央文学研究所学习，我一个人住在那里。机关食堂也办得不错。这样我就可以集中精力、时间工作和读书学习了。

编辑部来稿很多，专业作者很少，大都是业余作者。我的主要任务是看稿、选稿、改稿。那么，按照什么要求编选稿件和修改稿件呢？同志们告诉我说：《说说唱唱》创刊时有一个稿约，是赵树理同志起草、经编辑委员会讨论通过的，“在内容方面，要求用人民大众的眼光来写各种人的生活和新的变化；在形式方面，要求能说能唱，说唱出去大众听得懂，愿意听，不能说唱的也要，只要内容好，可经本社改为能说能唱的，然后发表”。稿约还规定了修改办法：“一、字句间稍加修改；二、重新改作；三、合数稿为一篇；四、提出意见由原作者修改。同时注明，二、三两项，发表的时候，要把改稿人的名字写上，稿费按更动情形双方分领。”

同志们还告诉我，要注意发现和帮助新人新作，特别是工农兵业余作者的作品，并举例说，安徽一位叫陈登科的业余作者，前些时候寄来一部名为《活人塘》的作品，写的是抗日战争中的故事，有许多错别字，还有许多字缺胳膊少腿，谁都认不出来，有同志看过后，打算退稿；一天，赵树理同志看了这部稿子，说虽然错别字连篇，但故事很动人，稍加修改就是一篇很不错的作品；经修改后很快就在《说说唱唱》上发表，读者反映很好，作者很受鼓舞。以这件事情为例，赵树理同志再三叮嘱编辑部的同志，一定要满腔热情地对待业余作者的作品，说有些工农兵出身的业余作者，小时候上不起学，文化水平低，但他们有生活，有真情实感，语言生动，只要写的东西有基础，我们就要好好帮助他们，能发表的尽量发表，不能发表也要提出修改意见，千万不要嫌他们文化水平低，挫伤他们的积极性，好的作家就可能在他们中间产生。从此，编辑部立了一个不成文的规矩，除了认真看稿外，对来稿有什么意见都要写在稿签上，连同来稿交由编辑部负责人抽查，以免“遗珠”之憾。

在整风学习期间，编辑部开过几次会，对刊物工作进行检查。老舍、赵树理、王亚平等同志一致拥护胡乔木、周扬、丁玲同志的讲话和中国文联关于调整刊物的决定，并做了自我批评；王亚平作为北京市文联、市政府文艺处等单位的主要负责人，还发表了题为《为彻底改正通俗文艺工作中的错误而奋斗》的文章。大家表示，一定要认真贯彻为人民大众服务，首先为工农兵服务的方向和“百花齐放、推陈出新”的方针，努力提高刊物的思想性、战斗性和艺术质量。为达此目的，编辑人员必须努力学习马克思列宁主义、毛泽东思想，深入人民生活，提高文化艺术修养，发扬党的优良作风。

编辑部也建立了一些制度，如学习制度、民主生活会制度和轮流到工厂、农村等基层单位参观、访问和体验生活的制度，并鼓励编辑人员在做好本职工作的前提下进行创作。

主编、副主编虽然都是兼职，但都不是只挂名不做实事的人，除了关心刊物的方针、计划，编辑部每期送审的稿件，他们都要集体审定，由王亚平签发。他们每次与编辑部的同志交谈，也大都离不开办好刊物这个主题。给我印象最深的是，老舍一再鼓励大家，办刊物要有自己的主张，要办出特色，既然刊物叫《说说唱唱》，就要保持说唱的特色。他强调说，中国的曲艺、戏曲，很了不起，要重视，要好好钻研。现在文艺界有些人看不起曲艺、戏曲，是很不对的，要做这些人的工作，不要只埋怨他们。我们编辑部的同志更不要有轻视曲艺、戏曲的想法。他还不止一次地说，写出一篇好的大鼓词、一篇好的相声，不比写一首好诗、一篇好小说容易；我写过好多篇唱词、相声，没一篇是我满意的，因为无论唱词还是相声，不但要内容好、文笔好，写出来好看，还要演员好演，演出来能抓住群众，这就难了。

赵树理每次讲话都强调说，我们的文艺，是人民大众的文艺，是为人民大众服务的，我们不能忘记人民大众，更不要忘记广大农民。他经常下乡，每次从乡下回来，都反复说农村如何缺乏文化生活，农民看到、听到的还大都是一些含有封建糟粕的老鼓书、老戏，群众喜欢看的新书很难买到。我们要“雪里送炭”！不然，我们文艺工作者怎能对得起养育我们的父老乡亲！

赵树理是个有幽默感的人，很少正颜厉色地说话，但说起广大农民缺乏文化生活的事情，却总是那么严肃、动情。赵树理对人诚恳厚道，没一点架子，进城后仍然保持着艰苦朴素的作风，很受大家尊重，都亲切地称呼他“老赵”，从不称他的职务，也愿意敞开心扉与他聊天。

王亚平身兼多种职务，工作忙，会议多，又热情好客，乐于助人，还挤时间创作，一天到晚忙得不可开交，但对刊物工作还是很尽心的，不但注意刊物的方针、计划，审定和签发每期的稿件，还负责思想政治工作和组织工作，编辑部遇到什么困难和问题，都请他解决。他的勤奋、热情和超常的工作效率，给大家留下深刻印象；他在工作中的缺点和失误，大家也能够谅解。

编辑部的同志各有所长，都能尽心尽力地工作。

汪曾祺很聪明，读书多，文笔好，在西南联大学习时就显示出他的创作才能。在编辑部他负责集稿，从大家推选的稿件中选出每期送审的稿件。讨论稿件时，他发言不多，但常有独到见解。开民主生活会，开展批评与自我批评，他的态度很平和，比较实事求是。

沈彭年对曲艺很熟悉，长于写作，也能哼唱几段单弦和大鼓，发表过不少鼓曲作品；编选和修改稿件也非常认真，有些改动很多的稿件，他都重新抄清；外出约稿也都能如期完成任务。

金寄水在新中国成立前写过不少通俗小说和诗词，懂得读者心理和写作技巧；每次发现来稿中的好作品，他都喜出望外地向大家推荐，并仔细润色。也许因为他感觉自己写过言情小说，被人视为旧作家，讨论有分歧的稿件时，往往不能坚持自己的意见。他是清朝贵族后裔，有同志戏称他“王爷”，他总是笑笑，不避讳，也不在意。他喜欢喝好茶、浓茶，一天，他让我尝尝怎么样，我喝了两口，真是苦涩极了，他笑着说，这是我多年养成的习惯，今生今世改不掉了。

王素稔性格内向，不爱说话，上班后就埋头看稿、改稿。他写一手好钢笔字，改过的稿件都清清楚楚；那些字迹很乱、排印困难的稿件，他会一格一字地重新抄写，连一个标点也不马虎。姚锦读大学时就信仰马克思主义，喜欢革命的新文艺，对编辑工作非常投入，对新人新作尤为热情。她很注重作品的思想性和艺术性，经常和同志们交换创作上的意见。何文超工作也很认真，她在家庭生活上虽然发生过不幸，但在工作上还是很尽力的。张鸣剑分担编务工作，举凡登记、分发稿件，邮寄刊物、信件等很多琐碎的事务性工作，都是她一人承担。她工作认真、细致，而且热心为大家服务，从来不嫌麻烦。

由于大家都注意互相学习，互相尊重，工作得很愉快。我也从中学到不少有益的东西。

同年五月，文艺处改为北京市人民政府直属机构——北京市文化事业管理处，职责范围有所扩大，干部力量需要加强，领导决定调我到戏曲科工作，分配给我的任务是审查戏曲、曲艺和杂技等演出节目，并负责编辑《新戏剧》。

《新戏剧》是《新民报》委托北京市文联、文艺处编辑的一个周刊，每期一版，约四五千字，主要发表戏曲评论文章，作为促进戏曲改革的舆论阵地。《新民报》编辑曹尔泗同志把每期初选的稿件交我选定，他负责安排版面和校对。曹尔泗为人谦和，工作认真，我们合作得很好。

当时戏曲科有六位同志，各有分工：袁韵宜负责联系京剧演出团体和北京市戏曲学校，王雁负责联系北京市评剧演出团体和河北梆子剧团，关世杰负责联系北京市曲艺和杂技等演出团体，我负责审查戏曲、曲艺和杂技等演出节目，刘保绵做秘书和资料工作，李克担任戏曲科科长。

李克是抗日战争参加革命的老同志，原在晋察冀边区打过游击，做过文艺工作，新中国成立后先后在中共北京市委文艺工作委员会和北京市文联工作，创作有长篇小说《地道战》等作品，对北京市戏曲、曲艺等方面的情况比较熟悉，其他几位同志对北京戏曲、曲艺方面的情况也比我熟悉。我担负的工作不但需要熟悉情况和业务，还必须随时注意把握好党的文艺方针政策，深感任务艰巨。好在大家对我的工作都很支持，遇到问题一起研究解决。

那时上演节目审查制度很严格，凡在北京市上演的戏曲、曲艺等门类的节目，不论是本地的，还是外地进京的，都要按照党的方针政策进行审查，并分为四类提出审查意见，以文化处名义告知演出单位和税务局。被认为思想性和艺术性都好的节目可以免税；被认为较好的节目可减税百分之十五；被认为质量差的节目征税百分之三十，还要提出批评意见；存在严重错误造成不良影响的节目，除征税百分之三十，还要建议演出单位修改或停演，必要时在报刊上公开批评。同时将上述四类节目的审查意见告知剧场管理科，由他们根据具体情况在剧场和演出日期等方面做出安排。

文化处人手少，大家都忙于自己分管的工作，节目审查通常由我一个人负责写出审查意见，经文化处负责人签发即可；如遇到有问题的节目再请有关负责人复审，一起研究后再写出审查意见；对有的新戏或有争议的节目，还要及时召开座谈会进行讨论。

文化处领导对我的工作很放手。演出团体的负责人和一些著名演员如张君秋、裘盛戎、谭富英、吴素秋、李再雯（小白玉霜）、新凤霞、侯宝林、曹宝禄、魏喜奎等不断来听取对演出节目的意见；他们对《新戏剧》等报刊发表的评论文章也很重视。越是这样，我越感到责任重大，越是兢兢业业地工作，不敢掉以轻心，并力求把上演节目审查工作和《新戏剧》编辑工作结合起来。

为了做好工作，我抓紧学习理论和党的方针政策，阅读文史著作，钻研业务。这样边工作边学习，学用结合，思想上、工作上都不断有所收获和进步，进一步认识到我国的戏曲和曲艺等的确是广大人民群众喜闻乐见的艺术，是民族文化艺术的瑰宝，从而增强了从事戏曲、曲艺改革的决心和信心，为促进戏曲、曲艺改革做出积极的努力。如对《柳树井》就采取了热情鼓励的态度。

《柳树井》是一个现代戏，剧本是老舍创作的，北京曲艺团采用北京流行的单弦牌子曲，并吸收大鼓、琴书等曲艺唱腔，用戏剧的形式演出，初名曲艺剧，后改名北京曲剧，受到观众的热烈欢迎。在市文化处、文联召开的座谈会上，文艺界人士一致认为这个戏的剧本好，魏喜奎等的演唱也很有特色，是在曲艺的基础上发展而成的一个新剧种，是有艺术生命力的新事物，应予提倡和鼓励，并希望北京曲艺团按照戏剧演出的要求，在表演和音乐上不断加以改进。我随即将部分同志在座谈会上的发言加以整理，在《新戏剧》发表，以扩大该剧的影响，促进戏曲艺术的创新和发展，反映很好。

工作中也有缺点和教训。如《新戏剧》发表的对苗培时编剧、北京评剧团演出的《二兰记》的批评文章，就有简单化和片面性的缺点。情况是：《二兰记》演出后，北京市郊区工作委员会、北京市妇联提出批评意见，认为这个戏歪曲了北京郊区农村的面貌，丑化了农村干部形象，应当停止演出。

为了解决好这个问题，北京市人民政府常务副市长张友渔同志在市政府东楼大厅召开座谈会，对《二兰记》进行了认真讨论，大家认为该戏有严重错误，应当批评，并要求作者和演出单位认真修改。市文化处副处长、市文联副秘书长王松声同志和我参加了这次会议。发表的批评文章就是由我根据座谈会的意见起草的。苗培时同志看到这篇文章，承认戏有缺点，但没有严重错误。我考虑再三，也觉得批评重了。

再如对新兴京剧团编演的历史剧《苏秦》的批评，也缺乏应有的说服力。当时报刊的威信很高，演出单位一旦看到报刊上对所演出的节目发表批评文章，就感到压力很大，不再演出。再如吴素秋京剧团编演的历史剧《依帕尔罕》演出后，我认为这个戏的基础是不错的，但在座谈会上有几位专家和民族工作部门负责人提出许多意见，而且涉及民族政策问题，剧团感觉很难修改，就不再演出。为了慎重起见，《新戏剧》没有报道座谈会情况，也未发表评论文章。其实，如能深入讨论研究，多想些办法，这个戏是可能改好的。事后想起这些事情，未免有些遗憾。

我在这一年里，思想上业务上都有所收获和进步，体会最深的是，必须利用一切机会和时间抓紧读书学习，努力提高自己的思想、理论和文化艺术素养，才能适应工作的要求。毛主席的《实践论》《矛盾论》等著作及其有关文化艺术问题的论述，中央人民政府政务院《关于戏曲改革工作的指示》等文件，以及范文澜、翦伯赞、吕振羽等的历史著作和与自己的工作有密切关系的文学、戏曲史论著作等，都对自己的思想和工作起到重要的指导作用。同时，虚心向同志们学习、请教。无论是演出节目审查工作，还是编辑工作，我都得到同志们的帮助和支持。除了本部门的同志以外，市文联、文化处的其他同志也给我许多鼓励和帮助，我每次请他们一起去审查节目，他们都欣然允诺，并认真发表意见；我遇到问题向他们请教，他们都坦诚地提出自己的看法，和我亲切交谈。

比如，在与端木蕻良同志的交往中，我就受益颇多。

有人说他“冷”“狂”，在我的印象中却不是这样。他年长我近二十岁，写出《科尔沁旗草原》的时候，我才是个小孩子。我到北京市文联工作时，他是创作研究部的负责人，住在二楼，我住在三楼，常在一起聊天，完全是同志式的，很是亲切。他思维敏捷，学识渊博，多才多艺，对文学、艺术、历史以及报刊编辑、文物鉴赏等，都有独到的见解。他鼓励我多读书，多思考，多增长见闻。他认为好的编辑不但要专，而且应当是具有多方面的文化知识和修养的通才、“杂家”。他还鼓励我加强研究和创作实践，这样才能做好编辑工作。他好恶分明，谈起一些伟大的作家，特别是谈起鲁迅，崇敬之情溢于言表；谈起一些民族败类和不耻之徒，他又总是流露出无比憎恶之情。我和他都对中国共产党怀有深厚的感情和要求入党的迫切愿望，经常互相勉励。

再如王颉竹同志，对戏曲特别是对京剧很有研究。北京解放后，他担任北京市政府文艺处戏曲科科长，还和翁偶虹合作编写出京剧剧本《将相和》。我到北京市文化事业管理处工作时，他已不在戏曲科工作，但对戏曲改革仍然十分关心，我每次邀他一起审查节目，他都是随叫随到，认真看戏，认真发表意见；平时也乐意和我交谈，使我了解到戏曲界许多重要情况。

再如黄真同志，对我也有许多帮助。他在燕京大学读书时，积极参加党所领导的进步活动，毕业后到北京市文艺处工作。他关心时事政治，喜欢新文艺，熟悉教育界、文艺界的情况和北京的风土人情。他为人坦诚，对己对人对事的要求都非常严格。他和我很要好，经常和我聊天，无话不谈；有时还一起逛王府井、琉璃厂、前门大街，参观文物古迹，品尝北京小吃，使我了解到许多不熟悉的东西。

这里的学习条件很好，市文联、文化处举办的“星期文艺讲座”，经常请著名文艺家讲演，或请艺术家边讲边做示范表演。市文联、文化处还不断组织参观、访问和各类文艺观摩活动。霞公府东头是王府井大街，街南头有北京最大的新华书店，街北头有三联书店，不断有新的书刊上市，可以随便翻看；东安市场内有中国书店和许多书摊，有大量的古旧书刊以及碑帖画册，我常到那里走走看看，对自己扩大视野，增长知识，培养艺术欣赏情趣等，都大有好处。

我在这一年里，工作很忙很累，也不断遇到一些难题，但经过努力都解决了，工作还算顺利，心情也很舒畅。尤其难忘的是，我加入中国共产党的愿望得以实现。参加革命工作后，我就盼望有一天能加入中国共产党的队伍。到北京市文联后，党组织和同志们都关心我在政治上的进步，给予许多鼓励和帮助，并深入考察了我参加工作以来的政治表现和各方面的情况。党组书记王亚平同志和党支部委员李克同志是我的入党介绍人，更是经常给以关心和帮助。九月初，党支部召开支部大会，出席会议的二十多人，大家在发言中充分肯定了我的优点，也诚恳地指出了我的缺点和不足，鼓励我努力做一个优秀的共产党员，一致通过我为预备党员，使我受到深刻的教育和极大的鼓舞。这是我新生命的开始，我决心为实现人类最伟大的理想贡献自己的一切乃至宝贵的生命。同一天被支部通过入党的，还有邓友梅、端木蕻良、杨念同志。中共北京市委指定组织员李续纲同志（时任市政府副秘书长）分别与我们谈话，认为我对共产主义抱有极大热情，具备预备党员条件，给我很多鼓励。九月十八日，在音乐堂举行市直机关预备党员宣誓大会，由薛子正同志主持，大会开得庄严热烈，我同大家一样，心情无比激动。

一九五二年底，我正在考虑在新的一年里如何更好地工作和学习的时候，发生工作调动问题。王尊三同志告诉我，全国文代会将在一九五三年秋天召开，中国曲艺改进协会筹备工作需要抓紧进行，要我回协会工作，并说已与文化处负责人王亚平、王松声、张梦庚同志商量过，王亚平同志也是协会筹备工作的主要负责人，不好说不同意，王松声、张梦庚同志也勉强同意。这样，我就在一九五三年初回到协会筹备委员会。市文联、文化处仍然像我的家一样，经常回去参加那里的文艺活动，与一些同志保持着密切的联系。

二

一九五三年初，我回到中国曲艺改进协会筹备委员会时，会址已由吉兆胡同三十一号移至东四头条五号文化部东院六楼。最初只有一间房作为办公室和我的宿舍；王尊三同志的宿舍由鲜鱼口迁至吉兆胡同三十一号，离文化部很近，每天上午到协会办公。夏天，全国文代会筹备工作领导小组决定，中国曲协暂不成立，先成立中国曲艺研究会，于是，我和王尊三等同志一起，抓紧起草中国曲艺研究会章程、理事会组成方案，以及机构设置、人员编制、经费预算和调配干部等事宜，处理日常工作。

一九五三年十月底，中国曲艺研究会成立，人员编制增至十八人，设秘书室（后改称办公室）、创作编辑室（后改称编辑部）、研究室（后改称研究部）及资料室，我任秘书室主任兼创作编辑室主任。

做好编辑工作，又成为我的一项重要任务。

我首先考虑的是如何创办一个全国性的曲艺专业刊物。王尊三同志说，创办《曲艺》杂志是继承、改革和发展我国曲艺艺术的迫切需要，是曲艺界的共同愿望。早在一九四九年七月中华全国文学艺术工作者第一次代表大会期间成立中国曲艺改进协会筹备委员会的时候，赵树理、王亚平等同志就希望有朝一日创办一个曲艺刊物，作为改革和发展曲艺艺术的舆论阵地。中国曲艺研究会成立后，我们的确应当把创办曲艺刊物作为一件大事来抓，但目前缺乏编辑力量和经费及办公的地方，我们商定，先做些力所能及的事情，逐步创造条件。

我主持的第一件事，是创办内部刊物《曲艺工作通讯》。

开始时，研究会尚未调进编辑人员，我整天忙于会务工作，只能挤时间编。刊名是请郭沫若同志题写的，三十二开本，不定期，每期七八万字，主要内容是以毛主席提出的“百花齐放、推陈出新”的方针和政务院《关于戏曲改革工作的指示》为指导，反映研究会的工作情况和各地新曲艺创作、曲艺遗产收集整理工作以及曲艺研究工作的情况、经验和问题；也发表一些研究文章和曲艺作品。每期印五百份，赠送给会员和曲艺团体及有关文化部门参考。一九五四年夏天，郗潭封同志到曲艺研究会创作编辑室工作，把

《曲艺工作通讯》的编辑、校对、印制等方面的具体工作承担起来，我负责终审和签发。郗潭封喜爱中国现代文学和苏联文学，在复旦大学新闻系学习期间发表过评论文章，还参加学生社团办的文艺刊物的编辑工作，有较强的文艺鉴赏能力和写作能力，工作认真、踏实、细致，在受到胡风错案牵连和因病住院期间，依然关心《曲艺工作通讯》的编辑工作。我们合作得很好。

至一九五七年《曲艺》杂志创刊前，《曲艺工作通讯》共编印了十二期。

我主持的第二件事，是组织研究会各部门的同志编辑曲艺作品选集。

开始定名为《中国曲艺作品选集》，选收新创作的优秀曲艺作品和经过整理的优秀传统曲艺作品。书名也是请郭老写的。第一集四十万字，由农村读物出版社出版。原计划一集一集地编下去，后考虑到各门类曲艺艺人演唱的需要，将《中国曲艺作品选集》的编法改为分类选编，陆续编辑了《唱词选》《评书评话选》《相声选》《快书快板选》《书帽选》和《穆桂英挂帅》（短篇鼓词选）等，由作家出版社出版。还编选了一些长篇曲艺作品，如《说唱西游记》《山东快书武松传》《晴雯传》《鲁达与林冲》等，由通俗文艺出版社出版。

通过上述《曲艺工作通讯》和曲艺作品选集的编辑工作，交流了曲艺改革的情况和经验，推广了优秀作品，对曲艺工作起到积极的促进作用；我和参与编辑工作的同志也受到锻炼，提高了工作能力，了解到曲艺创作、研究工作和曲艺队伍的一些情况，从而为《曲艺》杂志的创刊准备了必要的条件。

一九五六年春天，肃反运动接近尾声，社会环境和政治气氛有所缓和，文艺界也逐渐活跃起来。中国作家协会和团中央召开青年文学创作者会议。我出席了这次会议，和大家一起聆听了茅盾、周扬、夏衍、老舍等同志的讲话和胡耀邦等同志的报告，并受到周总理的接见。会议开得热烈活泼，充满积极向上的气氛，鼓励青年文学创作者大胆创作，向新的目标进军，大家深受鼓舞。

文化部召开的全国剧目工作会议，提出“破除清规戒律，扩大和丰富传统戏曲上演节目”的要求，对于戏曲界、曲艺界树立自由创造艺术的空气，反对主观主义和官僚主义作风，产生了积极的影响。《文艺报》开辟《怎样使用讽刺武器》专栏，就何迟同志写的相声《买猴儿》和演出后在评价上的尖锐分歧，以及如何正确认识讽刺文艺的特点问题展开热烈的讨论，活跃了文艺界、曲艺界自由争鸣的空气。毛主席和音乐工作者的谈话，陆定一同志向文艺界和科学界所作的题为《百花齐放，百家争鸣》的报告，深刻阐明了党的方针和许多重大问题，大大解放了人们的思想和手脚，更加引起人们的强烈反响。

在这样的情势下，曲艺研究会把创办《曲艺》杂志正式摆上工作日程，列为一件大事，抓紧进行准备工作。但申请报告送交出版领导部门后，一直未见批复。一九五六年九月一天上午，赵树理同志要我和他一起到中共中央宣传部林默涵同志那里，讲了创办《曲艺》杂志的一些设想，希望给予支持和指导。默涵同志当即表示赞同和支持。他说，曲艺是一门最具群众性的艺术。改革和发展曲艺艺术，是时代的要求，人民的要求，我们应当加以重视。前几年还有个《说说唱唱》月刊，主要发表曲艺作品，对曲艺的发展起到积极的作用；现在《说说唱唱》并入《北京文艺》，各地也缺少曲艺刊物，这对曲艺的发展是很不利的。中国曲艺研究会的确需要办一个全国性的曲艺杂志，作为曲艺界贯彻党的文艺方针，繁荣曲艺创作和加强评论的舆论阵地，以推动曲艺工作的健康发展。他强调说，要办好一个刊物，需要做出多方面的努力，最重要的是，要坚定不移地贯彻毛泽东文艺思想，要紧紧抓住繁荣创作和加强评论这两方面的工作，要提高编辑人员的思想艺术修养和业务能力，甘心情愿地为别人做嫁衣。他还结合自己从事编辑工作的情况，谈了当编辑的甘苦，鼓励我们努力克服困难，把刊物办好。我感到非常亲切。

很快，中共中央宣传部批准《曲艺》杂志于一九五七年初创刊，由人民文学出版社出版，向国内外发行。十月，曲艺研究会拟订具体方案。

关于刊名，有三种意见，一是叫《曲艺》，一是叫

《新曲艺》，一是叫《人民曲艺》，经过讨论，最后定名为《曲艺》。理由是，“曲艺”二字涵盖面广，又简单明了。

刊物的宗旨和任务是，在中国共产党的领导下，以毛泽东思想为指导，贯彻为工农兵服务、为社会主义服务的方向和百花齐放、百家争鸣、推陈出新的方针，大力发展曲艺创作，推动曲艺遗产收集整理工作，促进曲艺表演艺术和曲艺音乐唱腔改革创新，加强曲艺评论，交流各地曲艺工作的情况和经验，以改革和发展曲艺艺术。要把刊物的思想艺术质量放在首位。刊物以主要篇幅发表新的曲艺作品，适当发表一些传统曲艺作品和曲艺评论文章。

关于刊物的对象，大家同意赵树理同志的说法：“曲艺工作者和爱好曲艺的群众。”要依靠曲艺界和文艺界有关人士的支持和帮助，特别要注意发现和帮助新人新作，逐步建立一支作者队伍。对刊物的样式、风格以及一些具体事项，也都提出明确的要求。

刊名，我提议从鲁迅手迹中集“曲艺”二字放大做刊名，理由是，鲁迅先生对说书唱本和大众文艺极为重视，集他的字做刊名，以表示对他的崇敬和怀念，大家一致表示赞同。刊物封面，采用力群、彦涵等同志的木刻作品。

主编由赵树理同志担任，副主编由陶钝同志担任（一九五九年以后，增加张克夫同志）。创作编辑室改为《曲艺》编辑部，仍然承担研究会创作方面的工作，由我担任主任。编辑部成员有薛汕、赵亦吾、郗潭封、丁素、马锐等同志。编辑方案还确定，由研究部沈彭年、冯不异、孙玉奎同志负责提供传统曲艺作品和研究文章；办公室刘大海、许光远等同志也积极支持刊物工作。同时组织编辑部同志学习了毛主席关于文化艺术问题的论述和中央人民政府政务院《关于戏曲改革工作的指示》等文件，以及文学期刊编辑工作的经验。

十一月，中国作家协会召开文学期刊编辑工作会议，着重讨论了如何正确理解和执行百花齐放、百家争鸣的方针问题。老舍、周扬、冯雪峰、叶圣陶、林淡秋、楼适夷等同志先后讲话，都结合他们的认识和从事编辑工作的体会发表了意见。周扬同志在总结发言中强调说：办刊物首先要有自己的主张，要有倾向性，要提高质量，要标新立异，有自己独特的风格。他们的讲话和发言，使我深受启发。此后编辑部同志即分别到一些地方组织稿件。

广大曲艺工作者和文艺界关心曲艺事业的同志闻讯，不胜欣喜，纷纷以不同方式表示祝贺，并寄予厚望。阿英、王亚平、王希坚、韩起祥、琶杰、高元钧等同志很快寄来文章或作品。老舍先生在《曲艺》创刊号发表的《祝贺与希望》一文，就表达了大家共同的心声。

《曲艺》杂志于一九五七年二月创刊，由人民文学出版社出版，向国内外发行，各方给予好评，我和参加刊物工作的同志都感到欣慰；同时深感责任重大而光荣，但也面临着许多困难。比如，主编、副主编都是兼职，赵树理长期深入农村，不审稿，陶钝忙于会务，也基本不审稿，难以实际主持编辑工作。张克夫同志亦是兼职，且体弱多病，难以坚持正常工作。那时文艺界思想批判和政治运动接连不断，气氛紧张，编辑工作让我把关，我更感到担子沉重。

再就是编辑部人员少，又多半不熟悉曲艺和编辑业务。曲艺界缺乏专业创作、研究和评论人员，稿件来源少，业余作者和演员的作品大多需要帮助修改、加工，更是面临的一个难题。但是，参加编辑工作的同志没有知难而退，而是抱着很强的革命责任心和很高的工作热情，把办好刊物作为党和人民交给的一项重要任务担当起来。一九六〇年后，我担任协会副秘书长兼编辑部主任，仍然把编好刊物作为工作的重点。

中国曲艺研究会、中国曲艺工作者协会负责人王尊三、赵树理、王亚平、陶钝，著名曲艺家韩起祥、高元钧、王少堂、侯宝林、骆玉笙、白凤鸣、苗培时、何迟、王希坚等同志和广大曲艺工作者都把办好刊物当作自己的责任，积极向编辑部提供作品和文章，参加编辑部举办的创作、评论和艺术交流等活动，并及时提出改进工作的建议和意见。老舍、阳翰笙、刘芝明、阿英、田汉、吕骥、王朝闻等文艺界著名人士也先后为刊物撰写文章和作品，给予支持和鼓励。

为了发展曲艺创作，编辑部同志四处奔走约稿，不断扩大与巩固和作者的联系，经常与作者一起研究和修改作品，更以极大的热情鼓励和帮助新人新作，许多作者成为《曲艺》杂志的好朋友和积极支持者。经过大家的共同努力，《曲艺》陆续发表了许多富有时代精神和艺术魅力的优秀作品，并初步形成一支作者队伍。同时，《曲艺》把推动传统曲艺收集、整理工作作为一项重要任务，经常发表经过整理的传统曲艺作品，并多次派人到北京、江苏、河南等地深入调查了解传统曲艺的流行情况和收集整理工作情况，与当地有关部门和有关人员研究传统曲艺收集、整理工作。曲艺理论研究和评论，一直是曲艺工作中一个极为薄弱的环节，为改变这种状况，《曲艺》杂志做出不懈的努力，陆续发表了一些好的文章，多次举办曲艺观摩演出和座谈会，并结合演出节目的内容，分析研究曲艺的艺术规律和特点。《曲艺》杂志还及时报道各地的工作情况和经验，热情宣传了一些先进集体、先进个人的动人事迹以及他们在继承、创新等方面的成就。在开展工农兵群众业余曲艺活动，促进曲艺竞赛和艺术交流活动等方面，也做了许多工作。

事实证明，《曲艺》创刊近十年的办刊方针和做法，基本上是正确的，成绩是主要的，对发展社会主义曲艺事业起到积极的促进作用。

在“左”的思潮泛滥的时候，《曲艺》杂志也深受影响，有失误和教训。比如，在反右斗争中曾发表过批判文章，伤害了一些同志；在“大跃进”时期，曾在一些作品和文章中鼓吹过浮夸风；在关于文学艺术工作的“两个批示”下达之后，也曾产生过片面强调发展新曲艺而忽视传统曲艺的偏向，并迫于形势做过不够实事求是的检查。事实告诉我们：如果缺乏马克思主义的修养和真知灼见，如果缺乏对实际情况的深刻了解，又缺乏独立思考的习惯和抵制错误思潮的勇气，要在复杂的斗争环境和气氛中不出偏差、错误，是不可能的。历史的教训，我们不应当忘记。

一九六六年爆发的“文化大革命”，给全国人民造成极大的灾难。文艺界成为重灾区。文联和各协会及其主办的文艺刊物被强加种种罪名，横遭批判。《曲艺》杂志亦于一九六六年六月被迫停刊。赵树理同志被残酷迫害致死，陶钝同志被残酷斗争，副主编张克夫同志受冲击后不幸去世，我和《曲艺》编辑部的多数同志被审查批判，全体人员下放“五七”干校劳动。粉碎“四人帮”后，大家才得以恢复名誉，重新分配工作。想起“文化大革命”给人们带来的灾难和伤痛，我们怎能不激起对林彪、“四人帮”的无比愤恨，怎能不引起对被迫害致死的许多同志和朋友的深切思念！

我们感到十分幸运的是，中国共产党十一届三中全会制定了正确的路线、方针和政策，给祖国和人民带来春天，为文艺工作的恢复和发展创造了空前良好的环境和机会。广大曲艺工作者同其他文艺工作者一样，解放思想，振奋精神，为恢复和发展曲艺事业表现出极大的积极性，人民群众重新欣赏曲艺艺术的愿望至为强烈而迫切。

随着中国文联和各协会恢复工作，《曲艺》杂志亦决定复刊。由陶钝同志任中国曲协恢复工作领导小组组长兼《曲艺》杂志社社长，我任领导小组副组长兼《曲艺》杂志主编，随即抓紧进行复刊的准备工作。

经过多方努力，陆续将原在协会工作的沈彭年、丁素、郗潭封、冯不异、章辉、孙玉奎等同志调回协会工作，并调进张震、赵亦吾、戴宏森、刚键、李岳南、常祥霖、陈阵等同志，吸收了王丹蕾、安保勇、黄箭、张笑鸣等青年同志，组成《曲艺》编辑部。

一九七八年十月筹备就绪，经中共中央宣传部批准，《曲艺》杂志于一九七九年一月复刊，由人民文学出版社出版，新华书店发行。中共中央宣传部第一副部长、文化部部长黄镇等文化出版部门的负责人给予积极支持。复刊词明确提出《曲艺》杂志的办刊宗旨和任务，以大量篇幅发表歌颂老一辈无产阶级革命家、揭批“四人帮”和表现我国改革开放和现代化建设的优秀曲艺作品，以及实事求是的评论文章。编辑部的同志同心协力，精心组织和编选、加工稿件，设计版面，发表的作品、文章和图片都力求与当前的形势、任务相结合，具有较高的思想艺术质量、强烈的时代精神和鲜明的曲艺特色。同时发表了陈云同志在评弹座谈会上发表的《对当前评弹工作的几点意见》和《致吴宗锡的信》以及《评弹座谈会纪要》。

这次评弹座谈会是陈云同志于一九七七年六月十五日至十七日亲自主持召开的，当时他还未正式恢复工作。会前，陈云同志曾致信文化部，提出召开评弹座谈会的建议，并征求意见；文化部负责人表示非常赞成，并拟派我代表文化部前去聆听陈云同志的指示。遗憾的是，当时我在中国京剧院主持揭批“四人帮”和清查工作，难以脱身。好在周良同志很快就寄来陈云同志关于评弹的谈话、通信和座谈会纪要，陶钝和我及编辑部的同志读后，深受教育和鼓舞；征求陈云同志同意后，在《曲艺》一九七九年一月号（复刊第一期）发表。随后，协会和《曲艺》编辑部召开座谈会，同志们一致表示拥护，认为陈云同志关于评弹的谈话、通信和座谈会纪要对深入揭批“四人帮”，恢复和发展评弹艺术和整个曲艺事业，具有极其重要的指导意义，在曲艺界和文艺界产生了很好的影响。这一期《曲艺》杂志印了十万多册，还是供不应求。

同年十月，邓小平同志代表党中央、国务院向中国文学艺术工作者第四次代表大会致祝词，正确总结了十七年来的文艺工作，深刻阐明了党的文艺路线、方针和政策，为新的历史时期的文艺工作指明了方向、任务、目标和要求，更加激发了广大文艺工作者的积极性和创造性，促使我国文学艺术走上健康发展的新阶段。

《曲艺》杂志坚持以祝词为指导，深入贯彻为人民服务、为社会主义服务的方向和“百花齐放、百家争鸣”的方针，紧紧依靠广大曲艺工作者，发扬曲艺工作者和文艺工作者互相学习、密切合作的好传统，积极开展了各方面的工作。

其后，江泽民同志在中国文学艺术工作者第六次、第七次代表大会上发表的重要讲话和胡锦涛同志在中国文学艺术工作者第八次代表大会、中国作家协会第七次代表大会上发表的重要讲话，对于我国文学艺术的发展和繁荣，对于《曲艺》杂志坚持正确的文艺方针，都起到极其重要的指导作用。陈云同志长期关心评弹和曲艺工作，他发表的一系列重要意见，也有力地指导了曲艺事业和《曲艺》杂志的工作。

《曲艺》杂志复刊以来，坚持以发展曲艺创作为重点，积极引导、鼓励曲艺工作者深入群众、深入生活，创作更多的能够鼓舞人、教育人和感染人的优秀曲艺作品，特别是表现改革开放、建设中国特色社会主义的现实生活和塑造社会主义新人形象的优秀作品；同时采取了一些重要措施，为作者提供学习、提高的机会，并经常与作者一起研究、修改作品，给予具体帮助。

从一九八〇年秋天至一九八四年秋天，《曲艺》杂志以中国曲艺家协会创作委员会名义与文化部艺术一局联合举办了四期曲艺新作讨论会。与会人员除个别邀请外，大都是由各省、自治区、直辖市曲协和全国总工会、解放军、广播、铁路等有关单位推荐的中青年作者。每期三十人左右，会期三至四周。开会地点，前三期在北京西苑大旅社，第四期在北京香山别墅。

《曲艺》编辑部还先后在北京、湖南、福建举办了两期曲艺创作学习班和两期改稿会。每期少则二三十人，多则五十多人。每期活动日程的安排，大都是先用几天时间学习文件，主要是学习邓小平同志在全国第四次文代会上的祝词、陈云同志关于评弹及其他曲艺的谈话和胡耀邦同志关于文艺工作的讲话，在认真领会文件精神的基础上，联系我国改革开放和现代化建设的形势、任务及文艺工作、曲艺工作的实际情况，讨论曲艺创作问题。

考虑到那时有些电影、戏剧、文学等作品受到批评，参加讨论会的同志还有些顾虑，我一再向大家郑重表示，讨论会一定要切实贯彻百花齐放、百家争鸣的方针，要求大家进一步解放思想，坚持实事求是，发扬民主，畅所欲言，讲错了也不要紧，绝不扣帽子、打棍子、算后账。对此，大家深表赞同。讨论会自始至终洋溢着民主、团结和自由讨论的气氛，对许多重大问题都取得一致的认识，对有些问题也发生过争论。

如谈到学习马克思主义对指导文艺创作的重要性的问题时，一位同志提出，搞文艺创作不一定需要马克思主义的指导，并以《红楼梦》为例，说曹雪芹写《红楼梦》的时候还没有马克思主义，不是写出了伟大的作品吗？于是，引起大家的热烈讨论，绝大多数同志认为这种看法不妥，但并没有要求这位同志勉强改变自己的看法，更没有随便上纲上线，只是请这位同志再做考虑。再如讨论文艺与政治的关系等问题时，也发生过争论，但也都是同志式的交换意见。

经过这段学习讨论，大家普遍感到收获很大：认识提高了，视野扩大了，从事曲艺创作的责任心和自觉性增强了，心情也很舒畅，对下一步讨论大家带来的作品，也大有好处，大有必要。

接下来，是用大部分时间传阅大家带来的作品，并按鼓曲、弹词、相声、评书、评话等不同艺术形式分为若干小组进行讨论。先由作者介绍创作情况，然后大家从作品的思想内容到艺术形式进行分析，提出修改意见，供作者参考；作者有不同意见可随时提出，再交换意见；有时还放一部分作者带来的作品演出的录音，这既让大家了解到作品演出后的情况，也活跃了会议气氛。由于大家都抱着实事求是、与人为善和互相学习的态度，事先认真阅读了作品，做了发言的准备，又听取了作者介绍的情况，讨论会开得很认真，也很活泼，大家都得到实实在在的好处。接着，各组推出一些同志在全体会上发言，进行交流，收到很好的效果。最后安排两三天时间进行总结，主要由大家谈体会，谈今后的创作计划和奋斗目标。

在讨论会期间，我经常住在那里，和大家交谈和参加讨论，深入了解大家的创作情况和创作的甘苦，学习到许多有益的东西，对我做工作、写评论文章很有帮助。我还邀请贺敬之、周巍峙、傅锺、陶钝、高元钧、侯宝林等同志先后与大家座谈，回答一些重要问题，并赞扬他们在创作上所做的努力，鼓励他们再接再厉，创作更多更好的作品。大家一致认为，这样的讨论会、学习班和改稿会，虚实结合，互帮互学，是曲艺创作者学习、提高的好形式、好办法。由于来的绝大多数都是业余作者，能参加这样的讨论会，更感到是难得的学习机会。大家相信，讨论会的效果会随着时间的推移日益显现出来。

事实的确如此。参加讨论会的同志回去之后都把带到讨论会上的作品做了认真修改、加工，使作品的思想性和艺术性有了明显提高，绝大多数作品经过演唱者的艺术再创造，成为群众喜爱的好节目，不但在各地举行的曲艺会演等活动中获奖，而且在一九八一年、一九八二年文化部主办的全国优秀曲艺节目观摩演出和一九八六年协会与文化部联合举办的全国优秀新曲（书）目比赛中获奖，从而更加鼓舞了大家从事曲艺创作的热情和信心，成为曲艺创作的一支生力军。直到今天，许多同志谈起当年参加讨论会、学习班和改稿会的情景，记忆犹新，感奋不已。我看到他们在创作上不断做出成绩，也深感欣慰。

《曲艺》编辑部积极参与主持了一些专题座谈会，比如相声创作座谈会、全国中长篇书座谈会等，以促进曲艺创作的繁荣。

相声创作座谈会是以协会名义于一九八〇年五月五日至十八日在北京召开的。参加座谈会的有北京、天津、沈阳、武汉、济南、西安、重庆等地的相声作者、演员和理论研究者以及谐剧作者、演员共五十多人。相声作家何迟因病不能出席，寄来书面发言。

会议开始时，大家学习了邓小平同志《目前形势和我们的任务》的报告和在第四次全国文代会上的祝词及胡耀邦同志、周扬同志在剧本创作座谈会的讲话；会议期间，听取了王任重和周扬、傅锺、周巍峙、贺敬之、陶钝等同志的讲话。大家在认真领会党中央有关指示精神的基础上，联系实际情况，一致认为，近三年来的相声创作，成绩突出，特别是在揭批“四人帮”方面发挥了很强的战斗作用；相声创作的题材、样式和风格也渐趋多样化；相声创作的主流是积极的、健康的；相声作者、演员的队伍逐步壮大，人才辈出；相声的影响日益广泛和深入，正在走向新的发展阶段。同时指出，表现广大工人、农民、战士、知识分子在四化建设中的劳动和斗争特别是表现农村题材的相声太少，在题材的选择上还存在着“赶浪头”“一窝蜂”的现象；尤其值得注意的是，有少数作者、演员片面追求票房价值和剧场效果，不仅捡起早已剔除掉的传统相声里的一些糟粕，而且把西方一些低级、颓废的东西引进到相声里来。会议着重讨论了相声创作的发展方向问题。大家一致认为，传统相声中的精华和优良传统，一定要继承下来；传统相声里的糟粕，也一定要批判和剔除。相声长于讽刺，应当充分发挥讽刺艺术的威力。人民需要讽刺敌人的好相声，也需要讽刺社会上一些消极腐败现象，只要分清敌我，掌握好分寸，都是群众所欢迎的。对那些搞不正之风，自己“对号入座”又讳疾忌医的所谓“效果不好”“有副作用”之类的非议和批评，也要顶住。

很多同志谈到我们正处在除旧布新、继往开来的伟大时代，英雄人物、先进人物不断涌现，运用相声形式歌颂新人新事，需要继续探索、实践，只要有相声的特点，群众欢迎，都是需要的。大家认为，讽刺与歌颂，是辩证的统一，有些相声，很难把讽刺与歌颂截然分开，只要掌握好马克思主义的立场、观点和方法，注意相声的特点，无论讽刺还是歌颂，都可以写出好相声。编演些知识性、趣味性的相声，也是群众所需要和欢迎的。关于如何提高相声创作的思想艺术质量，大家也发表了许多好的意见。经过宣传，这次座谈会在相声界产生了积极的影响。

一九八四年六月二十五日至七月十五日，《曲艺》编辑部还与文化部艺术局、中央人民广播电台、中国青年报社联合举办了全国相声作品讨论会，分析讨论了相声创作和相声表演中的一些重要问题，并就相声如何面对青年的问题提出积极的意见和建议，对提高相声创作质量，克服相声演出中出现的不良现象，起到积极的作用。

全国中长篇书座谈会，是一九八一年十月十九日至十一月一日在江苏扬州召开的，旨在促进各地中长篇曲艺创作和传统曲艺作品的整理工作。各省、自治区、直辖市近百名中长篇曲艺创作、改编、表演和研究、评论等方面做出显著成绩的同志出席会议。会议传达贯彻了全国思想文艺战线座谈会精神，交流了各地中长篇书创作、改编和整理工作的情况和经验，就若干重要问题进行了深入讨论。会议认为，我国中长篇书历史悠久，蕴藏丰富，出现过许多优秀作品和杰出的艺术家，在人民群众的文化生活中有广泛而深刻的影响，在我国文学艺术发展史上也占有重要地位。新中国成立后，在“百花齐放、推陈出新”的文艺方针指引下，新的中长篇书创作和传统书整理工作都取得显著成绩。但是，新的中长篇书无论是在数量上，还是在质量上，都还远远不能满足曲艺演出的需求；传统中长篇书经过认真整理的也为数很少。许多地方特别是在农村和一些小城镇中，有些含有封建迷信、荒诞离奇、低级庸俗等糟粕的中长篇书还在流行；许多文化领导部门对曲艺工作的领导还处于软弱无力和放任不管的状态。如何把中长篇书创作、改编和整理工作搞上去，的确事关曲艺发展的全局，必须引起高度重视。大家一致表示，今后一定加强学习，深入生活，作者与演员通力合作，创作、改编、整理出更多更好的中长篇书，为满足广大群众精神文化生活的需求，促进社会主义精神文明建设做出新的贡献；同时希望有关文化领导部门切实改进和加强领导。出席会议的全体同志向全国发出倡议书，有力地促进了中长篇书的创新和发展。

《曲艺》编辑部还以继承与创新为主题，通过座谈会、研讨会和发表文章等形式，及时交流了各地继承与创新的情况和经验，宣传了继承与创新的成果，探讨了继承与创新的问题，积极引导、鼓励曲艺工作者在继承曲艺的优秀传统的基础上，学习、借鉴古今中外的优秀文化成果和经验，锐意创新，使我国的曲艺艺术从思想内容到表演艺术、音乐唱腔以及艺术形式、艺术风格、艺术流派，都呈现新的面貌和更加绚丽多彩，以适应广大听众特别是青年听众的欣赏要求。

为了奖励和推广三年来各地涌现出来的优秀曲艺作品，进一步调动曲艺创作者的积极性和创造性，促进曲艺创作的繁荣，《曲艺》编辑部还举办了评奖和征文活动。

全国优秀短篇曲艺作品评奖活动，是《曲艺》编辑部与中央人民广播电台文艺部于一九七九年秋天共同发起的，具体做法是，请各省、自治区、直辖市曲协等曲艺团体、广播电台文艺部和有关文艺报刊等单位推荐在全国上演过（包括在广播电台、电视台播放过）或在报刊上发表过的，有较高的思想性和艺术性，在群众中有较大影响的短篇曲艺作品，并要求各推荐单位附寄原作及作者情况、群众反映和推荐意见；同时在报刊上刊登征文启事，欢迎广大曲艺工作者、文艺工作者和广大听众、读者参加推荐；然后由中国曲协和中央人民广播电台聘请著名曲艺作家艺术家和评论家等有关人士组成评奖委员会，认真按照评奖标准和要求进行评议，力求把专家的评论和群众的反映结合起来，做到客观公正，真正达到评奖的目的。

在各方面的大力支持下，评奖活动进展顺利，于一九八〇年十一月揭晓，计评出一等奖四篇，二等奖二十五篇，三等奖二十五篇，颁发了证书和奖金，并在《曲艺》杂志和中央人民广播电台予以公布。

此后，协会以不同方式征求了各方面对这次评奖活动的意见，进行了研究和总结，一致认为，这次评奖活动反映了粉碎“四人帮”三年来短篇曲艺创作的成就和发展趋势，作品的主题、题材和表现手法渐趋多样化，呈现出思想解放和百花齐放的新气象；同时指出，表现四个现代化伟大进程和新人新事的作品还是显得少了，希望广大曲艺创作者在表现新的现实生活、塑造社会主义新人方面做出更大努力。广播电台、电视台和《曲艺》杂志等报刊对这次评奖活动进行了宣传和评论，全部获奖作品由中国青年出版社出版。

为了庆祝中华人民共和国成立三十五周年，《曲艺》杂志社于一九八四年四月举办了有奖征文活动。征文范围包括各地区、各民族各种曲艺形式的曲艺新作。应征作品要求生动地反映新中国成立三十五周年来，我国人民在中国共产党领导下建设社会主义的光辉历程和各条战线取得的伟大成就，也希望创作一些揭露、讽刺危害社会主义事业的不良现象的作品。应征作品要努力把革命的思想内容与尽可能完美的艺术形式统一起来，把思想性、娱乐性和艺术性统一起来，尤其欢迎适合农村演唱需要的作品。

这次有奖征文活动，获得各地曲艺作者的热烈响应。应征作品陆续在《曲艺》杂志上选载或推荐给中国曲艺出版社出版。一九八四年底，公布评奖结束，计一等奖一篇，二等奖五篇，三等奖五篇，在《曲艺》杂志上公布，并发表了评论。

一九八七年是《曲艺》杂志创刊三十周年，中国曲艺家协会和《曲艺》编辑部在中国文联“文苑”举行座谈会，众多曲艺界、文艺界人士出席，表示热烈祝贺，并对今后工作提出希望和要求。荣高棠、阳翰笙、贺敬之、吕骥、曹禺、周巍峙、王蒙、陶钝、马烽、赵风、骆玉笙、马三立、胡絜青、刘绍棠等题词致贺，王朝闻、康濯、柯蓝、阎肃、谢添、王鸿、何迟、马季、陈增智和杨振雄、魏喜奎、李丹红等寄来诗文和画作，情真意切，褒勉有加，令人鼓舞。同时，《曲艺》编辑部举办了征文活动，郝赫、崔砚君、张震、赵连甲、梁左、姜昆、陈增智、何祚欢、常宝华、廉春明、傅怀珠、黄宏、石世昌、陈亦兵、焦广文等踊跃应征，创作了一批好作品。

上述题词和作品，均在《曲艺》杂志发表，受到人们的欢迎。

如上所述，《曲艺》编辑部联合有关单位采取的几项重要措施和举办的一些重要活动，对促进曲艺创作的繁荣起到重要作用。其中有些作品，经过演员的加工和再创造，演出后受到广大听众的热烈欢迎，还在全国曲艺会演和比赛中获奖，从而大大鼓舞了作者的创作热情，促进了作者与演员的合作和曲艺舞台的创新与繁荣，并对各省、自治区、直辖市的曲艺工作产生了积极的影响。

鉴于曲艺评论的重要性，而曲艺评论又长期是曲艺工作的一个薄弱环节，《曲艺》杂志复刊以来，一直把曲艺评论作为工作的重点之一，着力组织和发表了一些评论文章，及时宣传了党的文艺方针、政策和党中央关于文艺工作的指示精神，肯定了曲艺创作、曲艺工作的成就，探讨了曲艺发展中的重要问题，弘扬了正气，批评了歪风。由于这些评论文章力求实事求是，观点鲜明，与人为善，对于曲艺工作者坚持正确的文艺方向，防止和克服错误思潮的影响，起到积极的作用。

为了促进曲艺队伍建设，《曲艺》杂志在发表的文章中，反复强调了提高曲艺工作者的思想艺术素质的极端重要性和必要性，及时宣传了大量先进人物、先进集体的感人事迹和经验，并进行了评论，鼓励大家以“人类灵魂工程师”的标准要求自己，努力做德艺双馨的文艺工作者。对于培养接班人的工作和新涌现出来的优秀人才，更给予热情的关注。许多优秀的曲艺家和曲艺工作者都经过《曲艺》杂志的宣传，被更多的人们所了解，从而更加激发了他们的创造精神和服务热情，增强了他们继续前进的信心。

此外，《曲艺》杂志还承担着沟通曲艺信息的任务，及时报道了中国曲艺家协会和有关文化领导部门举办的重要曲艺活动，以及各地的曲艺动态。

《曲艺》复刊以来，我一直担任主编。我的主要职责是主持中国曲艺家协会的工作，还担任了两届中共中国文联党组成员，一届中国文联副主席，两届全国政协委员以及其他一些社会职务，工作繁忙，社会活动很多，但我始终把刊物工作放在重要位置，从刊物的方针、任务到选题计划，从审定每期的稿件，到撰写编辑部评论，以及编辑部的思想工作，等等，我都努力尽职尽责，从来不敢懈怠，不敢掉以轻心，但仍感到有不少缺点和不足。先后担任《曲艺》杂志副主编的有赵亦吾、赵日成、李志同志，他们和编辑部的同志一起做了许多工作。

二〇〇三年三月，我正式办了离休手续，担任名誉主编；主编、副主编由郭鸿玉、张小枫担任，他们坚持既定的办刊宗旨，为办好刊物继续做出积极的努力。

我认为，复刊以来的《曲艺》杂志，主流是好的，成绩是显著的；工作中也存在一些缺点，遇到一些不易解决的问题。比如，全国只有《曲艺》杂志这样薄薄的一本综合性曲艺刊物，作为中国曲艺家协会用以推动工作的舆论阵地，要承担上述各方面的任务，又要满足各方面不尽相同的要求，实在力难从心。尤其值得注意的是，随着我国经济和文化事业的发展，人民群众的精神文化生活的需求不断提高，人们选择文化生活的余地越来越大；同时，西方文化对我国民族民间文化艺术的冲击逐步加剧，文化市场的竞争日趋激烈，《曲艺》杂志同全国曲艺界一样，既有良好的发展机遇，也面临着严峻的挑战。《曲艺》杂志如何坚持正确的办刊宗旨，不断提高思想艺术质量并扩大发行，把社会效益和经济效益统一起来，任重道远，工作也会更加艰苦。我们必须紧紧团结在以胡锦涛同志为总书记的党中央周围，高举中国特色社会主义的伟大旗帜，以邓小平理论和“三个代表”重要思想为指导，落实科学发展观，坚持先进文化的前进方向，努力提高思想艺术素质和工作能力，与时俱进，开拓创新，群策群力，艰苦奋斗，才能把《曲艺》杂志办得更好，为繁荣曲艺艺术，发展社会主义先进文化与和谐文化，不断做出新的更大的贡献。

二〇〇五年七月，姜昆同志担任《曲艺》杂志主编，我担任名誉主编，后被聘为顾问。这时候，我的主要精力已经转向文艺研究和回忆录的写作，实际上不再参与编辑工作了。

二〇〇七年春，中国曲艺家协会在北京人民大会堂召开座谈会，祝贺《曲艺》杂志创刊五十年。许多曲艺界和文艺界人士到会祝贺，回顾了他们长期以来与《曲艺》杂志结下的情缘，并对《曲艺》的未来寄予厚望。我在讲话中扼要讲了自己的感想，同时在《曲艺》杂志发表了《光荣的任务，艰苦的历程》一文。这也算我对五十年来从事《曲艺》杂志编辑工作的一个交代。

三

在我的编辑生涯中另一项历时很长也很艰苦的工

作，是主编《中国曲艺志》。

《中国曲艺志》是一九八六年春天经全国艺术规划领导小组研究，由文化部、国家民委、中国曲艺家协会共同主持编纂的，并委任我担任主编。《中国曲艺志》同文化部、国家民委和有关文艺家协会共同主持编纂的《中国戏曲志》《中国戏曲音乐集成》《中国曲艺音乐集成》《中国民间歌曲集成》《中国民族民间器乐曲集成》《中国民族民间舞蹈集成》《中国民间歌谣集成》《中国民间谚语集成》《中国民间故事集成》等，都属于国家重大艺术科研项目，总称《中国民族民间文艺集成志书》。

编纂《中国曲艺志》，是我国曲艺事业发展的需要，也是一项创举。我国的曲艺，如同戏曲等民族民间艺术一样，源远流长，丰富多彩，是中华民族文化艺术的重要组成部分，历来深受广大人民的欢迎。但在旧社会里，曲艺和曲艺艺人却长期被统治者所鄙视，不能登大雅之堂；为曲艺修志，更无从谈起。新中国成立之后，在党和人民政府的重视和关怀下，曲艺艺人才改变了受压迫受侮辱的命运，成为自觉地为人民服务的文艺工作者；曲艺艺术才像枯木逢春一样，获得新的生机与活力，日趋繁荣，自立于社会主义文艺之林；也才有可能编纂《中国曲艺志》，并被列为国家重点科研项目。

《中国曲艺志》的主要任务是坚持以马克思主义、毛泽东思想为指导，贯彻“百花齐放、推陈出新”

的方针，全面、系统、科学地记述我国曲艺的历史和现状，记述新中国曲艺改革的成就和曲艺史、论的研究成果。这对于繁荣和发展我国曲艺艺术，弘扬民族文化，促进国内外文化艺术交流，无疑具有重要的意义。

《中国曲艺志》作为国家重点科研项目，必须在尽可能详细地占有资料的基础上进行深入的分析研究，严格按照志书的编纂体例和要求进行编纂，才能编成一部集中体现当前我国曲艺学术研究水平的好志书。

为使这部志书尽可能做到内容丰富，资料翔实可靠，特色鲜明，决定在统一的编纂方针指导下，按照当时的行政区划，各省、自治区、直辖市根据《中国曲艺志》编纂方针、原则、体例和要求分别编纂立卷。这是一项有着重大而深远意义的大工程。我能为编纂这部志书贡献自己微薄的力量，感到非常荣幸；作为主编，我更深感担子沉重。我虽然长期从事编辑工作，但还缺乏编纂志书的经验，而且无先例可循。如何主持好志书编纂工作，协调好与地方的关系，使这部志书按计划高质量地完成？工作中一定会遇到很多困难和问题，我们必须以马克思主义为指导，坚持解放思想，实事求是，边做边学，做出极大的努力。

第一步是搭班子，立章程。

《中国曲艺志》主编、副主编和编辑部工作人员没有专职人员编制。主编由我担任，副主编由王波云、周良同志担任，共同主持志书编纂工作。王波云同志原为中国艺术研究院主办的《文艺研究》主编，周良同志原为苏州市文化局、文联负责人，都是在革命战争年代参加工作的老同志，长期从事文艺工作，并有丰富的编辑工作经验。编辑部可设在中国曲艺家协会或文化部所属中国艺术研究院，后商定设在中国艺术研究院。

最初由曲艺研究所贾德臣同志、北京市文联退休干部王素稔同志参加编纂体例等文件的起草工作和联络工作。一九八七年后，王素稔同志病逝，贾德臣同志也不再兼任志书编辑部的工作，由蔡源莉、吴文科同志先后担任编辑部主任，负责日常工作，并担任责任编辑。原来打算成立编辑委员会，作为志书的指导和咨询组织，后考虑到人员的组成和运作有许多困难，决定采取多方征求意见的方法，没有成立编委会。所谓立章程，就是拟订《中国曲艺志》编纂方针、计划、地方卷编纂体例以及审稿程序等文件，以便各地有所遵循，编成一部符合统一标准和要求又有鲜明的地方特色，具有科学性、知识性、资料性、权威性的多卷本大型志书。

上述文件拟出后，文化部、国家民委、中国曲艺家协会即向各省市、自治区、直辖市文化厅（局）、民委和曲协发出联合通知，请各地加强领导，按照上述文件的要求，不失时机地、高质量地完成这项对社会主义精神文明建设及文艺事业的繁荣有重大现实意义和深远历史意义的工作。

第二步是采取具体措施，积极推动志书编纂工作。

一九八六年八月，在兰州召开的全国民族民间文艺集成志书编纂工作会议上，我除宣传《中国曲艺志》编纂工作的重要性、紧迫性，并向各地有关部门提出要求外，还邀请各地文化厅（局）负责人和志书地方卷负责人举行座谈会，交流了工作情况和经验，交换了今后工作的意见，并由我代表全国艺术科学规划领导小组与河北、辽宁、黑龙江、湖北、湖南、贵州、陕西、甘肃、浙江等九省第一批签订了议定书。这九个省近一年来都积极开展了工作。未签订议定书的省、自治区、直辖市也做了许多工作。

为了进一步推动志书编纂工作，一九八七年十一月在长沙召开了《中国曲艺志》全国编纂工作会议，进一步交流了各地的情况和经验，着重研究了编纂工作中遇到的一些重要问题，详细讲解了地方志编纂体例和注意事项，并与北京、内蒙古、河南、宁夏、广西签订了议定书。我在会议结束时做了总结，要求各地务必充分认识编纂志书的重要性和艰苦性，并回答了一些重要问题，如曲艺的基本特点及其与戏曲的区别问题，少数民族说唱艺术与少数民族文学的联系与区别问题，以及二人转、故事的归属问题，等等，要求大家严格按照志书编纂方针、体例的要求，深入实际调查研究，群策群力，抓紧而又认真细致地做好志书编纂工作。

接着，又应地方志书编辑部的要求，先后在河南鸡公山和甘肃敦煌举办了两期讲习班，前者是全国性的，后者是部分地区的，主要内容是学习研究编纂体例和编写方法，以便进一步统一认识，加快编纂工作步伐，争取少走弯路多出成绩。大家反映，上述措施对于提高编辑人员的思想业务水平，深入开展志书编纂工作，具有重要的意义。

常言说："盛世修志。"今天能够编纂《中国曲艺志》，从根本上说，就在于我们有良好的社会环境和条件。比如说，党和国家对这项工作非常重视，不但在方针上给予指导，而且在人力、物力上尽可能地给予保证；广大曲艺工作者和热心曲艺事业的同志，都对这项工作表现出极大的热情；新中国成立以来，曲艺工作取得显著成绩，为志书编纂工作打下了一定的基础，许多地方志书的编纂工作出现了好的势头，初步摸索出一些好的做法，等等，都使我们增强了前进的信心。同时，我们也深深感到，志书编纂工作还面临着许多困难和棘手的问题。

一是缺乏资料。我国的曲艺虽然历史悠久，丰富多彩，遍布各民族、各地区，深受人民群众的欢迎，但在旧社会一向为封建统治者所鄙视，历代史籍、志书绝少提及，曲艺资料大都活在艺人脑子里和口头上，曲艺史论著作更属凤毛麟角。新中国成立后，在"百花齐放、推陈出新"方针指引下，各地曾进行了一些记录、收集和整理工作，但是，"文化大革命"中又大都散失。许多有成就的曲艺艺人陆续去世，熟悉曲艺情况的人越来越少。因此，必须抓紧时间采取多种方式，广泛地进行访问和社会调查，记录、收集、整理曲艺资料，并抓紧进行分析研究，才能为志书提供翔实可靠的资料。特别是边远地区和少数民族的曲艺资料，大都由历代艺人口头传承，缺乏文字记载，艺人口述的资料，又必须译成汉语，录成汉文，加上地域广阔，山水阻隔，记录、收集资料的工作更加艰苦。这就不但需要付出大量的人力、时间和必要的经费，更需要编辑人员发扬不计名利、甘于奉献和艰苦奋斗的精神。否则，要编好志书是不可能的。

二是缺少专业研究人员和编辑人员。各地均无曲艺研究机构，有些艺术研究机构和文艺报刊也大都缺乏专职曲艺研究人员和曲艺编辑人员；地方志书编辑部都是临时从与曲艺有关的文化部门中抽调出来的同志和聘请的离退休老同志组成的。他们有很强的事业心，爱好曲艺，对志书工作抱有很大的热情，但对曲艺缺乏深入了解和研究，更缺乏编纂志书的经验。《中国曲艺志》有严格的体例和明确的要求，包括综述、图表、志略、传记四个部类；志略又包括曲种、曲（书）目、音乐、表演、舞台美术、班社机构、演出场所、演出习俗、文物古迹、报刊专著、异闻传说、谚语口诀等部分；选编历代官方发布的有关曲艺的文件作为附录。门类齐全，项目繁多，各部类与各部分所要记述的内容有联系，记述的角度、详略和方法又有区别。如何把志书编纂体例的要求同各地曲艺发展的实际情况密切结合起来，如何把各部类和各部分之间的联系与区别的关系解决好，切实达到“资料共享，观点共识，体例共守，责任共负”，“详其史实，明其源流，精其论断，严其体例”的要求，使各个地方卷既有鲜明的地方色彩，又符合志书统一规格的要求，既有丰富可靠的资料，又能体现出我国曲艺史论研究水平的好卷本，成为一部多卷本的大型志书，的确很不容易。此外，有少数地方文化主管部门对志书工作不够重视，少数主编不能履行职责，以及志书经费被挪作他用等，也给志书工作造成一些困难。

所幸的是，参加志书编纂工作的同志，没有在困难面前退缩下来，而是知难而进，与广大曲艺工作者和各界有关人员密切合作，经过坚持不懈的艰苦努力，终于把地方卷初稿陆续编纂出来。

鉴于志书编纂工作的重要性和复杂性，《中国曲艺志》采取了初审、复审、终审三审制，以保证其质量。

初审。

地方卷初稿，经《中国曲艺志》正副主编和编辑部审阅后，如认为基本符合初审的要求，即安排初审会。初审人员包括《中国曲艺志》正副主编和编辑部负责人、责任编辑，并邀请部分熟悉编纂体例又了解该地区曲艺情况的曲艺专家作为特邀审稿员，一起审阅初审稿，提出意见，并就一些重要问题进行讨论。地方卷正副主编和编辑部有关人员参加会议，汇报编纂工作情况，听取意见。然后，两个编辑部就会议提出的问题和意见、建议以及下一步工作安排交换意见。

初审会是一个极为重要的环节，要求大家认真贯彻“百花齐放、百家争鸣”的方针，坚持实事求是，高标准、严要求，既充分肯定地方卷本的成绩和大家所做的努力，又同志式地指出缺点和问题，提出修改意见和建议。遇到比较复杂的学术问题，还要进行深入的讨论。

由于编纂曲艺志是一项开创性的工作，各地方卷初审稿都无一例外地存在一些重要问题，与志书的要求有很大差距，主要是，有些重要的东西被遗漏，需要进行补充；有些事情有不同说法，需要深入研究，做出正确判断；有些似是而非的东西，需要删除；有些东西在各部类各部分的记述中自相矛盾，需要统一。

另一个大问题是，许多地方卷都未能严格按照编纂体例的要求进行编写。比如综述，许多地方卷往往把文化背景铺陈过多，有许多东西与曲艺缺乏联系；曲艺历史和现状部分，又采取大事记的写法或曲种的写法，不注意把曲艺与当时的社会和文化背景联系起来，按朝代、分阶段记述曲艺的发展变化。记述“文化大革命”阶段曲艺方面的情况，往往只罗列一些现象，而不注意反映其实质。

比如曲种部分，往往把表演形式、曲（书）目、音乐唱腔、代表性艺人等分块记述，而不注意纵写横开，写出在不同时期、阶段的发展变化。比如曲（书）目部分，往往只偏重介绍其故事梗概，而较少记述其思想内容和艺术特色及流传情况等。

志书中的其他部分以及图表、附录等，也程度不同地存在一些问题。至于文字等方面的问题就更多了。大多数地方卷字数都在百万上下。为了把问题谈深谈透，又节省时间，要求大家的发言尽可能减少重复，举一反三，每个地方卷的初审会，也要开四至五天。最后，再由《中国曲艺志》编辑部和地方卷编辑部一起开会，主要听取地方卷编辑部的意见和今后工作安排，商定下一步工作。

地方卷编辑部的同志普遍反映，这样的初审会对他们帮助很大。

复审。

这个环节也非常重要。复审会的主要任务是，检查初审会后地方卷的修改情况，还存在什么问题，又发现什么新的问题。复审会不再邀请特邀审稿员，主要由《中国曲艺志》正副主编和编辑部的同志发表意见，然后听取地方卷编辑部的意见，商定下一步工作。

我在阅读了复审稿之后，感到地方卷的同志们在初审会后的确做了大量的艰苦的工作，初审会上提出的许多问题基本得到解决。但是，有些问题还有待商榷，有些需要补充、经过努力也能够补充的史料尚未全部补充进来。

特别值得注意的是，我们在每次初审会上虽然都反复强调了把握编纂体例的重要性，并结合地方卷本的情况进行了讲解，虽然反复强调了个人智慧与集体智慧相结合，加强集体研究的重要性和必要性，虽然反复强调了主编的职责和统稿的重要性和必要性，但是，仍未引起一些同志的充分重视，以至在编纂体例方面还存在不少问题需要解决。

还值得注意的是，有些地方的文化主管部门对志书工作仍然不够重视，主编、副主编屡次变动，经费困难以及人事矛盾等，都影响了复审稿的进度和质量。因此，有些复审会开得很费力，很艰苦。许多地方卷的同志诉说他们遇到的困难，我们表示非常理解，尽力给他们出主意，想办法，热情鼓励他们按照复审会上提出的意见知难而进，抓紧进行充实、调整、修改、加工，同时向有关部门的负责人提出希望和建议，解决地方卷编辑部遇到的困难。

终审。

地方卷终审稿编出后，由地方文化主管部门负责人和主编写出审查报告，连同全部文稿、图片等送《中国曲艺志》编辑部进行终审。一般不再开会，先由《中国曲艺志》编辑部审阅。应该肯定，各地志书编辑部在复审后继续做了大量艰苦细致的工作，多数地方卷基本达到终审稿的要求；但是，有不少地方卷终审稿还程度不同地存在一些差距和问题，需要做些补充、修改、加工。

《中国曲艺志》编辑部分别担任各地方卷责任编辑的同志，要按照终审的要求，仔细检阅全部文稿、图片等资料，并及时将补充、修改的意见和建议告知地方卷编辑部，请他们抓紧研究解决；同时积极帮助他们解决编写体例等方面的一些具体问题。有的地方卷往往经过多次磋商、修改，然后请正副主编审定，如发现新的问题，由责任编辑与地方编辑部沟通，再做修改。最后由主编签署审查意见，建议全国艺术科学规划领导小组核准出版。

《中国曲艺志》编纂工作历时二十二年，终于全部完成。我同所有从事和参与编纂工作的同志一样，如释重负，深感欣慰，同时也有遗憾。由于种种原因，《中国曲艺志》各卷的编纂水平还很不平衡，有的内容比较单薄或有所欠缺，有的文字还比较粗疏，特别是涉及的某些学术问题还有待进一步论证。我在工作中也有考虑不周之处。我们已经做到的同我们希望做到的之间，还有一定的差距。聊以自慰的是，大家总算尽了自己的心力，弥补了曲艺无志的空白，为曲艺界和各界人士提供了一部可资借鉴的大型志书，为今后重修志书打下了坚实的基础，并创造和积累了一些宝贵的经验。我和所有参与志书编纂工作的同志也从中学到许多有益的东西，受到切实的锻炼。

尤其令人难忘的是，许多参与编纂工作的同志始终抱着坚强的事业心、责任心和极大的工作热情，不图名利，不辞劳苦，忘我工作，有些同志年老体弱，甚至身患绝症，还坚持工作，表现出崇高的精神境界，我深受感动。我衷心感谢他们为志书所做的艰苦努力，敬佩他们的敬业精神。地方卷主编，如王松声、李国春、赵洪滔、宫钦科、张军、朱楚康等同志，都积劳成疾，或致病情加重，未能看到《中国曲艺志》全书问世，就永远离开我们。许多为志书尽心尽力的专家和曲艺工作者及有关人士也先后辞世。这是多么令人痛惜和遗憾啊！好在历史是公正的，凡是在历史上做过好事的人，人们是不会忘记的。曲艺界和关心曲艺事业的人，更不会忘记他们的辛劳和成绩。如果若干年后重修《中国曲艺志》的话，大家会沿着他们的足迹继续前行，用更好的成绩告慰他们。

同《中国曲艺志》一样，《中国戏曲音乐集成》《中国曲艺音乐集成》《中国民族民间器乐曲集成》《中国民间歌曲集成》《中国民族民间舞蹈集成》《中国戏曲志》《中国歌谣集成》《中国民间故事集成》《中国谚语集成》的编纂工作，都经过漫长的艰苦历程，除《中国民族民间舞蹈集成》《中国戏曲志》等较早编纂出来外，多半在近几年才完成编纂任务。在此期间，《中国民族民间舞蹈集成》主编吴晓邦同志、《中国戏曲志》主编张庚同志、《中国民间歌曲集成》主编吕骥同志、《中国民族民间器乐曲集成》主编李凌同志、《中国谚语集成》主编马学良同志、《中国民间故事集成》主编钟敬文同志和参加编纂工作的许多同志，亦未能看到全部集成志书的出版而相继去世，留下难以弥补的遗憾。其中许多同志都是我国卓有成就的文艺家，也是我所敬重的同志和朋友，想起他们，思念之情难以自已。

四

曲艺书刊出版困难，由来已久。中国曲艺家协会于一九七八年恢复工作后，许多从事曲艺创作和研究工作的同志就向协会提出创办曲艺出版社的建议。协会主席团研究后，也深感有此必要。

一九八〇年初，陶钝同志向国家出版局陈翰伯同志谈及此事，陈翰伯同志表示完全理解和支持；国家出版局很快就批准中国曲艺家协会关于成立中国曲艺出版社的申请报告。协会同志把筹建出版社当作一件大事，各方面也给予积极支持。社长由陶钝同志兼任，总编辑由我兼任，副社长由许光远同志兼任，全社大事集体研究决定，日常工作的分工是：陶钝负责审定传统曲艺方面的书稿，我负责全面工作与审定创作和理论研究方面的书稿，许光远负责出版行政等方面的工作。编辑部和出版发行等部门的工作人员编制十二人，一部分由协会工作人员兼任，一部分由外面调入。开办经费由协会筹措解决。茅盾同志欣然题写了出版社社名，并为即将编辑出版的不定期学术研究刊物《曲艺论丛》题写了刊名。同年五月，中国曲艺出版社正式宣告成立。

中国曲艺出版社的宗旨和任务是：认真贯彻文艺为人民服务、为社会主义服务的方向和百花齐放、百家争鸣、推陈出新的方针，有计划地出版新曲艺作品、传统曲艺作品和曲艺理论研究等著作，以促进曲艺事业的发展与繁荣。鉴于当时文艺界、出版界已经出现“一切向钱看”、把作品商品化、不顾社会效果的不良倾向，出版社及时提出，无论在什么情况下，都要坚持质量第一，把社会效益放在首位，力求社会效益与经济效益的统一，多出新书、好书，不出坏书。出版物的定价力求低廉，用畅销书的收益贴补一些新书特别是理论研究著作的亏损。要求全体工作人员增强社会责任感和历史使命感，发扬艰苦奋斗的作风，廉洁自律，自觉抵制错误思潮的侵蚀和影响，不卖书号，不收“红包”。我和陶钝、许光远等在出版社兼职的同志都尽职尽责地工作，不领取编辑费等任何报酬；专职编辑人员只领取很少的编辑费。

出版社尽管面临着许多困难，办公条件很差，但经过大家的共同努力，各方面的工作都不断地向前推进。尤其难忘的是，陈云同志将《关于评弹的谈话和通信》一书交由中国曲艺出版社出版，以示关心和支持。中共中央宣传部、中国文联、中国曲协随即发出通知，要求曲艺界认真学习。由于陈云同志发表的许多意见，丰富和发展了毛泽东文艺思想，对评弹等曲艺艺术乃至整个文艺事业的发展，都具有重要的指导意义，受到曲艺界、文艺界的普遍重视和欢迎。中国曲艺出版社也随之扩大了影响。

中国曲艺出版社成立以来，主要做了以下几方面的工作：

一、陆续编辑出版了许多优秀的和比较优秀的新曲艺作品。如长篇扬州评话《挺进苏北》《广陵禁烟记》，长篇弹词《九龙口》，长篇评书《艺海群英》《杨柳寨》，中篇评弹《真情假意》，中篇评书《山猫嘴说媒》《秘密列车》，中篇故事《小鬼的故事》，短篇鼓曲作品集《白妞说书》，相声集《皆大欢喜》《扬州说书选》《湖北评书作品选》《花花世界》《全国新曲（书）目获奖作品选》和《王尊三曲艺选》《韩起祥曲艺选》《朱光斗快板相声选》等近百部作品。由于这些作品具有较高的思想艺术质量，时代特色鲜明，适合演唱的需要，又经过演出实践的检验，很受广大曲艺工作者和读者的欢迎。

二、陆续编辑出版了许多优秀的和比较优秀的传统曲艺作品。如长篇山东快书《武松传》。长篇扬州评话《武松》，长篇弹词《再生缘》，长篇苏州评话《三国群英会》，长篇评书《兴唐传》《朱元璋演义》，评书《聊斋志异选》《扬州评话选》《福州评话选》《单口相声传统作品选》《常氏相声选》《刘宝瑞表演单口相声选》《相声小段集》《书帽集》等近百部作品。由于这些作品都是根据曲艺名家的演出本经过认真整理的，也受到广大曲艺工作者和读者的欢迎。

三、陆续编辑出版了一些曲艺理论研究著作。如《老舍曲艺文选》《赵树理曲艺文选》《陶钝曲艺文选》《王朝闻曲艺文选》《陈汝衡曲艺文选》《曲艺丛考》《曲艺丛谈》《新曲艺文稿》《中国曲艺论集》《曲艺特征论》《曲艺音乐改革纵横谈》《评弹艺术丛谈》《苏州评弹艺术浅谈》《数来宝的艺术技巧》和《单弦艺术经验谈》《艺海沉浮》，以及重新校订出版的《北平俗曲略》《江湖丛谈》等著作。

四、承担了《曲艺》月刊和《曲艺论丛》《评弹艺术》等不定期刊物的出版任务。

此外，一些曲艺作品和理论研究著作，以及回忆录和传记等方面的著作，也在组织撰写，并计划陆续出版。

在专业曲艺创作、研究人员缺乏，稿源相当困难，而出版社业务人员编制又过少的情况下，能陆续编辑出版这么多的曲艺书刊，并保证其质量，很不容易。无论是专职人员，还是兼职人员，都表现出极大的热情，付出许多心血。陶钝同志年逾八旬，不能上班，还主动地审定传统曲艺作品，指导整理工作。许光远同志在做好协会行政工作的同时，不知疲倦地为出版社的工作奔忙。我是在兼任《曲艺》杂志主编的同时兼任出版社总编辑的，工作的确很忙很累，但想到自己能为曲艺事业多做点有益的事情，看到一本本曲艺书刊问世，深感欣慰。

出版社的工作并非一帆风顺。社会上和出版界错误思潮的冲击，出版社的实际困难，以及人事等方面的矛盾，都使人产生许多烦恼，消耗许多精力。特别是一九八八年下半年以来，由于出版界的混乱和无序竞争等原因，曲艺书刊销路不畅，出版社亏损的情况日益严重。这时多亏时任新华出版社社长、总编辑的许邦同志的支持。

许邦是革命战争年代参加工作的一位老同志，也是我的好朋友。他一向关心中国曲艺出版社的情况，认为销路不畅的问题的确需要抓紧解决。我们商定，可以采取新华出版社和中国曲艺出版社联合出书的办法，运用新华出版社出版发行的优势，来解决中国曲艺出版社发行渠道不畅的问题。具体办法是：保证按计划出版曲艺书刊，如有盈利，两家分；如有亏损，由新华出版社负担，并每年拨给中国曲艺出版社二十五万元，作为工作人员工资福利和办公之用。经过两家出版社的主管单位——新华通讯社和中国曲艺家协会研究同意，于一九八九年四月正式签订了协议书。实行联合出书的办法之后，曲艺书刊发行的情况迅速好转。在两社联合举行的新年联欢会上，大家都为两家出版社的友好合作频频举杯祝贺，并一致表示，要长期友好合作下去，为文化出版事业做出贡献。

然而，天有不测风云。一九八九年十一月十三日，新闻出版署突然向中国曲艺家协会发来《关于停办中国曲艺出版社的决定》。协会同志都感到十分诧异。经询问，中国文联和各协会报刊出版整顿工作领导小组负责人才告诉我，说文联和各协会报刊出版整顿方案已由新闻出版署定下来了，主要理由是，中国曲艺出版社与新华出版社联合不符合有关规定；中国民间文艺家协会主办的民间文艺出版社、中国舞蹈家协会主办的舞蹈出版社也因人员太少等原因同时停办，并说中共中央宣传部已经听取了汇报，最近就要宣布。我当即表示，这个方案是不妥当的，不宜过早宣布，以免造成不良影响。同时，我致函新闻出版署提出意见，希望新闻出版署和文联各协会报刊出版整顿工作领导小组多点实事求是精神和民主作风，入情入理地解决问题。

十一月二十三日，我又致函中共中央宣传部李彦同志并转王忍之、贺敬之、徐惟诚同志（附致新闻出版署函），请他们予以关注。我还在中共中央宣传部的会议上发表过自己的看法和意见。一九九〇年一月，中共中央决定调整中国文联党组，任命林默涵同志为书记，孟伟哉同志为副书记，罗扬、徐怀中、董良翚、李振玉同志为党组成员。这时中国民间文艺家协会和中国舞蹈家协会负责人表示，愿意与中国曲艺家协会合作，三家联合组建一家出版社，以解决曲艺、民间文艺、舞蹈书刊出版的困难。

一月二十五日，中国曲协经过认真研究并征求协会主席团意见后，向文联党组送交了一份报告，详细陈述了中国曲艺出版社的情况和停办后造成的不良影响，建议恢复中国曲艺出版社；如不能恢复，建议由中国曲艺家协会、中国民间文艺家协会、中国舞蹈家协会主办的三家出版社共同组建一家出版社，并草拟了具体方案。

文联党组最后决定，以停办的三家出版社为基础，建立大众文艺出版社，由文联主管，原来三个出版社各出一位同志参加领导班子，以保证曲艺、民间文艺、舞蹈方面图书的出版。但是，事情并不顺利。由于原来达成的协议并未能落实。中国曲艺家协会、中国民间文艺家协会、中国舞蹈家协会也不再对大众文艺出版社抱有希望。此后，曲艺书刊的出版就越来越困难了。

想到中国曲艺出版社的挫折和不幸，想到曲艺书刊出版的困难，我的心情总是难以平静。

五

中国曲协恢复工作以来，我还应邀主持了《中国大百科全书·戏曲曲艺》卷（曲艺部分）、《中国新文艺大系·曲艺集（一九四九—一九六六）》、《当代中国曲艺》和《中国说唱文艺丛书》的编辑工作。

《中国大百科全书》是国务院于一九七八年决定编辑出版的我国第一部百科全书，由我国各界著名人士组成编辑委员会，由胡乔木同志担任主编，并成立了中国大百科全书出版社负责此项工作，分卷出版。出版社社长姜椿芳同志于一九八〇年初来中国曲艺家协会，建议协会主编《中国大百科全书·戏曲曲艺》卷曲艺部分，并提出了具体要求。我当即表示赞同和支持，经协会研究决定，成立了以陶钝同志为主任，罗扬、沈彭年、侯宝林、吴宗锡同志为副主任，以王亚平、王素稔、启功、陈汝衡、周良、胡度、谌亚选、谭正璧等同志为委员的编辑委员会，并成立了由沈彭年担任主编、王素稔担任副主编的编写组具体负责此项工作。陶钝同志因年事已高，委托我主持编辑委员会的工作。

一九八〇年夏天，在北京全国人大招待所召开了编辑委员会会议，按照《中国大百科全书》编辑方针、体例和具体要求，结合我国曲艺历史和现状的实际情况，交换了意见，商定了曲艺部分的编辑框架、条目、编写方法和工作计划。会后即由编写组和协会研究部的同志逐步落实。

这是一项带开创性的工作，加上曲艺资料积累不多，研究工作薄弱，编辑工作的困难可想而知。令人高兴的是，在编撰过程中，全国曲艺团体、艺术研究机构给予热情支持，许多专家、学者积极参与撰写、编辑工作。一年多来，经过各方面的共同努力，终于将初稿编写出来，包括曲艺史、曲艺文学、曲艺艺术和曲种四个分支近四百个条目，配有许多精美图片，选收了最新的研究和资料，概括反映了新中国成立以来曲艺研究水平。原计划曲艺部分四十万字戏曲部分八十万字，后来姜椿芳同志要求戏曲部分和曲艺部分都压缩一些，全卷不要超过一百万字；于是又花了许多功夫进行压缩修改，至一九八二年初才完成了编撰任务。后来得知戏曲部分并未压缩，我主张曲艺部分再恢复一些条目，有些条目再加以充实，但出版社急于发稿，编写组也有些为难，所以出版后的曲艺部分同戏曲部分的数量相比较就显得过少了。但总的看来，工作是认真的，各方面的反映也是好的。我国学术界、艺术界也都给予关注，认为这部书的出版，有助于人们了解我国的曲艺艺术，发扬曲艺的优良传统，促进曲艺和相关方面的学术研究和艺术交流。

《当代中国曲艺》是邓力群、马洪、武衡同志主编的《当代中国》丛书中的一卷，是一九八五年中国曲艺家协会应邀组织编撰的，由我担任主编，周良、郗潭封、戴宏森同志担任副主编。全书分为七编，除第一编综合记述当代中国曲艺的发展历程及其成就外，其他六编按评书评话类、鼓曲唱曲类、快书快板类、相声滑稽类、少数民族说唱艺术、队伍建设分别记述全国影响大、代表性强的曲种在新中国成立后改革发展的情况、艺术特色和曲艺队伍建设的基本情况，分别由罗扬、戴宏森、章辉、郭鸿玉、刘洪滨、刘学智、薛宝琨、卢昌武、王济、许光远等同志撰稿。附有当代中国曲艺大事记、彩色插图及外文目录。为了统一认识，大家一起研究了《当代中国》丛书的编撰方针、体例和编写方法与《当代中国曲艺》的编写框架和具体要求。

在编撰工作中，大家认真按照《当代中国》丛书总序提出的要求，坚持以马克思主义、毛泽东思想和党的方针政策为指导，遵循实事求是的科学态度，不虚美，不掩过，力求用可靠的事实材料，如实地记述新中国成立以来曲艺改革和发展的情况和经验教训。

初稿写出后，经过大家反复讨论、修改，于一九八七年定稿，因当代中国出版社发生困难，未能如期出版。中国曲艺家协会考虑这部书有助于促进曲艺研究和《中国曲艺志》编纂工作，经与当代中国出版社协商，各拨出一些经费，于一九九八年十月出版。各地曲艺界的同志特别是参与《中国曲艺志》编纂工作的同志，都把这本书当作一本重要的参考书。

《中国新文艺大系》是由中国文联主办，以周扬同志为总顾问，陈荒煤同志为总主编的一部大型丛书。《中国新文艺大系·曲艺集（一九四九—一九六六）》是其中的一部，由我担任主编，由郗潭封、许光远同志担任主编助理，于一九八七年开始编选。

在工作中遇到的主要问题是，中国曲艺家协会收集的书刊等资料，在“文化大革命”中大部分散失，有些图书馆曲艺书刊资料也为数很少；而要编选一本能够比较全面地反映新中国成立后至一九六六年曲艺创作优秀成果的曲艺集，就必须尽可能多地占有资料，这的确是一个很大的困难。好在我和郗潭封、许光远同志都长期从事曲艺工作，对曲艺创作、演出和曲艺界的情况还比较熟悉，知道一些寻求资料的线索，许多单位和个人也给予积极支持，才基本上解决了所需资料的困难。

在编辑工作中，我们按照《中国新文艺大系》编选工作的要求，坚持应用历史唯物主义和辩证唯物主义的观点，对十七年中的曲艺作者和他们的作品在当时历史条件下所具有的代表性，强调尊重历史，尊重事实，强调质量第一，力求达到精选、严选、拔萃与代表性相统一，全面反映新中国十七年曲艺创作的概貌；有些作品经过反复比较研究才确定下来，对有些作品我们还做了必要的订正。香港、澳门、台湾的代表性曲艺作品，因资料不全，难以精确选拔，暂未收录。

这本曲艺集于一九九〇年九月出版。

《中国说唱文艺丛书》是中国说唱文艺学会决定编辑的，由我和王波云、许邦同志共同主编。计划选收我国各民族、各地区历代产生的各种形式的说唱文艺作品、说唱文艺理论研究著作、说唱文艺历史著作、说唱文艺作家艺术家传记、说唱文艺创作演唱经验和回忆录，以及重要的说唱文艺资料等。与说唱文艺关系密切的文艺著作和历史著作，亦拟酌情选收。《檀板弦歌七十秋》《刘兰芳评传》《曲艺创新录》等，先后由新华出版社、中国文学出版社出版。后因经费困难，未能继续编辑出版。

如上所述，是我五十多年来从事曲艺编辑工作的一些情况，如果说有什么成绩的话，都是在党的领导下，大家共同努力的结果，我只是做了一些应当做的工作，况且与希望做到的之间，还有不少差距，留有不少遗憾。聊以自慰的是，我在工作中是尽心尽力的，无愧无悔。我深深感谢党和人民对我的培养教育，感谢大家对我的信任与支持。关于编辑工作的甘苦和经验教训，我想经过深入思考后，另做记述。

（《中国曲艺志》编纂工作部分原载《曲艺》2010年1期和《构筑文化长城的人们》，中国文联出版社、文物出版社2009年12月出版）

从事曲艺工作六十年有感

今天是我毕生难忘的日子。我非常感谢中国文联、中国曲协举办这次座谈会，并编印影集，非常感谢同志们拨冗出席，因病或其他原因未能出席的同志还发来贺电、贺信或书面发言。刚才聆听了同志们热情、真挚的讲话和发言，我很感动，深受教育和鼓舞；想到自己对曲艺事业的贡献还很少，也感到不安。

我是一个普通农民的儿子，在民族危难的年代只断断续续地上过小学；也曾做过上中学、上大学的梦，但只是梦想而已。在党的教育培养下，我在思想政治和文化艺术等方面才逐步有所提高和进步，学会做点工作。

我在从事曲艺工作之前，是当小学教师，业余爱好主要是文学，对曲艺了解甚少。我与曲艺结缘，是在一九五一年调到中国曲协筹委会之后，随着学习和工作实践，才逐步加深了对曲艺的了解，越来越深刻地认识到我国的曲艺艺术是广大人民群众所需要和欢迎的艺术，是中华民族文化的瑰宝，是我国社会主义文艺的重要组成部分和做好曲艺工作的重要意义，从而提高了自觉性和主动性，增强了前进的勇气和信心。

六十年来，我经历了新中国曲艺的发展过程，深切感受到中国共产党对曲艺工作的重视和关怀。我国曲艺事业能够获得划时代的发展和辉煌成就，都是在党的领导下，广大曲艺工作者团结奋斗和社会各界积极支持的结果。中国曲协的创建和发展，同样是在党的领导下，全国曲艺界和有关各界以及协会同志集体努力的结果。我只是做了些具体工作，说不上有多少可称道的成绩。同志们热情地给予赞许，党和政府以及有关方面给予奖励和荣誉，是对我的厚爱和鼓励。我时时感念在心，并激励自己，永远不会忘记。

今年我已八十三岁，还很想做点力所能及的事情，弥补一些欠缺和遗憾，以报答党和人民的恩情，回应同志们对我的期望。可是，岁月不饶人，自知余年无多，更感到时光的紧迫和珍贵。在今后的日子里，我一定继续遵照党的教导，牢记自己是一个共产党员，活到老，学到老，奋斗到老，和大家一起，向着我们的共同目标前进，直至生命的止息！

谢谢大家。

（2012 年 4 月 10 日）

“七一”感言

我是在党的培养教育下成长起来的，早就立下加入中国共产党的志愿。一九五二年，我被批准成为一名共产党员，深受鼓舞，更感到任重道远，必须砥砺前行。六十多年来，我一直按照党的教导，认真学习，勤奋工作，发扬党的优良传统和作风，不论遇到什么困难和挫折，从未忘记入党时的誓言，从未忘记党引导、激励我坚定理想和信念，给我智慧、勇气和前进的力量。

我经历了抗日战争、人民解放战争和新中国成立后社会主义建设与改革开放等各个历史时期，见证了中国共产党领导人民进行的艰苦卓绝的斗争和取得的伟大胜利与举世瞩目的光辉成就，愈来愈深切地认识和体会到，中国共产党不愧是伟大、光荣、正确的党，是真正全心全意为人民求解放、谋幸福的党，只有在党的领导下，中国人民才能从胜利走向胜利，同时对世界和平与进步事业不断做出更大的贡献。

现在，全党全国各族人民紧密团结在党中央周围，在习近平新时代中国特色社会主义思想指引下，奋发进取，开拓创新，经济社会建设、政治建设、文化建设和国防、外交等方面的工作，都在迅速而稳健地向前推进，人们的物质生活和文化生活不断改善，中华民族的伟大复兴必能早日实现，中国必将以更加令人仰慕的大国形象屹立于世界！放眼未来，我满怀信心。

我年近九十，体弱多病，有许多想做的事情力难从心。但作为一个老党员，我一定尽可能发挥余热，保持好晚节，努力做到无愧无悔。

（2018 年 7 月 1 日）

曲艺在改革开放中创新繁荣

——庆祝改革开放四十年

四十年，在人类历史的长河中只是短短的一瞬间。然而，中国共产党十一届三中全会以来的四十年，却是中国历史上值得大书特书的四十年。全国各族人民在党的领导下，高举中国特色社会主义伟大旗帜，坚持解放思想，实事求是，改革开放，团结奋斗，取得举世瞩目的光辉成就，并继续以更加昂扬的姿态，满怀信心地向着更高的目标前进。四十年来，我国的曲艺事业同整个文学艺术事业一样，改革创新，继往开来，也发生了深刻变化，呈现出前所未有的百花齐放、争奇斗妍的喜人局面。

曲艺创作演出空前繁荣。粉碎“四人帮”后，广大曲艺工作者如同又一次获得解放，被长期压抑的对林彪、“四人帮”的痛恨和对党、对社会主义的热爱之情立即迸发出来，积极创作演出了许多揭批林彪、“四人帮”的作品和歌颂党、歌颂社会主义、歌颂老一辈无产阶级革命家的作品。党的十一届三中全会以来，我国改革开放和社会主义现代化建设所取得的光辉成就，历届党中央领导同志所作的重要讲话和陈云同志提出的关于曲艺工作的重要指导性意见，使大家深受鼓舞和教育，思想更加解放，创造热情更加高涨，前进的目标更加明确，陆续创作演出了更多的表现新时代、新生活和塑造社会主义新人形象的优秀作品。这些优秀作品的共同特点是，力求把先进的思想内容和尽可能完美的艺术形式结合起来，把思想性、娱乐性和艺术性结合起来，具有强烈的时代精神、浓厚的生活气息和鲜明的曲艺特色，给人以奋发向上的力量。许多传统曲（书）目陆续恢复上演；有些传统曲（书）目经过重新整理加工，放出新的光彩。曲艺表演艺术和音乐唱腔以及舞台美术等，在继承优良传统的基础上，借鉴、吸收姊妹艺术有益的东西，经过自己的咀嚼和消化，也不断有所丰富，有所提高，有所创新和发展，并创造出一些新的曲艺品种和新的艺术流派。经过演员和音乐唱腔设计、伴奏人员在艺术上的再创造，许多曲艺作品成为精美的艺术品，受到听众的热烈欢迎，久演不衰。文化部、中国曲协和各省、自治区、直辖市举办的历次会演、展演、评比、艺术交流活动和历届中国曲艺节等节庆活动中演出的节目，就是其中一部分优秀的和比较优秀的艺术成果。少数民族曲艺之花在文艺百花园中绽放，别具风采。群众业余曲艺活动蓬勃发展，涌现出许多好人才、好节目，丰富了人们的文化生活，为曲艺事业增添了新的血液与活力。在中外艺术交流活动中，曲艺也以自己的独特艺术风貌和魅力赢得人们的好评，证明艺术没有国界，优美的曲艺艺术同样能够走向世界，自立于世界艺术之林。

曲艺遗产和曲艺资料的收集、发掘和整理工作取得丰硕成果。比如，一九八一年，文化部、中国曲协发出《关于收集整理曲艺遗产和曲艺资料的通知》后，各地有关文化部门和曲协组织做了大量工作。又如，一九八五年、一九八六年，文化部、国家民委和有关文艺家协会共同做出编纂十部《中国民族民间文艺集成志书》的决定，并列为国家重大科研项目。其中曲艺方面两部：一是《中国曲艺音乐集成》，由文化部、国家民委、中国音乐家协会共同主持；一是《中国曲艺志》，由文化部、国家民委、中国曲艺家协会共同主持。为编好这两部书，国家和地方投入大量人力、物力和财力，分省、自治区、直辖市立卷，普遍而深入地调查了全国各民族各地区曲艺的历史和现状，收集了难以计数的曲艺资料及有关材料，并做了艰苦细致的分析研究和编纂工作。《中国曲艺志》全面、翔实地记述了我国曲艺的发展历史和现状及新中国成立以来曲艺改革的成就和曲艺史、论研究成果。《中国曲艺音乐集成》选收了全国四百多个曲种的代表性曲艺音乐唱腔，记述了中国曲艺音乐的产生和发展情况，为曲艺音乐研究提供了丰富的资料。两部集成志书的编纂工作历时二十二年，已陆续完成并出版。近些年全国非物质文化遗产保护工作的开展，也促进了曲艺遗产的发掘、整理和传承工作。

曲艺理论评论和编辑出版工作不断有所进展。由于曲艺研究机构和专业研究评论人员极少，困难很多；大部分工作是由热心曲艺研究和评论工作的业余爱好者做的。经过大家的共同努力，曲艺史论研究和曲艺评论都取得可喜的成果。曲艺编辑出版工作也克服种种困难取得显著成绩。比如《曲艺》杂志复刊，中国曲艺出版社等出版机构陆续编辑出版了一些曲艺著作，各地曲协等有关单位编印了一些内部刊物、演唱材料及研究资料，有些报刊也发表了一些曲艺作品和评论文章，等等，都为曲艺的繁荣和发展发挥了积极的作用。

广大曲艺工作者坚持为人民服务、为社会主义服务的方向和“百花齐放、百家争鸣”的方针，坚持“出人、出书、走正路”，为提高人们的精神境界，丰富人们的文化生活，做出积极贡献。更令人敬佩的是，许多优秀曲艺家和曲艺工作者，热爱党、热爱祖国和人民，紧跟时代步伐，坚持改革创新，求真务实，不辞劳苦，不计报酬，自觉地抵制种种错误思潮，全心全意地为人民服务，表现出高尚的精神情操和谦虚谨慎、艰苦奋斗的优良作风，为我们树立了很好的榜样。曾经为曲艺事业繁荣发展做出过重大贡献的一些同志已经离开我们，但他们的风范永存，我们不会也不应该忘记他们。我们正在通过多种途径和方式，培养出许多优秀曲艺人才，继续活跃在曲艺舞台上，成为曲艺界的中坚力量。

四十年来，曲艺事业的确获得空前的发展，取得令人鼓舞的成绩。这是广大曲艺工作者在党的领导下努力奋斗的结果，与社会各界的支持、帮助也是分不开的。成绩来之不易，我们要充分肯定，倍加珍惜。

回顾四十年曲艺发展的历程，我和许多同志的感觉一样，曲艺事业的发展并非尽如人意。从总体上看，曲艺的发展还不平衡，不充分，还不能适应广大人民特别是青年不断增长的精神文化需求。比如，曲艺创作有些滞后，好的中长篇曲艺作品少，更缺乏艺术高峰；有的演出单位演出低级庸俗的东西，把艺术完全商品化，不考虑社会效果，还需要纠正；在曲艺表演和音乐唱腔改革创新中，不注意曲艺的基本特点，盲目追求戏剧化、歌舞化，还值得注意；曲艺研究和评论还相当薄弱，“好处说好，坏处说坏”的少，捧场的多，百家争鸣的风气还没有形成；有些农村曲艺活动处于自流状态，日趋萎缩；培养曲艺新人的工作还有许多困难；有些文化领导部门对曲艺工作还不够重视；等等，都需要认真研究和解决。我们决不可以回避这些困难和问题，盲目乐观，更没有理由骄傲自满。牢记“两个务必”，居安思危，增强忧患意识、责任意识、全局意识和创新意识，对于我们更好地担负起时代和人民赋予的光荣任务，有着极为重要的意义。

中国共产党第十九次代表大会对全党全国的工作

做出重大战略部署，全国人民正在以习近平同志为核心的党中央领导下，沿着新时代中国特色社会主义道路，在经济建设、政治建设、社会建设、文化建设等方面的工作，都迅速而稳健地向前推进。曲艺发展的社会环境和条件越来越好。党的正确领导和明确的文艺方针以及采取的重要措施，为曲艺事业繁荣发展提供了根本保证。曲艺来自人民，人民喜爱曲艺，需要曲艺，曲艺的天地会越来越广阔。只要曲艺工作者心系人民，真诚地为人民奉献更好更多的精神食粮，就会受到人民的欢迎和支持。曲艺界蕴藏着很大的积极性和创造力。一切有理想、有抱负、有能力、有作为的曲艺工作者都会更加自觉更加主动地抓住机遇，应对挑战，努力提高自己的思想道德素质和文化艺术素质，继续解放思想，坚持改革创新，发扬优良传统和作风，创作演出更好更多的为人民需要和欢迎的优秀曲艺作品，同时抓紧培养年轻优秀的创作、表演、音乐和理论研究等方面的曲艺人才。其他方面的工作也会逐步改进和加强。我深信，我国社会主义曲艺事业一定会有新的更大的繁荣和发展！中华民族的伟大复兴必能早日实现，中国必将以更加令人仰慕的大国形象屹立于世界！

（2018 年 11 月）

我的书法情缘

我学习书法，是在家乡威县五安陵小学从“写仿”开始的。

“写仿”就是套着印制的楷体五言诗“一去二三里，烟村四五家，亭台六七座，八九十枝花”去写。王毓春老师先讲些常识，让学生明白为什么要学写字，怎样才能写好字，并作出示范。每天一篇作业，交老师批改。大约过了一个学期，老师就要我临写坊间印制的赵孟頫书陶渊明《五柳先生传》，还讲了注意事项。经过一段时间的练习，我觉得赵体的确流畅好看，写起来也比较顺手，加上老师给予鼓励，更增强了写好赵体字的兴趣和信心，从此与书法结缘。

那时候，农村识字的人很少，写好字的人更是凤毛麟角。谁家有什么婚丧嫁娶之事，需要写点什么，都得求人。家里人和左邻右舍听说我的字写得不错，临近春节就让我写春联。头一次写春联，心里没底，就照着一些人家贴的旧春联写，比如“天增岁月人增寿，春满乾坤福满门”“忠厚传家久，诗书继世长”等，乡亲们看了很高兴，都夸好看，说以后写春联就不用再求人了。这样，自己学习赵体书法也更用心思，也更下功夫了。

我读完小学四年级，考入县立完全小学。五年级级任老师王秀川是家乡有名的才子，都说他有学问，书教得好，书法、绘画、篆刻也很在行，是一位好老师。他家在马安陵，知道我勤奋好学，字写得不错，对我倍加关爱。

一天，他仔细看了我写的赵体字，说我虽然很用功，临摹得不错，就是字太软，缺乏筋骨，要我改临颜体。他说：言为心声，书为心画。文学也好，书法也好，都是人的道德学问和聪明才智的自然流露。颜真卿的书法像他的人品一样，有浩然之气，劲健壮美，令人起敬。王老师收藏的图书、碑帖很多，他鼓励我多临名碑名帖，以提高鉴赏能力。

让我先临的碑帖是《麻姑仙坛记》和《颜家庙碑》。我写惯了赵体，乍改临颜体，觉得很别扭，看着也不顺眼；硬着头皮练了一段时间，才逐渐感到临写颜体的好处。接着，又临写了柳公权的《玄秘塔》、欧阳询的《九成宫碑》和欧阳通的《道因法师碑》。还临过汉隶、魏碑和行书、草书。王老师说，一定要先写好楷书，打好基础。如果楷书写得不好，行草也写不好。写行草也要选好帖，可先学颜真卿的《争座位》《祭侄表》《裴将军诗帖》，以后再临王羲之和孙过庭、张旭、怀素的行草作品。要沉下心来，循序渐进，不要急躁。

这些话我一直记在心里。如果说我学习书法不断有所长进，与王老师的教导是分不开的。

小学毕业后，除了读书和帮父亲干些农活，仍然会挤时间练字。因家乡连遭日寇骚扰和天灾，生活困难，买不起笔墨和纸，祖父有时会从一家小杂货店的熟人那里借点包东西的草纸或旧报纸拿回家让我练字，然后再还回去。我想这终不是长久之计，遂忽发奇想，用筷子缚点麻丝当笔，水和胶泥当墨，用家里一张黑灰色旧桌子面当纸，写起来很方便，而且可以放手去写，想写多大就写多大，虽然不符合“工欲善其事，必先利其器”的要求，却解决了买纸和笔墨的困难，不失为一个练习大字的好办法。

一九四五年八月，威县人民抗日政府委派我担任五安陵抗日小学教师兼做群众工作，一天到晚忙忙碌碌，还要学习时事和党的方针政策，再加上文学一直是我的最爱，这样就顾不上练字了，但对书法的爱好始终没有改变。一九四九年调到县立完全小学工作以后，县里开大会写宣传标语以及布置会场、剧场用的大字横披，都找我写。我就试着用不同的书体写，这对我练习书法起到很大的促进作用。

一九五一年秋天，我奉调到北京，先后在中国曲协筹备委员会、北京市文联、北京市人民政府文艺处担任文艺期刊编辑和戏曲曲艺等工作，不久，又调回中国曲协筹备委员会，工作任务相当繁重，同时要抓紧学习时事政治，学习毛主席著作和党的文艺方针政策以及工作所需要的各种知识，还要写点评论文章和文学作品，根本没有时间练字，但一直保持着对书法的爱好，在节假日尽可能挤时间到东安市场和琉璃厂、隆福寺街走一走，那里有多家旧书摊、旧书店，有大量的图书碑帖可供翻阅。故宫博物院书法陈列馆和历史博物馆更是我爱去的地方。许多书法艺术精品深深地吸引了我，使我大开眼界，流连忘返。有些书法著作，如《佩文斋书画谱》《艺概》《书法要录》《书法藻鉴》以及美学著作等，也给我有益的启示，从而加深了我对书法的全面了解和对书法中一些重要问题的思考，提高了鉴赏能力和书写的自觉性。

在“文化大革命”的日子里，我接连遭到批判审查，下放“五七”干校劳动，对书法的爱好自然也就搁下了。粉碎“四人帮”后，我先在文化部艺术局工作，一九七八年，党中央决定中国文联和各文艺家协会恢复工作，又调回中国曲协主持工作，并担任中国文联党组成员，百废待兴，工作异常繁忙，连看书的时间都很少，更无暇学习和研究书法。直至各项工作逐步走上正轨，才挤时间读点有代表性的书法作品和书法史论著作，有时也写写字。

有些朋友和同志知道我爱好书法，每逢参加艺术活动、纪念活动和书法交流活动时，往往会邀我题词，一些公益捐献活动希望我题词或书写条幅，有些朋友出书也请我题写书名或题词，索字的同志就更多了。这是大家的厚爱和鼓励，但我也有过顾虑，主要是考虑到有些题词将公诸社会，如果辜负了大家的好意，产生了不良影响，就事与愿违了，但常常不好推辞，只好不计工拙地写了一些。这种情况也促使自己不只是把书法当作个人的业余爱好，还必须当作一种社会责任，不断加强思想艺术修养和提高书写水平。我常常参观历代书法展览，从中吸收有益的东西。

书法界有些人心态浮躁，存在追名逐利的不良倾向和媚俗、庸俗、粗俗等不正之风，也引起自己的注意和警惕。好在自己有一定之规，始终坚持自己是书法爱好者，从不随波逐流，利用书法谋取名利；也不参加专业书法家团体。至于有的书法团体宣布我担任顾问，而事先并未征求我的意见，如果是正规团体，也不好推辞了。还有的书画经营单位打算销售我的字，我都婉言谢绝了。有朋友告诉我，网上有我的字，我不清楚是怎么上的网；有的还标明我的每幅字是多少钱，这完全是骗人。

二〇一三年我七十四岁时离休，只担任一些名誉职务，免去了事务的缠绕，除了读书、写作和参加必要的社会活动，可以拿出一些时间学习和研究书法了。功夫不负有心人。经过学习和实践，对书法的认识和鉴赏水平有所提高，书写水平也有所长进；但认真审视自己的书法作品，仍感到有不少差距和不足，远没有达到预期的目标，必须继续努力。

回想自己与书法结缘，已经八十多个春秋。有朋友要我谈谈在书法方面的成绩和经验。我只是一个业余爱好者，没有做出什么可称道的成绩和可供他人借鉴的经验，只能说下过一些功夫，尝到一些甘苦，有点粗浅的认识和体会。

一是多学。就是要把学习作为生活常规，学习文学、学习历史、学习哲学、学习社会及其他必要的知识，并以可能达到的高标准要求自己，努力提高思想道德修养和文化艺术修养。这是做人做事的前提和先决条件。

人的思想品格和文化艺术素养如何，大都会在作品中反映出来。书法自不例外。历史告诉我们，凡属受人尊崇的大书法家，都是志行高洁、学养深厚、在事业上卓有成就的人，所以才能写出形神兼备、风格独特、光彩照人的艺术精品，成为学习的典范，世代流传。有些仁人志士本无心做书法家，但每有所作，往往富有文化底蕴，自成风格，不同流俗，为人们所珍爱。也有些自称和被称为书法家的人，欠缺文化素养，追名逐利，尽管有些才气，下过功夫，字也写得讨一些人喜欢，但总难摆脱俗气，算不上德艺双馨的书法家。还有些人身居高位，品格低下，附庸风雅，混迹书法界，虽曾名噪一时，但一旦被人看透，其人其字都会被人唾弃。

种种不同的例子，都说明人品和学养是多么重要。作为业余书法爱好者，也要严格要求自己。

二是多看。就是多观赏历代名碑名帖和书法史论著作。多读博识，才能扩大视野，提高鉴别能力，认识我国书法艺术的特点与发展规律，认识继承与创新发展的关系等重要问题，认识诸种书体、流派的联系与区别，以及一些书法大家的成就和艺术特色，从而提高书写水平。

我深深感到，我国的书法是世界上一门独具特色的艺术，也是一门极为博大精深的学问，要真正读懂书法，是一个长期的学习和研究过程，很不容易；而要吸收其精华，并能结合自己的审美要求和具体条件，运用到书法实践中，更需做出艰苦不懈的努力。

三是多练。俗话说“熟能生巧”，书法也必须多练，才能熟练地掌握写字的方法、技巧，达到得心应手的地步。我的教训是，对练的重要性重视不够，看得多，练得少，三天打鱼两天晒网，甚至几个月不动毛笔。我所写的题词或条幅，大都很匆忙，难以做到心静气沉，从容应对，尽管朋友们给予赞许和鼓励，但自己时感缺憾。若能多挤点时间练习，并坚持不懈，总能写得更好些。

四是多思。上小学读古文的时候，老师就讲过“学而不思则罔，思而不学则殆”和“业精于勤荒于嬉，行成于思毁于随”的道理，嘱咐同学们无论学习还是做事，都要多用心思，养成分析的习惯。这些教导给我印象很深。在书法研习过程中，我也逐步认识到多思考多分析是多么重要。

就说名帖名碑吧，其中有些的确达到艺术的高峰，堪称典范，令人叹为观止，值得好好学习和研究；绝大多数名帖名碑，可以说各有特色，各有所长，还不能说是经典之作；还有些名帖名碑有历史研究价值，艺术水平不高。再比如，我读过的一些名人书论，大都含有真知灼见和弥足珍贵的经验体会，值得学习和研究；有些论者也难免局限性和片面性，不能说都那么精当。我们对名碑名帖和名人书论，也都需要用心思考，采取分析态度。这样才能提高鉴别能力，有所选择，知所取舍，增强自觉性，减少盲目性。

关于临帖，我以为，要用心选择自己最喜欢的上乘之作，不要贪多，不要太随便，以免临帖不当，走进误区。有些书评者动不动就说某某“遍临诸帖”，有些书写者也说自己“遍临诸帖”。我看这都是夸张之辞。一些报刊的评论文章，捧场的多，实事求是的少。我们要保持清醒的头脑，不轻信，不盲从。

在学习研究和书写过程中，要严格要求自己，发现缺点和不足，要认真分析研究产生不足的原因，尽快改正。要虚心倾听他人的意见，把赞扬当作鼓励和鞭策，把批评视为难得的提醒和帮助，有则改之，无则加勉，力戒骄傲自满。

总之，要多学，多看，多练，多思，并将四者密切结合起来。我认为，这对于书法艺术的学习研究与书写实践的进步，是极为重要和必要的。

今后，我将更加自觉地坚持下去。

（2017 年 3 月）

文房记趣

最近几年，按照中国文联暑期安排，我和部分离休老同志到中直北戴河疗养院短期疗养。除读书、看报，和老同志交谈，在园林散步，有时看电影或到海边观海。今年北戴河比往年闷热，还下了几场雨，绝大部分时间是在室内读书、看报、看电视。一天，忽然想到书房里自己所喜欢的图书碑帖和文具、艺术品，并引起对一些人和事的回忆，越想越觉得有意思，也很有趣，于是动起笔来，想到什么就记什么。这也算是北戴河疗养的纪念吧。如果有人看了还能增加点生活情趣，我就喜出望外了。

图书和碑帖

我上小学的时候最喜欢书。没钱买书，就借书读。参加革命工作后，总是节省点钱买书，以便阅读和参考。为了读到新书好书，我不断逛书店和旧书摊，往往流连忘返，忘记吃饭、忘记疲劳，能买到自己喜爱的新书好书就十分高兴。我深切地感悟到，读书不但能增长知识和工作能力，还能提升思想境界，懂得人为什么活着，应当做什么样的人，走什么道路。读书成为我不可或缺的精神食粮和生活常规，工作再忙也要挤时间读书。我深信，只要勤学多思，注意联系实际，不做书呆子，就会不断提高和进步。读书也是一种乐趣，可以神游天下的名山大川名胜古迹，可以探索自己想了解的一些事物。工作累了，翻翻书换换脑筋，也会顿感轻松。静坐读书，或与好友赏析诗文，更觉得其乐无穷。

因为喜欢书，日积月累，家里的书越来越多，现已有一万多册，大部分是文史类和政治类的，也有少量书法和绘画方面的史论著作和名碑名帖名画集以及其他方面的图书资料，绝大部分都是我用心挑选来的，也有朋友赠送的。二十几个书柜早已摆放不下，只好码放在地上，房间显得有些凌乱。儿女们数次主张将有些图书处理掉，我没有同意。有些书虽然看过，说不定什么时候还需要参考。在我心目中，书是我最大的爱好和生命的组成部分，也是我的良师益友，有书在，我觉得生活才更充实，更有情趣。缺少书的陪伴，我对生活的感觉就会两样。我想在失去读书能力时，除儿女们留下一些，将全部捐献给家乡，让这些书有个好的去处，供人们阅读，而不至于随便散失。

砚

先说端砚。我对端砚的兴趣，是聆听张晴园老师关于端砚的谈话之后萌生的。张老师早年留学日本，学识渊博，多才多艺，是家乡有名的才子，原在保定、北京等地任教，回乡时已须发皆白，年逾古稀，仍关心家乡教育事业，被推举为县立完全小学校长。一天上午，他在上书法课讲文房四宝知识时，还结合他早年写的一篇散文《端砚说》，讲述了他从北京天桥一古董商那里购得一件端砚以及日后欣赏时的喜悦心情，介绍了端砚的质地、形态、特征和优点，讲得津津有味，喜于形色。虽然这件端砚在老师家里，不得一见，但听了老师的讲述，我和同学们也深受启迪和感染。过去，我只知道砚是研墨用的，听了张老师的讲解，才知道好砚不只是研墨的工具，还能让人赏心悦目，或以砚为载体言志抒情。心想有朝一日，自己也有这样一件好砚，该多好啊！

二十世纪五十年代初，到北京工作后，翻阅了一些关于砚的史论著作，参观了故宫博物院陈列的名砚和一些名砚展览，对砚的兴趣随之增长。一天在隆福寺旧货商场发现一件清代著名画家高风翰左手制作并有题跋的端砚，高兴极了，正问摊主价钱准备买下，站在旁边的画家黄胄伸过手来，说他想看看，我递给他看，没想到他立刻说“这件砚台我要了”，并将钱放在柜台上。我能说什么呢？只能感到遗憾。另一天下午，我去人民剧场看戏，在永安里下车后，因距离开演时间还有半个多小时，顺便到路西的一家旧货店，发现柜台里摆着一件端砚，长方形，温润细腻，朴素大方，砚面上端和周边刻有伊秉绶的题字和跋语，背面刻有浮雕岳飞像，立刻把我吸引住了。岳飞是我素所敬仰的民族英雄，伊秉绶是清代著名书法家，其隶书自成风格，我也很喜欢，决意买下这件端砚，但当时没带那么多钱，回家取钱已来不及，第二天上午再去买时，端砚已经售出，我又一次感到遗憾。

一九六一年上半年，我在北京地坛医院疗养，出院前几天，闲来无事，我换上自己的衣服去琉璃厂，逛了两家书店就到荣宝斋，一进大门，就看见大案子上摆满了砚台。店员很热情，向我介绍说，这里摆放的主要是端砚、歙砚等名砚，有的还刻有阮元、纪晓岚等名人的题跋，近一两年买砚的人少了，价格比较便宜。我便仔细挑选起来。有件椭圆形端砚，如手掌大，不但质量好，形态好，雕饰也简洁自然，手触砚面温润细腻，如小儿肌肤，哈之立现水珠，尤其难得的是，砚上方左侧有一圆形紫色晕和两三云片，好像海上一轮红日喷薄而出，真是一件好砚，开价也不高，我便把这件端砚买下，一直伴我至今。一九九五年因公去肇庆，顺便参观端砚博物馆，只有一件和我这件端砚形态近似，觉得弥足珍贵。

歙砚，历来与端砚并列，看了在北京举行的歙砚展览，也引起我的兴趣。二十世纪八十年代至九十年代，曾三次去黄山开会或参加文艺活动，每次都顺便到黄山脚下的屯溪镇参观。屯溪是刻制和销售歙砚最集中的地方，大街两旁店铺林立，备有各式各样的歙砚供游人选购，真是琳琅满目，美不胜收。由于我无心做收藏家，要求又比较高，头两次都没买到最中意的。第三次去屯溪，心想无论如何也要选中一件。因此，参观时就特别细心，没想到在一家不起眼的小店里发现自己很中意的一件歙砚，形似一段约一尺长的梅花桩，砚堂周边枝条上有片片金晕似朵朵梅花，造型独特，雕琢精巧，随即购之。此砚与前述端砚相互媲美，欣赏起来更加饶有兴味。

徐公砚，是山东省名砚之一，产于临沂县徐公村。二十世纪八十年代，临沂一位朋友带来一片徐公石砚材，椭圆形，边生细碎石乳，石面光洁，质嫩理细，抚有湿气，据说发墨快，不伤毫，是上好砚材，亦不费多大功夫雕琢，挖出墨堂稍加修饰即可。于是我亲自动起手来，没想到即将告竣时，原石的一角忽然震裂，可能是出手过重所致，后悔莫及。所幸不久在琉璃厂庆云堂前见一售砚的地摊，摆放着几件石砚，正是徐公砚，其中一件，温润如玉，气韵天然，约一尺长半尺宽，形似竹笋，我大喜过望，买下后，在砚之上端题刻“春之笋也”四字，以为纪念。

松花玉砚，为老友王兆一同志所赠。兆一对曲艺、戏曲、美学均有深入研究，亦长于书法等，所赠松花玉砚，产于松花江，古钟形，略带黄绿色，发墨快，不伤毫，造型朴素大方，我甚爱之。不时用以书写，似有老友助力，更长精神。

蟹形澄泥砚。四川荣昌采用窑变方法烧制，形似大蟹，面如蟹壳，色彩斑斓，下为墨堂，极细腻，设计精巧，形象逼真，先在砚展上见过，毕展后在北京工艺美术服务部买下，十分难得。

此外，还有几件不错的砚，如鼓形端砚、河北易水砚、山西澄泥砚、燕子石砚、潭柘石砚等，都是朋友所赠，也各具特色，招人喜欢。

铜墨盒 铜镇纸

我最喜爱的铜制文具，是刻有陈师曾绘画小品的铜墨盒和铜镇纸。

陈师曾是我国近代著名画家，诗词、书法、篆刻等亦素负盛名。我看过他的绘画，阅读过他编著的《中国绘画史》，印象很好。读鲁迅先生所写《北京笺谱序》，得知他还擅长创作供刻制铜墨盒用的绘画小品，很想有机会观赏。二十世纪六十年代，我在中国书店买到一册寿石工收集剪贴的铜墨盒绘画小品拓片集，其中十多幅为陈师曾所作，令人喜爱，但未能看到实物。七十年代末的一天，我到宝晋斋看书，顺便到庆云堂看碑帖，忽然发现靠街窗台上摆放着许多铜墨盒，我走近一看，这里就摆放着刻有吴昌硕、陈师曾、齐白石、姚茫父、陈半丁、赵拗叔等人书画小品的铜墨盒，其中一件是陈师曾临管道昇画竹，并在题词中记述了这幅画的情况和观感：“吴兴天圣寺殿东壁上画竹一堵，是管夫人笔。岁月浸久，墨痕磨灭，而萧然之致自在也。”下署“师曾”，有一“朽”字小印，风格清雅，气韵生动，显现出陈师曾不寻常的艺术才华。我喜出望外，随即买下。放置案头，不仅用以书写，更是一件可供欣赏的艺术精品。

陈师曾作画的镇纸，长约尺余，宽约寸余，松树根部长出高低不等的两根树干，顶天立地，枝壮叶茂，生气蓬勃，有强劲的生命力，笔墨简练，刻制亦精。镇尺右下角刻有“师曾”二字和“师”字小印，与画面浑然一体，更增光彩。

据说，当年陈师曾等名家为铜墨盒创作的书画小品，大都由张越承所刻。张越承，又名越臣，精于制印和刻制铜墨盒。二十世纪二十年代即声名远播，成为陈寅生之后第二位铜刻大师。陈师曾、齐白石、张大千、陈半丁、王梦白等，大都为其提供书画底稿，成为京城一段佳话。上述铜墨盒和铜镇纸之小品，如不是书画家自刻，则非张越承莫属。能有陈师曾所绘小品和张越承刻制的铜墨盒和铜镇纸，实属难得。

另有一件长尺余、宽二寸的铜镇纸，上刻齐白石用篆体书写的咏梅诗：“曾梦罗浮步莓苔，山上玉梅花正开，抱得几枝下山路，双双仙蝶送行来。”下署“白石梦游罗浮山旧作”，有一“白石”印，表达了他酷爱梅花的情趣，清新可喜，书法自成风格，不同流俗。

我爱梅花，也爱齐白石书法。齐白石与陈师曾友情甚深，与刻有陈师曾作品之铜镇纸一起放置案头，好比老友相聚，如地下有知，当会感到十分欣慰。

笔　筒

我有几件笔筒，不但有用，也可视为艺术品供人欣赏。

一件是竹刻笔筒。一九五六年北京王府井百货大楼落成开业，我前去参观，见柜台上摆着两件竹刻笔筒，都产自以竹刻著名的嘉定县。笔筒有碗口大小，半尺多高，很厚重，一面是浮雕鲁迅书写的诗句:“横眉冷对千夫指，俯首甘为孺子牛”，一面是浮雕梅花，像是用紫铜制作，古香古色，而又有新意。我想，设计和雕刻者一定是一位有文化素养，并了解新时代文化人精神需要的人。我很想买一件。谁知一件笔筒就要用六瓶茅台的价钱，我嫌过于昂贵，没买。过了几个月，我再次去王府井百货大楼买东西，看见笔筒还放在原处，就问售货员怎么还没卖出去。她笑着说，定价太高了，有好几位顾客也都嫌太贵没买。最近重新定价，比原来便宜两倍多，你如果喜欢就赶紧买去。我觉得不能再犹豫，当即买下。六十年来，这件笔筒不但供我使用、欣赏，有时还联想起许多事情。

一件是用松瘤制作的笔筒。六年前的一天下午，我和宝岚路过屯溪镇大街的时候，发现一家店铺有一件酷似一位女子头披棕发的东西，线条柔和，色泽亮丽，走近一看，原来是一件松瘤笔筒。店主人说，用松瘤制作的笔筒很难见到，买到形态这么好的更是难上加难。我不但没见过，也没听说过有这么奇特、漂亮的松瘤笔筒，要价也不高，就买下来。店主人是一对三十多岁的夫妇，态度很诚恳，知我们刚来屯溪，不便带着这件几斤重的笔筒逛大街，问了我们的住处，在晚饭前给我们送去。我们都为得到这件笔筒而感到高兴。回京后，朋友们见到这件松瘤笔筒，也都连声叫绝！

一件是冰纹瓷笔筒。二十世纪八九十年代，我因公三次去井冈山，除开会、参观革命遗址、瞻仰烈士陵园，空闲时也到大街转转。一天，在市场上买了几件刻有毛主席诗词的竹制品，还买了一件冰纹瓷笔筒。据说这件瓷笔筒产于清代中后期。笔筒比碗口大，淡青色，体态厚重，朴素大气，欣赏起来，别有情趣。

笔筒还有几件，不一一叙说了。

折　扇

夏天，我常备一把折扇，扇点凉风，消点暑气，用破就扔掉了，只有两把纸折扇为友人所赠，完整地保存下来。

一把是朱光潜先生书写陶渊明诗作的纸扇。一九八二年八月，中国文联在庐山举办读书会，数十位作家艺术家应邀与会，大家边读书边参观边交流心得体会，自由活泼，心情舒畅。读书会结束前，文联同志准备了笔墨纸砚，供大家题词作画。朱光潜先生为我国著名美学家，北京大学资深教授，素为大家所敬重。有几位同志请他题写条幅或赠言。朱老年近八旬，依然精神矍铄，挥洒自如，我请他在一把纸折扇上题词，他当即书写了陶渊明诗作《饮酒》一首，并于另纸书录老子一段名言相赠，诗文寓意深远，书法遒劲自然，耐人寻味。此外，林焕平同志赠我一件自书诗作的条幅，力群同志赠我一幅国画《秋菊》。如今，纸扇和条幅均已成为对逝者永久的纪念。

另一把折扇，为老友郭铁松同志所赠。铁松同志早年参加党的队伍，长期在部队和地方从事宣传文化工作。新中国成立后，历任江苏省文化厅副厅长、顾问，江苏省艺术学院院长等职，对江苏文化艺术事业多有建树。离休后，他发挥余热，同江苏省文化厅厅长王鸿同志一起，在苏州评话《水浒》的整理工作等方面，继续付出许多心血。二十世纪八十年代，我因公去江苏，一见如故，成为好友。他为人热情、诚恳、厚道，每次去江苏，他都像兄长一样亲切接待，并在工作上给予帮助和支持。他知我爱好诗文、书法、篆刻，九十年代去江都参加文艺活动，特请著名书法篆刻家张子麟先生刻写了一把折扇相赠，水磨竹扇股上一边刻草书李白诗作两首，一边刻写隶书对联，纸扇一面书诗，一面作画，均极精到。铁松同志之重友情，于此可见一斑。铁松同志在本世纪初因病逝世，令人痛惜，不尽思念。

根　雕

好的根雕，也是难得的艺术品。我有两件根雕，一件是友人所赠根雕耕牛，一件是几经周折得到的根雕梅花。

根雕耕牛。

二十世纪八十年代初，贵州省召开曲艺工作者代表大会。我和高元钧、侯宝林同志一起应邀出席。省委书记在大会上作重要讲话，我代表中国曲艺家协会致贺词，侯宝林和高元钧同志在发言中对贵州曲艺寄予厚望，大会取得圆满成功。贵州省曲协主席、著名评书艺术家杨林同志在我们离开贵阳前夕，送来十多件根雕艺术品，让我们每人挑选一件，并委托我们另选一件转给陶钝同志，作为纪念。他再三说明，这些根雕出自他的一位好友之手，是业余创作，都是送给朋友的，并非卖品。我们考虑到杨林同志是我们相识多年的朋友，实在不好辜负他的好意，便各自选了一件。我选的是根雕耕牛。这件作品是用杜鹃根制作的，好像一头强劲的耕牛在奋力前行，夸张而不失真实，不露雕痕而形神兼备。中国画不是贵在似与不似之间吗？根雕何尝不是这样！我将这件作品放置在鲁迅先生诗作《自嘲》条幅（复制品）之下，与“俯首甘为孺子牛”联系起来，更赋予这件根雕作品新的意义。

根雕梅花。

我最喜欢梅花，但在北方种植梅花很难养好，在工艺美术商店里，也难以看到自己很满意的梅花。一天我和宝岚去逛潘家园旧书市场，看到一位农民打扮的小伙子坐在路边守着一件根雕梅花，上前一看，立刻被紧紧吸引住了。这件根雕梅花是用杜鹃根做的，遒劲多姿，枝干上有几朵绢做的梅花，疏落有致。这样的根雕梅花比我想象的还要美好。我急切地想买下这件作品，不料这位小伙子却说这里摆的这件根雕不是卖的，是哥哥让摆在这里看看是否有人喜欢，如果有人喜欢就继续做，哥哥是专做根雕的。又说，如果喜欢可以到家里看看，或者到张坊镇哥哥的店铺里去选购，随即递给我们一张名片。我虽然有些遗憾，但还存有希望。

第二天，我和宝岚就按照名片上的地址乘坐公交车前往。因道路不熟，随问路随转车，好不容易才到他家门口，几次敲门都无人回应，好像家里没人，非常失望，正想返回时，对门出来一位中年妇女，问了我们来意，看我们不像坏人，就替我们把门敲开了。房主人是位七十多岁的老太太，她说和两岁的孙子一老一小在家里，儿子不让给外人开门，差点让你们白跑一趟，真对不起。

在邻居的陪伴下，她与儿子通了电话，立即转告我们说，你们都是七八十岁的老人，大老远来一趟，很不容易，家里还有几件，你们随便挑吧。我们一看，此前看好的那件根雕梅花还在，大喜过望，除选了这件根雕梅花，又选了一件根雕白梅、一件根雕红梅，问这三件共多少钱，老人说，你们大老远地来了，很不容易，这是缘分啊，儿子说不要钱了。我们坚持要给，老人说一定要给就给一百五十块钱吧，千万不能多给，多给我们也不要。以后，你们还可以到张坊镇店里去挑选。我们连连道谢而别。根雕分别放在书房和客厅，越看越好看，越看越喜欢。朋友们看了第一件根雕梅花，更是赞不绝口。

花　插

冰纹瓷和平鸽花插。

我从小就喜欢鸽子，觉得鸽子最和善、最温顺，也最漂亮，每逢看见鸽子在院子里活动，特别是在晴空展翅高飞自由翱翔的时候，我简直看个没够，心想如果人也能插上翅膀展翅高飞该多好啊！参加工作以后，不能养鸽子，在城市里也很难看到鸽子，但还是常常想起鸽子。二十世纪五十年代，在北京举办的一次陶瓷展览会上，忽然眼睛一亮，发现一件冰纹瓷和平鸽花插，真是喜出望外。这件花插是按飞鸽形状设计的，呈浅灰色，光泽素雅，形象生动，尤其难得的是，横竖交叉又较为细密的冰纹恰好绕过鸽子的眼睛和小嘴，使这只飞鸽显得特别完美。据介绍，冰纹作品在烧制中是很难控制得这么好的，往往上千件作品中也难出现一件这样完美的作品。我很想买下这件作品，但在展览会上只能观赏，是不出售的。听说展览会结束后有些展品可能由北京工艺美术服务部出售，我觉得还有希望。当时我在王府井大街中国文联办公大楼上班，离北京工艺美术服务部很近，展览会结束之后，我趁午休时间连续去了几次，终于买到这件作品。这也算有缘吧。我一直把这件花插挂在博古架上，上面插两支淡绿色菊花，更显得清新淡雅，耐人观赏。

窑变梅花花插。

二十世纪九十年代，我到广东省参加文艺活动时，友人陪我参观石湾陶瓷博物馆，石湾采用窑变方法烧制的陶瓷作品，多种多样，琳琅满目，别具风采，美不胜收。窑变梅花花插就是这里烧制的，呈天蓝色，树枝呈棕色，梅花呈粉红色，犹如老树盛开的梅花，旁边还有一只喜鹊，色彩斑斓，别具匠心，我又插上一枝淡绿色的梅花，相互映衬，春意更浓，观赏起来，更增情趣。

奇　石

我爱好奇石，是从二十世纪八十年代开始的。那时，北京不时举办奇石展销活动，看得多了，又读了点鉴赏奇石的资料，才渐渐领略到奇石的天然之美、朴素之美和独特之美，引起对奇石的兴趣。奇石的确是一种文化，一种独具风采的艺术品。欣赏奇石，也是人生乐事。然而，要发现很中意的奇石并不容易。我多次去奇石市场，往往徒劳往返。但有时也有很中意的奇石忽然映进眼帘，得之甚易，令人惊喜。真是“踏破铁鞋无觅处，得来全不费功夫”。我有几件奇石，都是不期而遇，很是难得，欣赏起来，格外有趣。

来宾石李白坐像。

坐像是二〇〇五年一天傍晚在厂桥路边一个奇石摊上发现的。李白是我素所仰望的一位富有家国情怀和想象力的浪漫诗人，这尊坐像的形象、风度、服饰等，真似李白坐在那里凝神静思。我想买下，可那天没带多少钱，回家取钱已来不及了，摊主又正在收摊，以后在什么地方摆摊还说不定，我只好怏怏而归。过了些天，我去南城大观园参观，路过奇石市场，忽然眼睛一亮，啊！李白坐像还在那里，我顿生失而复得之感，喜出望外。这也算是有缘吧。

泰山石李清照立像。

有一天，我走进一家专营泰山奇石的店铺，被一件挺拔秀丽标有观音像字样的奇石吸引住了，立刻想起宋代女词人李清照和她清丽婉约的词作和激情满怀的爱国诗篇，又想李清照的家乡济南离泰山很近，把这件奇石视为李清照不是更恰切更有意思嘛！我随即买下，放在博古架上，越看越有意思。

钟乳石山影也颇为可观。一件像一座浑厚、凝重而又光润的冰山，山下一洞，洞中还有带红点的小树，似是红梅隐蔽其间，更显奇绝。另一件像是山顶上蒙着一层积雪，看起来也很有趣。以上两件，都是在井冈山路边散步时不经意遇到的。还有一件来自台湾的钟乳石山影，乳白色，像一座高山，层峦叠嶂，也很完美，非常难得。

其他如灵璧石“天山雪景”，长江石“暗香疏影”，火山化石铁黑色卧牛“母子相亲”，深棕色玛瑙石“老树新花”等，也各有特色。

陶瓷雕塑人物

二十世纪九十年代参观石湾陶瓷陈列馆时，我最感惊奇的是那些文化巨人雕塑作品，如屈原、王羲之、李白、苏东坡、鲁迅等，都栩栩如生，神采照人。我选了几件放在书房，面向他们，如亲聆教诲，受益良多；又如仰望高山群峰，心生敬畏，虽不能至，心向往之！

（2016 年 8 月上旬于北戴河中直疗养院，2017 年 9 月补充修改于北京广泉小区）

说 病

生老病死，是自然规律，无论什么人都无法违背。先说病吧，八十多年来，我就不断受到疾病的纠缠和折磨。

一

记得我五六岁时，有两场病至今难忘：一次是肚子痛，胀得鼓鼓的，用手指弹肚皮嘣嘣作响，不能吃饭，不能动弹，不知得了什么病。那年代农村缺医少药，全家人急得团团转。母亲想到五舅小时候在道观里学过扎针，就把他叫来看看能不能扎扎针。五舅是个普通农民，喜欢音乐，在道观学吹奏时学过几天针灸。他说，我只是略懂一点，试试看吧！便拿出几根很小的针，用火柴烧了一下之后，扎在我的肚子上，停留片刻，还用手弹弹，叫“行针”，疼得我直想叫唤，因为叫唤身子就要颤动，颤动就更疼，只能咬牙忍着。没想到这样扎了几次，肚子就不胀也不疼了。全家人都很高兴，夸五舅“真有两下子”。五舅连说自己还没学好，如果不是自己的亲外甥，还不敢试着给别人扎针呢。

另一次是腰扭了，直不起来，弯腰、低头、走路，都痛得很。村里人都知道贾老善会推拿，母亲就领着我艰难地走到老善大爷家里。老善大爷朴实善良，是种地的好手，推拿也很有名气，就是脾气大，好人有病，凡是他能治的，都尽心尽力；坏人找他，一概推辞拒绝。我们两家关系很好，见母亲领我去了，便热情接待，问清病情后，让我坐在凳子上，顺着脊梁骨按摩起来，不大会儿，我就昏昏欲睡，近乎失去知觉，不是母亲扶着，肯定会倒下来。老善大爷连说："挺住，挺住，一会儿就好，一会儿就好！"果然很快就清醒过来；站起来弯弯腰，摇摇头，就和平常一样，一点也不疼了。母亲和我都深深感谢他，不知说什么好。

经过这两件事，我感受到"针灸""推拿"在治疗上的神妙效果，在缺医少药的地方，推拿、针灸这些简便易行的物理疗法，更是难能可贵！

二

一九三七年七七事变后，日本鬼子两次侵入冀南抗日根据地威县，烧杀抢掠，无恶不作，民不聊生；又遭到旱灾、蝗灾、水灾，到处疾病流行，死亡者难以计数，真是"村村人戴孝，处处有哭声"！爷爷奶奶和父亲都得了黄疸病，好歹保住了性命。我一年中患了两次痢疾，头一次是“红痢”，就是滴血；第二次由“红痢”变成“白痢”，就是由滴血变成滴脓了，发烧，头痛，肚子痛，肛门疼得像刀割，蹲下大便起来时，头昏眼花，一片黑暗，几乎要栽倒。看我难受的样子，全家都很着急，听说有一种药叫“金鸡纳霜”，能治痢疾，就托人进城去买，哪里知道，自从日本鬼子侵占县城后，药房存的一点药早卖光了。母亲日夜坐在我身旁，说些宽心话或有趣的故事，以分散我的注意力，缓解疼痛，还让我喝白开水，喝煮得稀烂的小米粥，鼓励我扛住这场灾苦。我一向听母亲的话，就这样坚持了十多天，硬是挺过来了。全家人喜笑颜开，街坊四邻的婶子大娘也很高兴，都说我“命大，日后必有大福”。经过这两次病，我的胆子也大起来，以后有些小病就自己注意，能扛过去就扛过去，尽量不让别人操心费事。

三

一九四五年参加革命工作以来，对我纠缠、折磨时间最长的病，是肺结核。在一九五四年春天体检之前，我没有肺结核的症状，因此，当大夫告诉我患有肺结核病时，我不免有些精神负担，主要是怕传染别人，孩子都小，抵抗力差，更需要注意。从这天起，按时服药，和别人分开吃饭，单独使用碗筷，饭后碗筷消毒，第二年病灶就硬结了，我有说不出的高兴。

这一年，工作特别忙，也特别累，回到家里躺在躺椅上，腰像断了一样，又酸又痛，好大一会儿才缓过来，自己也没在意。没想到第二年体检时，大夫告诉我，结核病复发了，以后要好好吃药，其他方面也要多注意，特别要注意劳逸结合，不要太累，还开了假条，要我半天工作。一起工作的郗潭封同志在复旦大学读书时做过肺部手术，对身体损伤很大，至今体弱多病，他一再提醒我务必不能大意。我觉得：结核病不是过一年半载就好了？还是没太在意，又不知疲倦地工作起来。

大约过了半年多，一天嘴里吐出一块豆粒大小的血块，我不由紧张起来，赶紧到北京市结核病防治所检查，结果是左肺出现“空洞”，大夫提出两种治疗方案：一是手术治疗，即去掉两三根肋骨，进行切割；一是“滴入”治疗，即将一根胶皮管从呼吸道插入肺门，对准“病灶”滴入药液。两种疗法，各有利弊，我倾向后者，俞妙英大夫也倾向后者，要我每天躺在床上，按照片子上的部位将药液（大蒜液）滴入病灶。呼吸道很敏感，滴药管虽然蘸过麻醉药水，开始插时还是不顺利，很不舒服，插的次数多了，自己掌握了规律，就不用护士曹大姐动手了。大夫和护士都很热情、很尽心，“滴入”治疗二百多次，再检查，病灶钙化了。“涂片”也是阴性，但经“培养”，还是阳性。俞大夫怀疑结核菌可能隐蔽在气管壁上，又进行了两次气管镜检查，也没发现问题，便于一九六〇年年底住进北京地坛结核病医院，进行“喷雾”治疗，历时半年，终于摆脱了结核病魔的纠缠和折磨，全家人心中像一块石头落地，皆大欢喜。

患肺结核病以来，国家提供了良好的医疗条件，医护人员认真治疗和悉心照料，我一直感念在心。傅连璋编著的《养生有道》，特别是放在卷首的毛主席给王观澜同志的那封信（影印件），对我应当如何应对疾病、战胜疾病和各种困难，更起到很好的启迪和鼓舞作用。

四

我在“文化大革命”中被列为审查批判对象，处境艰难，心情郁闷，旧病虽然没有复发，却又受到新病的反复折磨。

一是牙病。一九六八年秋天，满口牙床突然肿胀起来，疼得吃不下饭，睡不着觉，而且越来越厉害。俗话说“牙疼不算病，疼起来要了命”。这话虽然有些夸张，但牙疼着实难以忍受。于是到附近的铁路医院诊治，大夫一看就说，必须把全口牙拔掉。我想这还了得，请求大夫尽可能采取保守疗法，可否把脓包捅开，清理干净，再用药物治疗？实在不行了再拔。大夫最后表示同意，开了药方。我不敢大意，每天遵照医嘱服药，洗漱创口，过了十多天就基本恢复正常了。

我由此想到，多亏采取了保守疗法，否则早就满口假牙了。

没想到过了一年多，在文化部“五七”干校劳动时，牙周病又犯了，校医务室没办法，介绍我到北京朝阳医院诊治。朝阳医院的大夫同铁路医院的大夫一样，说必须把病牙拔掉，至少要拔掉八颗。我没有同意。最终大夫还是采用了保守疗法，把要拔掉的八颗牙齿保留下来。

经验证明，牙周出了毛病，不要轻易拔牙。不到非拔掉不可的时候，还是尽量保留为好。

二是呼吸道疾病，主要症状是鼻腔堵塞不通，只能靠口腔呼吸，头晕头痛，很是难受，最初以为是感冒引起的，吃点感冒药，滴点消炎液，可是通畅一会儿又不通了。一九七三年春天从干校回京，经协和医院大夫诊断，说我鼻腔的息肉已经长满了，只能手术切除。我恨不能立即动手术，当天就住进了医院。只写信给仍在干校的树新，说住几天医院治疗一下就回去了，让她放心，并没有告诉其他人，免得大家担心。

手术是在钟主任指导下做的，取下的息肉之多，真有点惊人。手术前上了麻药，切割鼻息肉时并没疼痛的感觉，手术后一进入病房鼻腔和头部就疼痛起来，但尚可忍受。过了几天把塞进鼻腔的纱布撤掉，逐渐恢复正常，预后很好，很快出院回到干校。树新听说手术顺利，也去掉了一条心事。

我原以为鼻息肉的问题彻底解决了，感到很轻松。没想到过了一年多，鼻腔又不通畅了，而且难受的程度比以前有过之而无不及，只好再到医院做第二次手术。这次手术是张连山大夫做的，我坐在椅子上，眼睛蒙着纱布，但还是可以感觉到这次手术做得很仔细，难度比上次大得多。张连山大夫一直站着不停顿地做了两个多小时才告结束，其辛苦可想而知。他告诉我，鼻息肉复发率很高，这次手术不仅切除息肉，还矫正了鼻中隔。因为鼻腔空间很小，鼻腔深处也难以看得很清楚，不但要看片子，还要靠医生的手感和经验，要很小心地去做，所以这次手术时间较长。

又过了一年多，复查时再次发现长出息肉，张连山大夫在门诊就解决了，至今除了过敏性鼻炎难以治愈外，鼻腔一直很通畅。在我心目中，张连山是一位很好的大夫。他喜欢文艺，特别喜欢看小说，趁他有空时，我们还聊聊文艺方面的情况。

一九七五年秋天，我还得过一种怪病：十个手指尖裂口，手指尖与指甲分离，只要触摸东西就很疼痛；全身发痒，脸也起肿块，发痒，晚上难以安眠。我曾先后到协和医院、友谊医院、阜外医院、中医研究院诊治，大夫也很尽心，但都说不出究竟，一连几个月，吃药、涂药都不见效，我很苦恼。文化部医务室陈秀兰大夫很关心我的病情。一天。她忽然对我说："我想给你手指尖上扎扎针，挤挤血，这办法是我琢磨出来的，说不出什么道理，如果血里有毒，也许放放血就好了，不妨试试看。"我照她说的，每周扎两次针，放两次血，连续坚持了两个多月，上述症状就逐渐消失了。我深深感谢陈秀兰大夫为我解除了病痛，敬佩她为病人的健康而苦心钻研的工作精神。

五

粉碎“四人帮”后，百废待兴，中国文联和各文艺家协会陆续恢复工作。我受命担任中国文联党组成员，主持中国曲艺家协会工作，工作任务繁重而紧张。

一九八一年秋天的一个晚上，突然感到头昏脑涨，阵阵疼痛，左脸发麻，左臂、左腿发沉，站立不稳，因白天症状较轻，照常上班，文联医务室李大夫要我赶紧到医院检查，检查结果是脑病引起，要抓紧诊治，否则可能偏瘫。我认真遵照医嘱服药，并注意适当休息，但一连两三个月不见好转，陶钝同志建议我找张协和同志看看，吃吃中药。他说，张协和是他同乡，祖传医道，抗日战争开始后奔赴延安参加革命，仍钻研中医，业余给同志们看病。他现在是北京工业学院负责人，很忙，但还是坚持在节假日给人看病。何香凝、廖承志、赵朴初等同志都找他看过病，口碑很好。陶钝同志的老伴曾中过风，也是张协和同志治好的。

一天上午，我按陶钝同志告知的地址，在北京阜成门外北京工业学院职工宿舍楼里找到张协和同志，因陶钝事先打过招呼，张协和热情地接待了我。他爱好文艺，先聊了些文艺界的情况，就一面询问我的病情，一面诊脉，很快开了中药处方，一天一剂两煎，连服十来剂，如感觉好转，就连续服下去，不要中断，直到痊愈为止；如服十来剂不见效，就改处方。从这天起，我照他的处方服了八剂后，感觉症状有所好转，就连续吃下去，到外地开会或参加活动也带着处方，请药店代煎。

一天文联党组开会，华君武同志问我身体如何，我说正按照张协和的处方服药。华君武在延安时认识张协和，他说张协和是野医，还是要抓紧找正规医院的大夫，我说不管野医还是正医，治好了病就是好医。许多好作品不是业余作家创作出来的嘛！我还是照张协和的处方连续服了九十多剂，症状果然消失，身体恢复正常。之后见到华君武，又说起张协和，彼此哈哈大笑。

六

我原以为肺部不会出现大问题了，没想到，二〇一二年体检报告说我的右肺有肿块，而且有恶性可能。协和医院呼吸科韩江娜大夫把历年的片子反复观察、比较，基本认同体检报告的说法，但拿不准，随即与王孟昭大夫联系，请他看看。王孟昭大夫看后认为，可观察一段时间，看有无变化，再做定夺。二〇一三年体检报告仍然认为“有恶性可能”。

肺癌是一种大病，死亡率较高，手术会有风险，药物治疗副作用大，也难以治愈，家人都很担心。张力大夫意见倾向做“射频消融”手术，如同意，即可住院，如需要考虑，也可再观察一段时间。家人对“射频消融”手术有些担心。协和医院于十月十七日通知我到医院，再请潘洁大夫看看。十月二十日，潘洁大夫反复看了片子，认为“射频消融”手术很快捷，是个好办法，但对我这样的老年人来说，冲击力太大，恐怕有风险，“微创手术”可能更稳妥些。看来非做手术不可了。医院很慎重，又经过两次会诊，一致认为采取“微创手术”是最好的选择，老伴和孩子听了会诊情况，也放下心来。

二〇一四年十月二十三日住进协和医院，十一月十三日中午进行手术，由李单青大夫主刀，黄诚大夫协助，手术很顺利，第二天上午就返回原病房。因为身上有伤口，还插着排肺部液体的管子，同时插着尿管，一动就很疼痛，只能多加小心。大夫天天到病房观察、询问，护士们精心护理，伤口愈合很快，恢复情况良好，管子也撤掉了，一切恢复正常。医护人员都说这次手术非常成功，恢复也是最快的。家人都感到难以言状的高兴。

近两年又三次住进协和医院做白内障和疝气手术。

第一次是二〇一六年九月右眼白内障手术，第二次是二〇一七年三月左眼白内障手术，都是钟勇大夫做的，都很成功，再不用为看书看报发愁了。第三次是二〇一七年六月疝气手术。

我患疝气病多年，一直采取保守疗法，不但不见好转，反而越来越难以控制。我很想做手术，但有的医生认为我年老多病，全麻恐有风险，主张继续保守治疗。一天和李单青大夫谈及此事，他说现在可以局麻，建议请刘子文大夫看看。刘大夫诊断后，说可以采取局麻手术，比较安全，不会出大问题，随即住进医院。经过全面体检和有关科室会诊，手术于六月十五日进行，很顺利。我仰卧在手术台上好像平时卧床休息一样，没感到有任何痛苦和不适，约半个多小时就回到病房。几天后发现有积液并带血，也及时做了处理，很快就恢复正常活动。我和家人感到由衷的高兴。

回想这些年在协和医院看病、住院和做手术的情况，我和全家人深深感谢他们，我在医院征求意见表上写了自己的真切感受，协和医院的确称得起是一家名闻中外的好医院。

现在，我还患有心脑血管病、高血压病、胆结石以及其他一些老年病，服药多年，控制尚好。左肺下部结节，还需要继续观察。

七

我从童年到老年得了这么多病，很自然地引起一些思考，有所感悟。简单说有以下几点：

一是要达观乐观。人人都会得病。得了病怎么办？只能是“既来之，则安之”，沉着应对。不要着急，着急也没用。有的人得了重病，会想到死，害怕得很，这只能加重病情。要向好处想。随着社会的发展和医学的进步，治疗条件会越来越好。只要意志坚强，心态好，好好配合医疗，许多病是能够治好的。万一治不好，可能与世长辞，也要想开。

二是抓紧治疗。有病就要到正规医院去看。医务人员与患者的心是相通的，都希望把病治好。要尊重和信任医生。当然，医生的思想文化素质和医疗水平会有差别，遇到责任心强、水平高的医生，有些病可能很快治愈。但医生不可能包治百病，有些疑难病症，情况复杂，又限于医疗条件，可能治不好；如果考虑不周，处方不当，也可能延误病情，乃至造成严重后果。所以，既要尊重和信任医生，也不要迷信。病在自己身上，治疗中有什么感觉和意见，要随时与医生沟通。对那些用种种方式骗人的“医院”“医生”，要提高警惕，不要上当。

三是养成好的生活习惯。多吃清淡的有利于健康的东西，不贪食，不贪饮，不吸烟，不慕荣利，不追求享受。淡泊宁静，顺其自然。关心时事政治，坚持读书、写作，以及研习书法等，适当参加文艺活动和社会活动，做些该做也能做的事情。健康情况允许时，到外地走走看看。我觉得，这样坚持下来，对身心健康很有益处。如早些年注意劳逸结合，锻炼身体，情况会更好。

（2017 年 9 月）

不尽的思念

——回忆我的母亲

我时常思念母亲。是母亲含辛茹苦，把我抚育成人；是母亲言传身教，使我懂得人生的许多道理，鼓励我做个被人们瞧得起的好儿子。母亲对儿女的感情是人世间最纯真、最深厚、最崇高的感情。母亲的恩情是永远报答不尽的。不幸的是，母亲在四十五岁时就一病不起，与世长辞。在母亲生前，我没能回报母亲于万一，是我永生深深的悲伤与歉疚！

母亲于民国初年出生在管安陵一户张姓农民家里。外祖父是种地的好手，农闲季节，还常常挑起货郎担卖些针头线脑，赚几个零用钱。外祖母操持家务，能吃苦耐劳，会过穷日子。母亲曾经跟我说过，穷日子能磨炼人，长本事。母亲一手好针线活，就是从小锻炼出来的。母亲幼年失去亲娘，我见到的外祖母是外祖父后续的。这位外祖母很慈祥，每次见面都显得非常亲热，待我母亲像对待亲生女儿一样。外祖父、外祖母对我很宠爱，给我讲有趣的故事，给我好吃的东西。街坊四邻，不论男女老少，见到我们母子也都非常亲热。每当逢年过节，我跟随母亲到外祖父、外祖母家里住几天，真是再快活不过了。

母亲十几岁就遵从“父母之命，媒妁之言”的老规矩，嫁到罗家和父亲结婚。祖父、祖母和父亲都是老实的农民，一年到头辛辛苦苦地劳动。母亲到罗家后分担了一些家务。母亲生了四个孩子：三个男孩子，一个女孩子。我有一个哥哥，一个弟弟，在我不记事的时候夭折了，只剩下姐姐和我。一家六口，做饭、洗衣服，以及喂猪、养鸡等家务活，都由母亲承担，一天到晚忙忙碌碌，煞是辛苦，但她从不叫苦叫累。她心地善良，乐于助人，谁家遇到婚丧大事，她都愿意帮忙；邻居家里发生矛盾、争吵，她就去劝解，由于她明白事理，态度诚恳，把话说到别人心里，常常收到好的效果。她心灵手巧，会量体裁衣、描花、绣枕头，有人求她，她都满口应承，做得让人满意。别人遇有大的灾苦，她尽心尽力地给以帮助。同族老余三爷的老伴患有绝症，鼻子上有一个伤口化脓不止，母亲每天带着我到她家里，小心翼翼地为她清洗、上药，坐在一旁安慰她，说她爱听的话，一连几个月，直到她去世。三奶奶生有四个儿子，一个女儿，同三爷一起生活非常困难。母亲一直关照他们，为他们缝补衣服，还常把我和姐姐替换下来的衣服和鞋子送给他们。说起三奶奶家的事情，母亲总是感叹他们不幸，埋怨“老天爷”不该让好人受罪。三奶奶的后人说起当年情景，至今感念不已。母亲喜欢街坊四邻的女孩子来到家里同姐姐一起纺棉花，学针线活，和她们聊天。有时也带着我到邻居家里坐坐，聊聊家常。县城北关每年有一次庙会，四乡的许多人上庙会“拴娃娃”，大街上很热闹，母亲带着我和姐姐走一趟，算是一次最大的娱乐活动，三个人都特别高兴。

母亲在家里并不是事事顺心。包办婚姻总有许多缺憾。父亲只是埋头干活，对母亲缺乏体贴。祖母对母亲也不够亲切，总是嫌母亲为别家的事耽误工夫，看到几个女孩子常来家里做活时大声说笑，也表示不高兴，一天不知祖母说了什么话，伤害了母亲，只见母亲泪流满面，失声痛哭，几乎喘不上气。我连声叫娘，母亲还是止不住流泪，我害怕极了，生怕母亲有个好歹。母亲能忍，有时见她一个人眼里含着泪花，看到我在跟前，就说是沙子眯了眼睛，破涕为笑，从不对我说她心里有什么委屈。我知道这是怕我难过。遇到这情形，比母亲骂我打我都难受。

母亲疼爱孩子胜于疼爱自己。她肠胃不好，有时心口（胃）疼，还是照常做活。可是，发现我和姐姐头痛脑热，有些好歹，母亲就焦急万分。乡下缺医少药，总是讨要个偏方治疗，并耐心地安抚我们。有一次，我发高烧，半夜里说胡话，母亲立即跑到村东瓜地里讨要了一个西瓜回来，说西瓜能退烧，让我吃瓜。母亲本来胆子不大，却一个人在黑夜里跑到村外找西瓜，这真是母爱的力量呀！我患了两次痢疾，每次都是先拉“红痢”，后转“白痢”，肚子疼得要命，母亲又着急又心痛，整天坐卧不安，四处讨要偏方，悉心护理，给了我温暖和抗拒病魔的力量，我才恢复了健康。

一九三七年秋天，县城南边响起日本鬼子的炮声，国民党政府的官员和民团、巡警都一溜烟儿向北逃跑，家乡一片恐慌，父母和乡亲们一样带着我和姐姐往北乡逃难，过起颠沛流离的生活，每天都是饥一顿饱一顿，挤在老乡家里过夜。父母把老乡们提供的一些吃的东西总是尽着我和姐姐吃，母亲更是细心照料，生怕孩子有个好歹。那时我和姐姐都是八九岁的孩子，没出过家门，如果没有父母的照料，真不知怎样度过那段苦难的日子。

在旧社会，重男轻女的现象十分普遍。父母都把希望寄托在男孩子身上。我六岁那年，父母就送我上小学读书。母亲多次嘱咐我好好念书，将来做个有学问的人，好支撑门户，免得受人欺负。有两件事一直刻印在我的心底里。一件事是母亲讲的，她说:“你没出生的时候，家里很穷，你爷爷为了省几个买盐的钱，就刮村边地上的碱土，自己淋点小盐，小盐发苦，但总可以将就着吃，没想到巡警抓‘盐户’，把你爷爷抓进班房，说盐是县里专卖，都要买大盐，不准淋小盐，谁淋小盐都犯法，要罚钱。家里哪有钱赎人，又找谁说理去？幸亏找到李家寨你老娘（祖母的母亲）村里一位识文断字的好人跑到县里说情，才把你爷爷放了。庄稼人就是这样受欺负，你长大以后一定好好念书，能识文断字，能讲讲理，也许就少受欺负了。”另一件事是我六岁时亲眼看到的：一天中午，母亲和我正在院子里，突然闯进两个巡警，开口就横眉怒目地说“查盐户”。母亲立即跑到做饭的屋里拿出几颗大盐粒让他们看，才免了一场灾祸。母亲又一次嘱咐我一定要好好念书，才能支撑门户。我记住母亲的话，认真听老师讲课，守学校的规矩，多次受到老师的夸奖，母亲听说后，很是高兴。可是，刚上了一年学，我就失学了。

七七事变不久，日本鬼子侵占了县城，经常到乡下来抓人、抢东西，还放枪吓唬老百姓，说谁反抗就打死谁。我家离县城五里地，日本鬼子来过好几次，每次来还要村里人到街上“欢迎”，人人担惊受怕。母亲每次都让全家人换上脏衣服，脸上抹点灶灰，显得很难看，生怕出事。母亲经常在家里唉声叹气，脸上再没有笑模样。

一九三八年春天，听说共产常领导的八路军是打日本鬼子的，村里人都说这可有了盼头，顿时长起精神，母亲也露出笑颜。这年五月，八路军果然来到威县，打跑了日本鬼子，人人欢欣鼓舞。村里很快就组织起抗日自卫队，父亲被推举为自卫队队长，不久又到抗日县政府供给部帮助工作，母亲都积极支持。这时我又上了小学，老师讲抗日救国形势和抗日救国课文，教唱抗日救国歌曲，使自己在很短的时间里，懂得不少抗日救国的道理。县里的宣传队也经常下乡做宣传，教唱抗日歌曲，母亲带着我和姐姐去学。当宣传队唱《在松花江上》的时候，我们都感动得流泪。我和村里的孩子都参加了儿童团，轮流在村头站岗、放哨、查路条，母亲总是嘱咐我们要细心，不要马虎，免得放过日本鬼子、汉奸的密探。

可惜好景不长。没过多久，日本鬼子又侵占了县城。威县是冀南抗日根据地的中心，中共冀南区党委、冀南行政公署、冀南军区等党政机关都在威县、南宫一带的农村开展活动。我家政治可靠，又住村东头，进出方便，同族的罗绍振大伯（我叫他二大爷）是两面村长，实际上是抗日村长，和我家是近邻，多次把抗日工作人员带到我家居住，或在家里歇脚。当时日本鬼子疯狂推行“强化治安运动”，实行“三光政策”，到处建立碉堡，挖掘壕沟，烧杀抢掠，奸淫妇女，斗争异常残酷。母亲和全家人冒着危险，热情接待抗日工作人员，烧水、做饭，收拾住处，像对待亲人一样。后来，绍振二大爷被汉奸队抓走，说他私通八路，严刑拷打，他坚决不吐露真情，当天就被杀害。剩下二大娘和一个女孩子艰难度日，十分悲惨。母亲经常在晚饭后带着我们去二大娘家坐坐，说些让她宽慰的话，以减少她的悲伤。不久，还发生一件很不幸的事情，春雨舅舅（母亲最小的弟弟）在企之县抗日政府工作时被国民党石友三部队在冀南和共产党、八路军搞摩擦时给活埋了，母亲听说后，悲愤不已。

母亲很慈祥，对孩子的要求却很严格。她教导我小时候要好好念书，长大了要做堂堂正正的男子汉，不要做势利小人。她还常说，人穷志不短，人穷不丢人，人不好才丢人；一辈子不要嫌贫爱富，看不起穷人。她还嘱咐我，做人要厚道，多体贴别人。我十二岁就和喜莲结婚，都是孩子脾气，有时免不了拌几句嘴，母亲听到或看到以后，总是护着喜莲，把我叫到一边，教训我一顿，说喜莲已经没有亲娘了，你要想想没娘是啥滋味，你要懂得体贴人家，不能让她受委屈；即使你有理，也不能耍小性子。母亲把喜莲当成亲生女儿看待，耐心地教她做针线活，告诉她一些应当明白的事情。喜莲很感激母亲，她在一九八四年发表的一篇题为《婆婆教我绣花鞋》的散文，就生动地表述了她与母亲的亲密关系和她对母亲的感激与思念之情。

在兵荒马乱的年代，老百姓度日如年。一九四二年、一九四三年又遇到空前的旱灾、水灾和蝗灾，加上黄疸病、疟疾等疫病流行，很多人饿死病死，家里的生活也十分困难，母亲愁眉不展，不断唉声叹气。这种情况下，母亲还是坚持让我上学。我上五年级、六年级的时候，家里离学校要走五里路，早去晚归，每天天蒙蒙亮母亲就起来，为我热一碗糊糊吃，准备好一两个窝窝头，一截自家腌的咸萝卜，放在小柳条篮里，送我出门，晚上站在村口等我回来，两年里，不管刮风下雨，从未间断过。她关心我的学习、生活，我常常在晚上钻进被窝里给母亲讲学习的情况，有时候也背一两首好诗或一两篇好文章，做点讲解或翻成白话，她听得很仔细，也常给我讲些民间故事，诸如“岳母刺字”“水漫金山”“王祥卧鱼”等，都讲得有声有色，很是动人。我感觉在母亲身边最幸福，人世间不能没有母亲。一天老师讲了一篇明代归有光写的《先妣事略》，我很受感动，晚上就给母亲讲了，她也很受感动。我说母亲不在了，最好我也同时死。母亲抱住我说，不要说傻话，母亲总是要比儿子先死的，怎么儿子也一起死呢！要好好活着才是。我流了眼泪，母亲的眼泪也滴在我的脸上。

一九四五年夏天，威县解放，到处一片欢腾。中共威县县委和人民政府招收知识分子和年轻干部。我当时小学毕业刚不久，还不足十六岁，母亲鼓励我报了名，很快就被批准，稍加培训后，分配我做小学教师，并做群众工作。先在五安陵中心小学工作，学校设在罗安陵，每天回家吃饭，生活没什么困难。不久，调到三七里村小学工作。三七里小学是由三个自然村组成的小学，我一个人在那里工作，挨村挨户动员学生，做家长工作，给孩子们上课，还要做群众工作，的确很忙很累，也很吃力。县政府每月发给六十多斤小米票，一切包干，吃的米面、烧的柴火以及做饭等，都要自己动手解决，困难很多。每星期回一趟家，我离家时，母亲总是把事先准备好的米、面和菜要我带上，嘱咐这，嘱咐那，鼓励我克服困难，努力工作，恋恋不舍地送我到村头，直到我走远了才肯离去。

还有一件事，更让母亲增添了劳累和精神负担，这就是喜莲生下双胞胎女儿后，患了大病，性命难保，家里到处求医求药；两个女儿需要找人喂养，又雇不起奶母，母亲急得团团转。幸亏县城南街上一家中药店的宋霞飞先生提供了好药，才保住了喜莲的性命；大女儿托同族的九婶帮忙喂养，小女儿让辛庄一位好心人抱去，说定孩子长大算两家的女儿，可惜小女儿没能活下来。母亲提起这件事就心情不好。

长期艰苦生活的折磨，损害了母亲的健康，一九四七年春节过后，母亲就大病不起，天天发烧，父亲和我四处求医寻药，怎么治都不见好转，我和姐姐在炕上守着母亲，边说宽心话，边流眼泪，母亲早已没有力气，断断续续地叫着我和姐姐的名字说："你俩都是好孩子，我也不愿意离开你们。你们要想开。"我和姐姐听了，都痛哭不止。母亲去世那天下午，我觉得像天塌地陷一样，阳光变得格外暗淡。那年母亲才四十五岁。她去世太早了！想起母亲，我就感到深深的悲痛。正如归有光在《先妣事略》结尾所说："世乃有无母之人，天乎痛哉！"

母亲在世时，我不记得拍过照片，请人画像也困难，感到莫大的缺憾，只有把母亲的形象记在心里。一九五二年冬，我回乡探亲，遇到县城北关的八姑（绍振二大爷的妹妹），回忆起母亲生前的事情，我说母亲连一张照片都没有，想请人画一张像也很不容易，真是遗憾。八姑说你不早跟我说，我家就有一张，那是有一年北关庙会，你娘到我家来，我们合照了一张，你回北京时可以带走，把你娘的像放大。我听后有说不出的高兴，把照片带回北京，请王府井中国照相馆放了一张母亲的半身照。这张照片照得很好，看到母亲慈祥的面容，好像母亲还健康地活着，还时时刻刻关心着我，给我以温暖和力量！

有幸遇到好老师

——回忆我的小学老师

一九三六年春天，我不满七岁时，父母把我送进五安陵小学读书。这所小学是由罗安陵和郭安陵、管安陵、马安陵、王安陵五个小自然村合办的，校址设在马安陵，后改在管安陵。因为多数人家生活困难，也不重视教育，五个村一百多户人家，只有四十多个学生。一年级至四年级挤在一个教室里上课，另一小间为老师备课、休息之用。

老师名叫王毓春，马安陵村人，读过威县简易师范，工作相当勤奋，每天早早就到学校看书、备课，每门课都讲得很好，还教注音字母和四角号码检字法。老师爱好书法，写字课讲得头头是道，我们也听得津津有味。村里人都夸他的毛笔字，每逢春节时，很多人家都邀他写春联。同学们都很尊敬他，也很爱听他的课。他平时对学生很和蔼，但管教起来很严格，发现谁不好好学习，上课或复习时捣乱，他往往会大发脾气，轻则呵斥，重则当众罚站、打板子。

我从小喜欢写毛笔字，一年级时要“写仿”，按纸上印的仿影“一去二三里，烟村四五家，亭台六七座，八九十枝花”的红字摹写，每日一张，他都会认真批改，好的字就画上红圈。老师常夸我的字，还送我一本坊间印制的赵孟𫖯书陶渊明《五柳先生传》大字本字帖，说赵体流畅好看，要我多多临摹。我爱上赵体书法与王毓春老师的影响有关。

我爱学习，守纪律，多次受到他的表扬，家里人听说也很高兴。老师还给我们讲过《聊斋》，故事讲得有声有色，活龙活现，同学们都听得目瞪口呆，好像这些鬼狐故事就发生在人间。虽然老师说这只是传说，但大家还是觉得真有好鬼坏鬼，在心中引起阵阵波澜。同时感觉老师学问真大，懂的东西真多。

一天下午老师外出，我跟几个三四年级的同学到老师屋里去，看到桌上放着很多书，一位同学指着说：这是《王云五大辞典》，这是《小学课本教授书》，这是《万有文库》，这是《聊斋志异》，老师的学问和他讲的故事，可能都是从书本里学来的。我顿时感到书的重要，决心以后一定要多读书，多攒点钱买好书。

我读完二年级的时候，王毓春老师辞职去了外地，我和同学们都很想念他。

抗日战争时期，局势动荡，人祸天灾不断，学校时办时停，老师也随时更换。先后教我们的有马老师、赵老师。马老师带领学生高唱抗日歌曲时激昂慷慨的情景，至今记忆犹新。

五安陵小学是初级小学，我读五六年级到了威县县立完全小学。小学设在县城南街关（羽）岳（飞）庙，离家五里路，每日早去晚归。学校有七个教室：一二年级一个教室，三年级一个教室，四年级男生、女生各一个教室，五六年级各一个教室。除校长外，有七八位老师，其中有五位老师教五六年级的课。

王秀川老师、高珉庵老师在这两年中对我的教诲、鼓励以及在我离开学校后对我的关爱，我终生难忘。校长张晴园老师也对我有很好的影响。

王秀川老师是马安陵村人，早年在天津读书，信仰马克思主义，抗日战争初期做过抗日宣传工作，后因故回到家乡教书。他博学强记，文史知识渊博，对书法、绘画、篆刻也有研究，尤长于书写汉隶、魏碑书体的大字，所写匾额、联语颇受推崇，是家乡有名的才子。我上五年级的时候，他是级任老师，教国文、历史以及写字、美术等课程，除了课本上的东西，还选讲一些古典文学名篇，如列子的《愚公移山》，陶渊明的《桃花源记》，韩愈的《进学解》《师说》，柳宗元的《郭橐驼传》，李白的《将进酒》，杜甫的《石壕吏》《兵车行》，苏东坡的《赤壁赋》，欧阳修的《岳阳楼记》《秋声赋》，岳飞的《满江红》，文天祥的《正气歌》，归有光的《先妣事略》和当代优秀文学作品，大大扩展了我的视野，提高了我的精神境界，并引起我学习文史的兴趣。他很重视培养学生的写作能力，对每篇作文都认真批改，并做讲评，提倡学生向贾岛学习，遣词用字要细加“推敲”。我读过他写的一篇传记，文字精练优美。

王秀川老师教学生写字，不仅讲基本方法和技巧，而且讲书法历史和书法理论，并对若干大书法家的作品加以点评。他特别推崇颜真卿等人的书法，并把艺术和人品联系起来进行分析。他常说，文如其人，书如其人；书法是一个人的道德学问和聪明才智的集中体现；人品好，书法才能写得好，也才能成为受人尊敬的书法家。

他对我的楷书提出与前任老师不同的看法。我读三四年级的时候，所临字帖是署名赵孟頫的陶渊明《五柳先生传》，写得很顺手，也很受夸奖。每逢春节，村里人都让我写春联，说我的字好看。王秀川老师却说我的字太软，缺乏筋骨，只能挡“篱笆”，不能挡“行家”，要我改临颜真卿书写的《颜家庙碑》和《麻姑仙坛记》。并说，如果学行草，要学颜真卿的《争座位帖》和《祭侄文稿》。他还说，颜体字如其人，庄严大气，令人起敬。他还要我临柳公权的《玄秘塔》，欧阳询的《九成宫》和欧阳通的《道因法师碑》，以及钱南园书写的文天祥《正气歌》等。他说，多临帖，多做比较研究，大有好处。他藏有不少著名的碑帖拓本和影印本，允许我随意翻看，并时加指点。一天，他拣出一张完整的《新宗城县三清殿记》石刻拓片，向我详细讲解了这通碑刻的来历及其艺术成就。威县在宋代叫新宗城县，《三清殿记》为宋哲宗元祐三年

（1088）南郡李公泽撰文、大名张洁集晋右将军王羲之书，石刻原镶嵌在大殿墙壁上，元代殿宇倾圮，石刻掩埋地下，至民国二年（1913 年）县城内东马道街邱姓、余姓居民在挖掘房基时无意中发现。石刻书法遒劲健美，镌刻精良，可与怀仁集王羲之书《圣教序》相媲美。王老师对王羲之的人品和艺术赞叹不已；并说威县这样好的石刻，是难得的一件宝贵文物，也是家乡的光彩。

王秀川老师对我关怀备至，期望甚殷，时常勉励我做一个有志气、有追求、有作为的人，永远不要自满。我能够不断有所长进，并长期保持对文学艺术的爱好，与王秀川老师的教导和影响是分不开的。一九四三年他离开威县去外地工作时，赠我好几本文学著作和颜真卿书写的《赠裴将军诗帖》（珂珞版影印本）、欧阳通书写的《道因法师碑》（拓本）作为纪念。

新中国成立后，他回到家乡继续教书。一九五一年秋天，我将要到北京工作时，他给了我很多鼓励，还自刻了一方篆文名章相赠；以后树新和孩子来北京，他也给予关心和帮助。一九五二年、一九五七年我两次回乡探亲时前去看望，他对我还是那么亲切，但身体精神大不如前，谈到自己的坎坷经历和教训，他有深深的遗憾。二十世纪七十年代末，他参与《威县地名志》和《威县志》以及《河北省交通史》的编纂工作，由于他学识渊博，文笔好，乐于助人，颇受人们赞许，说他的头脑是一部百科全书。很可惜，志书没有编完，他的聪明才智还没有完全发挥出来，就因病去世，享年七十五岁。

高珉庵老师，是六年级的级任老师。威县东街人，生于一九〇四年，上私塾时师从王以锷先生。王以锷，字伯廉，自号茳北老人，学识渊博，擅长诗文和书法，著有《楚碧堂诗稿》《楚碧堂文集》等。高老师常说从小遇见这样一位好老师很是幸运，常常感念不已。他以后考入师范学校，毕业后曾在北平市政府当过一段时间职员，接触过一些名流、学者和学有专长的朋友，见过世面。后因需要照顾父亲，回家乡当了老师。

他有丰富的文史知识，文笔也好，兴趣很广泛，从孔孟、老庄学说到康梁改良主义思想，从孙中山的三民主义到五四运动后的新思想新学说，都有所了解，且关心时事，好发议论。即使在日伪统治县城的时候，他在课堂上还常常抨击日本鬼子和汉奸。

他和王秀川老师一样，不多讲课本上的东西，常常另选诗文名篇，并鼓励大家多读多思，努力做有益于民族和老百姓的人。他特别喜欢刻苦读书的学生，欢迎课余时间到他家里或办公室去。他家里有不少线装书，也有抗日战争前出版的书刊，如康有为、梁启超、陈独秀、鲁迅、胡适等人的著作和中译西方哲学著作等，只要我想读的，他都借给我读；那时我很幼稚，只知如饥似渴、囫囵吞枣式地读书，并不能真正理解，但这些阅读却使我深深感到，古今中外的文化知识像无边无际的海洋，需要学习的东西太多太多，是永远学不完的，需要一辈子虚心刻苦。

小学毕业后，我一方面在家跟祖父、父亲干农活，一方面挤时间读书学习，并不断到高老师家请教。他特别喜欢屈原的《离骚》，不止一次给我讲屈原的作品，以宣泄自己对社会的愤懑之情。他藏有王伯廉先生赠他的汲古阁刻本《离骚》和庄子的《南华经》，视如珍宝。他也喜欢陶渊明的作品，向往田园生活。一次他从地里干活回家，对前去请教的我颇有感慨地说：《桃花源记》里的生活咱不敢妄想，什么时候能够安居乐业、过上安安稳稳的田园生活就很好了。他赞赏陆游，说陆游称得起是一位了不起的爱国诗人。他还把《陆放翁全集》借给我看。他也赞赏白居易，顺口就能背出《琵琶行》等诗作中的名句，并鼓励我说，你不是喜欢诗歌吗？写诗就要学习白居易，让老百姓都能听得懂。他还希望我读点中国古代的经典著作，并把朱熹集注的《论语》《孟子》等书送我，说看看这类书有好处。在他的指导下，我认真阅读了《论语》《孟子》和《庄子》《列子》《荀子》《楚辞》《史记》中的一些篇章。

一九四五年八月我参加革命工作，分配做小学教师。高老师对我说，当教师是个崇高的职业，当个好老师很不容易，要以身作则。他多次给我讲他从事教学工作的体会，鼓励我要边教边学，努力做到“教学相长”。一天，我说起母亲病故的事，十分悲伤，他甚是同情，说他也是早年丧母，是人生极大的不幸，但是，生老病死难以抗违，只要自己在母亲生前尽了孝心，以后又记住母亲的嘱咐，好好做人做事就是。他劝我要想开。也许为了转移我的情绪，他谈起另外的话题，说:“你现在当老师了，我给你起个字吧。宋代谢枋得咏梅诗中有一句‘几生修得到梅花’，寓意很深。你名叫修梅，是不是就以‘今生’为字？”他接着讲了对梅花和对这句诗的理解，以及对“今生”二字的考虑。我当即表示感谢；但我一直没有以“今生”为字，原因是那时候参加工作的年轻同志都不起字;“今生”二字更不敢当。其实我一直喜欢梅花，赞赏梅花的品格；高老师从这句诗联想到我的名字，以“今生”二字赠我，不仅表达了对我无微不至的关心，其意义也非同一般。我到北京后，在琉璃厂一家书画店里看到清代书法家杨守敬书写的一副对联，上联是“前身定是明月，今生修到梅花”，更感到“几生修得到梅花”这句诗是多么令人神往！

高老师家有四口人，夫人多病，两个孩子尚未成年，他除了教书挣几个钱，还要抽空下地种点粮食蔬菜，才能维持生活，日子过得很清苦。新中国成立后，他真诚拥护共产党，说毛主席是最了不起的人。他工作起来还是那么热情认真，还是那么好发议论。认为有些年轻干部和教师有盲目的优越感，不尊重从旧社会过来的知识分子，听不进不同意见，心中很不满意。我在一九五七年春天回乡探亲时，他也向我表露过自己不够舒畅的心情。由于他耿直的性格，在反右时也受到批判和不公正待遇，但他不改初衷，仍然认真教书育人，直到二十世纪八十年代初才恢复名誉。高老师一九八二年去世，享年七十八岁。他生前写过许多旧体诗词，可惜大都在战乱中散失，只有《珉庵诗稿》一百三十首保留下来。

张晴园老师在当时众多的老师中年纪最长，资历最深，学识最渊博，最受全校师生的尊敬。高老师告诉我，张老师是威县邵梁庄人，生于一八七二年，早年留学日本，对文史深有研究，著有不少诗文，可惜在战乱中散失了。他还精于数学，早年创有十一巧板，比七巧板更为灵活奇巧。他原在天津、北平、保定大专院校教书，七七事变前夕，因时局动荡回到家乡教小学。我读五六年级时，他任小学校长，也给五六年级讲历史和地理课，上课时常常讲课本外的历史故事、历史人物和地理知识。那时他已年逾古稀，须发皆白，着一身中式便服，讲课时谈笑风生，使学生倍感亲切。小学所在地是关岳庙，他讲关羽等三国人物、故事，讲得活龙活现，并不时加以评论；讲岳飞等人物更是动情。在敌人眼皮子底下，他坚持教育学生立志爱国，要学岳飞，要热爱祖国的大好河山，热爱中华民族的光荣历史和丰富多彩的文化艺术。

我常去张老师的宿舍请教。看到张老师那里有许多书。在《资治通鉴》等书上，不仅有他的圈点，而且有不少批语。有些新书也有他的批语。他的批语常用有魏碑书体意味的行草书写，错落有致，极具特色。

他还喜欢文房四宝，一次谈到他在北京天桥一家古董店里买到一块好端砚时喜出望外的情景，并顺口诵读了他写的一篇记述和评论端砚的文章，很是生动有趣。啊！一方好端砚竟是这么美，这么难得，引起同学们的极大兴趣。这也是我爱砚的起点。他知道我喜欢书法，曾把他写有批语并重新装订题写书名和签上自己名字的木版宣纸精印本《孝经》送给我，作为纪念，我珍藏至今。一九五五年，张晴园老师因病去世，享年八十四岁。

小学，是人生最早的启蒙阶段，我幸运地遇到了几位非常优秀的老师。他们在我的成长中留下深深的印记。

我永远感激他们。

甘苦相伴忆树新

树新原名喜莲，一九二五年出生在河北省威县城西街李姓的一户贫民家里。父亲李凤五粗识文字，在一家饭馆打工，母亲是农村妇女，喜莲出生时，姐姐已经十七岁，因此她在家中极受宠爱。

那时我家有四个孩子，哥哥、姐姐、弟弟和我。家中人多田少，父母生怕孩子大了娶不起媳妇，同族的罗修成大哥是个热心人，好给人说媒，他和喜莲的父亲认识，一天在他打工的饭馆里见到喜莲，印象颇好，回村后便给母亲说，这孩子长得聪明好看，也到了找婆家的时候，如果我父母同意，他去说合与我订婚。父母一商量，都觉得早订婚也好。就这样，我三岁生日的时候订下了婚约。现在听起来似乎有些稀奇，但在那时的农村却并不罕见。

这些都是母亲后来讲给我的。当年我年岁小，根本不清楚订婚是怎么回事。

抗日战争爆发后兵荒马乱，民不聊生，双方父母都惦记着这桩婚事，我十二岁那年阴历四月初十，喜莲就坐着花轿来到我家，算是结婚了。农村办婚事很热闹，人们爱给新郎新娘开玩笑。我和喜莲还没长大，根本不懂得什么婚姻爱情，羞怯得连“拜天地”时彼此看一眼都不敢。晚上“圆房”，照老习惯一夜不灭灯，窗外不少年轻人听房，有人还用舌头把窗纸舔一小洞偷看里面的动静。我和喜莲估计到窗外有人，一直和衣躺在炕上动也不敢动，更不敢说话。谁知半夜闹了个笑话：喜莲忽然叫了一声，“墙上有虫子爬，有虫子爬！”我一看，原来是条蜈蚣爬在墙上，我连说：“不要怕，不要怕！”顿时引来窗外一阵哈哈大笑：“总算没白等，两口子说话了！”弄得我俩哭笑不得，很是尴尬，就这样熬了一夜没敢合眼，所谓“洞房花烛夜”，真是活受罪！

前面说了，喜莲是小女儿，姐姐大她十几岁，早早就出嫁了，中间曾有过两个哥哥，可惜都早早离开人世，父母跟前只她一个孩子，自然备受宠爱。那时女孩很少读书，但岳父母却早早让她上了学，小学毕业后，还进了县立简易师范学校。七七事变后不可能继续学业，就躲到乡下姥姥家，从小既没做过饭也没做过针线活。喜莲初来我家人地生疏，不知该怎样当媳妇，处处感到不习惯，因此常回娘家。每次总要多住些天，直等我父亲把她接回来。想不到岳母不久就因病去世，岳父一天到晚在外忙碌，她回娘家的日子自然就少了。母亲心疼喜莲，一直像对亲生女儿一样关心体谅她，耐心教她做针线活。那时姐姐还没出嫁，常带她一起学做家务。她对母亲很尊敬，和姐姐好得像亲姐妹一般，做家务活从不嫌脏嫌累。我们之间也慢慢亲近起来。当年我俩都是十几岁的孩子，有时难免拌嘴争执，母亲总怪我不好，说她没有亲娘了，要我多体贴，不能让她受委屈。加上亲戚邻居的大姑、姐妹常来我家纺棉花做针线，大家有说有笑，她慢慢就把这里当成自己家了。

喜莲性格开朗，做活勤快，即使是灾荒年的苦日子也一起熬过来了。全家都很喜欢她，说她不像在城里念过书娇生惯养的人，邻居的婶子大娘也夸她是个好媳妇。

一九四五年夏天家乡解放，八月我参加革命工作，喜莲是全村仅有的一位有文化的妇女，在民校当了义务老师。晚上教课，白天还得劳动做家务，还要抽空读书学习。每次我回家，她总是谈些学习工作的事情，对我外出工作非常支持，嘱咐我不要惦记她和家里的事情。

一九四六年阴历正月，她生下双胞胎女儿，得了一场大病。父母和岳父都焦急万分，四处求医找药，多亏城里南街中药店的宋霞飞先生提供了当时奇缺的藏红花等，连服多次才保住了性命。人救活了却没有奶水，又雇不起奶妈，母亲奔走求援，同族正哺乳的九婶把大女儿抱去，将奶水分给她吃，总算活下来了，这就是雪莹。辛庄一家缺女儿的好心人将另一个女孩抱走，说好算是两家的孩子，可惜没过多久就得病死了。喜莲病愈之后听说这个女儿的死非常难过。以后几年，喜莲又陆续生下儿子庆朴和小女儿雪珂。

我的母亲于一九四六年不幸病逝，继母陆续生下三个孩子，家里的生活渐趋艰难。喜莲带着三个孩子白天忙家务，晚上给民校上课，其辛苦程度可想而知。因为工作忙，我基本顾不了家，但她从不抱怨，即使遇到不顺心的事也不发牢骚，一如既往地支持我积极进步。

一九五一年秋天我要调到北京工作，她很高兴，说北京是首都，是政治文化中心，能多见世面多长本事，给了我很多鼓励，但我也觉察到她似乎有什么心事。我走前的一个晚上，孩子都睡着了，我问她是不是顾虑我到北京后会变心？这一问不要紧，她一下子哭了，说：我相信你不是那样的人，可是婶子大娘们又都要我劝你不要离开家乡，万一男人变了心，剩下一个女人拉扯着三个孩子怎么过啊？那几年家乡有人参加工作后就发生婚变的现象的确不少，喜莲的顾虑不是全无道理。顾虑归顾虑，她还是鼓励我去北京，还十分真诚地说：我文化程度工作能力都比不上你，年岁比你大，又是包办婚姻，总是个缺陷。你到北京后我们又不在一起了，如果遇到条件好又情投意合的人，即使你我离婚，我也会把孩子抚养大，不再嫁人。我听后感动得泪流不止，告诉她，我一辈子都不会昧良心抛开你和孩子们！

这一夜，我们都有说不完的话。

她连日给我赶制了一套厚实的棉衣棉鞋，嘱咐我出门在外要注意冷暖，多多保重。我将要上路的那天，她早早带着孩子避开了，后来写信告诉我，如果送我出门她会流泪，怕影响我的心情。我们分开后不断写信，她的信永远报喜不报忧。

一九五三年春天，承蒙组织照顾，让喜莲带着孩子来到北京。由于父亲舍不得庆朴，没让带过来，只带了雪莹和雪珂。喜莲到北京后改了新名“树新”，是我为她起的，她很喜欢。树新被安排在北京市戏曲学校做生活辅导员，两个孩子跟她住在学校一间破旧的耳房里。雪莹上小学，雪珂上幼儿园，总算解决了两地分居的问题。两年后，父亲亲自将庆朴送到北京，至此三个孩子都来到身边。

我那时在东四头条文化部院内中国曲艺研究会上班，工作忙就住在办公室，周末才能回家，有时会邀族弟罗欣生和同学邢秋平一起吃顿饭。树新做生活辅导员昼夜操劳，还要照顾三个孩子，从不说一个“累”字。她有时也会感觉不愉快，学校几位“老北京”看不起农村来的人，很伤她的自尊。一个星期天，几个学生在宿舍打闹，一个孩子从双层床上摔下来腰扭伤了，孩子家长是著名京剧演员，校方怕得罪家长，竟把责任推到树新身上，给她记了大过。这个小包袱树新一直背到粉碎“四人帮”之后平反冤假错案时才卸下来。

一九五六年秋天，我在朝阳门外东大桥芳草地中国文联职工宿舍分到三间房，树新也从戏曲学校调到中国民间文艺研究会图书资料室，从此一家人住在一起，她的心情也舒畅多了。

树新上进心很强，工作从不甘人后。她在图书资料室做分类编目工作，图书门类众多，每本书都要做出提要，她深感文化知识欠缺，除努力自学外，还报考了北京广播大学。每周两三次集体听课，从不迟到早退并挤出时间完成作业，进步很快。她在政治上的要求也很迫切，在家乡就入了团；到北京后多次提出入党申请，可惜长期未能如愿。树新秉性直爽，爱憎分明，无论是对领导还是对同志，在民主生活会上有什么看法就说什么看法，不管别人爱听不爱听。对于受批评处分的同志，如果认为不公平也敢于提出不同意见，许多人都说她人品好，不世故；但也难免得罪人。这或许是她难以早日入党的一个重要原因。

我那时公务繁忙，晚上常常加班，孩子的养育及许多家务琐事都是树新承担的。没有树新，我不可能把精力都放在工作上。

一九五四年我患了肺结核，时好时犯，历时八年，成为树新很大的精神负担。一九六一年冬天病情加重，我住进北京地坛结核病医院，那正是国家最困难的时期，医院病人要按定量吃饭，我的定量是每天九两，只有少量蔬菜，每周吃一次烧带鱼，营养很差，树新和孩子们的生活就更差了。她每周都到医院看我，把节省的一点食物送来。按优待证发给我的黄豆、猪肉，她和孩子们从来舍不得吃，要用饭盒分几次带给我。

见我不放心家里，她总嘱咐我安心养病。后来孩子们告诉我，她在家里也想尽了办法，如让孩子喝小球藻，减少点饥饿感。吃饭总是尽着孩子们先吃。看到她消瘦了许多，我心里很不是滋味。

一九六二年树新下放到文联办的怀来文艺农场劳动，为期一年，条件十分艰苦，但每次回家还是尽可能带点吃的回来。

一九六五年秋天，我们分别参加“四清”工作队到北京顺义县农村，雪莹那时考上北京大学，庆朴上北京四中，雪珂考上北京女四中，三个孩子虽然都住校，但因雪珂年龄最小，周末会被民研会树新的同事张帆接到家里。张帆夫妇对雪珂的呵护照料，树新和我多年来常常念起他们并一直心存感激。“四清”工作队直到一九六六年六月才结束，那时以为一家人能重新聚在一起好好过日子了。万万没有想到以后的日子更难。

“文化大革命”开始后的北京一片混乱，中国文联和各协会被视为反革命修正主义路线统治的裴多菲俱乐部，造反组织纷纷成立，几乎所有的领导干部都被审查批判揪斗。成千上万的红卫兵和各地来京造反的人流涌进文联办公大楼串联批斗，气氛极其恐怖。

树新出身贫民家庭，历史单纯，又是一般工作人员，运动开始没有受到冲击。但她对周围发生的一切十分困惑，也为我的处境担心，我虽受到单位多数同志的保护，未被关进牛棚，但也作为“走资派”受到批判。看到我身处逆境非常苦闷，树新经常温言安慰并在生活上倍加照顾。每天中午陪我一起到机关食堂吃饭，或先买好饭菜等着我。她对许多老同志惨遭批斗深表同情，一天上午听到一个造反派说，晚上要批斗文联副主席、党组书记刘芝明同志，其后在卫生间遇到保守派的一个同志，就告诉他要设法保护刘芝明，不料被造反派的一个成员听到并汇报给头头，这位“总司令”立即组织批斗会，对树新横加批斗辱骂，还张贴大字报示众。树新性格倔强一直没低头。她对我说，这帮人像一群疯狗，早晚会有报应。

不久雪莹那里也出事了。因不满聂元梓搞极左，她参加了对立面的“井冈山”。掌权的新北大公社是“中央文革”支持的，人多势众，把井冈山一派的学生围困在两座楼内，断粮断电并组织武斗。我和树新都很担心，多次到北大西门外观察动静，一坐就是多半天，后来看到被围困的学生把靠路边的两幢楼房用木板接起来并挡起护板，周边还撒了绿豆，以阻挡新北大公社的进攻，我们都对学生的智谋和能力赞叹不已。

一九六八年夏天雪珂报名参军，部队已同意接收，但需我所在单位出具证明，只要证明不是敌我矛盾就可以，但曲协造反派头头硬说我的问题性质未定，雪珂因此失去了去部队的机会，这让我非常难过和歉疚。雪珂倒很体谅，不但没有抱怨，还劝我想开些不要生气，她不久就去了山西定襄农村插队，庆朴也在一九六九年初去了陕北。

我和树新在几个月中先后送走两个未成年的孩子，

每次在火车站都是洒泪而别。

一九六九年夏天，文联和各协会在工宣队、军宣队的领导下集训，树新单位在中央戏剧学院，我单位在中国戏曲学校，每周允许回家一次。我那时仍被审查批判，床头贴着“坦白从宽，抗拒从严”的标语，党员重新登记不予通过，精神受到折磨异常苦恼。我们见面时树新总是安慰我，要我想开。九月二十七日我和树新同所在单位的人一起乘火车离开北京到怀来县农村，成为文化部“五七”干校学员，分别在两个村子里学习劳动，不久搬到宝坻县农村，树新住南清沟，我在北清沟，生活条件特别艰苦。以后干校又迁到天津团泊洼劳改农场，军宣队狠抓阶级斗争，除了没早没晚的劳动就是斗私批修搞大批判，整个干校气氛紧张，担心说不定什么时候又会出什么事。

和树新同住的一位原在舞协工作的女同志因为在干校文艺晚会上跳“忠”字舞，跳到“军队向前进”的时候往后退了两步，就被无限上纲，批判她有“变天”思想，逼她检查交代。在高压下她悄悄跑到高粱地里喝“敌敌畏”自杀了。军宣队还召开全校大会，说她是畏罪自杀。这件事对树新刺激很大，暗暗为这位女同志叫屈。

三个孩子的发展也不顺畅。雪珂在定襄农村因为说了对林彪不敬的话受到批判。几年后在榆次锦纶厂当工人时又受到他人株连被审查，刚生下的孩子也不能好好照顾。每次接到雪珂来信，心里都像坠上一块石头，我和树新不止一次地背着人流泪。庆朴在陕北延长县农村，来信总说头痛，我们担心他的身体，以为患感冒，给他弄些药寄去。一九七一年夏天，延长县政府通知我们说庆朴报名参军体检时查出心脏病，血压不正常，不适合在陕北高原插队，要退回北京。当时北京已没有家了，经干校领导同意，将庆朴转回干校安置。那几年庆朴身体不好，在天津医院一住就是几个月，病情反反复复。庆朴对能否治好缺乏信心，对未来很是悲观。因为不愿连累别人，与原来一位很要好的女同学也中止了恋爱关系。在那种处境中，我们虽然很为庆朴忧虑，但除了鼓励他耐心疗养，也别无他法。

祸不单行，一天忽接北京大学电话，说雪莹在北京南郊稻田劳动时突发重病，已在北大校医院抢救，需要马上动大手术，要求家长立刻回京签字。我们怕贻误病情，拜托驻北大哲学系的八三四一部队的团副政委老魏同志代为签字。校医院切除了一个重达五市斤的卵巢肿瘤，并力求做到不影响生育，预后也很好。树新得知后感动得泪流不止。她多次感慨地说，前些年我们家过得好好的，怎么这几年不好的事都落在我们头上？这样的日子何时算了？她本是个爱说爱笑的人，也变得心事重重，沉闷多了。

一九七二年开始，干校学员陆续被分配工作。树新被分配到“艺术研究机构”（当时对中国艺术研究院筹备组的简称）图书资料馆。我在一九七四年被分配到国务院文化组艺筹（当时对艺术局筹备组的简称），总算有了重新工作的机会。

没想到一九七五年五月全国部分省市自治区文艺调演时发生了“陶钝事件”，强加给陶钝等同志许多罪名，我也被株连，重新接受审查批判，这在当年是相当大的政治压力。树新一如既往地信任我并大加宽慰。直到粉碎“四人帮”后，我们才在政治上获得解放。孩子们的处境也逐渐好起来。庆朴还考进北京大学。

树新的工作一贯积极认真，粉碎“四人帮”后，一九五六年在北京戏曲学校工作时北京市文化局批准的记大过处分的错误决定得到纠正，长期压在她心头的精神包袱卸下了。一九八〇年树新被批准入党，实现了她多年的心愿。孩子们也力求上进，而且孝敬父母，婚姻家庭都很好，使她十分欣慰。她喜欢民间文学，退休后记录整理了许多民间故事。树新的文笔清新通畅，如果不是过早逝世，定会写出更多的好故事。

然而，长期的劳累、不安定的生活和一些折磨人的精神负担还是严重损害了她的健康。她逐渐消瘦，心脏不好，肠胃不舒服，时有便血，经医院检查，确诊为直肠癌，住进积水潭医院。她的体质一向较弱，又患有心脏病，但两次大手术都挺过来了，全家人都为她高兴。

一九九四年十月，因癌细胞大面积扩散，树新最后一次住进医院。我和孩子们盼望再次出现奇迹。但癌症已到后期，尽管用最好的药物治疗，也回天无力了。

树新仍然表现得十分坚强。我和孩子们几乎每天都去医院看她，眼看着她可能不久于人世，心里都很难过，只是怕她察觉，尽可能不流露出来。她自知在世时间不会长了，每次见面总是做出高兴的样子，说医院照顾得很好，要我们放心，不要天天来。她还背着我对孩子们说，她去世以后要我多保重，再找个伴，等等。还很吃力地给孩子写了一封信，作为她的遗嘱。

十一月六日夜里，她心里还明白，不断叫着我和孩子们。她是多么恋恋不舍啊！我们守护在她身旁连连应答着，呼喊着，无比哀痛！

第二天上午八时四十分，树新永远离开了我们，时年六十九岁。

我和树新共同生活了五十三年，她善良正直勤劳，淡泊名利，甘于奉献。于公于私，她都是无愧的。我和孩子们深深地怀念她。想到树新对我的关心、帮助和体贴，再想想自己对她的关心、帮助和体贴，感到有不少差距，深深歉疚！她的许多同事和朋友也为她的去世感到痛惜。

孩子们跟我一起把她安葬在京西金山公墓高处东向的松柏丛中，并立起由我书写的墓碑。

孩子们说：妈妈在这里，就可以望着她长期生活工作过的北京，就可以望着她难分难舍的亲人！

女儿眼中的父亲

雪　珂

《回忆与思念》是父亲最新的一本书。

那日回家，将手中已经整理好的部分文稿交给父亲，当然也交换一下我对某些篇目的意见。由于父亲给我的“目录”中还缺少“后记”的相关文字，我建议，不如就用二〇一八年写就的“七一感言”代替，这篇文章虽短，但确是父亲的真情实感，将它作为“后记”，内容合适，父亲也可以少一点笔墨劳累。

听了我的建议，父亲沉吟了一会儿，说：我的想法，这篇“后记”由你来写。这本书稿的每一篇文字你都经过手，不如就把你的阅读感受写一写，代替“后记”。

作为女儿，将自己的感受收入父亲的书中，且代为“后记”，对于这样一本非常厚重的书而言，我自忖并没有这样的资格，但又不好推却。

从小到大，父亲从未给我指派过任何任务，也从未向我提出过任何要求，就连编辑这本书稿也不是父亲提出的。两个月前回家看望，说了好一阵闲话，打算离开时父亲说让我再坐坐，有点东西要我看看。于是拿出这本书的“目录”，说文联打算为老同志出书，他大致编排了一下，想听听我的意见。

这些年父亲出过三本书，分别为《新曲艺文稿》《曲艺创新录》《曲艺耕耘录》，每本书出版后，父亲都会赠送给子女。但诚实地说，每次拿到书，我只是翻翻目录，认为书中无非是报告讲话一类的文章，那些曲艺活动及人物与我没有多少关系，只挑着读了几篇，就放进书柜。

当我对着整理好的“目录”坐在父亲的电脑前一一查看时，发现新书稿的绝大部分篇目还没有电子文本，就主动提出由我将这部分文章录入电脑。

于是就有了之后协助父亲编稿的过程。

由于担任政协委员，父亲于二〇〇三年才办理离休手续，已经七十四岁，在一般人眼中，到了颐养天年的时候。但父亲说，摆脱了繁忙的会务活动，得空想好好写点东西。我并不以为意，一是觉得写作相当耗神，再就是想，在信息爆炸的时代，各种各样的文字太多，即使真的费心费力写出来，又能有多少读者呢！

然而，当我将文稿一个字一个字地录入电脑时，其中的内容常常使我震惊，父亲生于一九二九年，他的人生见证了中国近当代近百年的发展历史，而他所献身的新中国曲艺事业的发展历程又从某个侧面见证了中国几十年来文学艺术的发展历史。无论是从个人回忆还是从曲艺发展史的研究，父亲的这本书都有着无可替代的研究价值。

父亲出生于一个普通农民家庭，我的爷爷奶奶都是朴实的农民，晚年的父亲这样回忆："母亲从小鼓励我做个被人们瞧得起的好儿子。"而他的父亲呢，则是"最爱劳动，讨厌不劳而获的懒人"。

这些简单朴素的道理奠定了父亲一生的基本人格，那就是自强不息。

父亲是在战乱中长大的，读小学时就幸运地遇到几位好老师，老师们不仅教给他知识，还鼓励他立志爱国，要热爱祖国的大好河山，热爱中华民族的光荣历史和丰富多彩的文化艺术。对文学的爱好大约就是那时萌发的。父亲开始写一些短文小诗，并抱着试试看的心情，向自己久仰的同乡、著名诗人王亚平先生寄出稚嫩的诗作求教，王亚平不仅很快回了信，并给了父亲很多鼓励。

一九五一年，父亲收到王亚平的来信，说新中国成立后各方面都很需要人，问他愿不愿意调到北京工作。父亲自然是愿意的，于是辞别妻子和三个幼小的孩子，启程到一个他早就渴望进入但并不了解的更广大的世界。这一年，父亲二十二岁。

父亲到北京后遇到很多可以称之为老师的前辈，如王尊三、赵树理、老舍、阳翰笙、吕骥，等等。父亲用自己的勤勉好学、诚实谦逊和认真负责的工作态度赢得了他们的重视与信任。

这些前辈老师对父亲的关怀、提携与帮助一一呈现在父亲笔下，那是刻骨铭心的温暖，在父亲的一生中都带给他鼓舞和力量。

父亲被指派到成立不久的中国曲艺改进协会筹备委员会担任秘书。工作条件和生活条件都很艰苦，一切工作都要边做边学，困难很多，好在不怕吃苦和扛得住压力早已养成父亲的性格和生活常规。从秘书工作开始做起，父亲与曲艺这个成为他终生奋斗的事业就这样相遇了。他努力工作，心无旁骛，进步飞快。但命运却在这时开了一个小小岔路。由于中国文联精简机构，更由于那时曲艺事业未知的前途，他被调往北京市文联和北京市政府文艺处。在新的岗位上父亲又结识了许多优秀人才，并通过努力很快融入新的机构。父亲每天很忙很累，审查剧目，编刊物，写评论，业余时间搞创作。表面看，这似乎更符合他自己的人生设想，如他早先说过的那样，他最热爱的是文学，最想做的是文学创作。

然而，正当父亲考虑在新的一年里如何更好地工作和学习的时候，他所尊敬的王尊三找到他，说中国曲艺改进协会筹备工作需要抓紧进行，要调父亲回协会工作。尽管更愿意留在北京市，但考虑到协会工作的困难和需要，又考虑到曲艺工作的重要性，父亲还是服从组织决定回来了。

这一次调动似乎是被动的，但正是这次调动促成了父亲与曲艺结下不解之缘并为之一生奋斗。

重回曲艺界的父亲，面对着一种十分不确定的局面。

当年的曲艺并不像今天这样在中华文化中有着“登堂入室”的地位，曲艺甚至被很多人瞧不起，认为不够高雅，算不上艺术。即使在文化界的领导机关中，也有很多人认为没有必要成立单独的曲艺机构。父亲和曲艺界前辈们据理力争，并以中国曲艺改进协会筹备委员会的名义执笔致信刘少奇，力陈曲艺是广大群众喜闻乐见的说唱艺术，又有很大的一支队伍，曲艺界成立自己的团体顺理成章。

这封信得到了重视。经研究，认为成立全国性的曲艺团体是必要的，建议先成立中国曲艺研究会，以后再成立协会。

这是父亲和前辈们为争取曲艺艺术应有权益、争取曲艺艺术应有的社会地位而进行的一次有效抗争。阅读父亲的文稿，为曲艺艺术争取权益和地位的抗争充斥于父亲几十年的社会活动中。

在向上争取曲艺事业应有权利和地位的同时，父亲和前辈们将更多的精力撒向辽阔的祖国大地，向全社会寻求热爱曲艺艺术的作家、表演艺术家、评论家、组织家和活跃在民间的普通曲艺艺人们。

父亲在文章中多次提到，由于旧社会曲艺艺术社会地位低下，演员名气再大也被歧视，被视为“下九流”，难以改变被欺压、被凌辱的命运。因此新中国成立后的翻身感特别强。这恐怕也是父亲及曲艺界的许多人热爱新中国的根本原因之一。

在曲艺界有了最初的队伍和组织之后，父亲和前辈们又向更高的目标争取——要办一份曲艺界自己的刊物。在资金、编辑力量、组成人员都十分困难的情况下，《曲艺》杂志创刊，曲艺界终于有了自己的思想和文化阵地。

父亲对办刊非常重视，为了保证刊物的质量，父亲亲自审阅稿件，制订编辑计划，和作者联系，这是因为通过刊物才能有效地组织、宣传和扩大曲艺艺术的影响。父亲参与了大量演出活动的组织，努力在刊物上推出优秀的曲艺作品和有思想内容的评论文章，以及重要曲艺活动的报道等。早年的父亲曾是一个内向羞怯的少年，但为了曲艺事业的繁荣和发展，他利用一切机会发声，呼吁各界要重视曲艺，曲艺艺术是中华文化艺术的重要组成部分。

每当我看到文稿中的这类文字，总会联想到父亲的性格。在父亲漫长的职业生涯中，他从未为自己的职务、地位和利益争取过什么，对个人而言，再大的委屈也能忍受。在这个意义上，父亲可以说是“淡泊名利”的。但为了曲艺事业的发展和壮大，他常常据理力争，甚至寸步不让。

书稿中，父亲一一回顾毛泽东、周恩来、邓小平、陈云等党和国家领导人对曲艺事业的重视与关怀。父亲对热爱曲艺的陈云同志抱有特别的感情。这不仅仅因为父亲与陈云在政治思想上的契合，更重要的是，身居高位的陈云通过对曲艺事业的关怀和指导，通过他的每一次谈话、每一篇文章、每一个题字都大大提升了曲艺艺术在中国文化界的影响，推动了曲艺事业的发展。

依次出现在父亲文稿中的还有文化界的领导及名人，如周扬、老舍、阳翰笙、林默涵、刘芝明、周巍峙、吕骥、傅锺、荣高棠，等等，父亲感谢他们对曲艺工作的支持、指导和帮助，从不忘记他们的贡献。

进入父亲回忆的还有众多文艺界、曲艺界的前辈大家，如赵树理、王尊三、韩起祥、王亚平、陶钝、连阔如、常宝堃、程树棠、高元钧、王少堂、侯宝林、骆玉笙，等等。他们是中国曲艺事业的先驱人物，在中国曲艺事业最艰难的起步阶段曾与父亲携手共事并以其个人的艺术成就和无私的努力支撑着曲艺事业的发展，没有这些老艺术家和老曲艺活动家、作家、评论家的加入，曲艺事业不可能有今天的繁荣。

接下来，父亲还回顾了那些享誉中华大地的曲艺艺术家和为曲艺事业做出贡献的曲艺活动家们，他们是刘兰芳、朱光斗、王鸿、程永玲、沈祖安、李仁珍、夏雨田、王永梭、刘洪滨、王济、王毓宝、王兆一、周良、曹元珠、孙书筠、王波云、张世英、许邦，等等。除了以上列出的名单，书稿中还提及了更多的人。

在选编书稿的时候，父亲曾反复斟酌，希望哪个人都不被漏掉，每一个人做出的贡献都能得到尊重，每一个艺术家和活动家的成就都能得到公正的评价。

一九六六年以后，曲艺界与中国其他文化领域一样经历了“文化大革命”，对于曲艺事业而言，那是空白和黑暗的十年，父亲的人生也同样遭遇磨难。一九七三年，父亲还在“五七”干校时，干部陆续分配，北京市有关方面打算调他去北京人民艺术剧院或北京中国画院当党委书记。尽管那时父亲渴望重新工作，一时也看不到曲艺事业的前景，但还是以缺乏在戏剧和美术单位工作的经验为由，婉拒了这样的安排。几年之后的一九七八年，曲艺界的老干部和老艺术家们找到正在中国京剧院主持工作的父亲，希望他重回曲艺界。

如果说二十多年前父亲从北京市政府文艺处奉调回到中国曲艺改进协会筹备委员工作时多少有些被动的话，父亲的这一次回归则是主动的。父亲已经在曲艺界辛勤耕耘了十几年，累积了相当多的工作经验，同时在曲艺界有着数不胜数的朋友，更有很多志同道合的同事，他早已把曲艺事业当成自己终生奋斗的事业。因此，在完成了中国京剧院工作的交接之后，父亲毅然决然地回到了曲艺界。

经过“文化大革命”的洗劫，曲艺界的老艺术家、老活动家、老工作者有的死去，有的病残，多年积累的曲艺资料也大部分散失。协会刚恢复时，工作人员极少，无固定办公地点，经费也非常困难。父亲与他的同事们在中国曲艺事业的一片废墟上又开始了比之二十多年前更为艰苦的奋斗征程。从争取人员编制，争取资金，到召回旧部，充实新人，恢复刊物，父亲样样亲力亲为，一点一滴、锲而不舍地建设着。

父亲对这段生活的记述有喜有悲。喜的是，曲艺事业正随着国家形势的发展和各方面的积极努力蓬蓬勃勃地展开，大批曲艺艺人重新走上舞台，并且获得了比之过去更大的社会影响。悲的是那么多熟悉的前辈同事随着岁月的流逝离去，有些是自然规律，有些则是“文化大革命”的残酷迫害。这时的父亲已经成为一个有着丰富组织经验和理论素养的领军人物，他仍像过去一样为曲艺事业的权益和发展四处奔走，大声疾呼社会各层面应加强对曲艺工作的重视与支持，并聚拢尽可能多的有识之士加入曲艺队伍。

文稿中可时时看到父亲的焦虑和紧迫感：老一辈艺术家的去世可能导致宝贵的曲艺艺术失传，高质量的作品数量不多因而不能满足群众的要求，而理论研究的薄弱又使曲艺艺术的提升面临着发展瓶颈。在急速变化的时代，怎样既保护传统又不断创新；怎样使群众喜闻乐见又不致流于庸俗低级；在全社会涌动的对财富的追求中，怎样保持曲艺艺术的纯净和美。

父亲在几乎每一篇文章中都这样提出问题，他为改革开放带来的机遇和变化而欣喜，也为其中出现的问题而焦虑。

在电脑前录入这些回忆文章时，我触摸到了父亲的感情。从一九五〇年代起，他所共事的大多数人一个一个地离开了，父亲对他们满怀深情，无限痛惜。

他专文写阳翰笙，历数他对曲艺事业的支持。父亲回忆了粉碎“四人帮”之后的第一次探望。此时的阳翰笙刚刚结束被监禁的生活，栖身在安定门外一处简陋的两间楼房里。父亲这样写道：“由于长达九年的囚禁和折磨，只见他苍老消瘦了许多，形容憔悴，身体虚弱，而且还未被彻底平反和恢复工作，我不知该怎样来安慰他。”一九七八年，父亲到天津看望骆玉笙，她和老伴还住在一座老楼地下室一间十几平方米的房子里，阴暗狭窄，生活很不方便。父亲通过这些文字含蓄地表达了他的同情和关爱。

父亲一直记得王亚平当年的回信，那是一个理想青年在大千世界中得到的难以忘怀的温暖回应。是王亚平引领父亲来到了北京，并成为父亲的入党介绍人，牵引着父亲进入他为之奋斗一生的曲艺事业。父亲对王亚平一直怀有深深的感念，哪怕王亚平被错误地开除党籍并受到行政连降三级的处分时，父亲仍与王亚平保持着亲切的交往，并想方设法改善王亚平的工作条件。记得“文化大革命”中我去干校探亲，离开时父亲特意将王伯伯的地址交我，要我一定代为看望。

王尊三是他尊敬的事业前辈和曲艺大家，不仅帮助父亲熟悉曲艺界的情况，还引导鼓励父亲大胆放手工作。父亲刚来北京时没有安家，人生地不熟，许多周末父亲都在王尊三家中度过，夫妇二人的热情与亲切给父亲留下终生难忘的记忆。父亲一一记述王尊三对自己的指导、鼓励和帮助。在反右时王尊三遭不公正的对待，被强行退休。父亲曾不避嫌疑地与赵树理一起去家中看望并给予安慰。

阅读这些文稿，我惊讶于父亲的记忆力。其间承载的人物太多太多，每个人都有着数不清的好处，每个人都对曲艺事业的发展有着不可磨灭的贡献。父亲以这样的回忆表达了他的思念与感激。

众所周知，中国的文艺界相当复杂而且时有风险。很多文艺前辈及文化大家命运坎坷。几十年来，父亲虽然也遇到许多困难、挫折甚至风浪，但他从没有被击倒过。

以父亲的性格而论，这似乎很难解释。因为父亲的坚持原则和毫不圆滑众所周知。

我有时会和父亲讨论其中的奥秘。我的总结是父亲终生恪守的“中道”。

父亲从不参与文艺界的团团伙伙，从不因某人得势就趋炎而上，也不因某人失势而刻意回避。他做事一贯出于公心，对人对事客观公正；从不因人废言，更不因言废人，打击报复。文艺界也是名利场，但父亲从不争风头，与人合作不掠人之美，对上对下不卑不亢。平等待人是父亲信守一生的原则。在工作上，父亲从不掩饰自己的观点，甚至可以说是旗帜鲜明的。他当然有着自己的远近和亲疏，但他从不把这样的亲疏带进工作中。这就是父亲的为人处世。

《回忆与思念》有几大块内容：一是国家领导人，有毛泽东、周恩来、邓小平和陈云；二是新中国成立后文化界的领导及文化名人；三是曲艺界大家及重要的曲艺流派；四是新中国成立后中国曲艺艺术的建设和发展；五是从童年至今的个人回忆。

除了父亲到北京工作之前的少量文字不涉及曲艺，其余的几乎全与“曲艺”有关。

从女儿的角度读，个人回忆的部分我读得最细。

父亲从童年讲起，读书，工作，进京，办刊物，再到“文化大革命”中个人和家庭的遭遇。曲艺当然是回忆中的重要内容，但这是个人视角。这部分回忆可看成一个人的编年史，父亲的成长和成熟过程及其一生的经历都在其中。

前面说过，父亲是农民的孩子，他的知识与能力绝大部分取之于刻苦的学习和锻炼，他在事业上的成就当然离不开自己的努力和奋斗，但没有新社会所展示的个人机遇，没有新社会对曲艺事业的重视，中国的曲艺事业不可能获得这样的繁荣与发展，父亲也不可能拥有这样的人生。由此也能理解弥漫全书的父亲的事业操守和家国情怀。

文稿中更大量的文字是以一个曲艺家的视角回顾新中国曲艺事业的发展，父亲恐怕是现今在世的最早进入新中国曲艺事业的为数很少的人，因此，他的这部分文字也可看成是中国曲艺事业发展的编年史。父亲的个人经历映衬了中国曲艺事业的发展和壮大。事业的编年史与个人的编年史可互为镜像，内容虽有重叠但角度不同，读起来别有感受。从一间小小的办公室到如今有着全国各省、自治区、市县等单位的曲艺组织及所联络的几十万曲艺工作者，父亲凭着几十年坚忍不拔的努力和坚持使他成为这个领域当之无愧的一个领导者和组织者。父亲的事业成就或许并没有出现在他青春的人生规划中，然而，他顺应着时代的感召，一步一个脚印地走到今天。今天中国的曲艺艺术已经切切实实地自立于中华民族文化之林，就这一点来说，父亲无愧于自己的人生。

在录入书稿的过程中，我也产生过困惑，父亲详细记录了新中国曲艺事业发展的一件件大事，这些大事中自然包括每一次重要的会议，每一次大规模的会演。

开始录入时，面对着参加演出活动的演员及参加评比并获奖的曲（书）目名单，我常常倍感头痛。我不熟悉这些演员，更不熟悉这些曲（书）目，录入时往往录上两行就得停下来一遍遍核对，生恐有误。

而曲艺界召开的那些大型会议在录入时就更加令人生畏。每一届代表大会从预备会开始的主席团名单、领导组名单，再到推荐名单、委员名单及理事成员名单、领导班子组成名单，等等，等等。父亲对每一次重要会议和重要活动的参加人员都一一详细列出，我曾有些小小的抱怨，告诉父亲："每当录入这类文字，就如同翻越一座大山。"在我的文字工作中，从未录入过这么多的人名，而且绝大部分是并不熟悉的人名。然而，当我工作效率很低、速度很慢地将这些人名的大山一座一座地翻越过去时，我突然明白了父亲的用意。那些密密麻麻的名单代表着曲艺发展的历史，每份名单都集中着不同阶段曲艺界最重要的精英人物。这些人为曲艺事业做出过贡献，父亲要在自己的文字中尽可能详尽地留下他们的印迹。这也是父亲反复强调的，不应当忘记他们。随着时间的推移，这些名单上的名字也在不断变换，一些老的离去，新的名字不断加入进来，名单的变化折射着曲艺发展历史的新旧交替和发展变化。名单本身就承载着新中国曲艺事业发展的历史。

当我领悟到这一点时，录入文稿的工作已接近结束。

"我的编辑生涯"是文稿中相当重要的一篇。从最早的《说说唱唱》，到《曲艺》月刊，再到《曲艺通讯》，再到创办中国曲艺出版社。父亲重视编辑工作，一生中编辑推出了大量优秀的曲艺作品和曲艺理论文章。

《中国曲艺志》是父亲作为曲艺编辑家、评论家、曲艺活动家和组织家所主持的一个大工程，但父亲对这个工程的回忆文字恰恰不多。每次回家，我都会在父亲的书柜中看到《中国曲艺志》，长达二十九卷，极其厚重地摆放成一排，不要说编纂，仅仅对这套书的阅读就是一个令人望而生畏的挑战。父亲主持编纂的这套志书，我没有读过，对于这项工作的重要意义，我更无从评价。中国曲艺家协会副主席、中国艺术研究院曲艺研究所所长吴文科全程参与了这项工作，在此，谨引用吴文科在祝贺父亲从事曲艺工作六十周年的活动中的一段发言：

作为曲艺方志学家，罗扬同志自一九八六年起在领导《中国曲艺志》的编纂工作期间，恪尽职守，殚精竭虑，亲自主持了几乎所有的重大编纂会议和审稿工作，并团结带领大家，在继承和借鉴古今修志传统与思想的基础上，结合曲艺的专业特点与学科内涵，摸索形成了一整套有关曲艺方志编纂思想与理论。二十多年间，不仅与总编辑部的同仁一道，走遍了祖国的大江南北，在各地方卷编纂同行的鼎力协助下，接触和梳理了数百上千件古今曲艺的文献史料与口碑资料，而且对这些文献资料按照曲艺方志的编纂要求，进行了“详其史实，明其源流，精其论断，严其体例”的学术整理，完成了除台湾省以外一九八五年的以全国省级行政建制为单位分别立卷出版的各个地方卷本。

使对全国五十六个民族几乎所有曲种的发展源流、节目留存、音乐唱腔、表演形态、舞台美术、机构班社、演出场所、行艺习俗、文物古迹、报刊专著、异闻传说、谚语口诀以及大事年表、人物传记等的研究与记录，学理化、体系化而成为可以传之后世的文献专著。这项前无古人的开创性工作，因此而被称作我国曲艺在全国范围内第一次最广泛、最深入、最全面和最系统的空前大普查、大挖掘、大整理和大研究。其巨大贡献和深远影响，不只体现为编成出版了共二十九卷约三千万言的曲艺方志丛书，而且体现为创立了一个“曲艺方志学”的分支学科。换句话说，在罗扬同志的亲自主持下，《中国曲艺志》的编竣，对于摸清中国曲艺的历史家底，考订已知曲种的源流关系，廓清曲艺学科的构成边际，健全曲艺文化的知识体系，发掘整理和记录保存有关曲艺的文献资料，聚拢锻炼曲艺研究的学术队伍，都具有十分重要的价值与意义。不仅彻底改变了由来曲艺“有史无书”的贫困面貌，而且为曲艺学的真正确立奠定了非常坚实的学术基础。

罗扬同志之所以能够在组织领导、编辑出版、研究评论和学科建设等诸多方面，做出如此巨大的综合性贡献，除了他一贯坚持实事求是的做事原则，始终保持昂扬向上的理想追求，十分注重事业发展的大方向，严格秉持艺术繁荣的大追求，从而做出常人难以企及的大成就与大贡献；另一个非常重要的因由和品

> 格，就是他热爱曲艺事业、坚守曲艺阵地、坚持曲艺本体和坚定曲艺理想的事业情怀。如果没有这种对于曲艺事业的特殊热爱与不渝追求，要做出如此巨大的成就与贡献，是绝对不可能的。这也是罗扬同志的工作履历带给每一个曲艺工作者的重要启迪，也是一位老曲艺工作者留给后来者的宝贵精神财富。

对于父亲的编辑生涯，不需要再说什么了。

还想说的，是父母与我和姐姐哥哥组成的家庭。

小时候我家住在芳草地的“文联宿舍”，不少文化名人都算得上近邻。当年我家的三个孩子学习好，在文联大院是有名的。姐姐雪莹初中毕业后，以全优成绩获得“金质奖章”，被直接保送至当时最好的女校师大女附中，后来又以北京市文科最高分考入北大哲学系。哥哥庆朴小学读书时因表现优异，其二寸照片被张挂在学校一进大门的走廊中很长时间。哥哥小学毕业时以“双百”分考入北京四中，那可是当年录取分最高的男校。“文化大革命”结束后恢复高考，哥哥通过自己的努力成为北大第一批中文系新闻专业的大学生。姐姐日后则成为著名的电影评论家，写过很多有影响的评论文章，并参与创作、制作过不少优秀的影视作品，比如《非常爱情》《首席执行官》《百鸟朝凤》等；哥哥大学毕业后就职于中国青年报社，他主持的副刊专栏曾获中国好新闻一等奖。我婚后与柯云路从事文学创作，他的处女作《三千万》发表在一九八〇年的《人民文学》杂志上，并获当年的短篇小说一等奖。不少人想当然地以为我们一定走了父亲的路子，而父亲也的确与《人民文学》杂志社的负责人是关系很熟的朋友。但为子女办事不是父亲的行事风格，走父亲的门路也不是我们的行事风格。父亲是在小说发表后才得知这件事的，他当然是高兴的。

印象很深的一件事，一九八六年春节期间，电视剧《新星》热播，听母亲说，父亲每天都会准时坐在电视机前聚神观看，因为工作忙累，父亲患了眼疾，眼睛红肿，但在不久后的复播时，父亲还是一集又一集地看了一遍。一九八六年夏天，柯云路随中国作家代表团访美，临行的那天父亲特意早起，亲自做了丰盛的早餐，并将柯云路送到楼下。父亲以这种行为表达了他的赞许。

成年后我和哥哥姐姐都曾有过大大小小的坎坷，父亲常常并不多问，谈起来顶多是：相信群众，相信历史。一次，母亲对父亲说起有关我们的流言，父亲只短短地回应了一句："相信孩子！"立刻打消了母亲的疑虑。

父亲是性格内向的人，很少在子女面前流露感情。除了母亲去世，我只看到过父亲一次流泪。那是一九六八年，正值"文化大革命"。我被前去学校招兵的解放军看中，当他们了解到父亲正在机关接受审查时，派专人了解情况，说只要父亲不属于敌我矛盾就不会影响我当兵。那个年代能穿军装是许多女孩的梦想，也不失为一个好的出路，但机关造反派头头就是不肯出具证明，说父亲是否为敌我矛盾性质未定，也因此我失去了这个机会。还记得那个晚上，一家人围坐在桌前，父亲当着我的面流了泪，说自己受多少委屈都不要紧，但因为他的问题而影响了我的前途非常内疚。

一向宽以待人的父亲对这个造反派头头一直耿耿于怀，恐怕这也是原因之一。

从小在我眼中，父亲就是一个严肃的人。整日忙于工作，对我们的学习不大过问，在一起时却很喜欢讲“大道理”。我因为在子女中排行最小，难免有些娇纵，对父亲的很多话当成耳旁风。犹记得小学时父亲经常告诫“虚心使人进步”“骄傲使人落后”“要平等待人”，等等。听得多了，就有些不耐烦，常常父亲刚一张口，我就抢着说道:“早知道了，虚心使人进步，骄傲使人落后，要平等待人！”此时的父亲往往会无奈地看看我，跟上一句:“真理不怕重复。”

再长大一点，父亲多次认真地跟我谈做人的道理，比如“与人为善”，比如“勿以恶小而为之，勿以善小而不为”，与人相处，他的信条是“多看别人的长处和优点”“不强加于人”“做事不出头”，与人合作“不掠美”。

父亲还专门跟我讲过“慎独”的重要性。父亲说，即使一个人独身自处，也要谨慎自重，不要放肆无行，忘乎所以。这样才能养成习惯，在任何场合都要谦虚谨慎，按规矩办事。

当年父亲和我曾有过许多这样的谈话，我并不大以为然，觉得无非是些老生常谈。直到走入社会，自己也有了相当经历之后才豁然明白，父亲的这些教导已经溶入血液，化为我生命的一部分。

而凡父亲所讲的道理，首先是他的身体力行，并且一以贯之。

“文化大革命”中，曲协的造反派头头与我家同住一个小院，那是一排平房，水龙头厕所共用。谁家发生什么事，与何人来往，一目了然。由于父亲一贯的洁身自好，严于律己，使得几个想把父亲打成“黑帮”的人始终抓不到任何把柄，竟无奈地发出“撼山易，撼罗扬难”的叹息。

我和哥哥姐姐成年后从事的都是与文化有关的工作，我们都曾遭遇过挫折和坎坷，但从未通过父亲的权力或关系寻求过帮助，也从未想过要依靠父亲帮助。自立、自尊、诚实、上进，这些品格的形成是父亲给予我们的最大恩惠，我们依此拥有自己值得骄傲的人生。

书中有专章回忆母亲。如父亲所述，他和母亲的婚姻是父母包办，媒妁之言。“结婚时两人还是孩子，根本不懂什么婚姻爱情。”

一九五一年我出生后不久，父亲奉调去了北京。临行前，要强的母亲告诉父亲：“你到北京后如果遇到条件好又情投意合的人，即使你我离婚，我也会把孩子抚养大，不再嫁人。”父亲的回答是：“我一辈子都不会昧良心抛开你和孩子们！”

以一个女儿的眼光看，父亲对于婚姻与家庭的态度是相当负责的，甚至可以说是很高尚的。以父亲当年的年轻才干，以父亲后来在文艺界的高位，他一定也会面对着某些诱惑和选择的机会，但父亲始终信守着当年的承诺，与母亲一起为我们营造了一个令人羡慕的幸福家庭。

母亲去世后，父亲有时会表达他的某种遗憾，说当年太忙于工作，应当留出更多的时间陪伴母亲，多创造一些机会带母亲到处走走看看。

我告诉父亲，能有这样的婚姻母亲很幸福。父亲对妻子儿女都尽到了责任。仅凭父亲当年没有离婚再娶，并且把三个孩子都带到北京，我们就应当感恩一辈子。如若不然，今天的我就可能只是一个没有文化的农村妇女，那样的人生不可想象。

母亲去世后数年，在子女的敦促和支持下，父亲与刘宝岚阿姨重组了家庭。刘阿姨无论在工作上和生活上都给了父亲无微不至的理解、关心和照顾。父亲离休后得以写出如此多的文章并保持身体的基本健康，刘阿姨功不可没。在母亲离开后，父亲又拥有了一个幸福安详的晚年，我和哥哥姐姐都十分感激刘阿姨。

编辑整理父亲的书稿，对我而言是一次始料未及的经历。父亲当然是我熟悉的人，而且应当是最熟悉的人，但其实，书中的父亲在许多方面我并不了解。我从未理解过他对曲艺事业的热爱，从不知道他为曲艺事业的繁荣发展付出过如此多的努力和心血。我也没有意识到父亲的工作对于中国曲艺事业发展的价值。长期以来，我只是把父亲的工作当成一种职业，而父亲只是恰巧成了这个职业的领导者。

很庆幸命运给了我这个机会，整理父亲的书稿，让我重新认识了父亲，并且在精神上真正亲近了父亲。我在这些文字中看到了一个不一样的父亲，一个更值得珍爱和尊敬的父亲。

中国的传统，即使在亲人之间，也羞于用语言表达彼此的感情，“爱”是说不出口的。帮助父亲编辑这本书本身，可以让父亲感受到女儿对他的爱和尊敬，这，无论对于我还是对于父亲，都是同等重要的。

以我对人情世故的了解，许多人离开领导岗位后，会“门前冷落车马稀”，但父亲不同，父亲离休后仍保持着蓬勃的生命力，不仅撰写了大量文稿，在身体精力允许的情况下参加很多文化活动，继续锲而不舍地为曲艺事业呼吁奔走，并且至今仍与文化界特别是曲艺界的朋友们保持着交往，每逢节假日，特别是父亲的生日，会有很多朋友问候。

如果说我对父亲有什么期望，那就是要适当地“服老”。父亲已九十高龄，要能真正放松下来，把养生放在第一位，健康地活着是儿女们最大的心愿。希望父亲能在刘阿姨的陪伴下安享晚年。父亲一生勤于耕耘，当年亲手参与培植的曲艺艺术如今已长成参天大树，愿父亲更健康更长寿，看到这棵大树结下更美好的累累硕果。

2019年1月